普通高等院校规划教材·高等素质教育探索教材

Foreign Literature
外国文学

主　编　吴舜立
参编者　袁文平　孔朝晖
　　　　王永奇　孙　宵
　　　　孙立盎　康　洁
　　　　马莉娜　郭雪妮

陕西师范大学出版总社有限公司

图书代号　JC14N1346

图书在版编目(CIP)数据

外国文学 / 吴舜立主编. —西安：陕西师范大学出版总社有限公司，2014.8
ISBN 978-7-5613-7810-6

Ⅰ. ①外… Ⅱ. ①吴… Ⅲ. ①外国文学—文学史—高等学校—教材 Ⅳ. ①I109

中国版本图书馆 CIP 数据核字(2014)第 180422 号

外国文学

吴舜立　主编

责任编辑 /	冯新宏　杨　珂
责任校对 /	王奉文
封面设计 /	鼎新设计
出版发行 /	陕西师范大学出版总社有限公司 （西安市长安南路 199 号　邮编 710062）
网　　址 /	http://www.snupg.com
经　　销 /	新华书店
印　　刷 /	西安市建明工贸有限责任公司
开　　本 /	787mm×1092mm　1/16
印　　张 /	24.75
字　　数 /	510 千
版　　次 /	2014 年 8 月第 1 版
印　　次 /	2014 年 8 月第 1 次印刷
书　　号 /	ISBN 978-7-5613-7810-6
定　　价 /	49.00 元

读者购书、书店添货或发现印刷装订问题，请与本社高教出版分社联系调换。
电　话：(029)85303622(传真)　85307826

刍议高校"外国文学"教学中存在的几个问题

吴舜立

外国文学作为我国人文社会科学中一门独立的学科和高校中文专业的一门必修课,经过几代学人的长期努力,目前在学术研究、学科建设、师资队伍、教材编撰诸方面都获得了长足的发展,取得了不小的成绩。但仍然存在一些问题,需要学界的关注和思考。

问题一:名称不够统一和规范

这首先体现在学科名称上,有"外国文学""世界文学""西方文学""东方文学""欧美文学""亚非文学""比较文学与世界文学"等等,不一而足,甚是混乱。其次体现在教材和著作名称上,而这又有两种表现形式。一是由于学科名称不统一不规范,学者们编撰的教材也是各有其名、五花八门。例如,石璞著,四川人民出版社出版的《欧美文学史》(1980年);陶德臻、马家骏主编,高等教育出版社出版的《世界文学史》(1991年);郑克鲁主编,高等教育出版社出版的《外国文学史》(1999年);杨昌龙主编,西北大学出版社出版的《西方文学史纲》(1992年);郁龙余、孟昭毅主编,北京大学出版社出版的《东方文学史》(2001年);等等。二是有的教材称为"史",有的教材不叫"史"。例如,朱维之、赵澧主编,南开大学出版社用于本科教学的叫《外国文学史》(1994年);同样的主编者,中国人民大学出版社用于专科教学的则叫《外国文学简编》(1999年);另外还有蒋承勇主编,华东师范大学出版社出版的《外国文学》(1997年);等。其三,表现在课程名称上,具体就是课表上出现的课名。例如,陕西师范大学一度笼统地叫"外国文学",后来又分别叫"西方文学"和"东方文学",现在出现在课表上的则成了"西方文学(一)""西方文学(二)""东方文学"。其四,人物译名、作家译名和作品译名也存在不规范不统一的现象。例如,法国19世纪批判现实主义作家Stendhal,郑克鲁本译作司汤达,而朱维之本则译成斯丹达尔;荷马史诗《伊利亚特》中的头号英雄Achilles,有译阿喀琉斯的,有译阿基琉斯的,还有译作阿契里斯的;17世纪古典主义戏剧家莫里哀笔下著名的伪君子,朱维之本译作答丢夫,郑克鲁本译作达尔杜弗,其他还有译作答尔丢夫的;19世纪英国湖畔派诗人 Coleridge,朱维之本译作柯尔律治,郑克鲁本则译作柯勒律治;19世纪法国浪漫主义作家雨果的成名作 Hernani,朱维之本译作《艾尔那尼》,而郑克鲁本则译作《欧那尼》;阿拉伯著名故事集《一千零一夜》中《阿里巴巴和四十大盗的故事》的女主人公,有的教材译作马尔基娜,有的教材译作美佳娜;等等,不胜枚举。

这种各主其张、各自为政的局面,在教学和科研中无疑会给人们带来困惑与迷惘。往小了说,它影响了知识传播的准确性和明晰性,影响了学分制、双模式教改体系下学生的自由选课和在此基础上的进一步学习和研究。往大了说,它伤害了学科存在的严肃性和科学性,最后无疑会影响本学科的建设和发展。为此笔者提出以下建议。

建议一:学科名称就叫"外国文学",因为这一名称简明而直观地界定了这一学科的范围和性质;而"世界文学"的名称就缺乏这一优势。因为从字面意义看,"世界文学"应当包含中国文学在内,但实际上并不包括;"比较文学"若是从中国以外的国家之间的文学比较这一层面来看,应是纯粹的外国文学,但中外文学比较研究也属于它的范畴。如果把它划入外国文学范畴,它又涉及中国文学;如果把它划入中国文学范畴,它又涉及外国文学。所以把它作为一种方法而不是一门学科,则更合理、更富操作性。实际上,比较文学的历史事实和发展现状都充分说明了这一点。比较文学最初就是作为外国文学教学和研究的一种方法而被运用的,尤其是 19 世纪中期,学界发现印度寓言故事集《五卷书》中的寓言故事在许多民族和国家之间都有广泛流播,但却各有不同,于是便进行了集中的比较分析,后来由于理论上的归结和提升,这种对比分析的方法就被当成了一门独立的人文学科。但目前由于比较范围的不断扩大和方式方法的陈旧单一,比较文学反而失去了学科自身的范畴支撑和质的规定性而越来越显示出方法论的价值和意义。笔者以为,不应悲观地把这一状况看作比较文学的穷途末路,而应坦然地认为这是比较文学的返璞归真。另外,把比较文学定性为一种方法,也有利于学术研究上的实际操作和组织管理。比如搞中国现代文学研究的人撰写了一篇沈从文与川端康成比较的论文,他的着眼点肯定在沈从文,川端康成只是评析沈从文的一个参照系,你就不能因此把其划分到外国文学研究阵营里来;同样,搞川端康成研究的人写了这样一篇论文,你就不能让其去参加研究沈从文的学术会议。正因为比较文学只是一种学术研究的方法,所以不同学科的人都可以运用它。

建议二:教材和课名相应地就叫"外国文学",欧美和亚非则相应地以西方和东方来区别。尽管"东方文学"可以换称为"亚非文学",但由于其中的"东方"一词并非单纯的地理概念(并不单纯指地球的东半部)以及其独特的历史渊源["东方文学"是从"东方学"(Orientalism)中分离出来的],所以还是称作"东方文学"为好。同样,"西方文学"的命名也并不单纯是依据地理学意义上的西半球,加之其沿用已久又能与"东方文学"明显区别,因而也不要随便用"欧美文学"来取代。

不管是总名称还是分名称,都不要以"史"来命名,中文专业的文学课没有一门是只讲历史线索而不讲作家作品的,它们应是作家论、作品论、文学理论和发展史的四位一体,某种程度上甚至可以说作家作品是基础和前提。当前由于信息时代知识更新越来越快,一些钩沉式的内容愈发显得苍白无力,有些文学现象也大可不必进行历史追溯。

建议三:人物、作家和作品的译名,也应当统一和规范。我国在翻译外国人名时基本上遵循的是音译原则。由于外国人名在发音上存在强弱音,翻译成我们音节响亮而一音多字的汉语时有所突出和取舍本无可厚非,但从教学和学科的角度出发就不应该太随意。不顾及学科的严肃性,起码也应该遵循约定俗成的原则。比如说马尔克斯,译成马克思就不妥;高尔基,你就不能译成高耳鸡。由于汉语的表意性和音节化特点,我们中国人识记外国人名本来就不容易,若再不统一和规范,必定增加人们学习它的难度,降低人们关注它的兴趣。其实,关于在教学和学术研究中使用外国文学的汉译名称,学界是有一个标准的,这就是中国大百科全书出版社的《中国大百科全书·外国文学》(1982年)和《中国大百科全书·简明版》(1996年)。

问题二:教学内容的结构设置模糊不清

具体说就是在先上东方部分还是先上西方部分的顺序上不够统一。这一点表现在教材编写上,更表现在各高校的课程安排上。教材编撰上,如马家骏等主编的《世界文学史》(上下册)是先东方后西方,而郑克鲁等主编的《外国文学史》(上下册)是先西方后东方。课程安排上,绝大部分高校是先西方后东方,只有极少数学校是先东方后西方。我们到底该如何看待这个问题呢?

由于历史的原因和人们认识上的偏差以及教材和师资队伍等方面的因素,长期以来高校中文专业的外国文学课只讲西方文学,造成了人们把西方文学等同于整个外国文学的错误认识。现在,高校虽然普遍开设了东方文学课,但不是作为西方文学课的补充以选修课的面目出现,就是作为高年级毕业前的知识补课,被安排在最后一两个学期。笔者以为这一做法欠妥。原因一:虽然外国东方文学的教学与科研在我国高校起步较晚,但这并不等于东方文学的成就不值一提,其影响力就不及西方文学。教学上把东方文学置于西方文学之后的做法说到底还是西方中心主义思想的表现。原因二:这一做法忽略了东方文学的产生远远早于西方文学的时间因素。众所周知,世界上最早的文学现象出现在东方的古埃及,时间为公元前四五千年;而西方最早的文学则是公元前两千年出现的古希腊文学,西方比东方晚两千多年。原因三:这一做法没有顾及东方文学在古代和中古时期对西方文学乃至整个世界文学产生了重大影响这一学术因素。众所周知,虽然在人类文化、文学史上,近现代时期是西方影响东方的"西学东渐",但古代中古时期却是东方影响西方的"东学西渐"。由于东方文化底蕴的博大精深,某些西方的思潮理念,追根溯源仍在东方。原因四:这样做会干扰并降低学生对整个外国文学学科知识理解的清晰度、系统性。原因五:这一做法忽视了中国文学是东方文学的一部分以及东方是中文专业最基本的文化背景的事实。且不说中国语言文学与东方文化文学之间关系之密切,单就文化背景而言,滞后东方文学就可以看作是对中文专业根基和底蕴的轻视,久而久之可能会影响中文专业其他学科的教学和研究。

问题三:课程内容上,一味追求大而全,缺乏舍旧取新、详略得当的灵活性

具体表现在两个方面:一是教材内容的设置编写上,重体系建构、求知识系统,唯恐漏了哪个作家作品,少了什么传承影响。在这样的理念支配下,近几年教材编撰上的推陈出新倒挺快,但大都架构偏大、内容偏多、讲解偏细。就拿各个大专院校采用率较高的朱维之主编、南开大学出版社1985年出版的《外国文学史》(欧美卷)来说,当时就存在着教材内容多计划课时少的矛盾,1994年第二版时,按该书《再版后记》中介绍:"在古代欧洲文学部分,增加早期基督教文学及其优秀作家路加。在20世纪欧美文学部分,增加劳伦斯、艾略特、萨特、贝克特、海勒、马尔克斯等节,把文学史的时限延伸到本世纪末。"2004年第三版面世时,按其后记说明:"增加了《波德莱尔》、《帕斯捷尔纳克》、《福克纳》和《纳博科夫》四节。"按说,教材可以这样编,课堂上绝对不能这样讲。实际情况却不是这样。由于过分倚重并拘泥于教学计划,从远古到当代,教师们都是面面俱到、细细讲来,唯恐线索不清晰、知识不系统。

众所周知,我国高校现在都已实现了从学年制向学分制转变的国际接轨,有人在谈到两者的本质区别时说:学分制的实质是教学计划、教学安排的灵活性,学习时限和学习内容的选择性,课程考查的变通性和培养过程的指导性;而传统的学年制则以教师、教材为中心,将教学计划统得过死,教学方法是满堂灌,人才培养模式千篇一律,忽视了学生志趣与个性差异,影响了对学生的能力培养和素质教育。[①]由此看来,教学内容设置和安排上的大而全和缺乏取舍,归根结底还在于重知识传承、轻能力素质的落后教育理念。

---

① 齐玉萍:《论学分制与学年制的关系》,载《教学研究》2002年3期。

笔者曾接触过两位外国留学生,一位在剑桥攻读英国文学,但老师却不给他们讲莎士比亚;一位毕业于西班牙某大学文学专业,但却不知道其民族文学之父是维加。乍一听很是不解,但当后来听说老师喜欢给他们讲现当代作家,笔者终于悟出了其中的道理。想必是现当代的文学现象蕴含着比古代更为复杂多维的思想和思考,找好切入点,更容易以点带面、举一反三。他们这样做是侧重对学生能力的培养。少点历史的积淀,反而更容易发挥创造性。俗话说得好:积重难返。我们不妨来做这么一个假设:如果教材都得这么体系严整地编,教师都得这么从古到今地教,学生都得这么一应俱全地学,那么几个世纪之后我们的文学课教材将会厚不堪读,内容也将多不堪学,课时也将长不堪耐,说不定连学制也得增加。

对此,北京大学中文系温儒敏教授提出了一种极有远见的观点,即教材应该允许各种不同风格的存在,允许有教师的个性表现,允许有"各式各样"的教材。清华大学外国文学教授徐葆耕也指出:体现确定的教学要求和规范,这是教材同学术专著之间的区别。但是因此把教材写得千篇一律,枯燥无味,已经成为现今教材建设的通病和痼疾。这种通病和痼疾的根源在于,以为文科教学仅传授某种固定不变的知识和观点,而不是以启发学生的创造精神、提高他们的素质为依归。青年学生对新生事物是最敏感的,那种千篇一律的教材对他们而言,仅是考试时争取分数的工具。真要获取知识时,他们所读的是另外一些书。①

结论是显而易见的:高校外国文学在教材编写理念和课程内容设置上不应拘泥于大而全的历史体系和知识架构,而应根据能力培养和素质教育的目的,在教学内容上有相当的避陈就新和详略得当的自由度与灵活性。教材编写理念上,虽说教材要给学生提供某种固定的知识框架,但侧重点一定要放在启迪智慧和增强素质上;课程内容设置上,虽说不一定像上述列举那样厚今薄古,起码也应该做到对名家和名著的格外突出,尤其是那些意贯古今、蕴含丰厚、立意高远、涵盖深广的大家大作,可以大讲而特讲,其余则完全可以少讲或不讲。因为,当今的大学生思维活跃、情感炽热、眼光敏锐,他们对于新知识、新问题充满热情和好奇,如果教学内容陈旧,与现实远离,同时代脱节,自然不能引起学生的兴趣,他们不仅难以接受,甚至会产生逆反心理。在这个问题上,有人提出"四点式"教学模式,即:教学内容的安排与设置尽量要"抓住共鸣点、解除困惑点、把握兴奋点、升华闪光点"②,笔者以为值得大力推广。

---

① 徐葆耕:《西方文学十五讲》,北京大学出版社2003年版,《前言》第4页。
② 钱焕琦:《高校"两课"教学面临的新挑战及其应对方略》,载《高校理论战线》2001年第8期。

问题四：课堂教学上，存在明显的"一重两轻"，即重知识传承、轻能力培养和人文素质

在"学校是传授知识的场所"理念的支配下，长久以来，高校教学过分强调知识传播，而忽视了学生创造性思维和创新能力的培养，忽视了学生才能、素质和个性的全面发展。尤其是近年来校园的人文精神受到冷落，大学生的人文素质发生了明显裂变。对于培养大学生的人文素质，各种文学课责无旁贷。

著名外国文学专家乐黛云指出："文学，常是文化的象征和集中表现。"① 而伴随着知识爆炸、信息密集、网络文化和数字化生存的时代发展和社会需要，文学现象和人们对文学的解读，也越来越趋向于综合化、多样化、人文化和创新化。这就要求我们改变以往那种"以书为本"的知识教育，向"以人为本"的素质教育和能力教育加快演进。

昔日那种抱着厚厚的教材或拿着纸页发黄的讲稿口沫飞溅地进行知识灌注的教学模式只能使学生昏昏欲睡。在外国文学教学中，跳出以往那种"以教材为中心""追求知识积累"的思维定势，强化人文精神，重视非智力因素，注重能力培养，应是当前高校中文专业外国文学课（抑或是所有文学课）教学改革中的重中之重。2001在苏州召开的全国"新世纪东方文学研究与教学学术研讨会"上，青岛大学教授侯传文就外国文学教学中"引入大文学观念，强调挖掘文学文本中的超文学意义"作了专题发言，引起了极大反响。所谓"大文学观念"就是大的文化背景下的文学；所谓"超文学意义"就是文学的人文精神、文化底蕴。② 外国文学课教学，并不是单纯的知识灌输，而是人文精神的培养和滋润。如果说校园是社会的最后一方净土，那么人文精神就是校园永恒的主题。在这个文化的伊甸园中，充溢着鲜活的青春骚动，飞旋的生命舞步。学生怀着急切的求知欲望，为的是捕捉理想、信仰和真理。特别是对迷失了生命航船坐标和迷失了自我的那一部分学生群体，他们需要重新审视、重新认识的东西实在太多。因而外国文学课教学就必须引进新观念，必须帮助学生实现自我的提高和完善，让教学内容浸润文化古老的辉煌和现代的光环，从而将课堂变成真正的人文精神的起跑线和加油站。德国教育家劳奋厄说过："重要的不是获得知识，而是发展思维能力，教育无非是一切已经学过的东西遗忘掉的时候剩下来的东西。"③ 而英国著名教育家洛克则强调："一个只要科学不要人文精神的人，是

---

① 乐黛云主编：《中西比较文学教程》，高等教育出版社1988年版，第6页。
② 参见王燕《"新世纪东方文学研究与教学学术研讨会"侧记》，载《外国文学评论》2001年第4期。
③ 转引自谢南斗：《外国文学教学改革新思路》，载《外国文学研究》2001年第3期。

只有知识没有智慧的人。"①所以,教育的首要任务不是讲授知识而是育人育心,培养他们"大写的人"的完美人格。如果我们单纯地传授知识,那么我们就不是创造型的教师而是操作型的工匠了;如果学生也是单纯地接受知识,那么他们也就不会对知识进行创新而只能是旧知识的机械重复者。

当代人才的竞争首先表现为综合素质的竞争,隐藏于其后起决定作用的并不是单纯的知识,而是以人文精神为核心的非智力因素。这些非智力因素体现为大学生的感性幻想能力,理性思维能力,是否有对科学的浓厚兴趣、敢于探索和创新的勇气、顽强的意志和实事求是的学风,并成为衡量学生道德、人格、精神、文化学识等方面成长的基本尺度。

问题五:教学手段和方法单一死板、陈旧落后

随着我国高等教育理念由原来的知识传授向素质培养的转变,教学方法和手段的革新也成了当务之急,这就是从原来老旧、单调、死板的"三一模式"(即一张嘴、一根粉笔、一块黑板)尽快向现代、多元、灵活的方法和手段转变。而随着计算机的普及和多媒体技术的广泛应用,计算机多媒体技术在高校教学中,尤其是在中文专业的外国文学教学中,越来越显示出其独有而重要的效用。

首先,把计算机多媒体技术引入高校外国文学课教学,是社会发展的需要,也是时代精神的体现。当今世界,全球经济一体化、科学技术综合化、自然人文融渗化、东西文化碰撞交融、知识经济飞速发展、信息技术日新月异等趋势,都对我国高等教育产生深刻影响并提出更高的要求。可以说,信息时代、网络浪潮、市场经济日复一日地改变着大学生的生活面貌和精神面貌,信息革命、资源共享、网络文化和数字化生存等全新理念迅速在大学生群体中广泛传播。一方面,大学生身处于一个科技飞速发展的时代,信息化、网络化的多媒体不仅是他们应该掌握的技能,而且是他们获取知识的重要手段,也已经成为他们日常生活不可或缺的组成部分。在信息化、网络化的海洋里畅游,长久地耳濡目染、操作实践,他们对事物的感受、认知事物的方式等就难免被网络技术影响。另一方面,市场经济的冲击使大学生群体明显出现了世俗化和功利化趋势。他们忙于搞家教,忙于参加各种商务广告和推销活动,忙于找工作。这种人心浮动的状况使得大批学生身在教室而心系挣钱,对学习内容产生疏离与厌倦感,更不用说当这种内容和传递它的方式一成不变的时候。在这种情势下,改变以往陈旧的"三一模式",及时地在外国文学课教学中引入多媒体网络技术,就成了时代精神的要求,社会发展的需要。

---

① 转引自谢南斗:《外国文学教学改革新思路》,载《外国文学研究》2001年第3期。

其次,计算机多媒体技术能充分体现文学课自身的特点。各种文学课是高校中文专业的必修课,而文学创作和文学鉴赏都离不开形象思维,这就决定了文学课自身的两大特性:生动形象性和审美教育性。这两者之间的关系是相辅相成的,它们既是手段又是目的,因为它们都是人文素质教育的重要内容。然而,长期以来在应试教育的观念和模式下,即使是高校的文学课,我们也已习惯于把它条块分割、点面俱到。尤其是对一些生动丰富、包孕性极强的单个文学现象和文学作品的细部,也要进行逐条逐点的条分缕析,教师唯恐知识上有遗漏,学生就怕要点没有记住。久而久之便形成了"老师课堂讲笔记、学生课堂记笔记、考试的时候背笔记"的机械重复和恶性循环。殊不知,这样既违反了文学的规律和文学课的特点,又禁锢了学生的独立思考尤其是他们的创造性思考,其结果只能是使学生既没有人文素养,又缺乏创造性思维。也许知识积累了不少,但充其量只能是知识多素质低。

在教学中运用计算机多媒体技术,一是能大量随机地采用音像资料来增强文学课教学的形象性;二是对一些时代巨著和争议颇大的名著则直接给学生播放录像,让学生直面名著。这样一来,不仅把文字性的东西具象化、平面性的东西立体化了,而且把静止的东西生动化、一维度的东西多维化、单调性的东西多样化了,充分达到了文学课教学形象生动、有声有色的效果。

其实,运用多媒体技术增强外国文学课教学的形象生动性,不光是手段,而且还是目的。因为这样做的最终效果还是要落在对学生的素质教育上。可以说长期的注重知识积累的应试教育,已经损伤了学生们的想象力,甚至包括中文系学生在内。笔者在给学生们讲课时,曾经做过这样的实验:在讲授印度神话传说时,先要求学生依据文字描述对某些形象和场景作一下想象,然后播放相应的影像资料,结果满场学生一片惊讶和唏嘘。惊讶是因为他们的想象力与印度神话形象的奇异性和丰富性之间的差距还很大;唏嘘则缘于色彩鲜明而形象逼真的影像资料给了学生们极大的视觉冲击。如果说前者对培养学生丰富的想象力能造成一种强大的刺激和触发的话,那么后者对学生的审美感受力无疑是一种直接的熏染和陶冶。

第三,计算机多媒体技术是改革传统教学模式、提高教学效果的重要手段。传统的教学模式可以概括为以教师为主体的单向式地向学生进行知识灌输。这里教师的作用是主要的,他们是知识的权威,课堂上满堂灌,课后学生还得做他们布置的思考题,这样,学生的时间基本上被老师占据了。殊不知,教师对学生的作用不是无限的,在高等教育中教师的作用尤其应该加以限制。首都师大教育科学研究院邢永富教授指出:应试教育和传统教育存在的教师作用"半径"过长、侵占学生个人学习和发展时空的问题,是导致我国学生缺乏想象力、创造力的重要因素之一。为此他提出,具备高素质高品位的教师不是用知识育人,而是用思想育人,知识只是手段和工具,是育人的载体。①

由以教师为主体的知识灌输式向以学生为主体的思维启发式转变,是我国高等教育教学改革的重中之重,而计算机多媒体的交互式技术为这一转变提供了强大的支持。就拿外国文学课来说,以往的教学模式是老师在讲台上滔滔不绝地讲,学生在讲台下懵懵懂懂地听、匆匆忙忙地记。而现在有了计算机多媒体技术,情况就可以发生根本性转变。其一,教师可以借助计算机多媒体的音频视频技术,更多地给学生提供和展示原始性的资料,让学生有对自己学习对象的新鲜感和兴趣,从而给学生创造更多的自由思维、独立思考的机会。其二,通过计算机多媒体交互技术,在教学过程中,学生可以适时地向老师提出问题请老师解答;还可以借此机会发表自己的见解,以活跃大家的思维。其三,采用计算机多媒体技术可以通过多种方式来加强学生对教学活动的参与程度。例如,在课堂上,让学生朗读投射在银幕上的用来举例的短作品或长作品的段落,这是对学生表达能力和表演能力的即时训练;播放完名著名片后,通过适当讨论选出佼佼者,让其上台宣讲,这对师范专业学生毕业后走上讲台是一种很好的提前练兵……真正做到让学生参与到教学活动中来,增强学生在教学活动中的主体性。其四,灵活多样、有声有色、双向互动的计算机多媒体技术一改过去呆板、生硬、严肃有余的课堂气氛,营造出宽松、生动活泼的教学氛围。只有在宽松、活泼的教学氛围中,学生的思维才可能活跃;只有思维活跃了,他们的创新意识才可能被激活;创新意识激活了,创新能力就会不断提高。可见,计算机多媒体技术的运用,不仅能提高学生的学习兴趣,而且能大大提高教师的教学效果。

以上问题,虽不能说相当普遍,但已十分突出。若再不给予足够的重视和思考,势必给高校中文专业,尤其是高等师范院校中文专业"外国文学"的教学和科研带来更大的负面影响。这也就是笔者编著这部探索性教材的初衷和目的所在。

---

① 转引自严桦:《教师作用半径过长》,载 2001 年 11 月 13 日《中国青年报》。

目 录

上篇 东方文学

绪论　东方文学发展历程　　　　　　　　　　　　　　　　　　　　（ 3 ）

第一编　古代东方文学概述　　　　　　　　　　　　　　　　　　　（ 7 ）

 第一章　人类文学史上的第一部史诗、古巴比伦文学的杰出代表：
  《吉尔迦美什》(Epic of Gilgamesh)　　　　　　　　　　　　（ 10 ）

 第二章　影响世界的"万书之书"、古代希伯来民族的文学总集：
  《圣经·旧约》(The Bible Old Testament)　　　　　　　　　（ 16 ）

 第三章　古代世界戏剧的高峰、印度古典文学的最高成就：
  迦梨陀娑(Kalidasa)的《沙恭达罗》(Sakuntala)　　　　　　（ 37 ）

第二编　中古东方文学概述　　　　　　　　　　　　　　　　　　　（ 51 ）

 第四章　世界民间文学最壮丽的纪念碑、中古阿拉伯文学的最高成就：
  民间故事集《一千零一夜》(The Thousand and One Nights)
  　　　　　　　　　　　　　　　　　　　　　　　　　　　（ 56 ）

 第五章　世界上出现最早的长篇小说、日本古代文学的经典：
  紫式部(Murasaki Shikibu)的《源氏物语》(The Tale of Genji)
  　　　　　　　　　　　　　　　　　　　　　　　　　　　（ 70 ）

 第六章　英语国家流播最广的东方诗集、中古波斯哲理诗的最高峰：
  海亚姆(Khayyam)的《鲁拜集》(Rubai Yat)　　　　　　　　（ 81 ）

第三编　近代东方文学概述　　　　　　　　　　　　　　　　　　　（ 90 ）

 第七章　近代印度文学的代表、亚洲首次获得诺贝尔文学奖者：
  泰戈尔(Tagore)及其《吉檀迦利》(Song Offering)　　　　　（ 93 ）

第四编　现代东方文学概述　　　　　　　　　　　　　　　　　　　（121）

— 1 —

第八章　东方呈现给西方的最好礼物、现代阿拉伯文学的代表：
　　　　　纪伯伦(Gibran)及其《先知》(The Prophet)……………（123）

第九章　东西合璧的典范、日本现代文学的杰出代表：
　　　　　川端康成(Kawabata Yasunari)及其《雪国》(Snow Country)
　　　　　……………………………………………………………………（145）

下篇　西方文学

绪论　西方文学发展历程……………………………………………………（167）

第一编　古希腊罗马文学概述……………………………………………（172）

第一章　古希腊文学的最高成就：
　　　　　荷马史诗(Homer Epic)…………………………………（177）

第二章　古希腊戏剧的代表、西方悲剧的典范：
　　　　　索福克勒斯(Sophocles)的《奥狄浦斯王》(Oedipus the King)
　　　　　……………………………………………………………………（188）

第二编　中世纪欧洲文学概述……………………………………………（193）

第三章　中世纪欧洲文学的杰出代表：
　　　　　但丁(Dante)及其《神曲》(The Divine Comedy)…………（197）

第三编　文艺复兴(The Renaissance)时期文学概述……………………（208）

第四章　文艺复兴时期西班牙人文主义文学的代表：
　　　　　塞万提斯(Cervantes)及其《堂·吉诃德》(Don Quixote)……（212）

第五章　欧洲人文主义文学最高成就的代表：
　　　　　莎士比亚(Shakespeare)及其《哈姆雷特》(Hamlet)…………（220）

第四编　古典主义(Classicism)文学概述………………………………（237）

第六章　欧洲古典主义文学的代表：
　　　　　莫里哀(Moliere)及其《伪君子》(The Imposter)……………（242）

第五编　启蒙主义(The Enlightenment)文学概述………………………（247）

第七章　欧洲启蒙主义文学的最高峰：
　　　　　歌德(Goethe)及其《浮士德》(Faustus)…………………（253）

第六编　浪漫主义(Romanticism)文学概述……………………………（268）

第八章　19世纪西方浪漫主义文学的杰出代表：
　　　　　雨果(Hugo)和他的《悲惨世界》(The Miserable)…………（273）

第七编　批判现实主义(Critical Realism)文学概述 ……………………（285）

　　第九章　19世纪西方批判现实主义文学的开山之作：
　　　　　　司汤达(Stendhal)的《红与黑》(The Red and the Black) …（290）

　　第十章　法国批判现实主义文学的杰出代表：
　　　　　　巴尔扎克(Balzac)及其《高老头》(Pere Goriot) …………（296）

　　第十一章　西方戏剧史上的里程碑：
　　　　　　易卜生(Ibsen)和他的社会问题剧《玩偶之家》(A Doll's House)
　　　　　　 ………………………………………………………………（308）

　　第十二章　俄国批判现实主义文学的奠基之作：
　　　　　　普希金(Pushkin)的《叶甫盖尼·奥涅金》(Eugen Onegin)
　　　　　　 ………………………………………………………………（318）

　　第十三章　俄国批判现实主义文学的第二峰：陀思妥耶夫斯基
　　　　　　(Dostoyevsky)及其《罪与罚》(Crime and Punishment) …（323）

　　第十四章　批判现实主义文学的最高成就者：
　　　　　　托尔斯泰(Tolstoi)和他的《复活》(Resurrection) …………（331）

　　第十五章　世界文学史上四大寓言式作品之一：
　　　　　　海明威(Hemingway)的《老人与海》(The Old Man and
　　　　　　the Sea) ………………………………………………………（347）

第八编　现代主义(Modernism)文学概述 ……………………………（357）

　　第十六章　表现主义文学的代表：
　　　　　　卡夫卡(Kafka)及其《变形记》(Metamorphosis) …………（362）

　　第十七章　存在主义文学的代表：
　　　　　　萨特(Sartre)及其《禁闭》(No Exit) ………………………（371）

参考资料 ………………………………………………………………（379）
后记 ……………………………………………………………………（380）

上篇

东方文学

上冊

語文常談

绪论　东方文学发展历程

教学重点：东方文学的三代划分及三区格局。

东方文学（Oriental Literature），泛指亚洲和非洲各国的文学。它与西方文学共同构成了外国文学，但又是具有相对独立性的一门人文学科和课程，是外国文学的一个重要组成部分，在世界文学史上占有不可忽视的独特地位。

一

据考古发掘和历史记载，亚非的几条大河流域是人类首先摆脱蒙昧状态、进入文明社会的地区。大约在公元前3000年以前，北非的尼罗河流域和西亚的底格里斯河、幼发拉底河流域，就已步入奴隶社会阶段。到公元前2000年前后，西亚的伊朗高原、南亚的印度河流域和东亚的黄河流域，也相继形成了阶级社会。其后，希伯来人于公元前1030年在西亚的巴勒斯坦地区建立了自己的国家。

作为世界上最古老的文学，埃及文学的形式多种多样，其中《亡灵书》（公元前1600年—前1100年）具有古代文学汇编的性质；巴比伦文学也有多种体裁，而代表其最高成就的当推史诗《吉尔伽美什》（公元前1500年左右）。

印度古代文学极其丰富。最早的是"吠陀"（上古文献总集），其中以《梨俱"吠陀"》（约公元前1500年）和《阿闼婆"吠陀"》（晚于《梨俱"吠陀"》）的文学价值最高。其次是史诗文学，即两部规模庞大的史诗《摩诃婆罗多》和《罗摩衍那》（均成书于公元前后几个世纪）。最后是古典梵语文学，其中水平较高的作家有马鸣（1世纪）、首陀罗迦（约2—3世纪）和跋娑（约3—4世纪）等，诗人和剧作家迦梨陀娑（约350年—472年）的创作则堪称这一时期的最高成就。

希伯来的古代文学作品大部分汇集在基督教的经典《圣经》（1—4世纪）中，尤其是其中的《旧约》里，包括神话、传说、故事、歌谣、抒情诗、箴言等多种文体。

二

当人类的历史进入中古时期（即封建社会）后，东方文学又在古代文学的坚实基础上进一步向前发展，涌现出不少优秀的作家和作品，呈现出一派欣欣向荣的景象，可以当之无愧地被称为世界文学的高峰。但是，东方中古时期的文学也存在着明显的弱点，即发展的缓慢性。这个弱点在15世纪以后便显得颇为突出了。这时由于欧洲先进国家已经渐次步入资产阶级革命时代，资产阶级文学开始取得迅猛发展，所以继续囿于封建框框之中的东方文学就显得落后了。

在中古时期，东方地区逐渐形成了三大文化体系：以中国为中心的中国文化体系，以印度为中心的印度文化体系，以阿拉伯为中心的阿拉伯文化体系。

属于中国文化体系的有日本、朝鲜和越南等国。日本最早编成的和歌总集是《万叶集》(8世纪)。女作家紫式部(约978—约1016)的《源氏物语》是物语文学的代表作品。从17世纪起,以反映商人生活为中心的市民文学得到蓬勃发展,诗歌的代表作家是松尾芭蕉(1644—1694),小说的代表作家是井原西鹤(1642—1693),戏剧的代表作家是近松门左卫门(1653—1724)。在朝鲜文学方面,以民间创作为基础的小说《春香传》(约18—19世纪)被誉为古典名著。专业作家朴趾源(1737—1805)也在小说和散文领域取得较大成果。在越南文学方面,代表其古典文学最高水平的乃是阮攸(1765—1820)和他的长诗《金云翘传》。

　　属于印度文化体系的首先是印度,此外还有南亚和东南亚的一些国家,本书只介绍印度文学。格比尔达斯(约14—15世纪)的格言诗、加耶西(1493—1542)的长诗《莲花公主传》、苏尔达斯(约15—16世纪)的《苏尔诗海》和杜勒西达斯(1532—1623)的长诗《罗摩功行之湖》是中古印度文学的代表性作品。

　　属于阿拉伯文化体系的首先是阿拉伯,其次是伊朗,此外还有西亚、南亚、中亚和东南亚的一些国家,本书只介绍阿拉伯和伊朗文学。阿拉伯文学在5世纪起源于阿拉伯半岛。《古兰经》(7世纪)既是伊斯兰教经典,又是第一部重要散文著作。艾布·努瓦斯(762—813)和穆太奈比(915—965)等人的诗歌享有盛名。大型民间故事集《一千零一夜》(8—16世纪)在世界各国不胫而走。伊朗文学在9—15世纪的600余年间形成了以诗歌为中心的繁荣时代,以菲尔多西(940—1020)、欧玛尔·海亚姆(1048—1122)、内扎米(1141—1209)、萨迪(1208—1292)和哈菲兹(1327—1390)等为代表的一系列著名诗人都是这个时代的产儿,真可谓名家如林,名作如林。

三

　　对于东方绝大多数国家来说,近代文学是殖民地、半殖民地和半封建社会的文学;只有日本例外,它的近代文学是资本主义社会的文学。对于多数东方国家来讲,近代文学是在广大人民的反帝反封建斗争的历史条件下发展起来的,其优秀作品既反映了人民的苦难,也表现了人民要求独立与解放的愿望。毋庸讳言,由于历史条件的限制和众多复杂的原因,近代东方文学的发展不如西方文学充分。然而,近代东方各国的文坛上仍然产生了许多优秀的作家和作品。

　　日本近代文学在东方来说是比较特殊的,同时又是比较发达的。从1868年明治维新到20世纪初的几十年间,日本文学追随西方文学之后,走过了西方文学几个世纪所走过的道路。二叶亭四迷(1864—1909)的小说奠定了日本近代现实主义文学的基础,继之登上文坛的有森欧外(1862—1922)、夏目漱石(1867—1916)和岛崎藤村(1872—1943)。森欧外开近代浪漫主义文学之先河,夏目漱石以现实主义为其基本倾向,而岛崎藤村则是自然主义文学的代表作家。

　　印度近代文学也取得了较高的成就。在多种语言文学中,孟加拉语新文学首先兴起,并推动了整个印度新文学的前进。般吉姆(1838—1894)是其先驱者,泰戈尔(1861—1941)不仅是孟加拉新文学,而且是印度新文学的杰出代表,同时也是东方第一位诺贝尔文学奖得主。萨拉特(1876—1938)在小说创作方面取得一定成绩。此外,印地语新文学的开创者是帕勒登杜(1850—1885);乌尔都语新文学的代表是伊克巴尔(1877—1938),他既是印度诗人,又是巴基斯坦诗人。

除日本文学和印度文学外,菲律宾作家黎萨尔(1861—1896)、伊朗诗人巴哈尔(1886—1951)和埃及诗人巴鲁迪(1838—1910)等人也在文学创作上取得了相当的成就,推动了本民族新文学的前进。

四

现代东方文学一般是指 20 世纪以来的文学。在这个时期(特别是第二次世界大战以后),东方国家纷纷摆脱了殖民主义的枷锁,走上了不同的发展道路。如果说近代文学具有过渡性质的话,那么现代文学则构成东方文学发展史上一个新的繁荣时期。比起近代文学来,现代文学在数量上有很大的增长,在质量上有很大的提高,在地域上也有很大的扩展,从北亚到南非,从东亚到西非,许多国家的文学都得到了飞速的发展,并取得了惊人的成就。

日本文学在战前和战后变化很大。战前,文坛上分为无产阶级文学和资产阶级文学两家,可谓壁垒分明。前者的代表作家是小林多喜二(1903—1933);后者既有作为自然主义文学之对立面的唯美派、白桦派和新思潮派,其代表作家分别为谷崎润一郎(1886—1965)、志贺直哉(1883—1971)和芥川龙之介(1892—1927),又有日本第一个现代主义流派——新感觉派,其代表作家之一就是川端康成(1899—1972)。战后,文坛上先后涌现出许多流派和作家,举其要者有:战后派及其代表作家野间宏(1915—1991),无赖派及其代表作家太宰治(1909—1948),社会派推理小说及其代表作家松本清张(1909—1992)。此外,井上靖(1907—1991)和大江健三郎(1935—)等也是著名作家。

朝鲜战前以无产阶级文学为主流,李箕水(1895—1984)和韩雪野(1900—1976)的创作代表了当时文学发展的水准。战后北方和南方的文学风格迥然不同。北方文学仍以无产阶级文学为核心,南方文坛则流派纷呈,如战后文学派、纯粹文学派和参与文学派等。

印度尼西亚现代文学的道路是崎岖不平的,战前受殖民主义的约束,战后为动荡不安的政局所左右。普拉姆迪亚(1925—2006)是该国成就最大的作家。

印度战前文学的嬗变与民族解放运动密切相关,战后文坛的状况颇为复杂,不同流派和不同观点的文学竞相发展。代表作家有印地语的普列姆·昌德(1880—1936)、乌尔都语的克里山·钱达尔(1914—1977)、英语的安纳德(1905— 2004)。

伊朗战前文学被置于高压统治之下,战后社会条件有所改善,文学前进的步伐加快。其中以赫达雅特(1903—1951)的创作成果较为突出。

阿拉伯国家战前产生过两个重要流派:旅美派和埃及现代派。前者以纪伯伦(1883—1931)为代表,后者以塔哈·侯赛因(1889—1973)为代表。战后文学的发展更加迅速,其中尤以小说的进步最为显著,埃及的迈哈福兹(1911—2006)的创作堪称其代表。

在阿拉伯国家以外的广大非洲地区,现代文学虽然起步较晚,但近年来却获得了突飞猛进的发展,塞内加尔诗人桑戈尔(1906—2001)、尼日利亚剧作家索因卡(1934—)和南非小说家戈迪默(1923—2014)的创作是其中之佼佼者。

五

总的来说,与西方文学相比,东方文学具有以下几个基本特征:历史悠久、源远流长;道路漫长、迂回曲折;民族特色浓厚鲜明;民间文学繁荣兴旺;宗教影响既广且深。

东方文学的体系虽不及西方文学那么脉络清晰、一以贯之,但也可以用三代划分和三区格局来把握。三代划分即从产生时间的先后来说,古埃及文学与古巴比伦文学为世界文学史上的第一代文学;古印度文学、古希伯来文学和古代中国文学属于世界文学史上的第二代文学;日本文学、古波斯文学和阿拉伯文学等为世界文学史上的第三代文学。三区格局即从空间布局上来说,由于东方文化文学中的汉文化文学、印度文化文学和阿拉伯文化文学在中古时期的源头作用,使得东方文学后来明显呈现为三大文学区,也可以称作三大文学体系,即:以中国为源头和中心的包括朝鲜文学、日本文学和越南文学在内的东亚文学区;以印度为源头和中心的包括泰国文学、缅甸文学等在内的南亚次大陆文学区;以阿拉伯为中心的包括波斯(伊朗)文学、黎巴嫩文学、埃及文学等在内的西亚北非文学区。

第一编　古代东方文学概述

教学重点：古代东方文学的特征。

一、古代东方文学的形成

古代东方文学是指亚非两大洲从原始公社制社会末期到奴隶制社会阶段的文学。

亚洲和非洲的几条大河流域是人类最早摆脱蒙昧状态、进入文明社会的地区。早在公元前4000年到前3000年之间，在尼罗河流域以及底格里斯河和幼发拉底河流域，就形成了原始的奴隶制度和奴隶制国家——城邦国家。公元前2000年左右，在印度的恒河和中国的黄河流域，也产生了阶级社会和国家。古代埃及、巴比伦、印度、中国四大文明古国的诞生，标志着东方最早跨入人类文明的进程。这些最古老的文明，也培育了人类最古老的文学。在北非的尼罗河流域产生了古代的埃及文学；在西亚的两河流域产生了古代的巴比伦文学；在南亚的恒河和印度河流域产生了古代的印度文学；在西亚的地中海和约旦河之间产生了古代的希伯来文学；在东亚的黄河和长江流域产生了古代的中国文学。另外还有小亚细亚中部和东南部的赫梯、地中海东岸北部的腓尼基、地中海和约旦河之间的巴勒斯坦以及伊朗高原的米提和波斯等国家，也经过漫长历史时期的演变，在公元前后几百年之间先后进入阶级社会，留下了人类早期的文学。

古代东方文学反映了古代亚非人民生活的方方面面。就其内容而言，大体上包括了三个历史阶段的社会现实：原始公社制社会末期的现实；从原始公社制社会末期向奴隶制社会过渡时期的现实；奴隶制社会的现实。其中最主要的是奴隶制社会的现实。

这些丰富多彩的社会现实经由各种各样的文学体裁表现出来。比如神话传说、劳动歌谣主要记载了在原始公社制社会末期，早期人类的共同生活和劳动，反映了古代原始初民认识自然、探索自然的意识和能力。这些文学样式是东方各族人民最初的口头文学。这种口传的文学，由于年代久远，很难完整地保存下来。现在我们看到的一些早期作品大都是在较晚的历史时期根据口头流传记下来的。再比如民族史诗比较真实、生动地反映了从原始公社制社会末期向奴隶制社会过渡时期的社会生活——氏族部落之间的冲突和融合，早期形态的国家，人类文明最初的伦理观念和人生理想以及个人主体意识的初步觉醒，等。但由于形成时间的漫长以及在流传过程中不断受到篡改和加工，其内容往往比较庞杂，典型代表是印度的《摩诃婆罗多》和《罗摩衍那》。早期的故事、寓言、戏剧等体裁主要表现了进入奴隶制社会以后，尤其是到了奴隶制社会晚期的社会现实。当时随着阶级压迫和剥削的增强，广大奴隶和劳动者被剥夺了参与文化活动的权利，他们很难使自己创作的作品流传下来。在生产力发展的基础上，社会上出现了少数从事脑力劳动的文人，他们或把口头流传下来的作品进行加工整理，或自己进行创作，这就为文学的丰富和发展创造了条件。当时的杰出作家和诗人大都能站在社会进步势力一边，对黑暗现实有所揭露和批判，对奴隶和平民的命运表示关注和同情。例如古埃及的故事，印度迦梨陀娑（Kalidasa）的戏剧创作就是这方面的代表。此外，保留至今的文学作品样式还有抒情诗、叙事诗、颂神诗、情歌、箴言、传记等。这些文学样式既反映了古代东方文学的创作水平，又为以后文学体裁的进一步发展提供了广阔的天地。

二、古代东方文学的特征

古代东方各民族的社会历史的类型相似，使得古代东方文学表现出一些具有共同性的突出特征。

第一，古代东方文学是世界上最古老的文学。古代埃及文学形成于公元前3000年左右，比西方最古老的希腊文学早2000多年。东方拥有世界文学史上的许多第一，如最早的神话传说在埃及、巴比伦、印度、中国等国产生，最早的诗文集是埃及的《亡灵书》（Book of the Dead）和伊朗的《阿维斯塔》，最早的诗集是印度的"吠陀"（Veda）和中国的《诗经》，最早的英雄史诗是巴比伦的《吉尔伽美什》，等。

第二，古代东方文学的形成具有多源性。古代东方文学是在埃及、巴比伦、希伯来、印度和中国分别独立形成和发展起来的，这和西方文学发源于古代希腊明显不同。

第三，古代东方文学具有明显的民间性。这主要表现在两个方面：首先，大多数作品源于民间口头创作。各种类型的颂诗歌谣、故事寓言、箴言谚语、神话传说与英雄史诗等，皆源于民众群体的审美体验和艺术创造能力，是在历史辗转流传的过程中经过许多人搜集、加工整理，才最终编纂定稿成书的。譬如古埃及的神话、歌谣、故事，古巴比伦的《吉尔伽美什》，古希伯来的《旧约》，古印度的两大史诗以及"吠陀"文学、佛经文学和《本生经》等主要得力于群体长期的创作、搜集、整理、编纂之功，而绝非一个时段、一个作者所完成的。其次，丰富的民间文学激发了文人的灵感，他们在创作时自觉或不自觉地向民间口头文学学习，因此文人创作带有鲜明的民间文学色彩。比如体裁上诗文夹杂，就带有民间说唱文学的痕迹。

第四，古代东方文学同宗教有着极为密切的联系。某些作品产生之初就与宗教观念密切相关，有些作品本身就是宣传某种宗教观念的。比如古希伯来文学与犹太教，古印度文学与婆罗门教、佛教，古伊朗文学与琐罗亚斯德教等都是分不开的。所以古代东方文学出现了大量的宗教与文学同体孪生式的著作。比如古埃及的《亡灵书》，古希伯来的《旧约》，古印度的"吠陀"等，不仅反映了各民族的原始宗教意识，是各民族古往今来尊崇的宗教经典，同时也是各民族最早的文学创作。

三、古代东方文学的发展概况

古代东方文学在世界文学中占有十分重要的地位。除了古中国文学，古埃及文学、古巴比伦文学、古印度文学和古希伯来文学成就较高，影响和启蒙着后世东西方文学和文明的发展。古埃及的《亡灵书》是世界上现存最古老的诗集，也是人类社会最早出现的书面文学作品。《亡灵书》的中心内容是让死者复生顺利进入到下一个世界的幻想,这是对生命现象的大胆探索和哲理思考,体现了早期人类对生命永恒的渴求。《亡灵书》是古埃及的一部小型百科全书,为后人了解古埃及各方面的情况提供了形象而珍贵的资料,如古埃及人多神崇拜的宗教信仰和灵魂不灭、生命永恒的生死观;同时还是古埃及神话传说的宝库,书中神游下界、天堂的神奇描写,驰骋着丰富的想象,开创了世界文学史上描写此类题材的先河,具有永恒的艺术魅力。故事是古埃及文学的主要成就,《昂普瓦塔两兄弟》为其代表作。该故事主题鲜明,形象生动,情节离奇曲折,发展跌宕多姿,充满丰富而怪诞的想象。古巴比伦文学融合了苏美尔人和阿卡德人的文学传统,创造了神话、史诗、寓言、故事、箴言、歌谣和祷词等作品,以泥版文书的形式保存下来,经亚述人的广为传播,对希伯来文学、波斯文学和阿拉伯文学产生了重要的影响,并辗转影响了欧洲文学。比如其神话传说《大洪水神话》就影响了希伯来的"诺亚方舟"和阿拉伯的"努哈方舟"等神话故事。比如其史诗《吉尔伽美什》以不自觉的象征形式,浓缩了人类认识自身、发现自我的社会化进程,从而在人类精神文化发展中占有一席特殊的地位。古印度的诗歌总集"吠陀"不仅为规范的梵语提供了最初的语言形式,而且为后世印度的文学和哲学的发展奠定了基础。古印度的两大史诗《摩诃婆罗多》和《罗摩衍那》对印度社会生活产生了悠久而深远的影响,并成为印度文艺创作取之不竭的重要源泉之一。《本生经》作为世界上最古老的民间寓言故事集,是许多世界性故事的源头,并为后世小说的生成提供了雏形。《沙恭达罗》被歌德和席勒高度赞扬,作者迦梨陀娑甚至被英国的剧作家誉为"印度的莎士比亚"。古希伯来文学成就的主要代表就是其文学总汇意义上的《旧约》,这部作品以其艺术体裁、手法、语言、主题等各个方面对后世文学产生着影响,并在人类的思想发展史上,占据着至高无上的地位。因为其被纳入《圣经》后,作为基督教的宗教经典,长期统摄西方的精神领域,对西方的思想意识、哲学观念、宗教理论、伦理道德、政治法律、文学艺术以及生活方式等各方面,都产生了极为重要而深远的影响。

综上所述,古代东方文学既是古代亚非各国人民的艺术创造,又是彼此之间相互学习和影响的艺术结晶。各个国家和民族的文学开始时都是在各自的土壤上产生的,后来伴随着历史的发展和彼此的往来,才逐渐出现了文化和文学的交流。这种交流不仅有力地促进了亚非各国文学的丰富和繁荣,也直接、间接地推动了欧洲文学和世界文学的进步和发展。

思考题

古代东方文学有什么特征?

第一章 人类文学史上的第一部史诗、古巴伦文学的杰出代表：《吉尔伽美什》
（*Epic of Gilgamesh*）

教学重点：吉尔伽美什的形象及意义。

第一节 《吉尔伽美什》的形成和发现

《吉尔伽美什》是古巴比伦文学最杰出的代表，是目前已知的世界文学中最早最古的史诗。它开始流传的年代是公元前3000年，比古希腊的荷马史诗要早1800年；写定本完成于公元前1500年，比荷马史诗早1200年左右。后因战乱，记载史诗的泥版文书被埋于地下。

19世纪，考古学和语言学的重大成就以及英国年轻的排字工人出身的研究员史密斯的刻苦钻研与辛勤工作使得这部史诗重见天日。

第二节 《吉尔伽美什》故事梗概

吉尔伽美什是一位残暴的君主，他残酷地统治着乌鲁克城的臣民，人们不堪忍受，向天上诸神诉说自己的惨痛遭遇，祈求得到拯救。诸神认为吉尔伽美什之所以胡作非为，是因为他没有在人们当中遇到和他武艺相当的对手，便决定让创造女神阿鲁鲁造一个半人半兽的野人恩启都，他经常与野兽生活在一起，不通人间事理，后来经过神妓的引导才具有了人的本质力量。两位非凡的英雄在乌鲁克城的广场上猛烈厮杀，由于他们两人武艺一样的出色，结果不分胜负。他们彼此都敬慕对方的勇气，于是英雄相惜，结成了形影不离的莫逆之交。

从此，吉尔伽美什一改暴戾的脾性，转而成为为百姓除害造福的英雄。吉尔伽美什与恩启都消灭了大漠中害人的雄狮。芬巴巴是杉树山林的守护人，身体比雪杉还高大，异常凶猛，他的喊声就像洪水咆哮，张口就会喷出火焰，还会吐出毒死人的气体。这个杉树之妖抢走了爱与美女神伊什妲尔。芬巴巴所守护的杉树山林无人敢接近，构成了对人间的威胁。吉尔伽美什决定和恩启都讨伐这个杉树之妖。两位英雄与芬巴巴进行了殊死搏斗，然而初战失利，恩启都受了伤。吉尔伽美什求助于太阳神舍马什，在太阳神的庇护下，两位英雄砍倒一棵作为杉妖命根的雪杉树，终于消灭了芬巴巴。

吉尔伽美什的英雄气概吸引了女神伊什妲尔的情意，伊什妲尔向吉尔伽美什倾吐了爱慕的心情，女神对吉尔伽美什许愿，如果他做她的丈夫，就能享受数不清的荣华富贵。但吉尔伽美什已经不是那个骄奢淫逸的暴君了，他清楚地知道伊什妲尔是个水性杨花的女人,伊什妲尔以前有过许多情人,可是她从未忠实过其中的任何人,行为不贞。吉尔伽美什挖苦了她一番,并且拒绝了她,伊什妲尔认为自己受了侮辱,又羞又恼,向她父亲天上大神阿努哭诉,要阿努造一头天牛,到吉尔伽美什的城池去为害作恶,进行报复。吉尔伽美什与恩启都同天牛展开了生死搏斗并最终杀死了天牛。伊什妲尔报仇不成,更加气愤,她跑到乌鲁克城上发出诅咒,恩启都掰下天牛的大腿朝着伊什妲尔的脸掷去。两位英雄高兴地庆祝自己的胜利,乌鲁克的居民为他俩立下的不朽功勋欢呼。

吉尔伽美什和恩启都的一系列行动触犯了神,众神开会商量对他俩的惩罚,决定恩启都必须死亡。挚友暴病而死使吉尔伽美什感到悲痛万分,在命运的面前无能为力。他想起了人类的始祖乌特那庇什提牟,乌特那庇什提牟已经经历过世界的洪水和人类的毁灭,被列入神籍而获得永生。吉尔伽美什决定到他那里打听长生的奥秘。他

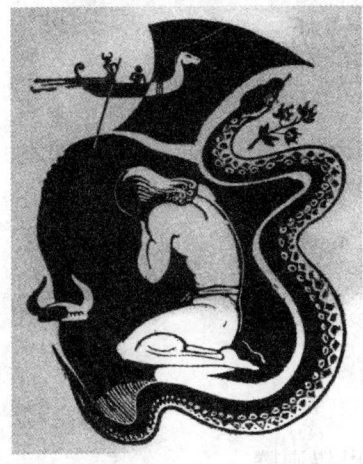

蛇叼走了仙草

忍受了风餐露宿、长途跋涉之苦,搏杀了熊、狮、虎、豹等猛兽,走出了漫长黑暗的谷道,走过了迷人的极乐花园。到死海的岸边之时,吉尔伽美什碰见了酒馆的女老板,女老板对吉尔伽美什说,他的寻求是枉费工夫的,因为神创造人类,也注定了人死亡的命运。女老板还提醒他,死海是无人能够跨越的,故此应该放弃对永生的徒劳追求,纵情享受现世生活的快乐和幸福。但是吉尔伽美什坚持继续探求,终于抵达了乌特那庇什提牟的住处,他向乌特那庇什提牟请教获得永生的奥秘。乌特那庇什提牟指示他摘到了海底的长生不老仙草。得到仙草后,吉尔伽美什很高兴,他打算把仙草带回国去与乌鲁克城的人共同享用。但是在回国的途中,吉尔伽美什经过一泓冷水泉,他把仙草放在岸边,下水洗澡了。有条蛇把仙草叼跑了,从此以后,蛇便能够以蜕皮来恢复青春,代替死亡,而人却不能够这样。

吉尔伽美什长途艰难跋涉没有得到什么结果,懊丧万分,回到了乌鲁克城。他祈求天神的帮助,智慧之神埃阿吩咐死神涅嘎尔在阴间的顶上凿开一个洞,让恩启都的灵魂返回吉尔伽美什的身边。恩启都的幽灵向吉尔伽美什讲述了阴司地府的阴森情景。

全诗以两位生死殊途的英雄富于悲观感伤色彩的对话结束。

第三节 《吉尔伽美什》的思想与主题

史诗的故事情节明显可以分成四个部分:第一部分由1、2块泥板构成,叙述主人公吉尔伽美什与野人恩启都苦斗结交的故事;第二部分由3、4、5、6块泥版组成,写两位勇士为民除害的英雄业绩;第三部分包括7、8、9、10、11块泥版,描写恩启都之死和主人公探求生命奥秘的艰苦跋涉;第四部分见于第12块泥版,记述吉尔伽美什与恩启都亡灵的会见,描绘阴间阴森恐怖的气氛。

史诗的思想意义呈现在以下两个层面：

历史层次——展现过渡时期巴比伦的社会面貌，赞美为民立功的英雄人物和英雄行为，歌颂勇于违抗神意的斗争精神。

哲理层次——探索生命的奥秘，说明人的自然生命有限，死亡不可避免，渴望永生只是徒劳的幻想，但是精神可以永垂不朽。在同自然暴力和社会暴力的斗争中，突出了史诗的英雄主题。

从全诗的主要情节来看，史诗的主题主要是反映远古时期人和自然的矛盾，表现了人类对生命与死亡奥秘的探求和企图战胜死亡的愿望。吉尔伽美什人格上的变化这个情节以不自觉的象征形式，浓缩了人类自身发展的社会化进程。所以，这部史诗在人类精神文化发展中占有一席特殊地位。

第四节　吉尔伽美什形象分析

在古代两河流域，吉尔伽美什是一个流传极广的英雄。早在苏美尔时代流传下来的国王名录中，就有这个名字。在史诗中他杀死芬巴巴和天牛，为民除害。他勇敢、聪慧、重友谊，也不贪图女神的爱情。他不仅是一个杀死怪物、为民除害的英雄，而且还是一个敢于反抗命运的安排、企图掌握人的生死和长生之术的探索者。他去寻找祖先长途跋涉的故事，使这个人物的英雄形象更加丰满，更显示了这个形象思想的深邃，闪耀着人类智慧的光芒。

一、吉尔伽美什的形象是变化的又是统一的

（1）他最初是乌鲁克城邦的残暴统治者。欺男霸女，民怨沸腾。

（2）他与恩启都苦斗结交后，转变成为民除害的英雄。除杉妖、救爱神、斗天牛。

（3）恩启都死后，他又成为生死问题的勇敢探求者。不恋王位、不畏艰险、远访先祖、探寻仙草。

从审美角度看，吉尔伽美什的形象具有矛盾性，他作为奴隶制城邦早期的国王具有强悍、暴戾、淫荡的一面，同时又有俊美、健壮、聪颖、勇武的另一面。随着时间的推移，他作为暴君的一面渐渐成为历史，而代表远古人类在严酷的自然和社会环境中作生存斗争的正面本质的一面则逐渐被神化，成为原始初民的理想寄托。

从哲学视域看，吉尔伽美什人格上由暴戾淫逸的国王一变而为为民除害的英雄的转化过程，正是人类自我意识走向成熟的象征性概述。他从国内臣民反对者的正义要求中看到了自己的残暴和不义，通过他人的价值态度而意识到作为社会个体存在的自我，从而由生物化的本我走向社会化的自我。

二、吉尔伽美什形象的主要意义

（一）他对死亡的恐惧昭示了人类精神深层的生命悲剧意识

中国古代诗人陈子昂《登幽州台歌》中的"念天地之悠悠，独怆然而涕下"，古代波

斯王泽克西斯远征希腊途中的潸然泪下,都是因为死亡带来生命有限之惧悲。可以说,死亡是高悬于每个人头顶上的一把达摩克利斯之剑。令人恐惧的不是死亡本身,而是死亡的不断迫近和想象中死后的虚无。这是每一个人灵魂的深度痛苦,是潜藏于人之意识深层的本体悲哀。

(二)他对生死奥秘的探索显示了人类在生命意识上的精神自觉

对于生死现象不再像早期人类那样自生自灭地被动接受,而是作为生命的主体主动地积极探求生命奥秘,试图扼住必死命运的咽喉。但也有人说,明知生命有限而求其永,这是人类最大的悲剧。

(三)客观上证明了人的生命有限、死亡不可避免、人之生死是自然规律

恩启都的必死、人的生死由神决定的神谕、吉尔伽美什探求永生的失败、象征永生的仙草的得而复失,都在表现这一点。

英雄末路、死亡悲哀,可以说是《吉尔伽美什》的主旋律。这一点使得这部史诗在主题思想上与古代其他史诗的英雄主义主题略有不同。但死亡并未否定一切,英雄即使死了也有意义——吉尔伽美什的英勇无畏、为民献身精神体现了人的肉体生命虽然有限,但人的精神生命却可以永垂不朽的价值观念。吉尔伽美什出征杉妖前对恩启都说:

　　我一旦战死,就名扬身显——
　　吉尔伽美什是征讨可怕的芬巴巴,
　　战斗沙场才把身献,
　　为我的子孙万代,芳名永传。

这样的描写虽在史诗中不多,但其中蕴含的死亡观却是对死亡悲哀的冲淡,对死亡虚无的化解,体现了不同于西方物质主义和虚无主义死亡观的东方文化背景下的精神主义和超越主义的死亡观——人死,精神可以永垂不朽。例如中国传统价值观中的"三不朽"追求:立功、立德和立言。

第五节 《吉尔伽美什》的艺术特征

一、独特的历法式结构

史诗的情节结构是按太阳运行的自然周期来安排的,体现了早期人类独特的原始思维方式。巴比伦人很早就创造了太阳历,分一年为12个月,一昼夜为12个时辰。太阳在每天正午和每年仲夏之际,到达其运行轨迹的顶点,此后便趋于下降,由白昼转向黑夜,由春夏进入秋冬。《吉尔伽美什》的情节结构就是按太阳运行的自然周期来安排的。全书共12块泥版,正好暗合一年12个月,1天12个时辰。在1至6块泥版中,主人公犹如初升的朝阳,蒸蒸日上,无往而不胜,创造出辉煌业绩,成为举世爱戴的英雄。从第7块泥版开始,主人公如同午后的斜阳,逐渐西沉,由胜利者变为失败者。到最后第12块泥版时,主人公已近阴曹地府,无可挽回地走向了悲剧结局。史诗将自然规律用于文学构思,将主人公的命运升沉同日出日落巧妙对应起来,结构上堪称匠心独运、严密完整,但主要意义在于体现了早期人类独特的原始思维方式。

二、高度的艺术概括能力

东西方各国的古代史诗大都规模庞大,篇幅较长,如印度两大史诗分别是10万行和40万行,荷马史诗也有近4万行;再就是人物众多,动辄成百上千。与其他古代史诗不同,《吉尔伽美什》只有3000行,只集中描写了两个主人公,而且将他们的关系处理成对立统一关系,却概括了丰富的内容。史诗的艺术概括能力明显高出同时期的其他作品。

三、富有民间文学的种种特色

故事极富浪漫色彩——天上人间,人神交错,变幻无穷。情节跌宕生姿——围绕主要情节,还穿插了许多传说故事,如"洪水传说",使史诗情节跌宕生姿,引人入胜。广泛运用夸张、排比、比拟等民间文学表现手法——夸张,如说芬巴巴"吼叫就是洪水/嘴一张就是烈火/吐一口气就置人于死地";比拟、排比如吉尔伽美什历数爱神伊什妲尔的风流韵事:

你是一座冷了的炉灶,
是一扇挡不住风雨的破门窗,
是那伤害英雄的烂殿堂,
是那弄脏搬运者的黑沥青,
是那弄湿搬运者的臭皮囊,
是那使主人脚疼痛的破鞋子。
你对你爱过的哪个男人不曾改变心肠?

第六节 《吉尔伽美什》的地位和影响

《吉尔伽美什》是世界文学史上的第一代文学——古巴比伦文学的最高成就,也是迄今为止所发现的人类文学史上出现最早的一部史诗。它所描写的某些故事情节和文学元素,由于时间较早并具有示范意义,因而成了文学创作的原型和母题,通过各种途径广泛传播到西亚、北非和欧洲地区,对后世东西方文学产生了深远影响。如"洪水救渡"就影响了希伯来《旧约》中"诺亚方舟"和阿拉伯《古兰经》中"努哈方舟"等神话故事。史诗对吉尔伽美什与恩启都友谊关系的描写也渗透进了后世的许多作品,如荷马史诗中阿基琉斯与帕特洛克罗斯的关系、罗曼·罗兰《约翰·克里斯朵夫》中约翰·克里斯朵夫与奥里维的关系、麦尔维尔的《白鲸》中以什玛利与魁魁格的关系,等等,评论界把文学作品中这种男性之间生死相托的纯洁的友谊关系描写称为"生死友谊"母题。另外,史诗中的游历冒险、地狱之行、死亡悲哀等情节和观念,对后世文学也具有原型和母题意义。

思考题

1. 分析吉尔伽美什形象及意义。
2. 如何理解主人公对死亡的恐惧?

讨论题

我看生命的有限与不朽。

第二章 影响世界的"万书之书"、古代希伯来民族的文学总集:《圣经·旧约》
(The Bible Old Testament)

教学重点:《旧约》及《圣经》的文学性质、地位和影响,《雅歌》的艺术表现。

第一节 民族历史和文化简况

在古代中东各民族中,希伯来民族不是政治上、军事上的大国,但却因受四邻各族的影响,在文化上尤其在文学方面,可以说是集大成者。流传至今的希伯来《圣经》《次经》《伪经》和60多年前发现的《死海古卷》,组成一大文学宝库,成为世界古代影响最大的文学四大文库之一,和中国、印度、希腊文库并列。

一、饱经忧患的历史

希伯来民族起源于阿拉伯半岛的也门地区,长期滞留于两河流域,曾经逃荒埃及多年,最后定居迦南。

二、一神信仰的犹太教的诞生

希伯来民族沦为巴比伦之囚;巴比伦灭亡后又返回迦南,确立了一神信仰的犹太教并建立政教合一的以色列犹太联合王国;由于氏族部落冲突及权力之争最终一分为二;以色列亡国后犹太国遭到罗马帝国屠城,犹太人从此失去祖国,流浪四方。

三、民族文化遗产的整理

希伯来民族的历史文化典籍最早叫《约书》(Testament),基督教产生后,为了与基督教的典籍《新约》相区别而改称《旧约》(Old Testament),后来基督教将两者合二为一,总称为 The Bible,中文翻译为《圣经》。这些文化遗产显现了古希伯来文学的成就,也是我们了解古希伯来历史的宝贵文献。

四、希伯来民族的特点

(1)这是一个开放的、富有创造性的民族。
(2)这是一个具有坚强的意志和战斗精神的民族。
(3)这是一个宗教意识浓厚的民族。

第二节 《旧约》的内容构成

《旧约》共 39 卷,可以分为经律书、历史书、先知书和诗文集四大部分。它从多方面反映了古代巴勒斯坦地区的政治、经济、军事、文化和希伯来人进入迦南地区所进行的种种斗争。

经律书包括《创世记》、《出埃及记》(*The Exodus*)、《利未记》(*Leviticus*)、《民数记》(*Numbers*)、《申命记》(*Deuteronomy*)五卷,是其古代神话传说和教规法典的汇编。历史书包括《士师记》(*Judges*)、《撒母耳记》(*Samuel*)、《列王纪》等十卷,是其民族的兴衰史,特点是历史和文学结合。先知书包括《耶利米书》(*Jeremiah*)等十五卷,是思想家和改革家们揭露社会腐败的演说,特点是富于激情的政论、散韵结合的文体、寓言意象式的表现手法。诗文集有抒情诗集《诗篇》(*Psalms*)、《哀歌》、《雅歌》;哲理诗集《箴言》(*Proverbs*)、《传道书》;短篇小说《路得记》、《以斯帖记》、《但以理书》(*Daniel*);诗剧《约伯记》等十三卷,都是文学作品。

《旧约》是犹太教的宗教典籍,也是希伯来文学的总汇,它是古代希伯来民族发展和以色列、犹太王国兴衰历史的艺术记录。

第三节 古希伯来文学史纲

《旧约》中的文学史大致可以分为三个时期:王国成立前时期、王国时期和沦亡时期。

一、王国成立前时期的文学(公元前 1030 年以前)

这是希伯来人的史前时代,背景是氏族社会。主要有以下三类作品:

1. 神话

希伯来的宗教是一神教,所以神话比较简单,不像多神教的希腊、印度神话那么丰富。同时,希伯来人和周围多神教的民族一起生活,也流传着其他民族的神话,如迦南的神巴力和巴比伦的神马尔都克等。"创世造人"(Genesis)、"失乐园"(Paradise Lost)、"诺亚方舟"(Noah's Ark,或"大洪水"The Flood)是希伯来最著名的三大神话。

2. 传说

希伯来人的传说主要是述说他们氏族男性家长制的族长或酋长的传说故事。他们把几百年或一千年的氏族历史,浓缩成了两大传说:亚伯拉罕(Abraham)的传说("燔祭献子"体现了他的威严虔诚,成为文学的原型母题),雅各(Jacob)的传说(红豆汤换继承权、骗父为其祝福、娶两个表妹为妻、设计得舅舅羊群、逃跑途中与天使摔跤,体现了雅各的诡诈奸猾)。

3. 故事

希伯来故事中的英雄裹着浓厚的传说外衣,都是传说中的历史人物。其文体以散文为主,也杂糅着韵文;其风格特点是明快、捷劲。著名的有约瑟的故事、摩西的故事、参孙的故事等。

二、王国时期的文学（前1030年—前586年）

这是他们的王国时代，也是正式进入历史的时代。主要有以下四类作品。

(一) 史传文学

《撒母耳记》(上、下)和《列王纪》(上、下)被称为希伯来的王国"四史"，其描写泼辣而富有生气，语调简劲流利。《撒母耳记》(Books of Samuel)中有关扫罗和大卫王的故事(弹弓杀敌、扫罗食言、洞中遭遇、移花接木、阴谋害命)，《列王纪》(Books of Kings)中有关所罗门王的事迹("二妇争子")，组成了著名的三王史传。

(二) 先知文学

王国时代产生的先知文学是希伯来文学中最有特色的一种。最初出现的先知书是《阿摩司书》和《何西阿书》。以赛亚是南国耶路撒冷最有威望的先知。耶利米是先知中的顶峰和代表，代表作有《耶利米书》，他也是一名诗人，尤以写"哀歌"著称。

(三) 智慧文学

哲理诗文在希伯来被称为"智慧文学"，在政治上和宗教上都被看作瑰宝。《传道书》是智慧文学中最美丽的一个哲学诗篇，也是世界哲理文学中最优秀的作品之一。

(四) 抒情诗歌

抒情诗是希伯来最早产生的文学体裁之一，《雅歌》是抒情诗发展的顶峰，也是《旧约》文学的代表作。

三、沦亡时期的文学

(一) 启示文学

启示文学是在先知文学的基础上发展而来的，它用象征的手法，用幻想或异象来启示前进的道路。启示文学的主要内容有揭示历史的终点、世界的末日、光明与黑暗。代表作品有《但以理书》。

(二) 戏剧

希伯来的宗教颂神歌中，早有戏剧性对唱的诗，先知书中也有戏剧体的狂欢歌，但真正发展成为戏剧的作品是《约伯记》，它被称为希伯来文学中最伟大的杰作，被列入世界最佳文学名著之林。诗剧《约伯记》(The Book of Job)揭示了人性恶是造成人生苦难和悲剧的根源，流露出悲观主义和宿命主义的思想。

(三) 短篇小说

希伯来的小说比戏剧产生得更晚，但比戏剧发展得更充分，代表作是《路得记》(The Book of Ruth)，它是希伯来小说诞生的标志；异族姑娘路得两嫁希伯来人是其主要情节；塑造了贤惠、勤劳、善良、勇敢的东方美丽女子路得的感人形象；主题是歌颂民族之间和睦相处、团结互助的美德，透露出天下皆为上帝民的大同思想；牧歌式的描述，被歌德称为"最优美的田园小说"。

第四节 《旧约》主要故事梗概

失 乐 园

"失乐园"的神话故事源自《圣经·旧约》中的《创世记》。

上帝创造了宇宙万物,又创造了最早的人类亚当和夏娃,上帝把他们安放在伊甸园中,并让他们看守这个乐园。上帝吩咐他们说:"园中各样树上的果子你们可以随意吃,只有善恶树上的果子不可以吃,因为你吃的日子必死。"后来,夏娃抵挡不住化成蛇的魔鬼撒旦的诱惑,偷食了善恶树上的果子,并让亚当一起吃。亚当和夏娃偷食禁果以后,便有了羞耻感,他们意识到自己赤身裸体,于是用无花果的叶子编织了裙子掩饰下体。上帝造人以后,这是人第一次违背上帝的命令,因而犯下了必须世代救赎的罪孽,称为原罪。

亚当和夏娃偷食禁果以后,原来温暖如春的天空中盘旋着背离上帝的寒流,凉风一阵紧似一阵地吹过来,世间的一切都开始变得紊乱而不和谐。道分阴阳,动静相摩,高下相克。人失去了天真烂漫、无忧无虑的童年,注定要经历酸甜苦辣的洗礼,体验喜怒哀乐的无常。智慧是人类脱离自然界的标志,也是人类苦闷和不安的根源。

上帝在园中行走,亚当和夏娃听见他的脚步声。此时他们已经有了羞耻感,他们的心与上帝有了罅隙,出于负罪感,他们开始在树林中躲避上帝。上帝对着园中呼唤:"亚当,你在哪里?人哪,你在哪里?"

亚当对上帝说:"我在园中听见您的声音了,因为我赤身裸体,所以躲藏了起来。"

"谁告诉你赤身裸体的呢?莫非你吃了我吩咐你不可吃的那树上的果子么?"上帝知道他已经背离了自己的意志,愤怒地质问。

亚当辩解说:"你所赐给我与我同居的女人把那棵树上的果子给我,我就吃了。"

上帝问夏娃:"你都干了些什么?"

夏娃说:"是那蛇引诱我吃的。"

上帝知道人的僭越已无法挽回,既然他有了智慧,就应承担与智慧相称的责任。

上帝责罚罪魁祸首的蛇说:"你既作了这事,就必受诅咒,比一切的牲畜禽兽更甚,你必用肚子行走,终身吃土。我还要叫你和夏娃彼此为仇,你的后裔和她的后裔也彼此为仇。她的后裔要伤你的头,你要伤她的脚跟。"于是蛇就失去了翅膀和人身,变成了一根弯弯曲曲的长虫,令人生厌。它只能用肚子爬行,钻洞吃土。

上帝接着责罚率先堕落的女人夏娃:"我必多多增加你怀胎的苦楚,你生产儿女必多受痛苦。你必恋慕你丈夫,你丈夫必管辖你。"

最后,上帝对亚当说:"你既听从了妻子的话,吃了我所吩咐你不可吃的那树上的果子。土地必因为你的缘故受诅咒,你必须终身劳苦,才能从地里获得粮食,土地必给你长出荆棘和蒺藜来。你也要吃田间长出的蔬菜,你必汗流满面才能糊口,直至你归了土。因为你是从土里创造出来的,你本是尘土,仍要归于尘土。"

上帝因为亚当和夏娃是自己的造物,惩罚了他们,同时也很怜惜他们,他用兽皮做了衣服给他们穿,接着打发他们出伊甸园,赐土地给他们耕种。

上帝又怕亚当和夏娃摘吃生命树的果子长生不老,于是把亚当和夏娃逐出伊甸园后,便在园子的东边安设基路呐(传说中带翅膀的动物)和四面转动发火焰的剑,来把守通往生命之树的道路。

从此,上帝失落了人,人也失落了上帝。

诺亚方舟

"诺亚方舟"的神话故事源自《圣经·旧约》中的《创世记》。

由于偷吃禁果,亚当、夏娃被逐出了伊甸园。他们的后代子孙传宗接代,越来越多,逐渐遍布整个大地。但是人们之间的怨恨与恶念与日俱增,他们无休止地相互厮杀、争斗、掠夺,人世间的暴力和罪恶简直到了无以复加的地步。上帝对人类非常失望,决定对人类实施大毁灭,但是他又舍不得把他的造物全部毁掉,他希望新一代的人和动物能够比较听话,悔过自新,建立一个理想的世界。上帝选中了诺亚一家,作为新一代人类的种子保存下来。

上帝告诉他们七天之后就要实施大毁灭,要他们用歌斐木造一只方舟,分一间一间地造,里外抹上松香。这只方舟要长300英寸、宽50英寸、高30英寸。方舟上边要留有透光的窗户,旁边要开一道门,方舟要分上中下三层。他们立即照办。上帝看到方舟造好了,就说:"看哪,我要使洪水在地上泛滥,毁灭天下,凡地上有血肉、有气息的活物无一不死。我却要与你立约,你同你的妻子、儿子、儿媳都要进入方舟。凡洁净的畜类,你要带七公七母;不洁净的畜类,你要带一公一母;空中的飞鸟也要带七公七母。这些都可以留种,将来在地上生殖。"

2月17日那天,是诺亚600岁生辰,海洋的泉源都裂开了,巨大的水柱从地下喷射而出;天上的窗户都敞开了,大雨日夜不停,下了整整40天。水无处可流,迅速上涨,比最高的山巅都要高出15英寸。凡是在旱地上靠肺呼吸的动物都死了,只留下方舟里人和动物的种子安然无恙。

方舟载着上帝的厚望漂泊在无边无际的汪洋上。上帝顾念诺亚和方舟中的飞禽走兽,便下令止雨兴风,风吹着水,水势渐渐消退。诺亚方舟停靠在亚拉腊山边。又过了几十天,诺亚打开方舟的窗户,放出一只乌鸦去探听消息,但乌鸦一去不回。诺亚又把一只鸽子放出去,要它去看看地上的水退了没有。由于遍地是水,鸽子找不到落脚之处,又飞回方舟。7天之后,诺亚又把鸽子放出去,黄昏时分,鸽子飞回来了,嘴里衔着橄榄枝,很明显是从树上啄下来的。再过7天,诺亚又放出鸽子,这次鸽子不再回来了。

诺亚601岁那年的1月1日,地上的水都退干了。诺亚开门观望,地上的水退净了。到2月27日,大地全干了。于是,上帝对诺亚说:"你和妻儿、媳妇可以出舟了。你要把和你同在舟里的所有飞鸟、动物和一切爬行生物都带出来,让它们在地上繁衍滋长吧。"于是,诺亚全家和方舟里的其他所有生物,都按着种类出来了。后世的人们就用鸽子和橄榄枝来象征和平。

约瑟的故事

约瑟是以色列(雅各)所钟爱的妻子拉结所生的长子,他在十二兄弟中,排在第十一。由于以色列所疼爱的妻子拉结不能生育,所以雅各起先所得的十个儿子都是由他的另一些妻妾所生,可后来拉结突然怀孕了,生下了约瑟,他的同母弟弟本雅明刚出世,拉结便与世长辞。约瑟容貌秀美,秉性纯洁,他喜欢顺从上帝,又爱听父亲的教诲,雅各非常喜欢约瑟,再加上约瑟天资聪明,便引起了十位兄长的嫉妒,终于,他们决定杀害约瑟,不过后来他们把约瑟以 20 个银币的价钱卖给了以实玛利人,把他的衣服留下,撕碎,涂上血迹,回来向父亲谎称约瑟为野兽所害,雅各因此痛苦万分。这样,约瑟就被卖到埃及当了奴隶。

约瑟年少伶俐,被埃及法老的侍卫长波乏提买下,由于约瑟聪明温顺,很快就博得了波乏提的信任,被提升为管家,波乏提放心地让他管理家中一切事物,自己一概不过问。年少的约瑟英俊潇洒、精明能干,特殊的经历使他具备了超越年龄的成熟魅力,他的女主人——波乏提之妻爱上了他。她先是向约瑟暗送秋波,眉目传情,接着用言语暗示他,挑逗他,最后强迫约瑟与她苟合。约瑟因着对神的敬畏拒绝了她,女主人便由爱生恨,在波乏提面前反诬约瑟,约瑟蒙冤入狱。在狱中,司狱见他行为方正,便把所有的犯人都归为他手下,在约瑟替司狱管理的犯人里有两个是法老的重臣,分别是法老的酒政和膳长。

有一天晚上,酒政和膳长各做了一个梦,酒政梦到他面前有一棵葡萄树,树上有三根树枝,发了芽开了花,上头的葡萄都熟了,他将葡萄挤进法老的杯子递到法老的手中。膳长梦见他头上顶着三筐白饼,最上面的框子里有为法老烤的各种食物,有飞鸟过来吃了里边的食物。约瑟替他们解梦,预言三天之内酒政便会出狱官复原职,而膳长则会被法老砍头。过了三天,事情完全按照约瑟的预言发生了,酒政官复原职,约瑟请求他替自己求情救他出狱,酒政出狱后得意忘形,把约瑟的请求忘了,以至于约瑟在狱中多待了两年,直到有一天法老一夜连做了两个奇怪的梦,举国上下无人能解,酒政才想起约瑟并把他推荐给法老。

法老首先梦到七头肥壮的母牛在河边吃草,之后来了七头丑陋干瘦的母牛吃光了前面七头美好肥壮的母牛;接着梦见一支麦子长了七支麦穗,后长的七支细弱的麦穗吞尽了先长的七串肥大饱满的麦穗。约瑟替法老解梦,指出两梦同是预示埃及先有七个丰年,然后又有七个荒年。接着约瑟向法老王提出周详、妥善的方略对策——选贤治国,征收粮食及积蓄五谷,结果大受法老赞赏,被封为宰相。在七个丰年里,约瑟抓紧全国的生产,积蓄粮食。七年之后果然发生了大饥荒,天下人纷纷前往埃及买粮,雅各也派自己的十个儿子来到埃及。

约瑟的哥哥前来购粮向宰相下拜求情,约瑟看见了自己的哥哥们,却装作不认识,十位哥哥也认不出这位宰相就是当年被他们卖掉当奴隶的弟弟约瑟。约瑟首先坚持说他们是奸细,为了证明自己不是奸细,哥哥们介绍了家里的情况,约瑟借此得知父亲和弟弟都很安好。约瑟留下了哥哥西缅,为其他九位哥哥准备了粮食并吩咐他们带回本雅明以证实他们所说的属实才肯放掉西缅。

以色列人从埃及买回的粮食很快就吃完了,他们需要再次前往埃及买粮,于是以色列让九个儿子带上最小的本雅明前往埃及购粮。九位哥哥带着礼物和本雅明抵达埃及,约瑟见到同胞弟弟欣喜万分,但未相认。约瑟吩咐管家替他们准备好粮食出城,并且偷偷地将自己的银杯放在本雅明的口袋里。

九位哥哥带着本雅明和买来的粮食出了埃及,但是很快被约瑟的卫队追上,卫队从本雅明的口袋里搜出了约瑟的银杯,约瑟要求本雅明做自己的奴隶赎罪,其他九位哥哥替本雅明求情,并且说明年迈的父亲自从心爱的儿子约瑟死后便将全部的父爱转移到本雅明身上,如果没有本雅明,年迈的父亲会伤心欲绝的,他们个个都愿意替本雅明做约瑟的奴隶。听着哥哥们感人至深的肺腑之言,约瑟放声大哭,和兄弟们相认,并要他们将年迈的父亲接来埃及居住。哥哥们回到埃及将这个消息告诉了以色列,以色列便带着全族老少共 70 人迁往埃及,他在埃及住了 17 年后死去,约瑟在埃及做臣子到 110 岁时死去,他活着的时候子孙满堂。

摩西的故事

"摩西的故事"源自《圣经·旧约》中的《出埃及记》《利未记》《民数记》《申命记》。

以色列的后代在埃及至少生活了 400 年。他们在那里人丁兴旺,子孙绵绵。到了大约公元前 15 世纪,埃及有一位新法老登上了王位,这位法老不承认约瑟在埃及曾经有过的功绩,他对希伯来人生养众多、繁荣强盛深感不安,遂想到两个方法来控制他们:首先以做苦役、建筑新城的方式来消耗他们的体力,减少他们的寿命;其次下令杀掉所有以色列妇人所生的男婴,以抑制人口的增长。但接生婆因为敬畏神,暗中违令,以色列民的人口非但没有减少,反而增加,于是法老另生一计,命以色列人将所生的男婴丢在河里淹死。

正当此时,利未族的一对夫妇生了一个儿子,模样俊美,他们不忍见他受害,便把孩子藏在箱子里,让他的姐姐看管,放在河里顺流而下,被正在河边沐浴的法老的女儿拾获,她心生怜悯,便让孩子的姐姐找希伯来妇女喂养他。就在这奇妙安排之下,孩子仍由生母乳养,直等到他断奶,才送进埃及王宫成为法老女儿合法的儿子。这孩子就是后来以色列的民族英雄——摩西。

摩西在王宫长大,学习所有埃及人的学问和专长,他从生母口中得知自己是希伯来人,有希伯来人的身份与信仰。一天,他看见一个埃及监工殴打一个希伯来人,摩西一气之下失手把那个监工打死了,后来事情败露,法老大怒,下令捉拿摩西,他只好逃到米甸的旷野去,在那里娶妻生子,过着游牧生活,一晃 40 年。

新的法老登基,仍奴役以色列人民,以色列人民叹息哀求,其实神听见他们的哀声,也看见他们的苦难。有一天当摩西在何烈山牧羊时,他奇异地看到一丛荆棘燃烧了起来但却未被烧毁,其实这是上帝召唤他的一个记号。上帝要他回到埃及去,把以色列人民解救出来。起初摩西不肯担负此重任,虽然神应许与他同在,并驳倒他所有的借口,但摩西仍然害怕,神便应允差遣他的哥哥亚伦与他同去。亚伦将成为他的代言人,以弥补摩西辩称的自己缺乏口才的遗憾!上帝给摩西的手杖施了法,使它有了魔力。上帝叮嘱摩西要将以色列人民救出埃及回归迦南。

摩西回到埃及,在百姓面前行了许多神迹,取得了百姓的信任和接纳,然后便和亚伦去见法老,要求容许以色列人离开埃及去侍奉耶和华。但法老不肯白白损失这么多的廉价劳动力,不但不肯放人,反倒增加他们的工作量,几经交涉都没有结果,神便借着摩西之手在埃及降下九次的灾祸,近乎一年的时间过去了,每一次灾难过后,法老仍然不许以色列人离开。第十次灾祸是在逾越节,上帝要在那夜巡行埃及,把埃及人的长子和头生的牲畜都杀了,还要败坏埃及一切的神。在埃及的最后一夜,以色列人杀死羔羊,将血涂在门楣和门框上,以免受到上帝的灭杀。埃及人从法老到奴隶一夜之间丧失了所有的长子,这时法老才允许以色列人离开埃及。

以色列人从埃及兰塞出发,向东边的舒割前进。耶和华神与百姓同在,日间用云柱领路,夜间以火柱带领他们,在以色列民抵达应许地迦南之前,经历了旷野的窘困行程,他们多次受到阻碍。首先是埃及法老反悔了,派兵追赶以色列人,将他们逼到红海边,摩西发挥神力,挥杖劈海,使以色列民顺利到达彼岸,同时淹没了埃及的追兵。他们在旷野中艰难地前进,神每日为他们降下食物,又指示摩西替他们找到水源,并且战胜了荒漠中好战的亚玛力人。经过万里的跋涉,尝尽了千辛万苦后,他们在西奈山对面的荒漠里安营扎寨,上帝与以色列人立约,摩西在西奈山上领受了神所颁布的十诫。但是以色列人在摩西上山之时,因为不耐烦而铸造金牛犊膜拜,上帝发怒了,要灭绝他们,另外兴起摩西的后裔成为大国。摩西以民族为念,为以色列民祈求。结果,神应允了摩西,答应不立即消灭他们,但也不准许他们进入应许之地迦南,要他们在旷野中漂泊40年。除了约书亚与迦勒得以进入之外,其余的人,包括摩西都死在了旷野之中。在漂流的日子完结后,约书亚继承了摩西的工作,继续带领以色列人渡过约旦河,进迦南美地。

参孙的故事

力士参孙的故事源自《圣经·旧约》中的《士师记》。参孙是个有名的大力士,他能赤手空拳把狮子撕成碎片;他曾经用一根驴腮骨打死1000个巴勒斯坦人。上帝拣选参孙作为以色列人的领袖,是要以他强壮的体魄和无穷的力气带领以色列人挣脱巴勒斯坦人的压迫。但是有一个秘密他必须终身保守:他绝不可剪去自己的头发,否则他将力气丧尽。

参孙斗狮

英雄难过美人关。参孙一眼就看上了个非利士美女,发誓要娶之为妻。会亲家那天,参孙给陪酒的30位巴勒斯坦人出了个谜语,许诺30套衣服给能够答出谜底的人。而这30个人私下里怂恿参孙的未婚妻套出答案来。当然参孙也没能抵制住美色,谜底便给那帮人知道了。新婚那天,谜让人家轻而易举地破了,参孙知道是妻子出卖了他,丢了面子不说,很是恼火。于是出了门去,杀了30个巴勒斯坦人,把他们的衣服剥下来给了那些猜出了谜的人。他岳父很后怕,于是匆匆地把自己的女儿另嫁他人。参孙得知后更为恼火,便放火烧了巴勒斯坦人的庄园。巴勒斯坦人怪参孙的岳父引狼入室,于是烧死了他们一家人。正所谓冤冤相报何时了,参孙与巴勒斯坦人从此结下不共戴天之仇。

后来参孙又看中了一个唤作达利拉的女子。达利拉在巴勒斯坦人金钱的诱惑下,最终从参孙的口中套出了其神力的秘密,她马上通报给敌人。达利拉假装与参孙谈得火热,用甜言蜜语,温柔地哄着他睡觉。可怜的参孙枕着她的膝盖睡着了。巴勒斯坦人与她合作,很快剃去了参孙的头发。上帝的灵离开了参孙。达利拉大喊一声:"参孙哪!巴勒斯坦人来捉你了。"参孙从梦中醒来,想像以前一样,用大力抵抗仇敌。哀哉!他软弱无力,被敌人捉去,剜掉了双眼,在监牢里推磨做苦工,十分悲惨!

参孙在悲痛中悔恨自己不该违背他和上帝所立的誓约,不应该泄露大力士的秘密。他向上帝认罪,要痛改前非。敌人却兴高采烈,大肆庆祝,赞美他们的神。当他们宴乐至极的时候,把参孙拉了来,戏耍嘲弄他。那时候房内房外挤满了人,房顶上也有很多人。可怜双目失明的参孙,一不能躲避,二不能还击。可是敌人根本没有注意到,他的头发已经又长长了。依他的要求,一个小孩子领他摸着了支持那房子的两个大柱子。他默祷:"主啊!求你顾念我,再赐给我这一次的力量。"他左手抱着一个柱子,右手抱着一个柱子,拼着命地向下弯曲身体。"咯吱吱!卡啦啦!"两个柱子断裂了,房子倒塌了,房子内外和房顶上的众人与参孙都被压死了。上帝听了参孙悔改后的祈求,他死的时候所杀死的敌人,比他生前杀死的还要多呢。

第五节 古希伯来文学的总体特征

以《旧约》为代表的古希伯来文学具有鲜明的特性,即宗教性、民族性、悲剧性、民间性和浪漫性。

一、宗教性

所谓宗教性,是指《旧约》与宗教信仰有密切联系。希伯来人是笃信宗教的民族,希伯来文学是伴随宗教思潮产生和发展的。《旧约》不是作为一部文学作品编辑的,而是作为一部宗教典籍编辑的。犹太教的一神观、契约观和救赎观,是贯穿《旧约》文学的基本观念。表现希伯来人与上帝的相互关系是《旧约》文学的基本主题。上帝耶和华是《旧约》文学中无所不在的主人公,既是希伯来民族历史的见证者,更是该民族一神教信仰的体现者。所以,耶和华尽管有时被描绘成一个有血有肉的形象,但大多数场合则被想象为一个无影无形的神灵,这是为了表明上帝乃是神圣的、全能的、永恒的存在。因此,《旧约》中的上帝除了具有文学性、历史性外,还具有唯一性、超验性、终极性、抽象性、神秘性等宗教哲学特征,该民族的一些历史事件和人物也极力被神秘化,如《出埃及记》中所谓上帝指引以色列人出埃及,所谓上帝委派摩西领导以色列人出埃及,乃是某些真实历史事件和人物的神秘化和宗教化。

二、民族性

所谓民族性,首先是指《旧约》通篇充满浓厚的爱国思想和强烈的民族感情。如在神话传说(《创世记》等)中,宣传希伯来人是上帝的特选子民,是人类始祖亚当和夏娃的嫡系子孙。在历史故事(《出埃及记》《士师记》《撒母耳记》等)中,歌颂了一系列救民族于水火的英雄人物——率领以色列人逃出埃及的摩西、领导以色列人反抗巴勒斯坦人压迫的参孙等。在诗歌(《诗篇》《耶利米哀歌》等)中,洋溢着澎湃的爱国热情,特别是那些哀叹希伯来人被掳的作品具有动人心魄的力量。如《诗篇》第 137 首《哀叹以色列被掳》,把爱祖国、爱故乡的感情抒发得淋漓尽致。其次是指《旧约》创造了"贯顶体""气纳体""先知文学""启示文学"等多种希伯来民族独特的文学形式和风格。

三、悲剧性

所谓悲剧性,是指《旧约》以悲哀为基调,其中几乎没有喜剧成分,没有幽默因素,甚至很少有引人发笑的地方。这种悲剧性来自两个方面。一是表现个人和民族的不幸所引起的悲哀——流浪漂泊的历史、屡次遭受战争的折磨、经常尝到亡国的痛苦。《耶利米哀歌》是该书悲剧色彩最为浓重的一卷。作品以哀悼耶路撒冷的陷落、焚毁,以及人们被俘为中心,充满了哀伤的情调。从这个角度来说,《旧约》的悲剧性是与民族性相联系的。二是遥遥无期的"天路历程"、难以抵达的超验境界。有人说:无影无形的上帝形象的创造充分体现了希伯来民族喜欢绕过对具体物形的重视而好做超验的形而上的终极追求,所以这是一个"永远在精神上做孤苦漂泊的民族"。从这个角度来说,《旧约》的悲剧性又是与宗教性相通的。

四、民间性

所谓民间性,首先是指《旧约》中的大部分作品都是在人民口头创作基础上加工整理而成的。据学者考证,该书中仅有少数作品为个人所作,如"先知书"和《耶利米哀歌》等,其余大多数作品都是民间集体智慧的结晶。其次是指《旧约》文学具有鲜明的民间文学色彩。表现在反映现实更广泛、更真实,语言表述更质朴、更清新,大量采用民间文学常用的比拟手法,等。

五、浪漫性

所谓浪漫性,是指《旧约》中的许多作品都具有浓郁的浪漫色彩。表现在它往往把英雄人物神奇化,如《出埃及记》中写摩西会创造种种奇迹,且活了 120 岁;《士师记》中写参孙的神力来自于胎毛,还用极其夸张的手法描写他力大无穷。尤其是这些奇人、奇事都与耶和华有关,这位无影无形而又无所不能的上帝形象的存在,使得希伯来文学在整体上具有一种神话特质,显示出浪漫、神秘的风格。

第六节 《圣经·旧约》的地位和影响

以《圣经·旧约》为代表的希伯来文学和中国文学、印度文学、希腊文学并列为世界四大文学宝库、世界文学的四大传统、世界文学大厦的四块基石。《旧约》也随着基督教传播到全世界,成为世界上刊印量最大、读者最多、流传最广、影响最深的著作——被译成 1400 多种语言,发行 25 亿多册,称为"万书之书"。

一、以《圣经·旧约》为代表的希伯来文化、文学与古希腊文化、文学一起,共同构成了西方文化、文学的两大源头,被称为"二希"

"二希"即希腊传统(希腊罗马的古代传统)和希伯来传统(希伯来基督教的中古传统)。欧洲中古各新兴民族、国家,是在基督教文化的哺育下由野蛮进化到文明的,属于基督教文化体系。

(一)《圣经·旧约》对中古欧洲蛮族的开化起到了推动作用,推动了西方国家语文的形成和发展

为翻译这本书,许多本无文字的民族创制了文字。西欧各年轻的国家往往从将《圣经》译成本国语言开始,使本国的语言文字走上了规范化的道路。如马丁·路德用德文翻译了《圣经》,这对德国思想的统一、语言的规范化起了非常大的作用;《圣经》的英文译本同样也是英国文学语言的范本。加入日本国籍的英国学者小泉八云如是说:"说英文圣经是英国文学上的仅次于莎士比亚之最伟大的作品,并且说它在英国民族的文字和语言上,甚或具有比莎士比亚更大的影响,这并不是过分的话。"①

(二)《圣经·旧约》成为孕育西方近代文化的母体,具体表现在:它的思想观念渗透到西方社会的各个领域,甚至成为人们日常生活中必须遵循的法规和道德准则

如政治思想——"原罪"(original sin)观念影响了西方法治社会的形成,法律(即契约)高于伦理。原罪观念观照出人性本恶意识,由此出发强调建立外在于人心的、人人都受约束的(不论职位高低)而且是相互制约的法律体系,属于法治社会。被称为罪感文化(guilt culture)并因此具有自律性的西方,把人与人的一切关系变为和氏族血缘关系无关的政治法律关系,用公民之间的契约关系取代了氏族血缘关系。因此,与东方伦理高于法律[东方文化被称为耻感文化(shame culture),把名誉、合乎礼仪的举止和顾全体面看得重于个人意识,但道德反而是以他律为基础的]的状况不同,西方文明是法律高于伦理的。西方意识形态的核心是政治、法律和科学。

如文化精神——"罪与罚"(sin and punishment)观念造成了西方文化精神中渎神意识和忏悔意识的交织并存等。朱光潜在论及中西诗歌区别时说:"诗歌虽不是讨论哲学和宗教的工具,但是它的后面如果没有哲学和宗教,就不易达到深广的境界。"何故?就因为宗教在观念上对多种意识形态有种极强的整合力,在思维方式上又具有宏观性、终极性的品格。比如基督教的"原罪与忏悔(救赎)"、罪与罚、魔鬼与上帝(devil and God)、地狱与天堂(hell and heaven)等两两相对的观念,就可以看作是其对人类本性中欲求与责任、灵与肉(soul and body)等两极性的最高抽象概括。就拿原罪来说,所谓原罪就是人类最原始的罪恶,亦即人类第一次犯罪。从此人性不再纯洁,所以人不能自救,上帝让其独生子耶稣流血受难而死来付出赎价,而人要以不犯新罪来补救,否则末日审判就要下地狱。这就是基督教的原罪教义。西方中世纪过分强调原罪,从而压制了人的正常追求。可后来在西方文化里,原罪

---

① 转引自张奎武:《〈圣经〉对英国文学的影响初探》,载《东北师大学报》(哲学社会科学版)1986年第2期。

成了人类自身缺陷(人性所有之恶)的象征性、抽象性表述。因而,西方文学所塑造的人物形象之所以显得深刻复杂,往往是由于对基于宗教的罪与罚而产生的善与恶、灵与肉、情欲与理智、自由与原则的心理冲突描写深广的缘故。因此这些形象就有了普遍意义,事实也是如此——罪与罚的神学观念早已成了西方人精神追求和心灵矛盾的写照,它涵盖了西方文化精神追求的两极。每当社会大动荡时期,每当人类历史新旧交替关口,罪与罚就会作为现实社会中假与真、恶与善、丑与美激烈冲撞的象征而出现在西方文学中;或者与作品中人物的生活经历相联系,而表现为人物内心世界人性与魔性、情欲与理智、自由与原则的冲突。难逃被弃又弃子劫数的美狄亚、犹豫于情爱与义务之间的埃涅阿斯、站在魔鬼与美人之间的浮士德、迟迟不敢抓德瑞那夫人之手的于连,他们内心所进行的正是这种冲突。西方作家无法不让他的人物犯罪,又不忍看到他的人物受罚。这就是西方文化犯罪(渎神)和忏悔意识并存、罪与罚心理相互交织的精神特质。有人指出:"西方的伦理道德和思想感情,即使在达到超越时,也只是表现出一种对上帝深沉的赎罪感。"

如社会思潮——《旧约》中平等、博爱、同情弱小的人道主义精神,在某种程度上促成了文艺复兴、启蒙运动和19世纪人道主义思想的形成。

虽说在古希腊的神话传说中就已包含人道主义思想,但人道主义形成一种社会思潮,大规模地传播并产生影响,则是凭借了《旧约》和基督教。

在罗马帝国时期,原有的希腊城邦人道主义,已经被亚历山大东征所建立的大帝国逐渐突破:各个不同民族的人走出原居住地而在地跨欧亚非的大帝国内流动,东方文化与西方文化的碰撞,特别是民族矛盾和阶级矛盾的加剧,等等,使希腊城邦人道主义面临巨大的危机。时代在呼唤基督教普世的人道主义思想——将人与神联结在一起,信仰至善的上帝;以"爱上帝,爱邻人"为基本教义,打破民族的、地域的、等级的限制,平等地对待世上所有的人(甚至包括恶人)。这种建立在泛爱的基础上的人道主义,使基督教在社会底层获得了极大成功并最终成为罗马帝国国教,其人道主义的影响也愈益扩展。但是,由于基督教在中世纪意识形态领域的独尊地位,它的福音人道主义思想也就愈益脱离它的现实宗教活动和社会生活。同时,为了服务于教会的现实利益,福音人道主义也被扭曲,它用神权淹没人权,用神的全能贬低人的价值,使人在神的面前只能俯首帖耳。这样,基督教的福音人道主义就转向了反人道主义,并由此引发了反对神权的人道主义的诞生。

这就是产生于西欧文艺复兴时期的启蒙-理性的人道主义。由于这种人道主义是与人从神权统治下的解放运动紧密相连的,因而它也就以反对宗教的形式出现。它视上帝为暴君、专制者,认为只有打倒神,人才能获得解放,所以它把文艺复兴看作人反抗神的光荣起义。同时,也由于科学的兴起及其影响,这种人道主义反对信仰而弘扬理性,高举"自由、平等、博爱"的旗帜,为人类提供了一个理想的社会蓝图。基督教的福音人道主义与启蒙-理性的人道主义都倡导人的平等和博爱,但前者将其建立在信仰的基础上,后者将其建立在人的理性的基础上。所以,我们将后者称为启蒙-理性的人道主义。随着资本主义民主社会的建立和发展,随着哲学与科学的发展,启蒙-理性的人道主义一直在西方处于主流地位,它以康德的名言"人是目的,而绝不能是手段"

为其最高追求。

受此影响,世界文坛出现了好几个伟大的人道主义作家和诗人:法国的雨果、英国的狄更斯、俄罗斯的托尔斯泰、印度的泰戈尔等。

二、《圣经·旧约》成为西方文学艺术的宝库和土壤,哺育了一代又一代作家、诗人和艺术家

纵向讲,从中古延及近代、现当代;横向说,从题材人物到基督教思想意识,再到技巧表现,《旧约》对西方文学艺术产生了深广的影响。

欧洲中世纪的教会文学和宗教艺术大都取材于《旧约》。近代的许多作家和诗人借助《旧约》的故事和技巧,创造出了许多优秀作品,如但丁把《圣经》的神话材料同他当代的哲学政治问题及一些重要社会人物联系起来,写出了《神曲》(The Divine Comedy),对中古的各个文化领域作了百科全书式的反映,同时也透露了文艺复兴时期人文主义的新曙光。薄伽丘在其杰作《十日谈》(Decameron)中,常常引用《圣经》的故事和人物。乔叟的代表作《坎特伯雷故事集》(The Canterbury Tale)多次采用了《圣经》的材料。弥尔顿的三大代表作均取材于《圣经》。据美国学者范戴克统计,莎士比亚的每一部剧本平均引用《圣经》多达14次。约翰·班扬的著名长篇梦境寓言小说《天路历程》(The Pilgrim's Progress)直接或间接引用《圣经》的话达280处之多。此书译本很多,流传极广,被称为"第二圣经"。拜伦运用《圣经·旧约》中该隐杀弟的故事,反其义而行之,写成了卓越的哲理诗剧《该隐》,把自己的浪漫主义诗剧推到了高峰;拜伦还运用《圣经》的材料写了《天上和人间》这部反宗教的悲剧,并创作了《希伯来的旋律》24首,其中有些诗是很著名的,像《耶弗他的女儿》《约旦河两岸》《在巴比伦河边坐下来哭》这些名诗,表达了确信人类心灵崇高、热爱美好生活的思想情绪。雪莱曾醉心于《圣经》文学,尤其喜爱《旧约》中的《雅歌》《约伯记》《以赛亚书》等富于诗意的作品。夏洛蒂·勃朗特在其名著《简·爱》中引用《圣经》达60多处,作品的词句、节奏,都受到钦定《圣经》英译本的影响,作品无意中随处流露出基督教的思想。哈代曾经评论说《撒母耳记》是他所读过的艺术技巧最高的叙事文。歌德写《浮士德》时,借用了《约伯记》的部分情节和章法,写了《天上序曲》,写到全剧结尾时找到"新天新地",也是借用《圣经》的图景和意象。大诗人海涅很喜欢在其抒情诗中采用《圣经》材料。托马斯·曼采用《圣经》材料写了《约瑟和他的兄弟们》。普希金在其《先知》一诗中借用了《旧约》的故事情节表达了诗人点亮人们心灵之光的愿望。莱蒙托夫运用《圣经》材料写成长篇叙事诗《恶魔》,表达了反抗上帝、追求自由的内涵,这篇长诗强烈的反叛精神震动了当时的社会。托尔斯泰的《安娜·卡列尼娜》和《复活》都直接引用《圣经》的语录——《安娜·卡列尼娜》是将其作为扉页的题词:"申冤在我,我必受罚";《复活》则在结尾大量引用,有人认为这是本书主旨。马雅可夫斯基在《穿裤子的云》《人》等诗篇中采用了《圣经》故事来表达他的无神论思想。雨果对《圣经》予以高度评价,他说:"正像整个大海都是盐一样,整部《圣经》都是诗……如果说,《圣经》里

没有诗,那末,诗又在哪里呢?"①

《圣经》对于现代各派作家和作品的影响同样很大。如象征派戏剧的代表作家比利时梅特林克的剧本《耶稣与淫妇》,俄国象征派诗人布洛克的长诗《十二个》,英国唯美主义作家王尔德的剧本《莎乐美》,美国现代派小说家福克纳的名作《押沙龙,押沙龙!》,美国诺贝尔文学奖获得者奥尼尔的剧本《拉撒路笑了》,等等,都成功地运用了《圣经》的材料。还有,在 TS·艾略特、叶芝、乔伊斯、海明威、卡夫卡的作品里到处可见希伯来基督教的题材和象征意义。TS·艾略特的《荒原》(*The Waste Land*)主题思想是:失去宗教信仰的欧洲是一片荒原,人们受到欲火的煎熬,要想解放,必须皈依天主。现代派的先驱陀思妥耶夫斯基和后辈卡夫卡、加缪等从文学的角度论证基督教,认为人离开上帝之后感到了无聊和荒诞。陀思妥耶夫斯基自己就是一个被损害与被侮辱者,却靠了基督教的信仰逆来顺受,还说过分的苦难可以使人悔改和重生。卡夫卡身上流淌着希伯来人的血液,其意识里也汹涌着《约伯记》的思想感情。其全部作品突出了身受压迫的无辜者因受苦而发出的呼唤。故而,有人说卡夫卡的全部作品就是对《约伯记》的注解。

三、《圣经·旧约》提供了世界性的成语典故,极大地丰富了各国语言的内涵和表现力

《圣经》是西方文艺典故四大源头(古希腊罗马神话、伊索寓言、莎氏剧作和圣经故事)中最具活力的源头,如乐园、禁果(指因被禁而更想得到的东西)、诺亚方舟(Noah Ark,灾难时代的救星或危境中的避难所的代名词)、十诫(The Ten Commandments,神圣的律法和诫令的代称)、先知、启示、洗礼(意思是经受锻炼或考验)、忏悔、福音、复活等这些词广泛应用于各国的语言中。

总而言之,《圣经》不仅深刻地影响了西方的文学、美术、音乐、建筑等各种文艺,也深刻地影响了欧美各国的哲学、伦理、法律、政治等诸方面。必须指出的是,《圣经》是长期主宰欧洲精神领域的经典,因而,不懂《圣经》,就不可能透彻地理解西方的精神文化。

四、《圣经·旧约》通过穆罕默德和《古兰经》(*The Koran*),影响了伊斯兰文化艺术

1. 伊斯兰基本教义有犹太教的影响

(1)穆罕默德从小就从大人口中听到过不少犹太教先知亚伯拉罕、摩西等的故事;青少年时代经商时曾结识基督教僧侣,同其探讨教义;其妻堂兄是基督徒,熟谙《圣经》,并将部分内容译成阿拉伯文。这一切使穆罕默德十分熟悉犹太教和基督教,为他创立伊斯兰教准备了条件和基础。

(2)影响了伊斯兰教基本教义的确立。①独尊一神:除真主安拉外别无神灵;承认亚伯拉罕、摩西、耶稣是其远祖,而穆罕默德是真主的使者和更伟大的先知。②不拜

---

① 雨果:《论文学》,柳鸣九译,上海译文出版社 1980 年版,第 187—188 页。

偶像:真主无形,清真寺无所供奉。③不接触和食用不洁之物:猪肉、甲壳类动物和无鳞翅的鱼。

2.《古兰经》中的文学故事和词汇大都来自《圣经》

伊斯兰教圣典《古兰经》作为阿拉伯第一部散文总集,其中许多神话传说故事都取自犹太教的《旧约》,但都是插叙在经文中间,缺乏文学性描写,且人物名字已经阿拉伯化,如阿丹(亚当)、努哈(诺亚)、穆萨(摩西)、易卜拉欣(亚伯拉罕)、易司马仪(以撒)、尤素福(约瑟)等。具体如亚伯拉罕"燔祭献子"的故事,到了《古兰经》中就变成了易卜拉欣燔祭易司马仪,后来演变成了穆斯林的古尔邦节(即 Kurban,宰牲节)。

附:《雅歌》赏析

一、关于《雅歌》(The Song of Songs)的争论

《雅歌》定型于公元前3世纪至公元前2世纪,全书由8章组成,是一部优美而又充满争议的作品。

(一)关于作者的争议

一说为所罗门王所作;一说是民间佚名诗人所作。《雅歌》又称《所罗门之歌》(The Song of Solomon),但它并非所罗门所作。根据近代学者的研究、考证,该作品是用晚期希伯来文写成的,这说明它的产生远远晚于所罗门时代,不可能出自所罗门之手。它的真正作者,应该是所罗门之后的民间佚名诗人。这些诗歌曾长期在民间传唱,大约在公元前3世纪至前2世纪,经过加工编纂,才最后定型。

(二)关于作品内容的争议

关于《雅歌》的内容,历来说法不一,存在着种种不同的理解。主要有以下四种:

(1)寓言说。认为作品借助男女爱情,喻示着"神人之爱",即上帝与希伯来子民之间的互爱之情。诗中的新郎喻指上帝,新娘则喻指希伯来人,后来基督教则以新郎喻基督,以新娘喻教会。这种理解为《雅歌》编入《圣经》正典铺平了道路。其实,《雅歌》并无宗教色彩,更无宗教寓意。其中,对男女体态和爱欲的大胆描写,直接违犯了宗教禁欲原则,简直是一种渎神行为。因此,此说纯属主观臆断。

(2)预表说。所谓"预表",就是用已经发生过的事,来预示将要发生的事。此说认为作品写的是所罗门王与埃及公主结婚的事,它是上帝宠爱希伯来民族的预表,也是基督将要与"外邦人"联合的预表。它和寓言说一样,同属于宗教性理解,意在宣扬宗教神学,可取之处不大。

(3)原型说。西方学者用"原型批评"方法剖析《雅歌》,认为它的原型是古巴比伦神话《伊什妲尔下冥府》,其主要内容是对植物、繁殖之神坦姆兹和爱情、生命之神伊什妲尔的崇拜。原型说虽选取了新的研究角度,但具有非理性和神秘主义倾向,缺乏确切的现实生活依据。在希伯来社会中,崇拜异教(族)神是严重的犯罪行为,是绝对禁止的,它怎么能编入《圣经》呢?

(4)字义说。认为《雅歌》的字面义、内涵义和暗示义的唯一内容都是表现世俗爱情,这是它本来就具有的,除此之外,并无其他倾向。此说准确地揭示了《雅歌》的本来面目。

(三)关于作品体裁的争议

《雅歌》是诗体作品,这是举世公认的。但它究竟属于哪种具体诗体,历来意见有分歧。近代出现过三种观点:

(1)牧歌(pastoral)说。以20世纪美国学者摩尔根为代表。认为作品在田园风光中,表现了男女恋情,具有牧歌的基本特征,是一部抒情牧歌集。依据这种说法,《雅歌》中有一对恋人,即所罗门王和牧羊女。国王打猎途中和美丽的牧羊女邂逅相逢,便向她求婚。牧羊女羞于见人,翩然遁入山林。后来国王把自己打扮成牧童,天天对

牧羊女高唱情歌,终于使牧羊女坠入情网,国王将她迎娶回宫。婚后牧羊女思念故乡,国王便送她回家与亲朋团聚。

(2)戏剧(drama)说。此说认为《雅歌》具有戏剧情节和剧中人物,还采用了主人公对唱和歌队伴唱的形式,可以看作一部爱情诗剧或轻快的爱情小歌剧的文学脚本。此说还认为剧中有三个角色,除所罗门王和牧羊女外,还有一个牧羊情郎。剧情也和牧歌说大不相同:所罗门王将牧羊女带回山村离宫后,先由宫女歌队用情歌激发她对国王的爱慕之情,接着国王上场向她求爱。但她一心思恋着乡间的牧羊情郎,念念不忘彼此相爱的往事,对君王却毫无兴趣。最后,所罗门王被她的真情所感动,不忍伤害她,便放她归山与情人欢聚。

(3)情歌(love song)说。以18世纪德国诗人赫尔德尔为代表,并得到大诗人歌德的支持。此说认为《雅歌》是由若干首短诗组成的民间情歌集。这些短诗大都具有相对的独立性,串联起来又形成一组内容连贯的情歌。其中有人物,也有情节线索,虽然采用了对唱的形式,但有统一的情调和主题。所以,既可以一节一节单独欣赏,也可以串并起来作为一个整体统一解读。

相较而言,情歌说显得合情合理一些。诗集中的人物和情节,与戏剧说中的"三主角"说大体相同。所不同的是,牧羊女和牧羊郎成了主要人物,他们的婚恋故事也成了主要内容,而对所罗门王的描写,仅仅起着烘托气氛的作用。

二、思想主题

《雅歌》又称"歌中之歌""完美之歌",是由若干首(一说六首)短诗组成的情歌集。主要内容是描写牧羊女和其情郎的爱情故事。基本主题是歌颂爱情的纯真、专一和自主,同时又肯定了对爱情丰富美妙的感性体验。

(一)颂赞了爱情的诸多美好精神品格

　　将我在你心中打上印记,
　　如同将印记打在臂上。
　　因为,爱情像死亡一样坚强,
　　嫉妒如坟墓一样残忍。
　　爱情所爆发出的火焰,
　　是最猛烈的火焰。
　　众水不能熄灭爱情,
　　洪流也无法把它淹没。
　　若有人想用财富换取爱情,
　　他必定要遭到鄙视。

本节虽然短小,却历来受到评论家的赞赏,因为它集中展现了人类爱情的诸多美好精神品格。第一、二行写的是爱情的忠贞与专一;第三、四行表现的是爱情的自私与排他;第五、六、七、八行描写的是爱情的狂热与炽烈;最后两行颂扬的是爱情的自由与纯洁。何乃英先生在论及此节诗歌时认为:"他们的感情是专一的,是只爱对方一人而永不转移的。……作者通过女方的口把爱情与死亡、阴间、烈火、洪水、财富等加以比较,认为爱情跟这些人世间最有力、最可怕的东西一样强大,甚至远远胜过它们。"①

《雅歌》还想告诉人们,发自内心,自然产生、自然流露的爱,才是最美妙的爱。女主人公被带进离宫后,国王和宫廷歌队曾多次向她发起爱情的攻势,均遭到她的拒绝。她厌恶那种甜言蜜语的挑逗、献媚和诱惑,语重心长地告诫人们:

> 耶路撒冷的众女子啊,
> 请指着羚羊和母鹿发誓,
> 绝不要干扰爱情,
> 也不要挑逗和唤醒,
> 直等到它自然发生。

作者在这里强烈诉求的应该是爱情的一种较高境界或较高品格——自然随缘性。哲人们说爱情可遇不可求,讲的就是这种境界。爱情是生理本能,但更是精神审美和性格吸引,相比当今肉欲横流、物欲膨胀情势下,有些人为了某种目的,甚至是不可告人的目的,而去刻意地、肉麻地,甚至不达目的誓不罢休地求爱,这一品格显得非常地难能可贵。过去,主流评论一直把情人之间的一见钟情看作是缺乏理性的表现,但是,在如今越来越物质化、越来越工具化(比如,连温柔也成了一种工具)的人生社会之中,男女之间的一见钟情反而越来越显示出其独有的价值和意义。因为它意味着男女双方瞬间的由衷的怦然心动(用时尚的话说就是"来电"),因而爱情也就有了更多的纯粹性和随缘性。

在此基础上,文本还关涉爱情的另一个更高境界或更高品征——个性品格。关于美、关于爱、关于幸福,人们有很多解释,下了不少的定义,但大多数人都不能从物欲、权欲等各种世俗欲望中脱俗,忽略了关于美与爱,更为重要的是自己怎么看。诗歌中的牧羊女舒拉密虽然成长生活在山野草原,皮肤晒得黝黑,性格显得顽野,但作者却认为她最美丽;牧羊女虽然身处国王的离宫,却不为君王的荣华富贵所动,魂牵梦萦的还是山村的牧羊郎,因为在她看来牧羊郎最帅气。这都是爱情个性品格的表现。

遗憾的是,整部作品没有明显关涉爱情的最高精神品格——奉献与牺牲,这不能不说是这部爱情主题的作品在思想意蕴方面的一个不足。

(二)表现了对爱情美妙丰富的感性体验

爱情是精神审美,是性格吸引,但首先是生理本能,正如弗洛伊德所言:性感是爱情的生理基础。所以《雅歌》在大张旗鼓歌颂爱情美好精神品格的同时,也毫不隐讳地描写并肯定了男女爱情丰富的性感体验。

例如,第四章表达男子欢爱的感受:

> 我亲爱的人,
> 你的双唇上有蜜的甘甜,
> 你的柔舌是奶之蜜,为我奉献。
> 我的心上人,我的新娘,是神秘的花园,
> 一座高墙紧锁的花园,一处隐秘的山泉。

---

① 何乃英:《东方文学概论》,中国人民大学出版社1999年版,第84—85页。

你像椰枣树一般婆娑多姿，
　　你的双乳像树上丰满的果实，
　　我要攀上这椰枣树，
　　采摘她的嫩果。
　　你的双乳就像树枝伸出，让我抓握，
　　你的气息芬芳，赛过苹果，
　　你的嘴像最好的美酒一样醉我。

例如，第二章前几节表达女子欢爱的感受：
　　我最亲爱的人在男儿当中如此出众，
　　就像一棵苹果树挺立在万木林莽。
　　我最爱坐在它的树荫中间，
　　品尝它的果实，领略过无尽的甜香。
　　他带我步入他那欢宴的殿堂，
　　把爱的旗插在我的身上。
　　快给我葡萄干，让我重添力量，
　　快给我红苹果，让我元气更旺。

《雅歌》描写爱情，一方面表现男女的肉体感受，避免了对爱情作一般化的抽象、空洞描写的倾向；另一方面，又始终通过象征、隐喻来描写性爱，避免了流于色情描写的倾向。

三、艺术表现

（一）对爱欲心理的准确把握和生动刻画

《雅歌》不愧为优美的恋歌，它对男女爱欲心理的复杂微妙把握得非常准确，刻画得淋漓尽致。例如，写牧羊女与情郎见面后已经回到家里，但内心仍然起伏难平；而情郎此刻也难以自制前来相会。敲门声使牧羊女激动不已，她既想与心上人在一起，又以种种借口不愿开门，当心上人离去后，她又外出四处寻找。青春少女在热恋中神魂颠倒、身不由己的心态，被描写得惟妙惟肖：
　　我身睡卧，我心却醒。
　　这是我爱人的声音；
　　他敲门说：我的妹子，我的佳偶，
　　我的鸽子，我的完全人，求你给我开门；
　　因我的头上满是露水，
　　我的头发被夜露滴湿。
　　我回答说：我脱了衣裳，怎能再穿上呢？
　　我洗了脚，怎能再玷污呢？
　　我的爱人从门孔里伸进手来，
　　我便因他动了心。
　　我起来，要给我爱人开门。
　　我的两手滴下没药；

>我的指头有没药汁滴在门闩上。
>我给我的爱人开了门;
>我的爱人却已转身走了。
>他说话的时候,我神不守舍;
>我寻找他,竟寻不见;
>我呼叫他,他却不回答。

"没药"具有催情的效用,它在中东地区是性爱的符号,这一象征意义使得这段情爱心理描写,更显复杂微妙、含蓄蕴藉。

(二)对人体美的大胆展示

美是爱的重要质素。人体之美,尤其是女性的人体之美也就成了文学作品中爱情之美的重要构成。人们往往惊叹古希腊神话对女性肉体美的精妙描绘。其实,作为东方文学作品的《雅歌》在此方面也并不逊色。作品运用各种具体、形象的比喻,对少女丰满婀娜的身姿,作了大胆、详细的描绘,并将外在的体态美同内在的情感美融为一体,显示出健康、高雅的审美情趣。如:

>女王一样的姑娘啊,
>你穿着凉鞋的脚多么美丽!
>你大腿的曲线是巧匠的杰作!
>你的肚脐像一个圆圆的酒盅,
>里面盛满着美酒。
>你的腰肢像一束麦子,
>四周缠绕着朵朵百合花。
>你的双乳匀称得像一对孪生的小鹿,
>富于弹性,像一对羚羊。
>你的脖子犹如象牙的塔,
>你的眼睛犹如城门边的水池。
>你的鼻子仿佛黎巴嫩塔,那么可爱,
>你的头挺立像迦密山。
>你的秀发像光泽的缎子,
>使君王因你而心荡神迷。
>你多么秀美,多么可爱!
>你的爱情多么令人陶醉!

诗人从头到脚描写了少女身体的各个部位,连用八个比喻来形容她的优美身段。这种裸露性的形体描写,既是为了抒发情侣间的无限恋慕之情,也是为了增强爱情描写的美感度。

(三)丰富多彩的情景意象

《雅歌》还以风光秀丽的草原山村为背景,将淳朴、动人的婚恋故事放在大自然的山林、牧场和果园中加以展示,使得整部作品本身就构成了一幅巨大的、色彩艳丽的民间风情画。具体写人抒情时,诗人更是遍采自然界中多姿多彩的优美物象,把人与物、情与景交融结合,形成了丰富多样的、美感度极高的情景意象。如:

>我的爱人在女子中,

好像百合花在荆棘中。
你那面纱掩映的眸子如同鸽子的美目,
你的秀发好像跃下山岗的羊群。
你的皓齿白如新剪洗净的羊毛,
你的樱唇好像朱红的线,
你的嘴儿嫣红欲滴,
你的桃腮在云鬟间艳似石榴。

下面这两节是专门描写恋人眼睛的:
你的眼睛在面纱的后面,
闪耀着爱的光辉。
请你转过眼去别看我,
你的眼睛使我慌乱。

那顾盼如晨曦的是谁?
她明艳照人,像月亮一样清秀!
像太阳一样光明!
像林立的军旗一样耀眼!

把恋人的眼睛形象地比喻为"林立的军旗一样耀眼",这样的意象营构不仅新颖别致,而且具有很强的表现力。学者们认为其美感度在中国描写女子眼睛的古诗名句"巧笑倩兮,美目盼兮"之上。

(四)民间文学的表现手法和修辞特点

(1)《雅歌》通篇采用了民歌男女对唱应答的表达方式。

(2)《雅歌》运用了民间文学常用的比喻、对比、重叠等修辞技巧。重叠如:"我的爱人哪,求你等到/天起凉风/日影飞去的时候/你要回转,好像羚羊/或像小鹿在比特山上"——此节在诗中重复出现三次,前后呼应,反复渲染。

(3)《雅歌》具有民间文学文字通俗优美、情真意切的语言特点。

思考题

1. 《旧约》的内容构成。
2. 《圣经》的地位和影响。
3. 解释:"二希"。

讨论题

文学作品性爱描写"纯情"与"色情"之我见。

第三章 古代世界戏剧的高峰、印度古典文学的最高成就：迦梨陀娑(Kalidasa)的《沙恭达罗》(*Sakuntala*)

教学重点：《沙恭达罗》的主题思想、人物形象和艺术表现。

第一节 迦梨陀娑的生平

迦梨陀娑是古代印度最著名的梵语诗人和戏剧家。由于印度古代宗教和神话发达而史学观念薄弱，加之印度人喜欢将历史神话化，所以，印度古代作家的生平都难以确定，留下的大都是富有传奇色彩的神话传说。关于迦梨陀娑生活的年代以及他的生平和创作情况，文字记载中没有留下任何可靠的资料，因此只能根据一些线索去加以推断。

一般认为迦梨陀娑大概生活于笈多王朝（公元4—6世纪）时期，这主要是根据当时的社会发展状况和其在作品中所描绘的景象判断的。他的名字是由两个词组成的复合词。"迦梨"是女神的名字，"陀娑"意为奴隶，合起来就是"迦梨女神的奴隶"。传说他是一个婆罗门之子，幼年时期父母双亡，由一个牧牛人将他抚养成人。他相貌英俊，但头脑蠢笨。当时有一位漂亮的公主，自恃才学过人，择婿条件很高，许多前来求婚的贵族子弟都碰壁而归。落选者大为不满，便设计进行报复。他们将迦梨陀娑推荐给公主，赞扬他博学多才，只是不善表达，完全符合公主的条件。双方见面的时候，紧张的公主为了保险起见，还是向迦梨陀娑提了一个稍微有点哲学常识都能胡诌上几句的老问题：宇宙万物的起源是什么？迦梨陀娑当然回答不了。但傻人自有傻福，他情急搓手时无意中露出一个手指头，贵族子弟们马上旁征博引，证明他的观点是宇宙万物生于一。公主见他仪表堂堂，其学识又高深莫测，便同他结了婚。新婚之夜他便蠢相毕露，被公主赶出了大门。他遂向女神迦梨祈祷，女神赋予他超人的聪明才智，使他变成了大诗人和大学者，公主也同他言归于好。他取名迦梨陀娑，就是为了不忘女神的恩典。

第二节 迦梨陀娑的创作情况

一、全部作品

署名迦梨陀娑的作品很多，但大多是伪托的或同名作者的作品。学术界公认的迦梨陀娑的作品有七部：抒情诗集《时令之环》，抒情长诗《云使》，叙事诗《鸠摩罗出世》

和《罗怙世系》,剧本《摩罗维迦和火友王》《优哩婆湿》《沙恭达罗》。其中抒情长诗《云使》和戏剧《沙恭达罗》是迦梨陀娑的代表作。

二、诗歌代表作《云使》

《云使》是印度古典诗歌的典范作品,是印度文学史上最早的抒情长诗。

(一)主要内容

长诗分《前云》和《后云》两部分,共125节,中心表述一个被贬谪而远离家乡的小神仙药叉托云彩给爱妻传递信息的故事。药叉家住印度北方的阿罗迦城,是财宝之神俱毗罗的侍从,因"怠忽职守",受主人诅咒被流放到印度东部的罗摩山,为期一年。药叉在罗摩山生活了8个月,眼见雨季即将来临,7月初的一天,他见一片乌云飘上峰峦之顶,不禁心动神驰,思念爱妻之情难以抑制,遂委托这片北去的雨云向亲人带个信息,抒发自己的相思之情。

在《前云》中,药叉通过丰富的想象把从流放地到他家乡沿途的锦绣多姿的自然风光、壮丽繁华的城市景象一一讲给云彩听。这里万物充满生机,"大地放出香气",使传递信息的云彩也不能不为之动情,产生眷恋,以致"在每一座有山花香气的山上淹留",诗中一再渲染城市生活的欢快美好。在这里,诗人通过对美丽的自然风光的描绘,有力地衬托了药叉远离家乡、远离爱妻的凄凉和痛苦,字里行间都包含着深厚的情意。

《后云》写药叉想象雨云来到阿罗迦城会见自己的妻子,向她传达信息的情景。诗歌描绘了阿罗迦城的盛况,从而反衬被贬谪的药叉的不幸;描绘阿罗迦妇女的优美和爱情的热烈,又烘托出药叉妻子外貌和内心的完美,从而使读者体会到繁荣的阿罗迦城中最美好的地方是药叉的家园;城中最动人、最幸福的女性是药叉妻子。

(二)主题思想

诗人通过小神仙药叉的被贬以及他对妻子的思念,热烈地赞颂了忠贞如一的爱情,也曲折、隐讳地表现了对现实社会的不满和批判态度,在一定程度上寄托了人民的生活理想。正是这种较为鲜明的倾向性赋予长诗以深刻的社会意义。

(三)艺术特色

(1)以丰富的想象、浓郁的抒情、逼真的描绘、细致的心理刻画见长,是中古印度现实主义与浪漫主义创作方法成功运用的范例。

(2)在写作手法上最突出的是善用借景抒情、情景交融。

(3)语言丰富、生动、凝练、富于韵律,显现出端庄、高雅、潇洒、谐美的独特风格。

第三节 《沙恭达罗》剧情概要

全剧共七幕。第一幕"狩猎",第二幕"故事的隐藏",第三幕"爱情的享受",第四幕"沙恭达罗的别离",第五幕"沙恭达罗的被拒",第六幕"沙恭达罗的遗弃",第七幕是戏剧的结局,写沙恭达罗与豆扇陀在仙界大团圆。

国王豆扇陀来到郊外狩猎。他正要射杀一只鹿时,遭到两个苦行者的阻拦,说那是净修林的鹿,不能随便射杀。国王听从劝告放下了箭,然后接受这两个苦行者的邀请,进入净修林。在净修林里,豆扇陀见到了净修林大师干婆的养女沙恭达罗。沙恭达罗是王族仙人侨尸迦和天女弥诺迦的女儿,美貌绝伦,豆扇陀一见倾心,认为是"在后宫里也难找到的佳丽"。而沙恭达罗正当青春妙龄,渴求爱情,也对豆扇陀一见钟情。

豆扇陀为了追求到沙恭达罗,一时不想回京城去了。太后派人来命令他回去过节,他就把随从人员统统打发回去,自己一人留下,借口是要先尽国王的责任,保护净修林,然后再尽儿子的责任,伺候母亲。

一天,豆扇陀来到树林中,见沙恭达罗斜倚在一块铺满花朵的石头上,有两个女友陪伴在身旁。沙恭达罗病态恹恹,忍受着爱情的灼热烧烤。在两位女友的追问下,她吐露了自己的心声,并用指甲在荷叶上刻下了自己创作的一首情诗:"你的心我猜不透,但是狠心的人呀!日里夜里,爱情在剧烈地燃烧着我的四肢,我的心里只有你。"躲在一旁偷看偷听的豆扇陀,这时激动地走上前来,也向沙恭达罗表白了自己的炽热爱情。沙恭达罗女友希望豆扇陀不要欺骗沙恭达罗,说:"大王!听说国王们都有许多爱人。你应该做到,不要使我们爱友的亲人为她伤心。"

豆扇陀信誓旦旦地说:"尽管我后宫佳丽很多,我家里只有两宝可守,一个是四周环海的大地,一个是你们的朋友。"于是,豆扇陀和沙恭达罗以干闼婆方式结了婚(即既没有父母之命,也没有媒妁之言,而且也不举行任何仪式,就结成了夫妇)。婚后,豆扇陀启程回京城。临别时,将刻有自己名字的戒指赠给沙恭达罗,说:"你每天就看看这只戒指,一天数一个组成我名字的字母,在你数到最后一个字母前,爱人呀!我后宫的内侍就会来迎接你上路。"

豆扇陀离去后,沙恭达罗终日相思绵绵。一天,大仙人达罗婆娑来到净修林,沙恭达罗心不在焉,怠慢了他。这位大仙以脾气暴躁闻名,当即发出咒语:"你那个人决不会再想起你来。"沙恭达罗的女友听到后着了急,跪倒在达罗婆娑脚下,恳求他宽恕。达罗婆娑总算发了点慈心,说:"我的话既然说出,就不能不算数。但是,只要她的情人看到他给她做纪念的饰品,我对她的诅咒才失掉力量。"说完扬长而去。这时,净修林大师干婆巡礼圣地回来了。他祝贺沙恭达罗已同国王豆扇陀结婚,并派两名徒弟陪送沙恭达罗到国王那里去。沙恭达罗已怀有身孕,干婆祝愿她受到丈夫的敬重,并为丈夫生一个儿子做大王,统治天下。沙恭达罗依依不舍地与净修林里的小鹿、蔓藤、可爱的众女友和慈祥的养父干婆告别。女友叮嘱她说:"朋友啊!假如国王迟迟疑疑一时想不起你来的话,那么你就把刻着他自己名字的戒指拿给他看。"沙恭达罗听完此话,心里一跳。女友安慰她说:"朋友啊!不要害怕!爱情总是疑神疑鬼的。"

沙恭达罗的别离

干婆的两名徒弟带着沙恭达罗来到京城,见到了国王豆扇陀。可是,豆扇陀已经完全忘却沙恭达罗。沙恭达罗想用戒指破除国王的疑惑,但突然发现自己手指上的戒指已在途中失落。没有办法,沙恭达罗只得讲述他们俩在净修林里共同生活的细节,想唤起豆扇陀的回忆。干婆的徒弟也向豆扇陀劝说道:"这女孩子是在净修林里长大的,她不会骗人的。"不料豆扇陀说:"在动物里雌的也是天生的机灵,何况是一个女子。"沙恭达罗听了怒不可遏,责骂豆扇陀道:"卑鄙无耻的人!……谁还能像你这样披上一件道德的外衣,实在是一口盖着草的井!"最后,干婆的徒弟把沙恭达罗硬交给豆扇陀,说:"这是你的妻子,丢掉她,或者收下她!因为对妻子来说,丈夫的权威是无限的大。"说完就告辞走了。沙恭达罗悲痛欲绝,向天求告。只见空中闪现一道金光,她的生母——天女弥诺迦将她接回天国去了。

一天,城里的巡检逮捕了一个渔夫,因为这个渔夫正在出卖刻有国王名字的戒指。渔夫辩白说,他不是扒手,那是他有一天捉住一条红色鲤鱼,剖开鱼肚,发现里面有这只宝石戒指,于是想拿它来卖钱。巡检把戒指交到国王豆扇陀那里。豆扇陀见后心情激动,命令巡检释放并重赏渔夫。豆扇陀恢复了对沙恭达罗的记忆,痛悔自己的薄情。他整天长吁短叹,以泪洗面,在宫中画沙恭达罗的像,向侍从诉说沙恭达罗的美和自己对她的爱。

不久,天神因陀罗派遣御者摩多梨前来邀请豆扇陀到天国去协同战胜恶魔。豆扇陀完成了这个使命后,仍由摩多梨陪同,乘天车回国。途经金顶山,那里有天国仙人们的苦行林,豆扇陀下车礼拜。豆扇陀在苦行林见到一个长有王相的小孩,并从两个女苦行者和这孩子的交谈中,得知这孩子就是沙恭达罗的儿子。恰好这时沙恭达罗来了,豆扇陀悲喜交加,上前相认,破镜终于重圆。他们一起去拜见了苦行林师傅——因陀罗的父亲摩哩折,受到这位尊者的祝福。然后,豆扇陀偕同妻子沙恭达罗和儿子婆罗多,高高兴兴地回京城去了。

第四节 《沙恭达罗》的题材和思想内容

一、题材来源

关于豆扇陀和沙恭达罗的恋爱故事,最早见于史诗《摩诃婆罗多》中的插话《沙恭达罗传》和巴利文《佛本生故事》中的《捡柴女本生》。它们的故事情节与迦梨陀娑的《沙恭达罗》基本一致,主要的不同是《沙恭达罗传》中没有仙人诅咒和失落戒指之事。一般认为,迦梨陀娑主要取材于《摩诃婆罗多》中的《沙恭达罗传》,而仙人诅咒和失落戒指完全是迦梨陀娑的创新。

二、基本内容

《沙恭达罗》主要写国王豆扇陀和净修女沙恭达罗的爱情故事。仙人诅咒和失落戒指所引起的矛盾,构成了剧本的主要戏剧冲突;男女主人公的结合、波折、重圆,构成了该剧的主要情节。

《沙恭达罗》通过对国王豆扇陀和净修女之间爱情的描写,歌颂了沙恭达罗单纯质朴、温柔善良的美好品格和疾恶如仇、富于反抗的性格特征;也描写了豆扇陀的两重性,他既有开明君主、古代英雄勇武豪迈的一面,又有现世国王专横跋扈、荒淫放荡的一面,进而反映了奴隶制鼎盛时期的社会生活。

三、主题思想

歌颂经历过波折的爱情和自由结合的美满婚姻,是《沙恭达罗》的主题。

第五节 《沙恭达罗》人物形象论析

一、沙恭达罗

沙恭达罗是印度古代理想妇女的典范和女性美的化身。外在美:天生丽质——她是王族与天仙的后代;秀色天成——在天然纯美的大自然环境中长成。内在美:她的纯良质朴(清纯未染、仁爱善良);她对爱情的执着追求(爱情是人类感情最美的一种情感,是她纯美天性的自然流露;美是世俗的,不是不食人间烟火的;美是人的特性,不是动物的);外柔内刚的性格特征(体现在大胆追求爱情并自由结合,体现在不怕困难千里寻夫,体现在宫廷之上对国王严厉斥责、没有哀求决然离去)。这一形象体现了作者本人和广大人民群众关于女性和爱情的美好理想。

在迦梨陀娑的笔下,沙恭达罗的形象是丰满的,性格是完整的。他成功地塑造了一个不可企及的印度古典美的女性形象。

她原是王族的仙人和天女结合所生,具有半人半神的性质,出生后即被遗弃,为森林中的飞鸟抚育,后被净修林中的隐士干婆收为义女。由于自幼在净修林中长大,生活地位比较低下,因而她身上所具有的基本上是平民女子的一些特点。

在作者的笔下,沙恭达罗从外表到内心都是完美的。她不仅有着"魅人的青春""像花朵一般"的容貌,而且还有一颗善良、美好的心灵。

单纯和质朴是沙恭达罗最鲜明、最突出的性格特征。在她身上处处表现出一种"自然人"的本色。她天生丽质,纯净无华,穿着用树皮做的衣裳,戴着用荷花须子弯成的手镯,浑身洋溢着"自然美"的气质。

她在处理人与人之间的关系上,也是十分单纯的。她只身一人,在净修林中除了养父母外,常和她在一起的主要是两个女友。她对养父母是尊重而有礼貌的。她与两个女友之间的感情是深厚的,她们相互关心、相互爱护,她有什么知心话都对她们讲。

沙恭达罗的单纯和质朴还表现在对大自然和动植物的热爱上。她对净修林周围美丽的自然风光和一些动植物充满了深厚的情意。这里的一山一水、一草一木、一鸟一兽,都仿佛与她紧密相连。她和森林中的弱小动物交了朋友。和她最要好的是一只可爱的小鹿,她常用稷子去喂它。有一次鹿的嘴被草尖扎破了,她心疼地给擦上香油。当沙恭达罗离开净修林时,小鹿依依不舍地叼着她的衣襟,孔雀不再舞蹈了,野鸭子由于悲伤,嘴里衔的藕也掉在地上了。她对森林中的一些花草树木感情尤深。她称一棵小茉莉花为"林中之光",把一棵春藤叫作妹妹。告别净修林那天,她与春藤妹妹辞行,热烈地抚抱着春藤树说:"春藤妹妹呀!用你的枝子,也就是用你的胳臂拥抱我吧！从今天起我要远远离开你了。"戏剧就这样从多方面表现了沙恭达罗作为平民妇女的纯真和质朴。在这里,她的外形美和内心美以及周身散发的青春气息达到了高度的和谐统一。

在爱情上,沙恭达罗尤其能体现出作为平民女子和"自然人"的特点:单纯、热烈、忠贞。她天真无邪,未经世事,既没有金钱、权势的考虑,也不会忸怩作态,因而见到豆扇陀以后,就把全部的爱情献给他。她突破了净修林的清规戒律,克服了自己的羞怯心理,勇敢地去追求她所向往的幸福。她对女友说:"假如你们不责备我的话,就请你们给我策划,让我取得国王仙人的同情。否则就请你们回忆我吧!"她与豆扇陀自主结婚,虽然也产生过疑虑,但还是倾心于他,向他敞开了心。沙恭达罗在爱情上表现出来的这种天真和幼稚、温柔和善良、勇气和决心,虽然是她品格的高尚之处,但也是她容易轻信从而受骗上当的主要原因。

然而,沙恭达罗的性格并不是单一的。她既是单纯质朴、温柔善良的,又是疾恶如仇、富于反抗精神的。当她来到宫廷遭到豆扇陀拒认和侮辱时,气愤之余,她对豆扇陀进行了无情揭露和斥责。她说:"以前在净修林里,你引诱我这个天真无邪的人,一切都讲好了,现在却用这些话来拒绝,这难道合理吗?"她高声斥骂道:"卑鄙无耻的人!你以小人之心度君子之腹。谁还能像你这样披上一件道德的外衣,实在是一口盖着草的井!"在这里,作家借沙恭达罗之口,既直接揭露了剧中豆扇陀始乱终弃的卑劣行为,又间接影射了现实中的上层统治者的荒淫生活。此句通过对沙恭达罗刚直、反抗一面的描写,更丰富了她的性格。

从审美的角度看,沙恭达罗的形象具有下列明显的美感效应:①沙恭达罗的青春美;②净修林的自然美;③沙恭达罗与大自然(净修林)的和谐美;④沙恭达罗性格刚柔相济的适度美;⑤平民色彩的质朴美。

总之,沙恭达罗是古代印度既温柔多情又坚贞不渝的理想妇女的形象。在这一形象身上鲜明地体现了印度人民和作者本人较为先进的生活理想和美学观。

二、豆扇陀

国王豆扇陀的形象比较复杂,具有明显的两重性:作家一方面把他理想化,一方面又对他有所揭露和批判。

首先,在作家的笔下,他"关心臣民像关心自己的儿女一样",而"人民欢迎陛下的诏令,就像欢迎及时的甘霖一样"。作为半人半神的古代英雄,他是杰出的武士和猎手,是净修林和天庭的保护者。他曾帮助天帝因陀罗战胜了白头巨臂的恶神阿修罗,表现出十分英勇的气概。豆扇陀在爱情上是较为严肃的,与一般统治者不同,他对沙恭达罗的追求还是真挚而郑重的,他说:"这爱情是双方的,我是非常幸福的。"在他失掉记忆时,面对沙恭达罗能庄重自持,举止得体;即使受到沙恭达罗的斥责,他也审慎地琢磨自己是否有什么不对,尤其是在恢复记忆以后,他"后悔不迭""痛哭流涕",表现出对沙恭达罗的真切思恋和依依深情。这里,作家赋予了豆扇陀以普通人的感情,写得情真意浓,真实可信,因而产生了良好的艺术效果。

然而,作家在把豆扇陀理想化的同时,也直接、间接地揭露了豆扇陀作为现实中国王的专横和荒淫的一面。这一切多是通过侍从或小丑的插话以及失掉记忆以后的言行表现出来的。其中不少地方从侧面暴露了豆扇陀的荒淫放荡生活,他后宫中有许多佳丽供他享乐,却仍旧另寻新欢。对豆扇陀追求沙恭达罗,剧中通过一个小丑做了这样的嘲弄:"正如一个厌恶了枣子的人想得到罗望子一般,万岁爷享受够了后宫的美女,现在又来打她的主意。"这不仅是对戏剧中豆扇陀的始乱终弃行为的揭露,也是对现实中的统治者荒淫糜烂生活的谴责和批判。不过,从总的方面来看,剧中对豆扇陀的这种揭露是比较含蓄、温和的,而对他的颂扬和美化却占着重要的地位。这既反映了作者的进步性,也反映了一定的局限性。

第六节 《沙恭达罗》的艺术特色

一、两结合的巧妙构思

(1)古与今的结合。取材于古老的"印度两大史诗",却融入了当时社会的因素;借助古老神话题材,表现了具有现实意义的主题思想。

(2)浪漫色彩与现实因素的结合。仙女血统的沙恭达罗被人间的修行者收养长大,而且与人间的国王相爱联姻;人间的国王与天界的神仙交友并能自由来往于天上人间,可谓人神交错、亦真亦幻。

(3)悲剧性与喜剧性的结合。作品在坚持喜剧主体的同时加入了悲剧因素,即先以喜剧开场,中间转为悲剧,最后又以喜剧收场。

二、跌宕的情节和严谨的结构

仙人诅咒应验造成跌宕起伏的情节,但爱情主线贯穿始终。作者巧妙运用了"仙人诅咒"应验这一关键性"系扣",造成全剧的戏剧冲突和人物命运的重大逆转,使得剧情的发展平起波澜;同时"系扣"中又含有"解扣"的契机,随着戒指的失而复得,诅咒失去了作用,矛盾冲突圆满解决,剧情又回归原线。仙人诅咒和解咒都是因为爱情,爱情主线或隐或显但始终贯穿。所以,情节虽跌宕起伏但环环相扣,各幕虽有悲喜转换但衔接得天衣无缝。

三、出色的心理刻画

作者通过人物的语言和动作展示了恋人复杂微妙的初恋心态。如沙恭达罗初见豆扇陀时,在惊恐、娇羞和喜悦中,就对他一见倾心,但表面上却极力用微笑来"掩饰心怀";本不想离去,不得不走开时"欲行又住",以树枝挂住衣服、草刺划伤脚为借口,迟迟不肯离开。她按捺不住青春的悸动,又没有勇气表露心曲;渴望得到对方的爱情,又羞赧作态,装出拒绝的样子。剧本通过沙恭达罗的言行举止等外在表现,将初上情场少女那种含情脉脉但又腼腆羞怯的复杂心态,刻画得淋漓尽致。

四、巧妙的环境转换艺术

作者善于通过环境转换来刻画人物形象、深化思想意蕴,形成了美感度极高的戏剧情境。剧中着意选择、刻画了三个各具特点的环境,为人物的塑造、剧情的发展和意蕴的深化服务。

处于大自然之境的净修林,保持着大自然秀丽纯净的本色,它不仅与沙恭达罗纯良质朴的天性相对应,也是对男女主人公纯洁美好爱情的衬托和渲染。立于社会之上的宫廷是权势、世俗的渊薮的象征,其中潜藏着现实社会的种种矛盾甚至罪恶,所以把纯良的沙恭达罗的客观上遭遗弃放在这里来描写,既便于表现沙恭达罗性格中疾恶如仇的一面,也算对上层统治阶级含而不露的罪恶是一个暗示或触及。超乎自然与社会之外的天界,远离世俗社会的矛盾与纷扰,是至高至圣的理想境界。在那里,沙恭达罗经过爱的波折更加完美,豆扇陀也历经了失恋的痛苦和战斗的洗礼,人物的心灵都得到净化,达到了高洁的境界。所以更适合用来表现男女主人公经历波折之爱情的破镜重圆。其中显然蕴含着爱与美理想的不可战胜及最后实现。男女主人公的爱情发祥于森林,受阻于王宫,重圆于天界。随着三种环境的依次转换,人物形象越来越鲜明豁亮,作品的思想意蕴也不断得到深化。

五、情与景的高度融合

比兴手法写人——采用了诗歌的比兴手法,把大自然的美丽纯净与沙恭达罗的美丽清纯结合起来描写,人景映衬、氤氲一体。情景交融式抒情——如第四幕"沙恭达罗的别离",沙恭达罗对亲友依依不舍,满怀离情别绪,往昔眼中景全是今朝离别情,使得沙恭达罗一步三回头。自然形象入剧——自然景物作为独立的艺术形象参与剧情。如第四幕"沙恭达罗的别离"中写道:"小鹿吐出了满嘴的达梨薄草,孔雀不再舞蹈,蔓藤甩掉了褪了色的叶子,仿佛把自己的肢体甩掉""那野鸭不理藏在荷花丛里叫唤的母鸭,它只注视着你,藕从嘴里掉在地下。"整个森林里弥漫着人与自然依依惜别之情,使沙恭达罗肝肠寸断,脚步难移。

六、语言特色

(1)淳朴、流畅、典雅、严谨的语言风格。
(2)富有个性化的人物语言:沙恭达罗的语言真挚、热情,令人可信;豆扇陀的语言华丽、精粹,显得有点虚伪。

第七节 《沙恭达罗》别解

一千多年来,《沙恭达罗》一直像一颗闪光的珍珠,在世界文学的宝库中烁烁眩目。它深受世界人民的喜爱,"几乎传遍了语言能够用文字记录下来的地方"。但学界对《沙恭达罗》的理解,包括主题思想、人物评价等问题都存在分歧。我们从剧作的内容本身出发,联系作家经历和他所处的时代,"知人论世",认为剧作的基本主题是对理想爱情的赞颂。

一、爱:贯穿剧作始终的思想

《沙恭达罗》取材于史诗《摩诃婆罗多》和《莲花往世书》,但在史诗中没有仙人诅

第一编 古代东方文学概述

咒和失掉信物的情节,这情节是在《莲花往世书》中出现的。剧作者为了表达主题的需要,采用了《莲花往世书》的故事,并经过自己的丰富想象、全新的创造,写成了这个七幕剧的名作。用满腔的激情、浓郁的诗情,歌颂了作者理想中纯洁、真挚、坚贞的爱情。剧本告诉我们:这种美好的爱情能冲破种种障碍,美好的爱是强有力的,一定会胜利的。

读了剧本,那美丽动人的画面、轻松的情调,令人在愉快中获得美的享受。然而更动人的是沙恭达罗和豆扇陀之间的爱情。第一幕中国王在林子中看到了沙恭达罗,他为她的美丽而倾倒。在豆扇陀眼中,她的美丽超过了任何宫女。他被爱神的箭射中了。沙恭达罗也燃起了爱情的火焰,她不顾净修林里的"清规",初次相见中,两人眉来眼去,传递着个人隐藏在内心的爱情。最后不得不分离时,沙恭达罗还假装草芽刺伤了脚,树枝挂住了衣,回过头来,留给豆扇陀一个多情的秋波。此时的豆扇陀,已是"魂魄离身""身体走了,那颗心却跑回来"。回宫后,仍是那样地眷恋着那位林中美女,默默地回味着相见时的幸福情景,情不自禁地向臣下讲述她的美丽、柔情。甚至放弃以往打猎的癖好,"一点打猎的心绪都没有了"。对平时十分宠爱的王妃恒娑婆抵也心灰意懒,使她在第五幕中用"蜜蜂"抛弃"花苞"的比喻指责他。他多么希望再到净修林去见见心上人。恰好这时,净修林的仙人来邀他去保护净修林,而同时太后也派人来请他去过节。他内心不知如何是好,一方是净修林,多情的沙恭达罗在等着;一方是太后,母亲的命令。但他选择了前者。

第三幕开头,豆扇陀的一大段充满激情的对爱神的"责备",更是他真挚、热烈的爱情表露:

可尊敬的爱情神啊!你射的花朵的箭,哪来的那么大的力量呢(回忆),哎呀!想起来了——

直到现在湿婆的怒火还在你体中燃烧,正如地中之火在大海底下燃烧一般。不然爱神呀!你除了灰烬外什么也没有了。

为什么还能让我这样的人痛苦煎熬。而且哪一群爱人都为你和月亮所欺,你们似乎是可以信赖的,为什么?

你有花朵的箭,月亮有清冷的光,

在我这样的人看来两者都是谎。

月亮用它清冷的光辉散发着火焰,

你也把你的花朵的箭做得硬如金刚。

这里,我们可以感觉到爱情的波涛在他胸中澎湃,爱情的烈焰在苦苦地燃烧着他。

同样,沙恭达罗也在为爱情而痛苦。一个少女的羞怯,使她把秘密深深地藏在心底,不像豆扇陀那样,把心中话尽情向身边的人吐露,以致苦思成疾。在河边的林荫下,女伴们一再催问她,她才向她们吐露真情。她请求女伴们帮助,并写了一首诗当情书托女伴转交豆扇陀,写好后她朗诵:

你的心我猜不透,但是狠心的人呀!

日里夜里,

爱情在剧烈地燃烧着我的四肢,

我的心里只有你。
　　躲在旁边听了这一切的豆扇陀,欣喜若狂,突然走了出来,接着念道:
　　　　爱情只使你发热,细腰的美人呀!
　　　　但却在不断地燃烧着我,
　　　　白日使夜莲凋萎,但更厉害的却是月亮光彩的褪落。
　　多么纯洁的爱,多么真挚的情。难怪沙恭达罗的两位女伴都是那么高兴地"欢迎爱情的果实这样快就成熟了"。就这样,两颗相印的心贴在一起了。
　　这前三幕作者以轻快的笔调歌颂了这对男女的美好的爱情。写沙恭达罗的美貌,写豆扇陀的才能,写双方的相思,写恋情的表露,以树林、河水作背景,以春光、鲜花作映衬,展现出幅幅美丽明媚的画面。以下三幕的基调变得沉重了。由于仙人的诅咒,豆扇陀失却了记忆,给他们的爱情带来了一场意外的风波。通过这一波折与最后的团圆,一方面表现了他们对爱情的坚贞,一方面也表现了作者的愿望:美好的事物一定会胜利。
　　在剧情的转折第五幕"沙恭达罗的被拒"中,除了继续表现沙恭达罗对爱情的坚贞外,同样也表现了豆扇陀对爱情的坚贞。有论者分析得好:这一幕"深入细致地刻画他怜惜沙恭达罗,只是不能不负责任地随便爱她,不乱爱才说明爱她时必定是坚贞的"①。正如剧中守门人所说:"啊哈!主子真是守法啊!看了这样一个带来幸福的美丽的女人,除了他谁还会犹豫呢?"这个"守法"就是守爱情的坚贞之"法"。我们且看他看到戒指恢复记忆后"追悔的痛苦"就更清楚了。他因痛苦而失眠,无法上朝理政,在明媚的大好春光里,无心游赏花园,甚至不让庆祝春节。一想到当时拒绝沙恭达罗的情景,就心如刀剜,如他所说:"这真像是毒箭射在我的心头。"然而再也见不到爱妻了,"希望从悬崖抛入了深渊",无可奈何,责骂起戒指来,也痛斥自己:
　　　　你怎么离开美人的纤纤玉手,
　　　　私自就向水里逃走?
　　　　但是——
　　　　无知的东西不知道好坏,
　　　　我为什么把我的爱人拒在门外?
面对沙恭达罗的画像,竟忘形地把它当作真人,对它倾诉衷肠,落下伤心的眼泪。其真情之深可见。
　　第七幕"重圆",两人相见的场面也是很感人的。沙恭达罗高喊"万岁(胜利)!万岁(胜利)!""胜利"因激动而为泪水所阻住,只喊出了"万岁"。豆扇陀说:"亲爱的,虽然'胜利'这字为泪水所阻而没说成,我却已经得到了胜利。"是的,他们经过相爱、追求、结合、波折、思念,现在又重圆了。他们胜利了!
　　通过上面剧情的简略分析,可以看出对沙恭达罗与豆扇陀的纯洁、真挚、坚贞的爱情的歌颂,是贯彻剧本始终的思想。对于这种爱情,这里要说明两点:
　　第一,这种爱情是作者的理想。在奴隶制或封建制度下,这种纯洁、真挚、坚贞的爱

---

① 董每戡:《迦梨陀娑及其作品〈沙恭达罗〉》,载《作品》1956年第15期。

情,自主、美满、幸福的婚姻是找不到的。沙恭达罗是作者美的理想的化身,外貌美与心灵美高度统一。豆扇陀也是作者思想中的理想人物,他的才能、品德、真挚热烈的爱情,是作者极力歌颂的。

第二,这种爱情的基础是郎才女貌。他们一见钟情,豆扇陀爱的是沙恭达罗的美貌,沙恭达罗爱的是豆扇陀的温良谦让、优雅善言和孔武有力。

正是这两点,使得剧本的爱情主题有了它的进步意义和人民性。作者通过对一对理想人物的塑造,表现一种美好的理想,与当时现实的不合理婚姻相对照,并对这种理想的爱情予以热烈的歌颂,显示了它的不可抗拒的必胜力量。这种追求美好的理想,歌颂美好的事物的思想与当时被压迫的劳动人民的思想感情是一致的。它绝不是一部艺术成就高而毫无思想意义可言的古典作品。对于"郎才女貌",我们不能用今天的爱情观去要求 1000 多年前的迦梨陀娑,联系当时的社会历史情况,"郎才女貌"无疑对当时严格的种姓制度是一个冲击。难怪鲁迅先生也把作者归入进步诗人之列。①

二、豆扇陀:多情郎的艺术形象

庸俗的"社会-阶级"分析法影响了对作品实事求是的分析。有人认为:"《沙恭达罗》反映了印度奴隶社会的现实矛盾,主要的是反映了奴隶主阶级民主势力和奴隶主阶级专制势力的矛盾和斗争。"并认为"豆扇陀是剧中互相冲突的两种势力的另一方面的代表。他是奴隶社会的国王,是奴隶主阶级专制主义势力的最高代表……豆扇陀是个最大的剥削者……豆扇陀是个最大的压迫者……豆扇陀是个荒淫、虚伪、骄横的统治者"。②

文学作品的主题思想是通过艺术形象来表达的。研究作品主题,当然离不开形象,主张剧本主题是"批判""斗争""揭露",当然要否定主人公之一的豆扇陀。但我们认为剧中的豆扇陀不是一个否定性的形象。

首先,剧本中表现的豆扇陀不是一个世俗的国王,而是一个理想的,具有纯真、热烈的爱情的"国王"。剧本描写的不是一个世俗国王与民女恋爱的历史事实,而是一对理想化的青年男女的美丽动人的爱情。作者对豆扇陀的态度和对沙恭达罗一样,是歌颂,所歌颂的中心是他们的爱情。剧本中也从侧面写到豆扇陀如何使人民幸福,但那不是歌颂一个世俗"君主"的功绩,而是表现他的才能,以突出"郎才女貌"的爱情标准。正像作者的杰出诗作《罗怙世系》一样,它是一部帝王史诗,但着重表现的是夫妇情谊,因而"人物的身份是政治首脑,写他们的这部作品却不是政治诗篇"。③

也许有人要问:既然这样,那不是不写一个国王也能表达主题吗?迦梨陀娑为什么要以"国王"为主人公呢?理由有三:第一,这是个古代传说,传说中主人公本来就是个国王;第二,作为"宫廷九宝"之一的迦梨陀娑,创作的剧本要在宫廷演出,写"国王"也是很自然的;第三,把这个理想人物写成"国王",多少能表现对世俗国王的一些希望。

---

① 赵瑞蕻:《鲁迅〈摩罗诗力说〉注释·今译·解说》,天津人民出版社 1982 年版,第 11—12 页。
② 二十四所高等院校编:《外国文学史》(一),吉林人民出版社 1980 年版,第 116、113 页。
③ 金克木:《梵语文学史》,人民文学出版社 1964 年版,第 286 页。

其次,说豆扇陀是"最大的剥削者""最大的压迫者",这与剧作对豆扇陀的描写是不相关的,是凭空得出的结论;说他"荒淫、虚伪、骄横",似乎与剧作的描写有关,但这与我们前面分析的豆扇陀对爱情的纯真、热烈的结论是相反的。矛盾的症结在于第五幕中豆扇陀拒纳沙恭达罗是因仙人的诅咒而丧失记忆,还是满足淫欲后的抛弃。要比较客观地把握作者的创作意图,当然不能离开作品的本身,也不能从政治概念出发,到作品中去寻找一些零碎的字句作证。请读剧本第五幕开头安排豆扇陀的一段独白:

听了这样的歌声以后,为什么我竟像小孩子似的心里向往着什么,除了跟爱人别离外还没有这种感觉呢?或者是——

看到美丽的东西,听到甜蜜的乐声,

连幸福愉快的人也会忧心忡忡。

他心里现在回想到以前没有想到的

前生坚贞不渝的爱情。(作由于遗忘而产生焦虑不安状)

这就是仙人诅咒后,沙恭达罗找到宫廷前他的迷离状态。他仿佛觉得跟什么人有过纯真的爱情,但爱的是谁,确实想不起来了。及至沙恭达罗来到他面前,还是"不敢说是否同他共鸳帐",使他"既不能丢开她,又不能吮吸她的芬芳"。他"想了再想","实在想不起曾同那一位小姐(按:沙恭达罗)结过婚来"。作者就是这样细致地表现豆扇陀确实是因诅咒而丧失了记忆。因此尽管他为她的美丽震动,为她的悲愁伤感,但他坚守的还是"日莲只开在太阳里,明月下只开放夜荷,能抑制人情欲的人,不搂别人的老婆"。如果说他"荒淫",那他为什么不来个"顺水推舟"呢?

我们还可以从干婆这个人物的行动,来为豆扇陀拒绝沙恭达罗是仙人诅咒的结果提供一个侧面的论据。干婆这个年高的智者,通过他苦行的功果,不仅能使林中女神为养女沙恭达罗献出衣饰,还能知道没有见过、听过的事情和未来的事情。沙恭达罗的怀孕就是一个"无影无形的声音"告诉他的。剧本末尾中天帝的父亲摩哩折就说他知道沙恭达罗的儿子是未来的左轮王。当然他能通过他苦行的神力知道豆扇陀其人。从他给沙恭达罗祝福,不再为她"担忧",派人送她去宫廷等行动中,可以说明他知道豆扇陀是一个什么样的人。同样,他也知道沙恭达罗、豆扇陀将有这场命运安排的波折,故在送别时送了一程又一程,以作者擅长刻画人物心理的妙笔,极写他内心的不平静。这仅仅理解为与养女的离别之情是不够的。临分手时,他还沉思着"应当告诉豆扇陀些什么事情",结果要护送沙恭达罗的人告诉豆扇陀"在你后宫粉黛群中,要给她一个应得的地位,此外她的亲属不再要求什么,一切由命运去安排吧"。这就很好地表现了干婆对沙恭达罗面临暂时的"恶运"的怜悯,但又不能怨怪豆扇陀,又多么企望他能改变这不可改变的"命运"的复杂心情。

有论者把豆扇陀对沙恭达罗所说的"你无论走得多远也不会走出我的心,黄昏时刻的树影再长也离不开根"的热烈的爱情盟誓说成"虚伪",那他在沙恭达罗走后,而"满怀敬意地拾起"沙恭达罗遗落在地上的荷花须子镯子,紧紧贴在胸口上,对着这无声无息的东西,诉说满腔情怀,使得偷看这一切的沙恭达罗感动得再也躲不住了,找个借口转回来,成就了"爱情的享受",这一些又怎么理解呢?

可见,作者笔下的豆扇陀并不是一个奴隶主阶级的总代表,也不是一个风流天子,而是一个爱得深、爱得真的多情郎。作者通过对他和沙恭达罗的塑造,表达了歌颂理想爱情的主题。

三、艺术表现的东方情味

《沙恭达罗》以它追求真善美的内容和隽永蕴藉、清新细腻的东方艺术格调,得到世界广大读者、观众的喜爱。英国梵学家莫尼尔·韦廉士因这个剧本而称作者为"印度的莎士比亚",歌德认为这是一部"深不可测的作品"。我们从人物形象、戏剧情调、自然描绘三个方面谈谈《沙恭达罗》的东方特色。

(一)东方女性的典型

女主人公沙恭达罗温柔、美丽、纯真、多情,也有几分坚韧和刚强。她生活在大自然的怀抱,出入净修林,种花饲鹿,穿树皮、戴荷花镯,完全与大自然融为一体,纤丽妩媚的外表与纯洁质朴的内心完美地结合在她身上。开始她作为一个纯洁无瑕的净修女出现,不愿忍受清规的束缚,向往人生的幸福,私自爱上了前来行猎的豆扇陀,爱得真诚,爱得深挚,但又羞于启齿,以致苦思成疾,在女伴的催促下好不容易吐露了衷情。躲在一边偷听的豆扇陀出现在她面前,她又羞得无地自容,转身走开,走了几步又找借口转回来。本来托女友转交情书,女友说出真情,她又生气。就是这种腼腆羞怯神态,活现了一个青年女子在爱情面前的纯洁和柔情。这很自然地令我们想到我国《西厢记》中的崔莺莺,既要红娘转送情诗给张生,嘴上又说是送一个药方,红娘道出了实情,她又口口声声要告诉老夫人,红娘当真时,又转而向红娘求饶。羞怯中透出纯真,腼腆里包含柔情——这就是东方女性的特点。在西方文学中很难找到这样的女性形象。难怪德国诗人席勒不无感慨地说:"在古代希腊,竟没有一部书能够在美妙的女性温柔方面,或者在美妙的爱情方面与《沙恭达罗》相比于万一。"①

沙恭达罗温柔,但并不懦弱,她还有坚强的一面。这种坚强,既表现在冲破各种束缚,自主成婚的方面,也表现在宫中被拒后对豆扇陀的指责。她认为对的,会去追求,而不是闷坐闺房,暗自伤感;她认为不对的,也不会去低三下四,委曲求全。从她对爱情的执着追求,进宫寻夫,宫中发怒,以至请求地母的呼唤中,都可以感受到她的坚韧和刚强。当然,沙恭达罗的性格是以柔顺为主,即使发怒,也不蛮横失态,而是依理辩情,不失矜持与庄重。她既不会有古希腊美狄亚杀子报复的刚烈行为,又不像东方民族现实生活中的一些弱女子。纯真善良、温柔敦厚、柔中带刚——这就是东方女子的典型特征。

(二)东方戏剧的情调

《沙恭达罗》既不像西方悲剧那样沉重,也不像西方喜剧那样喧闹,而是充满诗情画意、平和气氛和抒情色彩。用一幅幅美丽的画面,缓缓地、温和地把人引进剧情,带到幸福的境界。在这过程中随处可见东方人的智慧,神秘高深的古代东方文化也伴随着剧情得到展现。总之,它不以情节紧张、多变取胜,也不以台词诙谐、幽默见长,而是以诗意的美、人情的美为人称道。20世纪50年代我国上演《沙恭达罗》,有人评论:"这里没有喧

---

① 转引自《沙恭达罗》译本序,季羡林译,人民文学出版社2002年版,第19页。

器,没有浮荡,没有杀伐,没有骚动,而是像一股清泉,一声黄鹂,一片花荫,一派仙境,然而又有浓厚的人情味。同时也不是没有曲折的,可是这曲折是像曲径通幽一样,不是给人以沉重的负担,而是引导人到一个更和乐、更幸福的境界……观众不是装了一些激动、沉重的问题离去,而是在美的享受中,在温文尔雅的绚烂气氛中,在获得一个满足的答案中轻松地回了家。"①既要有戏剧性的矛盾冲突,不致使人寡味沉闷,又要温和轻松地发展剧情,不致令人紧张以致难以负担。这二者的关系不好处理,而《沙恭达罗》却处理得恰到好处。

(三)东方式的自然描写

宁静、优美的大自然描绘在《沙恭达罗》中非常突出。大自然在剧中起到多重作用:作为人物活动背景,烘托戏剧气氛,构成诗情画意,映衬人物性格。如果仅是这些,在西方文学中也不乏例子。《沙恭达罗》对自然的描写,还有它的独特之处:赋予大自然以人的品性,理解人的情意,把它当作一个主要角色参加剧情。印度人最为欣赏的第四幕集中体现了这一特点。这一幕写沙恭达罗进宫寻夫,告别净修林,整个大自然都为她的离别而伤感。森林寂然,杜鹃啼鸣,野鸭丢下嘴里的莲藕,孔雀停止展翅不再舞蹈,蔓藤蔫下翠绿的叶子,小鹿牵住行人的衣襟。沙恭达罗和它们一一告别,把蔓藤妹妹托付给女友,抚慰了从小饲养的小鹿。她流着泪,一步一回头。情和景,人和物,水乳交融,血肉相连。印度伟大诗人泰戈尔曾对这一幕有过精湛的论述,认为迦梨陀娑笔下是"人情皆自然"。这是东方人的自然观。只有在这种自然观的支配下,才有文学创作中这种对自然生动的描绘,使大自然富于生命,富于感情。

第八节 地位和影响

《沙恭达罗》是印度古典戏剧的典范,也是当时世界戏剧的高峰,为迦梨陀娑赢得了世界声誉。印度各种方言中都有它的译本,影响历久不衰。在印度学者和人民中间流传着这么一段话:"在所有的艺术形式中,戏剧最美;在所有的戏剧中,《沙恭达罗》最美;在《沙恭达罗》中,第四幕(沙恭达罗的别离)最美。"沙恭达罗的优美形象,博得了人们的普遍喜爱和赞誉。除了前述席勒的颂扬,歌德也写诗对这一形象唏嘘赞叹:"悠悠天宇,恢恢地轮,彼美一人,沙恭达罗。"

思考题

1. 分析沙恭达罗的形象。
2. 分析豆扇陀的形象。

讨论题

我看《沙恭达罗》的思想意蕴。

---

① 李长之:《诗情画意的〈沙恭达罗〉》,载《戏剧报》1957 年第 11 期。

第二编　中古东方文学概述

教学重点：中古东方文学的特征。

一、中古东方文学的形成

中古东方文学是指亚非两大洲封建社会时期的文学。起止时间大致为5世纪至19世纪中期。分为两个阶段：前期从5世纪至11世纪，后期从12世纪至19世纪中期。东方文学从古代到中古前期都是世界文学的高峰，中古后期东方文学逐渐衰落。此前是东方向西方渗透、施加影响，谓之"东学西渐"；此后是西方向东方渗透、施加影响，称之"西学东渐"。

就国家而论，亚非地区封建社会的发展是不平衡的，水平有高有低，速度有快有慢。虽然关于亚非地区何时进入封建社会，学者众说纷纭，年代差距甚至从公元前5世纪到公元6世纪，但是学界对于中国和印度领先于世界其他国家，最早进入封建社会这一点没有分歧。东亚、西亚、中亚、北非的主要国家直到公元2至8世纪后才出现封建王朝，当时非洲的大部分地区仍处于奴隶制社会。但从整体上看，亚非地区的封建制度存在的时间要比欧洲长，解体的时间要比欧洲晚。欧洲的封建社会从公元476年西罗马帝国崩溃开始，到17世纪40年代英国资产阶级革命为止。而亚非地区的封建社会则一直延续到19世纪中叶前后，例如中国到1840年鸦片战争，印度到1849年沦为殖民地，日本到1868年明治维新，中亚几个国家则迟至1917年苏联"十月革命"。东方社会的这种历史状况，主要原因在于各国内部——封建土地国有制形式和自给自足的自然经济形态；封建制度形成和瓦解时没有出现过西方各主要国家的那种意识形态上的急剧而重大的历史变革或血与火的大洗礼；超稳态的封建中央集权制和僵硬的意识形态；庞大的国家机构。另外，异族频繁、大规模的入侵作为一个外因，阻碍和破坏了东方社会的经济发展，致使生产力长期停留在一定的水平，没有进步。

就古代东方文化而言，由于东方文明的早熟和率先进入封建社会，中古亚非依然是世界文明的先进地区，同正处于文艺复兴前黑暗时期的欧洲相比，无论自然科学还是人文科学，都取得了辉煌的成就。中国的火药、指南针、造纸术、印刷术传到欧洲，对欧洲各国经济和文化的发展起了一定的促进作用。印度和阿拉伯在数学研究上成绩卓著，印度人创造了零的符号和十进位制，阿拉伯人加以改进和推广，并将它们传给欧洲人，取代了欧洲原有的比较烦琐的罗马数字，这种被称为阿拉伯数字的符号直接推动了现代数学的产生。另外，阿拉伯人在医学、化学、地理学、天文学以及哲学和历史学领域都取得了丰硕的成果。中古东方文化的引人注目之处还在于三大文化体系的逐渐成熟和完备。中国文化通过思想（儒家）、宗教（佛教）、语言（汉语）和文字（汉字）等，对朝鲜、日本、越南以及其他周边国家的文化产生了广泛而深刻的影响，在中古时期形成了中国文化体系。印度文化通过宗教(印度教和佛教)、语言(梵语和巴利语)和文字(梵文和巴利文)等,大大地影响了斯里兰卡、缅甸、泰国、柬埔寨、印度尼西亚以及其他周边国家的文化,并最终形成了印度文化体系。阿拉伯-伊斯兰文化一面吸收伊朗、印度、希腊、罗马、犹太教和基督教文化,一面通过宗教(伊斯兰教)、语言(阿拉伯语)和文字(阿拉伯文)等,向西亚、中亚、东南亚和非洲等广大地区传播,最终形成了阿拉伯-伊斯兰文化体系。

中古东方文学就是在这样的历史条件下发展起来的。它继承并发扬了古代东方文学的优良传统,在创作题材的丰富性和形式的多样化方面,在作品思想内容的深度、广度和艺术表现的鲜明生动方面,都有不同程度的进步,涌现出不少优秀的作家作品,堪称当时世界文学的高峰。

二、中古东方文学的特征

第一,各国文学普遍繁荣。同古代东方文学相比,中古东方文学的地域大大扩展了。除了古代业已取得光辉成就的中国文学和印度文学继续向前发展外,又有许多新的国家和民族的文学兴起,涌现出不少优秀的作家和作品,为世界文学发展做出了很大贡献,如阿拉伯、日本、波斯、朝鲜、越南等。

第二,各民族文学交流空前频繁。东方三大文化区的形成,促使文学水平较高的核心国家影响到相邻的其他国家,从而推动了其他国家的文学发展。例如日本、朝鲜、越南等国受中国文学的影响,这些国家的不少诗人和作家精通汉诗和汉文,在创作上受到汉诗和汉文的深刻影响。阮攸的《金云翘传》取材于中国明末清初流行于民间的王翠翘与徐海的故事,在以中国作家青心才人十余万字的章回小说《金云翘传》为蓝本的基础上改写而成。从而使一个在中国文学史上默默无闻的故事在越南家喻户晓。印度与斯里兰卡、马来西亚、缅甸、泰国、柬埔寨等国家和民族文学交流关系密切,印度史诗和佛教故事在这几个国家和民族广泛流传,并且成为重新创作的题材来源。在阿拉伯-伊斯兰文化体系内,伊斯兰教经典《古兰经》成为各国作家进行创作的楷模和取材的源泉,阿拉伯和波斯的诗文也成为各个国家的共同财富。与此同时,中国、印度、阿拉伯文学也接受了本体系内其他国家文学的影响。除此之外,在三大文化体系之间的文学交流和东西方之间的文学交流也是不可忽视的。这些文学交流打破了以前东方文学独立发展的局面和文学闭塞状态,对东方各民族文学的发展产生了积极的影响。

第三,宗教影响有增无减。宗教是中古封建制度的主要精神支柱,中古东方各国的法律、道德、艺术和哲学等,都带有浓厚的宗教色彩。具体到文学作品中,这种影响也显而易见,比如在日本、朝鲜和越南文学中常有佛教色彩,印度文学中常有印度教色彩,波斯和阿拉伯文学中常有伊斯兰教色彩,等等。

第四,民间文学仍占重要地位。中古东方文学是由文人文学、民间文学和早期市民文学组成,作为其中重要的组成部分,同古代东方文学相比,这时期的民间文学仍然继续向前发展。在民间歌谣、民间故事、民间戏剧和民间说唱等方面产生了不少优秀的作品,比如阿拉伯的大型民间故事集《一千零一夜》,代表着中古东方民间文学的最高成就。日本著名的《古事记》和《万叶集》中也收集了不少民间文学作品。朝鲜的"高丽歌谣"在古代民间歌谣中也占有特殊地位。同时,文人文学也深受民间文学的影响。许多杰出的诗人和作家善于从民间文学宝库中吸取养料,使自己的创作内容更加充实,思想更加明确,语言更加生动,风格更加平易。例如波斯的菲尔多西、萨迪,印度的杜尔西达斯以及越南的阮攸等人的创作,在题材、风格、语言等方面,都可以清晰地看出民间文学的痕迹。

第五,文学内容的复杂化和形式的多样化。首先,文学作品的题材比较广泛,思想比较丰富,倾向比较复杂,反映了封建社会生活的各个方面。有表达人民愿望的《春香传》《金云翘传》,有反映社会矛盾的《小泥车》,有为统治阶级歌功颂德的《源氏物语》,而且下层妇女、起义军领袖等都是古代东方文学所没有的。其次,中古东方文学形式多样,表现在:①文学脱离了综合著作,成为独立的形态;②各种文学体裁大体齐备,四大文学样式都有;③诗歌发展最为充分。诗歌的样式也非常完善,有抒情诗、叙事诗、哲理诗。而且,各国形成了各种具有民族特色的诗体,如中国的近体诗、越南的"六八体"、波斯的"鲁拜体"、日本的俳句体等。

三、中古东方文学的发展概况

中古东方文学普遍繁荣,其中阿拉伯、日本和波斯文学成就较高,印度、朝鲜、越南等国的文学也取得了一定的成就。

大约公元5世纪前后汉字经朝鲜传入日本,日本才开始有书面文学;约在公元6世纪形成了把汉字音义杂用的假名文字,日本才开始有了民族的书面文学。中古日本文学发展历程一般分为四个时期:

(1)奈良时期(710—793)。第一部书面文史著作《古事记》是日本神话传说的总集。"和歌"最早的诗歌总集《万叶集》是本时期的主要成就,收诗4516首,内容以爱情描写和自然礼赞为主。《万叶集》确立了日本"和歌"的民族形式(长歌、连歌、短歌和俳句),开创了日本抒情文学的传统(成为历代抒情文学的典范和推动力),孕育出日本传统审美意识的胚胎("物哀"萌芽、"四季感"、"季物"、"季题"、白色为美)。

(2)平安时期(794—1192)。贵族文学繁荣。物语、日记、随笔是本阶段最有成就的领域。"物语"最初是"语说事物"之意,后来随着不少叙事性作品以此命名,逐渐演变为"故事、传奇"之意,"物语文学"是对日本以"物语"命名的叙事性文学作品的总称。"物语文学"的鼻祖是《竹取物语》,紫式部的《源氏物语》是最高成就,道纲母的《蜻蛉日记》(又译作《蜉蝣日记》,蜉蝣即朝生暮死的蜉蝣)开女性日记之先河,清少纳言的《枕草子》抒发对自然的赞美和人生的感叹,是随笔文学的代表作。

(3)镰仓室町时期(1193—1602)。分为三种文学:武士文学兴起——军记物语的代表作《平家物语》具刚劲豪迈的风格、散韵结合的文体,是后世创作的母体。町人文学后来居上——古典戏剧的两种形式:充满象征梦幻色彩的歌舞剧能(脚本称谣曲)和富有讽刺、幽默的科白剧狂言。因战乱而形成的隐逸文学的两位代表:鸭长明的随笔《方丈记》和吉田兼好的杂著《徒然草》(均为植根于无常观的人生论、处世论)。

(4)江户时期(1603—1867)。市民文学取代武士文学成为文坛主流。俳句、浮世草子（通俗艳情小说）、净琉璃（木偶戏）、歌舞伎（歌舞剧）创作繁荣。分别代表三种文学样式成就的是"江户三杰"："俳圣"松尾芭蕉的俳句集《俳谐七部集》，代表作《古潭》；日本最早描写商人生活、最能体现市民阶层精神面貌的井原西鹤的反对封建礼教及禁欲主义的小说《好色一代男》（艳情小说的发轫之作）；近松门左卫门反映下层市民爱情悲剧的剧作《曾根崎情死》等。

中古阿拉伯文学有两个组成部分：伊斯兰教产生前的阿拉伯文学（阿拉伯半岛文学）和阿拉伯帝国境内各民族创作的阿拉伯语文学。中古阿拉伯文学的发展历程一般分为四个时期：

（1）蒙昧时期（475—622）。"悬诗"是其主要成就。"悬诗"又称"金诗"。中古时期，阿拉伯人每年在朝拜克尔白天房之前都要举行盛大的赛诗会，人们当众朗诵自己的作品，然后把优胜之作用金水写在细麻布上，悬挂在天房的帷幕上，故称"悬诗"。流传下来的有七首悬诗，被视为阿拉伯古典诗歌的典范。

（2）伊斯兰时期（622—750）。主要成就是散文。《古兰经》（*The Koran*）是穆罕默德传教期间言行的记录和汇编，但具有很大的文学价值：含有许多神话传说、故事见闻（如《古兰经》是珍藏在7重天上的天经的神话、穆圣首次接受启示的故事和他夜行登霄的传说等）；描述形象、生动、具体（如末日审判和火狱、天园的来临等，表现了非凡的想象力）；采用了多种修辞技巧，语言流畅有致、生动活泼；以安拉"真言"自喻，风格庄严崇高、堂皇典雅（每章都以"奉至仁至慈的真主之名"开头，造成文本整体风格的神圣威严、雄浑有力）；首创了一种具有独特节奏和韵律的散文样式（句句相联、组织严密、比喻新奇、音调铿锵），是阿拉伯文学史上第一部散文总集（此前阿拉伯文学的主要体裁是诗歌）。

（3）阿巴斯王朝时期（750—1258）。阿拉伯文学的繁荣时期。故事是主要成就。麦阿里的散文集《宽恕书》描写了诗人幻游天堂、地狱的奇异经历，询问诗人们得到宽恕和得不到宽恕的原因；穆格法依据《五卷书》译写了《卡里来与笛木乃》，成为艺术散文的奠基者，并使《五卷书》的故事传遍全世界；民间故事巨著《一千零一夜》是中古阿拉伯文学的最高成就。

（4）外族统治时期（1258—1798）。先后受到蒙古和土耳其的统治，文学全面衰落。有诗人蒲绥里赞颂穆罕默德的长篇颂诗《斗篷颂》。

波斯的版图大于现在的伊朗，素有"诗国"之称。约公元前7世纪产生的《阿维斯塔》是其最古老的诗文总集。宣扬琐罗亚斯德教教义，也包含了古波斯的神话传说。中古波斯文学的成就主要在诗歌方面，在10—15世纪的繁荣时期，先后出现了八位杰出诗人，其中菲尔多西、海亚姆、萨迪和哈菲兹均享有世界声誉，被并称为波斯诗歌的四大支柱。

鲁达基被称为"诗歌之父"，他的创作内容多样，是波斯诗歌从民间创作向文人创作过渡的标志，基本诗体都是通过他的创作初步定型。"史诗之王"是菲尔多西，他的代表作《王书》（*The Book of Kings*）创作过程长达37年，描写了古代波斯4000多年历史中4个朝代50位帝王和英雄的生平业绩。颂扬保卫祖国的英雄，弘扬爱国主义的历史传统是其基本主题。《王书》汇总了波斯古代神话、传说和历史故事，成为波斯文学的宝库;《王书》也是波斯叙事诗的典范,对后世诗人产生了历久不衰的影响;《王书》对丰富和发展波斯语做出了不可磨灭的贡献。"鲁拜诗人"海亚姆的《鲁拜集》(*Rubai Yat*)为四行诗代表。揭露宗教的虚伪、悲叹生命的短暂、主张现世享乐是《鲁拜集》的主要内容。"训诲诗人"萨迪的代表作是《蔷薇园》,这是一部成熟运用了散文夹诗形式的故事哲理诗集,阐发人生哲理、抒发人道主义情怀是其核心内容。内扎米是"叙事诗大师",他的《五诗集》由五部长篇叙事诗组成,其中《蕾莉与马杰农》成就最高,描写了一对不同部族的青年男女壮烈、惨痛的爱情悲剧,歌颂了人性解放和自由纯真的爱情,堪比中国的《梁山伯与祝英台》、莎士比亚的《罗密欧与朱丽叶》。莫拉维被称为"苏菲诗人"。"苏菲"(Sufi)意为"羊毛",指该派成员身着粗毛织衣,以示简朴。苏菲派是伊斯兰教中的神秘主义教派,主张通过克己拜功、沉思冥想达到人神合一,多用诗歌表述其教义和思想。叙事诗集《玛斯纳维》(意译《训言诗》)是莫拉维的代表作,其中的《船夫和语法学家》《罗马人与中国人》,表达了只有虚怀若谷、无欲无念,才能与真主合一的苏菲主义观念。"抒情诗人"哈菲兹的《哈菲兹诗集》采用的抒情诗体"卡扎尔"(ghazel),被称为"东方十四行"。谴责宗教僧侣、歌颂美酒与爱情是哈菲兹抒情诗的主题。其诗豪放、洒脱、浪漫,富有激情,语言却朴实、含蓄,被认为是波斯古典抒情诗的高峰。"末代诗人"贾米也是一位苏菲派诗人,有效仿内扎米《五诗集》而写的《七宝座》,其中爱情主题的叙事诗《尤素福和佐列哈》是代表。

中古印度文学的最高成就是民间寓言故事集《五卷书》,该书由《绝交篇》《结交篇》《鸦枭篇》《得而复失篇》和《轻举妄动篇》五部分组成,表现了市民阶级的聪明机智、勤劳能干,颂扬了他们对幸福与快乐的追求。《五卷书》的故事成为后世许多民间文学和文人创作的母体,它所开创的框架式艺术结构和散韵相间的文体分别被西方、东方文学广泛借鉴。

《春香传》是中古朝鲜文学的最高成就,小说描写了退妓之女春香和贵族公子李梦龙的爱情故事。歌颂了自由、平等和坚贞的爱情,揭露了等级制度的罪恶,抨击了封建社会的暴政,具有鲜明的反封建的思想倾向。《春香传》开辟了朝鲜现实主义文学典型化的道路,为其小说从民间传说故事过渡到近代较完备的小说奠定了基础。

中古越南文学的代表作是阮攸的长篇叙事诗《金云翘传》。该书改编自中国清代同名章回小说,反映了越南社会的现实面貌。歌颂自由和纯洁的爱情,揭露封建官吏的腐朽本质是其基本主题。该书成功运用了越南民族诗歌形式"六八体",语言典雅含蓄、准确形象,成为越南民族文学语言的典范。

总之,中古东方文学在日益增多的文学交流和影响(既有东方各民族之间,也有东西方之间的)中大放异彩。在中古时期的大部分时间里东方文学以其题材、体裁、风格、结构、语言等影响着西方文学,只不过这种影响到了封建社会晚期,随着欧洲政治、经济、文化的后来居上而逐渐减弱并最后被逆转。

思考题

解释:东方三大文化区。

第四章 世界民间文学最壮丽的纪念碑、中古阿拉伯文学的最高成就：民间故事集《一千零一夜》
（*The Thousand and One Nights*）

教学重点：《一千零一夜》的艺术特色。

第一节 《一千零一夜》概说

一、关于书名

《一千零一夜》是1704年法国人迦兰(1646—1715)将其译成法文时的名称,依据的是这部故事集第一个大故事《国王山鲁亚尔和山鲁佐德的故事》中的一个情节：女主人公山鲁佐德给国王山鲁亚尔讲故事,一直讲了一千零一夜。后来英文转译为更具异域色彩的《阿拉伯之夜》,到了中国翻译者的笔下,《阿拉伯之夜》的书名又被转译为具有中国文化色彩的《天方夜谭》。因为,中国古代称阿拉伯国为"天方国"（"天方"疑为麦加"天房"讹传）；"夜"是指阿拉伯人喜欢在晚上讲故事或者这些故事是在晚上讲的；"谭"是通假字,通"谈"。"天方夜谭"意即阿拉伯人夜晚讲谈的故事。由于这些故事浓烈的超现实主义色彩,"天方夜谭"在中国现今已经成为一个形容词,用来指称那些不可能变为现实的夸夸其谈。

二、《一千零一夜》的来源和成书

《一千零一夜》并非出自一时一地、一人之手。据学者们考证,其早期形式是流传在阿拉伯、波斯、印度、埃及、希腊、罗马、希伯来乃至中国的民间故事。其在成书过程中,主要有三个故事题材来源：第一是印度和波斯故事。波斯古代有一本故事集叫《赫左尔·艾夫萨乃》(意为"一千个故事"),但它最早可能源自印度,后来由梵文译成古波斯文,又由波斯文转译成阿拉伯文。这是构成《一千零一夜》的核心和基础。第二是伊拉克故事。公元8世纪,这些故事传入阿拉伯伊拉克地区。公元10—11世纪,经过伊拉克人的加工编订,增加了许多以巴格达为中心的阿巴斯王朝(750—1258)时期流行的故事。这时《一千零一夜》已经初具规模。第三是埃及故事。公元13世纪时,《一千零一夜》的故事传到埃及,又增加了不少埃及麦马立克王朝(1250—1517)时期流行的故事。经过埃及文人的荟萃和加工,于公元16世纪中叶最后定型。所以说,《一千零一夜》的成书过程,是一个对不同地区、不同民族的神话、传说、故事不断吸收、融会的过程。它的故事最早在阿拉伯地区流传,大约是在公元6世纪末,其定型成书则是在公元16世纪中期。在上下1000多年的历史时期,经过历代阿拉伯市井说书艺人不断补充添加和反复加工创造,最后由埃及人集其大成。所以说,《一千零一夜》是阿拉伯帝国境内各民族集体智慧的结晶,不是文人作品,属于民间集体创作。

三、《一千零一夜》中故事的数量、类型和其中的代表作

根据第一个大故事,山鲁佐德讲了1001夜,该有1001个故事? 实则不然。阿拉伯人有一个语言习惯:在整数后边加上一个零头以显示其多。据统计,本故事集共有134个大故事(不包括故事中的故事),264个小故事(包括故事中的故事),简单可划分成六大类:神话传说、寓言童话、神魔故事、历史故事、爱情故事和冒险故事。

下列故事堪称其代表作:《渔翁的故事》《阿拉丁和神灯的故事》《阿里巴巴和四十大盗的故事》《辛伯达航海旅行的故事》《巴士拉银匠哈桑的故事》《乌木马的故事》《驼背的故事》《女人和她的五个追求者的故事》和《白候图的故事》等。如果千里挑一,东方推崇《阿里巴巴和四十大盗的故事》,西方推崇《辛伯达航海旅行的故事》,这显示了东西方不同的价值观和审美取向。

第二节 《一千零一夜》的代表性故事梗概

相传古代中国和印度之间有一个萨桑国,国王叫山鲁亚尔,一天他发现当他外出打猎时,王后和宫女、奴仆们在花园里一起嬉戏歌舞,一怒之下,将王后、宫女和奴仆们一起杀了。从此他讨厌妇女,存心报复,每天娶个女子次日便杀掉。百姓们受此威胁,十分恐惧,纷纷携女出逃。城中女子不是逃走便是死于国王刀下,弄得全城十室九空。宰相女儿山鲁佐德为拯救无辜女子,自愿嫁给国王。进宫当天,她开始讲故事,引起国王的兴趣。天亮了,故事还未讲完。国王想,听完故事再杀她也不迟。谁知第二天天大亮时又正值故事关键之处,于是又没杀她。如此这般,一连讲了一千零一夜,国王终于被感动,收回成命,和山鲁佐德白头偕老。

现摘要介绍其中六篇。

渔夫的故事

从前有个上了年纪的渔夫,每天靠打鱼谋生,家里除老婆外,还有三个儿女,一家五口全靠打鱼,因此生活困难。他每天照例只打四网便心满意足,不肯多打。一天正午,他来到海滨打鱼。第一网打上来的是一头死驴子;第二次打上来的是一个灌满泥沙的大瓮;第三次打上来的东西更重,拉出水来一看,却全是破骨片和各式各样的贝壳。渔夫愤恨伤心到了极点,于是他向安拉祷告,又撒下最后一网,拉上来一看,是个胆形的黄铜瓶,瓶口用锡封着,锡上盖着所罗门的印章。渔夫好奇地打开铜瓶,要看看里面到底装些什么东西。打开瓶口,只见瓶中冒出一股青烟,一会儿青烟就凝聚成一个魔鬼。这个魔鬼1800年前作恶多端,被所罗门禁锢在铜瓶里,用锡封了口盖上印扔进海里。魔鬼刚被扔下海的时候,曾许下愿,只要谁能搭救他,就给救他的人以种种好

渔夫与巨魔

处。可是等了400年也没等到救他的人,于是魔鬼生气了,说:"谁要是这个时候来救我,我要杀死他,不过让他选择死的方法。"渔夫想:"我是堂堂的人类,我的计谋和理智必然会压倒他的诡计和妖气。"渔夫假装不相信,说小小铜瓶怎么容纳得下对方庞大的身躯,要求对方表演给他看。魔鬼依言表演,渔夫再不放过机会,趁机又用所罗门印章将瓶口封住,禁住了魔鬼。

阿里巴巴和四十大盗的故事

从前有兄弟两人,哥哥叫高西木,非常有钱,弟弟叫阿里巴巴,很穷。有一天阿里巴巴上山砍柴,忽然看见一群人骑马跑过来,于是他将毛驴藏好,自己爬上树躲起来。这伙人一共四十个,是一伙强盗,他们跑到大树下一齐跳下马。一个强盗头子走到一块大石跟前,说:"芝麻,芝麻,开门吧。"大石就像门一样打开,里面原来是个山洞。强盗们钻进山洞待了一会又出来了。强盗头子说:"芝麻,芝麻,关门吧。"话音刚落,大石就像门一样又关了起来。阿里巴巴等强盗走远了,忍不住好奇,也念着咒语进了山洞,山洞里尽是强盗抢来的金银财宝。阿里巴巴装了三袋金钱回家了。高西木知道弟弟有了钱,来打听这钱从何而来,阿里巴巴是个老实人,一五一十告诉了哥哥。高西木一听,赶紧赶了骡子去山洞拉金银财宝。在山洞中,高西木只顾捞,恨不得将山洞搬走,可是却怎么也想不起来"芝麻"这个咒语,他被关在山洞中了。这时强盗回来,发现高西木偷他们的金银,一刀将他杀了。阿里巴巴见哥哥一夜没回家,第二天一早赶了小毛驴上山去找,可是拉回来的却是尸体。阿里巴巴想,即使下葬也得全尸才好,于是和女佣马尔基娜商量找个裁缝,好将高西木的头和身子缝起来。强盗们发现高西木的尸体不见了,十分惊慌,知道一定另外还有人知道打开宝库的咒语,决定要找到这个人并且将他杀了。强盗头子派了一个强盗下山打听,强盗打听到是阿里巴巴家,就在阿里巴巴家门上画了个白圈,准备晚上来杀。马尔基娜看见门上有个白圈,知道是强盗所为,就在所有邻居门上都画上一个白圈。半夜里强盗来了,一看家家门上都有白圈,闹不清阿里巴巴究竟住哪一间屋子,一气之下,强盗头子将不会办事的强盗杀了。第二天,一个强盗又找来,在门上画红圈,结果又被马尔基娜如法炮制,这个强盗落得和第一个强盗同样的下场。第三天,强盗头子亲自出马,并准备了三十八个坛子,一个坛子装满菜油,其余三十七个坛子装了三十七个强盗,跟他们说好,他一投石子,强盗们就冲出来杀死阿里巴巴。强盗头子住进阿里巴巴家,晚上,马尔基娜听到三十七个坛子里有喘气声、咳嗽声、打喷嚏声,知道事情不好,就将菜油烧滚,往装人的坛子每坛浇上一大瓢,强盗们都被烫死了,强盗头子也被马尔基娜杀死了。

辛伯达航海旅行的故事(1)

辛伯达决定第二次航行。他用钱置办了货物和必需品,选了一个好日子搭上一条新船，便扬帆起航了。船载着他们经过了无数个海港和岛屿。每当船停泊靠岸时，他们都要登上陆地，与当地人打交道，进行讨价还价的买卖，或以物易物，然后继续航行。

他们路过一个美丽的小岛，决定上岸休息。小岛上的自然风光美不胜收，可是没有人迹。辛伯达信步踱到一眼清泉旁，坐在阴凉的树下。一阵清风吹来，送来沁人肺腑的花香。他只觉得四肢酸软，头脑发沉，竟不知不觉地进入了梦乡。待他醒来时，他的同伴已不见踪影。辛伯达一人留在了这个孤岛上。

辛伯达一个人在岛上徘徊，希望能找到出路。他爬到树上俯瞰小岛，只见碧空万里，水天相连，脚下是土地、沙漠和树木，他的目光在岛上来回搜索，突然发现了一座高大的白色圆顶建筑物。走到跟前，才发现空中一只身躯庞大、翅膀宽长的兀鹫正在翱翔。眼前这个光滑的酷似白顶建筑的东西，原来是兀鹫下的蛋。兀鹫鼓翼飞到蛋的上方，落下来，收起翅膀，孵在蛋上，闭上眼睛睡着了。辛伯达突然灵机一动，想到了离开孤岛的好主意。他解下缠头，一头拴在腰间，一头拴在鸟腿上，他把自己牢牢地拴在兀鹫那粗壮的腿上。翌日清晨，兀鹫张开翅膀飞上天空。它不停地向上升，直入云霄。不一会儿，它又开始向下滑翔，终于落在一座高原上。它的双脚刚一沾地，辛伯达就迅速地从鸟腿上解下绳子，站到了高原上。他环顾四周，发现自己置身在一个极高的地带，下面是深深的山谷，旁边是陡峭的绝壁。

辛伯达鼓起勇气，下到山谷，发现有许多钻石在谷底熠熠发光。钻石之间盘踞着许多粗长的蟒蛇。黑夜降临，辛伯达钻进一个山洞，用一块大石头挡住洞口。他惶恐地扫视了一下洞内，隐约看到有一条大蛇盘踞在蛇蛋上睡觉！他吓得浑身发抖，睡意当即消失得无影无踪。他目不转睛地盯着这条大蛇，不敢惊动它，就这样相安无事地过了一夜。次日，东方刚刚露出白色，一线亮光从石缝间射进洞中时，辛伯达赶紧搬开洞口的石头，仓皇地跑了出来。由于饥饿和困乏，他只觉头重脚轻，走路东摇西晃。正当他在山谷中跟跟跄跄地行走时，突然间一只被宰过的大牲畜从空中落在面前。举目环视四周，却不见人影。看着被宰杀的牲畜，辛伯达忽然想起一个钻石商人讲过的故事，据说钻石都出产在极深的山谷里，他们没法采到，便想了一个办法，将刚宰好的血淋淋的牲畜从高处扔进谷中，等兀鹫将浑身沾满钻石的牲畜攫到山上准备啄食时，商人们呐喊着一拥而上，吓跑兀鹫，取下钻石，扔掉牲畜，满载而归。想到这里，辛伯达突然有了逃离这个荒谷的好主意。他捡了一些体积大、分量重、价值昂贵的钻石，放在口袋里和衣服的衬里。然后他解下缠头，把自己的身体和一只大牲畜牢牢地捆在一起，双手紧紧地抓住牲畜的两只耳朵，盼着兀鹫快快飞来，把他带出这个可怕的山谷。

果然，没过多久，一只兀鹫向牲畜扑来，用爪攫着牲畜和辛伯达向空中飞去。兀鹫飞到山顶，把牲畜放下，准备啄食。突然，一阵吼声夹杂着木板的敲击声从它身后传来，它慌忙扔下牲畜，逃入空中。辛伯达迅速解开缠头巾，从地上爬起来。到山上用牲畜取钻石的商人见到他，都围拢过来。辛伯达说明原委，给他们讲了他的经历，并从衣袋里取出许多钻石，送给那些商人，他们高兴得连连道谢。经过两天两夜的奔波，辛伯达终于平安脱险。当晚，在商人的陪伴下，他安安稳稳地睡了一夜。

第二天早晨，他们踏上征程，行走在茂密的原始森林中。那里的树木粗壮挺拔，耸入云霄，每棵树能容下100人乘凉。其中有一种树，如果在树干上凿一个洞，汁液便从中流出，凝固在一起犹如树胶。等汁液流尽，枝叶就枯萎，树干变干，成为死树。后来，同行的商人们，分成几伙，各走各的路，辛伯达和其中的几个人走在一起。他们一路上大开眼界，见到很多前所未见的怪事，经过了许多风俗各异的地区。他们见到一种叫犀牛的动物，只有一只角，长在头的中部，生活习性和饲养的水牛相似。据说，犀牛比大象厉害，它能顶死大象。它用独角顶着大象的肚子，漫无目的地乱跑。大象死了，可是它身上的油脂流入犀牛的眼睛里，使犀牛双目失明。从此，犀牛不能辨别方向，只好整日躺在海滩上，兀鹫飞来，攫它而去，用其肉喂养雏鹰。

后来，每到一地，辛伯达都用钻石换些货物，带到别的地方去卖，这样一直到达巴士拉。几天以后，他满载金银财宝和货物回到巴格达和家人、亲戚以及朋友们欢聚在一起，重新过起那种安逸、舒适的生活。

辛伯达航海旅行的故事（2）

辛伯达第四次去航行。他取出一笔钱，采购了各种货物，捆扎包装妥当后便登上了巴士拉的货船。不料，航行不久，天气突变，飓风骤起，海上波涛汹涌。呼啸的狂风吹破了船帆，折断了桅杆，货船被巨浪吞没。辛伯达和一些水性好的人在浪中挣扎，抓到一块破船板，只见一个巨浪打来，他们被卷入空中，又被重重地抛下，顿时昏迷了过去。苏醒过来时，他们发现自己躺在一个小岛上。

辛伯达和同伴们在岛上采摘树上的果实充饥后开始寻找出路。不远处他们发现了一座高大的建筑物，绿树掩映着那宏伟的楼台，阳光洒满了那金色的宫顶。大家快步奔向这个漂亮的房子，刚走进去就被一群赤身裸体的大汉抓了起来。他们把辛伯达和他的同伴们带到他们的国王面前。国王招待他们，摆了一桌子食物。辛伯达的同伴们大吃大喝完之后变成了痴呆。见到这种情景，辛伯达装疯卖傻，不吃不喝，变得瘦骨嶙峋。他那些失去理智的同伴，被赶到野外，像牲畜一样地放牧；他们的身体越来越肥胖，几乎和野牛一样，成为这个食人国国王的三餐所需。而瘦弱的辛伯达被撇在一旁，不予理睬。他悄悄思索着怎样离开这个恐怖的食人国。终于有一天，辛伯达向着海边跑去，在一位大汉的指点下，夜以继日地跋涉了七天七夜，终于来到了另外一个国度。

辛伯达受到这位国王的热烈欢迎和盛情款待。他将自己的出身、家世以及几次航海的奇遇讲给国王听，在国王随从的陪伴下，走遍了这个国家的每个地方。这是一个不小的国家，经济发达，市场繁荣，人丁兴旺。这里的人大都经商，买卖十分兴隆，一派生机勃勃的景象。辛伯达对这个国家很满意，对它的居民也很喜欢。后来，他给国王、大臣制作马鞍，受到国王的器重和奖赏。于是辛伯达在当地开了一家马鞍制作店，并在绅商士庶中获得了很高的名望和地位。国王还亲自为辛伯达娶了当地的一个名媛为妻，赐给他们漂亮的大房子。夫妻二人恩爱无比，从此辛伯达在这个国家过起了舒适的生活。

邻人的妻子去世，辛伯达去他家吊唁，得知当地一个可怕的风俗习惯：妻子死了，丈夫陪葬；丈夫死了，妻子陪葬。辛伯达亲眼看到在郊外一座濒临大海的高山上，他们揭开那里的一块大石头，露出一个绕满绳索的类似辘轳的东西。辘轳的下方，有一个好像矿井的深洞，人们将死者放下去，然后把死者的丈夫用绳子捆牢，也放了下去。他手里拿着一罐水和七个面饼。待他被放到下面,解开绳索,上面的人便用大石堵住洞口,然后离去。后来,辛伯达的妻子因病去世,他也被当成妻子的陪葬葬在了这个深洞里。

　　黑黑的洞穴里,辛伯达被四周堆积着的尸骸包围着。他既怕又悔,浑身颤抖不止,直后悔自己不该进行这次旅行,更不该在异乡结婚。他灰心丧气地呆坐着,不想吃,不想喝。索性躺倒在地,闭上双眼,求死神尽快降临。后来他又饿又渴,起身吃了面饼,喝了罐子里的水,精神恢复了。一转念他想努力设法活下去,找条出路逃离此地。他吃着不多的面饼,在饥渴中苦捱时日。一天,洞口突然被打开,一群人从上面放下一具尸体,接着是一个被绳索捆住的、大哭大叫的妇人。上面送葬的人堵上洞口,去了。听着洞里的妇人的呜咽声,辛伯达萌生了一个念头。他捡起一根死人腿骨,悄悄地向这个妇人靠近,抡起骨头狠命地向她的头顶砸去,结果了妇人的性命。然后,取走了她的面饼和水罐,并默默地等待着新的人来。这样过了许久,辛伯达在洞里几乎变成了一只野兽。每当洞口打开,扔下死人和活人,他都在暗处将活人打死,以他(她)的食物充饥。日久天长,他变得更加凶恶残忍。几乎成了一个魔鬼!然而辛伯达的内心深处却充满了负罪感,痛苦和矛盾让他痛不欲生。一天,他在洞里发现一只野兽在吃死尸。他跟踪野兽找到了离开的出口。他返回洞里,拿上余下的干粮,换上一套死人穿的干净衣服,收集了一些陪葬者戴的金银首饰、珍珠宝石,把它们裹在殓衣里,然后钻出洞口,选了一个显眼的高地,坐在那里静待海上过往的船只。终于有一天,万里碧波中出现了一只帆船。船上的人发现信号,加速驶来,救出了辛伯达。辛伯达终于又获得了新生。他向船长简单地介绍了自己的经历,并取出许多金银财宝送给船上的人们。船只经过了一个个海岛,越过了一座座城市,最后到达巴士拉。辛伯达在那里停了几天,返回了巴格达。辛伯达和亲人们见面言欢,共叙离别之情。从此,辛伯达乐善好施,资助孤寡穷人,又开始了原先那种快乐的生活。

女人和她的五个追求者的故事

　　从前有一个商人的女儿,结婚后,丈夫经常在外做买卖。老婆在家思念他,惴惴不安,生活很不安定。她有个青年仆人,很受女主人关怀爱护。有一天仆人在外跟人吵嘴,被总督关了起来。消息传来,她穿上最华丽的衣服,收拾打扮得花枝招展,去求见总督,要求释放了仆人。总督呆呆地盯着她,要她到房里去等。她不肯,总督说,不进房就不放人。出于无奈,她跟总督另外约了个幽会日期,并把自己的地址告诉了总督。她又去求见法官,求法官向总督说情释放仆人,法官提出要她到房里去休息,否则便不去说情。她就故意将跟总督约定的幽会日期也定为跟法官幽会的日期,把住址也告诉了法官。接下来,她依次拜访宰相、国王,都遇到追求,她干脆都跟他们定下同一天幽会,而且幽会地点都定在家中。她又来到木匠铺,要求定做一个上下分四层的可以分别上锁的橱柜,木匠也追求她,宁可分文不要。她同意幽会,但是要求橱柜改为五层。木匠同意了,并且当场按要求做好橱柜让她带回家。幽会的日子到了,她又涂脂打扮了一番,恭候客人。法官先到,两人聊了一会儿,有人敲门,妇人说是丈夫回家来了,让法官先躲一躲,法官钻进橱柜最底层。妇人开门,来的是总督,妇人说:"老爷,你先写个释放我弟弟的便条,你写了我才放心。"总督慨然允诺,写了张便条并盖上了印章,给了妇人。正在这时,又有人敲门,于是总督进了第二层橱门。接着宰相、国王、木匠依次到来,依次进了橱柜,被妇人锁起来。妇人趁机拿着便条赶到监狱。狱吏验明便条无误,立即释放仆人。妇人带着仆人连夜收拾行装远走高飞。国王、宰相、法官、总督、木匠被锁在橱柜里,整整三天没吃没喝,大小便全在里面,一个个全憋得狼狈不堪。

巴士拉银匠哈桑的故事

巴士拉银匠哈桑因为上了教徒的当,被骗至一块陆地,后得到某国七公主的帮助方才脱险,两人因此结为兄妹。七公主要去参加一位藩王的婚礼,暂离几天,就留下哈桑一人在宫中。哈桑一人好不寂寞,他东游西逛,这天无意中发现十只飞鸟变成十个仙女。在七公主的指点帮助下,他偷走了其中领头的仙女的羽衣,使对方变不成飞鸟,又在七公主的帮助下,和仙女结了婚。新婚后夫妻恩爱,哈桑领着妻子买娜伦·瑟诺玉回家乡生活。在家乡,哈桑的妻子生了两个儿子。不知不觉三年过去,哈桑想念宫殿里的七位公主,决定去看看她们。买娜伦·瑟诺玉从婆婆那里骗得羽衣,穿在身上,又化而为鸟,驮着两个儿子飞走了。临飞走时,买娜伦·瑟诺玉告诉婆婆,哈桑如果想要和自己见面,可到瓦格岛来找。哈桑回来后,见妻子儿子都已不在,悲痛欲绝,他向母亲问明妻子临走的详情后,立誓要去寻找。他又来到云山,向七位公主求助,七位公主知道去瓦格岛太难,表示爱莫能助,但见哈桑如此伤痛,又于心不忍,于是请叔叔帮忙。从云山到瓦格岛要经过七道深谷、七个大海、七架高山,一路千辛万苦,哈桑在长老的帮助下终于到了瓦格岛找到亲人。但是妻子的姐姐胡达女王和妻子的父亲神王却反对买娜伦·瑟诺玉嫁给一个凡人,将她打得遍体鳞伤,昏迷不醒。哈桑十分痛苦和愤怒。在神人的帮助下,哈桑得到能隐身的帽子和可驱使神鬼帝王为其效劳的拐杖,终于擒获了大姨子胡达女王,救出妻子和儿子,平安回到云山。到云山后,哈桑将帽子和拐杖赠给帮助过自己的长老,以示感谢,然后携带妻子回到巴格达,至此婆媳相见、母子相见,一家人团圆聚首,从此过着幸福美满的生活。

第三节 《一千零一夜》的内容和主题

一、基本内容

总体来说,《一千零一夜》是展示中古阿拉伯社会生活的巨幅画卷,是反映中古阿拉伯城市社会生活的百科全书,主要表现了中古阿拉伯市民阶层的生活、斗争和思想感情。

具体而言,《一千零一夜》则是歌颂爱情自由和婚姻自主,如《乌木马的故事》《巴士拉银匠哈桑的故事》;颂扬人的智慧和力量,如《渔夫的故事》《阿拉丁和神灯的故事》;表现外出冒险、顽强进取、追求财富的精神,如《辛伯达航海旅行的故事》;揭露了统治者的专横残暴和荒淫无耻,如《驼背的故事》《女人和她的五个追求者的故事》;歌颂了下层人民与邪恶势力做斗争的精神,如《白候图的故事》《阿里巴巴和四十大盗的故事》。

二、主题倾向

《一千零一夜》具有很强的人民性,主要表现在:反映了尖锐的阶级矛盾和社会矛盾,讽喻和揭露了统治者的残暴和罪恶;歌颂了劳动人民和普通群众的优美品德、聪明才智和斗争精神;表现了劳动人民追求美好生活的强烈愿望,尤其是对忠贞不渝的爱情的向往,也表现了新兴商人冒险远航追求财富的进取精神。

《一千零一夜》虽然反映了人民的理想和追求,表现了人民正义战胜邪恶的愿望,歌颂了阿拉伯人民的聪明智慧,但其思想主题上的局限性也是非常明显的:体现了封建统治阶级和伊斯兰教意识(为统治者歌功颂德、贬斥妇女、鼓吹享乐思想、宣扬伊斯兰教教义等)。因此,一般认为《一千零一夜》具有明显的正反双重主题倾向。

第四节 《一千零一夜》的艺术特点

一、丰富大胆的想象和曲折生动的情节

《一千零一夜》中有冲天而起的巨大魔鬼、吞食活人的黑色巨人、能日行一年路程的神骑、能从中取出各种食物的鞍袋、法力无边的神灯和戒指、隐身驱魔的帽子和拐杖、载人飞翔的乌木马和飞毯等,还有口念咒语、山门自开,触摸宝物、宫殿拔地而起等,这些都是想象和幻想的产物。而大多数故事的情节又曲折离奇、生动有趣,如《辛伯达航海旅行的故事》,充满了惊心动魄的冒险经历和稀奇古怪的海上见闻;《嫉妒者和被嫉妒者的故事》中,公主与魔鬼斗法,二者多次变形,情节紧张惊险,极具感染力。把美好愿望的幻想性与现实的真实性奇妙地结合起来,使浪漫主义和现实主义表现手法相映生辉、齐放异彩,造成了引人入胜的艺术效果。

二、连环包孕式的艺术结构

就全书来看,《国王山鲁亚尔和山鲁佐德的故事》作为引线,将许多互不相干的故事串联起来,构成了一个完美的艺术整体;就单个故事而言,如《商人和魔鬼的故事》又包含着三个小故事:《第一位老人和羚羊的故事》《第二位老人和猎犬的故事》《第三位老人和骡子的故事》。这种结构不仅曲折离奇,而且灵活、简便。

三、刻画人物的对比手法

《一千零一夜》的故事中众多人物善恶美丑特别分明醒目、形成鲜明的对比。如《渔夫的故事》中的渔夫与魔鬼;《阿拉丁和神灯的故事》中的阿拉丁和魔法师;《阿里巴巴和四十大盗的故事》中的马尔基娜和强盗;《巴士拉银匠哈桑的故事》中的哈桑和神王、胡达等,这些相互对立的形象,美丑映衬,体现了劳动人民善恶分明。

四、诗文相间的文体特点

《一千零一夜》中在散文所叙述的情节的关键地方常常夹以诗句,起到调整节奏、渲染气氛和升华题旨等作用,如辛伯达第六次遇险、造船离岛时所插小诗——"去吧/勇往直前……/栖身之地宇宙间到处都有/别为一夜天的事变而烦忧/任何灾难总会有个尽头"。生动活泼,诗文并茂,很好地体现了民间文学的本色。

第五节 《一千零一夜》的东方美韵

浓郁的东方情调是《一千零一夜》对于西方的魅力所在。具体表现在丰赡之美、跌宕之美、神秘之美、淳朴之美、音韵之美。

《一千零一夜》被高尔基称为世界民间口头文学创作中"最壮丽的一座纪念碑"①。自从它问世以来，它的故事就传遍了世界各地，并对世界各国的文学艺术产生影响，而这其中尤以西方文化对这部故事集的欢迎和接纳最为突出。众所周知，在欧洲的许多古典文学名著中，都存有《一千零一夜》的影响因子；它的故事或情节还频繁地被改编成各种艺术形式，不断地出现于欧美各国的音乐、戏剧、绘画、雕塑中。近几十年来，它的故事更是多次被欧美国家搬上银幕和荧屏。在中国上映过的就有美国20世纪40年代根据《渔夫的故事》改编摄制的影片《月宫宝盒》，法国20世纪60年代摄制的《阿里巴巴》，以及英国摄制的《巴格达窃贼》，等等。这部产生于中世纪的阿拉伯民间故事集，为何迷住了世界各地的人们，尤其是一向自视甚高的西方文化？它的艺术魅力究竟何在？我们认为：这部民间故事集的魅力就在于它所具有的浓郁神秘的东方艺术情调。《一千零一夜》的"东方美"具体表现在作品的内容、形式和风格等方面。

一、故事内容丰富多样、瑰丽多姿、神奇莫测

《一千零一夜》所写人物千流百品，所写景物色彩斑斓，所讲故事情趣万千，适应了广泛读者的口味——充分体现了东方文艺的丰赡之美。

《一千零一夜》具有丰富的思想内涵，丰富的人物形象，丰富的社会生活画面，丰富的故事情节线索，丰富的情景意象，丰富的审美情趣。唯其如此，这部故事集历来都被称作中古阿拉伯世界的百科全书，是深广展现中古阿拉伯各个阶层社会生活的巨幅画卷。可以说，无论是思想性，还是艺术性，都呈现出一种少有的丰盈性，秉具了东方文艺的丰赡之美。如《国王太子和将相嫔妃的故事》，在紧绕着是否处斩太子的主线上串联了18个小故事，或单线延伸，或多线并进，是谓情节线索的丰富性；登场人物帝王将相、三教九流、飞禽走兽、妖魔鬼怪，应有尽有，是谓人物形象和生活画面的丰富性；所含题旨或富有哲理，或包含训诫，或讥讽权要，或针砭现实，是谓思想蕴涵的丰富性；状物、叙事、写人既各得其所、精彩纷呈，又相得益彰、互相交融，从而形成丰富的情景意象；艺术风格或庄重不苟，或诙谐幽默，有的故事富有强烈的现实感，有的故事极具神奇的浪漫性，是谓审美情趣的丰富性。这个故事可以称得上是《一千零一夜》东方艺术情调丰赡之美的集中体现。

二、采用了具有东方特色的环环相扣的框架式结构，把各色故事串联起来，组织在一个大的框架之中，既丰富饱满、跌宕起伏，又有机统一、浑然一体，体现了东方文艺的跌宕之美

框架式结构，俗称故事套故事的结构（西方称作连锁插入式结构、连环包孕式结

---

① 高尔基：《一千零一夜》俄文译本序言，载1962年2月20日《光明日报》。

构),始源于古印度的寓言故事集《五卷书》。这是一种产生于东方古老文化土壤之上、积淀有东方审美情趣的独特结构模式。就整部故事集来讲,《一千零一夜》通过山鲁佐德给国王讲故事的形式,把大小 260 多个故事镶嵌在这个大故事的框架之内,大故事套小故事,大小故事交织成为一个庞大的故事体系,让人感到长而不冗,杂而不乱,层次分明,丝丝入扣,犹如一串璀璨的"东方之珠",让人目不暇接,令人赏心悦目。就单个故事而言,《商人和魔鬼的故事》较为典型。这个故事写一个商人吃完枣子之后,随手将枣核一扔,不料竟打死了魔鬼的儿子。魔鬼愤怒异常,定要杀死商人抵命。商人请求宽限一年,待他料理好后事之后再来偿命,魔鬼答应了。一年后商人按期前来,他等候魔鬼时,先后来了三位老人,分别牵着羚羊、猎犬和骡子。他们都很同情商人,决心搭救他。他们和魔鬼讲定,他们每人都把自己经历的事情讲出来,如能感动魔鬼,就免商人一死。于是便开始了《第一位老人和羚羊的故事》《第二位老人和猎犬的故事》《第三位老人和骡子的故事》。果然,这三位老人讲的故事都很稀奇古怪,使魔鬼受了感动,宽恕了商人。首先,这三个故事既是独立的,又因围绕一个中心而密联一体,显得极为晓畅自然,体现出一种多样而统一、丰富而完整的美感效应。其次,这种结构形式可以激发读者的好奇心,造成丰富的悬念,促使他们继续不断地、饶有兴味地看下去。这其中的心理学道理在于:故事情节向着无关的方向发展,原故事的结果暂不交代,这就造成读者关心事态发展、关心人物命运的浓厚兴趣和紧张期待心理。最后,这种结构方式还具有下列美学功能:连绵不绝、峰回路转、时隐时现,从而造成审美节奏上的跌宕起伏、趣味无限。

三、富有东方格调的浪漫魔幻(怪诞)色彩,具有东方文艺的神秘之美

高尔基指出:《一千零一夜》"以非凡的完美表现出东方各国人民绚丽多彩的幻想的惊人力量"[①]。在笔者看来,西方文化"眼中"的"东方神秘主义",除了宗教哲学上的"神人合一""万物一如"等内涵外,还指东方文化特别突出的万物相互感应的原始思维方式,以及在此基础上而造就的东方文艺特别发达的幻想力。黑格尔认为,东方艺术的怪诞主要有三种表现形态:将自然的成分与人类的成分混合在一起;极端和歪曲,过分与扭曲地表现对象;将事物的某一成分或作用予以极端重复或无限增多。这"是把各种自然界的形状任意加以组合、配合和分解的幻想的游戏……给幻想提供了各种各样的用武之地"。黑格尔同时还道出了其中的心理根源:"为着使普遍性体现于感性形象,这些形象就被扩大成为光怪陆离的庞然大物。因为这种个别形象所应表现的不是它自己和它作为一种特殊现象所特有的属性,而是一种外在于它的普遍意义,就只有把自己伸延成无边无际的庞大怪物,然后才可以满足观照。于是人们便采用最浪费的夸大手法,在空间形状和时间的无限上都是如此。还有一种办法就是按倍数去扩大同一定性或因素,例如一座像可以有许多身体或许多手,借此去勉强表达意义的广度和普遍性。"[②]通俗地讲,就是"为了使普遍性的观念(如梵天、毗湿奴、湿婆等)体现

---

① 高尔基:《一千零一夜》俄文译本序言,载 1962 年 2 月 20 日《光明日报》。
② 黑格尔:《美学》(第 2 卷),朱光潜译,商务印书馆 1996 年版,第 50 页。

于感性形象,就把他们的形象扩大成光怪陆离的庞然大物,以超常的数量或超常的体积来表示其法力无边的神性,例如,千手观音,四手三眼的湿婆"①。除了上述哲学上、精神上的需求之外,怪诞还表现了人类对怪异新奇的事物的不懈追求和人类不断探索未知世界的好奇心,这也是人类不断进步和人类艺术不断翻新发展的动力和活力所在。黑格尔有言:"艺术观照,宗教观照乃至于科学研究一般都起于惊奇感。"②同时,怪诞的产生有坚实的现实基础和生活之源,"它多半是生活中现实存在的东西,经过任意拼凑、组合和极力夸张、变形,成为生活中不现实存在的事物,从而表达、寄托人们的主观愿望和个人理想"③。

不管怎么说,怪诞这种任意拼凑和自由歪曲的艺术表现手法,自古以来就在东方艺术中被普遍运用,称得上是东方艺术的普遍手法和特色,东方艺术就是一种不拘泥于客观现实的主观性和情绪性极强的意向性的艺术。"这种运用想象方式去对现实材料进行重新加工、组合、变形,甚至把外界事物加以夸张、扭曲,改头换面地创造建构,从根本上讲,就是最富于艺术精神的创造。"④这是东方艺术不同于西方艺术的特点、存在的意义和永恒的魅力。正因为有这样的特点,东方艺术才得以与西方艺术并立于世界艺术之林而毫不逊色。《一千零一夜》丰富的想象、大胆到近乎荒诞的夸张、离奇怪异的情节设计,赋予作品以浓郁的东方怪诞神秘色彩,铸就作品的神奇、特有的艺术张力。英国作家韦伯说:《天方夜谭》在这方面给每一代英国读者带来的欢乐和教益比"欧洲工业和想象力的全部产品还要多"。丰富的想象和大胆的幻想使艺术虚构发挥到了极致,产生了最大效用。故事中常常出现有神奇力量的宝物,如能日行一年路程的神骑,能随意从中取出各种食物的鞍袋,能自由飞翔的乌木马、飞毯,能隐身的帽子,可以驱使神魔的神灯、戒指、手杖,可以远视、透视的窥镜,等等。不少故事的情节曲折、离奇,富有魔幻性、传奇性,如《嫉妒者和被嫉妒者的故事》中,公主与魔鬼斗法,二者多次变形,情节紧张惊险,形象变幻莫测。会魔法的公主为拯救被变成猴子的青年,与魔鬼展开了一场惊险激战。魔鬼先后六次变形,幻化为狮子、蝎子、大鹫、黑猫、石榴和小鱼;公主也立即变成与之相克的利剑、大蛇、秃鹰、狼、雄鸡和大鱼。最后双方以火相攻,方见分晓。丰富的想象、惊心动魄的过程引人入胜、扣人心弦。众所周知,东方文艺创造了远比西方文艺丰富多样的神魔妖怪形象,《一千零一夜》就堪称是这方面的一个杰出代表。它的绝大多数故事,都是人智、神力、魔法、巫术交织在一起,五光十色、海阔天空,令人眼花缭乱,陶醉其间。

四、使用对比手法来突出人物主要特征,使人物的善恶、美丑更加分明,体现了鲜明的爱憎,具有东方文艺的淳朴之美

人物形象塑造上的对比手法是民间文学经常采用的一个手法,而民间文学创作在

---

① 邱紫华:《思辨的美学与自由的艺术》,华中师范大学出版社1997年版,第286页。
② 黑格尔:《美学》(第2卷),朱光潜译,商务印书馆1996年版,第22页。
③ 宋雄华:《黑格尔论东方艺术的怪诞》,载《华中师范大学学报》(人文社会科学版)2004年第2期。
④ 邱紫华:《东方美学史》(上卷),商务印书馆2003年版,第76页。

东方文坛一直占很大比重,古代时期还是东方文学的主流,所以其中当然有东方文化、东方审美的深厚积淀。尽管这不是什么复杂难驭的方式方法,但审美规则告诉我们:技巧的极致就是没有技巧。所以,这部民间故事集所采用的民间文学常用的一些刻画人物的方法,诸如对比、夸张,不仅不显得粗糙、简单,反而成了一种率真、淳朴的东方之美。如《阿拉丁和神灯的故事》中的阿拉丁和非洲魔法师。阿拉丁本是中国京城的一个穷裁缝的儿子,因贪玩成性使父亲失望而死。到十五岁时,他被一个非洲魔法师诱骗,因为魔法师知道他可以取得无所不能的神灯。可是,当魔法师求而不得,把阿拉丁埋在穴中,欲置之于死地时,阿拉丁却意外地得到神灯的帮助,从此走上了富裕之路,以后他又依靠神灯之助而成为驸马。非洲魔法师为夺取神灯,多次加害于阿拉丁,阿拉丁得到神灯和魔戒的帮助,战胜了魔法师。这是善良、光明和正义对邪恶、黑暗和不义的胜利。其他如《渔夫的故事》中的渔夫与魔鬼,《阿里巴巴和四十大盗的故事》中的马尔基娜和强盗,《巴士拉银匠哈桑的故事》中的哈桑与神王、胡达,等等,这些相互对立的形象相反相成,美丑映衬,善恶对照,使善者更美好,使恶者更丑恶,不仅极大地增强了故事的艺术感染力,而且满足了读者祛恶趋善的道德心理需求。

五、动态陈述、散韵结合、诗文并茂,具有东方文艺潺潺流水、叮咚作响般的音韵之美

《一千零一夜》具有典型的陈述风格:"作为一部民间故事集,它的接受者主要是听众而不是读者。它的传播方式主要是讲和听而不是写和读。形成书面作品后仍然是说书人的脚本,仍旧保留着说书人的腔调和与之相应的叙事技巧。因此,这些口耳相传的故事,在很大程度上是一种听觉艺术。为了通过转瞬即逝的听觉刺激牢牢抓住听众的心,故事情节大都集中完整、曲折生动;叙事方式主要是活灵活现的动态陈述,而不是细致入微的心理描写和静态刻画,更不允许朦胧含蓄,意在言外;语言也力求简洁明快,通俗晓畅。"[①]另外,还在以散文为主的叙事中,在情节发展的关键地方,常常夹以诗句,这更是东方文学高妙艺术性的一个重要体现。其美学功能如下:第一,优美流畅、悦耳动听的短诗,对人们的审美感受是一个节奏上的调整、缓冲、丰富;第二,抒发人物强烈的内心感受,渲染环境气氛,增强了故事的感情色彩;第三,饱含哲理的诗句,能渲染、升华、内蕴故事的题旨。如在《辛伯达航海旅行的故事》中,辛伯达第六次旅行,乘船遇险,只剩其孤身一人,身陷荒岛,面临绝境。但他发现岛上有海流,想到一定能找到有人烟的地方,便找寻搜集木材,造了一艘小船,顺流而下,终于闯过险关,并获得大量财富。在辛伯达出发前,散文的叙述中插进了一段小诗:

> 去吧,
> 离开危险的地区,
> 勇往直前,
> 宁可撇下屋宇,
> 让建筑者凭吊、哀怜。

[①] 曹汾:《东方文学通论》,陕西人民教育出版社1995年版,第198页。

宇宙间到处有你栖身之处，
可是你的身体只有一具。
别为一夜天的事变而烦忧，
任何灾难总有个尽头。

这首小诗不仅赞扬了辛伯达不畏艰险的开拓精神和永不满足的进取精神，恰到好处地表现了主人公四海为家的豪迈气概，而且很好地渲染了人物行动的环境气氛，调整了此前长时间的散文叙述方式所必然造成的读者审美节奏上的单一和沉闷。

虽不敢妄言以上几点就是东方艺术情调的内涵和标志，但它们的确是西方文艺审美相当缺乏的。那么，到底什么是文艺作品中的"东方色彩""东方情调""东方韵味""东方意蕴"呢？我们从阿根廷著名魔幻现实主义作家博尔赫斯下面的论述中也许能得到某种启发。

在谈到《神曲》与《一千零一夜》的关系时，博尔赫斯认为但丁的《神曲》有着与《一千零一夜》相似的东方意蕴。博尔赫斯谈到《炼狱篇》的几句诗——甜美的天空像东方蓝宝石/它聚集了一切宁静、安详/及初转第一轮的无限纯洁，使他顿时联想到《一千零一夜》的东方韵味。他说："我一直想追究这几句诗的创作机制。但丁描写东方的天空、东方的早晨，所用的比喻竟是蓝宝石，而且是'东方的蓝宝石'。在'甜美的天空像东方蓝宝石'一句中，有一种镜子游戏：东方的天空像蓝宝石，蓝宝石是东方的。这就是说，蓝宝石被赋予'东方'的意蕴。"①这其中已经点出了东方文化浪漫多彩、祥和纯洁的精神品貌。

唯其如此，德国学者豪泽在论及《一千零一夜》时明确指出："自从这一迷人的东方传奇集锦于二百七十年前传入西方后，在西方读者的印象中，很少有书能与之媲美。事实上，我们西方人对于神秘而浪漫的东方所具有的根深蒂固的概念主要来源于这本可爱的传奇。"②中国学者马昌仪更是直截了当地说，在欧洲人心目中，《一千零一夜》成了"东方"的同义词。③

第六节 《一千零一夜》的地位和影响

《一千零一夜》是阿拉伯文学史上最早、最优秀的一部以人物为主的叙事文学作品，为后世阿拉伯文学创作提供了丰富素材。《一千零一夜》"是世界民间文学创作中最壮丽的一座纪念碑"，以其独特的艺术魅力流传到世界各地，产生了深广影响：其故事内容对西方许多国家的文学、音乐、戏剧、绘画、雕刻等，都曾产生过影响，如在莎士比亚的戏剧《终成眷属》、莱辛的诗剧《智者纳旦》、塞万提斯的小说《堂·吉诃德》等作品中，都能发现其影响的蛛丝马迹；其结构故事的连环包孕方式可以在卜迦丘的《十日谈》、乔叟的《坎特伯雷故事集》等作品中找到模仿的影子；《一千零一夜》里的典故、词语、故事等，更是成为许多国家人民耳熟能详的生活素材。

---

① 《博尔赫斯文集·文论自述卷》，王永年、陈众议等译，海南国际新闻出版中心1996年版，第15页。
② 豪泽：《〈天方夜谭〉里的迷人世界》，宋启安译，载《名作欣赏》1980年第1期。
③ 马昌仪：《漫谈〈一千零一夜〉》，载《民间文学》1980年第4期。

思考题

1. 举例说明《一千零一夜》的思想意蕴。
2. 说说《一千零一夜》的艺术特点。
3. 从《一千零一夜》看"框架式结构"的妙处。

讨论题

《一千零一夜》为何老少皆宜、魅力无限？谈谈自己的看法。

第五章　世界上出现最早的长篇小说、日本古代文学的经典：紫式部(Murasaki Shikibu)的《源氏物语》(The Tale of Genji)

教学重点: 《源氏物语》的主题思想和人物形象。

第一节　紫式部的生平与创作简介

一、家世与生平事迹

紫式部是日本平安王朝时期的女作家。她大约生于公元978年，卒于1014年。本姓藤原，式部是她在宫廷服务期间的称呼，据说由她父亲做过掌管国家礼仪的官员式部丞而来。起初她被称为藤式部，后来由于她在《源氏物语》中对头号女主人公紫姬的出色描写，而被改称为紫式部。

紫式部出身于中等贵族家庭，自幼丧母，由父亲抚养成人。曾祖父和祖父都擅长和歌，父亲藤原为时作为汉诗文家和和歌作者也很有名气。受家庭环境的熏陶，紫式部从小就聪颖过人，难记的汉诗文她则过目不忘，经常能在父亲考问哥哥弟弟时躲在后面代为回答。每当这时，父亲就会抚摸着她的头发说："可惜是个女孩子啊！"因为那是一个极度男尊女卑的时代，女子即使再有才华，最后也只能沦为政略婚姻的工具。紫式部在25岁那年经父亲安排嫁给了一个长她20多岁的京官，做人家的小老婆。更为不幸的是，在第二年她生下一个女儿后，她的老丈夫就去世了，紫式部从此过起了寡居的生活。在痛苦与不安中，她开始了文学创作。随着文名渐起，她被宣进后宫，担任皇后的侍女，主要为皇后讲解《日本书纪》和《白氏长庆集》。这段宫廷生活对于她写作《源氏物语》无疑具有决定性的影响。

二、文学遗产

紫式部的创作有三部，即《紫式部集》《紫式部日记》和《源氏物语》(《紫物语》)。《紫式部集》实际上是紫式部的和歌集，收有她各个时期创作的和歌128首。《紫式部日记》既有对后宫生活的详细描写，又有对人物性格和心理活动的敏锐观察。以上两部作品不仅具有一定的文学价值，而且具有很高的史料价值。紫式部的代表作是长篇写实小说《源氏物语》。一般认为在紫式部进宫之前已经着手准备，入宫之后进而积累资料，并且写成几回，出宫之后最后完成。

第二节 《源氏物语》故事梗概

　　不知何朝何代，有一位天皇宠爱一个嫔妃桐壶更衣。由于更衣的母亲家已家道中落，缺少政治靠山，因此招来了众多嫔妃的嫉妒。桐壶更衣郁郁寡欢，生下一位皇子后便死去。天皇对更衣的死，悲痛万分，几不欲生。他虽深爱更衣所生的皇子，但考虑到皇子缺少外家有力的后援，只好将皇子降为臣籍，赐姓源氏。

　　源氏生得玉貌无双，加之才华盖世，诸凡音乐、和歌、绘画、书法无不擅长，成为众人羡望的贵公子，被人们誉为"光君"，这便是光源氏这一称呼的由来。

　　光源氏十二岁时举行成人式，与左大臣之女葵上结了婚。光源氏十四五岁做了近卫中将，经常在禁中停宿。他与桐壶帝的一个妃子藤壶女御发生了暧昧关系，藤壶生下一位皇子，后来登基，是为冷泉帝，实是光源氏之子，这是后话。

　　光源氏十七岁那年，遇到了一个老地方官的后妻空蝉，空蝉貌虽不美，但举止娴雅。光源氏用出其不意的手段，与空蝉一夜缱绻，之后空蝉拒不再纳光源氏，使光源氏十分懊恼。一夕，光源氏利用空蝉幼弟小君为引导，偷入空蝉内室，空蝉发觉，悄悄遁去。

　　光源氏不知，误将老地方官前妻所生之女轩端荻当成空蝉，待光源氏觉察，木已成舟，只好对轩端荻以温语相慰。以后光源氏仍未忘情于空蝉，但空蝉始终不肯假以辞色。虽然如此，在她内心里却蕴藏着无限的痛苦与矛盾。

　　光源氏有一好友头中将（左大臣之子，与光源氏正妻葵上系一母所生）。一天，头中将告诉光源氏一件他的爱情故事。头中将结了一个贵族女子夕颜，并生有一女玉鬘。夕颜因受到头中将正妻的恐吓，突然行踪不明。这事引起了光源氏的好奇心。一个偶然的机会，光源氏得遇夕颜，夕颜是个美貌而性格温顺的女子，也很有贵族女子的教养。她与光源氏互不明告自己的身世，两情相恋。

　　一天，光源氏将夕颜带到一座荒废的宅第里，当晚，一个女精灵出现在夕颜的枕旁，夕颜暴亡。这件事使光源氏悲痛怅惘，久久不能去怀。

　　这期间，光源氏又结识了风流的老女源典侍，结识了出身皇族但身世凄凉的丑女末摘花以及贵族寡妇六条御息所等人。更主要的是光源氏遇到了一个出身皇族的、极其美貌的女童紫上。光源氏将她接到家中，加以抚养，并亲自教给她贵族妇女必不可少的种种教养。后来紫上果然出落成为一个温良贤淑、色艺双绝的理想妇女，光源氏的正妻葵上死后，紫上便成了光源氏的正妻。

　　光源氏在这些"风流"故事当中，官职逐步上升，但不久，矛盾爆发：光源氏与已进宫侍奉太子的女子胧月夜发生了关系，而胧月夜是右大臣的女儿，又是桐壶帝的一个妃子弘徽殿女御的妹妹，右大臣认为光源氏所为是故意从政治上拆他的台，十分恼怒。桐壶帝这时又晏驾了，弘徽殿女御之子朱雀帝继位，形势对于光源氏极为不利，他只好退隐到须磨海滨去，过着谪迁失意的生活。

　　光源氏在谪居中遇到一个做过地方官的贵族明石入道，他有一女叫明石上。明石入道一向盼望能够将女儿送给高贵的上层贵族，并为此经常祈求神佛保佑他能如愿。这时，他认为果然神佛不负他的虔诚，给他开了好运。他不顾妻子女儿的反对，想尽方法，终于使光源氏与女儿明石上结合。光源氏将这事都写信告诉了他的正妻紫上。

源氏与紫上

不久,朱雀帝把帝位让给了实际上是光源氏之子的冷泉帝。从此光源氏便日益显赫起来。在迎接四十整寿的前一年,光源氏被尊为"准太上天皇",他的子女也都显贵,明石上所生的女儿,被送入宫中做了太子妃。光源氏将过去他所爱过的许多贵族女子,迎到他建造的两所宏壮华丽的宅邸中来,经常举行各式各样的行乐,荣华达于绝顶。

但好景不长,光源氏由于朱雀帝的恳切希望,将朱雀帝的第三个女儿——女三宫迎娶到家中,女三宫年龄幼小,举止轻率,与内大臣之子柏木私通,生下一子熏君。光源氏得知内情,十分懊恼,紫上久病之后也亡故了。光源氏常常萌生出家的念头,遁入空门,后来也死去了。

熏君成人后,逐渐意识到自己是私生子,精神沉郁,想从宗教中得到解脱。他结识了一个在宇治出家的皇族——八宫。八宫有两个女儿大君与中君。熏君钟情于大君,但大君不允,不久大君死去。中君嫁给了当今天皇的第三子——香宫。中君见熏君不忘情于死去的大君,便告诉熏君,她有一个异母妹妹浮舟,容貌酷似大君。浮舟上京后,住在中君家中,被香宫偷偷看到,幸亏侍女们赶来,未酿成大事。熏君将浮舟迎到宇治山庄,深加宠爱。香宫也跟踪来到宇治,一夕,侍女们误将香宫当成熏君,迎入内室。从此浮舟夹在两个贵公子当中,苦恼至极。最后,她决心投水而死,后被僧都一家所救,出家为尼。熏君初以为浮舟已死,情怀凄恻,后得知浮舟下落,遣人给浮舟送信,但浮舟连使者的面也不肯见了。

第三节 《源氏物语》的基本情况

一、写作年代

小说写于1001年至1008年之间(公元11世纪最初几年),是世界上最早出现的长篇写实小说。

二、结构组成

小说分为两部,由54回组成。前部(前44回)写源氏的爱情世界,是小说的主要部分;后部(后10回)写源氏之子熏君的爱情世界。

三、主题思想

小说通过皇室贵族的爱情悲剧,表现了爱情毁灭之后的悲伤和长恨,客观上反映了贵族阶级的腐败堕落,展现了其必然灭亡的历史趋势。

第四节 《源氏物语》的人物形象分析

一、男主人公源氏——作家心目中的理想人物,皇室贵族的典型代表

他具有理想和现实交织、美好和丑陋并存的双重思想性格特征。理想、美好的一面:小说在长相上(容貌俊美、光彩照人)、才艺上(能歌善舞、多才多艺)、政治上(淡泊名利、胸怀大度)和爱情上(温柔多情、善始善终)对他进行美化。在光源氏身上,寄托着作者美好的政治和爱情理想。作者把优秀人物的出现寄托于理想化的虚构,从侧面说明了统治阶级世风日下,后继乏人。现实、丑陋的一面:长相才艺,多为夸张;政治上,名为淡泊名利、胸怀大度,实则另有所图、狡猾老练、伺机而动;爱情上,他轻薄好色、纵情滥爱、逆伦背德,是许多女性精神痛苦和悲剧命运的直接原因。光源氏身上美好与丑恶同时并存的矛盾性格,是作家的理想追求与当时的腐朽现实的共同体现。光源氏在内心经历了混世、厌世到出世的历程,这在一定程度上体现了贵族阶级盛极而衰、直到精神崩溃的发展过程。

二、主要女性形象简析

藤壶,上层贵族妇女的代表,源氏"悖伦之恋"的牺牲品;空蝉,中层贵族妇女的典型,源氏"逢场作戏"的受害者,理智、冷静、克制的性格;紫姬,贵族社会理想妇女的形象,贤淑忍从的性格,女德的典范;末摘花,下层破落贵族妇女的形象,源氏渔色的对象;明石姬,民间女子的代表,源氏爱情生活的牺牲品。

这些女性的出身、经历和性格各不相同,但却有着共同的命运:她们都是一夫多妻制度的受害者,是男性贵族爱欲享乐的对象和权势之争的敲门砖,内心都因此充满着矛盾与痛苦。其结局不是遁入空门,便是抱恨长终。她们的痛苦与不幸,从侧面反映了贵族社会的腐败与堕落,预示了这个阶级必然灭亡的历史命运。

第五节 《源氏物语》的艺术表现及地位影响

一、艺术表现

(一)成功的个性塑造艺术

地位身份决定脾性——如弘徽殿女御的专横跋扈、明石姬的稳重安分。弘徽殿女御是右大臣之女,又是皇太后,地位显赫,叱咤宫廷,自然目中无人,有恃无恐;明石姬是乡间退隐贵族之女,由于出身低微,始终屈居人下,备受冷落,同源氏一别经年,竟无缘得见,甚至连亲生女儿也无权抚养,森严的身份等级制度,造成了她顺从忍让、小心

谨慎的性格特征。

脾性决定命运——如六条御息所,长期的寡居生活让她在与源氏有了情爱关系后热情像火山一样爆发,但高贵的皇妃身份又决定了她脾性上的傲慢妒恨,在希望源氏只钟爱自身一人而不得后只得愤然离去;如夕颜,出身于中等贵族,又被丈夫抛弃,所以在得到源氏的情爱后唯恐再一次被弃,倍加珍惜、柔顺听话,最后导致她在源氏粗暴的性行为中暴亡。

(二)复杂矛盾心理的成功刻画

小说在描写复杂、矛盾的心理状态方面尤其成功,它往往把人物放在无法解决的深刻、激烈的矛盾冲突之中,层层揭示他们深层心灵世界的矛盾状态。如空蝉的淡漠回避和方寸缭乱。空蝉嫁给年迈的老夫做后妻,爱情遭遇很不幸,偶遇源氏后,她虽然对源氏的强行无礼感到愤慨,表面态度冷漠,但内心深处却"方寸缭乱",被他的地位、风度所吸引,不时流露出仰慕和思恋之情。但又无法摆脱社会道德的束缚,因而陷入了难以解脱的苦恼和矛盾之中。

(三)对自然景色的出色描写

作品将人物的主观情绪与大自然的客观景色描写相结合,收到了揽景会心、以物达情的艺术效果。例如,在紫姬的"春殿"里,"花气袭人,芬芳无比。别处樱花已过盛期,此间正在盛开",还有鸳鸯水鸟,雌雄成对,"浮在罗纹般的春波上",这一派生机盎然的春色,把紫姬雍容华贵、一向专宠的正妻地位,映衬得恰到好处;而在末摘花寒舍中,却是另一番景象,满院蒿草丛生"欲与屋檐争高",断壁残垣之间"牛马都可取路而入",阴森可怕的老树上不时传来"鸱鸮的啼声",这些荒凉沉寂的景象是和女主人被遗弃后"在悲叹中茫然度日"的凄凉处境高度契合的;须磨海滨突如其来的狂风暴雨和海啸,惊天动地,令人胆寒,实际上它是源氏失意后痛苦、怨恨、恐惧、绝望情绪的象征。景物描写对渲染气氛、暗示心理变化和揭示人物性格,起到了重要作用。

(四)柔美、含蓄、典雅的语言特色

词汇丰富——全书运用的词汇多达 12000 多个,极大地提高了日本文学语言的表现力;散韵结合——书中以散文为主,还夹入了 800 多首诗歌,融叙事和抒情为一体;语言风格——小说语言含蓄蕴藉、绵密细致,为日本文学语言奠定了基础。

二、地位影响

《源氏物语》是日本物语文学的高峰和古典文学的典范代表。因为凸显了日本文学传统的审美情趣还被称为日本古典美学的百科全书,对后世日本文学艺术和文化生活产生了全方位的影响。

第六节 关于《源氏物语》主题思想的争论

一、中国学界的诸种观点

(一)主流观点:批判主题或揭露主题(批判揭露说)

持"批判揭露说"的学者认为,《源氏物语》描写了日本贵族社会的矛盾斗争与腐

败荒淫,揭示了其必然灭亡的历史趋势,是一部形象的贵族世界的衰亡史。这是以中国文学批评的标准,从阶级斗争分析法得出的结论。持批判揭露说的主要论据如下:

1. 从小说的情节线索看

小说真实生动地揭露了当时宫廷内外、贵族之间争权夺利的斗争,反映了统治阶级内部的尖锐矛盾。小说"围绕源氏的情场生活和一生坎坷的道路,处处反映贵族社会的权力之争。以弘微殿女御及其父右大臣为首的外戚派和以源氏及其岳父左大臣为首的皇室派,是小说中政治角逐的主要对手。源氏的荣辱升降,包括情场中的得意与失手,无不受这场权力之争的制约"①。

2. 从小说产生的时代背景看

11世纪初期,正是平安王朝贵族社会全盛时期,当时表面强盛,实则矛盾斗争尖锐。外戚与皇族明争暗斗;至于中下层贵族,虽有才能但得不到晋升之阶,他们纷纷到地方去别寻出路,地方贵族势力迅速抬头。加上庄园百姓的反抗,使矛盾更加激化,甚至爆发了多次武装叛乱,这就不可避免地加剧了统治阶级内部的矛盾与斗争,使整个贵族社会危机四伏,已经到了盛极而衰的转折时期。

3. 从作家的生活经历和文学观看

紫式部以其才名被聘请至宫中担任皇后的女官,为其讲解文学,她熟悉宫廷贵族的生活,而且在《源氏物语》中常常借人物之口表明自己的文学观,强调对生活作如实的描写。《源氏物语》正是作者在宫中所见所感的如实再现,从而揭示出贵族社会的种种矛盾和丑恶。

4. 从作品中对贵族统治者的描写看

包括光源氏在内的贵族,他们一个个生活糜烂,道德堕落,思想空虚消沉,除了热衷于争权夺利就是沉溺女色,荒淫无度。虽然享尽荣华富贵,却又悲观厌世,抑郁寡欢。由此可见,这个阶级的精神世界已经崩溃,其没落命运无法挽回。

5. 从作品中妇女的悲惨命运看

妇女命运是《源氏物语》的重要内容,但作家是以极大的义愤控诉当时社会的一夫多妻制,对这种落后的婚姻制度下的姐妹们寄予深切的同情。贵族统治者们或以妇女作为政治交易的工具,或者作为渔色享乐的对象。小说中的众多妇女没有一个真正过上幸福的生活,相反结局都是悲剧:有厌世自杀未成出家为尼的(如浮舟),有看破红尘遁入空门的(藤壶、三公主、胧月夜、空蝉),有忧郁成疾而死的(桐壶、紫上),有因妒忌而精神失常的(六条御息所),有吵架而分居的(夕雾与井雁)。这些妇女的悲惨命运,是社会造成的。

(二)非主流观点

有的学者立足于佛教观念,认为书中蕴含了许多佛教义理,可称之为"佛教主题"。具体又有如下几种:

(1)认为作者是妙音菩萨的化身,著《源氏物语》以普度众生。

(2)认为这是一部宣扬因果报应、劝导弃恶从善的书,作品的宗旨在于宣扬惩恶

---

① 王忠祥、宋寅展、彭端智主编:《外国文学教程》(下),湖南教育出版社1985年版,第100页。

扬善的道德观念。

（3）认为这是一部宣扬"人生无常""四大皆空"的佛教宿命思想的书。在作者看来人生不过是欲海横流，欲海也便是苦海，摆脱欲海的最佳途径，就是皈依佛门。紫式部在这里无意识地宣传了无欲之说，表现了她在佛教思想影响下的人生观、世界观。《源氏物语》浸润着浓厚的佛教色彩，透过光源氏的身世、用世、玩世、超世之苦，映射出"四大皆空"的佛学观念。

有的学者认为这是一部"诲淫之书"，也就是一部宣扬色情的书。这是从儒家的伦理道德出发得出的观点，可称之为"色情主题"。

二、日本学界的诸种观点

（一）主流观点

持主流观点的学者认为小说的基本主题是表现"物哀"，被认为是从抽象的人性论得出的观点，可称之为"物哀主题"（物哀精神说）——"在人的种种感情上，只有苦闷、忧愁、悲哀——也就是一切不能如意的事才是使人感动最深的"①。《源氏物语》就表现了人的种种不如愿的哀伤，尤其是情爱不如意的哀伤。

关于"物哀"，历来有多种解释，就基本含义而言，可以理解成"哀物"，即对一切不如意之事和物多愁善感；就方法论而言，是指超越社会政治功利的内心的由衷感动和感情的自然流露。例如，作品中有这样一段描写就很有"物哀"色彩：源氏自贬地回京后，当夜就把他与明石姬的事一五一十告诉了紫姬，紫姬装着若无其事，但内心很是不悦。于是，源氏想到自己为了恋情，一生不得安宁，就更加怨恨这个残酷的世间了（意即：爱与不爱并不取决于自己）。再如，作品写到源氏出家前的情景，也是充满了"物哀"色彩：艳阳升入天空，朝露消散全无，源氏想到喜爱的人死的死、出家的出家，使他痛感人生好像朝露。于是他常常望着飞渡长空的群雁感叹："魂灵啊，渺茫无际，梦中也难相遇；大雁啊，万里飞翔，您能寻找我的灵魂在何方？"（意即：人生无常、生命短暂、精神没有寄托和归宿）据统计，作品中出现"哀"字共1044次，出现"物哀"17次。可以说《源氏物语》是将人生不如意的哀伤之感（爱与不爱的苦恼、诸事无常的哀叹等）以及注定要没落的阶级预感，融入人物内心感受的"物之哀"中，加以表现和渲染，并以此构成了小说的基本精神。或者说《源氏物语》是从情绪化的内心感受的角度来表现社会的流变的。

关于《源氏物语》的"物哀"主题论应该说是成立的。众所周知，日本的审美深受佛教影响。有人就认为：日本的物哀审美意向，主要来自"人生无常""四大皆空"等佛学观。与此相关，日本著名学者长谷川泉也认为，日本传统文学的主题有两个：一曰爱情；一曰无常（物哀）。但由于日本的作者们也常常借用爱情来表现"无常"（物哀），所以完全有理由认为日本传统文学的主题就是"无常"（物哀）。另外，自从本居宣长认为《源氏物语》的主题是"物哀"后，"物哀"逐渐演化为"淡化社会功利、注重内心感

---

① 转引自叶渭渠：《东方美的现代探索者——川端康成评传》，中国社会科学出版社1989年版，第213页。

悟"的日本传统的审美理想。

《源氏物语》的"物哀"主题可以通俗地理解为：整部作品无意于政治和时代，也并不是从道德的眼光来看待和描写男女主人公的恋情行为的，而是借这个题材使人兴叹、使人感动、使人悲哀，也就是表现"物哀"，旨在让人的内心超越男女恋情而得到升华，也就是把人间情欲升华为审美的对象。因为，平安时代男女之间实行的是"访婚制"。男女相爱后，男方到女方家里，晓行夜宿，并不承担责任。这种婚姻制度使得当时的私通及始乱终弃的现象无可非议。因而，光源氏的行为在客观上也并非不可原谅。显然，作品并未从道德上加以批判。作品中虽然通篇写男女之间的关系，但并未着意于色情描写及渲染，而是借男女恋情给我们展开了一个以"物哀"为宗旨的情感世界。

《源氏物语》的"物哀"精神具体体现在以下三方面：

第一，主人公源氏形象。主人公源氏的一生可以说是在追逐女性之中度过的。他与众多女性的恋情在某种角度确实体现着种种"痛苦、忧愁、悲伤等不如人意的和使人感受最深的"物哀之情。例如，他热恋藤壶而不能得、追逐空蝉却终未能再见、迷恋夕颜而夕颜却暴死、忠于紫上而其早丧等等。对于这些不如人意的情感，源氏终日悲叹，常常彻夜难眠，而且发出了"旧恨新愁无两样/哀秋总是断人肠"，"明知浮世如春雪/怎奈蹉蹉岁月迁"，"夏日无聊赖/哀号尽日悲/鸣蜩如有意/伴我放声啼"的哀感。最后终于心若死灰，遁入空门。

可以说，源氏的一生伴随着许多的矛盾和烦恼，他每得到一个女人，就多一份哀愁，短暂的欢娱带来的是长久的精神压力。他先是为情欲而受煎熬，为女人的回避而苦恼，继而为女子的怨恨和嫉妒深感不安，为担心隐私被发现而惶惶，更为乱伦的背德行为而受良心的谴责和折磨，最后则为自己的后代重蹈自己的覆辙而感到轮回报应的可怕、人生的可悲和虚幻，终于遁入空门。其中最折磨他的是与藤壶乱伦的罪孽感和背叛紫姬的深深自责。他的灵魂与肉欲始终在斗争中苦苦挣扎，结果又总是欲望压倒理智从而陷入更深的心灵冲突之中。源氏最终弃家出走，面壁向佛，正是这种心灵冲突导致的结果。作者大写特写源氏生活中无法摆脱的矛盾造成的苦闷及精神上接连不断的碰撞造成的无奈，意在说明人生的苦痛和悲哀，显露了作者以哀动人、以悲感人的美学观。

第二，众多女性形象。"物哀"精神除以源氏挣扎的一生反映出来外，还通过源氏身边的女性形象得以体现，通过与源氏命运连在一起的女性的不幸得到进一步的强化。在紫式部笔下，这些女子个个容貌姣好，聪明伶俐，性情可人，然而个个都是有命无运之人。

六条御息所是前太子妃，入宫四年便过着寡居生活。源氏狂热地追求她，起初她拒绝了源氏公子的求爱，但在源氏强大的攻势下，无法抗拒，便委身于他。六条把自己全部热情都倾注到源氏身上，而源氏却忽然改变态度，疏远了她。六条想到自己的身世、地位、年龄异常痛苦，她怨恨源氏公子无情，对他已经断念，但倘和他断交，隐居异乡，又会被人取笑，而留在京城又受人侮辱，实属难堪。六条心中犹豫不决，也许是日夜忧烦之故，她的心仿佛摆脱了身体而浮游在空中，痛苦不堪。这样她常常生魂出壳恐吓源氏爱慕的女性,夕颜就是受惊而死的。最后六条积忧成疾,死前落发为尼。

藤壶是先帝的四皇女,桐壶帝最宠爱的女御,无论是身份还是地位可谓高贵完满。然而就是这样的贵妇也同样"命如叶薄",在焦虑与忧愁中度日。由于藤壶的容貌酷似源氏已故的母亲,年幼的公子便对她深深恋慕,终于乘皇帝出宫之机与其乱伦。藤壶生一子酷似源氏,她生怕此事泄露导致身败名裂,心中痛苦万状。藤壶既默默爱着源氏,又时时觉得有罪;既无法忘情,又恐隐私泄露;既无法抵制源氏的纠缠,又为自己所做的乱伦之事悔恨。"此身因有宿世深缘,故在这世间享尽尊荣富贵,人莫能及;然而我心中无限痛苦,亦复世无其匹。"为了摆脱源氏,藤壶最终许身佛门。

紫姬是作者着意刻画的理想淑女形象,她气质优雅,艺压群芳,性格婉约,通情达理。深得源氏钟爱,被公认为最幸福的女人。可是即便是这位十全十美的女人,也有着难以言说的苦楚——因源氏用情不专而引起的嫉妒,所以正值盛年,日渐衰弱,香消玉殒。

在这些人物的身上,可以看到恋情使人产生的痛苦、忧愁,以及为人生的不如意而发出的哀感。《源氏物语》中的女性命运只有三种选择,要么走入坟墓一了百了,要么落发为尼斩断尘缘,要么独守空闺虽生犹死。这些女性多灾多难的命运和源氏一生经历一样,反映了紫式部感物而哀的审美追求。

第三,小说中的自然景象。小说中描写的"物"——自然景色在文中也显得"情味十足",而这些景色往往附着有"凄迷"的色彩:桐壶帝在更衣死后,看到所有景物似乎都满含伤悲,日夜思念,人的内心情感和景物混合,仿佛景物也开始涕泣,"哭声多似虫鸣处,添得宫人泪万行"。第四回夕颜死后一段凄惨可怖的自然环境的描写,既是实写,又是与光源氏的"回肠百转"的自我悔恨交织在一起的。光源氏在"流放"须磨时遇到的各种自然界的奇怪的变化,既烘托了他凄凉失意的心情,又象征着他命运的可悲。这种带着人物情感的景因为人物命运及情感也附上了一种哀的情调。

(二)非主流观点

第一,日本当代学者大野晋从婚嫁史的角度出发,认为这是一部对妇女的评论之书,探讨女人在男权社会中如何为人处世,探讨男权社会中妇女的命运归宿,反映的是在男权社会中的"女性之悲",可称之为"妇女主题"(妇女悲惨说)。

《源氏物语》通过源氏的恋爱、婚姻,揭示一夫多妻制下妇女的悲惨命运。在贵族社会里,男女婚嫁往往是同政治利益联系在一起的,是政治斗争的手段,妇女成了政治交易的工具。在这方面,紫式部作了大胆的描写。左大臣把自己的女儿葵姬许配给源氏,是为了加强自己的声势。朱雀天皇在源氏40岁得势之时,将年方16岁的女儿三公主嫁给源氏,也是出于政治上的考虑,就连政敌右大臣发现源氏和自己的女儿胧月夜偷情,也拟将她许配给源氏,以图分化源氏一派。地方贵族明石道人和常陆介,一个为了求得富贵,强迫自己的女儿嫁给源氏;一个为了混上高官,将自己的女儿许给了左近少将,而左近少将娶他的女儿,则是为了利用常陆介的财力。作者笔下的众多妇女形象,有身份高贵的,也有身世低贱的,但她们的处境都是一样,不仅成了贵族政治斗争的工具,也成了贵族男人手中的玩物、一夫多妻制的牺牲品。

第二,从社会心理和个人心理出发提出"理想主题论"——认为源氏是作为具备所有理想品质的超现实的人物而出现的,寄托着作者和广大读者内心深层对于社会和人生的超现实的绝美理想。

第三,它是一部描写恋情的小说,可以称之为"爱情主题"——"《源氏物语》的主题并非在于写平安朝宫廷政治势力的斗争,而是刻画宫廷贵族的恋情","《源氏物语》以当时的宫廷生活为舞台,试图描写贵族生活的各种情况,而且获得成功,然而这部作品的最大兴趣,可以认为,在于以光源氏为中心,分别刻画了种种恋爱活动","这里以精练的感情生活的叙述为中心","在男女关系上,女人心灵的波动极其微妙,写得出神入化"。

三、近几年的一些新观点

(一) 神话原型说

原型批评从神话仪式出发研究文学创作及文学作品的内在结构,表明了一种注重原始文化形态的倾向。日本人最崇尚神道,原始神道的基本内容即是自然崇拜与祖先崇拜的观念和仪式。自然崇拜和神道教中有对太阳女神"天照大神"的崇拜。这种原始文化形态在这部小说中的延续便是源氏身上所体现的"光"的意象。可称之为日神崇拜主题(神话原型说)。

光源氏与"光"这个意象有着密切的关系。他最突出的特征之一便是光。源氏一出生便光彩照人,"容华如玉,盖世无双",见多识广的人见了他都不免吃惊,对他瞠目注视,叹道"这神仙似的人也会降临到世间来"。因此,世人称他为"光华公子",即光君。光源氏身上所体现的这种特征,很容易使人联想到日本古老神话中的太阳女神"天照大神"。日本古代典籍《神皇正统记》中说:大日本神国也,天祖始肇国基、日本永存皇统。我国系神国,万事皆由天照大神安排。可见日本人对太阳的崇拜。从原型理论来看,太阳女神在以日为本的日本人心目中也就成了神话母题的原型。

(二) "恋母主题"

从人类社会学角度(泛性欲主义)得出:这是一部表现恋母情结、宣泄乱伦欲望的书,可以称之为"恋母主题"或"乱伦主题"——作者设想了儿子被父亲的妻子诱惑这一位于一夫多妻制社会中的心理状态,由于这一诱惑是遭禁止的,反而产生了牵引力,必然从恋慕发展到私通。

从小说中,我们既看到了光源氏通过"光"这一原始意象与太阳女神的联系,也看到了光源氏对自己母亲及变体那种情不自禁的迷恋与执着的追求。藤壶女御的容貌风采异常肖似已故的桐壶更衣,即源氏的生母。源氏3岁时,其母便去世,当然他不会将其母的形象记得很清晰。但听典侍说,这位藤壶女御相貌酷似母亲,这位幼年公子便对藤壶开始了深深的恋慕,并常常亲近这位继母。皇上对此二人无限宠爱,常常对藤壶女御说:"你不要疏远这孩子,你和他母亲异常肖似。他亲近你,你不要认为无礼,多多地爱怜他吧。他母亲的声音笑貌,和你非常相像,你们两人作为母子,并无不相称之处。"源氏公子听了这些话后童心大悦,以后每逢春花秋月、良辰美景便去亲近藤壶女御,并向她倾吐爱慕之情。由此可见,源氏虽早已忘记生母的形象,但一听说藤壶酷似母亲,恋慕之情便油然而生,这说明在他的血脉中流动着恋母的因子。再有,源氏对酷似藤壶女御的紫上的仰慕、爱恋、抚养以及最后的结合,表明源氏对母亲再度变体的迷恋。另外,在源氏下一代人物身上,也体现了这种恋母的影子。如源氏之子夕雾对继母紫上的恋慕,源氏妻侄柏木与源氏最后一个妻子三公主的乱伦,等等,这都可以看成是恋母的表现。

(三)悲剧主题

(1)社会悲剧。表现了当时社会不可挽回的由盛及衰的必然没落趋势。

(2)爱情悲剧。表现了爱情毁灭后的忧伤与长恨。

(3)伦理悲剧。表现了普遍的善的毁灭。光源氏是"善"的化身,而他的"善",又是以"泛爱"为主要特征的,他的"泛爱"特别明显地体现在对女子的态度上。虽然他无比关爱她们,最后把她们都接进六条院享受荣华富贵,但并未使她们都得到幸福。因为,人类的生命与精神充满个性差异,丰富多样,"泛爱"虽然以人类幸福为出发点,但它的无差别、无个性、绝对平均的特征,注定它有时只能适得其反。

(4)人的本体悲剧。揭示了欲理之争和它给人带来的不可避免的苦痛。本能与良心、感性与理性之间的冲突是人物自身心灵世界的矛盾,是人类与生俱来的本性矛盾。人心是一个永远追求、永不满足的动力系统,人的欲望无尽而强烈。本能自我总要寻求释放、发泄、升华的机会,而社会为了捍卫自己的利益,必然要以法律条文和伦理规范对其进行压抑和束缚,于是就形成了绵亘不绝的"欲"与"理"的冲突。就仿佛弗洛伊德的人性两大本能论(犯罪本能和道德本能,或道德自我与本能自我),与之相伴而来的,便是人的无穷尽的悲愁烦恼。

思考题

1. 源氏形象分析。
2. 主要女性形象简析。
3. 写一篇小说读后感。

讨论题

我看《源氏物语》的主题思想。

第六章 英语国家流播最广的东方诗集、中古波斯哲理诗的最高峰：海亚姆(Khayyam)的《鲁拜集》(*Rubai Yat*)

教学重点:《鲁拜集》的生命哲思主题。

第一节 海亚姆生平与创作简介

欧玛尔·海亚姆

欧玛尔·海亚姆(Omar Khayyam)(1048—1122)是波斯(伊朗)文学史上享有世界声誉的诗人。他曾是自己时代的著名学者——数学家、天文学家、医学家和哲学家，所以长期以来，没有人提到他是一位诗人。他去世51年之后的1173年，才有人第一次在一本历史书中提到他的诗，但这并未确立海亚姆的诗人地位。可以说，伊朗人是通过欧洲文学的反射才真正认识诗人海亚姆的。19世纪中叶，英国诗人菲茨杰拉尔德将海亚姆的诗译成英文，海亚姆从此蜚声世界文坛，伊朗也终于在其逝世数百年之后发现了这位诗人。现在，在世界范围内，对海亚姆的研究已成为专门的课题。据伊朗一位学者统计，截至1929年，海亚姆的诗有32种英译本、16种法文译本、12种德文译本、11种乌尔都文译本、8种阿拉伯文译本、5种意大利文译本、4种俄文译本……菲茨杰拉尔德的英译本在68年间(1857—1925)就再版了139次之多，颇为罕见。英语国家的工具书《牛津引语词典》将其诗集半数以上的诗句作为名言收入。中文目前的译本有《鲁拜集》(郭沫若译，1958年)和《柔巴依集》(黄杲炘译，1982年)以及《柔巴依集》(张鸿年译，2002年)。为什么一位中世纪的波斯诗人在其逝世800余年之后还受到全世界的重视和爱戴呢？这个问题的答案也就是海亚姆诗歌的价值所在。

据资料记载，海亚姆开始写诗时，已是30开外的学者了。他本人性格豪爽、狂放不羁，是位叛逆精神十足的诗人。他以咏叹人生的400余首哲理诗"鲁拜"闻名于世。"鲁拜"(Rubai)或译"柔巴依"，在阿拉伯语中意为四行诗。这种诗体源出波斯民间，流行于波斯和阿拉伯地区，后来成为波斯古典诗歌的传统诗体，海亚姆将其运用自如，发挥到极致，被称为四行诗的巨擘。这种诗体一、二、四行押尾韵(aaba)或四行全部押尾韵。形式虽然短小，但含义深刻，感情真挚，明白易懂，熔抒情与哲理于一炉。与中国古诗中的绝句很相似，易学难工，是考较诗家艺术功力优劣的一种微型诗体。海亚姆诗集中的四行诗大多独立成篇，且没有题目。但也有少许前后内容相连的，疑是后人组连而成。

第二节 《鲁拜集》内容梗概

《鲁拜集》共收诗252首。这些诗,否定来世和宗教信条,谴责僧侣的伪善,肯定现世生活。诗中充满哲理,含有唯物主义和朴素辩证法因素,有些诗篇也带有悲观厌世色彩。

诗集一开始,作者以拟人化的手法和形象的比喻,热情地赞美了光明的来临:"醒呀!太阳驱散了群星,暗夜从空中逃遁,灿烂的金箭,射中了苏丹的高瓴。"随后,诗人用淳朴清新的口吻描述了乡间春日早景:"朝昧的幻影破犹未曾,茅店内似有人的呼声。""四野正在鸡鸣,人们在茅店之前叩问——'开门吧!我们只得羁留片时,一朝去后,怕就不再回程。'"诗人流露出对生活强烈的渴望:"新春苏活着旧时的希望,使沉思的灵魂告了退藏。""但有玛瑙殷红仍从葡萄破绽,水畔的花圃处处都是落英。"

忽然,诗人的思绪凝聚在人生匆匆的感慨中,他禁不住问道:"朝朝有千朵蔷薇带来;可是昨日的蔷薇而今安在?"他叹惜生命的酒浆在一点一滴地浸漏不已,生命的绿叶在一片一片地飘落不停。由此,他想起了达官显贵们无止境的奢求,他们"有的希图现世的光荣,有的希图天国的来临","有的在今生棘忧,有的又希图来生成就","有的节谷如金,有的挥金如雨",然而这一朝繁荣,忽而便又消亡,正如"那沙面的白雪,只扬得一两刻的明辉","多少苏丹与荣华,住不多时,又匆匆离去"。诗人用辛辣的笔调嘲讽了君主帝王:"蒋牟西(派西地安王朝的第五世)宴饮之宫殿,如今已成野狮蜥蜴之场;好猎王巴朗牟(3至7世纪间萨沙尼安王朝之君主)之墓头,野驴已践不破他的深梦。"诗人更进一步指出:"帝王喋血处的蔷薇花,颜色怕更殷红;花园中的玉簪儿,怕是植根在美女尸中。"诗人批判的锋芒又对准了那些圣人,他嘲笑道:"伊古以来的圣哲,惯会说现世与天堂——一朝口被尘封,自嘲莫解,同那江湖的预言者流一样。"他怒斥:"古代圣哲的宣传,不过是痴人说梦,醒后告了同侪,匆匆又归大梦。"

诗人为了挥斥幽愤,渴望在美酒中寻求精神的寄托,他一再把美酒加以颂扬,企求从中得到抚慰和快乐。"树荫下放着一卷诗章,一瓶葡萄美酒,一点干粮,有你在这荒原中傍我欢歌——荒原呀,啊,便是天堂!""啊,爱人哟,请再浮此一觞,解除昨日的后悔,明日的愁肠;啊,明日呀!明日的我呀,许已同七千岁的生前一样。"(古波斯以地球年龄为七千岁)美酒陶醉了诗人的意识,他沉湎在享乐之中:"我休了无育的'理智'老妻,娶了'葡萄的女儿'来续弦。""人所预测的一切之中呀,除酒而外,我无能更深。"在美酒的沉醉中,诗人获得了"收成",这便是"来如流水逝如风"的悲观厌世思想。诗人吟道:"飘飘入世,如水之不得不流,不知何故来,也不知来自何处;飘飘出世,如风之不得不吹,风过漠地又不知吹向何许。""请君莫问何处来?请君莫问何处去!""生时饮罢!——死去不可复返。""莫再为人神的问题拨弄,明朝的忧虑付与东风。"借酒浇愁愁更愁,面对变幻无定的宇宙,诗人领略到人生的虚无和个人的软弱。他悲叹自己就像是在魔术师手中"活动的幻影之群",又像是"可怜的一套象棋……走罢后又一一收归匣里"。也像唯命是从的皮球,"一任那打球者到处抛弄"。无论你如何至诚,如何机智,也只能匍匐在天宇这个"覆盆"之下。可悲啊,"我们又将要入土长眠——我们的尸骸呀又将替谁作床?……"

然而一刹那间，诗人压抑的怒火又爆发了，他高吟道："我自己便是地狱，便是天堂！""我若为莫须有的'来世果报'所惊，或者为'酒神的希望'所诱，我一定要断此'生命的灵浆'——但要等待到我死了的时候！"诗人对上帝的不公平发出了诅咒："啊，你呀，做些陷阱蹄筌，阻塞着我徘徊的路径，你不是四处散布魔障，待我陷落后又加上我以罪名！""啊，你啊，你用劣土造人，在乐园中你也造出恶蛇；人的面目为一切的罪恶所污——你请容赦人——你也受人容赦！"

最后，诗人坚决表示，即使死了，也决不忏悔，"我的死灰也要迸出葡萄，卷须在空气之中高标，信仰真理之人路过我时，无意之间却要被它缠绕"。

第三节 《鲁拜集》的基本思想蕴含

《鲁拜集》的基本思想内容可以归结为以下三个方面。

一、揭露宗教的虚伪

如"教长，我们的劳作比你沉重/纵使烂醉如泥也还比你清醒/我们饮葡萄血汁你却喝人血/凭良心，哪个更残酷无情？"（第18首）

二、悲叹生命的短暂

如"当你和我消失在帷幕的后边/这世界还将长久地往前推演/在它眼里，我们的到来和别离/像颗小小的石子溅落在海面"。（第47首）

三、主张现世享乐

如"及时行乐吧，忧愁永无尽头/天空的星星还会年年聚首/用你我尸土烧成的方砖，又会为他人营建广厦高楼"。（第52首）

第四节 《鲁拜集》的生命哲思

对人类生命存在的哲学探求，是海亚姆"鲁拜"诗的思想主线。诗人拷问宇宙无限、感叹生命短暂，揭示物质不灭、追求人生尽欢，剖析生命矛盾、直面人生痛苦，写下了一部诗化的生命哲学，构筑了一道永恒的诗歌景观。

海亚姆的四行诗在思想内容上是比较复杂的，可谓蕴含丰富，多面闪现。但对人类生命存在的哲学探求，应是贯穿其诗始终的一条思想主线。诗人沿着这条主线，拷问宇宙无限、揭示自然循环、剖析生命悲欢，展现给读者一部生动、流畅的诗化的生命哲学。

一、拷问宇宙无限、感叹生命短暂

作为哲学家的海亚姆时时向人们、也向自己提出这样的问题：宇宙是怎样形成的？人是从什么地方来的？人生有什么意义？人死以后到什么地方去？这不是常识问答，而是哲学沉思、终极追问——

> 我们来去匆匆的宇宙，
> 上不见渊源，下不见尽头。
> 没有人能解释清楚，

我们自何方来,向何方走?(第30首)

　　　　这千古大谜你我都茫然不懂,
　　　　这谜样的天书你我都解读不通,
　　　　如今,你我在幕中交谈,
　　　　大幕一落,你我都无影无踪。(第32首)

　　从这些带感伤色彩的诗句中可以明显看到一种不可知论的思想。感伤源于人类生命的悲剧感,而人类生命的悲剧感很大程度上则源于对终极的不可知。我们来自何处,又向何处去——这常常是人生最本质之谜。人终究要死的生命之谜和宇宙、人生在终极意义上的本体之谜始终悬而未决。人类所处的是一个以有限人生直面无限宇宙的矛盾境地。所以,不可知其实就是许多终极追问得不到答案,具体说就是哲学本体论层面上的暂与永、生与死、有限与无限的拷问与思索:宇宙茫远而无目的,人之生命难道就是某种宇宙能量的瞬然一闪?或是一种受外力操纵的盲目存在?

　　　　我们是可怜的一套象棋,
　　　　昼与夜便是一张棋局,
　　　　任"他"走东走西或擒或杀,
　　　　走罢后又一一收归匣里。(第69首)

　　这首诗以象棋的意象喻人生,与中国人"世事如棋"的观念切合。诗中用"棋子"和"走棋"象征人生和有限,用"棋局"和"棋匣"喻指死亡和无限,将读者的思绪引入生与死、有限与无限、瞬间与永恒的哲思境界。下面两首诗此种慨叹更是明显:

　　　　天地是飘摇的逆旅,
　　　　昼夜是逆旅的门户,
　　　　多少苏丹与荣华,
　　　　住不多时,又匆匆离去。(第17首)

　　　　当你和我消失在帷幕的后边,
　　　　这世界还将长久地往前推衍;
　　　　在它眼里,我们的到来和别离,
　　　　像颗小小的石子溅落在海面。(第47首)

　　这两首诗与中国诗人李白"天地一逆旅/同悲万古尖"的诗句及陈子昂"念天地之悠悠/独怆然而涕下"的诗句之题旨相似,表达了生命之旅短暂如归、天地亘延永恒无限的这种"天人分裂"的灵魂深度痛苦。希罗多德的《历史》中有一则故事:伟大的波斯王泽克西斯在远征希腊的途中,望着自己率领的浩荡的大军,不禁潸然泪下。他对叔父说:"当我想到人生的短暂,想到再过一百年后,这支浩荡的大军中没有一个人还能活在世间,便感到一阵突然的悲哀。"①——这就是人类灵魂的深度痛苦,亦即人类生命的悲剧意识,它的存在,犹如一把永远悬挂于整个人类头顶之上的"达摩克利斯之剑"。

---

　　① 转引自朱光潜:《悲剧心理学——各种悲剧快感理论的批判研究》,人民文学出版社 1983 年版,第1页。

二、揭示物质不灭、追求人生尽欢

可以说,人类始终处在意识到自己的局限并想超越这种局限而在现实中又无法真正超越的两难境地之中,这既铸就了人类生命永远无法摆脱的悲剧意识,也启迪了生命主体进行自救的超越意识和途径:既然在物质形态上无法把握无限,那就在精神上予以把握;既然在现实中无法实现永恒,那就在观念上体验永恒。物质不灭、自然循环,立足现世、人生尽欢,这既可以说是海亚姆关于宇宙、人生的见解,也是其拷问宇宙、思索生命的结果,更是其超越生死矛盾、弥合天人分裂的途径和方法——

> 昨夜我走过一家陶罐作坊,
> 巧手上的陶土时时改变模样,
> 我发现——粗心人是不留意的,
> 父辈的尸土就在每个陶工手上。(第37首)

> 你且端详那罐上的把手,
> 那把手也曾勾在情人的脖颈。
> 如今这草坪上你我漫步,
> 来日谁漫步在你我尸土的草坪?(第23首)

> 多情的人儿啊,快拿来酒壶酒盏,
> 到青草坪上,小河岸边,
> 世道把多少亭亭玉立的美女,
> 一百次变为酒壶,一百次变为酒盏。(第21首)

在这些诗中,"陶罐""酒壶""酒盏"这类泥土烧制的器物象征自然循环和物质不灭的规律。人死之后,经千百年,尸骨化入泥土之中,后人用泥土烧制器物,器物中含有先人的骨骸,于是陶罐就成了先人的化身。这就是上述诗中"一百次变为酒壶,一百次变为酒盏"的蕴含。这实际上是指人的生死不过是物质形式的转化,在一定程度上回答了自己提出的"我们自何方来,向何方走?"这一拷问。类似物质永恒轮回的观念,古已有之。提出"一切皆流、一切皆变"的古希腊的赫拉克利特就认为人的生死具有同一性:"在我们身上,生和死,醒和睡,少和老,都是同一的东西。后者变化了,就成为前者,前者再变化,又成为后者。"①古波斯哲学家法拉比(870—950)作为"希腊哲学在阿拉伯世界的继承人",其主要哲学观点就是物质自然生成并永恒不灭。在时间上稍后于法拉比、稍早于海亚姆的西那(980—1037)师承了法拉比的思想,"最终完成了希腊哲学和伊斯兰思想的调和",并对海亚姆的物质不灭、自然循环思想产生了直接影响。西那认为:宇宙间的任何自然体都由物质和形式合成,物质是所在,形式是其情况,物质对形式犹如铜对铜像;同时他又指出,物质是无始的,与它相随的形式也是

---

① 转引自北京大学历史系简明世界史编写组:《简明世界史》(古代部分),人民出版社1974年版,第114页。

无始的。① 也就是说，宇宙是永变不止的。西那的哲学思想很为海亚姆所赞赏。海亚姆"自称是伊本·西拿的学生，学习他的著作，为他的学生解答疑难，维护他的声誉，而且临终还读这位巨人的书"②。无疑，海亚姆的物质不灭理念，与上述哲学家的思想是一脉相承的。有所不同的是：哲人们着眼的是整个客观宇宙，从传统哲学的角度对世界本质进行解释，是一种抽象的推理和思辨；而海亚姆则将其引入了生命哲学领域，聚焦的是生命现象，主要是从对生命矛盾的终极关怀出发，做一种诗意的感悟和把握。唯其如此，才使前者只成哲学家，而使海亚姆成为一个生命诗哲。可以说，生与死是生命中一对最深刻的矛盾，其他时隐时现于生命长河中的矛盾始终只是这一对矛盾的再现和展开。海亚姆也正是从对这一对矛盾的思悟中进而上升到对生命本体和宇宙本体的终极把握的，从而内在地建构了其诗歌创作丰厚的生命哲学意蕴。海诗生命哲学的核心思想概而言之就是：生死是生命能量的两种面相，生命是一个生死相随的过程，宇宙是一个有无相即的循环，这就是生命的本体，就是万物的终极，也就是宇宙的最高本质。《庄子》里有这样一则故事：子犁的好朋友子来快要病死了，子犁去看他。子犁骂走了啼哭的子来妻："走开！不要惊动将要变化的人！"并靠着门对子来说："伟大啊！造化者，又要把你变成什么东西，要把你送到那里？要把你变成老鼠的肝吗？要把你变成小虫的膀子吗？"③——这就是生死不灭、自然循环的本体超越境界。由感叹无限宇宙与有限人生之对立和分裂的生命悲剧感，上升到通过自然循环、物质不灭而得以与无限宇宙融合为一的解脱境界，这其中寄寓了诗人对有限生命的一种精神上和情感上的超越。同时，诗人也由此得出了享受生命和人生须尽欢的现世主义和享乐主义思想，甚至有时还流露出及时享乐的情调——

    在枝干粗壮的树下，一卷诗抄，
    一大杯葡萄酒，加一个面包——
    你也在我身旁，在荒野中歌唱——
    啊，在荒野中，这天堂已够美好！（第12首）

诗人把酒看作自由境界、幸福的现世生活的象征，因而，饮酒、颂酒作为其享乐主义的主要体现，不时进入其诗——

    情人每一声清晨的轻叹，
    胜过伪善圣徒的无端妄说。
    浅饮葡萄浆汁而醉意朦胧，
    强似虔诚敬主的美好名声。（第59首）

可以说，正是生命的短暂与人生的无奈才使诗人倍加珍视现世生活，而纵情于酒以拥抱人生是诗人试图从瞬间与永恒、有限与无限的困惑中解脱的秘方。对于海亚姆来讲，酒不再是某种物质，而主要是一种精神，正如郭沫若所言："这些诗人不必尽是哀伤时

---

① 陈中耀：《阿拉伯哲学》，上海外语教育出版社1995年版，第235、257页。
② 转引自乔丽媛：《从欧玛尔·海亚姆的哲理诗看波斯文学中人文主义思想的萌芽》，载《外国文学研究》1993年第3期。
③ 陈鼓应：《庄子今注今译》，中华书局1983年版，第192页。

事的失意者,也不必尽是酒精中毒的病夫,他们的心灵正为一个永远不能解决的疑问所盘踞,他们不能睁着眼睛做梦,他们也不能无念无想冥合于自然,他们也不能恢宏意志没我于事业,永远不能消去的悲哀,只有及时行乐,以溺死一切于酒。所以酒便是他们的上帝,便是他们的解救者,便是他们唯一的爱人了。"①及时行乐,若从对生命悲剧感的疗救与化解来看,应当是人的一种解放,因而也就是一种自由的境界。它比"人为物役"的异化、物化更接近人性,因而也就更进步。这是生命哲学赋予及时行乐的正面价值。需要指出的是,对人生悲剧感的浑然不知或因此而消极厌世,都不是正确的生命观。也就是说,我们应当从海亚姆诗歌所揭示的生命悲剧感中读出充分享受生命自由、反对拜金拜物守财的人生观;从海亚姆诗歌所揭示的物质不灭、自然循环的思悟中,读出生命是过程、生死相即、天人合一的生死观。这两层意思又是相连的:明白了"死"是什么,就知道如何去"生";知道了"生"是何物,就明白了怎样面对"死"!

三、剖析生命矛盾、直面人生痛苦

弥合了生与死的矛盾,又如何化解人性善与恶的悖论、人生苦与乐的冲突?如果说,对生与死这对矛盾的揭示和弥合是海亚姆生命哲学的出发点,那么对人性之善与恶、人生之苦与乐等矛盾的剖析则是其生命观的进一步展开和深化。伊斯兰教教义认为真主创造了世界及人类,人的任何行为都是真主意志的体现。这种论点在理论上留下一个大漏洞:既然人的一切行为都是主的意志,那么人犯了罪,责任应该由谁来负?这一诘问不仅旨在反对宗教,更主要的是蕴涵有诗人对人性的普遍性和人生意义的本体论思考,即人性是善是恶?生命苦乐源何?请看——

啊,你啊,你用劣土造人,
在乐园中你也造出恶蛇;
人的面目为一切的罪恶所污——
你请容赦人——你也受人容赦!(第81首)

我真不懂,当初造物主造了人,
为什么把他造得缺憾满身?
若造得好,因何又一朝虐杀,
造得不好,该问罪于何人?(第50首)

主啊,是你把我这样铸成,
热恋杯中酒,倾心丝竹声。
你既然这样铸造了我,
又为何把我抛入地狱之中?(第63首)

诗人在这里提出和思考的不仅是神造人还是人造神的唯心论、唯物论问题,而且

---

① 郭沫若著作编辑出版委员会编:《郭沫若全集·文学编》(第15卷),人民文学出版社1990年版,第145页。

更是神造恶还是人自己造恶的人性本体论问题。费尔巴哈指出:"宗教,是属于人的本质在自身之中的反映。"①与海亚姆讨论过哲学和神学问题的波斯大神学家加扎利(1058—1110)如此说:人"一旦认识了自己,他就认识了他的主"②,海亚姆则通过他的诗歌给我们回答了这个问题:"我遣我的灵魂通过不可见的世界/走去续读些未来世的文章/我的灵魂渐渐转来告道/我自己既是地狱,也是天堂!"(第66首)诗人这首诗无异于在说:人性既善又恶,本身悖背存在;生命苦乐皆具,永远相伴生死。正是有了这样的精神自觉,海亚姆才写出了如下"迷惘困惑"的诗——

　　一手执杯,一手执《古兰经》,
　　时而虔诚敬主,时而亵渎神明,
　　我们置身于翡翠色的苍穹之下,
　　是异教徒,不处处昧主,
　　是穆斯林,又不事事虔诚。(第60首)

正是有了这样的生命感悟,诗人才吟出了如下忧伤深沉的诗句——
　　上苍降到世上全都是忧愁,
　　让一个人出生把另一个掠走。
　　未出世的若知道我们的痛苦,
　　他就不会再来世上苦熬忍受。(第64首)

　　看啊,苍穹好像我们佝偻的躯身,
　　阿姆河水是我们晶莹的泪珠滚滚,
　　阴森的地府是我们无端的忧虑,
　　天堂,是我们的悠然一瞬。(第67首)

这几首诗体现了诗人承受并体验人性和生命矛盾时的那种既悲愁又畅达的激情胸怀。

毫无疑问,海亚姆的诗关注与思考的主要是人类普遍面对的生命和存在问题。由于资料所限,尽管暂时还看不出它与西方现代哲学尤其是生命哲学之间有什么影响关系,但至少两者在文化精神上是遥遥通合的——它关于人性善与恶、人生苦与乐的终极把握,与西方宗教哲学中的罪与罚、魔鬼与上帝的终极预设有相似之处;它所揭示的生命矛盾感、人生悲剧感,与西方存在主义哲学的生存荒诞感也可以说是殊途同归;它关于物质不灭、自然循环的本体超越式感悟,虽然是西方所缺少的,但在思维品性上,也与柏格森生命哲学中的直觉主义并行不悖。唯其如此,当海亚姆的诗被介绍到西方后,立即引起了轰动,并进而成为人类诗歌史上一道永恒的景观。

第五节 《鲁拜集》的艺术风格

一、丰富多样的情感形式

与海亚姆同时代的人曾说过海诗是"色彩斑斓的吞噬教义的毒蛇"。的确,海亚

---

① 《费尔巴哈哲学著作选集》(下),荣震华等译,商务印书馆1984年版,第92页。
② 陈中耀:《阿拉伯哲学》,上海外语教育出版社1995年版,第159页。

姆的诗不管在思想内蕴还是在艺术风格上都称得上"色彩斑斓""丰富多样"。尤其是情感形式上,诗人或怀疑,或询问,或不满,或愤激,诸种情感溢于诗表。但情感不是目的,丰富多样的情感形式是为了把读者引向深刻的生死问题思考。

二、睿智哲思的艺术品质

总体看来,海亚姆的诗歌在思想情感上偏重于对人类生命存在的哲学探求。它探求宇宙终极,探索现世与未来,思考人生奥义,常常显示出一种涵盖天地、包容古今的深远的哲思境界。尤其是思想蕴含上,诗人时而浪漫旷达、超越死亡,追求人生尽欢;时而又咏叹宇宙茫远、生命短暂,表露出借酒浇愁的愤懑与压抑;时而又揭露宗教虚伪与社会不公,表现出人世悲苦、及时行乐的消极厌世情绪。但其哲理蕴含的内核是生命的价值寻求,也就是人性的最高境界:超越与自由——超越一切矛盾的束缚,达到自由创造自身的境界。正如其诗所写:"如若能像真主一样主宰命运,我就把这世界一举轰毁,我要重造天地,再铸乾坤,让渴求自由的人如意称心。"(第99首)这种境界也就是人的主体性的最高实现,也就是人类梦寐以求的"自由的王国"。

三、精巧、严谨的立意构思

海亚姆的诗篇幅短小,但表现力极强,这往往得益于构思的精巧、严谨。如下面这首关于饮酒的诗:

> 如果是上帝的庄稼酿成这酒浆,
> 谁敢胡说缠绕的葡萄藤是罗网?
> 是赐福,我们难道不应该享受?
> 是灾祸,请问是谁降祸于世上?(第61首)

这样严谨的立意构思,只能使那些虚伪的教士们无言以对。

四、朴素、凝练的语言风格

海亚姆的诗用词朴素、晓畅,但由于思想深刻而表达凝练,所以很多诗句成了格言警句。如"我们来去匆匆的宇宙/上不见渊源,下不见尽头/没有人能解释清楚/我们自何方来,向何方走?"再如"我们自己既是地狱,也是天堂"。

思考题

1. 《鲁拜集》的基本思想蕴含。
2. 《鲁拜集》的艺术风格。

讨论题

从物质不灭看生死转换。

第三编　近代东方文学概述

教学重点：近代东方文学的特征。

一、近代东方文学的形成

近代东方文学是指19世纪中期至20世纪初期东方各国的文学。东方近代史是一部屈辱苦难的历史，也是一部奋发反抗的历史，更是一部冲突与探索的历史。西方殖民主义者从16世纪起就开始向东方侵略扩张，19世纪以后逐渐取代了东方大多数国家的封建统治者的地位，掌握了其政治、经济和军事命脉。19世纪中叶之后，除了个别国家（如日本），亚非各国均沦为殖民地、半殖民地。面临着辱国丧权的民族危机，亚非人民奋起反抗，掀起多次波澜壮阔的反殖、反帝的民族解放斗争。同时，随着西方殖民主义势力深入亚非各国，也为亚非近代民族资本主义的发展提供了条件，促进了亚非各国的民族资产阶级和无产阶级的形成以及民族经济的发展，为反封建的斗争打下了社会基础。

近代亚非各国仍然处在封建制度的残酷统治之下，落后的封建社会关系阻碍了各国经济的发展。各国封建王朝统治者在西方殖民者的策动和利诱下，从妥协投降到相互勾结，他们共同镇压人民的反抗。国家独立、民族复兴、社会发展，都必须推翻压在人民头上的封建统治，建立新的社会制度。因此，要反殖、反帝，必须反封建，两者都是近代亚非人民的历史使命。亚非人民在反对殖民主义斗争的过程中，都贯穿着反对封建统治的斗争。20世纪初土耳其和中国结束封建王朝统治的革命，是近代亚非人民反封建斗争取得巨大胜利的标志。

政治战线上的反殖、反封建斗争日益激烈，思想战线上的民主启蒙运动也就日益发展。随着亚非人民民主爱国力量的增长，近代启蒙运动蓬勃发展起来，提倡科学文明，反对宗教迷信；宣传民主进步，批判保守落后；提倡知识教育，反对愚昧无知；主张妇女解放和人权自由，批判封建伦理观念；等等，是近代亚非各国思想战线的主潮。它为亚非人民确立近代文明做出了重大的贡献。

亚非近代文学就是在这样斗争激烈、矛盾复杂、新旧交替的历史转变时期形成的。由于东方诸国先后沦为西方列强的殖民地、半殖民地，所以除日本外，其他东方国家的近代文学，都是殖民统治时代的文学。民族革命运动和民主革命运动的历史使命，使得反帝反封建的文学成为近代东方文学的主流。所以，近代东方文学具有鲜明的反帝反封建的性质。它起于19世纪初，止于20世纪20年代，全部经历只有百年。虽然时间较短，成就也比不上西方近代文学几百年取得的巨大成果，但是它在东方文学发展历史的长河中，却起到了重大的作用，它结束了封闭、停滞不前的封建时代的文学，为东方文学走向世界，形成新型的民族文学开拓了道路。它具有承上启下的作用，又是从旧文学到新文学的转变的桥梁。因此,它无论在内容上,还是在形式上,都有所创新,具备新的特点。

二、近代东方文学的特征

第一,它是在西方文化的影响下产生和发展的:西方近代资产阶级文化潮水般涌入东方,东方国家大都出现了思想文化的启蒙运动——译介作品、成立社团、创办刊物,反封建、反专制、反愚昧,要民主、要自由、要科学。可以说是欧洲近代文化、文学促使了东方文学的革新和近代化。

第二,它的发展呈现出短暂性、过渡性和不充分性:产生比欧洲近代文学晚四五百年,历史比其短四五百年,所以数量和质量都不及欧洲。

第三,文学内容和形式的全面更新:题材上从古老传奇转向现实社会;人物上从以王公贵族为主转向以平民百姓为主;体裁上从古典转向近代体裁;语言上从古代书面语转向近代口语;创作方法上浪漫主义、现实主义等已理论化和体系化,并被自觉认识和掌握。

第四,文学的政治色彩浓厚,社会作用空前提高:服务于民族、民主两大革命运动的进步文学迅速崛起,作家和诗人同时也是政治思想家和革命家,文学成为他们开展启蒙运动和革命活动的有力武器。

三、近代东方文学的发展概况

近代东方文学的发展极不平衡,大体上是,在一些具有古老文化传统而民族、民主运动发展较快的国家里,其文学发展较快,成就突出;在一些缺乏深厚的文化传统、社会落后的国家和地区,文学发展较缓。相较而言,日本和印度的文学成就最高。

在近代东方,日本是唯一走上资本主义道路、未沦为殖民地或半殖民地的国家,所以近代日本文学是东方国家唯一在资本主义条件下取得成就的民族文学。它自1868年明治维新之后,开始了新文学的历程,经过一段启蒙文学的发展之后,较多地接受西方近代文学的影响。几十年之间迅速走完了西方近代文学几百年的发展进程,在20世纪20年代之后,与西方文学同步发展。因此,它派别众多,各种倾向并立交叉,涌现出一批颇有成就、颇有影响的杰出作家。一般分为四个时期:

(1) 启蒙时期(1868—1884)。先是出现了不少作为启蒙工具的翻译作品,接着出现了作为自由民权运动宣传工具的"政治小说",虽在艺术形式和手法上没有摆脱封建时代通俗小说的羁绊,但鼓吹民主、宣传民权、针砭时弊,表达了强烈的爱国忧民思想。矢野龙溪的《经国美谈》和东海散士的《佳人奇遇》为其代表作。

(2) 奠基时期(1885—1905)。二叶亭四迷的《浮云》(The Drifting Clouds)为日本近代现实主义(Realism)文学奠定了基础。小说描写了青年内海文三一段失业与失恋的经历,揭露了明治时代官场的黑暗和世态的炎凉。内海文三是明治时期的小资产阶级知识分子形象。他一方面不肯同旧势力同流合污,另一方面对未来又常常感到茫然,呈现出一种中间性、漂泊性、边缘性的地位和性格。这是日本近代文学中第一个"多余人"(Superfluous man)的形象。小说开创了日本批判现实主义文学的先河。浪漫主义(Romanticism)文学的开拓者森欧外的《舞姬》(The Dancing Girl),表现了日本近代知识分子自我觉醒和脆弱本质的思想主题。主人公太田丰太郎具有从"叛逆者"到"妥协者"的双重性格。小说情景并重，呈现出一种浪漫主义的描写风格。

（3）发展时期（1906—1911）。自然主义（Naturalism）文学兴起，田山花袋的《棉被》（Quilt）成为日本自然主义文学——"私小说"（Novel in the first person）的代表。日本近代现实主义文学的代表性作家是夏目漱石，长篇小说《我是猫》（I Am a Cat）为其代表作。小说的内容由一只猫的耳闻目睹、所思所想构成。小说猛烈抨击了日本的国家机器和现实社会的金钱势力，揭露了统治阶级对知识分子个性的压抑与摧残，也讽刺了知识分子自身的种种弱点。主人公苦沙弥是具有双重性思想性格的"多余人"形象：他正直善良、热爱知识、愤世嫉俗、鄙视金钱，故可敬可爱；但又缺乏目标、软弱无能、才疏学浅、图慕虚荣，故可笑可悲，是日本当时新旧交替时期一大批既不满黑暗压抑的现实、又没有目标出路的中小资产阶级文化人的典型写照。他们不愿与世俗同流合污，但又改变不了自己的个人处境；他们疾恶如仇，但又软弱无能。他们的位置和作用都体现出一种主流社会之外的边缘性和多余性。

（4）分化时期（1912—1920）。产生了三个反自然主义的文学流派：唯美派（Aestheticism）也叫恶魔派，是追求唯美倾向和变态描写的流派，代表作家谷崎润一郎，三大代表作《文身》《痴人之爱》《春琴抄》表现了唯美倾向和施虐受虐的主题。白桦派主张人道主义（Humanism）和理想主义（Idealism），代表作家是武者小路实笃，代表作为《友情》。新思潮派也叫新理智派，主张以清醒的理智和冷静的目光去观察和反映现实人生，芥川龙之介为其代表，主要作品有《鼻子》《竹林中》《罗生门》。《罗生门》写一个仆人在逆境中改变人生哲学的心理过程，表现人性中善与恶的尖锐冲突，批判生活中的利己主义和弱肉强食的丑恶。芥川文学的基本主题是对利己主义（人性丑恶）的理性剖析和思考，总体特点是构思奇特、寓意深刻、风格诡谲。他有"鬼才"和"短篇小说巨擘"的称号。他的自杀是日本近代文学终结和现代文学开端的标志。

印度近代文学在印度人民反殖、反封建的斗争中崛起和发展。它于19世纪20年代，在19世纪中叶确立，到了20世纪之后，取得了重大的成就，出现了具有世界影响的作家泰戈尔和著名作家萨拉特以及巴基斯坦的民族诗人伊克巴尔等。印度是古老的国家，具有优秀的文化传统。印度近代文学史在综合本国和西方的两种文化、文学精神的过程中发展起来。因此，复古与革新、封建与民主、本国的传统与外来的影响、宗教思想与近代思潮等互为抵触、互相融合，构成了印度近代文学的复杂面貌。近代印度文学是由许多地方语文学组成的，成就较高的有：孟加拉语文学——东印度的孟加拉，在经济和文化上处于全国的领先地位，资产阶级的民主、自由思想传播得也比较早，文学成就最高。泰戈尔是近代孟加拉和印度文学的杰出代表。乌尔都语文学——乌尔都语文学在印度近代文学中也颇有影响，诗人伊克巴尔是其代表。印地语文学——北印度的印地语文学也取得了相当的成就。帕勒登杜的政治剧《印度惨状》，被誉为印地语文学中第一部爱国主义作品。

思考题

近代东方文学的特征。

第七章 近代印度文学的代表、亚洲首次获得诺贝尔文学奖者：泰戈尔(Tagore)及其《吉檀迦利》(*Song Offering*)

教学重点：《吉檀迦利》的思想蕴含及泰戈尔诗歌的艺术特色。

第一节 泰戈尔生平简介

罗宾德拉纳特·泰戈尔1861年5月7日诞生在印度西孟加拉邦加尔各答市乔拉桑戈的一个地主资产阶级家庭。他的家庭成员差不多都参加了当时掀起的宗教改革运动、文学革命运动和民族主义运动。泰戈尔的祖父德瓦尔卡纳特·泰戈尔被称为"印度19世纪第一个有国际头脑的人"，他是印度思想启蒙家罗姆·莫汗·罗易可靠的朋友，是罗易从事宗教和社会改革的坚定支持者。泰戈尔的父亲戴本德拉纳特·泰戈尔也是一位宗教改革家和哲学家。泰戈尔的7个哥哥和5个姐姐中，大哥是哲学家，二哥是法学家，三哥是教育家，五哥是印度著名的爱国志士，姐姐绍罗诺库玛丽是第一个用孟加拉语写长篇小说的女作家。

泰戈尔

泰戈尔的家是当时加尔各答进步思想家和文化界的中心。一些著名的哲学家、爱国志士、作家、诗人、音乐家、戏剧家经常在他们家聚会，讨论各种问题，举办音乐会和戏剧演出。泰戈尔的家庭对他的进步思想的形成和文艺创作的发展，都有深刻的影响。

泰戈尔从小不喜欢在殖民主义者办的学校里读书，他几乎没有受过正规教育。他是靠家庭教育和自学成才的。

泰戈尔从七八岁时的童年时代就开始写诗、写剧本。1875年14岁时在《甘露市场报》上第一次发表爱国诗篇《献给印度教庙会》，1877年发表第一篇短篇小说《女乞丐》，1878年发表长诗《诗人的故事》。

1878年，他遵照父亲的意愿到英国学习法律，但到伦敦后，他便按照自己的志趣学习起英国文学和西方音乐来。由于对混乱、黑暗的英国社会感到失望，没等毕业，便于1880年提前回国，实际上只在伦敦大学待了三个月左右。回国后的第二年，泰戈尔出版了他的第一部诗集《黄昏之歌》。

从1884年到1901年，泰戈尔大部分时间住在乡下父亲的庄园里，这段生活经历对他有着重要的意义。在这里，他耳闻目睹了农民的苦难生活处境、妇女地位的低下和婚姻的不幸,对当时的黑暗现实有了进一步了解,并协助父亲进行社会和宗教改革。

1901年,泰戈尔怀着改造社会的目的在圣地尼克坦创办了一所与劳动结合的新型学校,亲自任教。这所学校在1912年发展成为印度著名的国际大学。1905年,英国实行分割孟加拉的反动政策,激起了广大人民群众的愤怒,由此掀起了民族解放运动的高潮。这时,泰戈尔从圣地尼克坦来到加尔各答,积极投身于人民的反帝爱国斗争。他唱着自己谱写的歌曲参加示威游行。他还公开发表演说,支持民族自治运动。然而,泰戈尔在政治上带有改良主义倾向,他主张通过温和的宗教、哲学、道德的教育等手段来进行心灵和社会改造,从而实现民族自治,反对暴力斗争。因此,当运动由和平斗争发展为暴力冲突时,1907年他便退出了运动,在圣地尼克坦待了十几年,过起了隐居生活。1913年获得诺贝尔文学奖,成为第一位荣获诺贝尔文学奖的东方人。

1919年,阿姆利则惨案使他重新投入了人民的爱国斗争。面对英国殖民主义者镇压爱国群众的野蛮暴行,泰戈尔拍案而起,他愤怒地写信给英国总督表示强烈抗议,并庄严声明,放弃1915年英国国王授予他的男爵爵位和特权。此后他走向世界,呼吁和平,寻求友谊,谴责侵略。他先后访问了英、法、美、荷、日、中和苏联。通过参加民族解放运动和出国访问,泰戈尔在思想上变得愈加进步。

泰戈尔于1941年8月7日在加尔各答逝世。泰戈尔是世界上少有的几个多才多艺并且多产的作家,在他长达60多年的创作活动中总共写下了179部著作,包括67部诗集(他被称为"诗圣")、6部散文集、12部中长篇小说、近100篇短篇小说、40部剧作,还有29部政论、7部学术专著和12部杂著(有关语言、文学、哲学、政治、历史、宗教和化学等方面)。此外,他还创作了2500多首歌曲、2000多幅美术作品。

泰戈尔的作品反映了印度人民在帝国主义和封建种姓制度压迫下要求改变自己命运的强烈愿望,描写了他们不屈不挠的反抗斗争,充满鲜明的爱国主义和民族主义精神。同时,又富有民族风格和民族特色,具有很高的艺术价值,深受人民群众喜爱。

泰戈尔极其丰富的作品,为印度近代文学开辟了广阔的道路。泰戈尔的创作又为借鉴外国的优秀文艺,开拓具有民族特色的新文艺做出了榜样。泰戈尔的不懈努力和开拓使印度的民族文学提高到了一个新的阶段,而且在世界近代文学史上也占有一定的地位。

第二节 泰戈尔的创作道路

一、早期(1880—1900)

从1880年泰戈尔英国留学回来开始,一直到19世纪90年代末,是泰戈尔早期创作阶段。创作上以故事诗和短篇小说为主。前10年间,他主要住在加尔各答,一方面协助父亲进行社会和宗教改革,一方面从事文艺创作。这时他出版了诗集《晚歌集》(1882)、《晨歌集》(1883)、《画与歌集》(1884)、《刚与柔集》(1886)、《心声集》(1890)等7部;长篇历史小说《王后市场》(1881)和《贤哲王》(1885);剧本《大自然的报复》(1884)、《国王和王后》(1889)和《牺牲》(1890)。这些作品都带有浪漫主义的热情,强烈地反对暴君、歌颂贤王,反对封建习俗,歌颂爱情和生命,赞美大自然,表达了印度民族觉醒时期的时代精神。特别是他的早期浪漫主义的抒情诗,以活泼的思想、真挚的感情、浓郁的抒情、民族的韵律,打动过无数沉醉在青春梦想里的青年的心,有的人甚至把它当作"精神生活的灯塔"。

后10年间,泰戈尔遵照父亲的意愿,到农村管理祖传的产业。这期间,他大部分时间住在帕特玛河畔的谢里达农庄里。这使他有机会广泛地接触农民,了解半殖民地半封建的农村社会。随着对现实认识的深化,他这时的创作,减少了浪漫的幻想,增强了现实认识的因素。在谢里达时期,他写有《金帆船集》(1894)、《缤纷集》(1896)、《江河集》(1896)、《收获集》(1899)、《梦幻集》(1900)、《瞬息集》(1900)、《故事集》(1900),其中《故事集》尤为印度人民所喜爱,被称为"广大青年的爱国主义教科书"。

《故事集》收有30多篇故事和叙事诗《两亩地》。这些作品篇幅短小,语言朴素生动、富有民族韵律,大都取材于民间故事和宗教、历史传说,经过艺术加工,借古喻今,反映了印度人民的民族自豪感和与殖民统治者斗争到底的决心,表达了印度人民要求改变不合理的社会习俗和反对封建压迫者的强烈愿望。歌颂民族英雄的有《被俘的英雄》(1900)和《更多的给予》(1900);揭露封建种族制度的有《婆罗门》(1893)和《丈夫的收获》(1900)。此外,还有反映农民生活贫苦和地方珠宝商人虚伪面目的《比丘尼》(1900)等。最重要的故事诗要推揭露和控诉封建地主巧取豪夺的《两亩地》。

《两亩地》(1894)最初收在诗集《缤纷集》中。后来,编入1900年出版的《故事集》里。主人公巫宾是一个贫苦农民,只有7代相传的2亩土地。地主(王爷)为了使自己的花园"长宽相等,四四方方",竟抢走了这块土地;接着,巫宾被赶出家门。他在旷野、市场、路边度过了16个春秋。但是,他日日夜夜忘不了那2亩土地。有一天,他"终于在渴望中回到了故乡的园地",正当他坐在杧果树下,在痛苦中回忆童年的事时,两只熟透了的杧果落在他的脚下,他以为是大地母亲给他的赐予,不料却被王爷诬蔑为盗贼。作者通过这个现实的故事,深刻地揭露了印度封建主勾结法庭残酷剥削压迫农民的罪行,对贫苦农民的不幸遭遇表示了深切的同情。诗中揭示出真正的盗贼,不是巫宾,而是那个"如今"的"圣贤"——王爷。诗人说:"王爷的双手偷去了穷人的所有,唉,在这世界谁越贪得无厌谁就越富有。"

在谢里达,泰戈尔还创作了近60篇直接取材于现实生活的短篇小说。他以诗人的目光去捕捉题材,以诗人丰富的想象去构思小说,以诗人的激情来表现生活。因此他的短篇小说充满着诗意美。短篇小说代表作《摩诃摩耶》反映在封建势力重压下印度妇女的悲惨命运,矛头直指印度封建的种姓等级制度、包办婚姻制度和寡妇殉葬制度等。

二、中期(1901—1919)

从20世纪初到1919年,是泰戈尔创作的中期阶段。创作上以中长篇小说和散文诗(prose poem)为主。1901年,泰戈尔为了进行民族传统教育,离开谢里达庄园,到圣地尼克坦办了一所自然学院。泰戈尔在圣地尼克坦办学期间,除了写诗和剧本外,还创作了长篇小说《小砂子》(1903)和《沉船》(1906)。

1905年,印度掀起了民族解放运动的第一次高潮。泰戈尔奔赴加尔各答,积极参加反抗殖民统治的民族解放运动。他谱写歌曲、发表演说、参加游行。泰戈尔这时写了许多爱国诗,最著名的有《祖国的土地》《你独自前进吧》《当他们的锁链束得更紧的时候》《祝福孟加拉国士》《战胜自身》等等。这些诗篇,表达了诗人对祖国的深沉的爱,对民族解放的前景充满着必胜的信念。1907年,泰戈尔与领导民族自治运动的国大党领袖们在农村问题、宗教教派问题以及斗争方式等问题上发生意见分歧,他退出了人民的革命运动,回到圣地尼克坦过起了远离时代社会的隐居生活,同时从事民族教育和文艺创作。

从1908年到1919年,即民族解放运动处于低潮时期,泰戈尔的创作是惊人的。他出版了8部孟加拉语诗集,包括《歌之花环》(1914)、《鸿雁集》(1916)和《遁逃集》(1916)等,8部英文诗集,包括《吉檀迦利》(1912)、《园丁集》(1913)、《新月集》(1913)、《飞鸟集》(1916)、《采思集》(1916)等,两部长篇小说《戈拉》(1910)和《家庭与世界》(1916),一部中篇小说《四个人》(1916),14部短篇小说,10余个剧本,包括《顽强堡垒》(1911)、《邮局》(1911)和《暗室之王》(1919)等。《吉檀迦利》《园丁集》《新月集》《飞鸟集》被称为"泰戈尔四大诗集"。《园丁集》是一部关于人生与爱情的诗集;《新月集》是一部赞颂童真的诗集;《飞鸟集》是一部格言式的哲理诗集,既表现了"梵我一如"(万物一体、和谐统一)的哲学思悟,也抒写了人生体验中的思想火花;《吉檀迦利》思想意义丰富深奥,是泰戈尔的代表作,1913年获得诺贝尔文学奖。

对于泰戈尔的中期创作,有人认为远离现实,缺乏时代气息,思想消极;有人认为十分复杂,进步与消沉并立、成就与局限共存;有人认为诗人政治上倒退了,文学上却提高了,是一种政治思想与文学创作的悖谬现象;有人认为诗人只是在行动实践上退出了人民的革命运动,思想感情上并没有退出(思想倒退情感升华),而是从一个更高的层面与境界来思考一切、探索未来。

应该说,泰戈尔的中期创作,不仅作品数量众多,艺术表现高超,而且内容上从主流来看,也是非常积极的,更是深邃高远的。当然,由于民族解放运动的曲折与变化,这些作品也同时反映了泰戈尔的思想矛盾。一方面,他强烈地要求印度民族的独立和解放,另一方面,他又反对采取暴力斗争的手段,而幻想通过宗教哲学和伦理道德等途径来实现对社会的改造。《沉船》和《戈拉》是泰戈尔中期创作中长篇小说的代表作。

在《沉船》中,作者通过刚从大学毕业的青年知识分子罗梅西的曲折复杂的恋爱婚姻故事,不仅表现了对封建婚姻制度的批判,对封建习俗的谴责和对资产阶级知识分子理论脱离实际、动摇、软弱的批评,而且更着力表现了印度第一次民族解放运动(1905—1908)前夕的孟加拉青年的觉醒和印度社会生活的变迁。《沉船》在艺术上富有独创性,情节带有传奇色彩,富有悬念,引人入胜,其中的许多传奇式的巧合,绝非荒诞离奇,而是有着深厚的生活基础,正如作者所说:"这种极端离奇的事,只可能出现在现实生活中。"作者在描写人物的个性特征时,特别重视人物的心理活动,有时通过人物细腻的内心活动来表现性格,有时则通过无言的动作来表现人物的心理。

《沉船》中,除了人物的个性化以外,另一个重要特点是人物都带有理想色彩,差不多每一个人物都在关心着别人的幸福,富有自我牺牲精神。卡克拉巴蒂大叔成了助人为乐的化身;纳里纳克夏实际上是一个利他主义者。这一切与泰戈尔的艺术主张有关,他认为艺术的真实应包含作者的社会理想,使"生活达到和谐统一"。

《沉船》标志着孟加拉文学中现实主义创作方法的成熟,而《戈拉》则是泰戈尔现实主义创作的最辉煌的成就,是其长篇小说的代表作。《戈拉》是一部具有强烈时代意识、洋溢着爱国主义激情的长篇小说。就反映社会生活的广度和深度、艺术的精湛而言,堪称印度社会的史诗。正如印度著名批评家苏库马尔·森所说,它是"现代印度的《摩诃婆罗多》"。泰戈尔写作《戈拉》的时候,他已同领导民族自治运动的国大党领导们发生意见分歧,回到了圣地尼克坦,但对民族解放运动依然非常关注。他创作这部小说是为了总结1905年到1908年的民族解放运动的经验。泰戈尔并没有直接描写这次运动,他巧妙地描写了19世纪七八十年代的社会生活。他想借助那时的历史经验来回答20世纪头10年里才充分显露出来的问题。

《戈拉》广泛、真实地再现了孟加拉的社会生活,展示了一个时代从城市到农村的社会面貌,刻画了各式各样富有典型意义的人物,揭示了社会的主要问题。所以这部作品可以称得上是史诗性的小说。作者在表现方式上继承了印度史诗《摩罗衍那》的传统,即着意表现人物的品质特征,对优秀的品质加以颂扬。泰戈尔在《摩罗衍那》一文中说:"请记住,印度不是想叙述任何历史骄傲的故事,而是想叙述完善的理想品质。"作品中戈拉给人印象最深的是他的"正直不阿"、献身精神和自我反省的高贵品质;安南达摩依之所以光彩照人,在于她的"不分种姓、不分贫贱"的高贵品质。当然,作者在刻画人物形象时,包含着他的社会理想,无论主要人物戈拉,或次要人物农村中的理发师,也无论理想人物安南达摩依或反面人物哈伦,都是对现实的艺术的概括,因此不仅使人物性格鲜明、对比强烈,而且使人物的品质特征有真实的可信感。

三、后期(1920—1941)

从1920年到泰戈尔逝世,是泰戈尔创作的后期。创作上以政治抒情诗为主,代表作《生辰集》。这一时期,印度民族解放运动蓬勃高涨,泰戈尔以极大的热情重新投入了斗争。1920年起,为了寻求印度民族解放运动的道路,他先后访问了很多国家,在国外发表反对殖民主义侵略政策和奴役政策的讲演。1924年,泰戈尔曾来我国访问,对当时苦难深重的中国人民表示了深切的同情。后来,当日本帝国主义侵略中国时,他又几次对日本法西斯进行了严词谴责。

在第二次民族解放运动期间,他写有长篇小说《最后一首诗》(1929)和《纠缠》(1929),剧本《摩克多塔拉》(1922)和《红夹竹桃》(1926),散文集《在中国的谈话》,等。1930年泰戈尔访问苏联以后,思想有了新的发展和变化。20世纪三四十年代,泰戈尔的创作主要是诗歌和散文。散文比较著名的有《俄罗斯书简》(1930),这是诗人在苏联访问期间和去美国途中给亲友们所写的一部书信集,共收书简14篇。这部书信集真实地记录了诗人在苏联的见闻,热切地表达了他自己的感受,深刻地反映了他对社会政治问题的探索和思考。《俄罗斯书简》写得朴素真实,充满激情。泰戈尔后期的诗作,不仅能代表他后期的思想倾向,而且在艺术上也开辟了新的天地。诗人在后期出版的诗集有20多部,主要有《随想集》(1922)、《叶盘集》(1936)等。

泰戈尔后期的诗,有不少是总结人生经验的抒情诗,还有不少是政治抒情诗,后者被认为是泰戈尔诗歌创作的新亮点。泰戈尔后期的政治抒情诗,不仅关心印度的命运,而且把世界人民的反帝斗争和印度人民反抗殖民统治的斗争紧密地结合在一起。如《叶盘集》中的《非洲》,诗人谴责了帝国主义对非洲的野蛮掠夺,表现了对非洲人民的深切同情。《敬礼佛陀的人》辛辣地讽刺和揭露了日本侵略军在佛寺祈祷侵华战争胜利的丑恶行径。这些政治抒情诗,显示出强烈的爱国主义精神和深刻的人民性,不仅没有神秘主义气息,也少温和的改良主义情调,而代之以昂扬的激情和战斗的号召。泰戈尔后期的诗作,还开辟了近代意义的孟加拉语散文诗和自由体诗的道路。

泰戈尔在1919年尝试写孟加拉语散文诗,后来收集在《随想集》中。1932年出版的《再次集》是孟加拉语散文诗的再一次实践。接着又写了《最后的星期集》《叶盘集》《黑牛集》,他非常重视这种新诗集,把它们比喻为他的诗歌"花园里的鲜花"。与他的英文散文诗相比,泰戈尔的孟加拉语散文诗的思想倾向比较明确,也极少有宗教的神秘色彩,更具有现实性。虽然他在诗中仍体现了生命哲学,但对生命本体有了新的认识,因此很少与"神"联系起来。他也不再热衷于追求人和神的和谐统一,而是更多地关注着印度全民族的命运和世界风云的变化。在诗中,诗人有意识地表现出"简朴的、日常的生活气息",给人一种朴实的生活的真实感。此外,他的这些孟加拉散文诗采用了口语化的语言,打破了传统的格律,但仍具有内在的韵律、明显的节奏感和清新、质朴的艺术风格。20世纪30年代,泰戈尔还开拓了自由体诗新领域,《边沿集》《病榻集》《康复集》《生辰集》等都是用自由体诗写的诗集。他的自由体诗充满着诗的激情内在韵律。他认为"自由体诗不仅改变了诗的形式,而且也改变了我们对诗的概念,甚至改变了其内容"。泰戈尔后期诗体形式上的开拓精神,也表现了泰戈尔晚年生命的活力。

第三节 泰戈尔的哲学美学思想简介

泰戈尔是世界上少有的几个具有深刻哲学思想的诗人和文学家。他的主要文学成就是诗歌,而其诗歌创作又无不渗透其哲学思想,所以,了解诗人的哲学美学思想就成了深刻、准确理解其诗歌的一个重要前提。泰戈尔的世界观和思想感情是东西方结合的产物。它扎根于印度传统文化的根基之上,又吸收了西方文化的精华,形成了一种独特的世界观和美学观。

一方面是印度传统宗教哲学思想的影响。印度传统文化结构和民族心态的核心内容是"梵"(神)。印度古代文献,尤其是《奥义书》认为:"梵"是宇宙的最高主宰和最高实在。万有同源,皆出于梵;万有一如,皆归于梵。(有点类似于黑格尔的"理念",但又有所不同:因为"梵"既寓存于万事万物之中,又超绝于万事万物之上。所以倒更接近老庄的"道"。)作为宇宙主宰的"梵"和作为个体灵魂的"我"本质上是统一的。"梵""我"之间是合二而一的关系:梵即我,我即梵。这里实际上深涵着"我与非我""主体与客体""人与自然"等生命的重要关系范畴。泰戈尔主张人需要神,神也需要人。他说:没有世界,神只是一具空壳;没有神,世界将是一片混乱。一句话,这种宗教哲学追求的是人与自然交感、物质与精神通同的"梵我一如"的境界(有点类似于中国的"天人合一"),通过这一精神境界的追求与体悟,超越有限,达到无限,进入最高自由幸福境地。泰戈尔吸收了这一基本思想观念,追求人与神的和谐融合,形成了其著名的"泛神论"的宗教哲学观。

另一方面,他又吸收了西方近代的人道主义思想和博爱的主张,形成了"泛爱论"思想。他切望人人都有赤子之心,主张自由、平等、博爱。这就使他的思想在印度传统文化的内涵中融入了西方近代新文化的因素。"泛神论"的核心思想是:梵我一如,人神合一,物(自然)人统一。由此出发,从哲学本体论的角度,泰戈尔认为宇宙的最根本原则就是万物一体,整一和谐;从人性论的角度就是人道与泛爱;从民族与阶级的感情出发就是爱国与民主。或者换个说法,这一宇宙的根本原则,表现在泰戈尔的政治思想上就是民主与爱国;表现在泰戈尔的伦理思想上就是人道与博爱;表现在泰戈尔的美学思想上就是统一与和谐。

辩证地讲,泰戈尔是一位激进的民主主义思想家和文学家。泛神论(Pantheism)、人道主义(Humanism)和爱国主义(Patriotism)构成了他世界观的三大支柱。他的美学观属于客观唯心主义的美学体系:一方面把永恒的绝对的精神实体"梵"看作宇宙万物的本源,另一方面又承认物质世界的真实性。所以他认为美是有限和无限的和谐统一,美存在于宇宙万物的韵律之中。在认识论上既承认理性思维对外界事物的认识作用,又不放弃神秘主义的直觉感悟方法。在社会思想方面,作为一个民主主义者和爱国主义者,具有鲜明的反帝反封建倾向,但又害怕剧烈的社会变革,主张走泛爱、自我修养和净化灵魂的道路。泰戈尔的哲学和美学思想具有复杂性和矛盾性。

在某种意义上可以说,泰戈尔一生所追求的理想就是梵我同一的境界,他全部作品所表现的基本主题便是这种梵我同一的愿望。泰戈尔曾言:

《自然的报复》可以看作我以后的全部作品的序曲;或者更确切地说,这是我所有作品都详述的一个主题——在有限之中达到与无限结合的欢娱。

这里所谓的"有限",即有形实在和人(或现实世界);所谓的"无限",即无形实在和神(或终极本源,或梵我同一的境界)。之所以说泰戈尔的梵神,不是宗教的神秘主义,是因为在他的有限与无限之中,他的起点和重点都在有限,他认为最完善的美,最高远的美感是有限与无限的统一。"艺术创作是人的灵魂对最高真实召唤的回答。"总之,统一与和谐的美学理想是其文学创作的灵魂,这一灵魂体现在泰戈尔的诗歌创作中,就具体呈现为向神(泛神),泛爱(母爱、爱情、万物之爱、人类之爱),礼赞自然,和谐、自由、平等等几大主题类型。

第四节　泰戈尔的主要诗集介绍

散文诗集《新月集》《园丁集》和《飞鸟集》是除了《吉檀迦利》外,泰戈尔比较著名的三部诗集。

一、《新月集》(*The Crescent Moon*,1913)

这是诗人自己译成英文的散文诗集,共有32首诗,主要是歌颂儿童的,还有一部分描写母爱。诗集细腻地抒写了儿童纯洁美好的心灵和伟大深厚的母爱情怀,表达了诗人对美好生活的热烈追求。题名"新月"就是把儿童(世界)比作新月,认为儿童的生活和心灵像新月那样纯洁和宁静、美好和纯真。诗集在伦敦出版后,引起各国人民的广泛兴趣,成了世界儿童文学的珍宝。诗集中,诗人生动地描绘了儿童们的游戏,巧妙地表现了孩子们的心理,以及他们天真的想象和善良的心灵,把读者带到了一个纯真的儿童世界,勾起了人们对于童年生活的美好回忆。如《恶邮差》:

你为什么在那边地板上不言不动的,告诉我呀,亲爱的妈妈?

雨从开着的窗口打进来了,把你身上全打湿了,你却不管。

你听见钟已打四下了么?正是哥哥从学校里回家的时候了。

到底发生了什么事,你的神色这样不对?

你今天没有接到爸爸的信么?

我看邮差在他的袋里带了许多信来,几乎镇里的每个人都分送到了。

只有爸爸的信,他留起来给自己看。我确信这个邮差是个坏人。

但是,不要因此不乐呀,亲爱的妈妈。

明天是邻村市集的日子。你叫女仆去买些笔和纸来。

我自己会写爸爸所写的一切信;使你找不出一点错处来。

我要从 A 字一直写到 K 字。

但是,妈妈,你为什么笑呢?

你不相信我能写得同爸爸一样好!

但是我将用心画格子,把所有的字都写得又大又美。

当我写好了时,你以为我也像爸爸那样傻,把它投入可怕的邮差的袋中么?

我立刻就自己送来给你,而且一个字母,一个字母地帮助你读。

我知道那邮差是不肯把真正的好信送给你的。

《开始》一诗则表现了伟大浑厚的母爱情怀与生命和爱情相统一的主题:

"我是从哪儿来的,你,在哪儿把我捡起来的?"孩子问他的妈妈说。

她把孩子紧紧地搂在胸前,半哭半笑地答道——

"你曾被当作心愿藏在我心里,我的宝贝。

"你曾存在于我孩童时代玩的泥娃娃身上;每天早晨我用泥土塑造我的神像,那时我反复地塑了又捏碎了的就是你。

"你曾和我们的家庭守护神一同受到祀奉,我崇拜家神时也就崇拜了你。

"你曾活在我所有的希望和爱情里,活在我的生命里,我母亲的生命里。

"在主宰着我们家庭的不死的精灵的膝上,你已经被抚育了好多代了。

"当我做女孩子的时候,我的心的花瓣儿张开,你就像一股花香似的散发出来。

"你的软软的温柔,在我青春的肢体上开花了,像太阳出来之前的天空上的一片曙光。

"上天的第一宠儿,晨曦的孪生兄弟,你从世界的生命的溪流浮泛而下,终于停泊在我的心头。

"当我凝视你的脸蛋儿的时候,神秘之感淹没了我;你这属于一切人的,竟成了我的。

"为了怕失掉你,我把你紧紧地搂在胸前。是什么魔术把这世界的宝贝引到我这双纤小的手臂里来呢?"

无疑,这首诗描写的不光是母爱,还有关于生命始终的哲思。的确,《新月集》虽表层上看描写的是母爱和童真,但仍然和诗人一贯的思想追求相通合。在诗集的第一首诗《家庭》中,诗人写道:"我在星光下独自走着的路上停留了一会,我看见黑沉沉的大地展开在我的面前,用她的手臂拥抱着无量数的家庭,在那些家庭里有着摇篮和床铺,母亲们的心和夜晚的灯,还有年轻轻的生命,他们满心欢乐,却浑然不知这样的欢乐对于世界的价值。"最后一句诗,表明了诗人的目的不只是在于歌颂儿童和母亲生活本身的欢乐,还在于探索年轻的生命和母亲们的"满心欢乐"对"世界的价值"如何。其对世界的价值体现在两个方面:一是以儿童的纯洁无瑕映衬并进而否定现实社会的丑恶、肮脏;二是以天真无虑的童心象征和寄托对摆脱了一切的世俗束缚的自由极境的渴求。有人说:从儿童身上可以看到人类的童年;另外,生活中还有"老少老少,越老越少"的谚语。可以说,老和少,是一个人生命历程的两极,在这两极阶段,每个人体味到的自由(儿童是不自觉的无忧无虑,老人是自觉的淡泊宁静)比其他阶段都多。因而,老人上了年纪则喜欢儿童,是因为觉得自己无虑得像儿童,是因为童心成了自己人生的一面镜子,一个久违了的美的境界,所以,童心境界也就成了人类开始和终极的一个象征,从而也就成了现实生活中人们向往寻求而难以实现的一个理想。如诗集最后一首《最后的买卖》就很典型:

早晨,我在石铺的路上走时,我叫道:"谁来雇用我呀。"
皇帝坐着马车,手里拿着剑走来。
他拉着我的手,说道:"我要用权力来雇用你。"
但是他的权力算不了什么,他坐着马车走了。

正午炎热的时候,家家户户的门都闭着。
我沿着屈曲的小巷走去。
一个老人带着一袋金钱走出来。
他斟酌了一下,说道:"我要用金钱来雇用你。"
他一个一个地数着他的钱,但我却转身离去了。

黄昏了,花园的篱上满开着花。
美人走出来,说道:"我要用微笑来雇用你。"
她的微笑黯淡了,化成泪容了,她孤寂地回身走进黑暗里去。

太阳照耀在沙地上,海波任性地浪花四溅。
一个小孩坐在那里玩贝壳。
他抬起头来,好像认识我似的,说道:"我雇你不用什么东西。"
从此以后,在这个小孩的游戏中做成的买卖,使我成了一个自由的人。

并非为了返老还童或天真幼稚,而是用没有尘埃、没有污秽、没有邪恶,无忧无虑、天真无羁、自由无累的童真境界，同充满贪欲、追名逐利、东奔西突的现实人生相对照，抒发自己不忍人间不幸和痛苦，摆脱世俗束缚、渴望自由极境的精神渴求。

郑振铎曾说：《新月集》的文字具有一种不可测的魔力，它把我们从怀疑、贪婪的罪恶世界，带到秀嫩天真的儿童的新月之国里去。①

二、《园丁集》（*The Gardener*, 1913）

本诗集共收诗 85 首，是一部献给爱情和人生的歌集。在诗集的第一首诗中，作者表示：决意放弃其他职务，自愿"充当人类花园中的一名忠实的园丁，为爱情和人生而培植美丽的繁花"，这就是题名《园丁集》的用意。

在泰戈尔的诗歌中，有着相当数量的情诗，还有一些像情诗而其实不是。那么为何像情诗呢？因为印度民间诗人有把神当爱人来吟唱的传统，泰戈尔的某些诗也受此影响。当然，不反对读者根据自己的兴趣去理解，这是作者的主观动机与作品的客观效果的辩证。有些学者指出：泰戈尔对女性的殷勤以及感激是无限的，有时甚至达到令人窘迫的地步；他对女性的歌颂似乎是滔滔不绝的。然而我们觉得他并非忠诚于某一个女性，而是忠诚于一个观念，也就是说他忠诚的是与女性紧密相连的爱与美的观念，而不是实际的爱情。因此，泰戈尔有着明显的女性崇拜情结，爱情是黑色或者亮色的背景，生活就在这样的背景上演出。②

这部集子所收录的诗歌，虽均无题，大部分都是真正的情诗。诗人以优美而富有哲理的诗句，歌颂了纯真的爱情，抒写了自己人生的理想。尽管爱情是诗人们反复咏唱的主题，表现爱情的诗歌自古以来多如牛毛，难以计数，可是泰戈尔笔下的爱情诗仍然独树一帜，别具一格，其特点在于：他善于敏锐地观察和捕捉青年男女在恋爱过程中所产生的种种复杂、微妙的心理颤动，并且善于通过生动的笔触出神入化地描绘出这种心理颤动。诗集中有初恋的羞怯、相思的苦闷、期待的焦急、幽会的战栗、新婚的快乐、离别的痛苦……诗人仿佛引导我们进入了神秘莫测的爱情世界，体味其中的痛苦与欢乐。第 33 首最有代表性：

> 我爱你，心爱的。原谅我的爱情吧。
>
> 我像一只迷失方向的鸟，落入了情网。
>
> 我的心在被震动的时候落掉了面纱，而袒露无遗。用怜悯掩盖它，心爱的，而且原谅我的爱情吧。

爱情是心灵深处的地震。任何貌似爱情但未能使心灵震动的情感都不是爱情。爱情的震动是那种表面幸福而内里崩塌的震动，爱情的震动必将震落平日的掩饰或虚伪而使爱心袒露无遗；爱情的地震甚至造成更大破坏：失去方向，陷入情网，乱碰乱撞。上述爱情的基本外部特征，诗人都涉及了，但本诗的讨巧取胜之处在于"原谅"二字（原谅我的爱情吧，原谅我的痛苦吧，原谅我的欢乐吧），情爱的心理特征、情感特征、道德特征等内在品质都由此内在建构并蕴藉展现。

---

① 《新月集》译者序，郑振铎译，人民文学出版社 1954 年版。
② 华宇清：《泰戈尔散文诗全集》，浙江文艺出版社 1990 年版，第 57—128 页。

102

许多人都知道：奉献是爱情的要旨（关怀体贴献殷勤，甚至不顾一切），很多恋人也都懂得并使用这个法宝。然而，又有谁像诗人这样把自己奉献得这般完全、这般一点不剩呢？人们都是夸张地表现优点，淡化和掩饰缺点，殊不知爱情是折射人们心灵的一扇窗户，任何深隐的缺点都将袒露无遗，因而真正的恋人在捧出爱情的同时，也就捧出了缺点；金无足赤，人无完人，真正爱一个人也就意味着爱这个人的缺点。并不能因为"我爱你，而且我自觉比别人都强，所以你就必须爱我"。按照布劳的"人际关系交易说"，爱情应该算是一种美丽的交易。因为，甲爱乙，如果乙不爱甲，甲就会恨乙。在这首诗的这一节，抒情主人公即使爱得失落了方向，他首先想到的都不是"对方应该爱我"，而是"自己是否值得她爱"（自己肯定有着许多不自觉的缺点），自己的爱是否破坏了对方宁静的生活？因而他在向心上人献上一颗至诚的爱心的同时，也献上了一颗请罪的心——"原谅我的爱情吧！"

　　　如果你不能爱我，心爱的，原谅我的痛苦吧。
　　　不要远远地斜着眼睛瞅我。
　　　我要偷偷地回到角落里，坐在黑暗里。
　　　我要用双手掩盖我的赤裸裸的羞耻。
　　　转过脸去吧，心爱的，而且原谅我的痛苦吧。

　　可以说：在人类所有的情感中，沁人最深的莫过于爱情。这是因为爱情是涵盖一个人的理想追求、价值判断、事业走向、征服欲、成就感、荣耀感、情感寄托、生理需求等多方面成因的人类最深沉、最内在的情感。因而，一旦失恋，任何人的痛苦都是掩藏不住的：许多人觉得从此天昏地暗，一切完蛋；许多人尽管极力掩饰调整，但总是有一种不爽不乐的感觉。失恋的痛楚无疑是普遍存在的。原因何在？这是因为每个人从对方对自己情感的拒绝否定中自然会引起对自己人格价值的怀疑，并由此在与想象中的同类尤其是恋爱成功者的比较中，产生一种"赤裸裸的羞耻感"。唯其如此，有些人从此成为陌路，有些人"恼羞成怒"，有些人终生忌恨，更有甚者耿耿于怀、报复加害。然而，抒情主人公纵然为此感到"赤裸裸的羞耻"，也仍然不失奉献之情。普希金有一首《我爱过你》的诗境界与此相似："我爱过你——也许这爱情的火焰/还没有完全在我心里止熄，可是，别让这爱情再使你忧烦——我不愿有什么引起你的悒郁。我默默地无望地爱着你……"这种因奉献而不能的痛苦有着一种特别打动人心的力量。

　　　如果你爱我，心爱的，原谅我的欢乐吧。
　　　当我的心为幸福的洪流卷走的时候，不要对我危险的放纵投以哂笑。
　　　当我坐上我的宝座，以爱情的专制统治你，当我像一个女神似的赐给你宠爱的时候，心爱的，容忍我的骄傲，而且原谅我的欢乐吧！

　　这一节则给我们揭示了恋人们更为复杂微妙的内心世界。与前两节相比，乍一看，抒情主人公的态度似乎来了个180度大转弯，就像现实生活中的许多男性一样，一旦求爱成功、结婚成家，就立马进行"从奴隶到将军"的角色转变。其实不然。经受巨大痛苦后获得的欢乐同样巨大，更何况这种爱的欢乐是在完全奉献的基础上产生的。抒情主人公即使在向世界纵情宣告自己的欢乐的时候，也在悄悄请求心上人原谅自己，并且要求心上人能容忍自己的骄傲和"专制"。有句德国谚语说得好：爱情是位甜蜜的暴君,恋人们都喜欢受他的统治。这里并非说爱情可以不平等,而是揭示了爱情世界既需奉献又需要排他的深层心理特征。正如恩格斯指出:真正的爱情是排他的。所以,诗中出现的"专制""骄傲""赏赐""纵乐"等,都是来自两个人的,是互相的,因而也就成了"两人世界"的又一笔新的财富。许多人以为恋人之间一旦不能举案齐眉,一旦出现不睦争吵,就不算幸福的爱情。其实爱情就其哲学本质而言,本身就是一个丰富微妙的矛盾统一体,是一个爱恨互渗、平中不平的情感集合体。哲人们说:爱情,暗含着要求对方的奴隶性自由,希望"制约"对方、"俘虏"对方和"同化"对方。因为恋爱者想被一个自由的意识所爱,而且祈求这个自由意识不再是自由,对被爱者来说是"自由的卸任"和被改造成"禁锢物"。这种恋爱者希望被爱者所成为的关系,就像黑格尔关于主、奴关系的著名论断一样,是主人对奴隶的关系,是恋爱者对被爱者暗含着要求"奴隶的自由"。因此,在被爱者那里,只能造成对他的异化。无论是爱者还是被爱者,只有在他想征服的东西完全不是一个身体而是他人的主观性的时候,才可能被改造为恋人。因此,应该说,爱情,就是"被异化的自由"。正如泰戈尔在《飞鸟集》中所写,"艺术家是自然的情人,所以它是自然的奴隶,也是自然的主人"(第85首)。《园丁集》中的这首诗就是以细腻的笔触、蕴藉的手法给我们展示了爱情世界自身的这种深邃、复杂和微妙。我们既可以把它看作抒情主人公独自一人对自己的爱情所做的回忆或幻想,还可以把它看作一对恋人由产生爱情到分手,最后又重新相爱的心灵历程。

总之,爱情世界种种难以言喻和难以捕捉的情感状态和动作,都被诗人化为美丽动人的形象,用散发着芳香和闪耀着色彩的诗句表达了出来,使读者强烈地感受到那些坠入情网的人们各种细密的、精微的、瞬息万变的感情和心理活动,从中得到人生启迪和艺术享受。

三、《飞鸟集》(*Stray Birds*,1916)

《飞鸟集》共收诗325首,形式上与同期创作的诗集不同,形式短小、简洁,只有一两行,少数三四行。有人说,这是泰戈尔访问日本归国后,受形式短小的日本俳句影响而作的诗。再加上诗歌多从日常人生种种体验和感受出发,阐发丰富的哲理,因而一般认为这是一部格言诗或哲理诗集。实际上,就思想内容而言,《飞鸟集》是除《吉檀迦利》之外,又一部集中体现诗人哲学思想的诗作,只不过不像《吉檀迦利》那么朦胧阴晦,而是把深奥的哲思幻化成具体而丰富的自然人生形象,从而形成丰厚的哲理,广大读者往往也是陶醉于此,因而爱不释手。

《飞鸟集》按其英文译本题名,Stray Birds 中的 Stray 就含有"迷途和漂泊"的意思,诗集的最初两首诗,给我们点明了题名的要旨:

夏天的飞鸟,飞到我窗前唱歌,又飞去了。
秋天的落叶,它们没有什么歌唱,只叹息一声,飞落在那里。(第1首)
世界上的一队小小的漂泊者呀,请留下你们的足印在我的文字里。(第2首)

诗人把这本诗集,比作南来北往的小小漂泊者——飞鸟长途跋涉而留下的足印,是有用意的。这就是把自己当作寻求无限理想境界的永恒的旅客,用这些小诗记录下内心漂泊的历程和他对生命的至境——统一和谐的渴求。它们既体现了诗人深邃哲思的各个方面,也能给人们以丰富的人生哲理启迪。

　　首先,我们来看诗集中呈现的诗人"梵我一如"的泛神论思想:

　　　　在死的时候,众多合而为一;在生的时候,这"一"化为众多;上帝死了的时候,宗教便将合而为一。(第84首)

　　　　在黑暗中"一"视若一体,在光亮中,"一"便视若众多。(第90首)

　　作为精神本体的"梵"既无影无踪(形而上的、超绝的),又是无所不在(形而下的、具体的),它是宇宙本源、终极的表征,是永恒宇宙精神和无尽生命力的化身。它就是"整一"、它就是创造;宇宙的千流百品,人的生生死死都是它的体现和所属,源于它,终于它。故对于这一永恒的宇宙创造精神来说,生死不仅不矛盾分裂,而且相通并列、同属于生命:

　　　　死亡隶属于生命,正与生一样。举足是走路,正如落足也是走路。(第267首)

　　死亡不是生命的终结,而是继续,而且还是新生命的孕育者:

　　　　夜与逝去的日子接吻,轻轻地在他耳旁说道:"我是死,是你的母亲。我就要给你以新的生命。"(第119首)

　　可见,生和死不只是转化循环,还作为永恒宇宙精神的两种表现方式、运作方式,具有不断创造更新的意义。因此诗人既赞扬生,也歌唱死:

　　　　使生如夏花之绚烂,死如秋叶之静美。(第82首)

　　　　我将死了又死,以明白生是无穷无尽的。(第281首)

　　其次,是他的建立在"梵我一如"基础上的"万物有灵""物我通合"和"万物一统"思想。如果说前者是其"梵我一如"的思想感情在生命观念上的体现,那么,这里则可以说是其"泛神论"的"梵我一如"思想在自然观上(即人与自然关系上)的体现。既然"梵"是宇宙的最高实在,最高本体,那么,人和自然都是"梵"的一部分,都是同源一体的事物的两个方面。人和自然都携带着神灵的信息,都是宇宙精神的载体,人与自然不仅息息相通,各个自然物也息息相通。所以,泰戈尔热爱自然、描写自然、礼赞自然,描写人与自然万物的灵性通合,描写自然风物之间的和谐统一:

　　　　我的思想随着这些闪耀的绿叶而闪耀,我的灵魂因了这日光的抚触而歌唱;我的生命因为偕了万物一同浮泛在空间的蔚蓝、时间的墨黑中而感到欢快。(第150首)

　　这首诗表现了人与自然灵性相通、天人合一的美的理想境界,在这个天人相通的境界里,人和自然是灵性相通相融的,诗人能感知大自然内在的律动,人的生命也和着大自然的生命。因此诗人懂得风与阳光微语的意义:

　　　　我已经学会了你在花与阳光里微语的意义——再教我明白你在苦与死中所说的话吧!(第268首)

　　诗人把自己的"微飔"看作"绿叶的簌簌之声"在自己内心的微语:

　　　　这些微飔,是绿叶的簌簌之声呀;他们在我的心里,愉悦地微语着。(第

17首)

诗人懂得自然风物的话语:

太阳以微笑向我问候。雨,他的忧闷的姐姐,向我的心谈话。(第180首)

正是基于这种万物一元、复归一体的思想,在诗人眼里,自然界的万物都是息息相通的、相互依存的,万物之关系都是和谐统一的,它们以一个谐美的画面展现在人的面前:

露珠对湖水说道:"你是在荷叶下面的大露珠,我是在荷叶下面的较小的露珠。"(第88首)

根是地下的枝。枝是空中的根。(第103首)

脚趾乃是舍弃了其过去的手指。(第187首)

夜秘密地把花开放了,却让那白日去领受谢词。(第157首)

埋在地下的树根使树枝产生果实,却不要求什么报酬。(第134首)

你离我有多远呢,果实呀?我藏在你的心里呢,花呀。(第86首)

绿叶恋爱时便成了花。花崇拜时便成了果实。(第133首)

刀鞘保护刀的锋利,它自己则满足于它的迟钝。(第100首)

我是秋云,空空地不载着雨水,但在成熟的稻田中,可以看见我的果实。(第185首)

弓在箭要射出之前,低声对箭说道:"你的自由就是我的自由。"(第191首)

绿树长到了我的窗前,仿佛是喑哑的大地发出的渴望的声音。(第31首)

在人们看来,悄然无声的自然界,却是这般的息息相通;各有其类的事物,却如此和谐地统一于美的画面。这些有声、有色、有光、有形的自然景象,就是作者(和人们)无声无形的"万物一体"思想的表现。诗人从这些自然物的相通与转化中,勾画出统一和谐的艺术美的画面,既表现了诗人"万物一统"的哲学思想,又表达了诗人对和美的人生理想境界的渴望。

第三,是其中的"泛爱"思想,或者说是对"泛爱的神界"渴求。因为,虽然可以把"泛爱"思想看作泰戈尔的"梵我一如"的最高哲学原则在人生层面(或人与人、人与社会)的体现,但泰戈尔的"泛爱"还不同于西方的"博爱",因为内含超绝一切的本体意味,是泰戈尔哲学思想的重要方面。在泰戈尔看来,爱既是实现由梵我合一而建立起来的无限、统一、和美境界的途径,又是这个境界本身。或者说,它既是泰戈尔的人生、社会理想,又是他的最高理想。就前者来说,爱是世界的基础,是人生和社会最完美理想的体现,也是通向最高境界的起点,实现最完美境界的途径和力量。就后者来说,爱又是宇宙本身,是无限精神,是终极把握(追求):

世界对于它的爱人,把它浩瀚的面具揭下了,

它变小了,小如一首歌,小如一回永恒的接吻。(第3首)

大千世界源于爱,向爱流动,并最终进入爱之中,最后统治世界的是爱——这就是诗人"爱的哲学"。基于此,诗人劝告人们:"啊,美呀,在爱中找你自己吧,不要到你镜子的谄谀中去寻寻。"(意即:美在爱中,爱即美)(第28首)诗人向世界宣告:"生命从世界得到他的资产,从爱得到他的价值。"(第33首)并向人们热情地呼唤:"世界已在

早晨敞开了它的光明之心。出来吧,我的心,带了你的爱去与它相会。"(第149首)所有的"生命因为付出了爱"而更为富足。(第223首)诗人还用热泪在"世界的海岸上",写下了"我爱你"的题记。(第29首)他祝愿"让死者有那不朽之名,但让生者有那不朽之爱"。(第279首)他希望把"我已经爱过了"的遗言永远留在世界上。(第277首)并用"我相信你的爱"作为送给读者最后的话。(第325首)

泰戈尔这种爱即一切、爱即归宿的思想,虽含有西方人道主义的内容,但与其有重大区别:其主要是建立在印度古老宗教哲学基础之上的,是一种神化了的顿悟式的本体思维。

第四,当然,诗人同时又极力主张把其泛化到一切领域:现实社会、人际关系、伦理道德等。正如诗人曾经明确表示的:作家在作品中应用自己的感情体验人类的感情,人类的痛苦。体现在《飞鸟集》中就是那些闪烁着思想的火花、凝结着人生真谛的格言式诗句,这是泰戈尔精神结构的最表层面,也是泰戈尔诗歌思想内蕴的最表层面。

有总结人生经验,阐发生活哲理的:

错误经不起失败,但是真理却不怕失败。(第68首)

如果你把所有的错误都关在门外时,真理也要被关在外面了。(第130首)

我们把世界看错了,反说它欺骗我们。(第75首)

当人是兽时,他比兽还坏。(第248首)

艺术家是自然的情人,所以它是自然的奴隶,也是自然的主人。(第85首)

瀑布歌道:我得到自由时便有歌声了。(第36首)

有赞美造福大众,牺牲自我的:

谢谢火焰给你光明,但是不要忘了那执灯的人,他是坚韧地站在黑暗中呢。(第64首)

我们萧萧的树叶都有声响回答那风和雨,你是谁呢,那样地沉默着?我不过是一朵花。(第23首)

落日问道:"有谁在继续我的职务呢?"瓦灯答道:"我要尽我所能地去做,我的主人。"(第153首)

有提倡谦虚,不图虚名的(不生嫉妒):

那想做好人的,在门外敲着门,那爱人的看见门敞开着。(第83首)

当人微笑时,世界爱了他;当他大笑时,世界便怕他了。(第298首)

麻雀看见孔雀负担着它的翎尾,替它担忧。(第58首)

萤火虫对天上的星说道:"学者说你的光明总有一天会消灭的。"天上的星不回答它。(第163首)

爆竹呀,你对于群星的侮蔑,又跟着你自己回到地上来了。(第240首)

以上四个方面基本上可以涵盖《飞鸟集》这部名诗集的思想意旨,但是在第12首诗中,诗人写了两段对话:"海水呀,你说的是什么? 是永恒的疑问。天空呀,你回答的是什么? 是永恒的沉默。"这首诗则反映了诗人对世界的无数疑问而又找不到回答的失望和苦闷的心情。总之,《飞鸟集》是诗人内心历程的记录,犹如旅途之鸟留下的一个个足印。尽管这足印是散乱的,但还是有迹可寻。诗人以进化论的观点和朴素的辩证观点揭示了生活中的许多真理。

第五节 《吉檀迦利》内容梗概

《吉檀迦利》共收103首诗。

诗集歌颂印度悠久的文化艺术、雄伟的山川和美丽的风光。如:"你的音乐的光辉照亮了世界,你的音乐的气息透彻诸天。你的音乐的圣泉冲过一切阻挡的岩石,向前奔涌。"又如:"清晨的静海,漾起鸟语的微波;路旁的繁花,争妍斗艳;在我们匆忙赶路无心理睬的时候,云隙中散射出灿烂的金光。"

诗集抒发爱国激情和美好理想,讴歌为国为民的志士及劳动人民。如:"在那里,心是无畏的,头也抬得高昂;在那里,知识是自由的;在那里,世界还没有被狭小的家园的墙隔成片段;在那里,话是从真理的深处说出;在那里,不懈的努力向着'完美'伸臂;在那里,理智的清泉没有沉没在积习的荒漠之中;在那里,心灵是受你的指引,走向那不断放宽的思想与行为——进入那自由的天国,我的父呵,让我的国家觉醒起来吧。"又如:上帝"是在锄着枯地的农夫那里,在敲石的造路工人那里。太阳下,阴雨里,他和他们同在,衣袍上蒙着尘土。脱掉你的圣袍,甚至像他一样地下到泥土里去吧"。

诗集表达对自由的向往,歌颂不畏强暴的精神。如:"我只要自由,为希望自由我却觉得羞愧。""我以为我的财富和权力胜过世界上的一切人,我把我的国王的钱财聚敛在自己的宝库里……一觉醒来,我发现我在自己的宝库里做了囚人。"又如:"从今起在这世界上我将没有畏惧,在我的一切奋斗中你将得到胜利。你留下死亡和我做伴,我将以我的生命给他加冕。我带着你的宝剑来斩断我的羁绊,在世界上我将没有畏惧。"

诗集描绘真挚的爱情,叙述童心和母爱。如:"我要从我心中驱走一切的丑恶,使我的爱开花,因为我知道你在我的心宫深处安设了座位。"又如:"我把她深藏在心里,到处漫游,我生命的荣枯围绕着她起落。"又如:"他们用沙子盖起房屋,用空贝壳来游戏。他们把枯叶编成小船,微笑着把它们漂浮在深远的海上。孩子在世界的海滨做着游戏。"又如:"当我吻你的脸蛋使你微笑的时候,我的宝贝,我的确了解晨光从天空流下时,是怎样的高兴,暑天的凉风吹到我身上时是怎样的愉快——当我吻你的脸蛋使你微笑的时候。"

诗集中有些诗是生活哲理的格言。如:"离你最近的地方,路途最远,最简单的音调,需要最艰苦的练习。""人要在外到处漂流,最后才能达到最深的内殿。"

诗集中大量的诗是向神祈求,赞颂神明。如:"这是我对你的祈求,我的主——请你铲除我心里贫乏的根源。赐给我力量使我能轻闲地承受欢乐与忧伤。赐给我力量使我的爱在服务中得到果实。赐给我力量使我永不抛弃穷人也永不向淫威屈膝。"又如:"在我的心坚硬焦躁的时候,请洒我以慈霖。当生命失去恩宠的时候,请赐我以欢歌。"又如:"让我所有的诗歌,聚集起不同的调子,在我向你合十膜拜之中,成为一股洪流,倾注入静寂的大海。像一群思乡的鹤鸟,日夜飞向他们的山巢,在我向你合十膜拜之中,让我全部的生命,启程回到它永久的家乡。"

第六节 《吉檀迦利》的基本思想

一、创作

《吉檀迦利》是 1912 年诗人旅居英国期间从孟加拉文诗集《吉檀迦利》（1910）、《渡船》、《奉献集》等选译成英语而辑录的一部诗集，原诗是有韵的格律诗，译成英文采用了散文诗的形式，韵律更富于变化而优美。尽管它只有 103 首，但却征服了整个西方，1913 年获诺贝尔文学奖，成为诗人的代表作。

二、书名的含义

"吉檀迦利"是孟加拉语 GITANJALI 的音译，英文译作 Song Offering，意译是"神之献"（"献给神"）；从题名的含义来看，仿佛是一部宗教颂神诗，实质是一部抒情哲理诗集。

三、核心内容

诗集的核心内容是写人与神的关系，表现诗人对神的崇拜、向往和追求以及要求与神合一的强烈愿望。所以，关键在于对"神"含义的正确理解。一般说来，《吉檀迦利》中的"神"有三重含义：

1. 神是终极无限、宇宙生命力、宇宙精神的写照（泛神）

　　我站在你薄暮金色的天穹下，向你抬起渴望的眼。

　　我来到了永恒的边涯，在这里万物不灭——无论是希望，是幸福，或是从泪眼中望见的人面。

　　啊，把我空虚的生命浸到这海洋里吧，跳进这最深的完满里吧。让我在宇宙的完整里，感觉一次那失去的温馨的接触吧。（第 87 首）

2. 神是和谐、协调和仁爱境界的表现（泛爱）

　　我要从我心中驱走一切的丑恶，使我的爱开花，因为我知道，你在我的心官深处安设了座位。（第 4 首）

　　你使不相识的朋友认识了我。你在别人家里给我准备了座位。你缩短了距离，你把生人变成兄弟。（第 63 首）

　　你是天堂，你也是窝巢。

　　呵，美丽的你，在窝巢里就是你的爱……（第 67 首）

　　我只等候着爱，要最终把我交在他手里。这是我迟误的原因，我对这延误负咎。

　　他们要用法律和规章，来紧紧地约束我；但是我总是躲着他们，因为我只等候着爱，要最终把我交在他手里。

　　人们责备我，说我不理会人；我也知道他们的责备是有道理的。

　　市集已过，忙人的工作都已完毕。叫我不应的人都已含怒回去。我只等候着

爱,要最终把我交在他手里。(第17首)
3. 神是真理、光明和自由的象征(爱国)

  在那里,心是无畏的,头也抬得高昂;
  在那里,知识是自由的;
  在那里,世界还没有被狭小的家园的墙隔成片段;
  在那里,话是从真理的深处说出;
  在那里,不懈的努力向着"完美"伸臂;
  在那里,理智的清泉没有沉默在积习的荒漠中;
  在那里,心灵是受你的指引,走向那不断放宽的思想与行为——
  进入那自由的天国,我的父呵。让我的国家觉醒起来吧。(第35首)

对神的追求,既反映了诗人对无限宇宙精神的向往,也反映了诗人对于祖国命运的深切关注。《吉檀迦利》并非宗教诗集,20世纪印度的民族解放运动,是它产生的社会土壤;泛神论哲学是它的理论基础;爱国主义是它的主旋律。

第七节 《吉檀迦利》的深层思想蕴含

  虽说这是一部献给神的诗集,但如果对泰戈尔诗歌中神的概念理解不准确,就很容易把其当成一部颂神诗集(或曰宗教颂神诗)。颂神诗,在印度自古就有,但泰戈尔的这部诗集,并非是一般的超脱尘世的宗教颂神诗。对于这个神,诗人在不同的诗歌里使用了不同的称呼,诸如"你""他""我的主""上帝""圣母""圣者""我的朋友""我的情人""我的父""我的国王""万王之王""诸天之王""我的永远光耀的太阳"等等。那么,这个神究竟是谁呢? 原来,在泰戈尔看来,宇宙万物有一个共同的主宰者,这个主宰者是一个无形无影而又无所不在的存在——"梵",而"梵"也就是神;人们只有达到与"梵神"完全合一的境界,才会真正感到快乐和幸福。《吉檀迦利》所表现的就是对于这种境界的追求以及达到这种境界以后的感受。不过,值得注意的是,《吉檀迦利》所描绘的神,既不同于西方人心目中的上帝,也不同于我国人心目中的老天爷;这个神既不在远离人间的天上,也不在山里,而是生活在人们之中,出现在世界的各个角落,无形无影但却无所不在。如同第45首诗所写:

  你没有听见他静悄的脚步声吗? 他正在走来,走来,一直不停地走来。
  每一个时间,每一个年代,每日每夜,他总在走来,走来,一直不停地走来。
  在许多不同的心情里,我唱过许多歌曲,但在这些歌调里,我总在宣告说:"他正在走来,走来,一直不停地走来。"
  四月芬芳的晴天里,他从林径中走来,走来,一直不停地走来。
  七月阴暗的雨夜中,他坐着隆隆的云辇,前来,前来,一直不停地前来。
  愁冈相继之中,是他的脚步踏在我心上,是他的双脚的黄金般的接触,使我的快乐发出光辉。

在《人格》一书里,泰戈尔把这一点阐述得更明白。其大意如下:在印度,我们的文学大部分是宗教性的,因为与我们同在的神并不遥远;他属于我们的寺庙,也属于我们的家庭。我们在所有恋爱与慈爱的人际关系中,都感觉到他与我们亲近,而在我们的喜庆活动中,他又成了我们尊敬的嘉宾。在开花与结果的季节,在雨季到来的时候,在秋天的累累果实中,我们似乎看到了他的披风的边缘,仿佛听到了他的脚步声。

如前所述,泰戈尔的神主要来源于《奥义书》。《奥义书》是婆罗门教和印度教的古老哲学经典之一。它的内容十分庞杂,其中心部分则是"梵我同一"。"梵我同一"的主要意思是:"梵"作为一个形而上学的实体,乃是世界的最高实在,万物的主宰。它在本体的意义上既不具有任何属性,也不表现任何形式;它既超绝万物、统领万物,又不生不灭、无所不在。既寓存在万物之中统领万物又不生不灭无所不在的,只能是永恒的宇宙精神或绵延不绝的宇宙生命力。正如诗人所言:自己就是要"献给那给他肉体、光明和诗才之神的"。按此意义推理:这个神就是永恒无限的宇宙精神,就是永恒无限的本体终极。因而,这部诗集中流露出了强烈的向神意向,诗人时刻渴望着能够与神会合:

> 我站在你薄暮金色的天穹下,向你抬起渴望的眼。
> 我来到了永恒的边涯,在这里万物不灭——无论是希望,是幸福,或是从泪眼中望见的人面。
> 啊,把我空虚的生命浸到这海洋里吧,跳进这最深的完满里吧。让我在宇宙的完整里,感觉一次那失去的温馨的接触吧。(第87首)

大千世界千流百品、矛盾分裂,感悟到本源和终极,就是整一和谐,就是永恒无限。它是本体的,形而上的,超绝于万物之上的。在泰戈尔的诗歌中,就是"梵神"。然而,梵神又寓存于大千世界的人和物之中,因为自然万物和我们的生命都是神的具体表现。所以,在诗集中,神的表象极多、变化万千:神是"上帝""我的主""诸天之王""万王之王",又是"国王""诗圣""父亲""母亲""弟兄""主人""朋友""情人""路人""婴儿""你"或"他""我",还可以是"生""死""光明""早晨""黄昏""生命的源泉"等等。这就是大多数人从诗集的表层所感受到的诗人的泛神论。其哲学本质则是一种对有限与无限、众多与整一、矛盾(分裂)与和谐关系的思考。以下几点是泰戈尔思考的结论,也应是这部诗集的深层思想意蕴。

一、超越生命的有限,向往无限的神界,获得永恒的自由

有人把这一层面看作泰戈尔的生命哲学。泰戈尔说:"生命是在彼岸挥手的船工的召唤下沿河而下的旅程。"(第1首)船工即神。这个旅程对于个体的人是有限的,有终结的,但对于无限的宇宙(或无限的神)来说,人的生命就像一个"脆薄的杯儿,你不断地把它倒空,又不断地以新的生命来充满"(第1首)。也就是说,生和死在神(无限宇宙)那里是相通的,是"两个孪生弟兄"(第58首)。生和死成了无限宇宙精神的两种表达方式,两种面相,死是生的延续,死亡是生命得以永远流淌的河床。所以泰戈尔不仅笑对死亡,"生命从整体上讲并不把死亡看得很重。它欢笑,舞蹈和娱乐,在死神面前建设着、欢笑着"(《人生的亲证》),而且还真诚热烈地歌赞死亡,因为他悟到了永恒,实现了与无限的神的结合:

> 像一群思乡的鹤鸟,日夜飞向它们的山巢,在我向你合十膜拜之中,让我全部的生命,启程回到它永久的家乡。

二、祛恶趋善,除浊归清,度过鲜活而又自由的人生

> 我生命的生命,我要保持我的船体永远纯洁,因为我知道我的生命的摩抚,接触着我的四肢。
>
> 我要永远从我的思想中摒除虚伪,因为我知道你就是那在我心中燃起理智之火的真理。
>
> 我要从我心中驱走一切的丑恶,使我的爱开花,因为我知道,你在我的心宫深处安设了座位。
>
> 我要努力在我的行为上表现你,因为我知道是你的威力,给我力量来行动。(第4首)

在泰戈尔看来,人的实际需求把人束缚在利欲的有限世界中,但神是无限的,它不受任何事物的限制(不为物役)。所以人要接近神,要最终与神结合,就必须克服自私和贪欲,在"忘我"的向神趋近过程中,表现自己,改造自己,完成自己,即从"小我"走向"大我",从"个体精神"走向"宇宙精神"。在这里,善,作为人类的最高精神境界被歌颂、被追求。

三、爱施众人,友好相处,追求和谐的人生境界

既然宇宙在本源和终极上是整一和谐的,既然万物皆有神性,各得其所——即万物一体,整一和谐,那么,人与人之间,生命与生命之间,就应该是灵性相通、和谐统一、友爱相处的。因为万事万物都是统领在神的和谐泛爱之中,这是一种从本体出发的无功利性的宇宙最高原则,像神一样寓存于万物,又超绝于万物。所以,泰戈尔以爱为出发点,通过求得与人和谐,达到求得与最高境界——神结合。于是诗人极力歌唱"爱"和"人道"。

> 你使不相识的朋友认识了我。你在别人家里给我准备了座位。你缩短了距离,你把生人变成兄弟。(第63首)

这让我们想起了上帝子民为一家、亚当子孙皆兄弟的"世界大同"理想。在泰戈尔看来,当某一个体精神融入外在于他的人和物之中时,两种神性发生组合,形成更圣洁更强大的爱力,于是爱便得到了实现,各个个体在爱的律令指示下,最终走向生命的极境:投入神所象征的和谐至境。

> 你是天堂,你也是窝巢。
>
> 呵,美丽的你,在窝巢里就是你的爱……(第67首)
>
> 我只在等候着爱,要最终把我交在他手里。这是我迟误的原因,我对这延误负咎。
>
> 他们要用法律和规章,来紧紧地约束我;但是我总是躲着他们,因为我只等候着爱,要最终把我交在他手里。
>
> 人们责备我,说我不理会人;我也知道他们的责备是有道理的。
>
> 市集已过,忙人的工作都已完毕。叫我不应的人都已含怒回去。我只等候着

爱,要最终把我交在他手里。(第17首)

泰戈尔认为:"最后统治世界的将是爱。"很明显,这是一种超越一切的,具有宇宙最高、最根本法则性质的爱,也是人类的最高精神境界,它存在于现实,又高于现实,因而具有神的性质。人类最初把自己看作神的奴隶,接着称神为造物主,现在把神当作仁慈的天父。所以,就这个意义上说,《吉檀迦利》中的"泛神"和"泛爱"是相通的,两者是互为目的和手段的,既可以说"泛爱"是实现、达到"泛神"之境的途径和手段,也可以说"泛神"是以"泛爱"为出发点和归着点的,诗人希望通过"神"的"泛爱"使世界达到和谐、宁静、友爱、幸福的理想境界,表达诗人对整个世界和全体人类的最高、最美理想的探索和追求。

四、肯定现世,热爱生活,关心时事

虽然诗人的神是虚构的,与之结合也属于精神幻想,但诗人并不主张脱离现实生活去追求与神结合的境界,而是主张在现实生活中去追求与神结合的境界。因为,神通过具体可感的人和物表现自己,每一个人都是神具体表现的一部分。所以,人要接近神,要最终获得生命的意义,就必须通过与世界万物的通合来感知神,就必须热爱现世生活,热爱生活中的人,与其友好相处。所以说,诗人并非一个企图脱离现实社会,漠视人间生活,消极厌世的宗教徒,而是一个始终注视人类命运,关怀人民生活,积极热情的艺术家。他对与神结合的理想境界的追求,是与他对人的理想社会的追求密不可分的;或者不如说,他对与神结合的理想境界的追求,其实就是他对人的理想社会的追求。这具体表现在以下三个方面:

(1)当他歌唱那看来虚飘的理想境界时,他并未忘掉其祖国,情不自禁地表达出对祖国未来的热切希望。比如在下面这首诗里,诗人给人们描绘出了一幅理想社会的图画:

在那里,心是无畏的,头也抬得高昂;
在那里,知识是自由的;
在那里,世界还没有被狭小的家园的墙隔成片段;
在那里,话是从真理的深处说出;
在那里,不懈的努力向着"完美"伸臂;
在那里,理智的清泉没有沉默在积习的荒漠中;
在那里,心灵是受你的指引,走向那不断放宽的思想与行为——
进入那自由的天国,我的父呵。让我的国家觉醒起来吧。(第35首)

在诗人看来,神的意志实现了,国家就会变成自由幸福的乐园。可见泰戈尔心目中的理想社会,不是在缥缈的天上,而是在实实在在的地上;不是漫无目标的,而首先是指他的祖国——印度。

(2)他心目中的神并非高高在上、远离人世,而是存在于现实社会之中,甚至生活在最贫贱的人群之间。要与这样的神结合,自然也就不能离开现实世界,不能离开最贫贱的人群了。比如下面这首诗所写:

这是你的脚凳,你在最贫贱最失所的人群中歇足。我想向你鞠躬,我的敬礼不能达到你歇足地方的深处——那最贫最贱最失所的人群中。

你穿着破敝的衣服，在最贫最贱最失所的人群中行走，骄傲永远不能走进这个地方。

你和最贫最贱最失所的人们当中没有朋友的人做伴，我的心永远找不到那个地方。（第10首）

这首诗反复强调神与"最贫最贱最失所的人"同在，而诗人却由于未能与"最贫最贱最失所的人"同在，所以没有达到与神合一的境界。

(3) 他主张执着于现实生活，反对寻求所谓超脱：

把礼赞和数珠撇在一边吧！你在门窗紧闭幽暗孤寂的殿角里，向谁礼拜呢？睁开眼你看，上帝不在你的面前！

他是在锄着枯地的农夫那里，在敲石的造路工人那里。太阳下，阴雨里，他和他们同在，衣袍上落着尘土。

超脱吗？从哪里找超脱呢？我们的主已经高高兴兴地把创造的锁链带起；他和我们大家永远联系在一起。

从静坐里走出来吧，丢开供养的香花！你的衣服污损了又何妨呢？去迎接他，在劳动里，流汗里，和他站在一起吧。（第11首）

这首诗的思想可以说是对上一首诗的继续和发展，使它更加前进了一步。由此可见，诗人追求的理想，也不只是个人的自我完善，而是与国家、民族、人民的自由发展紧密相连。

总结以上，泰戈尔所信奉的神，具有如下三个层面的含义：归结到哲学层面，它是宇宙和生命的本源终极——万物一体、整一和谐境界的象征，是永恒无限的宇宙精神、宇宙生命力的象征；泛化到人生层面，它是诗人所追求的理想、希望和光明的化身；具体到社会现实，它又与诗人一贯的人道主义精神和爱国主义思想通合。

唯其如此，《吉檀迦利》虽题名"神之献"，但绝非超尘脱俗的宗教颂神之作，而是以"神"的名称，涵盖了作者深邃而丰富的哲思，寄托了作者美好而真挚的理想和感情。故质言之，它是一部抒情哲理诗，只是由于语符的"能指"在文本中的意义不断转换，具体而言就是"神"在诗集中的表象极多，而且变化万千，才造成了文本意义在一定程度上的神秘晦涩，但这并不影响我们于朦胧迷离之中，获得生命和审美的顿悟，否则，《吉檀迦利》也就不会拥有如此广大的时空。

第八节 《吉檀迦利》的艺术特点

一、散文诗形式的大胆运用

《吉檀迦利》在形式上突破了印度诗歌的传统格律——采用了略带一点韵律的散文诗体、具有内在的旋律（情感的旋律）、极富音乐性：或重章叠句，或重叠反复，或音节相同，如第35首：在那里，心是无畏的，头也抬得高昂……

二、情景契合、生动形象

自然风物触发和融通着诗人的万般情思——对于形而上的神以及在幻想中与神结合的精神境界，诗人采用大量的象喻手法，使其具体化、形象化，如用女丐等候情人来到、秋云期待太阳抚摩、孤独的人渴望友朋聚会等来加以表达,既显露出人类心灵根底对终极、无限之境的渴求,又能给人以真实具体的感受。如:"林野住了歌声,家家闭户。在这冷寂的街上,你是孤独的行人。呵,我唯一的朋友,我最爱的人,我的家门是开着的——不要梦一般地走过吧。"(第22首)此外,广为取譬而且妙想连篇,使得抽象的道理和感情不使人觉得难解,如说"生命是在彼岸挥手的船工的召唤下沿河而下的旅程",船工即神。这个旅程对于个体的人是有限的,有终结的,但对于无限的宇宙(或无限的神)来说,人的生命就像一个"脆薄的杯儿,你不断地把它倒空,又不断地以新的生命来充满"。如用穿着王子衣袍和戴着珠宝项链的孩子,在游戏中失去欢乐,不敢走进世界,甚至不敢挪动一下的形象,说明人类不要异化虚饰,应当返璞归真,方获自由;复杂的情感和深沉的哲理化为具体、生动的形象——"离你最近的地方,路途最远,最简单的音调,需要最艰苦的练习,旅客要在每一个生人门口敲叩,才能敲到自己的家门,人要在外面到处漂流,最后才能走到最深的内殿。我的眼睛向空间处四望,最后才合上眼说:'你原来在这里!'"(第12首)我们离得最近,而又路途最远的目标可以很多,内涵也可以很深,既是辩证法,又是生命哲学。总之,诗人给我们创造了一个能生发多重寓意的功能文本,塑描了一个能触发丰富哲思的文学形象。

三、象征手法和朦胧美

作者借助无所不包又无影无踪的"神",引发出丰富的情感和想象,创造出超越时空、囊括宇宙的深远意境;由于"神"寓意丰富、表象较多,加之哲理的深奥和表现方法的象喻性,造成了诗集的神秘朦胧之美。

第九节 泰戈尔诗艺综述

下列几点应为泰戈尔全部文学创作的主要特征:强烈的忧患意识和历史使命感;世界性眼光;创新意识;现实主义和浪漫主义的兼容;淡雅、淳厚、质朴、清新的总体艺术风格。泰戈尔的诗歌在艺术表现上也具有鲜明的特征。

泰戈尔的诗在印度家喻户晓,在全世界亦广为传诵,无论过去,现在,还是将来,这一点似乎都不会改变。泰戈尔的诗歌何以拥有如此时空?郑振铎在《飞鸟集》新序中说:"它们像山坡草地上的一丛丛的野花,在早晨的太阳光下,纷纷地伸出头来。随你喜爱什么吧,那颜色和香味是多种多样的。"[①]的确,泰戈尔的诗在内容上和形式上达到了充分的多样化——就题材来说,既描绘大自然的种种景观,也描绘人类生活的各个方面;既表现人与自然的关系,也表现人与宇宙精神(永恒、无限、终极、本体)的交流。就思想情调来说,既表现了诗人关于宇宙人生"万物一体"的本体思想,又尽情抒发了他对现实生活的无限热爱,还生动地表现了他对苦难深重的祖国人民的深情关怀。就形式而言,有长诗、短诗、哲理诗、抒情诗、格言诗以及散文诗等多种体裁。就风格而言,有的超逸庄严神秘朦胧(如《吉檀迦利》),有的浓郁热烈(如《园丁集》),有的恬静纯美(如《新月集》),有的机巧睿智(如《飞鸟集》)。总之,思想内涵和表现形式上的丰富多样,是构成泰戈尔诗歌无限魅力的根本因素,具体可归结为下列几个方面。

---

① 《飞鸟集》新序,郑振铎译,新文艺出版社1956年版。

一、浪漫性

浪漫主义描写的是现实社会中应该有而没有的东西,这句话点出了浪漫主义的精神实质——理想主义。泰戈尔自始至终都对人类抱有信心,怀有理想。"他考虑到人类的前途,想让世界成为一家"①,想让世界充满爱。"世界对于它的爱人,把它浩瀚的面具揭下了。它变小了,小如一首歌,小如一回永恒的接吻。"(《飞鸟集》第3首)总之,诗人的理想就是让宇宙人生充满统一和谐、友爱美满。这一崇高美好的理想,对现实人生来说(尤其是当时)是不切实际的,但对于诗人的心灵来说,却是至真至诚的;对于宇宙和人类的终极发展来说,也是需要的。诗人是那样执着地追求过它,深情地呼唤过它,并热烈地表现过它。毫无疑问,泰戈尔是一位理想主义的大诗人。

泰戈尔诗歌的浪漫特性,还表现在其丰富的想象和美妙的幻想上。泰戈尔诗歌想象之丰富,幻想之美妙是令人惊叹的。他不是如实逼真、细致地去写客体对象天然本身的性状特征,而是给自然万物注入生命和情思,使其性灵化,然后在想象和幻想中描绘它们,寓含自己的理想。所以在他的笔下,看似平静自在的客体万物都有生命和灵性,它们悄悄私语,互表爱意——

> 夜对太阳说道:"在月亮中,你送了你的情书给我,我已在绿草上留下我的流着泪点的回答了。"(《飞鸟集》第124首)

> 夜的花朵来晚了,当早晨吻着她时,她颤栗着,叹息了一声,落在地上了。(《飞鸟集》第269首)

爱情世界丰富、细腻、微妙的情感活动,在这里表现得如此的真切动人,耐人寻味。这都应归功于想象。这种想象和幻想在《新月集》中显得更为新奇和富有魅力。这是因为它们来自新月般恬静、纯美的童心,犹如童真般晶莹剔透。题为《花的学校》的这首诗集中显示了这点:

> 当雷云在天上轰响,六月的阵雨落下的时候,润湿的东风走过荒野,在竹林中吹着口笛。
>
> 于是一群一群的花从无人知道的地方突然跑出来,在绿草地上狂欢地跳着舞。
>
> 妈妈,我真的觉得那群花朵是在地下的学校里上学。
>
> 它们关了门做功课。如果它们想在散学以前出来游戏,它们的老师是要罚它们站壁角的。
>
> 雨一来,它们便放假了。
>
> 树枝在林中互相碰触着,绿叶在狂风里萧萧地响,雷云拍着大手。这时花孩子们便穿了紫的、黄的、白的衣裳,冲了出来。
>
> 你可知道,妈妈,它们的家是在天上,在星星所住的地方。
>
> 你没有看见它们怎样地急着要到那儿去么?你不知道它们为什么那样急急忙忙么?
>
> 我自然能够猜得出它们是对谁扬起双臂来:它们有着它们的妈妈,就像我有

---

① 季羡林:《季羡林全集》(第10卷),外语教学与研究出版社2009年版,第268页。

自己的妈妈一样。

当热烈的夏日代替春天在大地上降临的时候,一切的生命更趋旺盛,显示出一种热火朝天的劲头,往往能给人一种努力向上、发展壮大的人生启迪。但人们往往不太注意这一点,好像一切平常如故——这常常是由于锦花簇簇,但蓬头垢面还嫌有点不够绚烂;空气炽热,还嫌有点不够清新。这时如果一场阵雨洒过,会是一种什么样子呢?我们难道不会因为空气变得清新爽快而心旷神怡吗?我们难道不会因为叶更绿花更艳而感到生机无限吗?是的,人们会产生一种碧叶丽花突生人间的狂喜之情,这中间存活着无限诗情,生发着不尽画意,但谁又有诗人这般美丽的想象,这般巧妙的构思呢?

其他如《偷睡眠者》所写:妈妈临走,明明把孩子哄睡死了,"可当妈妈回来时,她看见孩子四肢着地在屋里爬着"。就开始想象是谁从孩子的眼里把睡眠偷去了呢?"我一定要找到。把她锁起来。"再如《开始》中所写:当孩子问妈妈"我是从哪儿来的"时,妈妈说:"你曾被当作心愿藏在我心里,我的宝贝。你曾存在于我孩童时代玩的泥娃娃身上;每天早晨我用泥土塑造我的神像,那时我反复地塑了又捏碎了的就是你。"没有正面回答,而是展开联想,诗歌的内涵也就在这联想中不断延展。《吉檀迦利》的大部分诗作可以说都是这样——抽象、飘忽不定的神的内涵,通过诗人的想象和幻想得到确定、展现、延伸,极大地丰富了文本的深层意蕴。"离你最近的地方,路途最远,最简单的音调,需要最艰苦的练习"(《吉檀迦利》第12首),"林野住了歌声,家家闭户。在这冷寂的街上,你是孤独的行人。呵,我唯一的朋友,我最爱的人,我的家门是开着的——不要梦一般地走过吧"(《吉檀迦利》第22首),如此等等,俯拾皆是。我们觉得诗人想象的翅膀一旦掠过天空,就会惹起满天云彩。想象和幻想使文学升腾起来。

二、哲理性

理智和感情,就其本质而言,它们应该是人类精神生活的两个方面,或两种表达方式。理性的崇高的信仰,往往可以刺激人产生激烈的感情,而激烈的情感则往往产生于对理性信仰的追求过程中。所以说,它们并不是相互对立的,而常常是相互渗透的。在生活中也是这样,理智可以说是沉默的感情,感情是奔放的理智。在泰戈尔的诗中,诗人往往借客体对象作比,或因客体对象触物起兴,以抒情的笔致写下他对宇宙人生的带有哲学意味的思想,或者将自己关于宇宙人生的哲思熔铸在诗情画意之中,这样就形成了丰富的哲理。哲理性是贯穿于泰戈尔诗作的一大特点。在泰戈尔的诗作中,哲理性的体现极少抽象的理性直诉和干巴巴的议论。

首先,是将对人神同一这一最高精神境界的追求泛化到日常人生伦理道德的各个方面,或者说是把对人神同一理想的追求与对宇宙人生哲理的阐述和对自由平等博爱的渴求融化在一起加以诗意的表达:离你最近的地方,路途最远……旅客要在每一个生人门口敲叩,才能敲到自己的家门,人要在外面到处漂流,最后才能走到最深的内殿。我的眼睛向空间处四望,最后才合上眼说:"你原来在这里!"(《吉檀迦利》第12首)我们离得最近,而又路途最远的目标可以很多,内涵也可以很深,既是辩证法,又是生命哲学。总之,诗人给我们创造了一个能生发多重寓意的功能文本,塑造了一个能触发丰富哲思的文学形象,提供了一个能进行无限联想的想象空间。

其次,以既形象又简洁的格言警句形式出现。如《飞鸟集》中的许多诗句:
  黑云受光的接吻时便变成天上的花朵。(第249首)
  真理之川从它的错误之渠中流过。(第243首)
  不要让刀锋讥笑它柄子的拙钝。(第250首)
  燃烧着的木块,熊熊地发出火光,叫道:"这是我的花朵,我的死亡。"(第200首)
  瀑布说:"当我获得自由时,我便有歌声了。"(第36首)

第三,更多的则包孕在浓烈的抒情和美妙的形象中,更叫人觉得回味无穷。如《渡口》(1918年)中的第47首:
  我住在大路阴暗的一边,隔着大路遥望邻居的花园在阳光里狂欢作乐。
  我感觉我是贫穷的,我挨着饿从这家走到那家。
  他们从无忧无虑的丰衣足食里,施舍给我的愈多,我就愈加深刻地意识到我那讨饭的碗。一天早晨,听见我的门突然打开,我从睡梦中醒了过来,而你进来要求施舍。
  我在绝望中打破了我那柜子的盖儿,这才大吃一惊地发现我自己的财富。

这首以行乞作比的爱情散文诗,哲理内涵相当丰富,这里借引几句名人名言作为理解参照:

有这样两句谚语:懦弱者说,蔷薇有刺;勇敢者说,刺里有蔷薇。德国作家托马斯·曼认为:求爱者比被爱者更神圣,因为爱神在求爱者一边。中国当代诗人纪宇在其长诗《爱》中写道:爱应该是我们生活的轴心啊;不敢爱的人还不如一个敢伸手的乞丐;爱的真谛啊,是理解和等待。① 李准在《牧马人》中说:人是万物之长,智慧的差异是很小的,劳动、经历本身就是文化。② 黑格尔也告诉我们:每一个人都是一个世界。③ 有一句谚语这样说:爱是爱的回报。

再看《新月集》中的两首:
  孩子有成堆的黄金与珠子,但他到这个世界上来却像一个乞丐。
  他所以这样伪装起来,并不是没有缘故。
  这可爱的小小的裸露着身体的乞丐,所以伪装成完全无助的样子,便是想要乞求妈妈爱的财富。(《孩童之道》)

  喔,乞丐,你双手攀搂住妈妈的头颈,要乞讨些什么?
  喔,贪得无厌的心,要我把整个世界从天上摘下来,像摘一个果子似的,把它放在你的一双小小的玫瑰色的手掌上么?(《不被注意的花饰》)

这段文字告诉我们:孩子的天真无邪是不容侵犯的,给予他们的世界不应缩小而应拓展得更大。因为他们是人类的童年和人类的未来。从中我们还感到母爱的伟大,母爱不仅是母亲和孩子的财富,而且也是全人类的精神财富。妇女是人类的母亲,托

---

① 纪宇:《爱》,http://www.guxiangren.com/bbs/read.php? tid=11662。
② 中国社会科学院文学研究所当代文学研究室:《电影文学剧本选》,中国社会科学出版社1983年版,第291页。
③ 黑格尔:《美学》(第1卷),朱光潜译,商务印书馆1996年版,第303页。

尔斯泰甚至说:没有女性就没有爱情。

总之,泰戈尔的诗歌大都是情中见理,理中孕情,理情相生,诗情哲意,分外耐人寻味。

三、形象性

文学艺术是依靠形象进行思维的,泰戈尔诗歌中的形象不仅鲜明生动,而且丰富多彩,有时甚至能如闻其声,如触其形,如见其人。

首先,他善于使自己的思想和感情插上想象的翅膀,自由驰骋,构成栩栩如生、色彩斑斓的图画,显得丰富多彩,优美动人。如《吉檀迦利》第61首:

这掠过婴儿眼上的睡眠——有谁知道它是从哪里来的吗?是的,有谣传说它住在林荫中,萤火朦胧照着的仙村里,那里挂着两颗甜柔迷人的花蕊,它从那里来吻着婴儿的眼睛。

在婴儿睡梦中唇上闪现的微笑——有谁知道它是从哪里生出来的吗?是的,有谣传说一线新月的微光,触到了消散的秋云的边缘,微笑就在被朝雾洗净的晨梦中,第一次生出来了——这就是那婴儿睡梦中唇上闪现的微笑。

在婴儿的四肢上,花朵般喷发的甜柔清新的生气,有谁知道它是在哪里藏了这么许久吗?是的,当母亲还是一个少女,它就在温柔安静的爱的神秘中,充塞在她的心里了——这就是那婴儿四肢上喷发的甜柔新鲜的生气。

此诗通过美丽的遐想,构置形象的画面,生动地描述了婴儿的可爱神态,同时也充分地表达了诗人对生命的敬与爱,对人类爱情生活的美好理想。

其次,诗人还善于使自己内心抽象的思想和情感化为具体的形象,显得生动活泼,富有魅力。

如在《吉檀迦利》中,对于形而上的神以及在幻想中与神结合的精神境界,诗人采用大量的象征、比喻手法使其具体化、形象化,如用女丐等候情人来到,秋云期待太阳抚摩等来加以表达,既显露出人类心灵根底对终极、无限之境的渴求,又能给人以真实具体的感受。此外,泰戈尔的诗更是广为取譬而且是妙想连篇,丰富多样:抽象的道理他通过象喻的手法表现出来,就不使人觉得难解,如用穿着王子衣袍和戴着珠宝项链的孩子,在游戏中失去欢乐,不敢走进世界,甚至不敢挪动一下的形象,说明人类不要异化虚饰,应当返璞归真,方获自由。还有,他能够将抽象的情感具象化。如写忧郁:"我灵魂里的忧郁就是她的新婚面纱。这面纱等候着在夜间卸去。"(《飞鸟集》第98首)写欣慰:"我看见你,像那半醒的婴孩在黎明的微光里看见她的母亲,于是微笑而又睡去了。"(《飞鸟集》第280首)这都是以情缘物,还有托物抒情的:"春花开放出来,如不言之爱的热烈痛苦。"(《情人的礼物》第30首)"黄昏的天空,像一扇窗户,一盏灯火,灯光背后的一次等待。"(《飞鸟集》第183首)这些诗句,乍一看,喻体和本体之间关联不太明显,一经咀嚼,不得不拍案叫绝。即使是单纯描写自然景物的诗,他也广为取譬,令人感到意象纷至沓来,情思不绝如缕:"当太阳横过西方的海面时,对着东方留下它最后的敬礼。"(《飞鸟集》第39首)"群树如表示大地愿望似的,踮起脚来向天空窥望。"(《飞鸟集》第41首)"山峰如群儿之喧嚷,举起他们的双臂,想去捉天上的星星。"(《飞鸟集》第113首)"雾像爱情一样,在山峰的心上游戏,生出种种美丽的变

幻。"(《飞鸟集》第 74 首)

此外,泰戈尔的诗歌还用了通感的手法。关于此点有人说是诗人受了西方现代诗歌的影响①,有人说其是印度的传统②,笔者以为二者兼有。重要的是诗人把这种感觉移借的手法运用得那么美妙娴熟,极大地增强了诗的形象性,又形成了自己的特点:朦胧而不晦涩,丰富而不芜杂,这里举《情人的礼物》中的几首——

这个秋天是我的,因为她在我的口里摇摇晃晃。她的脚镯上的小铃在我的血液里叮叮当当地响,她的雾一般的面纱在我呼吸里飘拂,在我的一切梦境里。我熟稔她那被风吹动的头发的拂拭。她是在户外颤动的树叶里,而树叶是在我生命的跳动里手舞足蹈;她那在蓝天里微笑的眼睛,又从我这儿畅饮亮光。(第 57 首)

你的欢笑,是词儿淹没在闹盈盈乐曲里的一支歌,是看见的花卉的芳香里的一种犹然之情;你的欢笑好比明月藏在你心里时,从你朱唇的窗子里漏出的月光。(第 21 首)

我们看到诗人往往在取譬的过程中,就产生了感觉转换。通感使得泰戈尔诗歌的想象更加丰富多彩,甚至有点扑朔迷离。但想象和幻想通常都是感情活动的产物,我们应去努力捕捉其中的绵绵情思。总之,泰戈尔诗歌的表现手法异常丰富,极大地增强了诗歌的形象性。

四、韵律感(音乐性)

泰戈尔的诗歌多为散文诗,具有优美而富于变化的韵律是泰戈尔诗歌形式上的一大特征。泰戈尔认为:"无论是散文还是诗都应该有自己内在的韵律。"加之他又是音乐家,因而,追求诗歌内在的韵律感,可以说是其诗歌艺术魅力的又一因素。诗人或采用诗歌中常见的重章叠句的结构形式,或采用音节相同的原则,如《吉檀迦利》第 10 首:"这是你的脚凳,你在最贫贱最失所的人群中歇足。"第 35 首:"在那里,心是无畏的,头也抬得高昂。"另外,让诗歌的韵律随诗意和情感的起伏发展而千变万化,给人以韵律无穷的感受。所以他的许多诗都铿锵可诵,极富音乐感,如《飞鸟集》第 1 首:

夏天的飞鸟,飞到我窗前唱歌,又飞去了。
秋天的黄叶,它们没有什么可唱,只叹息一声,飞落在那里。

思考题

1. 如何理解"梵我一如"?
2. 泰戈尔的哲学美学思想。
3. 泰戈尔四大散文诗集的主题思想。
4. 泰戈尔诗歌的艺术特征。

讨论题

我看《吉檀迦利》的思想蕴含。

---

① 季羡林:《季羡林全集》(第 10 卷),外语教学与研究出版社 2009 年版,第 270 页。
② 《情人的礼物》译者后记,吴岩译,上海译文出版社 1984 年版,第 170—171 页。

第四编　现代东方文学概述

教学重点：现代东方文学的特征。

一、现代东方文学的形成

现代东方文学是指 1917 年俄国十月革命以后至第二次世界大战结束期间的文学。具体可以划分为：20 世纪初至 30 年代为现代文学萌芽阶段；20 世纪 30 至 40 年代为发展繁荣阶段；二战后至 50 年代末是向当代文学的转型阶段；20 世纪 50 年代之后是多元化的当代文学发展阶段。

东方现代历史是封建主义和殖民主义彻底崩溃的历史，也是民族革命、民主革命和社会主义革命取得全面胜利的历史。俄国十月革命的胜利，开辟了人类历史的新纪元，极大地鼓舞了亚非各国人民为争取彻底解放而进行的斗争。帝国主义发动的两次世界大战进一步促发了亚非各民族解放运动的高涨。亚洲的印度尼西亚、越南、印度、巴基斯坦、朝鲜、韩国、中国等，均获得独立和解放。非洲各国人民随后也大多获得解放和独立。亚非各国就是在这样一个维护政治独立、发展民族经济的新的历史时期，孕育形成了以民族民主革命文学为主流的现代东方文学，并使之逐步成长。如果说近代东方文学是殖民统治的文学的话，那么现代东方文学就是民族民主革命的文学和社会主义革命的文学。其思想基础为爱国主义、民主主义和社会主义。

与同时期的西方现代文学相比，东方现代文学在某些方面成绩还不够明显。但无可否认，它已经产生了具有世界影响的优秀作家、作品。

二、现代东方文学的特征

纵观整个东方现代文学的发展，可以归结出以下几个方面的特征：

（1）继续受到西方文学的影响，但民族特点鲜明。现代亚非作家是在自觉或不自觉地接受了西方文化教育后成长起来的，因此，他们的创作大量运用西方文艺观点、文学理论、文学形式、创作手法；但亚非现代各国的文学几乎都是在古老的文学传统土壤中孕育成长、开花结果的，这一时期有影响的亚非作家首先都是具有强烈民族情感的爱国主义者。总之，是西方的形式，民族的内容（民族的苦难、政治的觉醒、道路的探索），东西结合的体式（中国的新格律诗、日本川端康成的创作）。

（2）呈现出齐头并进、全面发展的新态势。除了中国、日本、印度之外，还有阿拉伯国家黎巴嫩、埃及、土耳其，再就是朝鲜、缅甸、泰国、印尼、伊朗、非洲各国等。其中成就较高的是阿拉伯文学和日本文学。

（3）艺术形式和表现手法多种多样。现代亚非文学沿着近代开辟的方向继续前进，同时西方文坛各种现代主义文学思潮引进，又使得东方现代文学也出现了多元化的局面。除了传统的浪漫主义、现实主义之外,还有左翼文学的社会主义现实主义(Socialist Realism)。20 至 40 年代,亚非各国先后出现了具有现代主义特色的文学流派,例如日本的新感觉派等。现代主义给东方文学带来了从外到内的转变。

三、现代东方文学的发展概况

现代东方文学的发展同样是极不平衡的,其中阿拉伯文学和日本文学成就较高。

阿拉伯现代文学诞生于第一次世界大战前后,在 50 年代各国独立前,旅美派和埃及现代派占重要地位。独立后,埃及的马哈福兹是代表。

旅美派(Arab Immigrant Literature)又称叙美派,是由旅居美国的黎巴嫩和叙利亚作家于 1920 年组成的文学流派,其创作主要反映阿拉伯侨民的创业精神,抒发对祖国和亲人的思念,表现对民主自由和民族独立的渴望。代表人物是黎巴嫩诗人纪伯伦。

20 世纪 30 年代的埃及现代派是一个现实主义的文学流派,因产生于现代、反映现代生活,故名现代派。代表作家是盲作家塔哈·侯赛因,其自传体长篇小说《日子》描写了爱国知识分子的成长和他们为社会进步所做的艰苦努力,表现了革新派与守旧势力的尖锐矛盾冲突,优美抒情的语言成为阿拉伯现代散文的典范。独立后的代表作家是阿拉伯文学界第一个诺贝尔文学奖得主马哈福兹,代表作是长篇小说"开罗三部曲"——《两宫之间》《向往宫》《甘露街》。

现代日本文学的开始,是以无产阶级文学(Proletarian Literature)为先导的。日本无产阶级文学的杰出代表是小林多喜二,其代表作《为党生活的人》(The Liver for the Party)与其他无产阶级文学相比,同样是描写无产阶级的革命斗争、颂扬共产党人的不屈形象,但感受体验式的角度、浓郁的人情味灌注使得这部"红色经典"作品在世界无产阶级文学中独树一帜。1924 年形成的新感觉派(New Sensualist Writers)受西方现代主义文学思潮影响,主张通过感觉印象观察和表现生活,成为日本第一个现代主义文学流派,代表作家为横光利一,其短篇小说《苍蝇》(The Fly)通过一只红头绿肚大苍蝇的视角,感觉印象式地捕捉了一个焦虑而苍茫的人生片段,表达了生命转瞬即逝、人生荒诞的题旨。

思考题

现代东方文学的特征。

第八章 东方呈现给西方的最好礼物、现代阿拉伯文学的代表:纪伯伦(Gibran)及其《先知》(*The Prophet*)

教学重点:《先知》的思想和艺术。

第一节 纪伯伦生平简介

纪伯伦

1907年的一天,当时在土耳其统治下的贝鲁特中心广场上架起火堆,当局当众焚烧了纪伯伦刚出版的短篇小说集《叛逆的灵魂》,并宣布这是一本"危险的、叛逆的、毒害青年的书"。政府决定取消他的国籍,教会决定开除他的教籍。而70多年后的1981年,为纪念纪伯伦逝世50周年,联合国教科文组织确定当年为"纪伯伦年",世界各国举行各种形式的纪念活动。

1883年12月6日,哈利勒·纪伯伦诞生于黎巴嫩北部一个叫作贝什里的美丽山村,这里群山透迤、雪松苍翠、风光旖旎,给童年的纪伯伦留下了深刻的印象,使他终生都怀念自己的家乡。纪伯伦的母亲是一个虔诚的天主教徒,心地善良,她是纪伯伦心目中爱与美的化身。父亲是一个粗犷的山民,兼做山乡牲畜统计工作。当时的黎巴嫩作为叙利亚省的一部分并入土耳其奥斯曼帝国的版图。摇摇欲坠的帝国的统治者为维护其统治,加紧对属地的残酷压迫和剥削,使得黎巴嫩极度贫困。加上西方传教士在阿拉伯地区宣传欧美文化,美洲大陆对贫困的黎巴嫩人产生了极大的诱惑,因而出现了向美洲移民的热潮。而纪伯伦的父亲此时又因交友不慎,吃了官司,导致全家赤贫。1895年,在走投无路的情况下,母亲带着纪伯伦和其他三个兄弟姐妹,经埃及、法国,来到美国东海岸的波士顿,栖身于最贫穷的华人区,这一年纪伯伦12岁。他父亲因忙于处理财产,没有和他们一起走,从此全家再没有团聚过。

1898年,纪伯伦又背负着全家的希望,只身回到祖国,进入贝鲁特的希克玛(睿智)学院,学习民族语言文化。在学习期间,他利用假期遍游祖国山水、深入现实社会,记下自己的见闻和感受,这为他以后的创作奠定了坚实的基础。这一时期,他对土耳其奥斯曼帝国统治下的政治专制、宗教欺骗和陈腐传统有了本质上的认识,在校内刊物上发表过揭露和批判的文章。

1902年,纪伯伦完成学业后再次赴美。他的小妹妹、哥哥和母亲在一年内相继去世,他为他们治病欠下大笔债务。从1903年至1908年,纪伯伦一边作画,一边为阿拉伯侨民杂志写稿。1905年,他结识了女校校长玛丽·哈斯凯尔,这位女性成为他的知音和挚友,对他的创作起了重要作用。

1908年,纪伯伦得到玛丽·哈斯凯尔的资助,进入巴黎艺术学院,在艺术大师罗丹的指导下学习绘画。罗丹称他为"20世纪的威廉·布莱克"。这期间,他还到过罗马、伦敦等地,访问欧洲各国的历史文化名胜,汲取西方古典和现代艺术的精华,这也为他在以后的创作中能兼收并蓄东西方文化之长,形成自己独特的艺术风格创造了条件。

1911年,纪伯伦学成返美,先在波士顿居留,旋即迁往阿拉伯移民汇聚的中心纽约,潜心从事文学艺术创作活动,直到1931年4月10日病逝。纪伯伦自从1902年大学毕业后再也没有回过黎巴嫩,一直在欧美学习和创作,旅居美国共计20余载。病逝当年,按照他生前的愿望,他的遗体被运回黎巴嫩故乡安葬,诗人最终实现了重返祖国的夙愿。

第二节 纪伯伦创作简介

纪伯伦是20世纪阿拉伯文学的一座高峰。他是阿拉伯现代文学复兴运动的先驱之一,阿拉伯现代小说和散文的主要奠基者。

由于英年早逝,纪伯伦文学创作的时间并不长。从他1903年发表第一篇文学小品算起,到他去世的1931年,不到30年。纵观他近30年的创作,以20世纪20年代为界,大体上可以分成前后两个时期,两个时期的发展变化可以从以下三个方面概括:

第一,在创作形式和语言运用上,前期以小说为主;后期以散文诗为主。前期几乎都用阿拉伯文写作;后期主要用英语写作,然后再译成阿拉伯文。所以他的全集两卷,第一卷称"原文卷",第二卷称"译文卷"。

第二,在创作内容主旨上,前期着眼于现实的问题,表现出暴风雨式的抨击,"破坏"是其中心意念;后期侧重于理想的表现,精心构筑"爱"与"美"的世界,"建设"是其中心意念。

第三,在文化思想上,前期立足于阿拉伯民族立场,批判西方的物质文明,也进行深刻的民族反省,"哀其不幸,怒其不争";后期则试图超越东、西文化,站在"人类一体"的立场上思考人类的普遍问题:人的完善、生命的升华、人与自然、精神与物质、生与死等等。

一、前期(1903—1912)

1905年,纪伯伦的第一部作品《音乐短章》出版,这是一本论述音乐的发展历史及其与人类的关系的小册子,展示了作者的艺术才华。他通过巧妙的联想和比喻,以拟人化的描写,把音乐的本质具体生动地表现出来。他把音乐称作"心灵和爱的女儿""盛放爱情苦汁和甘泉的容器""人类心灵的幻象""悲愁的果实和快乐的花朵""从收聚的感情花束中升起的芬芳"。他把抽象的音乐变成了可触摸的具象。他用一连串惊叹句呼唤音乐,从而把音乐对爱情生活、对文学艺术、对世界历史的作用揭示出来。《音乐短章》的浪漫主义艺术风格,预示了纪伯伦未来创作的走向。

1906年,纪伯伦发表了他的第一个短篇小说集《草原新娘》。第二篇《玛尔塔·巴尼娅》描写一个纯洁无瑕的农村少女被骗到城市,成为被人践踏的烟花女,最后在贫病中惨死。小说控诉了"躲在人类大厦里的动物"的恶行,表现了对被侮辱被损害的阿拉伯女性的极大同情。《疯人约翰》描写青年牧人因牛群误入修道院领地,惨遭毒打和囚禁,在母亲交出结婚银项链和父亲证明儿子"发疯"后,才得以开释。小说揭露了教会与世俗政权相互勾结和他们实行的愚民政策,借主人公之口宣布:"耶稣为宣扬生活而遣至人间的羔羊已经变为豺狼",他们"已把教堂变成了毒蛇的洞穴……而把弱者抢劫一空"。

1907年,纪伯伦发表了他的第二部短篇小说集《叛逆的灵魂》,塑造了几个敢于反抗的人物。《瓦丽黛·哈妮》敢于主宰自己的命运,大胆抛弃了囚室一般的家庭,和自己心爱的人结合。她"挣脱了腐朽的人间教规的桎梏,以便按崇高的法则来生活"。这是阿拉伯现代小说中第一个女性反抗形象。《新婚的床》的主人公也是向黑暗社会和陈腐传统进行挑战的女性,为了实现爱情理想,她和爱人双双殉难。《叛教者哈利勒》描写了一个正直青年的觉醒和他所代表的社会力量的胜利。

1911年末,纪伯伦发表了中篇小说《折断的翅膀》,反响强烈。故事叙述富家女萨勒玛被大主教的侄子强娶,成为婚姻的牺牲品。尽管她有机会和情人逃出藩篱,但她像折断翅膀的小鸟,难以奋飞。5年后她生下一个孩子,但孩子一降生就夭折了,她也离开了人世。作者把这场爱情悲剧升华为东方民族悲剧的一个象征:"那个弱女子不正是受欺辱的民族的象征吗?那个苦苦追求爱情,身体却被牢牢禁锢住的女子,不正像那个受尽统治者和祭司们的折磨的民族吗?……那个女子在一个民族中,如同一盏灯放出的一线光亮,如果灯油充足,灯上的光芒难道会昏暗吗?"而小说中对母亲的歌颂,也包含了对祖国和民族的挚爱和眷恋。作者认为母亲"是人类心中发出的全部慈爱与甘美。母亲,就是生活中的一切"。

纪伯伦的小说具有丰富的社会性和深刻的东方精神。他不以故事情节取胜,不描写复杂的人物纠葛,而着重表达人物的心理感受,抒发内心的丰富感情。大段的倾诉如歌剧中的咏叹调,又如法庭上的辩护词,极富感染力。作者往往以"我"作为主人公之一出现,直接介入故事,使叙述显得真实。弥漫在小说中的悲剧意味和批判意识,把哀怨和愤怒结合起来,更能引出对社会丑恶现实的痛恨与深思。

二、后期(1913—1931)

从20世纪20年代开始,纪伯伦的创作重心由小说转向了散文和散文诗。他从用阿拉伯语写作,变成以英语写作为主。他用阿拉伯语发表的作品有:充满哀伤的散文诗集《泪与笑》(1913),赞美青春和自由的长诗《行列》(1919),富有激情和社会批判意识的诗文集《暴风集》(1920)、《珍趣集》(1923),等等。他用英文发表的作品则有寓言散文诗集《疯人》(1918)、《先驱者》(1920),哲理抒情散文诗集《先知》(1923),箴言集《沙与沫》(1926),福音体传记《人子耶稣》(1928),诗剧《大地之神》(1931),等等。遗著有《流浪者》(1932)和《先知园》(1933)。

《泪与笑》包括了纪伯伦最早写出和发表的散文和散文诗,展现了青年纪伯伦最关心的社会和文学主题——爱与美、大自然、生命哲学、人道主义、社会公正、诗人使命和孤独寂寥等,它们也预示了纪伯伦一生的创作方向。在《美》《在美神的宝座前》中,作者把美当成宗教,当成主神,美使"智者哲人登上真理宝座阶梯"。《火写的字》批判了济慈"声名水写就"的消极人生观,表现出用火在天空书写人生的宏大气魄。《致责难者》提出"地球是我的祖国,人类是我的乡亲","你是人,我爱你,我的兄弟!"反对狭隘的爱国主义和民族主义。《组歌》中的《浪之歌》《雨之歌》《美之歌》以及《花之歌》诸篇是本集中最优美、最有韵味的,情、景、理融为一体。

《暴风集》收入了纪伯伦最具现实批判性、最有力度的散文和散文诗。《掘墓人》以超现实的手法塑造了一个敢于"亵渎太阳""诅咒人类"的"疯狂之神"形象,让他喊出"我是自己的主!"这一形象体现了纪伯伦对陈腐传统及其维护者的蔑视和痛恨。《奴性》揭示了人类历史上和现实中普遍存在的奴性,指出奴隶主义是一个"永久性的灾难",它使人们的岁月"充满屈辱和卑贱",提出打碎奴性锁链、结束跪拜偶像的历史课题。《麻醉剂和解剖刀》分析了"东方病夫"顽疾久治不愈的原因,指出东方人"爱吃蜜",又讳疾忌医,而东方的"医生"们则专开只能延缓却不能根治疾病的"麻醉剂"。他强调为了根治东方的痼疾,必须拿起"手术刀"进行彻底治疗。《雄心勃勃的紫罗兰》以寓言的形式,阐释了"存在的目的在于追求存在以外的东西"这一思想。

《珍趣集》的许多诗文,反映了纪伯伦的爱国主义情怀。《你们有你们的黎巴嫩,我有我的黎巴嫩》以充满诗意的语言描绘了他心中的理想国,企盼祖国的儿女能代表黎巴嫩"岩石中的意志,巍峨中的高贵,流水中的甘美,空气中的芳馨"。《朦胧中的祖国》则以似真亦幻的笔法写出了海外游子对故土的热爱和眷恋。《新时代》表现了近代东方新旧两种思想的斗争,号召同胞响应"生活的号召",做"属于明天的自由人"。

收入《疯人》《先驱者》和《流浪者》的作品,寓意深刻,富于哲理。寓言故事集《疯人》以隐语和象征,通过一个丢失了7副假面真诚生活的人反被世人抛弃的构思,融入了诗人对人生虚伪的清醒认识,暴露了人类社会的种种反常现象,指出所谓完美的世界实际上最不完美;所谓正人君子,实际上都是带着假面具、不敢"赤裸于阳光下"的人;而所谓疯人,却敢于丢掉面具,直视太阳。《先驱者》以历史和进化的观点,证明人类冲破精神牢笼,追寻天空中飞翔的"大我"的必要性。作者借"先驱者"之口,道出了他对人类的爱。《流浪者》抨击了愚昧对文化价值的践踏,展示了文化贫困的可悲和可笑,并肯定了创造者孤独、痛苦的真正价值。格言警句诗集《沙与沫》(Sand and Foam)近似于泰戈尔的《飞鸟集》,哲理丰厚、情趣无限。如"除了通过黑夜的道路,人们不能到达黎明""一个人的实质,不在于他向你显露的那一面,而在于他所不能向你显露的那一面"。1923年发表的哲理抒情散文诗集《先知》是纪伯伦后期创作的代表作,也是他一生创作的最高峰。

纪伯伦以其丰富的艺术创作成果,成为阿拉伯海外作家的一面旗帜。1920年,他和著名作家努埃曼、雷哈尼等共同发起组织了阿拉伯第一个旅居海外的文学创作团体"笔会",由纪伯伦担任会长,史称"旅美派"。他们主张对阿拉伯古典诗歌从内容到形式进行彻底革新,提倡写散文诗,他们的创作主要反映阿拉伯侨民的创业精神,抒发思念祖国和亲人的爱国之情,表现对自由民主和民族独立的渴望,显示出鲜明的反帝反封建的思想倾向。以纪伯伦为代表的旅美派文学,成为连接阿拉伯文学和世界文学的一座桥梁,对阿拉伯新文学的诞生、对阿拉伯海外乃至本土文学的发展起到巨大的激励和推动作用,在阿拉伯文学复兴运动史上留下了多彩的篇章。

第三节 《先知》概说

一、创作经历

纪伯伦是一个充满使命感的诗人,他把《先知》的创作视作完成自己诗人使命的最重要的实践,他称《先知》是他"精神孕育的最好的胎儿",是他来到世间想说出的那句最重要的"话"。

《先知》是纪伯伦用近30年呕心沥血浇灌出的艺术花朵。从青年时代起,纪伯伦就在酝酿这部作品。最早的稿本是用阿拉伯文写下的,当时他才18岁。定居纽约后,他又写出了英文初稿,在正式出版前的五年内,又五易其稿。为写《先知》,纪伯伦不惜付出健康的代价,他曾在病中写信给好友:"我怎么办呢?……难道丢下《先知》吗?……不,我将干到底!即使我的生命随着它的结束而结束也罢!"

《先知》出版后立即引起轰动,在短短几年内便被译成近20种文字。我国作家冰心1927年初次读到《先知》,立即被此书"满含着东方气息的超妙的哲理和流利的文词"所吸引,遂带病将此书译为中文,于1931年出版。

二、故事描述

《先知》虽然不是小说,但作者却巧妙地为它安排了一个小说式的故事框架:主人公亚墨斯达法,一个"被选和被爱的"东方智者滞留海外奥法利斯城12载,一直企盼着回到自己出生的岛上。一个秋日,他登高远眺大海,看见故乡的船正从烟雾中徐徐驶来。他心中充满喜悦和激动,但又不忍离开这个度过漫长岁月的地方,也不愿告别那些给予自己更深生命渴求的人们。城中的男女都来送行,在城中圣殿广场,人们请他为他们讲说真理,披露他们的"真我",告诉他们"关于生和死之间的一切"。他怀着诚挚的感情,回答了他们一个又一个提问。发问者有农夫、织工、石匠、商人、店主、富人、法官、律师、教师、学者、隐士、诗人,男女老少,应有尽有。提出的问题涉及爱与美、生与死、善与恶、罪与罚、理性与热情、婚姻与友谊、欢乐与痛苦、法律与自由等个人与社会生活的各个方面。当他回答完所有26个问题,发表了充满祝福和希望的告别辞之后,水手们扬帆起锚,航船向东方驶去。大海——"伟大的母亲"——"再次将他的儿子揽入怀抱"。

纪伯伦原计划写"先知"三部曲:第一部《先知》重点写人与人的关系,第二部《先知园》重点写人与自然的关系,第三部《先知之死》则写人与上帝的关系。但他只完成了前两部,三部曲只剩下了姐妹篇。《先知园》是纪伯伦逝世后才发表的,主要写智者回到故乡后的感触和他对9位门生的教诲。格调高雅,意境深远,和《先知》有异曲同工之妙,但艺术性稍逊于《先知》。

第四节 《先知》内容梗概

智者亚墨斯达法即将远航。行前,他对前来送别的民众赠言,就生与死、爱与美、善与恶、罪与罚、宗教与人生等问题发表了自己的见解。

一个名叫爱尔美差的女子从圣殿里出来,说:"上帝的先知,至高的探索者,你曾常向远方寻访你的航帆。现在你的船儿来了,你必须归去。……但在离别前,我们要请你对我们讲说真理。我们要把它传给我们的孩子,他们也传给他们的孩子,绵绵不绝。请给我们谈爱。"

他举头望着民众,他们一时静默了。他用洪亮的声音说:"当爱向你们召唤的时候,跟随着他,虽然他的路程是艰险而陡峻。……爱不占有,也不被占有。因为爱在爱中满足了。"

一个农夫说,请给我们谈工作。他回答说:"你工作为的是要与大地和大地的精神一同前进。惰逸使你成为一个时代的生客,一个生命大队中的落伍者,……你在劳力不息的时候,你却在爱了生命。从工作里爱了生命,就是通彻了生命最深的秘密。……从你的心中抽丝织成布帛,仿佛你的爱者要来穿此衣裳。热情地盖造房屋,仿佛你的爱者要住在其中。温存地播种,喜乐地收获,仿佛你的爱者要来吃这产物。"

于是一个织工说,请给我们谈衣服。他回答说:"你们的衣服遮盖了许多的美,却隐不住丑恶。……我恨不得你们多用皮肤而少用衣服,去逢迎太阳和风。"

于是一个商人说,请给我们谈买卖。他回答说:"大地贡献果实给你们,如果你们只晓得怎样独取,你们就不当领受了。在交易着大地的礼物时,你们将觉得丰裕而满足。然而若非用爱和公平来交易,则必有人流为饕餮有人流为饿殍。"

一个法官说,请给我们谈罪与罚。他回答说:"正直的人,对于恶人的行为,也不能算无辜,清白的人,对于罪人过犯,也不能算不染。……你们这些愿持公正的法官,你们怎样裁判那忠诚其外而盗窃其中的人?又怎样刑罚一个肉体受戮而在他自己是心灵遭灭的人?又怎样控告那在行为上是刁滑、暴戾,而在事实上是被威逼被虐待的人呢?"

于是一个律师说,我们的法律怎样呢,夫子!他回答说:"你们喜欢立法,却也更喜欢犯法。如同那在海滨游戏的孩子,勤恳地建造了沙塔,然后又嬉笑地将它毁灭。"

于是一位城中的长老说,请给我们谈谈善恶。他回答说:"当你坚勇地走向目标的时候,你是善的。你颠顿而行,却也不是恶。……但你们这些勇健而迅速的人,要苏醒,不要在跛者面前颠顿,自以为仁慈。"

一个老道人说,请给我们谈宗教。他说:"那穿上道德,只如同穿上他的最美的衣服的人,还不如赤裸着,……那把他的举止范定在伦理之内的人,是把善鸣之鸟囚在笼里。……你的日常生活,就是你的殿宇,你的宗教。何时你进去,把你的一切都带了去。"

于是爱尔美差又说,现在我们愿意问死。他说:"假如你真要瞻望死的灵魂,你当对生的肉体大大地开展你的心。因为生和死是同一件事,如同江河和海洋也是一件事。"

阿法利斯的民众啊，风命令我离开你们了。……但等到我的声音在你们耳中模糊，……我要重来。有人……对我呼唤："……为什么你要追求那不能达到的事物呢？"……我要捕取的，只是你们在天空中飞行的大我。……如果这是无模棱的语言，就不必求把这些话弄明白。模糊与混沌是万物的起始，却不是终结。……生命，与一切有生，都隐存在烟雾里，不在水晶中。谁知道水晶就是凝滞的烟云呢？

第五节 《先知》的思想和主题

一、思想蕴涵

诗人通过智者亚墨斯达法之口，对"生和死之间的一切"问题(26个)抒发了见解，涉及爱与憎、哀与乐、生与死、美与丑、情与理、罪与罚、给与取、劳与逸、善与恶、自由与法律、婚姻与友谊等个人和社会生活的各个方面，凝结着他对人生和社会的深刻思考。

(1)突出了爱，强调无私奉献。关于爱——"爱除自身外无施与，除自身外无接受，爱不占有，也不被占有，因为爱在爱中满足。"

(2)探索了"美"，认为"美"是生命的体现。关于美——"在生命揭露圣洁的面纱的时候，美就是生命。但你就是生命，你也是面纱"，"美不是一种需要，只是一种欢乐，她不是干渴的口，也不是伸出的空虚的手，却是发焰的心，陶醉的灵魂。她不是你能看到的形象，能听到的歌声，却是你闭目时也能看见的形象，虽掩耳时也能听见的歌声。"

(3)肯定了自由，主张去掉内外各种束缚。"你们所谓的自由，就是最坚牢的锁链，虽然那链环闪烁在日光中炫耀了你们的眼目"，"当那些事物包围住你的生命，而你却能无牵挂地超腾的时候，你们才是自由了。"

(4)论及了人性，认为个人的作恶与普遍的人性恶有关。关于罪与罚——"就像一片孤叶，不会未经整棵大树的默许就枯黄，作恶者胡作非为的背后并非没有你们大家隐匿的允诺。"

(5)思考了生与死，认为生死相通，力图把握生命的终极。关于生和死——同为旅美派的诗人雷哈尼认为"生命是两朵乌云之间的一次闪电"，纪伯伦在此基础上指出："生和死是同一的，如同江河和海洋也是同一的。"

"爱与美"是《先知》的主旋律："当爱挥手召唤你们时，跟随着他，尽管他的道路艰难而险峻。"在纪伯伦的心目中，世上只有一种宗教，就是"美"的宗教。美就是上帝，上帝就是美。而爱，便是通向美的圣殿的道路。与此同时，纪伯伦又把"生命"当作美的体现——"在生命揭露圣洁的面纱的时候，美就是生命。"生命的无限与永恒，体现了美的无限与永恒。纪伯伦提倡的美是生命之美，他提倡的爱是"给予"的爱。

二、主题阐述

《先知》的基本主题是：人的精神世界的充实和提高，生命在宇宙的大生命中寻求扩大和自由。

在纪伯伦看来，人生充满了矛盾和冲突，也显得异常的缤纷多彩。在人身上存在着"兽性""人性"和"神性"三个层面。"摆脱动物性,发扬人性,走向'神性',获得'自由'——这就是纪伯伦在《先知》中为人类'升腾'规划的'神'路历程,光明大道。"①

纪伯伦力图站在历史的、可以俯瞰世界的高度向全人类宣示自己发现的真理。在他看来,人的本质,所谓"真我",应该是一种"神性",一种"像海洋""像太阳"的"无穷性";人类的目标是实现这无穷性,成为"巨人",即"神性的人"。他写道:

> 你们的神性自我像大海;
> 永远不会被玷污。
> 又像天空,它仅仅托举展翼者。
> 你们的神性自我甚至像太阳;
> 它不懂得鼠辈的路径,也不寻迹虫蛇的洞穴。
> 然而你们身上并非只有神性存在。
> 你们身上大部分属于人性,但也有许多不属人性。
> 而是一个未成形的侏儒,梦游于雾中,寻找着自己的觉醒。

在另一处,他告诫人们不要被躯壳束缚,不受屋宇和地界的羁绊,真我要高居于高山之巅,与风遨游四方。摆脱"侏儒性",发扬"人性",向着"神性"前进,这就是纪伯伦生命哲学的要义,也是他写《先知》的根本目的。

纪伯伦关于人的"向前"和"向上"发展的观点,"神性的人"的理想,曾受到尼采"超人"哲学的影响,但"神性的人"与"超人"有着原则上的不同,前者更相信"爱与美",更强调"给予",对芸芸众生也不采取狷傲甚或敌视的态度。

《先知》中,作者虽然是从人性出发,但旨归在神性;虽然涉笔人们的现实问题,但驻足的是人的理想世界。从解决社会问题的角度讲,《先知》显得高渺超远,与现实有一段距离。但文学是文化系统中具有超越功能的文化因素,它毕竟不是对现实的一种解决,不是一种政治手段,因而在文学中对理想和"神性"的思考有着更大的魅力和光照面,更具有超越性,因而也更显出其价值。在救亡图存、争取民族独立的背景下的近代东方文学中,纪伯伦是除印度的泰戈尔外为数很少的具有这种超越性追求的作家。

第六节 《先知》的艺术特征

一、深刻的哲理

《先知》俯拾皆是富有真知灼见的格言警句,是一部启迪人生、聆听真理的智慧书。在《先知》的每段议论中,都闪烁着与众不同的思想火花。例如,在谈论婚姻时,作者提出:"彼此相爱,但不要让爱成为束缚","在你们的合一之中,要有间隙,因为殿里的柱子,也是分立在两旁。橡树和松柏,也不在彼此的荫中生长"。在谈论孩子时,作者提出:"你们可以把你们的爱给予他们,却不能给予思想,因为他们有自己的思想……你们可努力仿效他们,却不可企图让他们像你。因为生命不会倒行,也不会滞留于往昔。"在谈到"施与"时,作者提出:"先审视一下自己是否配作一个馈赠者,一件施

---

① 伊宏:《纪伯伦散文诗全集·序》,浙江文艺出版社1993年版,第28页。

与的工具。因为一切都是生命对生命的馈赠——而你,将自己视为施主的你,不过是一个见证。"在谈到"居室"时,作者提出:"你们的居室不应是锚,而应是桅……你们不应居住在死者为生者建造的坟墓中。"在谈到"教育"时,作者提出:"走在圣殿阴影下,行于其追随者中的导师,传授的不是他的智慧,而是他的信念和爱。如果他的确睿智,就不会命令你们进入他智慧的堂奥,而是引导你们走向自己心灵的门户。"所有这些见解,与传统的教诲大相径庭,甚至截然相反,显示了纪伯伦视角的独特性和思考的深刻性。

二、浓郁的抒情

不是刻板的说理布道,而是融入了浓浓的爱心,充满了激情。抒情和哲理的结合,使整个作品真切感人。特别是作品的前序和尾声两大部分,无论是主人公的内心独白,还是市民们的送别话语,所反映的依依惜别之情都诗化了,显得充盈而凝重。主人公的离愁别绪以深沉的心语表现出来:"我怎能毫无愁绪、平静地告别? 不,我无法离开这座城市而不负任何精神创伤。在这座城市中,我度过了多少漫长的痛苦日子,又经历了多少漫长的孤寂夜晚;谁能毫无眷恋地离开他的痛苦和孤寂?"而市民们的恋恋不舍,则以充满温馨和爱戴的坦陈方式表达出来:"请不要就这样离开我们。你一直是我们黄昏中的正午,你的青春引导我们的梦幻进入梦幻。你并不是我们中间的陌生者,也不是过客,你是我们的儿子,我们爱戴的人。不要让我们的眼睛因渴望见到你的面容而酸楚。"这段抒情性的独白蕴含着丰富的哲理。

三、丰富的想象

《先知》显示了作者丰富而新奇的想象力。比如:诗人将母亲和孩子的关系想象成弓和箭,"你们是弓,你们的孩子是被射出的生命的箭头,射者在无穷之中看定了目标……使他的箭矢迅速而遥远地射了出去",诗人从"弦上发出的生命的箭矢"想到孩子是凭借母亲而来,却不属于母亲。

四、奇妙的比喻

新奇美妙的比喻,是使《先知》产生艺术魅力的重要原因之一。不论是明喻还是隐喻,纪伯伦使用起来都得心应手。他特别擅长通过"A 是 B"这样的句式,直截了当地展示出本体喻体的本质特点,从而使比喻成为格言或警句,长留读者心中,"你们的理性与热情,是你们航行中的灵魂的舵与帆","思想是一只属于天空的鸟,在语言的牢笼中它或许能展翅,却不能飞翔","美是凝视自己镜中身影的永恒。但你们是永恒,你们也是明镜"。所有这些比喻,都很新鲜,而且都很贴切、中肯,形象鲜明,内涵丰富,显示了对思考对象本质特征的深刻把握。

五、多彩的象征

《先知》的另一特征是它的象征性。主人公的形象既是东方智者的象征,又是人类完美的象征。他要返回的那个岛,既是他的祖国、他的故乡的象征,又是"爱与美"

的理想世界的象征。奥法利斯城既是西方世界的象征,也是整个人类社会的象征。这种象征的双重性,使《先知》的内涵具有两个层面:一个是东方的,一个是世界的。此外,《先知》中反复出现的大海、云雾、梦幻、明镜、面纱、羽翼等意象,都是人类生存状态和生命表达方式的不同象征。大海象征生命的丰富和永恒,云雾象征生命的朦胧和神秘,梦幻象征人的渴望和憧憬,明镜象征理性和明澈,面纱象征人的真实性被掩盖,羽翼则象征生命的飞翔与自由。

六、"圣经式的语言"

《先知》的语言是独具特色的:既严肃又温馨;既富有启示性,又富有感染力。这种语言风格被称为"圣经式的语言",它把严肃的训示、诚挚的关怀、冷静的启迪、热烈的希望完美地结合起来,最大限度地实现了传情达理的功能。

以上艺术特点被称为"纪伯伦风格"。

第七节 《先知》的地位和影响

纪伯伦是第一个采用散文诗体的阿拉伯作家,并将阿拉伯的散文诗提高到世界水平,是阿拉伯现代文学的杰出代表,被阿拉伯人称为"在世界文坛上占据了崇高地位的三位东方诗人之一"(另两位是海亚姆和泰戈尔)。

《先知》是纪伯伦最深刻和最优美的作品,被公认为是他的"顶峰之作"。这部抒情哲理性散文诗集,内涵丰富,风格独特,意境深邃,具有教谕性和启示性,是东方现代"先知文学"的一个典范。正是这部作品,给纪伯伦带来世界声誉,使他置身于20世纪东方乃至世界最杰出的散文诗诗人之列。

阿拉伯评论家努埃曼把《先知》比作常青树,说它"深深扎根于人类生活的土壤里,只要人类存在,这棵大树就活着"。西方对《先知》也有很高评价,称《先知》是"伟人的哲学","此书的28篇形成了一本小圣经,让那些准备接受真理的人去阅读和爱慕";《先知》"是数百年来东方送给我们的最好的礼物"。罗斯福赞扬纪伯伦说:"你是东方刮来的第一阵强风,从根本上扫荡着西方。但是,你带到我们海岸的只是鲜花。"

附：纪伯伦作品的哲理意蕴

黎巴嫩诗人纪伯伦(1883—1931)是阿拉伯近现代文学的旗手,是与海亚姆、泰戈尔齐名的东方三大诗人。人们普遍认为他的作品充满"东方精神"和"东方气息"。纵观纪伯伦的全部著作,的确充满着一种东方式的超验的神秘性、宗教性,然而他所揭示的人生真理又是超宗教的,富有哲理启迪意义的。可以说,他的作品从某种意义上是以文艺的形式记述了个人了悟真理的过程和对生命的体验,只不过他的表达方式有时类似于大师的布道。我们将纪伯伦文学作品的哲理意蕴归结为以下几个方面。

一、生命的矛盾性和两重性(辩证而达观的人生态度)

(一)关于生与死

生与死是人类存在的最根本的两重性,也是生命中一对最深刻的矛盾,其他时隐时现于生命长河中的矛盾始终只是这一对矛盾的再现和展开。作为一个植根于东方文化中的文学家,纪伯伦对此问题有自己独到的见解。

1. 生与死是同一的、转化的

如果说莎士比亚《哈姆雷特》中的那句著名独白"生存还是死亡?这是一个问题"道出了西方人对生死的看法——生死是一对不可调和的矛盾,或者是生存战胜死亡,或者是死亡战胜生存,不可能有折中的选择,那么纪伯伦的一句诗:"生和死是同一的,如同江河(象征'生')与海洋('死')也是同一的"(《先知》)则展示了东方人对生与死的看法——生与死始终是一体的、形影不离的,它们只是从不同的层面上来彰显生命的价值和意义,所以"你愿知道死的奥秘,但是除了在生命的心中寻求以外,你们怎能寻见呢?"(《先知》)

2. 死亡的价值和意义

既然他把生与死视作生命中的同一旋律,所以他也就赋予了"死"与"生"同样的价值和意义。因此,"死"在他的笔下表现出了美丽迷人的色彩。如他曾写过题为《死之美》的散文诗,描述了主人公以一种安静、温馨、期待的心境来等待死亡的情景。那么在他那里,死亡到底都有哪些价值和意义呢?

(1)死亡是一种休息。如同哲人所说:休息是暂时的死亡,死亡是永远的休息。所以,纪伯伦甚至希望"请把挽歌吟唱!用那迷人的词句为我的感情铺设灵床,然后请你们仔细察看、端详、瞧瞧我眼中的希望之光"。(《纪伯伦散文诗全集》)

(2)死亡是一种深层意义上的再生。在纪伯伦看来,死亡并不是对生的简单否定,而是一种重生、再生。在散文诗《诗人的死就是生》中有一段诗人的独白:"来吧!美丽的死神!我对你早就心驰神往了。请你走近前来,解开这物质的羁绊,我拖着它早已疲惫不堪。"(《纪伯伦散文诗全集》)在纪伯伦眼里,当诗人的生存为世俗的枷锁控制时,死无疑是一种反抗、一种解脱、一种再生,这种死虽带有悲剧色彩,但却具有更深层意义的美,因为它包含着对真的追求和献身,这种追求和献身使死的意义得到了升华,也使生的价值得到了实现。如同哲人所言:我不下地狱,谁升天堂?

(3)肉体的死亡是灵魂的真正诞生(肉死灵生)。从本质的意义上来看,纪伯伦眼里的死只是一种肉体的死亡,但却是灵魂的永生。当肉体存在时,灵魂要受物质的羁绊与束缚;但当肉体死亡时,世俗的枷锁宣告引退,灵魂也因此可以自由地、纯粹地存在,从而有了永恒的意义。"现在,你知道这人生有其意义,即使是死也不能使他隐去;但是,除非待到灵魂摆脱了肉体的羁绊,否则人们哪能认识到这一点?"(《纪伯伦散文诗全集》)死亡实际上是解决了一对矛盾——灵魂和肉体的矛盾。"灵魂啊!你由于你的睿智而富有;而这肉体却由于它的本质而贫穷。你不能屈尊降贵,它又不肯攀龙附凤,这真是极大的不幸。"(《纪伯伦散文诗全集》)纪伯伦把灵魂与肉体的矛盾看作不可调和的,也正因为如此,解决灵与肉矛盾的办法只能是灵魂最后战胜肉体,这便是肉体的死亡,而肉体的死亡恰恰是灵魂的真正诞生。所以,灵魂与肉体这一对矛盾的解决构成了生与死统一的基础——死只是一种更深层意义上的生。我们看到,当纪伯伦谈到生与死这对矛盾时,强调的是二者的同一、转化;但当生与死的矛盾转化为灵魂与肉体的矛盾时,他强调的是双方的差异性和斗争性。前者是东方整体思维的体现,后者是西方分析思维的结果,这体现了纪伯伦对两种文化的兼收并蓄。

(二)关于善与恶

人性究竟是善还是恶?这似乎是生命存在的永恒话题。

1. 人性的善并非纯善、至善,而是善恶的统一

"我能谈你们的善性,却不能谈你们的恶性;因为什么是'恶',不只是'善'被它自身的饥渴所困苦吗?"(《先知》)纪伯伦认为善恶之间没有绝对的界限,因此人性的善并非纯善、至善,而是善与恶的统一。从这种观点出发,他为人性作了种种辩护:"当你努力要牺牲自己的时候便是'善'。当你想法自利的时候却也不是'恶'……当你勇敢地走向目标的时候,你是'善'的。你颠顿而行却也不是'恶'……在你不善的时候你也不是'恶'的,你只是流连、荒亡。"(《先知》)在这里,纪伯伦似乎流露出否定人性恶的倾向。实则不然。

2. 现实人生只有相对的善,其表现为对恶的扬弃与超越

在纪伯伦看来,人的原罪是与生俱来的,"恶"是人人都有的,"就像一片孤叶,不会未经整个大树的默许就枯黄,作恶者胡作非为的背后并非没有你们大家隐匿的允诺"(《先知》),也就是说,"恶"是绝对的,而善是相对的——在现实的人生中,没有绝对的善,而只有相对的善,现实人生中的善表现为对恶的扬弃与超越。

他认为现实人生中没有纯善、至善,是受了基督教原罪说的影响,但他没有把原罪当作人们向善的羁绊,而认为人人可以向善,这则流露出了东方色彩。

3. 宽容是善的不可缺少的部分

"在你冀求你的'大我'的时候,便隐存着你的善性:这种冀求是你们每人心中都有的。但是对于有的人,这种冀求是奔越归海的急湍,挟带着山野的神秘与林木的讴歌。在其他的人,是在转弯曲折中迷途的缓流的溪水,在归海的路上滞留。"(《先知》)虽然人人都有追求"大我"的善性,这正如中国儒家传统中孟子的"善端",或佛教禅宗中的"慧根",但"大我"的境界不是人人都可以达到的,原因就在于有的人对善的冀求像"急湍",有的人则只是"缓流的溪水",其区别正如中国儒家文化中"君子"与"小人"的区别,但纪伯伦并未流露出不屑与小人为伍的清高,而是把宽容视为善的不可

缺少的部分:"不要让那些冀求深的人对冀求浅的人说:'你为什么这般迟钝?'因为那真善的人,不问赤裸的人:'你的衣服在哪里?'也不问那无家的人:'你的房子怎样了?'"(《先知》)因为,对于貌丑的人,你的美丽本身就是一种残忍。

(三)关于理性与情感

理性与情感的矛盾,就其实质应是生命中善恶矛盾的进一步显现,因为人的理性总是向善的,而人的热情却难于抵制恶的诱惑。就人类文化的整体来看,禁欲主义的人生态度和纵欲主义的人生态度都有其深厚的基础。在东方,似乎一直存在着禁欲主义的传统,佛教、伊斯兰教中的苏非派都是主张禁欲的,中国儒学发展的极端也是"存天理、灭人欲"。在西方,中世纪基督教的禁欲主义几乎统治了人们一千年,然而文艺复兴之后的西方社会则似乎走向了另一个极端,个性解放在某种意义上变成了纵欲主义。可以说西方文化就是在纵欲与禁欲的交互更替中向前推演的。纪伯伦在面对这一问题时表现出了哲人般的睿智与深度。

(1)理性与感情是生命中不可或缺的一对元素,各有其不可替代的作用,人类不能抛弃任何一方以求得心灵的安宁。"你们的心灵常常是战场。在战场上,你们的理性与判断和你们的热情与嗜欲开战。我恨不能在你们的心灵中做一个调停者,使我可以让你们心中的分子从竞争与衅隙变成合一与和鸣。"(《先知》)人类之所以要在理性与热情之间做一个调停者,是因为理性与热情在生命中各有其不可替代的作用:"你们的理性与热情,是你们航行的灵魂的舵与帆。假如你们的帆或舵被破坏了,你们只能泛荡、漂流,或在海洋中停住。因为理性独自治理,是一个禁锢的权力;热情不小心的时候是一个自焚的火焰。"(《先知》)

(2)人类应该用心灵将两者融为一体:不能抛弃热情,但要用理性来引导热情。心灵怎样才能成为理性与热情的调停者呢?"让你们的心灵把理性升到热情的最高点,让它歌唱;也让心灵用理性来引导你们的热情,让它在每日复活中生存,如同大鸾在他自己的灰烬上高翔。我愿你们把判断和嗜欲当作你们家中的两位佳客。你们自然不能敬礼一客过于另一客;因为过分关心于任一客,必要失去两客的友爱与忠诚。"(《先知》)

尼采认为:理智是欲望的工具,欲望是因,理智是果——体现了西方精神;而纪伯伦并未指出谁高谁低,因为他知道热情是来自人的原始本性,是不可以被禁止的,而理性是出自社会的需要,是不可以不要的。所以他渴望用人类的心灵将两者融为一体——这更多是东方精神的体现。

(四)关于自由与枷锁(限制)

1. 人们热爱自由的原因在于现实人生充满束缚

"我爱过自由。越是看到人们受奴役、受蹂躏,我对自由就爱得越深;越是认识到人们服从的只是些吓唬人的偶像,我对自由的热爱就越加增长。"(《纪伯伦散文诗全集》)纪伯伦在自己25岁生日时写下的这段内心独白,可以说道出了人类追求自由的秘密。人们之所以热爱自由、追求自由,原因就在于现实的人生是充满束缚、压抑与枷锁的。

2. 自由与枷锁的矛盾就是理想与现实的矛盾（自由是一种理想）

既然自由是一种理想，那么在现实中，纯粹的自由就不可能存在。

3. 自由的悖论

纯粹的自由在现实中不存在，现实中的自由只能是相对的，甚至与枷锁同存。现实生活中的自由并非无牵无挂、无忧无虑，世人总认为自由就是没有任何束缚，去掉一切枷锁，然而纪伯伦却说："实话说，你们所谓的自由，就是最坚牢的锁链，虽然那链环闪烁在日光中炫耀了你们的眼目。"纪伯伦为什么这么说？因为从总体上、从广义上来讲，自由并不是什么值得炫耀的东西，它只不过是低级动物的一种属性而已。何以理解？任何人，伟人、强人都不能像游鱼那般自由自在；一条鱼可以为所欲为，但人可以有所为，又必须有所不为。正如黑格尔指出：自由是对必然的认识和实践。① 船对河说：你将我限制得太死！河回答说：那你到陆地上去寻找自由吧！——船如果埋怨河将其限制得太死，上了陆地它将寸步难行；飞鱼如果嫌弃河海的狭小，飞上沙滩它将束手待毙。这就是自由的悖论。

所以，真正的自由境界就是自然而然的生活态度和自由自在的心灵超越。

"当你们的白日不是没有牵挂，你们的黑夜也不是没有愿望与忧愁的时候，你们才是自由了。不如说是当那些事物包围住你的生命，而你却能赤裸裸的无牵挂的超腾的时候，你们才是自由了。"（《先知》）可见，纪伯伦主张追寻精神自由，却并没有让人们逃避现实，这是东西方思想糅合的结果。但心灵的超越毕竟不能等同于对现实的超越，这本身又是一个矛盾。"自由岂不是你们自身的碎片？你们愿意将它抛弃换得自由吗？假如那是你们所要废除的一条不公平的法律，那法律却是你们用自己的手写在自己的额头上的……假如那是个你们所要废黜的暴君，先看他建立在你们心中的宝座是否毁坏。因为一个暴君怎能辖制自由和自尊的人呢？除非他们自己的自由是专制的，他们的自尊是可羞的，假如那是一种你们所要抛掷的牵挂，那牵挂是你自取的，不是别人勉强给你的。假如那是一种你们所要消灭的恐怖，那恐怖的座位是在你的心中，而不是在你所恐怖的人的手里。"（《先知》）意思是讲：追求自由的最大障碍在于追求者自身的心灵（比如有人就怀疑中国知识分子承受不起自身的自由；鲁迅则把中国历史看作是"做奴隶而不得"和"暂时做稳了奴隶"两个时代的循环）。纪伯伦从人自心的拘限进一步说明在现实人生中自由总是伴随着枷锁，因此人们有时只能将枷锁视为必然而接受下来，坦然地生活。也正因为如此，所谓的自由超越只能是心灵的超越而非现实的超越，现实的自由始终是与枷锁同行的。"真的，一切在你里面运行的事物，愿望与恐怖，憎恶与爱怜，追求与退避都是永恒地互抱着。"（《先知》）

二、关于爱（爱是生命的主旋律）

纪伯伦心中充满了强烈的爱恋，"爱"是他整个一生始终不渝的理想。纪伯伦的"爱"有以下几层含义。

---

① 邓晓芒：《黑格尔辩证法讲演录》，北京大学出版社2005年版，第277页。

（一）人类之爱——博爱

纪伯伦对爱的追求首先表现在他对人类的热爱，这种爱是博大的、宽容的、没有差别的。"我爱人们，非常热爱他们。这些人在我的心目中可分三种：一种人诅咒人生坏，一种人祝福人生好，还有一种人则对人生深深地思考。我爱第一种人，因为他们日子过得太糟糕；我爱第二种人，因为他们宽容、厚道；我更爱第三种人，因为他们有头脑。"（《纪伯伦散文诗全集》）如果说，上面这段话体现了纪伯伦对人类不同个体的宽容之爱，那么，他的这种博大的爱还进一步体现在它对人类各个民族、各个群体的深沉热爱。在他的眼里，人类的各个民族、各个群体是没有差别的，人类本来是一体的，而把这本来是完整一体的人类分割为不同的民族、国家就使得本就弱小的人类更加弱小了。"人类划分为不同的民族、不同的集体，分属于不同的国家、不同的地区。而我认为自己却既不属于任何一国，又不属于任何一地。因为整个地球都是我的祖国，整个人类都是我的兄弟；因为我觉得，人类本来就不够强，把自己肢解得零七碎八，岂不荒唐？地球本来就不够大，再分成大大小小的国家，岂非太傻？"（《纪伯伦散文诗全集》）正是基于这种对人类所有个体、对人类所有民族真挚的爱，纪伯伦反对战争，渴望和平。"有些人说：'要想生存，就必须侵略别人。'我却要说，维护别人的权利，才是人类最高尚、最美好的行为。我还要说：如果我生存，别人就必须死，那么，我宁愿自己死去。与其让我被别人杀死，死得既不光彩，又不清白，那还不如趁早让我亲手把自己献给永恒的世界。"《纪伯伦散文诗全集》由于目睹了战争给个人、家庭及社会带来的种种苦难，纪伯伦在许多作品中都谈到了战争的残酷性并强烈抨击了狭隘的"爱国主义"。例如，他在《泪与笑·美人鱼》中描写了一群正在海中遨游的美人鱼发现了一具青年的尸体，这个青年正是由于战争而死于非命的。美人鱼从青年的口袋里发现了他的未婚妻写给他的信，上面写道："你参加了战争，驱使你的是义务和爱国主义，这算是什么义务？它拆散了爱人，让孩子变成孤儿，让女人变成寡妇……如果义务是否定各国之间应和平相处，爱国主义是扰乱人类生活的安谧，那么就让这种义务和爱国主义见鬼去。"纪伯伦对战争的控诉是充满感情色彩的，这种激情正是出于诗人对全人类的挚爱。"爱是最高形式的正义"，"爱是伴随着我们存在的一种力量，它把我们的现在同世代人的过去与未来连接起来"，"爱是我们的向导、我们的主宰"，"爱是大地上新的黎明"。由此我们可以看出纪伯伦之爱的博大性和无限性，或者说他所宣扬和崇拜的爱是那种具有本体意义的超越的爱，这种爱是无分别的，无界限的，是爱一切人的博爱。

纪伯伦的博爱观来自于他万物一体的宇宙观、生命观。在纪伯伦的剧本《有高柱的伊拉姆城》中，主人公女先知阿米娜用一滴水凝聚着大海的全部秘密来说明万物同一体，宇宙存在与人的存在的同一关系。存在的一切都在人心里，人心里的一切在存在之中。人就是一切，一切就是人。他也在其他作品中谈到了生命的同一性——"生命具有同一性"，只不过"它有多种规格、标准、渠道"；在《先知园》里亚墨斯达法对朋友说："你和那石头是同一事物，所不同的只在于脉动。你的心跳比它稍快一些……那石头的节奏也许是另一种韵律，但是我对你说：如果你同时在心灵深处和天穹的高处（即宇宙的最高法则——编者）进行测量，那你听到的将是同一旋律，石头和星星一起以完美和谐的音调同唱着这首歌"（泰戈尔有诗：根是地下的枝，枝是空中的根。借纪伯伦话意我们可以说:星星是太空中的石头,石头是地球上的星星),"当某天你像小孩子采摘山谷的野百合那样聚敛石头和星星时,你会明白,一切事物都是生命的洋溢,散发着芳香"。可以说,纪伯伦正是发现(悟到)了上帝、自我与他人的同一,所以他才爱一切人,他才倡导博爱。"地球上没有什么人能作为一个与其他人完全分开的个体从自身带来什么东西。""我们彼此依存,按照那古老而永恒的法律(即万物一体的宇宙法则——编者),让我们就这样生活在爱与善之中吧!……万物靠着万物而生存,万物靠着无边的慷慨与信任,在至高无上者的慈悲中生存。"所以每一个人都要博爱。

(二)施与之爱——奉献

在纪伯伦眼里,爱既是抽象超越的,又是具体可行的。如果爱仅仅停留于精神的追求、情感的激越,那么这种爱还只是一种抽象的爱,只有当爱付之于行动,升华为给予时,爱才得到了实现。当人的心中充满了对人类、对生命、对宇宙的爱时,这种伟大的爱必然要流溢出来,滋润漫漫的人生。纪伯伦将这种流溢出来的人类之爱称为施与。

人的生命终究是要从有归于无的,在拥有生命之时不断地施与,正是生命价值的真实体现。"有什么东西是你必须保留的呢?必有一天,你的一切都要交付出来。趁现在施与罢,这施与的时机是你自己的,而不是你的后人的。你常说:'我要施与,却只要舍给那些配受施与者。'你果园里的树木和牧场上的羊群,却不这样说。它们为要生存而施与,因为保留就是毁灭。"(《先知》)这段话颇有宗教式的劝诫意味,这与纪伯伦的基督教徒身份是分不开的。与此同时,他还看到了施与的另一层意义,即生命要作为社会中的个体而存在,就只能以互相的付出、互相的给予为前提。没有人能够拒绝别人的施与独自地生活。"你的最华丽的衣袍是别人织造的;你的最可口的一餐是在别人的桌上吃的;你的最舒适的床铺是在别人的房子里的。那么请告诉我,你怎么能把自己同别人分开呢?"(《沙与沫》)纪伯伦还对施与做了进一步的分析:"有人有许多财产,却只把一小部分给人——他们为求名而施与,那潜藏的欲念,使他们的礼物不完美。有人只有一点是财产,却全部给人。这些人相信生命和生命的丰富,他们的宝柜总不空虚。有人喜乐地施与,那喜乐就是他们的酬报。有人无痛的施与,那无痛就是他们的洗礼。也有人施与了,而不觉出施与的无痛,也不寻求快乐,也不有心为善;他们的施与如同那边山谷里的桂花,香气在空际浮动。"(《先知》)纪伯伦把施与分成了三个不同的境界,如果为了求名而施与,那么这种功利性的施与是不完美的;如果为着生命的快乐而施与,那么这种追求生命愉悦的施与是可取的,而施与的快乐也正是其施与的报偿;如果施与达到了无欲无求、无喜无忧的绝对超功利、超世俗的境地,那么这种施与便是理想的、完美的。由此,爱也有了三种不同的境界——为了得到回报而付出的功利性的爱、为使生命得到快乐而付出的爱及不求回报、超功利的爱。超功利的、不求回报的爱是爱的最高境界,就是伟大的人类之爱。这样施与之爱就上升成为人类之爱,并和人类之爱通和了。

(三)因爱之爱——爱情

若把纪伯伦对爱情的描绘全部收集起来能编成一部爱经。"有限的爱情要求占有对方,而无限的爱情只要求爱的本身。""爱除自身外无施与,除自身外无接受,爱不占有,也不被占有,因为爱在爱中满足。""爱是一种包含着死与生的清醒,它从死与生中创造着比生命更奇特、比死亡更深奥的梦。""爱是发自灵魂深处的一串笑声","一种神圣的奥秘","所有秘密中的秘密"。"那不探究自身神秘的爱不是爱,而是一个撒下的网:只有那无益的才被网住。""爱情一如死亡,改变着一切。""物欲使人没有痛苦死去,爱用痛苦使人重生。""生活是两个一半:一半是冰霜,一半是烈火,而爱正是燃烧的那一半。"与此相关,他还谈到了婚姻,"彼此相爱,但不要让爱成为束缚","在你们的合一之中,要有间隙,因为殿里的柱子,也是分立在两旁。橡树和松柏,也不在彼此的荫中生长"。

(四)热爱生活——自爱

要有乐观而积极的生活态度,懂得生活中的苦痛与挫折的价值和意义。虽然,爱是生命旋律的主题,但这并不意味着生命中的一切都充满诗情画意。纪伯伦从来都不回避现实生活中的苦难,因为他本人就是从生活的艰难困苦中挣扎出来的,也因而使他赋予了"爱"以更丰富的含义,这便是坦然地面对生活中的苦痛与挫折。"许多的苦痛是你自择的,那是你身中的医士,医治你病躯的苦药,所以你要信托这医生,静默安宁地吃他的药,因为他的手腕虽重而辣,却是有冥冥的温柔之手指导着,他带来药杯,虽会焚灼你的嘴唇,那陶土却是陶工用他自己神圣的眼泪来润湿调抟而成的。"(《纪伯伦散文诗全集》)纪伯伦把生命中的痛苦比作药,虽然苦涩,但我们却得默默地吞咽,因为生活并不总是充满鲜花与阳光,热爱生活也就不能仅仅爱她明媚、温柔的一面。生活的意义往往需要从苦痛中来体验,正如生命的意义往往需要以死亡来探求。哲人们说:痛苦才能体现出人的价值。痛苦意味着追求没有得到满足。追求越多、越高,痛苦就越多,人的价值也越高。痛苦使人成熟。只有痛苦与幸福的因果循环,才造成丰富的人生。所以,没有痛苦的人生是不完美的(因为人生失去了痛苦也便失去了欢乐)。

奔流不息的河水只有遇到阻碍才会激起浪花,而人生的价值也只有在遇到挫折时才能得到最真切的体现。"挫折,我的挫折!我不死的勇气,你我将在风暴中放声大笑,你我将一起埋葬身内的死物,你我将心怀宏愿立于太阳之下。"(《纪伯伦散文诗全集》)没有挫折的人生也是不完美的,因为生活的意义有时需要从反面去体验。哲人们说:在生活中,比经过奋斗而一事无成更糟糕的事情只有一件,那就是百事顺利。尼采说:逆境就是成功者的顺境。

面对生命中的痛苦与挫折是需要勇气的,而战胜痛苦与挫折的勇气正来自于对生命与生活的热爱。

三、关于美(理想的人生境界是爱与美的统一)

"有的人在可怜巴巴的弱者献给野心勃勃的强者的光荣中,显赫地度过了一生,而这样的一生还不如在美的魅力和爱的美梦中度过的一分钟,不如那样高尚,那样贵重。在这一分钟里,人好似醍醐灌顶,与神灵相通。"(《纪伯伦散文诗全集》)

纪伯伦理想的人生境界是爱与美的统一。

(一) 大自然是美丽的

纪伯伦是一位大自然的崇拜者,他认为自然本身就蕴含着生命的力量和美的真谛。因此,在他的笔下大自然的一切仿佛都活了起来,有了生命的色彩。如在《泪与笑·组歌·浪之歌》中他把海浪与海岸比作是一对情人:"我同海岸是一对情人。爱情让我们相亲相近,空气却使我们相分。我随着碧海丹霞来到这里,为的是将我这似银的泡沫与金沙铺就的海岸和为一体;我用自己的津液让他的心冷却一些,别那么过分炽热。"在这段描写里,纪伯伦将大自然的景与人类的情完全融合在一起,达到了情景交融的境界,使人在感受大自然美的同时也感悟到了人类生命自身的魅力。在《泪与笑·组歌·雨之歌》中纪伯伦更是赋予了雨这一自然现象以人格的意义:"我从湖中升起,借着以太的翅膀翱翔、行进。一旦我见到美丽的园林,便落下来,吻着花儿的芳唇,拥抱着青枝绿叶,使得草木更加清润迷人,在寂静中,我用纤细的手指轻轻地敲着窗户上的玻璃,于是那敲击声构成一种乐曲,启迪那些敏感的心扉。"对大自然如此满怀情愫的描述来自诗人对大自然由衷的热爱,也正是诗人热爱生命的真切体现。在纪伯伦的诗作中,景是大自然的景,情则是人类的情,二者互相映照,融为一体。因此,对自然之美的歌颂也正是对生命之美的歌颂。

(二) 生命是美丽的,生命是美的源泉,美是生命的体现

如果说,对自然之美的热爱是人对生命之情感的体现,那么对人生的各个层面的美的发掘则具有了价值意义,是人对生命本身更高层次的追求。"在生命揭露圣洁的面纱的时候,美就是生命。但你就是生命,你也是面纱。美是永生揽镜自照。但你就是永生,你也是镜子。""当你达到生命的中心的时候,你将在万物中甚至于在看不见美的人的眼睛里,也会找到美。"(《纪伯伦散文诗全集》)生命的美就在于生活本身。当我们全身心地投入生活、体味生活中的酸甜苦辣、追求我们的理想、实现生命自身的价值时,生活中的一切都会美丽起来,生活中的美源于对生活的爱。所以"工作着是美丽的"。让我们想起车尔尼雪夫斯基的论断:"生活即美。"

(三) 美的三重境界(美的层次性)

1. 美是一种功利性的满足某种欲求的需要

"冤抑的、受伤的人说:'美是仁爱的,和柔的,如同一位年轻的母亲,在她自己的光荣中半含着羞涩,在我们中间行走。'热情的人说:'不,美是一种全能的可畏的东西。暴风似的,摇撼了上天下地。'疲乏的、忧苦的人说:'美是温柔的微语,在我们心灵中说话。她的声音传达到我们的寂静中,如同微晕的光,在阴影的恐惧中颤动。'烦躁的人却说:'我们听见她在万山中叫号,与她的呼声俱来的,有兽蹄之声,振翼之音与狮子之吼。'"(《先知》)

2. 美是一种由审美带来的精神愉悦

"美不是一种需要,只是一种欢乐。她不是干渴的口,也不是伸出的空虚的手,却是发焰的心,陶醉的灵魂。她不是那你能看到的形象,能听到的歌声,却是你虽闭目时也能看见的形象,虽掩耳时也能听到的歌声。她不是犁痕下树皮的液汁,也不是在兽爪间垂死的禽鸟。却是一座永远开花的花园,一群永远飞翔的天使。"(《先知》)

3. 美是爱的升华,是人类在美的体验中达到的爱与美的统一

美是人生的最高境界。"美是一种你为之倾心的魅力。你见到她时,甘愿为之献身,而不愿向她索取。"(《纪伯伦散文诗全集》)

(四)绝对的美(美的绝对性)

纪伯伦把美比作上帝和真理,"我是造化,人世沧桑由我安排;我是上帝,生死存亡归我主宰。……我是真理,我是真理啊,你们要把这一点牢记在心间"。美在人的心田,因为她是上帝"从自身中将一个灵魂分离,并在这灵魂中创造了美"(《灵魂》)。纪伯伦由此将美与神性联系起来,认为神性"来自随处可见的美,这美就是大自然的一切"。所以,纪伯伦一再奉劝人们要相信"美的神力","把美当作宗教,把美当作神祇崇拜。美中有真理,美中有光明。美随处可见……被歌颂并引以为荣的就是美……受赞扬而感到快乐的正是美"。"在美之外没有宗教,也没有科学。"他坚信"美是圣贤的宗教"。由此,他以为"存在就是追随美","我们活着只为去发现美",他说:"我现在想探索日月星辰底下存在的任何一种事物,因为美是任何一件事物本身的特性,当人们探测它的深度时,它就成倍地增加。""真理是相对的,只有美是绝对的。"

四、关于人与上帝(最高的生命境界是人神合一)

在纪伯伦的宗教观里,上帝(神)是博爱与仁慈的化身,是和谐秩序的标志,是终极与永恒的象征,是无限宇宙精神的体现。所以,个体生命的最高境界当是追求与上帝的合而为一。

(一)感悟上帝(神)——上帝就是一切,因为上帝是包罗万象、无始无终的宇宙(自然)法则,是物质的最高形式

纪伯伦曾言:"真正的生命是上帝,上帝是一切。"他把人类的战争与自然界由冬变为春而进行的斗争相提并论,认为世界大战民族格斗,死亡毁灭生命,而自然界的斗争,冬日一天中毁灭的生命,超过人类全部战争毁灭的生命。"如果说上帝是力量,上帝是智慧,上帝是生命的潜意识,它存在于这个星球上爆发的每一次斗争中,那么,它无疑也存在于各民族和各国人民的战争之中! 它是这场战争,是一切战争。它是为一个更强大、更纯粹、更崇高的自身而战斗的生命巨人。"——这里包含了两层意思:第一,就个体而言,有生就有死,有死才有生;从群体说来,有存在就有毁灭,有毁灭才有存在。只有生死相续,才能生命不息。"上帝是生命的潜意识"就是这个意思,也就是说上帝是一种自然(根本)法则(或力量)。第二,生命和宇宙都是一个过程,这个过程经历的所有生与死、存在与毁灭都将趋向生命和宇宙的更加完美、崇高。人类的进化和宇宙的演变都证明了这一过程。纪伯伦在解释为何会有死亡与毁灭时所说"上帝是一个为更强大、更纯粹、更崇高的自身而战斗的生命巨人"就是这个意思,也就是说上帝是一种最高秩序(或形式)。关于生死毁存,他在《人之歌》的开头引用《古兰经》的经文加以说明,"你们原是死的,而他以生命赋予你们,然后使你们死亡,然后使你们复活;然后你们要被招归于他";关于这个过程,他说"我们并不完全了解上帝的特性,因为我们不是上帝。但我们能够准备好我们的悟性,以便了解,以便不断地成长";关于这个秩序,他说"我不论在何处,不论干什么都看得见那力量,那法律,看得

见使各种成分都朝着灵魂运行,使各个灵魂都面向上帝的那一种秩序"。唯其如此,纪伯伦把上帝称为"占据了自己整个身心的唯一的思想",人类只能给他加上种种形式。

(二)人需要上帝(神)——像小溪奔向大海,因为上帝是终极,是归宿,是明天

人为什么需要上帝?因为人不是博大、永恒、无限的,"生命是两朵乌云之间的一次闪电","你是上帝天体中的一息,上帝森林中的一叶","我们是上帝的气息和馨香";而上帝则是终极、无限、永恒精神的体现,用纪伯伦的话表述就是"我的终极,我的归宿""至高无上者""唯一""不变的存在"。哲人们说:人的心智是无限的,而心(精神)的无限扩大就会产生神。纪伯伦则这样表述:"精神……包含着某些特征:觉悟,求得真知,向自身寻求增扩力的愿望,对超过其能力的目标的渴望,……它是物质的最高形式!"唯其如此,"精神要求上帝,正如热气寻求升腾或河水(热气和河水象征有限短暂)寻求大海(升腾和大海象征无限永恒)"。也就是说,上帝是一种精神需要。纪伯伦多次提到人类的这种精神饥渴:"各民族无意识中都感觉一种精神的饥饿,需要一种超然物外的学说,他们有一种深切的意向,那就是对精神自由的向往"(也就是对无限精神的向往)。这时的上帝便是一个虚拟(预设)的终极,一个具化的无限,一个可触的永恒;而人类已经被纪伯伦视为"一"(或者说终极、永恒、无限的宇宙精神)的另一种存在形式,人来自他又将复归于他,既分又合。这就是人为什么需要上帝(神)的原因。在许多作品中,纪伯伦以各种不同的比喻和象征说明上帝与人的这一关系:人必然要"按照大自然的裁判,一切东西都要返本归原","最终回到爱和美的大海,主身边"。所以,从这个意义上来说(我们是无限宇宙精神的体现者、上帝在精神上是我们的最后归宿),人都是为上帝活着。因为"人是一个本质(最高本质)的探求者",并非本质本身。或者说宇宙通过自身和人的不断努力和发展,最后可能显现自己的最高本质,也可能不显现。但不管怎么说每个人都是这一显现之前的一个短暂过程,"人都是为上帝活着"就是冲着这一最高本质、最高目的而言的。不过在纪伯伦看来,"人最初是不自觉的向他奔去。然后带着自觉向他奔去,但未带着知识。现在,人将带着自觉和知识向他奔去了"。这段话,让我们想起了伏尔泰从启蒙运动初期的否认上帝到后期的制造上帝:"即使没有上帝,也要创造一个出来。"实际上反映了人类从渺小到自大再到渺小的自我意识,或者说从蒙昧到开化再到智慧的主体意识。

纪伯伦在其《上帝》一诗中以第一人称的口吻给我们描绘了人类呼唤和认识上帝的过程,但其思想意蕴要比伏尔泰西方式的"有神论"深厚得多。从远古开始,当人的双唇第一次颤抖地说话时,他就登上了圣山向上帝说:"主啊,我是你的奴仆,你隐秘的意愿便是我的约法,我将服膺你,直至永远。"之后每隔一千年,人就上一次圣山,向上帝说:"造物主啊,我是你的创造物!你用泥土造就了我,我的一切,悉归于你","圣父啊,我是你的赤子!你以怜悯和爱心生下了我,我要以爱膜拜你,承继你的王国"。人类不断改变着自己与上帝的关系,从上帝为主人自己为奴隶(主体性的体现),然后称其为造物主(创造性的体现),而后又称他为父亲(仁爱性的体现)。然而每一次的呼唤,上帝对人的态度大体没变。他似一阵强劲的风暴,或似敏捷的飞翼,或一片薄雾从人身旁冲过、掠过和飘过,而不理睬他。他的不理睬,每一次都有所减轻。只有当人

平等地呼唤上帝,"我主,我的终极,我的归宿,我是昨日的你,你是明朝的我,我是你生在大地上的根(意即我是你的具体表现),你是我开在天空中的花朵(意即你是我无限的憧憬),我们同在太阳的注视下生长"时,上帝才俯下身,在人的耳边说着甜蜜的话,"像大海(象征终极无限)拥抱汇流的小溪(象征过程、有限)拥我入怀",与人融为一体。而当人走下圣山,发现上帝已在山谷与平原。

纪伯伦以鲜明的意象,将其对上帝的认识浓缩在这首短诗中。上帝在这首诗中始终是一个不变的存在。"我"对上帝称谓的变化代表了人对上帝认识的不断深化和全面。上帝并不认可那主奴、造与被造和父子的关系,只认可我即你的关系,即上帝是终极、归宿和明天的我(意即:精神形式的你,因为你的死体现了上帝的法则、宇宙的精神,所以你又是不死的)。这就是说,只有人将自己提升到与上帝同等的地位,才能认识上帝,并发现上帝原来无处不在。

(三)神性就是人性——宇宙的存在与人的存在是同一的,人与神处在平等的地位

"我们是上帝的气息和馨香,我们就是上帝——在树叶中、在花朵上、更在果实里。""你们就是道,也是行道的人。"(类似于泰戈尔对神的描述:没有神世界将是一片混乱;没有世界神只是一具空壳。也就是说神在世界里也在世界外,神寓存于万物之中也超绝于万物之上。)在纪伯伦看来,人身上存在着神性、人性和侏儒性,关于三者的关系,纪伯伦这样说:"上帝在每一个人心中都派了使者","主在每一颗心中都配置了一个使者,以便使我们走向光明。"也就是说,人心中存在着上帝的种子,这种子会适时开花结果。"人性就是降临在人世间的神性",所以神性就是人的最高精神实质。但人"只有经历一千次的迷途才能返回故乡"——在纪伯伦看来,世上的人并非完美的造物,人在后天沾染了许多坏的习气,这也就是"侏儒性"。从他的作品中随处可以找到对人之缺欠的揭示:人心是物质的俘虏,是尘世间法则的牺牲品;人心被囚禁在世俗陈规的黑暗中变得衰弱,被幻想的锁链羁绊得奄奄一息;人是自私自利与自满自足两种黑暗的人质,人是独断独行和自高自大两种监狱的囚徒,人是拒绝和遗忘两种昏聩的奴隶——这就是人需要上帝的原因。因此人必须破除对小我的执着,变得无私和无畏,这样才能从"小我"变为"大我",才能去掉"侏儒性",由"人性"上升到"神性"。与此相关,纪伯伦还谈到了魔鬼(或者说魔性)存在的价值:"魔鬼存在的价值在于考验世上一切事物。它是上帝用来度量人精神力量的尺子,衡量人灵魂轻重的天平。魔鬼死了,考验便不存在。"由此可见,在纪伯伦看来:人是宇宙神性原则在高级生命形式中的一个具体体现,但人必须去掉其侏儒性、升华其人性(世俗性)并经历魔鬼的考验,才能返回到无限自由的神性境界。这两层意思合而为一便可以得出纪伯伦关于上帝的又一重含义——上帝就是每个人自己。纪伯伦点出了神性就是人的最高精神实质,人活着就要为摆脱一切奴役(侏儒性、人性和魔性),成为一个心灵自由高尚、具有无限精神境界的人而奋斗。这时候的人也就达到了神的境界,或者说每一个人都是神。"海水挥发,蒸腾,聚集成云,飘在天空。那云朵在山山水水之上飘摇,遇到清风,则哭泣着向田野纷纷而落,它汇进江河之中,又回到大海——它故乡的怀抱……人也是如此:他脱离了那崇高的精神境界,而在物质的世界中蹒跚;他像云朵一样,经过悲愁的高山,走过了欢乐的平原,遇到死亡的寒风,于是回到他的出发点:回到爱与美的大海中,回到主的身边",与主合而为一。也就是说所有的一切都是一个圈,而我们只是这个圈上的一个点,而不是圈本身;圈本身就是无限高尚的宇宙奥秘,也就是神;人类虽然不可能在物质形态上触摸到它,但却可以通过自己的悟性和努力与它合而为一。

思考题

1. 解释:旅美派。
2. 《先知》的主题思想。
3. 《先知》的艺术特征。

讨论题

纪伯伦作品的人生哲理。

第九章 东西合璧的典范、日本现代文学的杰出代表：川端康成(Kawabata Yasunari)及其《雪国》(Snow Country)

教学重点：《雪国》的思想主题和艺术表现。

第一节 川端康成生平简介

川端康成

川端康成(1899—1972)是日本现代文学史上的代表作家。川端康成于1899年6月14日出生在日本大阪市。父亲是医生，喜欢汉诗和绘画。两岁时，父亲因患肺结核死去。此后，便随母亲迁到外婆家，第二年母亲也离开了人间。父母的早亡对他产生很大影响，日后在《致父母的信》中他说："深深刻入我幼小心灵里的，便是对疾病和夭折的恐惧。"父母双亡，他又跟着祖父母回到了他们的老家——大阪府三岛郡丰川村。他从小体弱多病，多亏祖母的悉心照料才能长大。但7岁那年，祖母死了；10岁那年，唯一的姐姐也死了。从此，他只有与双目几乎失明的祖父两个人住在那所古老的大房子里，过着阴郁的日子。15岁时，他唯一的亲人祖父也与世长辞。川端康成因为频繁出席亲人的葬礼而在当地成为名人，不幸的童年使他形成了孤僻的性格。一直过着孤寂人生的他，青年时期与一个姑娘相爱，双方还订了婚。但不久这个姑娘却不辞而别，人间蒸发。这次失恋的打击又影响了川端虚无思想的产生。性格上的"孤儿根性"和思想上的虚无感念，对川端文学的悲凉格调产生了深远影响。

川端康成自幼喜欢读文学书，立志要当作家。上小学时，曾读完了学校图书馆中所有的藏书。1912年考入大阪府立中学，又大量浏览了国内外的文学名著。1917年9月，他考入东京第一高等学校(相当于大学预科)英文科，开始发表小小说。1920年9月，他进入东京大学英文系，第二年转入国文系，发表短篇小说《招魂节一景》，引起文坛注目。1924年大学毕业后，他与横光利一等人一起创办同人杂志《文艺时代》，张扬西方现代主义文学，形成日本文学史上的第一个现代主义文学流派"新感觉派"，主张通过感觉印象去观察和表现生活。这期间，发表了成名作《伊豆的舞女》(1926年)，从而奠定了自己的作家地位。该杂志1927年停刊，川端康成也找到了一条东西方结合的创作道路。

20世纪30年代末至40年代初，日本军国主义疯狂向外侵略扩张，中日战争爆发后，川端康成隐居于东京附近的郊外，陶醉在日本古典文学名著《源氏物语》的世界里，对时局表示反抗和讽刺。40年代后期，川端康成重新活跃于日本战后文坛，进入了创作上的多产期。与此同时,他还广泛参与了国内外的文学活动。由于创作方面不断取得成果,川端康成在战后获得了各种荣誉头衔和奖励:1947年至1965年担任日本笔会会长,1958年兼任国际笔会副会长;荣获德国歌德金牌(1957年)、法国艺术文化勋章(1960年)、日本文化勋章(1961年)等。1968年10月,以《雪国》《古都》和《千鹤》三部作品获诺贝尔文学奖,成为亚洲第二个、日本第一个获得此项殊荣的作家。

然而,童年时期形成的"孤儿根性"和青年时期失恋滋生的虚无思想,加上日本战败带给他的绝望以及晚年创作能力的衰竭,1972年4月16日,川端康成在他的工作室里口含煤气炉管自杀,终年72岁。

川端康成一生写了400余篇小说,以中短篇为主;此外还写了许多散文、讲演、评论等,现今都收在他的35卷本的全集中。

第二节　川端康成的创作道路

川端康成的创作道路大致可划分为早、中、后三个时期。

一、早期创作(1921—1933)

主要表现作家的孤儿感受,描写社会下层少女(舞女、艺妓、女招待、女演员)的人生追求和不幸遭遇。主要作品有处女作《招魂节一景》(1921)、《精通葬礼的人》(1923)、《十六岁的日记》(1925)、成名作《伊豆的舞女》(1926)、《浅草红团》(1929)等短篇小说。这些作品立足于作家个人不幸的人生经历和体验,渗透着孤独与悲哀的情绪,力图让苦难者在理想中得到慰藉,形成了既悲且美的情调。

《伊豆的舞女》(*The Izu Dancer*)是其早期的代表作。小说描写了一个孤儿出身的大学预科生"我",为排遣内心的苦闷,前往胜地伊豆半岛旅游。途中与一个身份低下、巡回卖艺的舞女邂逅,结伴同行。双方通过接触、交流,都从对方身上得到了理解、同情和温暖,彼此间产生了纯洁的友情和朦胧的爱怜。当二人分手时,舞女挥动着白手绢送行,学生感到"安逸的满足",陶醉在一种"美好的空虚的心境里"。淡淡的悲哀和真诚的情谊,交织成和谐的精神境界,说明世间尚有真情在,显示出令人感动的人情美。小说在舒缓、静逸的人情与自然的描写中,创造了一种哀怨缠绵、柔曼清婉的朦胧美,奠定了川端康成此后文学创作总的风格基调。

二、中期创作(1934—1945)

描写处于社会下层的人物,尤其是下层妇女的不幸命运,表现她们对爱情和艺术的追求。主要作品有《雪国》(1935—1947)、《花的圆舞曲》(1936)、《母亲的初恋》(1940)、《名人》(1942—1954)等。这类作品不但比较真实地再现出这些被侮辱和被损害者的不幸,比较充分地表达出他们的痛苦,而且还洋溢着作者对他们的同情和怜悯。但虚无思想和幻灭情绪明显,作品情调也显得阴郁、低沉。不过在艺术上却开拓了西方现代主义文学手法与日本文学传统审美相结合的新路,中篇小说《雪国》是代表,标志着川端文学进入了成熟期。

三、后期创作(1946—1972)

逐渐淡远了文学的写实精神,由现实进入了虚幻的精神世界。虽有关注社会人生、表现正常生活和感情的作品如《舞姬》(1950)、《古都》(1961)等,但主要是描写变态性爱、感官刺激和颓废情趣的作品,如描写儿子与亡父情妇发生关系的《千鹤》(*Thousand Cranes*,1952),写公公与儿媳妇暧昧关系的《山音》(*The Sound of Mountain*,1954),写性能力衰退的老年人与赤身裸体的睡美人躺在一起胡思乱想的《睡美人》(*The Sleeping Beauty*,1961),还有写空虚的独身老人抚摸从姑娘身上摘下的一只胳膊,以满足自己的情欲的《一只胳膊》(1964)等。虽然这些作品要表现的可能是他内心的痛苦和郁闷(如对爱的追求不能得到满足,面对老死感到不安和恐惧等),但是选用这类题材毕竟降低了作品的格调。

中篇小说《古都》是其后期的代表作。古城京都是日本古典文化的发祥地和荟萃之所。但是,战后在美国文化的冲击下,古都的风采日渐消失。作者抱着拯救和保护传统文化的目的,创作了这部小说。作品与其说是描写一对孪生姐妹的命运,不如说是集中展示古都的历史传统、精神文化和风物人情。著名的园林、古老的寺院、工匠荟萃的街衢、众多的名胜古迹、盛大的节日庆典,组成了古都的风俗长卷,再现了古都的自然美和传统美。孪生姐妹同亲不同命、相思难相聚的不如愿,则给这古都的美丽抹上了一丝惆怅与凄凉,显示了川端文学一贯的悲与美的风格。

总之,从思想倾向来说,川端康成的创作是复杂的,甚至是矛盾的。但他的创作一般并不表现重大的社会主题,不描写尖锐的社会题材,也不深入开掘题材的社会意义,这就在很大程度上限制了其作品的思想意义,降低了其作品的思想价值。

就艺术表现而言,也是相当复杂的,并且也经历了一个曲折的发展过程。20世纪20年代中期,他发起新感觉派运动,曾一度单纯模仿表现主义等西方现代派手法,强调主观感觉,追求新颖的形式,写出了新感觉派风格的作品《感情装饰》(1926)。但同时还发表了《十六岁日记》和《伊豆的舞女》等很少具有新感觉派特色的作品,语言朴素,笔法自然,风格清新。20世纪30年代初期,他又被乔伊斯等人的新心理主义和意识流所吸引,再度写出两篇纯属模仿式的作品《针与玻璃与雾》(1930)和《水晶幻想》(1931,未完成)。在文学创作上不断探索,战后终于形成了将日本文学传统与包括表现主义、新心理主义以及意识流在内的西方现代派手法结合起来的创作路子。从《禽兽》(1933)开始,经《花的圆舞曲》,最后到《雪国》问世,标志着他创作的最终成功,并形成了自己鲜明的风格,即人物描写细腻入微,结构安排自由灵活,文章情调既美且悲。

第三节 《雪国》故事梗概

天寒地冻的一个夜晚,岛村第二次坐火车去雪国的温泉旅店。对面座位上,一个美丽的少女殷勤地照料着躺在身旁的病人。到达一个车站后,岛村无意之中用手指在车窗玻璃上划了一下,竟映出叶子的一只眼睛,美得迷人。

他们在同一个站下了车。岛村从接他的旅馆账房那里听说,那病号正是驹子的师傅的儿子行男,26岁,患了结核病,回家疗养。岛村上次来这里时认识的驹子,也到站上接行男他们。

驹子原来被卖给东京一家酒店,后被教三弦的师傅赎出学艺,有时也到温泉旅馆陪客。岛村原来就没把她当妓女,只想和她交个清白朋友,好在夏天带家眷来避暑时,让她陪太太游玩,向她学舞曲。在东京商业区长大的岛村,从小喜欢歌舞伎等古典剧,现在正在翻译外国的舞蹈理论,准备自费出版。他喜欢驹子,觉得她长得漂亮,更觉得她自有一种超尘拔俗的神态。晚上下起雨来,驹子被客人灌醉,跑到他的房间。岛村抱起她时,驹子重复着说:"不行,不行。我们交个朋友,不是你自己说的吗?""不是舍不得自己,我不是那种人。"那真挚的声音感动了岛村,也使他觉得索然无味,第二天就回了东京。

驹子还记得那天是5月23日,距今半年了。这次岛村来,驹子也常来找他。有时同去洗澡,有时凭栏眺望星空,畅叙人生。驹子说,她在东京时就开始写日记,第一篇日记中就有行男送她去东京的事。

天蒙蒙亮,驹子就要走,被窝里的热气,使她脸上的脂粉都褪了。岛村从镜里看到,在雪景衬托下,她的脸绯红,有一种无法形容的美。

从年底到正月,积雪足有一丈深。人们外出,非得穿防雪衣、长筒靴,裹斗篷不可。一排排矮屋,静静地躺在雪地上。

岛村应邀到驹子家做客,只见房子相当旧,顶板已经烂了,檐头弯弯曲曲,小屋阴森森的,什么也看不清。在这里,他又见到了在火车上使他神魂颠倒的叶子。听按摩的盲女人说,驹子为给未婚夫治病,自愿当了艺妓。岛村认为驹子这样做是徒劳的,同时也感到她非常真诚。回到旅馆,正感到空虚无聊的时候,驹子喝得醉醺醺的冲了进来,但不一会儿就清醒了。她否认行男是她未婚夫,也不承认为了什么人当艺妓,但又说,应该尽力的事,非尽力不可。

风和日丽,正是练琴的好时光。驹子给岛村弹唱《劝进帐》等三弦曲子,大都是她对照乐谱苦练出来的,与城里的琴手相比毫不逊色,使岛村佩服不已。岛村深感她有一种肉体的美:鼻梁高耸,两颊上泛起鲜艳的红晕;嘴唇闭成樱桃小口的时候,闪耀着柔和的光辉;微倾的眉梢下,眼角高低适宜;故意描成直线似的双眸,润泽、光亮、带点稚气;不施脂粉,犹如初开的百合又像洋葱的球根一般嫩艳的皮肤洁白无垢。

驹子送岛村回东京后,叶子赶到车站,说行男叫她快回去见一面。驹子因怕见临终的人,不愿回去,直等到岛村上车。她以为岛村是个忠厚的人,打算把所有的日记送给他。

秋蚕产卵时节,岛村第三次来雪国。驹子感到以前妓院里发生什么事时大家都立刻团结起来,而今慢慢地都成了个人主义者,各奔东西。她批评岛村只知靠父母的财产过奢侈的生活,终日无所事事,又批评他表里不一,老说谎。

驹子深深依恋着岛村

师傅和他的儿子死后,叶子几乎天天去上坟。驹子搬到一家小食品店住。她爱岛村,但岛村因心里空虚,老把这种爱视为美丽的幻影。叶子到旅馆帮忙时,岛村又被她吸引住了。一次,叶子替驹子送便条来给岛村时,要他好好照顾驹子,并要求去东京当岛村家的侍女。驹子每逢接客,总要抽空看看岛村。她很穷,连接客的衣服还得借,心里总觉得前途茫茫,毫无着落。然而她说,要是叶子被岛村带走,受到宠爱,她自己即使在山里过一辈子,也是愉快的。

温泉附近一个影院失火,驹子想起里面有许多人看电影,便哭了起来。她和岛村跟着人群去救火,看到叶子从二楼摔下来,不省人事。烧着的木头,在叶子的脸上吐着火舌。驹子冲上去抱起叶子。岛村想靠近驹子,但被人推到一边去了。

第四节 《雪国》的创作过程和思想内容

一、创作过程

中篇小说《雪国》是川端康成的代表作。这篇小说从1935年到1947年断断续续在几个刊物上发表,1948年出版单行本。从作者1934年底动笔算起,到最后出版单行本为止,前后一共用了15年的时间。小说在刊物上连载时的标题分别是《暮景镜》《朝雪镜》《故事》《徒劳》《芭茅花》《火枕》《拍球歌》《新稿》《雪中火灾》《银河》《雪国抄》《续雪国》。其中,《雪国抄》是《雪中火灾》和《银河》的修订稿。这些标题在出版单行本时全部删去了。

关于《雪国》的创作过程,川端康成在该书的《后记》里写道:"《雪国》……不是连续写成的,而是联想式地写下来,断断续续登在杂志上的。因此可以看出一些不统一、不调和之处。起初打算为《文艺春秋》1935年1月号写个40页左右的短篇,但由于到了《文艺春秋》收稿截止日期没能写完,便又决定为截止日期较迟的同月号《改造》续写未完部分。此后随着写作时日的增加,余韵传到后来,终于变成与起初的计划不同的东西了。在我来说,这样产生的作品不少。"

二、思想内容

小说的思想内容具有明显的双重性:一方面描写了生活于社会底层的艺妓的不幸命运,表现了其积极向上的进取精神和渴望纯真爱情的心灵,显示了她们对美好生活的热切向往,具有一定的进步意义;另一方面又流露出了爱的徒劳、生的悲哀和死的诱惑等虚无悲哀的思想情绪,体现出一定的消极性。

第五节 《雪国》的人物形象

一、驹子

女主人公驹子是一个有一定进取心的艺妓形象,又是作者所刻画的悲愁美的象征。小说主要从日常生活表现和对待爱情的态度两个方面描写驹子。在日常生活中,她的生活态度是认真的,如坚持记日记、喜欢读小说、刻苦练三弦等;在爱情上,她对岛村"无偿的爱",既有纯真、奉献的一面,又有畸形、虚无的一面。

（一）在日常生活表现方面，着重写她坚持写日记、喜欢读小说、刻苦练三弦等几个细节

驹子的日记从到东京当侍女之前不久记起，一直坚持下来。刚开始时，手头钱不方便，买不起日记本，就写在两三分钱的杂记本上，"用尺量着，画出细格子，把铅笔削得尖尖的，画出整整齐齐的线"。平日陪酒回家，换上睡衣就写起来，"大概因为每次回来得都很晚，所以现在翻看起来还能发现有些地方写到半途中就睡着了"。对于这些日记，她自己看得很重，不肯轻易拿给别人看，甚至表示要把它毁掉再死。从这些描写看来，尽管她的日记在内容上未必有什么闪光的思想和高深的意义，只是"不管什么事都毫不隐瞒地照原样写下来"的生活记录，而她的生活又是不大光彩的，所以自己看着也会害羞。但是，她记日记的态度是认真的，并且表现出了一种坚持到底的毅力。

驹子从十五六岁的时候起就喜欢看小说，而且把看过的书都记下来，"这样的杂记本已经积累到十本了"。当然，她所读的无非是些妇女杂志或在旅馆客厅里摆着的小说、杂志之类，其中未必能有多少高尚的文学作品，她所记的也无非是些题目、作者、人物名字以及人物关系等等，但是，这却可以说明，她有求知的欲望和顽强的毅力，并不像一般艺妓那样随波逐流。

驹子弹三弦的技巧比当地一般艺妓高出一筹，这是她平日刻苦练习的结果。她不但用普通琴书练习，而且还钻研比较高深的乐谱。正如小说里所说的，"虽说她多少有些基础，而用曲谱独自学习复杂的曲子，直到能离开曲谱弹得自如，这一定和她那坚强意志的努力是分不开的"。驹子苦练三弦自然也是职业的需要，但是贯穿于其中的顽强毅力也是不能忽略的。

总而言之，从日常生活表现来看，作为一个艺妓，驹子应该是生活态度比较认真的，意志比较顽强的，有进取心的，不同于那些随波逐流、破罐破摔的人。因此，是值得适当加以肯定的。

（二）在对待爱情态度方面，即与岛村交往方面，驹子又是如何表现的呢？这要从她与岛村的第一次交往谈起

当时驹子虽然也到宴会上陪陪客人，但还不是一个正式的艺妓。她之所以一下子爱上了岛村，并且主动地委身于岛村，是有原因的。简而言之，就是她觉得岛村虽然是个游客，却跟一般毫无教养、毫无感情、毫无良心的游客对自己的态度有所不同。比如，岛村开头没有把驹子当成艺妓看待，不想和她发生肉体关系，希望跟她清清白白地交朋友，谈谈话，不难为她；而且对岛村来说，这种态度并非全是假的。小说写道："他对于女人的欲望，不想在这个女人身上去追求，只望不留下什么罪孽淡然地相处下去。她是过于洁净了。从一开头他看见她的时候就对她另眼相看了。"正因为如此，岛村托驹子给他找艺妓，没有直接把驹子当作艺妓。这使驹子感到，岛村对自己的态度要比一般游客真诚一些，至少有几分是真诚的。又如，岛村关于歌舞的一番议论，也使驹子产生兴趣，也成了吸引驹子的力量。虽然岛村的议论并不高明，但是用来吸引驹子已经绰绰有余了。岛村的这些知识和教养，使驹子敬佩，使她的求知欲望得到一定的满足。这就是说，驹子之所以爱岛村，是因为她发现岛村确实有些可取之处；在她所能结交的男人之中,这样的人就要算是少有的了,难得的了。她想在岛村身上求得像是爱情的爱情,哪怕只有一点点也好,哪怕只能维持一段时间也好。

当然,在我们看来,驹子对岛村的爱情无论如何也不能说是合乎常态的。首先,她把岛村这样一个极不可靠的人当成恋爱对象就是异乎寻常的。她明明知道岛村是有家室的人,明明知道岛村对自己并不像自己对他那样全神贯注,明明知道自己和岛村的关系不能维持长久,可是仍然不顾一切地在岛村身上倾注了自己的全部感情。不过就作者的审美观而言,这一点恰恰表明了驹子只顾自己爱对方,不求对方爱自己的态度,即所谓"无偿的爱";而这种"无偿的爱"正是女性美的最高表现。其次,她一下子就委身于岛村,这种恋爱方式也是异乎寻常的。但是,这种态度是由她所处的特殊环境造成的。她的可怜境遇,她的可怜身份扭曲了她,使她不能像一个普通姑娘那样去爱真正合乎自己理想的人,也不能以正当方式去爱。她的爱情既有纯真的一面,又有畸形、病态的一面。

从上述日常生活表现和对待爱情的态度这两个方面来看,驹子作为一个艺妓来说,既不是积极的反抗者形象,也不是庸俗的堕落者形象,而是有一定进取心的、追求真正爱情的艺妓形象。她虽然身处被侮辱被损害的境地,但并没有完全沉沦和绝望,而是十分认真地对待生活,执着地追求个人的幸福,向往真正的爱情,和命运进行力所能及的抗争。驹子身上体现了日本下层妇女的悲苦命运和进取精神。

二、岛村

男主人公岛村主要是作者虚无思想的化身,又是当时日本中产阶级知识分子消极遁世人生态度的体现。他坐食祖产,无所作为,以游戏人生的态度对待一切。他名义上研究舞蹈,实则无所事事。他否定人的生存和创造价值,把一切人生理想和追求都看作"徒劳",只有瞬间的官能刺激才是唯一的真实,所以他抛下妻小,多次来雪国和驹子同居。他还是个幽灵般的存在和冷酷的影子。尽管他文雅、有教养、富有同情心,并因此使驹子义无反顾地爱上了他;尽管他也爱恋着驹子,也曾因驹子的痛苦感到过内疚,但他却没有挽救驹子。因为他对现实世界完全失去了热情,经常处于"迷离恍惚"之中,陶醉于"遥远的空想",追寻那忘却自我的非现实的虚幻世界。作品中,他迷恋驹子的肉体,又倾心叶子的灵秀,都是为了填补自己的精神空虚。孤寂、幻灭和虚无,构成了他精神世界的基本特征。

第六节 《雪国》的艺术成就

《雪国》是日本文学传统与西方现代主义的艺术表现完美结合的典范。其艺术成就具体表现在以下几个方面。

一、感觉化的描写

《雪国》的描写在一定数量的传统、具体、客观的描绘之基础上,又采用了感觉印象式的手法。新感觉派主张通过瞬间的感觉印象来把握和表现世界,《雪国》中充满了感觉印象式的描写。如小说的开头就是运用感觉手法的典型例子。开头写火车到达雪国:"穿过县界漫长的隧道,便是雪国了。火车在信号所前停了下来。夜空下一片莹白。"这是一瞬间捕捉到的感觉和印象,它十分简洁地交代了故事发生的时间、空间和环境,而且蕴含着丰富的象征意义。再如文中糅合了驹子的献身精神和悲凉命运来写对夜空里弯月的感觉印象:"夜空里的月儿如同一把嵌在蓝色冰块上的刀刃。"还有结尾处写叶子在银河下、大火中坠亡的一瞬间:她落下的样子,"就好像是非现实世界的幻影一般"。

二、意识流(the Stream of Consciousness)因素

《雪国》的结构是在日本传统小说有序性结构的基础上,又通过人物的意识流动,增加了跳跃性和突发性。小说的情节是在岛村的意识流动和自由联想中展开的。先写他第二次去雪国,再从车窗玻璃上流动的暮景和叶子纯美容颜叠加的镜像,联想到冬阳下的白雪和驹子艳丽容貌在镜子中同映的镜像,从而引起对第一次去雪国和驹子同居的回忆。虽有时序的颠倒和情节的跳跃,但不像西方意识流那样漫无边际、杂乱无章,而是有层次、合乎逻辑地展开,使作品具有节奏感和形式美。

三、情景交融的意境

小说不以生动的故事情节突出,而以浓郁的情绪渲染和情感抒发取胜;加上与之对应的丰富细致的四季景物描写,从而形成了情景交融的意境。如岛村三次去雪国时,外在景物的季节性变化与驹子内心情感的起伏是交织在一起的:岛村首次去雪国是在雪国万物萌发、生机盎然的初夏,暗示出驹子对岛村爱情的热烈萌发;第二次去雪国正值大雪封山的严冬,衬托出岛村的冷漠和驹子的悲凉;第三次去雪国是在万物凋零的深秋,象征着驹子爱情的最后破灭。

四、丰富的象征与暗示

白雪、白花既象征着纯洁美好,又象征着冷寂虚无;车窗玻璃上流动的暮景、旅馆台镜里倒映的雪景和空灵飘动的银河则象征着人世的虚幻;纱窗上朝生暮死的秋虫则暗示人生的短暂无常;等。丰富多彩的象征与暗示使作品朦胧含蓄,富有余情余韵,充满了幽玄之美。

第七节 关于《雪国》的争议

一、思想主题

(一)中国评论界涉及《雪国》主题的论述主要有下面几种类型

1. 从社会性上进行论述,可以称为社会性主题

作品通过以驹子为代表的社会底层人物的不幸,表现了人与现实社会的矛盾和对立。这一主题揭示了20世纪三四十年代日本社会生活的某些本质方面。(谷旸)

《雪国》写的是一个坐食祖业而无所事事的中年舞蹈家、纨绔子弟岛村三次去雪国同年轻艺妓厮混,夹杂两个三角关系的爱情纠葛。这部作品的整体倾向是宣扬了颓

废情绪。作者置驹子那种放浪、淫欲以及官能上的快乐于不顾,一味美化她,从现实的角度看,应该加以批判。(李芒)

《雪国》中,川端康成着力刻画的是雪国的风光和女性袅娜多姿的肉体,绵绵的情话和悱恻缠绵的官能接触。继而从《千鹤》到《一只手臂》,川端康成这一系列作品的故事情节越来越离奇,思想感情越来越颓废,与文学的正轨偏离亦越来越远了。(范传新)

关于《雪国》的主旨,有说是写爱情悲剧的,有说是写女性受难和女性归宿的,有说是写美的虚幻的,有说是写美与死亡的。事实上,《雪国》表现出明显的避世主题。"雪国"是以"长长的隧道"同岛村常住的东京相隔离的地方,是一个相对于现实世界的"异空间"。通过这条隧道,川端把《雪国》的世界,分成了虚与实、幻与真的两面,隧道是由"现实"通向"虚幻"的道路。川端虚写"实"的世界,却实写"虚"的世界。川端对"象征的世界——雪国"的生活细细描绘,如工笔画,像艺妓的生活、传统的织艺、变幻着的自然景色等;对现实世界——隧道外的情况却含糊其词,草草带过,如岛村的职业、家庭、驹子在东京时的情形等。在小说里,岛村在实际生活中把自己看作一个无意义的存在,并为此而烦恼,他企图从同女性邂逅中寻找慰藉,以求忘却自己、忘却现实。(陈春香)

《雪国》描绘了一个与当时反动现实毫不相干的"雪国"世界,写了一个对现实世界失去兴趣的人逃到"雪国"去寻求安慰的故事。川端是要表达怎样的思想呢?评论家尾崎秀树说:"川端对日本帝国主义是消极反抗的,他的名作《雪国》的问世便是一个证明。"岛村对现实的态度,也就是作者对现实的态度,同时也是当时一批知识分子对现实的态度。岛村离开他厌恶的现实世界躲入洁白干净的"雪国",正是川端面对现实的无奈选择。川端用的是古今中外文学家对现实消极反抗最常用的方法——逃入一个虚拟的幻想世界。川端是要通过"雪国"与驹子表达他对理想世界的神往的,因此岛村一想到驹子,暮色中的美景就出现了,尽管虚幻但依然令他心颤。(陈春香)

雪国是个独立而又独特的存在,它与世间社会有一种天然的隔膜,它就像一个无人管辖的区域,外界的一切都激不起雪国人的兴趣,他们过着自己想要的生活。从川端康成对雪国的景物描写上就能感受到雪国有别于现世社会的特别的风情和气氛:那是一派严寒的景色,冰封雪冻,簌簌如有声,仿佛来自地底。没有月亮,抬头望去,繁星多得出奇,粲然悬在天际,好似正以一种虚幻的快速纷纷地坠落。

2. 认为《雪国》的主题在于揭示岛村的悲哀、虚无心情,可以称为悲哀、虚无主题

从总体上来说,《雪国》仍是一部"不可多得的神品"。无论从传统的继承、人物的构造、环境的描写、风俗的体现,都渗透着独特的日本民族"物哀"的审美观念。(罗帆、张志斌)

《雪国》主题的基本轮廓是女性的受难和女性的归宿,是生的悲哀和死的大同。(李均洋)

如果把《雪国》比作是一支凄婉、感伤的乐曲,悲观与虚无就是它的主旋律。(任继愈)

川端的《雪国》是以虚无思想为基础,由抒情、虚幻和颓废三个因素构成,主要反映了与悲哀相连的爱与死的主题。

在这部小说中,川端康成通过主人公岛村对驹子的情感和对叶子的期待,反映了他从"物"到"灵"的追求;而这两方面的追求,最后都归于虚无,反映了作者的虚无思想,体现了他的幽玄理念和物哀思想。(易介南)

川端的虚无思想不仅是时代的、社会的产物,而且也是时代、社会的反映。川端能够怀着极大的兴趣欣赏研究西方现代派文学的理论与作品,并将其表现方法得心应手地熔铸于自己的作品之中,除了善于兼收并蓄的求索精神外,也有其更深刻的必然原因——他所要表达的,与现代派文学中虚无、颓废主义思想一拍即合。(陶力)

川端康成的虚无思想实质上是东方式的虚无,是人生的无常,万事皆空,灭我为无,无中生有。这种虚无思想在《雪国》中得到了很好的体现,营造出一种独特的艺术美。(吴雪琼)

川端康成崇尚虚无,是在穷极的无中凝视着无常世界的实相,虚实相生,他认为无是最大的有,是产生有的精神本质,是所有生命的源泉,有无相连。(王晖)

3. 艳情唯美主题

作家实际上是把动物的本能和性欲抽象为自然的真挚的感情,把它当作纯洁而真诚的爱情加以描绘的。(尚侠)

《雪国》除了在"为艺术而艺术"的西方唯美主义主张下,描摹了自然美景,表现了享乐主义,突出了性的解放之外,传统的"江户"色彩的唯美倾向也表现得淋漓尽致。所谓"江户情调"就是江户时代本居宣长所宣扬的"人命即天理""不必从圣人之道"而"自躬享乐"的精神混合,与江户的戏谑和好色的审美意识结合,虽然放荡但并不龌龊,卑粗却并不鄙俗。也就是遵从"乐而不淫"的原则,对快乐的追求限定在一定的尺度之内,经过艺术的磨炼而成为官能美和感性美。从此种角度出发,川端康成的《雪国》不失为一篇江户趣味的艺术宣言。在作者笔下不是赤裸裸的官能接触,而是较为含蓄婉转的,两人的语言也可以说是平淡从容的,给读者留下了更宽的玩味空间,正是所谓"放荡却不龌龊,卑粗却不鄙俗"的江户情调的典范。

这部作品的创作思想是表现日本的自然美和女性的美,是一部描写雪国美丽风景及女性感情的抒情诗歌。关于雪国自然风景的抒情描写,在作品中随处可见,包括日月雪山、花草昆虫、田野建筑、银河大地等等,多达50余处,赞美了大自然的景致。川端对驹子和叶子的外表官能描写多达60余处,赞美她们的美貌、声音、肉体甚至一举手一投足,尤其对于驹子的描写更是细致入微,不惜笔墨,极致地描写了对女人的纤细感触。川端对自然美景和人的抒情描写是其传统文化所致。(张艳平)

《雪国》虽以一个单纯的爱情故事为表现中心,但对传统文化之美的发掘实在是作品的真意所在。川端的文学理想就在于强调文学与时代、政治的距离,追求人性的、永久的文学价值。(史永霞)

《雪国》中,作者不惜笔墨描写了日本下层民众的风土人情,通过"晾晒哈蒂"和"曝晒麻绉"两个典型场面表达了他们对生活的赤诚,对美的孜孜追求。这世外桃源般古色古香的风情正是中世纪日本民俗的现代延续。"在雪中缫丝,在雪中纺织,在雪中漂洗,在雪地上晾晒",川端康成几次援引古书的记载,使小说更透出素淡的中古之情。(范传新)

4. 女性意识主题

(1)女性悲剧

《雪国》是一首哀婉的女性悲歌。在男权文化背景下,男人是社会生活的全部主宰,女人只能依附于男人而生存。女性或许能够觅到妻子或情人的角色,但却从来不能够找到真正独立的自我。在这样的社会里,女性终究是受害者,不仅仅是艺妓,还有妻子、母亲。(王筠)

川端尽管持有女性有选择爱的权利的女性意识,赞美女性无私的自我牺牲精神,但是明显肯定了卖春制度的合理性及以男性为中心的社会价值,连作品中两位女性人物的名字也是由动物(驹子)和植物(叶子)命名的,女性不过是自然之物。无论是驹子还是叶子都是被男性所利用甚至歧视的,所以川端始终持有这样的女性意识,那就是女性是以男性为中心而存在的周缘附属。(张艳萍)

(2)处女崇拜

如果说川端康成作品的本质是对生的憧憬,那么这种憧憬首先表现在他对"处女性"的无限崇拜和近似祷告的抒情。(李满)

《雪国》是一首对"处女性"的崇拜之歌。如果说驹子的"处女性"是从形而下的意味来把握的话,那么叶子作为一个幻象似的人物则是对驹子"处女性"的一种醇化,是一种形而上的意象上的建构。川端唱出了对于女性,特别是对"处女性"的赞美之歌。(孟庆枢)

(3)爱的奉献

川端满怀深情地讴歌了蚕的无私奉献的本性,并把它巧妙地与女性的伟大结合在一起。蚕吐出丝来,再由辛勤的女孩们纺出纱,织成绸,这是作品里一个让人难以忘怀的情节。织纱绸的少女和蚕已经融为一体,她们奉献给人间的同是一片爱心。蚕的意象和驹子对爱的奉献,与"春蚕到死丝方尽,蜡炬成灰泪始干"的诗情是相通的。川端对人类之爱唱出一首荫翳繁复的歌,"春蚕到死丝方尽"该是这首歌最凄婉也是最打动人心之处。(孟庆枢)

(4)女性之美

川端康成在《雪国》中着力表现的是女性的美。作者写了两位艺妓:叶子和驹子。川端康成通过两种形式不同、内容一致的"镜中映像"来把她们当作美的象征刻画出来。而这种美又是与悲哀相联系的,她们都有一种与悲哀纯真相联系的柔和美,进而她们心中的爱意也能给人一种温柔的感伤、素雅的哀愁,有着古典的情趣。尤其是叶子,她宛如一尊矜持脱俗的雕塑,美在肉体,美在心灵,凛然而不可侵犯,充分体现了作者美的理想。"雪中火场"中叶子这一涅槃升天式的结局,是作者对她最美好的歌颂,更富于日本典型美学的情致。(孟庆枢)

5. 生命主题

（1）运动

人们在川端的艺术中，能够欣赏日本式的生活情感，即便是日本人，也为其描写心理之妙所惊讶，然而又总是为隐蔽在这种描写中的生命的运动所迷惑。作品体现了对生命憧憬的甘苦。（任继愈）

（2）矛盾

叶子是植物性的灵，驹子是动物性的欲，叶子是驹子的灵性，驹子是叶子的肉身。（李满）

驹子象征肉，叶子象征灵；岛村既渴望驹子的肉体，又向往叶子的灵秀，表现了现代人灵魂深处的灵肉冲突。（吴舜立）

（3）相谐

驹子与叶子之间既有类似性，又有互补性。驹子和叶子的关系可以说是实体与精神的关系，她们具有一体性的特点。如果说驹子是具有成熟官能的女人，那么叶子是永远的处女。肉体与精神的相辅相克，阴阳互补的复杂萌孽是川端塑造这两个女性的美的追求。（孟庆枢）

（4）超越

《雪国》是一部充满深层次象喻的小说，它通过独特的人物和景物的描写，表达了拯救与净化的主题思想；这一主题思想在作品中既表现为女性之拯救，同时更表现为自然之拯救；女性以她们的爱情与美丽、大自然以自身的纯洁与恒远对人之生命和灵魂施行拯救与净化；在女性与自然的双重拯救之下，作品主人公岛村历经了一个由色欲到情爱、由"肉"到"灵"、由"即"到"离"、从有限到永恒的心路历程；既表现了作者对永恒生命力的渴求，也体现了作者对无限超越境界的向往。（吴舜立）

（二）日本评论界涉及《雪国》主题的论述基本上有下列几种类型

1. 从社会性上进行论述，可以称为社会性的主题

《雪国》是第二篇《伊豆的舞女》，是川端的第二篇青春之歌。《雪国》是作者决定性的自我发现的歌。（中村光夫）

《雪国》在岛村和驹子的关系上，由于描写了岛村的引诱和逃避，反而使驹子纯粹、赤裸裸的爱情变得更加美、更加高尚、更加清爽。（长谷川泉）

与其说是《源氏物语》式的创作，莫如说是以"源氏"为范本而加以模仿的中世风格的文学。产生这一文学的基础是非生产阶级、有闲阶级的没有任何价值的消费。即使本质上是"源氏"式的内容，但相当内容仅仅是对于女人、对于自然、对于旧文化的咏叹。（杉浦明平）

《雪国》从某种意义上可以说是更纯粹地贯穿着艺术抵抗的一种形式，即面对政治更完美地把自己封闭起来。（三好行雄）

岛村是川端以自己为素材描绘的日本知识阶层的彻底的滑稽画，是对知识阶层的批判。（中村光夫）

《雪国》的意义，大概在于同现实生活尖锐对立的美的世界的创造……在污浊恶

劣的气流中,《雪国》孤独清澄的美和人生哀感,传达着过滤了的人生气息。这部作品充溢着独自的生命力,反映了现实生活中具有时代本质的不安和动荡。(小原元)

驹子具有母性的一面,同时也具有娼妇性的一面,她是没有完全摆脱封建性的日本女性的典型归宿。(永丘智郎)

2. 有学者认为《雪国》的主题在于揭示岛村的虚无心情,可以简称为虚无的主题

这里描写的艺妓等人物形象,都在同男主人公的虚无心情接触之后而不同寻常地显现了出来。这大概同作者的实际生活有关。作者的心理实际上是冰冷而空旷的。川端自己已不活在人世,他的生命存在于这一空旷中。在这个意义上,川端还活着。(小林秀雄)

岛村和驹子的若即若离、似恋非恋是《雪国》的中心。说到底,这是一场以岛村作为观察点的虚无的游戏。在这场滞塞的游戏中,充溢着一种澄澈之美。如果承认这种美位于健全意义之中,那只能称作"颓废的美"。(坂本浩)

栖居在虚无中的男主人公即使遇到被感动的事件也无动于衷,他们的感动仅停留在玩味、欣赏上面,再不能给予超过这一程度的感情力量。因而,他们的被感动并不能征服虚无。(片冈良一)

岛村这个人物身上纵横交织着寻求美和生命燃烧的感受性的细线,接触这些细线,虽发出的全是美的音响,但与生活本身不发生碰撞。因而,作为生活着的岛村不接触生活中认真得达到痛苦程度的驹子的存在,以及比驹子更紧张不安地生活着的叶子的存在,岛村把握的仅是她们紧张不安的生活中发出的美的闪光。岛村与驹子、叶子之间由此产生了越接近越背离的悲剧。岛村发现了这些女子真正的美,并以此作为自己的世界,要栖居其中。可是,女子们的生活连接着与岛村相别的俗世的现实,女子们如果不让自我分裂,就不能生存于岛村的美感世界。在《雪国》中美和生活无情地相斗着。《雪国》不仅优雅,还充满着侵蚀生存的美感的畏惧。(伊藤整)

3. 有学者认为《雪国》是神人交欢的小说,可以看作神话性的主题

驹子这一人物同杉树精、蚕女、织女等神话传说中的人物具有一定的联系,是一个具有神话性的人物。《雪国》是以驹子的神话性为中轴的神人交欢的小说。(上田渡)

4. 有学者认为《雪国》是描写嫖客与艺妓鱼水之欢的小说,可以称为好色性的主题

最近有一个值得注意的现象,这就是好色文学的流行。最先出现的是里见醇的《感到恐怖的孩子》……还有拿走了文艺恳谈奖的川端的《雪国》。(蛙鸣)

如果去掉《雪国》中的象征和心理活动的内容,剩下的就是作者为一个女人的肉体而神魂颠倒的告白。如果说《雪国》是好色小说有点过分,把它说成写实的、缠绵的恋爱小说却很恰当。(五田麟太郎)

5. 生命主题

也许有人会感到意外,其实贯穿全书的是对人类生命的憧憬。(川端康成)

(三)西方评论界涉及《雪国》主题的论点主要有下面三种类型

1. 社会性的主题

《雪国》的成功之处,可以说是在一定意义上肯定了人性。(爱德华·塞登施蒂克)

读了《雪国》，不能不使人联想到：要解救作品中的女性，唯一的希望是母权制革命。（莫里斯·理查森）

《雪国》是一半悲哀、一半同情的一种情调的诗，是用文明之心镌刻的作品。译成西欧语言而想不失掉那颗文明之心是不可能的。（肯尼斯·雷克斯罗特）

世界是由位于人永久放弃的命运中的有限壮丽而织成，人走过的道路不过是为了学会不断达观的学生之路。一方面达观的困难度越来越激烈，同时也不允许妥协。这就是《雪国》的悲剧主题。（休伯特·朱恩）

《雪国》中明显地存在着近代都市同传统农村的对立。所以，雪国的女性和都市知识人的悲伤的不合是必然的。《雪国》是恋爱小说，刻画了分裂着的两颗心，是人情悲剧。（克劳德·罗伊）

2. 虚无、孤独的审美主题

岛村的精神生活是被感觉支配的。岛村沉没于美，驹子沉没于实际的人生。岛村是远离人性的冷酷孤独的审美主义者。（托马斯）

空虚而孤独的岛村把内心理想的女性形象不断地投影于外在现实的女性们，尽管一次一次地遭到幻灭，但仍顽强地进行非现实的理想追求，因而不知不觉地无视驹子和叶子的现实的、活生生的人性，被具体的人类世界抛弃（火灾场面，岛村被人们推开的细节就象征着这一点），最终实现了同象征着抽象、非现实女性的宇宙之间的孤独而虚无的性的融合。（伊丽莎白·安·西尔伯曼）

3. 同大自然、宇宙融合，向孩提时代的逆转等神话、宗教的主题

岛村是逃避现代社会和为自我分裂而烦恼的男子，来雪国是为了寻求同失去了的宇宙的融合，他是一名孤独的探求者。岛村分裂为两个自我，分别对应于驹子和叶子这两个女性，即驹子代表岛村现世的、官能的、肉体的一面，叶子代表岛村传统的、诗性的、精神的一面。（理查德·C·巴克斯泰德）

《雪国》的主题是要寻回人们留在记忆中的纯真性（犹如眼前一片黑暗的孩子憧憬光明），永远追求失去了的纯真性。（阿梅尔·盖尔纳）

《雪国》是倒错了的探究旅行。这就是向太古的时间、原初的别离、体味原始的被遗弃感这些恶的诱发时刻的追溯之旅。（迪亚娜·德马热里）

《雪国》中的隧道是岛村追溯已经过去的时间的手段。岛村和驹子的再会，如果借用弗洛伊德的话，是向母胎就已经知道的——记忆中的——纯粹而无私的爱的归还。这样的爱在作品一开头由叶子体现了出来。岛村（或进一步说，是明确地作为我们每一个人的川端）在下意识中探求死以前的事，把已经失去了的东西作为痛苦回忆的无偿的爱的行为。（康拉德·金斯基）

二、人物形象

（一）驹子

1. 驹子形象的原型

川端康成从1934年起在高半旅馆认识了一位19岁的艺妓松荣。她原名为小菊

高,有兄妹六人,她排行为长,在她11岁时就在长冈被转卖当了艺妓,从此沦落风尘。她做了数年艺妓后被赎出,嫁给了一个裁缝。小菊高这位女子给川端康成留下了极为深刻的印象,无论是她的外表还是气质、能力、品格,都使川端康成难以忘怀。这是使川端康成萌发写作《雪国》并将她作为驹子原型的重要原因之一。

从这一层面看,作品中的驹子有以下两个方面的性格特征:一是她对生活持有十分认真的态度;二是她具有令人十分感动的奉献精神。

2. 从写法上看,曾经是新感觉派中坚的川端康成,在写作《雪国》时充分展现了新感觉派的技法

他是这么写驹子的:"女子给人的印象洁净得出奇,甚至令人想到她的脚趾弯里大概也是干净的。"川端将新感觉派手法与日本传统相结合,从始至终充满了象征、意象、虚实相间,构织了一个"从现实世界到梦幻,又从梦幻到现实世界""时空倒错"的多彩世界。川端康成说过:"从《雪国》的整体来说,也许读者以为是事实的,却出乎意料是作者的空想,以为是空想,反而倒是事实。"这是探讨驹子形象的独特艺术思路。

从意象上来说,驹子这个人物从始至终与蚕和织绸有着须臾不离的关系:(1)从日本关于蚕的民间传说和日本养蚕的民俗,可以看出驹子的取名与蚕相关。(2)在作品里写了驹子的几个突出特征,都与蚕有着内在的联系。

川端不厌其烦地写驹子有种"无法形容的纯洁美",作者将蚕的天然本性与驹子的品格巧妙地编织在一起,通过这些意象让读者在现实与神话世界之间徜徉。同时,川端满怀深情地讴歌了蚕的无私奉献的本性,并把它巧妙地与女性的伟大结合在一起。蚕吐出丝来,再由辛勤的女孩们纺出纱、织成绸,这是作品里一个费了不少笔墨、让人难以忘怀的情节。织纱绸的少女和蚕已经融为一体,她们奉献给人间的同是一片爱心。在《雪国》里蚕的意象和驹子对爱的奉献,确实与"春蚕到死丝方尽,蜡炬成灰泪始干"的诗情是相通的。

3. 从驹子与叶子之间的对比和平行关系来把握驹子形象

她们之间既有类似性,又有互补性。在小说里,叶子是先于驹子出现的,但她从出现就设定在梦中的幻影之中,"人物是一种透明的幻象"。叶子来无影,去无踪,有些研究者指出叶子"所具有的只有刺人的视线和美丽的声音,可以说她没有肉体"。

同样,叶子和蚕的意象也有着不可分的联系。她和驹子的关系可以说是精神与实体的关系,她们具有一体性的特点。为此,在作品里,她们以姐妹相称,以诚相待。

从小说里设定的情节看叶子和驹子在爱的无私奉献上是一致的,而且更显醇化。然而,叶子又绝不是简单地等同于驹子。驹子与叶子的关系有着微妙或者说是矛盾的一面。从现实情节来看,叶子似乎是行男的情人,这不能不引起驹子的醋意。从更深的层次来说,驹子对叶子又有一种负罪感。

有人已看出这一点,指出"确实叶子是不会变成驹子那样的。如果说驹子是具有成熟官能的女人,那么叶子是永远的处女"。精神与肉体的相辅相克、阴阳互补的复杂萌蘖是川端塑造这两个女性的美的追求。通过这两个人物,川端唱出了一首对"处女性"的崇拜之歌。如果说驹子的"处女性"是从形而下的意味来把握的话,那么叶子

作为一个幻象似的人物则是对驹子"处女性"的一种醇化,是一种形而上的意象上的建构。每一个生命的个体随着时光的流逝要不断前行,要脱离童真走向成熟。在《雪国》中驹子是在现实的时空中发展、变化的。在《雪国》里写了驹子的官能的成熟,写了她对岛村的爱不能只停留在精神上,她和岛村还是有了肉体、官能的交涉。为此,作为意象的演奏,川端康成让蚕化为蛾,频频让蛾子出现。从现实中从生理上写驹子的成熟,写她向"处女性"的告别。川端唱出了对于女性,特别是对"处女性"的赞美之歌。(孟庆枢)

(二)岛村

《雪国》中的岛村是一个关键人物,他以自己特有的目光在观察世界,他的目光成为呈现雪国故事的镜头。在他眼中,女性既是美丽的,也是卑微的。同时,他的无力与颓废代表了20世纪30年代日本知识分子在时代激流与战火硝烟中的彷徨和困惑。岛村的思想观念与川端康成的人生经历有着不可分割的关联。岛村是一面空虚的镜子,这面镜子不仅映照着作品中的两位女主人公,而且也映照着社会现实,映照着作者川端康成的思想与情感。(周阅)

岛村在内在气质和外部追求上与《源氏物语》中的光源氏十分相似:同样的内向忧郁;对生活冷漠虚聊;同样追求感官刺激,渴望肌肤之亲,放荡淫逸,朝三暮四;同时,也一样的有时萌发内疚和自责,对被玩弄的妇女深表同情和怜悯。然而,两人在忧郁的内容和借寻花问柳排遣郁闷的方式上却有明显的差异。光源氏的忧郁基本是政治上的失意引起的,实质上是没落贵族面对无可挽回的崩溃之势的忧郁,不少女人在光源氏手中是追逐显赫地位的工具,他猎艳的方式往往是主动出击;而岛村的忧郁完全是对人生意义丧失信念引起的,不用说读者,连他自己也对"舞蹈艺术研究者"的名目自嘲不已。正是这种自我价值的失落所引起的郁闷使他三访雪国。但是,与驹子的幽会并没有驱散他心中的郁结,肉体的激情过后,他反而陷入了更深的忧郁之中。一种不可名状的自我失落感使他做什么事都打不起精神。小说中的岛村和驹子的合聚,几乎全是驹子主动跑来,于是,迷离恍惚之中,其归宿早已指向了死亡,只是他惯于得过且过,随遇而安,对他零落的状态和他的死全然混沌无知。直到小说最后"待岛村站稳脚跟,抬头望去,银河好像哗啦一声,向他的心坎倾泻下来",这才暗示了他对死——他的唯一归宿的顿悟。

由此可见,岛村的忧郁实质与光源氏不同,他是现代日本社会自我价值失落之后的"多余人"的忧郁。在岛村前列,我们可以看到小野哲、苦沙弥、哥尔等一系列现代文学中的人物,他们都是在接受了西方文化之后,对现实社会不满,又苦于找不到出路,进而忧郁苦闷,无所依托的"多余人"形象。这些人物形象与岛村之间无疑更具有血缘关系。

岛村是作为"多余人"形象出现的,然而他却并没有真正生活过,也没有真正思考过,他的存在"只是作为一个男子的存在",他的等待就是死的唯一的终结,他如同一个沉默的灵魂独倚墙角,在温泉旅馆的乐园中消磨人生最后的时光。倘若以奥涅金为首的一系列俄国"多余人"形象与之比较,岛村则黯然失色。岛村充其量只是一个迟来世间的奥勃洛摩夫。如果说奥勃洛摩夫是一具僵尸,那么岛村则是一堆枯骨,连做梦梦着睡觉的能力也没有了。

(三)叶子

如果说驹子是个实在的形象,那么叶子则是空灵美的象征。在岛村虚无的眼里,她具有"无法形容的美",是个"透明的幻影"。她忠于并照料过行男,也曾为驹子的不幸感到悲哀。在这个尚未受到社会污染的纯情少女身上,寄托着作家对无限、永恒、纯洁的思慕和憧憬。小说让她在一场大火中丧生,正是为了保持她的圣洁性和完美性,以免她像驹子那样沦落风尘。因此在作者看来,她的死不是悲剧,而是新生命的开始和美的升华。(曹汾)

叶子是岛村观察的客体,是川端塑造出的一个母性形象的代表。正因为叶子的母性是完美无缺的,所以在她的内心深处极度的忧虑而不能自拔,导致了她的疯狂,也预示着叶子这个母性的终结。所以,川端否认了叶子这个玩偶般的、病态的母性形象。(张艳平)

三、艺术表现

(一)创作方法方面:东西结合,自成一格

所谓东西结合,即将日本的古典文学传统与西方的现代派方法结合起来。其具体表现在以下两方面:

第一,在总体上基本按照事物发展的自然顺序来写,即岛村前后三次从东京到雪国,三次见到驹子,一次接一次地写下来(只有第一次例外,采用插叙方法),在某些局部又通过岛村的意识流动和自由联想展开故事情节,适当地冲破事物发展的时间界限和空间界限,形成内容上的一定跳跃。如:虽然写了两年内初夏、严冬、晚秋三个季节里岛村三次雪国之行,然而却是从主人公严冬去雪国的途中写起,由岛村左手食指的"几许感触"暗示他们之间在初夏的肉体关系,勾起他对驹子扑朔迷离的记忆。

第二,既有一定数量具体的、客观的描绘,又在不少地方通过岛村的自由联想和意识流动状物写人,借此更深刻地揭示人物的复杂性格、情感波澜。如:开头一段描写岛村坐在开往雪国的火车上,凭窗眺望窗外景色。这时由于暮色降临大地,车外一片苍茫,车内亮起电灯,所以车窗玻璃变成一面似透明非透明的镜子。在这个镜面上,车外的苍茫暮色和车内叶子的美丽面影奇妙地重合在一起,前者成为背景,后者浮现在它的上面,构成一幅美妙无比的图画。这样的描写,通过岛村飘忽的意识活动,把梦幻和现实、虚影和实景、憧憬和回忆交错重叠在一起,既使叶子的美貌罩上一层朦胧的、神秘的色彩,为作品增添了许多诗意,又凸现出男主人公忧郁烦闷的心情、迷离恍惚的神态和百无聊赖的处境。还有,结尾一段描写一场火灾,叶子在这场火灾里被烧死。在作者的笔下,火灾是充满诗意的,地上洁白的雪景,天空灿烂的银河,衬托着火花的飞舞,构成一个美丽的画面。叶子的身体从上面落下来,但叶子的死亡并非彻底的死亡,而是"内在生命的变形以及那变形的过程",充满诗意的描写又为这个画面增添了许多美。从艺术效果来看,这种意识流式的描写使叶子这个非现实美的幻影得到最后完

成,当然,这种描写也是与作者本人的虚无观念分不开的。

(二)人物描写方面:重视感觉,刻画细微

作者虽然不像现实主义作家那样塑造典型人物和典型性格,可是却很重视表现人物的主观感受,表现人物纤细的感情和瞬间的感受。从这个意义上说,他又很重视人物的描写,而且注意表现人物性格的细腻之处。在《雪国》里,不仅岛村的纤细感情和瞬间感受被表现得细腻入微,同时驹子的心理矛盾和感情变化也被表现得无微不至。如:有一次岛村夸驹子是个好女人,驹子不解其意,怀疑岛村耻笑自己,于是"她满面通红瞪眼看着岛村","一阵激烈的愤怒使得驹子的肩膀都在发抖,脸色刷的一下变得苍白,眼泪簌簌地落下来";当她哭得疲倦了,"就拿着银簪子扑哧扑哧地戳着铺席"。小说随后写道:"怎么也想不出这个女人会把岛村偶然说出的一句话误解到那种情形,这反而使人觉得她心中有无法压制的悲哀。"这段描写使读者具体地感受到驹子的内心痛苦和好强性情。她被迫沦为艺妓,心里藏着无限悲哀;她最怕别人蔑视自己,最怕别人耻笑自己。所以,她对岛村偶然说出的一句话产生了那么大的误解,并且做出了那么强烈的反应。日本的古典小说,特别是《源氏物语》,善于通过细腻的笔法表现人物心理和感情的微妙变化,作者充分地掌握了这种写法的妙处,而且把它巧妙地融合在《雪国》里了。与此同时,他又适当地采用了西方现代派文学中的意识流手法,以回忆、联想、插叙、倒叙等手段深入探索人物的内心世界,细致表现人物的种种感受,从而使人物描写达到了细致入微的地步。

(三)结构安排方面:自由灵活,活而不乱

作者的中、长篇小说往往近似于若干"短篇"的连缀,其中的第一个"短篇"已经写出一个可以独立存在的世界,其后的"短篇"乃是对第一个"短篇"的不断补充和丰富。所以作为整体来看仿佛缺乏统一的构思和立体的框架,各个"短篇"之间的联系显得有些松散,不过仔细读来仍然能够发现一定的内在联系。《雪国》也是如此。这篇不算很长的小说分为十多个"短篇",断断续续在几个刊物上发表,前后长达13年之久。作者起初没有写成中篇的既定计划,当然也就没有固定的构思。第一个"短篇"成为写第二个"短篇"的动机,而第二个"短篇"又带出了新的"短篇",这样连缀起来,最后变成现在我们见到的样子了。《雪国》之所以采取这种自由灵活的结构,既与日本古典文艺传统有关联,也与西方意识流手法有联系。日本古典文艺有采用并列式结构方法的传统。正如川端康成曾经指出过的那样,从长篇物语文学到古典绘画,全部采取由许多互相关联的部分并列于一个平面的方式,并不追求复杂的、整体的结构。他继承了这种方式。同时,他又广泛使用了西方意识流小说的方法,通过回忆、联想、插叙、倒叙等手段展开故事情节和推动情节,在基本保持客观事物发展自由顺序的基础之上,适当冲破时间、空间的限制,从而既避免了因为联想自由浮现和意识任意流动显得杂乱无章的弊病,又避免了因为从头至尾平铺直叙,显得呆板死气的弊病,做到了活而不乱。

(四)文章风格方面:既美且悲,抒情味浓

川端康成是热心探求美的作家。他的作品常常以绚丽多彩的大自然作为背景,以自然界的季节变化作为衬托,使自然的景色和人物的感情结合起来,达到水乳交融的地步。他的作品又常常以美貌的青年女性为中心,以她们对爱情和艺术的不懈追求为主题,这些都与他对美的探求有关,《雪国》充分地体现了这一点。在这篇小说里,驹子的现实美和叶子的空幻美正是在雪国的背景上展示出来的。他又是擅长表现悲的作家。他的作品往往充满失意、孤独、感伤等悲哀感情,结局往往具有悲剧色彩。《雪国》也是这样。在这篇小说里,岛村的感伤情绪和驹子的内心痛苦充溢全篇,而结尾叶子之死更使小说增添悲凉气氛。这是由于他认为美与悲是相辅相成、密不可分的,所以他总是把美与悲联系在一起加以表现,构成一种既美且悲、愈美愈悲、愈悲愈美、因悲方美、因美方悲的独特格调,抒情味浓,感染力强。这种格调的形成既与他本人自幼失去父母等亲人的不幸遭遇和从小养成的孤僻性格及悲观思想有关,又与《源氏物语》的基本情调——"幽情"(即"物哀")有联系。此外,恐怕还受到了西方世纪末艺术和现代派文学所普遍带有的悲凉情绪的影响。

(五)艺术手法方面:追求余韵、讲究画感

他崇尚语言之外的感觉,因此常常借助表现中介语言的美使读者"此时无声胜有声"式地体会到多种美妙的感觉。《雪国》以若即若离的文笔刻画了若即若离的人物关系,也刻画出多幅色彩素淡的自然画面,种种感觉隐藏于语言背后,不言而喻,不点自明。

川端康成借助"花道""茶道"等日本传统文化,增添作品余韵,加强读者对美的感受,力求表现所谓"要使人觉得一朵花比一百朵花更美"的传统美境界以及"和敬清寂"的茶道所表现注重的"古雅、闲寂",特别在表现"四季感"上,他更是不遗余力。川端康成的作品特别注重对草木山川、气象万千的大自然的描绘,注重由于季节的转换、花草盛衰带给人们的心灵颤动和纤细微妙的心理变化。《雪国》中初夏、严冬、晚秋三个季节景物的变化与主人公情爱发展的轨迹是互相呼应的。

四季轮换的同时,川端康成还以明快洗练的笔墨描绘出一幅幅展现日本民俗风情的优美画卷。《雪国》中有两处典型日本风情的着墨之点,其一是"晾晒哈蒂",表现的是青年男女的勤劳和驹子在秋的收获之后流露出的愉快心情,画面鲜明快活,反衬出岛村忧郁寂寥的虚空心境。其二是曝晒绉纱,"晨曦泼在曝晒于厚雪上的白麻绉纱上面,不知是雪还是布染上了绮丽的红霞"。短短两行字即把雪地晒场的幽寂浩阔之景表述出来,这浩阔无边的洁白世界在作者的笔端之下也沾染了宇宙阳光的灵气,不禁使人忘却世间无尽的纷争与尘垢,但是"岛村既没有在穿着绉纱的炎夏,也没有在织绉纱的严冬来过这个温泉",从而也就没有机会"同驹子谈绉纱的事",也就根本不知道绉纱之中"倾注"了女性"全部的挚爱"。弦外之音,《雪国》中的绉纱其实是人类情爱不能永恒的象征。

由上可知,在"四季感"以及民俗风情等传统表现艺术手法上,川端康成不愧为具有日本风格的作家,但他又不是一个真正的"国粹派"。他在表现日本传统美时,借鉴了西方文学的经验,表现为注重运用象征和暗示的手法,通过人在刹那间的感觉,展示内部人生的全面存在和意义。《雪国》中人物关系、民俗风情和人物命运的结局都充满了象征和暗示的作用。《雪国》中的"镜中映像"也是如此,既带有象征和暗示人情的虚无和美的难以把握,又以令人惊叹和费解的美妙玄虚的语言写出了岛村那一刻的心理活动,表现出虚无即是美的主旋律。

应该着重指出的是,川端康成运用西方表现手法是有选择的。在他的作品中,意识有跳跃,却不杂乱;有交叉,却不散碎;有联想,却不突兀。他所运用的象征和暗示以及由奇特的语境所形成的奇特的感觉,也完全不同于西方魔幻现实主义的神秘玄虚,而是一种常规思维中明白易懂的"尽在不言中"的象征意象。他虽崇尚感觉,但各感觉点是连环纠结,相互依托,浑然一体的,是符合东方人的欣赏习惯的。正如他所说:"我们的文学虽然是随着西方的潮流而动,但日本文学的传统却是潜藏着的看不见的河床。"

思考题

1. 解释:新感觉派。
2. 如何评价川端康成后期的"颓废"小说?
3. 如何理解川端康成小说的"悲美"风格?
4. 《雪国》的艺术特点。

讨论题

《雪国》主题思想之我见。

下 篇

西方文学

下篇

西北文学

绪论　西方文学发展历程

教学重点：西方文学的两大源头及七大思潮。

西方文学(Western Literature)泛指欧美各国的文学。它虽然包括许多国家和民族的文学,但因有着共同的文化渊源和大致相同的历史进程,我们可以把它们看成一个整体。从这个意义上讲,西方文学大致经历了以下的发展过程。

一

在欧洲,古代希腊最早开始从原始氏族社会向奴隶制社会过渡,并在此基础上产生了西方最早的文学。古希腊文学的最初成果是神话和史诗。希腊神话是古希腊人集体创作的口头文学。它的特点是人神同形同性,因而形象生动,富有艺术感染力。它"不只是希腊艺术的武库,而且是希腊艺术的土壤"(马克思)。古希腊流传至今最古的文字形式的作品是相传为盲诗人荷马所做的两部史诗——《伊利亚特》和《奥德赛》。它们表现了古希腊人的英雄主义、集体主义热情和热爱生活、积极进取的精神,在文学史上享有极高的声誉。在希腊进入奴隶制时代后,诗歌、散文、戏剧等各种文学形式都发展起来,以戏剧方面的成就最为突出。三大悲剧诗人埃斯库罗斯(约公元前525—前456)、索福克勒斯(公元前496？—前406)和欧里庇得斯(公元前485？—前406)代表了悲剧方面的成就,阿里斯托芬(公元前446？—前385)代表了喜剧方面的成就。希腊戏剧以高度的艺术成就和深刻的思想内涵在文学史上占有重要的地位。当希腊社会趋于衰落的时候,古代罗马代之而起,成为古代世界的重要国家。罗马文学继承希腊文学的成果而发展起来,其成就虽然不如希腊文学,但它与希腊文学一起,构成西方文学的最初根源。罗马帝国晚期,基督教兴盛,宗教文学兴起,希伯来文化对西方国家的影响日益加深,以至成为西方文学的又一根源。

公元476年,西方历史进入中世纪,即封建制时代。中世纪初期,在欧洲的版图上建立起一个个封建王国。与此同时,基督教成为封建制度的精神支柱,教会在思想文化领域中占有绝对的统治地位,古代希腊罗马的文化则被视为异端而受到排斥。这时的欧洲文坛,萧条冷落,只有宗教文学盛行于世。各国封建化之前的文学,只在早期的英雄史诗(如英国的《贝奥武甫》、冰岛的"埃达"和"萨迦")中有所保留。随着欧洲封建制进入繁荣时期,世俗文学也兴旺起来。首先,出现了一批体现各国人民爱国主义精神的英雄史诗,如法国的《罗兰之歌》、西班牙的《熙德之歌》、德意志的《尼伯龙根之歌》、古罗斯的《伊戈尔远征记》。接着,表达世俗封建主理想的骑士文学兴盛一时。随后,由于城市的产生和市民阶级的形成,出现了反映市民意识的市民文学和市民戏剧。法国的讽刺叙事诗《列那狐》和笑剧《巴特兰律师》是中世纪市民文学的代表作。中世纪欧洲最重要的作家是意大利诗人但丁(1265—1321),他是西方文学从中世纪向近代过渡的标记。

外国文学

从14世纪起,欧洲历史进入资本主义萌芽、封建制度解体、新兴资产阶级开始进行反封建斗争的时期。14至17世纪初,欧洲发生了一场以复兴古代希腊罗马文化为旗号的反封建反教会的新文化运动,史称"文艺复兴"。同时形成一种新思想,它反对教会的以神为本、一切以神为中心的思想,主张以人为本,以人为中心;它反对教会的禁欲主义和出世思想,主张个性解放,享受现世幸福,后人把它称为"人文主义"。意大利是文艺复兴运动的发源地。彼特拉克(1304—1374)和薄伽丘(1313—1375)是两个人文主义的先驱。15世纪以后,文艺复兴运动波及欧洲许多国家,欧洲文学也来到了一个蓬勃发展的新时期。法国的拉伯雷(1495?—1553)、西班牙的塞万提斯(1547—1616)和英国的莎士比亚(1564—1616)被认为是这一时期西方文学的三大巨人。

17世纪是资产阶级继续进行反封建斗争的时期,各国情况并不平衡。英国进行了资产阶级革命,诗人弥尔顿(1608—1674)是当时最重要的作家。法国处在资产阶级与贵族阶级势均力敌的状态,专制君主制发展到极盛时期,古典主义文学思潮应运而生。古典主义文学家维护国家统一,遵从理性原则,以古希腊罗马文学为典范。莫里哀(1622—1673)是其中成就最高、最富民主倾向的喜剧作家。

18世纪在西方历史上是一个资本主义制度与封建制度决战的年代。发生在这一时期的启蒙运动就是为资产阶级发动革命、夺取政权、巩固政权而进行精神探索的思想文化运动。它高举理性的大旗,反对专制统治和宗教迷信,提倡自由、平等和天赋人权,主张通过科学和教育来实现社会改革。18世纪的西方文学深深地受到启蒙运动的影响。法国作家伏尔泰(1694—1778)、狄德罗(1713—1784)、卢梭(1712—1778)本身就是启蒙思想家。18世纪英国文学的主要成就是现实主义小说。从笛福(1660—1731)、理查逊(1689—1761)到菲尔丁(1707—1754)的创作,逐步具备了近代长篇小说的规模。长期处于落后状态的德国文学,也在这一时期赶了上来。歌德(1749—1832)和席勒(1759—1805)的创作达到了欧洲的先进水平。歌德的《浮士德》可以说是一部具有历史总结意义的作品。

二

在1789年法国大革命的影响下,欧洲掀起了一个反封建的民主运动和民族解放运动的高潮。此时,浪漫主义文学兴起,形成声势浩大的文学运动。浪漫主义文学强调作家的主观精神,把文学创作看成作家主观精神的表现。它强调想象和感情在文学创作中的作用;追求奇人奇事奇景,歌颂大自然,用这些来与丑恶的现实相对照;它还主张创作自由,反对古典主义的清规戒律。

浪漫主义文学首先在德国兴起,后来波及其他国家。德国浪漫主义以议论探讨为主。在创作上,以英、法两国的成就最为突出。早期英国浪漫主义文学的代表是华兹华斯(1770—1850)为首的"湖畔派"诗人。新一代浪漫主义诗人有拜伦(1788—1824)、雪莱(1792—1822)等。法国浪漫主义文学的最重要的作家是雨果(1802—1885),他是一位文化巨人,在文学创作上具有多方面的成就。

19世纪中期,欧洲历史进入稳定发展的时期。前一时期那种理想主义、英雄主义的思潮已经退去,人们面对贫富分化、金钱势力统治一切的冷酷现实,不再沉溺于主观幻想和空洞追求,转而用冷静、务实的眼光来看待现实。表现这种普遍的社会心理的现实主义文学应运而生。现实主义作家与浪漫主义作家不同:他们把客观性和真实性作为自己创作的追求目标,力求照现实生活原来的样子来描写生活;他们奉行典型化原则,通过典型形象的塑造写出现实生活中的某些本质的东西;19世纪西方的现实主义还具有揭露性批判性的特征,对资本主义社会的分析入木三分,因而有"批判现实主义"之称。

批判现实主义文学首先在法国出现,司汤达(1783—1842)和巴尔扎克(1799—1850)是它的奠基人。后来,还有梅里美(1803—1870)、福楼拜(1821—1880)、左拉(1840—1902)、莫泊桑(1850—1893)等作家。英国也出现了一批现实主义作家,狄更斯(1812—1870)是其中最杰出的代表。哈代(1840—1928)和萧伯纳(1856—1950)是19世纪后期英国重要的现实主义作家。

俄国和北欧的现实主义文学起步稍晚但成就卓著。普希金(1799—1837)是俄国浪漫主义向现实主义过渡的标志。果戈理(1809—1852)是俄国现实主义文学的奠基人。此后,屠格涅夫(1818—1883)、陀思妥耶夫斯基(1821—1881)、列夫·托尔斯泰(1828—1910)和契诃夫(1860—1904)等人的创作达到了很高的水平。北欧最著名的现实主义作家是安徒生(1805—1875)和易卜生(1828—1906)。挪威戏剧家易卜生以他的《玩偶之家》等"社会问题剧"而享誉世界。

19世纪西方文学中一个值得注意的现象是无产阶级文学的诞生和发展。英国的宪章派文学、19世纪中期的德国工人诗歌和德国诗人维尔特(1822—1856)的作品,是早期的无产阶级文学。19世纪70年代的法国巴黎公社文学则以其理想的光辉、革命的激情和战斗的风格在世界无产阶级文学史上树起了一座丰碑。鲍狄埃(1816—1887)是最杰出的巴黎公社诗人。

19世纪中期,美国文学赶了上来,浪漫主义运动推动了民族文学的发展。美国浪漫主义文学的最杰出的代表是惠特曼(1819—1892)。19世纪80年代后,现实主义文学兴起,很快形成了高潮,其中最优秀的作家是马克·吐温(1835—1910)。他的小说以真正美国本土的语言和独特的风格,揭穿了"美国天堂"的幻梦。

19世纪末期,西方一些大国相继发展到垄断资本主义阶段,思想领域中出现了前所未有的复杂情况,人们对原有的思想基础产生了怀疑,开始寻找新的精神支柱。文学上也是如此,出现了流派繁多、思想各异、不断翻新的状况。现实主义虽然仍占重要地位,然而,与此同时自然主义、唯美主义、象征主义等新的文学流派相继登台,前些阶段的那种一个时期一种主潮的局面已被打破。西方文学开始向现代文学过渡。

三

20世纪,欧美各国经历了巨大的、复杂的、而且极为深刻的变化,意识形态领域也出现了空前复杂而活跃的局面。欧美文坛呈现出一种流派纷呈、复杂多变的状况:现实主义处在更新和深化的状态;反传统的现代主义以强劲的势头开拓文学发展的新领域;无产阶级文学在探索和挫折中前进。这三者互相区别,互相斗争,又互相影响,互相吸收,终于在 20 世纪 70 年代之后,形成了一种多元共存的、综合的、多变的总体格局。

20 世纪西方现实主义比 19 世纪的现实主义有了很大的变化,无论是文学观念、创作原则,还是思想内容、表现手法,都有许多新的特点。比如作家的注意中心转向人的内心世界,所谓"内倾化"的趋势十分明显,他们也不再排斥象征、隐喻、变形等表现方法。当然,作家的情况并不一致,有些作家仍然偏向于传统的观念和方法,如英国的高尔斯华绥(1867—1933)、毛姆(1874—1965),法国的罗曼·罗兰(1866—1944),德国的托马斯·曼(1875—1955)、斯蒂芬·茨威格(1881—1942),美国的德莱赛(1871—1945)、马拉默德(1914—1986)、菲兹杰拉尔德(1896—1940)、劳伦斯(1885—1930)和海明威(1899—1961),法国的纪德(1869—1951),等等。还有一些作家主要不是现实主义作家,却在自己的创作道路上运用过现实主义的方法,如美国的奥尼尔(1888—1953)。

无产阶级文学在俄国有了长足的进展。在"十月革命"前及革命后的几十年间,出现了一批具有世界意义和世界影响的作品。"社会主义现实主义"曾是一个产生过广泛影响的创作主张。高尔基(1868—1936)和肖洛霍夫(1905—1984)是两个成就最突出的作家。

现代主义文学,有些国家把它称为"先锋派"文学,产生于第一次世界大战前后,20 世纪 40 年代后走向衰落。奥地利的卡夫卡(1883—1924)、爱尔兰的乔依斯(1882—1941)和法国的普鲁斯特(1871—1922)是它的奠基人。现代主义文学以反传统为其基本特征,在思想上,它对文艺复兴以来形成的传统观念表示怀疑,着力表现人与人、人与社会、人与自然、人与物之间那种对立、颠倒、扭曲、异化的关系,表现西方现代知识分子的精神危机以及他们对自我的新的探索与思考。在表现方法上,以表现法代替再现法,乐于采用象征、隐喻以至荒诞、自由联想等反理性、反逻辑的手法,来挖掘人的深层的潜在意识、表现瞬间的复杂多变的情绪和印象。现代主义包括多种流派,主要有后期象征主义、表现主义、未来主义、意识流和超现实主义。

象征主义的起源可以追溯到 19 世纪五六十年代的法国作家波德莱尔(1821—1867),他被认为是现代主义的先驱。后期象征主义的代表作家有法国诗人瓦雷里(1871—1945)、爱尔兰诗人叶芝(1865—1939)、英国诗人 T·S·艾略特(1888—1965)、美国诗人庞德(1885—1927)、比利时诗人和戏剧家梅特林克(1862—1949)等。意识流产生于 20 世纪 20 年代的法国和英国,代表作家有法国的普鲁斯特、英国伍尔夫(1882—1941)等。作为一个文学流派的意识流,本身存在的时间并不长,但它的影响却颇为深远。

第二次世界大战后,西方文坛上出现了存在主义文学、"垮掉的一代"和"愤怒的青年"、荒诞派戏剧、新小说、黑色幽默等一系列新的文学流派。存在主义文学的主要人物是存在主义哲学的两位代表萨特(1905—1980)和加缪(1913—1960)。出现于 20 世纪 50 年代巴黎剧坛的荒诞派戏剧的主要作家,有法国的尤奈斯库(1912—1994)、爱尔兰的贝克特(1906—1989),前者的《秃头歌女》,后者的《等待戈多》,是荒诞派戏剧的杰作。黑色幽默出现在 20 世纪 60 年代的美国,其代表作是海勒(1923—1999)的

《第二十二条军规》。这些流派对于文学创作进行了许多新的探索和实验。

20世纪,西方文学史上另一个引人注目的现象是拉丁美洲的"魔幻现实主义"文学的兴起,人们因为长期处于落后状态的拉美文学突然爆出冷门而称之为"爆炸"文学。拉美作家继承了民族传统,又吸收了现代主义的营养,创造了一种全新的文学,赢得了普遍好评。魔幻现实主义的重要作家有古巴的卡彭铁尔(1904—1980)、危地马拉的阿斯图利亚斯(1889—1974)、墨西哥的鲁尔福(1918—1986)等,然而,评价最高、影响最大的作家还是哥伦比亚的加西亚·马尔克斯(1928—2014)。

四

实际上,西方文学发展的历程可以简单地概括为"两大源头"(或"两大传统")和"七大思潮"。

两大源头也就是"二希",一是古希腊罗马的神话艺术及文艺理论,也叫作希腊罗马的古代传统;一是派生于希伯来文化的中世纪基督教文学及文化理论,也叫作希伯来基督教的中世纪传统。

七大思潮是指:

14—16世纪文艺复兴时期的人文主义文学思潮;

17世纪的古典主义文学思潮;

18世纪法国大革命前后的启蒙主义文学思潮;

19世纪初(前30年)的浪漫主义文学思潮;

19世纪(30年代后)和20世纪的批判现实主义文学思潮;

20世纪的无产阶级文学思潮;

20世纪的现代主义文学思潮。

七种思潮相互交错、彼此渗透,各有其独到而卓绝的特色。我们没必要、也不可能一一详论,所以,对每一种思潮摘取其代表作家、代表作品进行讲解和剖析。

第一编　古希腊罗马文学概述

教学重点：奥林波斯神系、希腊神话的特点。

一、古代欧洲文学的形成

古希腊、罗马文学也就是西方的古代文学。其社会历史背景为氏族社会及奴隶社会时期。古希腊在公元前8世纪以前处于氏族公社制时期，大约在公元前8世纪至6世纪之间，建立起了奴隶制社会。稍后，奴隶制度也在罗马形成。古希腊、罗马的文学主要是奴隶社会的产物。古希腊、罗马的奴隶制经济比古代东方各国发达，政治上也没有形成古代东方各国那样的中央集权的专制国家。古希腊包括许多奴隶制城邦，其中以雅典的经济最为发达。由于实行奴隶主民主政治，雅典保证了公民的自由，从而形成了以其为代表的古希腊文化艺术的繁荣局面。罗马则由城邦制发展为奴隶制大帝国，民主气氛较古希腊薄弱，加之其文学是对古希腊文学的继承和模仿，因而文学艺术不如古希腊发达。

古希腊文学是欧洲文学的源头之一，与古希伯来文学共同构成欧洲文学的两大渊源——"二希"传统。古希腊文学中强烈的人本意识，经由古罗马文学的传承，对后世欧洲文学产生了深远的影响。

二、古希腊文学的发展概况

古希腊文学的发展可分为四个阶段：

（1）"荷马时代"或"英雄时代"（公元前12世纪—前8世纪），是氏族社会向奴隶社会过渡的时期。主要成就是神话和史诗。

马克思认为，"任何神话都是用想象和借助想象以征服自然力"，"通过人民的幻想用一种不自觉的艺术方式加工过的自然和社会形式本身"。荣格说："神话是大众的梦，而梦是个人的神话。"

神话到底如何起源？①"解释说"。指远古先民通过神话解释自然现象和社会现象；②"愿望说"。指表现远古先民战胜强大自然力和社会力量的愿望。

古希腊神话包括神的故事和英雄传说。神的故事包括前奥林波斯神系和奥林波斯神系，叙述众神的诞生、神的谱系、天地万物的起源、人类的诞生和神在人间的活动。英雄传说描述神人之子建功立业的故事，"英雄"实则部落首领和集体力量的化身。与神的故事一样，英雄传说围绕一个主要英雄，也自成系统。

古希腊神话呈现出鲜明的特点。①神人同形同性。神人形貌一样；神人性别、性情一致。②想象诡奇。表现了人类童年时期喜奇浪漫的特点，如关于 milk road 的有趣想象、关于代达罗斯出逃和百眼怪阿尔戈斯的奇特想象等。

每一个故事的构想都不雷同而出人意料。①丰富,完善,自成系统。古希腊神话包罗万象,在自然界、人类社会和人的情感领域都有神的活动,并且谱系清晰,神统完整,英雄故事有始有终。②浓厚的哲学色彩。古希腊神话不仅故事性强,而且每个故事都具有浓厚的哲理意味。如西叙福斯的故事、雅典娜的诞生、奥狄浦斯的传说等,寄寓了古希腊人对世界和人自身命运的哲学思考。③鲜明的人本主义精神。古希腊人重视现世人生的幸福,肯定人的尊严、价值和抗争精神,为后世欧洲奠定了良好的人文基础。

（2）"大移民"时期（公元前8世纪—前6世纪）,是奴隶制城邦形成时期。主要成就是抒情诗和寓言。

萨福、阿那克瑞翁和品达等抒情诗人的创作,表现了奴隶主贵族的思想情感。萨福是古希腊最著名的抒情诗人,其诗朴素优美,情感真挚,柏拉图称之为"第十位文艺女神"。《伊索寓言》以拟人手法,赋予动物以人格,体现了奴隶和平民的思想情感。

（3）"古典时期"（公元前6世纪—前4世纪）,是奴隶制城邦繁荣时期。主要成就是戏剧,另外有散文和文艺理论。

关于古希腊悲剧的起源有多重说法。亚里士多德说——突出两个要点:其一,希腊悲剧产生于酒神颂歌队领队的即兴表演;其二,希腊悲剧的前身是萨提洛斯剧（"羊人剧"）,后来,逐渐剔除该剧的粗俗滑稽,变成一种严肃悲壮的艺术。尼采说——尼采《悲剧的诞生》认为:希腊悲剧的本质是阿波罗精神与狄俄尼索斯精神的合一。前者即太阳神精神,代表幻想、追求、道德、原则,是一种理性精神,在艺术上表现为造型艺术（雕刻、绘画）、神话、史诗等;后者即酒神精神,代表真实、破坏、疯狂、本能,是一种感性精神,在艺术上表现为音乐、舞蹈等。而"悲剧诞生于音乐精神",即狄俄尼索斯精神。"尼采说"比较偏执,存在种种认识上的局限。今人说——现代学者综合前人之说,认为希腊悲剧起源于酒神祭奠上的酒神颂歌,其内容是哀叹酒神狄俄尼索斯在尘世所受的苦难,歌颂酒神的复活。希腊悲剧的雏形产生于公元前534年,雅典人忒斯庇斯首先采用第一个演员,埃斯库罗斯增加了第二个,索福克勒斯增加了第三个,对白因此成为主要内容,悲剧正式从酒神颂歌中析离出来,成为独立的戏剧艺术。

古希腊悲剧的特征。①题材特征。现存33部希腊悲剧,除埃斯库罗斯的《波斯人》之外,其余都取材于神话和史诗。悲剧诗人往往借古喻今,表达对现实人生的思考。②主题特征。其一,表现英雄主义和爱国主义精神,进而表现反专制、反侵略、反压迫的民主意识。其二,表现对命运的思考:命运是邪恶的异己力量,人在反抗命运的过程中体现了人的尊严和价值,虽败犹荣。其三,表现对人自身的思考:人的厄运往往是咎由自取。③风格特征。希腊悲剧通过严肃重大的事件,表现主人公的崇高品质、坚强性格和英雄气概,具有震撼人心的力量,风格悲壮宏伟。

先后出现了三大悲剧诗人。埃斯库罗斯被恩格斯尊为希腊"悲剧之父"。现存悲剧7部:《乞援人》《波斯人》《七将攻忒拜》《被缚的普罗米修斯》《奥瑞斯忒亚》（三联剧,即《阿伽门农》《奠酒人》《报仇神》）。

埃斯库罗斯的创作具有如下特征。①命运主题。描述事与愿违的人的生存状态,表现人的意志与异己力量（命运）的冲突,认为人的厄运源于人自身的邪恶,坚信人在正义之神的引领下,必能走出困境。②矛盾冲突。超越了简单的善恶冲突,以辩证的眼光看待善恶因果关系,善中有恶,恶中有善,恶行必遭恶报,善行却未必得善报;戏剧冲突错综复杂,往往使神感到为难,恩格斯概括为"对"与"对"的抗争。③艺术特征。首先采用第二个演员,首创"三联剧"形式,首先使用布景、面具、高底靴、戏剧服装和舞蹈,风格悲壮,气势磅礴,善设隐喻。

他的《俄瑞斯忒斯》是流传至今的唯一"三联剧",包括《阿伽门农》《奠酒人》和《报仇神》。《阿伽门农》写阿伽门农奉宙斯之命献祭女儿,女儿被神所救而其妻不知。阿伽门农攻克特洛伊后回家,被妻子克吕泰墨斯特拉谋杀。这出悲剧有以下意味。①阿伽门农的献祭意味着人的世俗情感向绝对权威(真理、法则)的屈从;所谓悲剧命运,其实是神对人的信念和意志的试炼,对能够经受住考验的人而言,它是一种虚拟存在。②阿伽门农遭谋杀意味着"对"与"对"的抗争:神性至爱与神圣母爱之间的冲突,意味着"多行不义必自毙"。阿伽门农专横自私,不顾及妻子尊严,带女伴回家;其献祭女儿的行为,忠诚却残忍,神在领受其诚意的同时严惩了他的不义。《奠酒人》写阿伽门农之子俄瑞斯忒斯,遵照阿波罗谕旨回国为父复仇,杀死凶手埃吉斯托斯和母亲克吕泰墨斯特拉,犯下弑母大罪,被复仇女神追踪逃亡。这出悲剧表现了以下寓意。①人在面临伟大使命之际的两难抉择:复仇弑母,或者逃避却保持心灵的纯白,主人公又一次陷入"对"与"对"抗争的漩涡。②俄瑞斯忒斯的抉择,表明其价值趋向向父权意志的倾斜。《报仇神》写俄瑞斯忒斯被复仇女神控告,雅典娜投票宣告其无罪。这出悲剧的寓意是:复仇女神的败诉,智慧女神雅典娜的裁决,其一体现了神圣大义(祭神)对私人情感(母爱)的胜利,其二体现了父性权威对母性权威的胜利。

索福克勒斯被誉为"戏剧艺术的荷马"。现存悲剧7部:《埃阿斯》《安提戈涅》《奥狄浦斯王》《特拉基斯妇女》《厄勒克拉特》《菲洛克忒忒斯》和《奥狄浦斯在克罗诺斯》。

索福克勒斯的创作具有以下特征。①对命运主题的延伸。更强调人的意志力量,突出命运的神秘叵测、邪恶与强大,人在与命运的搏斗中,虽然在现实中失败了,但却在道义上获得胜利。②艺术表现方面。首先采用第三个演员,加强了戏剧对话和动作;戏剧形式上突破了"三联剧"模式;首创"回顾式"结构,使情节更紧凑,冲突更激烈。索福克勒斯的创作标志着希腊悲剧的成熟。

欧里庇得斯被认为是民主倾向最强的悲剧诗人,"舞台上的哲学家",现存18部悲剧和1部萨提洛斯剧,悲剧主要有《阿尔刻提斯》《美狄亚》《希波吕托斯》《赫卡柏》《特洛伊妇女》《海伦》《俄瑞斯忒斯》《安德洛玛刻》等,萨提洛斯剧即《圆目巨人》。

欧里庇得斯的创作具有下列特征。①对命运主题的突破。怀疑神祇的公正性,不相信命运的力量,对人的智慧和意志的肯定超过了前辈。②强烈关注妇女命运,对妇女的遭遇表示同情。现存18部悲剧中,有12部取材于妇女问题。③强烈关注社会现实,首创"社会问题剧"。④擅长心理描写,常常把外在社会矛盾转化成人物内在的心理冲突,因此有"心理戏剧鼻祖"之称。

其代表作《美狄亚》写美狄亚帮助伊阿宋盗取金羊毛,并与之结婚生子,后来伊阿宋为了获取科林索斯王位,欲抛弃美狄亚,和科林索斯公主结婚。美狄亚开始复仇:设计毒死国王和公主,杀死两个儿子,乘龙车离去。通过这个血腥的复仇故事,其一表现了社会道德的沦丧和妇女的悲剧命运,其二揭示了善恶交错的复杂人性。

古希腊喜剧的产生晚于悲剧。喜剧起源于祭祀酒神庆祝丰收的民间歌舞。旧喜剧以阿里斯托芬的创作为代表,体现了政治讽刺剧的特点:寓严肃主题于荒诞剧情节之中,关注社会问题,手法夸张,情节离奇,人物性格独特但缺乏个性,语言诙谐生动,雅俗相济,故称"悲喜剧"。新喜剧以米南德为代表,体现了世态喜剧的特点:放弃社会问题和崇高主题,描写日常生活琐事,表现劝善惩过主题。

阿里斯托芬被恩格斯尊为"喜剧之父",称之为"有强烈倾向的诗人"。现存喜剧11部:《阿卡奈人》《云》《马蜂》《和平》《鸟》《吕西斯特拉特》《蛙》等。

《阿卡奈人》表现反战主题,说明幸福源于和平,战争带来灾难。表达了民众渴望结束内战的愿望,具有强烈的政治讽刺意义。《鸟》是现存最长的诗剧(1765行),是唯一具有神话幻想色彩的喜剧作品。写两个不满现实的雅典人来到鸟的国度,建立平等自由的鸟城——云中鹁鸪国,使飞鸟成为世界的主人。鸟城代表乌托邦式的理想社会,有东方式的"天人合一"和"众生平等"的特点。

古典时期的散文包括哲学著作、演说词和史学著作。此期的文艺理论以柏拉图的"理式论"和亚里士多德的"模仿说"为代表。

(4)"希腊化"时期(公元前4世纪—前2世纪),是希腊奴隶制城邦走向衰微时期,史称"希腊化时期"。主要成就是田园诗和米南德的新喜剧。

古希腊文学是欧洲文学的源头。①思想渊源。古希腊文学重视"人"的价值和需求,强调个性张扬和理性发展,肯定人与异己力量(大自然、命运)的搏斗,在思想上为后世欧洲文学的发展奠定了良好的基础。②艺术典范。古希腊文学首创了许多文学体裁,如史诗、抒情诗、寓言、诗剧(悲剧、喜剧)、演说词、对话录和文学理论等;首创了许多表现形式,如"三联剧"形式、"回顾式"结构、对比手法、现实主义和浪漫主义创作方法等,在艺术表现上为后世欧洲文学的发展提供了范例,因而是欧洲文学的直接源头,与后来的希伯来文学,共同形成欧洲文学的"二希"传统。

古希腊文学在世界文学史上处于领先地位。古希腊文学的产生晚于亚非各文明古国,但从思想观念的成熟,文学样式的丰富,表现手法的多样化,在思想和艺术探索方面所达到的高度,以及对世界各民族文学产生的影响看,古希腊文学在世界文学史上处于领先地位。

三、古罗马文学的发展概况

古罗马文学的发展可分为三个阶段:

(1)共和时期的文学(公元前3世纪—前2世纪),主要成就是喜剧,以普劳图斯和泰伦斯为代表。

(2)共和晚期和奥古斯都时期的文学(公元前2世纪—公元1世纪),是罗马文学的黄金时代,主要成就是散文、诗歌和文艺理论。代表作有"欧洲散文之父"西塞罗的演说词,奥维德的诗体神话故事集《变形记》,贺拉斯的抒情诗集《歌集》和文学批评《诗艺》,维吉尔的史诗《埃涅阿斯记》,等。

(3)帝国时期的文学(公元 1 世纪—5 世纪),罗马帝国及其文学走向衰落,主要成就是讽刺诗和小说。

古罗马文学是连接古希腊文学和后世欧洲文学的桥梁,具有承前启后的作用。古罗马文学较之古希腊文学,更强调理性、使命和责任感,更崇尚庄严崇高的美学风格,丰富了后世欧洲文学的内涵。

思考题

1. 解释:奥林波斯神系。
2. 古希腊神话的特点。

奥林波斯神系三女神:赫拉、雅典娜、阿佛罗狄忒

第一章 古希腊文学的最高成就：
荷马史诗(Homer Epic)

教学重点：荷马史诗的主题及艺术成就。

第一节 概说

荷马史诗有两部，一部叫作《伊利亚特》(*Iliad*)，中文名字也有翻译为《伊利昂纪》的，另外一部叫《奥德赛》(*Odyssey*)，中文也有翻译为《奥德修纪》的。它们是古希腊流传至今的最早和成就最高的文学作品。相传为古希腊目盲的行吟诗人荷马所作，实为集体创作的民间史诗(Folk Epic)。前者题名的原意为"关于特洛伊的一首诗"，后者题名的原意是"关于奥德修斯的故事"。两部史诗都是24卷，《伊利亚特》是15693行，《奥德赛》是12110行。两部史诗在内容上都以神话为基础，都与特洛伊战争有关，《伊利亚特》直接描写特洛伊战争最后一年中几十天内发生的故事，突出了"阿基琉斯的愤怒"；《奥德赛》描写战争结束后奥德修斯回国途中海上的10年历险，表现人与自然的斗争及人们为争夺财富的斗争。

特洛伊是小亚细亚西北部的一个城市，在今土耳其境内。公元前12世纪初期，希腊半岛上的一些部落曾组成联军，向特洛伊发动进攻，引起了一场持续10年的大战。最后希腊人得胜，毁灭了这座城市，掠走了大批的财产和俘虏，这就是特洛伊战争。在希腊传说中，战争的起因被说成是为了争夺希腊城邦国家斯巴达的王后海伦。实际上，特洛伊战争与当时任何战争一样，是为了争夺财富和奴隶。

第二节 荷马史诗故事梗概

《伊利亚特》

据希腊神话传说，特洛伊战争由"不和的金苹果"引发，由"木马计"结束。

《伊利亚特》的故事源自大英雄阿基琉斯的父母举行盛大的婚礼，遍邀诸神，却偏偏遗忘了好事的争吵女神厄里斯。厄里斯愤愤不平，当婚礼进行时，她来到席间，投下了一个金苹果，上面写着"给最美的女神"。果然，神后赫拉、智慧女神雅典娜和爱与美之神阿佛罗狄忒为谁应得到这个金苹果争执起来，她们都认为自己才是最美的女神。三位女神请神王宙斯评判，宙斯也十分为难，让她们去找世上最美的男子、特洛伊城的王子帕里斯裁决。她们找到了帕里斯，各自都向他许以优厚的酬谢。赫拉许诺，一旦金苹果判给她，帕里斯可以成为世界上最伟大的君王；雅典娜答应可以让他成为世上最伟大的英雄；阿佛罗狄忒的酬谢则是让他得到世上最美的女子。贪图美色的帕里斯把金苹果判给了阿佛罗狄忒。爱与美之神没有食言,将帕里斯带到了希腊的斯巴达,帮他拐走了绝世美女、斯巴达的王后海伦。此举激怒了整个希腊世界,各部落一致决定要帮助斯巴达王夺回海伦,洗刷耻辱。为此,他们组织起一支10万人的庞大联军,公推迈锡尼王阿伽门农为统帅,以阿基琉斯为主将,乘坐1000艘战船,渡海攻打特洛伊。此间,奥林波斯诸神也分成了两派,赫拉和雅典娜支持希腊,而阿佛罗狄忒当然支持特洛伊。大战打了整整10年,希腊联军久攻不下,疲惫不堪。

特洛伊战争的第10个年头,希腊人扎营在特洛伊和海岸之间,四处掳掠,破坏周围的城域和乡村。他们攻占某地以后,俘虏了阿波罗祭司克律塞斯的女儿克律塞伊斯,将她作为荣誉的赠品献予希腊联军统帅阿伽门农。阿伽门农拒绝了克律塞斯用巨款赎回女儿的哀求,还粗暴地羞辱了他。在祭司的祈求下,阿波罗使瘟疫降临希腊人的营寨。为了弄清灾难的起因,希腊人中最勇武的英雄阿基琉斯召集希腊人开会。会上,先知卡尔卡斯说出了真相,指出必须满足克律塞斯的请求。阿伽门农被激怒了,他答应放回克律塞伊斯,要求用阿基琉斯的女俘作补偿。阿基琉斯要用武力保卫自己的权利,被女神雅典娜所制止。他愤怒地宣布,他和他的部下将待在营帐里,不参加战斗。阿伽门农果真把克律塞伊斯送还她的父亲,强占了阿基琉斯的女俘。阿基琉斯的母亲、海上女神忒提斯按照儿子的愿望,到奥林波斯山上,请求宙斯为了阿基琉斯所受的屈辱,惩罚阿伽门农和希腊人的军队。宙斯点头应允。

阿基琉斯画像

宙斯给阿伽门农托梦,让他重新开战。阿伽门农假装建议希腊人回国,以考验他们的情绪。希腊人信以为真,纷纷向船只奔去。在雅典娜的指使下,奥德修斯出面斥责他们,要他们服从宙斯授权的统帅和巴赛勒斯(旧译国王)。局势渐渐稳定下来。丑陋的忒耳西忒斯指责阿伽门农欺骗大家,企图鼓舞人们回国,结果被奥德修斯痛打一顿。奥德修斯号召他的同胞战斗到最后胜利。老将涅斯托耳建议阿伽门农按部落和胞族编制军队。于是,希腊人立即准备投入战斗。阿伽门农和其他巴赛勒斯一起视察了全军。

特洛伊人闻讯,急忙拥到城外,摆好阵势。统率他们的是赫克托尔——特洛伊巴赛勒斯普里阿摩斯的长子。

战斗即将开始之际,普里阿摩斯的次子帕里斯向希腊人挑战,建议进行一对一的决斗。他妻子海伦的前夫墨涅拉俄斯出来应战。双方约定,海伦及其财物均归决斗的胜利者所有,以结束战争。普里阿摩斯和长老们一起在城楼观战,海伦向他们介绍希腊的英雄。决斗中,帕里斯被墨涅拉俄斯打翻在地,却被爱神阿佛罗狄忒用云包住,送回海伦的卧室。墨涅拉俄斯徒然在地上找了好久。

这时,众神正在讨论双方和与战的问题。会后,雅典娜就到战场上,唆使特洛伊人的盟友潘达洛斯向墨涅拉俄斯射了一箭。墨涅拉俄斯的伤不重,破坏协议的行为却激起了希腊人的愤慨，他们立即又向敌人猛扑过去。

战斗中，希腊英雄狄俄墨得斯杀了很多特洛伊人，其中包括潘达洛斯，并使埃涅阿斯受了重伤。埃涅阿斯的母亲阿佛罗狄忒飞来将儿子救出战场。狄俄墨得斯并不把这位女神放在眼里，追上去将她的手刺伤。战神来帮助特洛伊人，也被雅典娜支持的狄俄墨得斯刺伤。

狄俄墨得斯与特洛伊人的盟友格劳科斯相遇。他们知道他们的前辈有过友好交往以后，便停止了战斗。赫克托尔见希腊人得势，就回到城里，请母亲卡柏和妇女们一起去向雅典娜祈祷，使他们的城市免遭毁灭。赫克托尔又去找帕里斯，批评、激励帕里斯参加战斗。他顺便回到家中，想看一看妻儿，未能如愿，却在城楼下遇到他的妻子安德洛玛克和幼子阿斯提阿那克斯。妻子劝他珍爱自己，他表示，为了父母妻小，宁可死掉，也不当懦夫。他摘下头盔，亲了亲儿子的小脸蛋，又投入了战斗。

特洛伊人渐渐占了上风。赫克托尔向希腊人挑战，一对一决斗。希腊英雄有些胆怯，抓阄的结果，由大埃阿斯和他对阵。直到夜色降临胜负仍未分，两人互换赠品，停止了战斗。第二天，双方休战，焚烧死者。希腊人趁机在营寨周围挖下了壕沟，筑起壁垒。

战斗重新开始。按照宙斯的意志，希腊人被打得大败。狄俄墨得斯企图挡住敌人的进攻，均属徒劳。赫克托尔率领特洛伊人直打到希腊人的壁垒跟前。战斗的失利使阿伽门农悔悟了。在朋友们的劝告下，他派使节去与阿基琉斯讲和。阿基琉斯却怒气未消，无动于衷。

当夜，狄俄墨得斯和奥德修斯潜入特洛伊的营寨，杀死他们的十二个同盟者，其中包括刚刚来支援的色雷人首领瑞索斯，乘着他的骏马顺利回到希腊人当中。

天亮以后，战斗继续进行。尽管阿伽门农建立了不少战功，敌人仍在顽强进攻。狄俄墨得斯、奥德修斯、阿伽门农等很多希腊英雄受伤退出了战斗。阿基琉斯派自己的密友帕特洛克罗斯去察看形势。赫克托尔用巨石打穿了大门，冲进希腊人的营寨。激战在营寨中展开。

在危急关头，天后赫拉把宙斯引进了卧室。海神波塞冬趁机鼓舞希腊人。赫克托尔被大埃阿斯用石头打中，他的战友将他救出战场，希腊人才得以打退敌人的进攻。宙斯醒来，明白了赫拉的诡计，便禁止众神帮助希腊人，以使特洛伊人取得决定性的优势。赫克托尔再次冲进希腊人的营寨，并烧毁了他们一条战船。

帕特洛克罗斯向阿基琉斯报告了局势的严重，征得他的同意，穿上他的盔甲，把敌人赶出了希腊人的营寨。然而，他忘记了阿基琉斯不许他离开营寨的劝诫，一直追击敌人，被赫克托尔杀死在特洛伊城下。赫克托尔剥下他的盔甲，还想拖走尸体，大埃阿斯赶来阻止。围绕他的尸体展开了激烈争夺。阿基琉斯得知密友的死讯，放声大哭，开始把愤怒转移到赫克托尔身上。他徒手冲到壕沟边，高喊着吓唬特洛伊人，希腊人趁机抢回了帕特洛克罗斯的尸体。

匠神赫淮斯托斯应女神忒提斯之请，连夜为阿基琉斯锻造了新的盔甲和盾牌，盾牌上雕刻了很多日常生活的场景。第二天早晨，阿基琉斯与阿伽门农和解，穿上新锻造的盔甲出战，他的战马发出不祥的预兆，也未能把他吓住。他一心想的只是尽自己的义务,为朋友报仇。

新的战斗开始了。阿基琉斯杀死了很多特洛伊人,到处寻找赫克托尔。赫克托尔却按照阿波罗的劝诫,避免和他相遇。阿基琉斯把很多特洛伊人杀死在特洛伊城附近的卡珊托斯河的河湾中,致使河水变红,尸体填满了河道。河神受辱,起而反对阿基琉斯。匠神赫淮斯托斯立即赶来用火制服了河神。这时,在庇护敌对双方的众神之间爆发了激烈的战斗。

老态龙钟的普里阿摩斯和赫柏祈求他们的儿子赫克托尔躲在城内,荣誉感却不允许赫克托尔回避战斗。赫克托尔看见阿基琉斯接近了自己,立即感到恐惧,开始败逃。阿基琉斯紧追不放。他们围着特洛伊城跑了三圈,宙斯决定了他们的命运。阿基琉斯在雅典娜帮助下杀死了赫克托尔,并把他的双脚拴在战车上,拖着他的尸体回营。赫克托尔的双亲在城墙上见了,痛哭不止。安德洛玛克闻讯赶来,昏倒在城楼上。

第二天,阿基琉斯为帕特洛克罗斯举行了隆重的葬礼:一些动物和十二个特洛伊俘虏被杀献祭,还进行了所有希腊英雄都参加的竞技比赛。

十天以后,普里阿摩斯在神使赫尔墨斯的保护下,趁着黑夜到希腊人的营寨中赎取儿子的尸体。他跪在阿基琉斯的脚下,吻着他那双杀人的手,提醒他记起自己的老父。不久之前还疯狂渴望复仇的阿基琉斯被感动了。他把赫克托尔的尸体还给普里阿摩斯,还答应休战十二天,让死者得以荣誉地安葬。

赫克托尔的尸体终于在亲人的哭声中焚化,骨灰按应有的礼仪埋葬。

最后伊大卡岛国的国王奥德修斯设下了著名的木马计。希腊联军佯装退兵,将一具巨大的木马留在城外。特洛伊人将木马当作战利品拖回城中。深夜,当城中一片狂欢时,藏匿在木马腹中的希腊精兵打开机关溜了出来,与埋伏在城外的军队里应外合攻下了特洛伊。大批特洛伊人沦为奴隶,希腊军队洗劫了城中的珍宝,各路英雄分头返回自己的家园。

《奥德赛》

特洛伊毁灭已十年。然而,希腊联军中最机智的英雄,伊大卡岛国王奥德修斯还没能返回故乡。原来是海神波塞冬在和他作对,因为他弄瞎了波塞冬之子独眼巨怪波吕裴摩斯的眼睛。

一天,奥林波斯山众神趁波塞冬缺席,决定让奥德修斯返回家园。

奥德修斯忠贞的妻子珀涅罗珀和儿子忒勒马科斯一直在期待他归来。但是,一百零八个氏族首领纷纷向珀涅罗珀求婚,企图借此得到奥德修斯的职务。他们每天都在他家里作威作福,摆设酒宴,消耗他的财产。珀涅罗珀厌恶他们,但又无法摆脱他们。她以公爹拉厄耳忒斯不久于人世,为他准备后事为借口,拖了三年。后被一个女仆出卖,天天被逼着答应求婚者的请求。忒勒马科斯是父亲走后长大的,还很年轻,不但不能对付这些求婚者,还随时有被害的危险。众神商议之后,始终庇护奥德修斯的女神雅典娜,根据宙斯的意旨,变成奥德修斯的友人,来到忒勒马科斯跟前,鼓励他动身去找奥德修斯昔日的好友,探听父亲的消息。

于是,忒勒马科斯召集了公民大会,请求给他一条船去寻找父亲。那些求婚者以这个会不合法为由,解散了会议,拒绝了他的请求。这时,雅典娜又变成受托照管奥德修斯家事的门托耳,给忒勒马科斯搞到一条船,帮他悄悄离去。他先到皮罗斯去找涅斯托耳,受到他热情的招待,但没得到父亲的一点消息。在涅斯托耳的劝告下,他又去找希腊英雄中最后回到家乡的墨涅拉俄斯。墨涅拉俄斯告诉他,奥德修斯活着,听说就在女神卡吕普索的岛上。

众神再次在奥林波斯集会,决定使奥德修斯返乡。神使赫尔墨斯去向卡吕普索宣布了这个决定。卡吕普索爱上了奥德修斯,要他娶她,答应可以使他永生。奥德修斯毫不动心。他离开卡吕普索,乘木筏顺利地航行了十七天,渐渐接近了家乡的海岸。波塞冬突然发现了他,掀起了猛烈的风暴。由于众神帮助,木筏虽被打散,奥德修斯却漂到了斯刻里亚岛。他疲惫不堪地在河口附近的灌木丛中沉沉睡去。

次日清晨,瑙西卡在雅典娜授意下到河口洗衣,她是当地的巴赛勒斯阿尔喀诺俄斯的女儿。奥德修斯恳求她援助,按她的劝告去见阿尔喀诺俄斯。主人热情接待他,为他举行盛宴。席间,著名歌手得摩多科斯吟咏奥德修斯在特洛伊城下建树的功勋,奥德修斯听了掩面而泣。他应主人请求,讲述了自己后十年的遭遇:离开特洛伊,他和他的同伴首先漂到喀孔涅斯人的海岸,随后被吹到忘果的产地。他的一些同伴

奥德修斯智斗独眼巨人

吃了忘果,忘了世事,不再想念家乡。在海神之子波吕裴摩斯的山洞里,他靠智慧弄瞎了巨怪的独眼,死里逃生。后来,风神埃俄罗斯赠他风袋使他顺利航行。伊塔刻已经在望时,由于同伴们好奇,船又被吹到远方。船队驶到拉摩斯,遇到吃人的巨人,十二只船中只有他所在的一只得以幸免。在魔女喀耳刻的海岛上,他的一些同伴被魔女变成了猪,他靠神使赫耳墨斯帮助,制服了她的魔术,受到殷勤招待。在喀耳刻的帮助下,他游历了冥界,听了先知忒瑞西阿斯的预言,与自己的母亲及阿基琉斯等英雄的幽灵交谈,知道了家里的情况。在冥界,他还看到了坦塔罗斯所受的苦难,西叙福斯所做的苦工。离开喀耳刻以后,他顺利地从塞壬(以歌声诱人的女妖)旁边驶过。从海怪斯库拉和大旋涡卡律布狄斯中间穿过时,他又失去了几个同伴。在特里那克里亚岛,同伴们不顾他的警告,宰食了太阳神的神牛。他们驶离该岛以后,得到了应有的惩罚:船被风浪击碎,所有的人都葬身海底,只有他抱住了桅杆,漂到了卡吕普索所在的俄古癸亚岛。

阿尔喀诺俄斯听了他的叙述,十分感动,赠给他很多礼品,让人把他送回家乡。船到伊大卡恰逢夜晚。水手们小心翼翼地将熟睡的奥德修斯抬进了一个山洞,把礼物放在他的身边。刚一醒来,他被雅典娜用浓雾遮住了眼睛,没有认出自己的故乡。雅典娜拨开迷雾后,他认出了自己的祖国,立即跪下去狂吻大地。女神先教他如何对付那些求婚者,然后将他变成一个老朽的乞丐,打发他去找给他牧猪的欧迈俄斯。

欧迈俄斯热情地接待了客人。奥德修斯对他叙述了关于自己的虚构故事,同时告诉他,奥德修斯活着,可能很快就会回到家乡。这时,雅典娜正托梦给忒勒马科斯,要

他赶快回家,去找欧迈俄斯。忒勒马科斯到了那里,当牧猪人外出,只剩下父子二人的时候,奥德修斯向儿子说明了真相,和他一起商定了惩罚求婚者的计划。

第二天,忒勒马科斯走回宫中。过了一会儿,欧迈俄斯把变成乞丐的奥德修斯也领到宫里。奥德修斯请求正在饮宴的求婚者施舍。凶恶的求婚者安提诺俄斯抓起一只凳子就朝他砸去,还唆使乞丐伊洛斯和他决斗。珀涅罗珀听说新来的乞丐知道奥德修斯的消息,很想亲耳听到,便让那些求婚者一一散去。夜里,奥德修斯留在宫里,与儿子一起,把武器从仓库搬到经常设宴的大厅。深夜,他被带到珀涅罗珀面前。他自称是克里特人,说奥德修斯在去特洛伊的途中,经过克里特,他亲眼见过。他详细地描述了奥德修斯当时的衣着相貌,还告诉她,听说奥德修斯活着,最近就会回来。珀涅罗珀听了十分激动,她让老女仆欧律克勒亚给客人洗脚,表示感谢。欧律克勒亚是奥德修斯的乳母,她根据脚上的伤痕认出了奥德修斯,奥德修斯禁止她对人声张。

那些求婚者第二天又来到奥德修斯的宫中饮宴,并阴谋杀害忒勒马科斯。珀涅罗珀让人从库中搬出奥德修斯的弓箭,提议进行射箭比赛,谁取得胜利,她就选谁做自己的丈夫。结果,没有一个求婚者能拉开奥德修斯的弓。这时,奥德修斯已确信欧迈俄斯和另一个仆人的忠诚,向他们说明了身份,命令他们准备战斗。求婚者安提诺俄斯建议将比赛推迟到第二天,奥德修斯却请求让自己试试看。忒勒马科斯不顾求婚者的嘲笑,把弓递到了他手里。奥德修斯毫不费力地张开他所熟悉的弓,一箭中的。他给了忒勒马科斯开始战斗的信号,就突然一箭将安提诺俄斯射死。求婚者恍然大悟,明白了站在他们面前的是奥德修斯,于是企图自卫。结果,求婚者全部被杀,只有歌手斐弥俄斯和使者墨冬,由于忒勒马科斯的求情,侥幸得以生存。

珀涅罗珀在卧室里,对发生的事一无所知。欧律克勒亚跑到她跟前,告诉她奥德修斯已经回来,求婚者全被杀死。珀涅罗珀觉得这个消息简直不可置信。奥德修斯用确凿的证据证明了自己的身份。珀涅罗珀终于认出了自己的丈夫,激动得很长时间一句话也说不出来。

第三节　荷马史诗的基本内容和主题思想

荷马史诗是古代希腊从原始公社制向奴隶制过渡时期的产物,极其广泛而生动地反映了这一时期希腊社会的政治、经济、军事、风尚等各方面的情况。

一、在政治经济方面

第一,私有财产的产生。原始社会后期,因为生产力有所提高,社会财富增加,从而出现了私有财产,形成了私有制度。如史诗中描写的,战争中获得的金银财物和俘房,都作为私有财产分配给各个战将,不许别人抢走和占有。阿伽门农要抢走分给阿基琉斯的一名女俘,引起后者的拒不出战就是对侵犯私有财产的抗议。第二,阶级分化的出现。在私有财产和私有观念的基础上发生了人类历史上最初的阶级分化:依据财产和社会地位的不同居民中已有贵族、平民和奴隶的区别。从史诗描写中可以看出,城邦的各级首领和率兵参战的头目"王",都是大大小小的奴隶主;而豢养牲畜、从事家务劳动伺候他们的则是奴隶。虽然土地归公社所有,但贵族占有最好的土地,过着豪华的生活；奴隶地位卑贱、处境悲惨，但还有别于奴隶社会。

二、在军事方面

表现出氏族社会向奴隶社会过渡的特点。当时攻打特洛伊的军队是一支由氏族部落结成部落联盟的军队。部落中最高权力属于民众大会，民众大会以外有长老会议，是一种决策机构。但民众大会的作用开始变小，而贵族起着决定作用。

三、在社会风尚方面

随着一夫一妻制的建立，要求妇女重视贞操，妇女的地位随之降低。

四、在思想内容方面

笼统说来，荷马史诗又被称为"英雄史诗"（Heroic Epic），这主要是因为史诗表现了那个"英雄时代"拼搏进取、建立功勋的英雄主义价值观和人生态度。具体而言，《伊利亚特》是欧洲文学史上第一部战争题材的作品，其主题是歌颂战争中的爱国主义、英雄主义和集体主义精神。《奥德赛》是欧洲文学史上第一部以个人经历为题材的作品，赞美人凭借意志和智慧与自然力的顽强拼搏、歌颂坚贞不渝的爱情是其基本主题。

第四节 阿基琉斯形象分析

阿基琉斯是一个以英雄主义为核心同时又具有丰富人性的文学形象。渴望战斗、渴望冒险的英雄主义是其性格中最突出的方面。阿基琉斯有着刚直的鼻子和坚强的下巴以及魁梧有力的身躯和非常高强的武艺，刚生下来的时候他母亲得到了先知的警告：你的儿子要么默默无闻而长寿，要么在战场激战中早死。阿基琉斯毅然决然选择了后者。母亲很悲伤，但阿基琉斯却义无反顾地上了战场。他武艺高强，在战场上连连获胜，以至于特洛伊士兵一听到他的名字，一看到他的铠甲出现，就心惊胆战、魂飞魄散。当他的朋友帕特洛克罗斯被特洛伊人杀死后，他愤怒至极，这时他表现出来的不只是勇敢，而且带有一种残暴，他一路杀过去，尸体堆积如山，把河道都堵塞了。河神说他不能这样乱杀人，阿基琉斯不由分说挺起长矛对着河神就刺，吓得河神惊慌逃窜。当杀死帕特洛克罗斯的赫克托尔出来和他对决的时候，赫克托尔建议立一个约定：如果谁杀死了对方，不要凌辱他的尸体，把他的尸体送还给他的家人。阿基琉斯不由分说拿枪便刺。他杀死了赫克托尔，赫克托尔在临死前再一次哀求阿基琉斯不要凌辱他的尸体，他根本不听，把赫克托尔的尸体拴在马后，绕着帕特洛克罗斯的尸体跑了三圈，然后再解下来，让周围的将领每人都戳一枪，戳得赫克托尔的尸体千疮百孔，而且他下令暴尸三天。这里我们看到渴望战斗、渴望冒险的阿基琉斯，在愤怒的时候甚至表现出一种很强烈的残忍。

天真、温和与善良是阿基琉斯性格的第二面。比如他和帕特洛克罗斯之间的友情就非常温馨感人。他把帕特洛克罗斯从家里带出来时向他父亲保证说：我一定在战争结束后把你儿子安全地给你带回来。他的温和、善良特别表现在杀死赫克托尔后，赫克托尔的老父亲只身潜入了阿基琉斯的军帐,阿基琉斯非常惊讶:"你不怕我的手下把你给杀掉吗?"但这个白发苍苍的老人跪在他面前,吻着他的手,对他说:"请看在你也有一个像我一样的白发苍苍的老父的份上!"阿基琉斯立刻想起了自己年老的父亲,心肠一下子就软了下来。赫克托尔的父亲说:"我一共有50个儿子,在这场战争中一个一个地被你们杀掉,赫克托尔是我最后一个儿子,我恳求你把他的尸体给我。"这时阿基琉斯心里难过极了,对赫克托尔的父亲说:这场战争完全是宙斯一手造成的,他大骂万神之父,自己亲手捧起赫克托尔的尸体,放在一张床上,请特洛伊老王带走,并答应他在12天之内休战,以便老国王可以从容地安葬自己的孩子。

对个人尊严和荣誉的极度敏感是阿基琉斯性格中极为重要的一面。阿基琉斯的第一次愤怒,就是因为希腊联军统帅阿伽门农凭着自己的地位和权势带走了阿基琉斯帐下最心爱的一个女奴。阿基琉斯不仅心疼他帐下的女奴,而且感到自己的尊严受到了污辱,不禁火冒三丈,七窍生烟。他说:"我绝对不再为你们打仗,我不能被你们瞧不起。"随后,不管特洛伊人怎么攻打希腊联军,希腊联军即使死伤无数,阿基琉斯就是按兵不动。这就是阿基琉斯性格中最重要的一面——对于个人尊严、荣誉的极度敏感和坚决维护,决不允许任何人在这方面对他有一点侵犯。

根据以上阐析可以勾勒出阿基琉斯性格的主要方面:忘我的残忍的战斗精神,天真、温厚、善良的情感,再加上对个人尊严和荣誉的敏感意识,这三点构成了阿基琉斯性格的三角形,它的核心是个人本位。这个三角形像一个旋转的蛋白石,旋转到某一个侧面就突出了某一种性格,但从整体上看,他又是一个完整的丰满的人。正如黑格尔所言:

> 关于阿基琉斯,我们可以说:"这是一个人!高贵的人格的多方面性在这个人身上显出了它的全部丰富性。"①

阿基琉斯还是希腊民族精神和民族性格的代表性形象。别林斯基曾经讲过:长篇史诗的登场人物必须是民族精神的十足的代表②。这是阿基琉斯这个人物身上所体现的思想、历史的内涵。为什么说在阿基琉斯身上体现了希腊的民族精神和民族性格?冯友兰先生在讲到海洋国家和大陆国家的区别时,借用了孔子的一段话:

> 我们还可以套用孔子的话,说海洋国家的人是知者,大陆国家的人是仁者,然后照孔子的话说:"知者乐水,仁者乐山;知者动,仁者静;知者乐,仁者寿。"③

众所周知,希腊是一个海洋国家,而中国基本上是一个大陆国家。海洋国家崇尚大海,具有一种像大海一样的汹涌澎湃的性格;而大陆国家崇尚的是高山,有一种大山似的稳健的性格。希腊这样的民族,喜欢动,喜欢斗争,喜欢冒险;而中国的民族性格中,更多的是崇尚和谐,是温柔敦厚。希腊这样的海洋国家,喜欢享受现世的欢乐,尽管他们意识到了这样的享受可能会给他们带来灾难;而作为大陆国家的中国,我们的民族比较崇尚节制自己的欲望,而由此来求得人生的长寿。

---

① 黑格尔:《美学》(第1卷),朱光潜译,商务印书馆1996年版,第303页。
② 《别林斯基选集》(第3卷),满涛译,上海译文出版社1980年版,第46页。
③ 冯友兰:《中国哲学简史》,涂又光译,北京大学出版社1985年版,第35页。

阿基琉斯还是一个具有普遍人生哲理意义的形象。如果扩及我们人类的生命价值观上,阿基琉斯的形象显然昭示了两种截然不同的人生追求和生活方式:是平庸而长寿,还是辉煌却早亡。前者重在企望生命的数量和长度,后者重在追求生命的质量和强度。很明显,世界上所有的人甚至所有的民族,都可据此一分为二。

第五节 《奥德赛》的多重主题

一、表现人与强大自然力的搏斗

《奥德赛》赞美人的意志,肯定人的智慧力量和道德力量;歌颂坚贞不渝的爱情,维护一夫一妻制度的道德规范。

二、隐喻人在走向精神家园的过程中必须经受的心灵历险和精神磨难

20世纪爱尔兰作家乔伊斯即受此启示,写出了著名的《尤利西斯》(*Ulysses*)①,表现现代人的精神漂泊。

英国18世纪批评家塞缪尔·约翰逊说:"一个民族接着另一个民族兴起来了,一个世纪又一个世纪的人们过去了,但是人类所能做的只是把荷马史诗中的事件重新安排一下次序,重新给他的人物命名,变变样子说出他的思想感情,此外就很少有其他内容了。"②

三、探讨"智者受难"的哲学主题

这一主题在古希腊文学中反复出现。尼采在《悲剧的诞生》中说:"智慧的刀锋被转向贤明的人;智慧是对自然所犯的罪行。"③智者以其智慧(人力)破坏自然法则,因而必遭"天谴",受到自然力可怕的报复,但人凭借自己的信念和意志必将胜利。制定"木马计"的奥德修斯是古希腊著名的"智多星",其命运印证了"智者受难"的哲学命题。

第六节 荷马史诗的局限性

一、夸大神的意志和命运的力量

在《伊利亚特》中,战争的胜负由神决定,最终由命运决定。在《奥德赛》中,奥德修斯的"十三难"同样是因为得罪了海神。

二、奴隶主贵族的立场

史诗作者明显站在奴隶主贵族的立场上判断是非曲直。如在《伊利亚特》中,丑

---

① 尤利西斯(Ulysses)是奥德修斯(Odysseus)的拉丁文名字。
② 《莎士比亚戏剧集》序言,朱生豪译,作家出版社1954年版。
③ 尼采:《悲剧的诞生:尼采美学文选》,周国平译,三联书店1986年版,第37页。

化敢于直言的士兵忒耳西忒斯的形象。在《奥德赛》中，肯定奥德修斯处罚求婚者的行为。

三、男权意识

"荷马史诗"中所谓的一夫一妻的道德新风尚，是针对女性而言的，男性并不受约束，如描写珀涅罗珀在家严拒求婚者，保护家庭财产，而奥德修斯却与仙女在岛上同居而不受道德谴责。这表现了作者的男权意识。

第七节　荷马史诗的艺术成就

一、戏剧式的结构

两部史诗都采用戏剧式的集中、概括和浓缩的手法，结构巧妙，布局完整。《伊利亚特》把10年战争集中在最后一年的51天，51天中又突出描写关键的20多天，20多天中重点描写4天；情节布置上围绕着阿基琉斯的两次愤怒展开，统领众多的人物、复杂的事件和纷繁的战争场面。《奥德赛》把主人公10年海上历险用倒叙的手法放在他临到家前最后一年中的40多天时间里来描述，具体又只写5天；情节上设置了两条线索：一是奥德修斯的海上历险，二是家中求婚者的围攻。两条线索围绕一个中心——全家团聚展开，突出了情势的紧急，强调了奥德修斯归乡的必要性和迫切性。

二、人物形象个性鲜明

在战争和自然的斗争中，英勇无畏的英雄主义精神是史诗中英雄的共性，但这种共性是通过每个英雄身上鲜明的个性体现出来的。阿基琉斯——蛮勇执拗、性烈易怒、任性自负、自私残忍，同时又富于友情、不失同情，士卒"敬而畏之"，是一个野蛮的英雄主义的典型形象；赫克托尔——虽不及阿基琉斯勇猛，但有正义感、为人宽厚、富于感情和集体精神、少原始人的粗暴野蛮，士卒"敬而亲之"，是一个成熟的英雄主义的典型形象；奥德修斯战斗不息、毅力惊人，同时又自私残忍，但他最突出的特征是足智多谋，是一个文明的英雄主义的典型形象。

三、语言具有民间文学的生动性和丰富性

史诗语言是自然朴质的民间口语，多从日常生活和自然现象中取譬，丰富多彩、贴切生动、新鲜奇特、富于哲理，被称为"荷马式比喻"。荷马擅长用比喻表现事物特征，史诗中大约出现了800多个新奇、生动、贴切的比喻。如写死亡："哗啦一声，黑夜就盖上了他的眼睛。"写被阿伽门农刺杀的敌将躺在地上，享用"青铜的睡眠"。写英勇的阿基琉斯用"青铜的嗓音"呼喊。写威武的赫克托尔像"一朵战云"，笼罩大地。在写到阿基琉斯绕城追赶赫克托尔时，史诗写道："像从山顶上飞起的大鹰鼓着迅捷的翅膀追扑着一只颤抖的鸽子，一个在跟踪猛追，一个在上下飞翔躲闪。"又如在写到军队的阵容时，史诗写道："在军士们集合拢来的时候，他们那些灿烂铜矛的闪光透过了高空，直达到天顶。那种光辉就像远远看去的火焰，仿佛高山顶上一个大森林弥漫着烈

火一般。"形容杀死希腊联军一个老王的对方年轻将领皮乐斯:"像一个春天刚蜕了皮的蛇,新鲜、年轻,但吐着毒信子。"荷马式比喻的特征是:神似与形似的合一,喻体包孕丰富的寓意。

四、奇特的想象

想象力体现了一个作家拓展表现空间的能力,荷马在《伊利亚特》中以丰富的想象,描写火神赫淮斯托斯为阿基琉斯打造盾牌,盾牌上雕刻的图案,囊括了整个世界:日月星辰、河流大地、婚礼诉讼、战争场面、耕耘收割、葡萄园、牧猎场和跳舞场等。在《奥德赛》中,奥德修斯的海上漂泊经历充满奇幻色彩,体现了史诗作者非凡的想象力。

五、风格上的阳刚与阴柔

《伊利亚特》写战争,刀光剑影,有阳刚之美;《奥德赛》写家庭,感情细腻,有阴柔之美。

六、结构上的网状和线状

《伊利亚特》故事发生的地点不变,人物你来我往轮流出场,是一种交叉的网状结构;《奥德赛》的中心人物不变,故事发生的地点不断变化,是一种不交叉的线状结构(也叫流浪汉式结构)。

七、创作方法上的浪漫与现实

在创作方法上,尽管两部史诗都有现实主义和浪漫主义的成分,但《伊利亚特》的主要倾向是浪漫主义,而《奥德赛》的主要倾向则是现实主义,这说明从第一部欧洲文学作品开始,就产生了两种创作方法的基本因素。

荷马史诗是西方古代文学的最高成就,是世界公认的最伟大的史诗,为世界四大名著之一,对欧洲文学的发展、后世作家的创作有着深远的影响。马克思说,就某方面而言,荷马史诗"是一种规范和高不可及的范本"。①

思考题

1. 如何认识荷马史诗的主题?
2. 荷马史诗中蕴含了怎样的思想观念?
3. 试析阿基琉斯形象。
4. 分析荷马史诗的艺术成就。

讨论题

奥德修斯"海上漂泊"的象喻意义。

---

① 陆梅林辑注:《马克思恩格斯论文学与艺术》(上),人民文学出版社1982年版,第95页。

第二章 古希腊戏剧的代表、西方悲剧的典范:索福克勒斯(Sophocles)的《奥狄浦斯王》(Oedipus the King)

教学重点:《奥狄浦斯王》评析。

第一节 索福克勒斯的创作

索福克勒斯在古希腊的戏剧比赛中击败"悲剧之父"埃斯库罗斯成为戏剧界泰斗,被誉为"戏剧艺术的荷马"。现存悲剧有《埃阿斯》《安提戈涅》《奥狄浦斯王》《厄勒克拉特》《奥狄浦斯在克罗诺斯》等7部。《奥狄浦斯王》是其代表作,被亚里士多德称为"古希腊悲剧的典范"。

索福克勒斯的创作特征有以下两点。

(1)对命运主题的延伸。更强调人的意志力量,突出命运的神秘、邪恶与强大,人在与命运的搏斗中,虽然在现实中失败了,但却在道义上获得胜利。

(2)艺术表现方面。首先采用第三个演员,加强了戏剧对话和动作;戏剧形式上突破了"三联剧"模式;首创"回顾式"结构,使情节更紧凑,冲突更激烈。索福克勒斯的创作标志着希腊悲剧的成熟。

索福克勒斯

第二节 《奥狄浦斯王》剧情概要

故事发生在英雄时代。奥狄浦斯猜破了狮身人面女妖斯芬克斯的谜语,解除了忒拜人的灾难,被拥戴为巴赛勒斯(国王)。

一天,奥狄浦斯从宫里走出来,看见宙斯的祭司和乞援的人们坐在宫前。在他的询问之下,祭司告诉他,忒拜遭了瘟疫,变得一片荒凉,赶快拯救忒拜。他宣布,他已派自己的内弟克瑞翁到皮托去求阿波罗的神示。正说着,克瑞翁回来了。克瑞翁按照他的吩咐,把神示告诉在场的人:应该严惩杀害前任巴赛勒斯拉伊俄斯的凶手。他决心把这个案子查清,消除瘟疫。

他向忒拜的长老们(剧中的歌队)宣布,凡知道杀害拉伊俄斯凶手的人,都应告发,不得隐瞒。他诅咒凶手,并且发誓说,假如凶手是他家里的人,他愿意承受自己的诅咒。长老们说不出凶手是谁,便建议他去问先知忒瑞西阿斯。这一点奥狄浦斯早已想到了,并已两次派人去请他。

忒瑞西阿斯在童子的带领下到来以后,奥狄浦斯一再请求他用自己的预言术拯救城市,他执意不肯。奥狄浦斯生起气来,诬说他就是谋杀拉伊俄斯的策划者。忒瑞西阿斯被逼不过,指出奥狄浦斯就是罪人。奥狄浦斯更加震怒了,他怀疑克瑞翁窥伺自己的职位,先知受了克瑞翁的收买。在长老们的劝解下,他们俩不欢而散。先知临走时预言,奥狄浦斯将从明眼人变成瞎子,从富翁变成乞丐。克瑞翁听说奥狄浦斯对他的指控,忍无可忍,来到长老面前。奥狄浦斯当面指责他想谋害自己,夺取巴赛勒斯的职位。克瑞翁列举确凿的事实,表明自己并不想做巴赛勒斯。奥狄浦斯不信,威胁要将他处死。两人争吵起来。奥狄浦斯的妻子、克瑞翁的姐姐伊俄卡斯忒出面干预,克瑞翁愤然而去。

伊俄卡斯忒向奥狄浦斯问明原委,想安慰他,便告诉他,神示说拉伊俄斯将死于亲子之手,结果却在三岔路口被一伙强人杀死。奥狄浦斯听了心神更加不安,他详细地追问拉伊俄斯被杀的情况,命令尽快把幸存的仆人找来。

奥狄浦斯心神不安的原因何在呢?原来,他在科任托斯的巴赛勒斯波吕玻斯膝下长大。他去皮托求神示,得知他注定杀父娶母。为逃避命运,他决定不再返回科任托斯。路上,由于口角,他曾杀死几个人,其中乘车的老者很像拉伊俄斯。

奥狄浦斯悲观厌世,疑虑重重。伊俄卡斯忒劝解无效,只得去求阿波罗。她刚从宫内出来,恰逢报信人从科任托斯来给奥狄浦斯报信。奥狄浦斯得到波吕玻斯的死讯,感到轻松了许多,以为杀父之说再不会应验。但因母亲还在,他仍不肯回科任托斯。报信人为解除他的顾虑,便告诉他,他并非波吕玻斯夫妇所生,而是拉伊俄斯的牧人将他给了自己,他自己又给了波吕玻斯。奥狄浦斯向伊俄卡斯忒打听那个牧人的情况,让她把那个牧人找来。伊俄卡斯忒劝阻无效,疯狂奔入宫中。

牧人被带来与报信人对质。牧人开始怎么也不肯说明,奥狄浦斯让人把他反绑起来以后,他被迫说出实情:说是忒拜国王拉伊俄斯得到神谕,他的儿子将会犯下杀父娶母的可怕罪孽。于是拉伊俄斯在儿子出生后,用铁丝穿捆了他的脚踵,命令仆人将这婴儿弃于荒山野岭喂狼。仆人出于怜悯,将孩子送给了自己。后来没有后代的科任托斯国王波吕玻斯将他收为养子,起名奥狄浦斯(意即双脚肿胀的人)。奥狄浦斯就是拉伊俄斯和伊俄卡斯忒为逃避命运,让牧人抛到山里的那个孩子。

奥狄浦斯刺瞎自己的双眼

一切都应验了。奥狄浦斯迅速跑进宫里,发现伊俄卡斯忒已经吊死。他把她的尸体放到地上,从她的身上摘下两只金别针,狠狠地朝自己的眼睛乱刺。他的胡须沾满了鲜血。他托克瑞翁照看两个女儿,并按自己的诅咒,请求克瑞翁将他驱逐出忒拜。

目睹奥狄浦斯的悲剧,长老们最后得出结论:一个人没跨过生命的界限、没有得到痛苦的解脱之前,就不要说他是幸福的。

第三节 《奥狄浦斯王》的主题探讨

一、表现人的意志与邪恶命运的强烈冲突

奥狄浦斯是集智慧、仁德、坚强意志于一身的完美人格的化身,命运被描述成一种神秘莫测的、残酷无情的、强大的异己力量。

人在与命运较量的过程中惨遭失败,但却在道义上、人格上为人类赢得了尊严。这出悲剧表现了古希腊人对外在力量的困惑、惧怕心理,表现人在这种异己力量面前的无能为力和悲愤情绪,而最突出的是肯定了人的抗争精神和意志力量。

二、表现男性潜意识中的恋母欲望

奥地利学者弗洛伊德认为:女性潜意识中隐藏有一种恋父的原欲;男性潜意识中则有着一种恋母的欲望。奥狄浦斯所谓"杀父娶母"其实体现了对母亲丈夫的替代和对父亲权威的"模仿欲望"。恋母情结此后也叫"奥狄浦斯情结"。

三、表现人的有限能力与永恒法则之间的对立

奥狄浦斯之所以深陷宿命魔掌,是因为他所代表的人的文明力量(人性)敌不过强大的自然力量(兽性),人的原始本能是神秘自然力(天道)的一部分,人的智慧、道德与意志(人力)在自然法则面前永远具有不可逾越的局限性。

四、表现人的弱点在于对邪恶力量的恐惧与逃避

《奥狄浦斯王》的主题其实体现了人对自身罪恶的逃避,残留在文明人潜意识中的动物原型,以邪恶命运的面目出现。因为恐惧,所以假托神谕告白,假借命运之手"曲折"地实现;因为恐惧,所以逃避。可是,为什么奥狄浦斯越是逃避就越是逼近命运的陷阱?这是因为:逃避是自我的异化,意味着丧失理性判断和主观能动性,换言之,逃避是被动行为,"被动"即被"它"动,被"它"控制,"它"即命运。其实,"神谕"或许是神对人开的玩笑,亦即人对自己开的玩笑,是一次对人的理性的恶意试炼,而人的失败在于被这个试炼吓昏了头,迷失了方向,败在输了勇气。

五、表现对人性恶的果报

拉伊俄斯犯罪在先,奥狄浦斯受难在后,前者是因,后者是果。因而,与其说奥狄浦斯是神赐予拉伊俄斯的一件可怕的礼物,以惩罚的方式满足了他求子的愿望,毋宁说是拉伊俄斯自作自受的必然恶果,体现了命运的逻辑力量:恶有恶报。

第四节 奥狄浦斯形象分析

奥狄浦斯是一个抗争命运的英雄,又是一个理想的人的典型。在得知自己杀父娶母的宿命后,他不是听天由命、任凭摆布,而是采取措施、积极抗争;尽管由于他的抗争,反而更快地陷入了命运的圈套,但他完全是不自知的;尽管他最后还是犯下了杀父

娶母的大罪,但却显现了他坚强刚毅的独立意志和不屈服于命运的英雄主义精神。除了对命运的顽强抗争外,奥狄浦斯还具有很多优秀品质:勇敢智慧、诚实正直、贤明爱民、勇担责任、不避惩罚等等。凭借勇敢和智慧,他除掉了危害忒拜百姓的狮身人面妖怪斯芬克斯;为了使忒拜城的瘟疫停止,拯救人民的性命,他按照神谕认真追查杀父娶母的凶手;当所有疑点都集中到自己身上时,他仍然不顾自己的利益,继续追查下去。百姓爱戴这样的国王,称他为"最高贵的人"。奥狄浦斯最后虽然被命运毁灭了,但他的行为是悲壮的,因为他无辜地承受着命运的打击;奥狄浦斯又是高贵的,因为他面对不可改变的命运仍奋起抗争,捍卫人的尊严与荣誉,这种"知其不可为而为"的大无畏英雄气概,正体现了人性的伟大和崇高。所以说,奥狄浦斯又是一个理想的人的典型。

奥狄浦斯形象的典型意义主要在于:在与残酷而强大的命运的斗争中,应该表现出具有独立自由意志的人应有的顽强和不屈。作者以奥狄浦斯顽强的意志和英雄行为鼓舞人们去面对厄运,肯定了人的自由意志和反抗命运的正义性,但也通过他的毁灭多少表现了人的意志在命运面前无能为力的思想,从而写出了自我意识觉醒后的人在面对强大而异己的自然和社会力量时内心的迷惘和无奈。

第五节 奥狄浦斯形象的多义性

一、神秘命运的受难者

"神秘命运"可指代任何一种人自身无法把握的异己力量,在外表现为自然法则和社会规律,在内表现为人性恶。奥狄浦斯充当了人类的替罪羊,代替全人类承当那万恶之罪——"杀父娶母"。实际上,"杀父娶母"只是一个寓言,只表示它是比亡国灭种更让人类尴尬的罪孽,只体现罪恶不可救赎的程度。从这个角度讲,奥狄浦斯的受难,具有道德警示意义和崇高价值。

二、"智者受难"的典范

奥狄浦斯破解了斯芬克斯之谜,治理忒拜王国,揭开了自己身世的真相,是智者。而智者以其智慧破坏自然法则和社会法则,必然受到自然力和社会力量的反击,必然受难。其受难方式——"杀父娶母",也是以破坏自然和人伦规范的形式出现的,所谓"以其人之道,还治其人之身"。梭罗在《瓦尔登湖》中说:"智力是一把刀子;它看准了,就一路切开事物的秘密。"①而智慧是一柄双刃剑:在切开事物秘密的同时,让使用它的人手上流血。

三、昭示了人的生存处境与人所能达到的境界

古希腊时代的人类,身处种种困境——险恶的自然环境与愚昧的社会环境,古希腊人将人的生存障碍称为"命运"。在命运的控制下,人身不由己,处境悲惨,丧失自由和自主能力,人只能以奥狄浦斯式的自戕方式与命运对抗。实际上,这是一切时代、

---

① 梭罗:《瓦尔登湖》,徐迟译,上海译文出版社1982年版,第91页。

一切种族、一切人的生存处境的缩影。

第六节 《奥狄浦斯王》的艺术特点

一、首创"回顾式"(倒叙式)结构

顺序结构:拉伊俄斯犯罪→神谕→弃婴→逃亡→杀父娶母→追凶→自我放逐。倒叙结构:追凶→(倒叙)弃婴→逃亡→杀父娶母→自我放逐。倒叙的作用:优化结构,使情节更紧凑,冲突更集中。

二、题材典范、效果震撼

人与命运的冲突,是自有人类以来人人关心的问题,但是,中外文学史上,没有哪一个作家表现得如此酷烈、震撼人心。秘诀在于戏剧冲突的强度,而这种强度来自题材之典范:人要逃避的是如此令人不齿的罪恶,他必将倾其全力;而这个罪恶是人力绝无可能颠覆的神谕——命运。双方的抗衡越是强烈,便越是具有震撼人心的力量。

三、在矛盾冲突中凸现人物性格

奥狄浦斯的智慧,其一放在破解斯芬克斯之谜中去表现,突出其对忒拜人的恩泽;其二放在追凶的过程中去表现,突出其正直和勇气。其美德在执着追凶、自我放逐等情节冲突中得到充分展现,集中展示了奥狄浦斯性格中的智慧力量、道德力量和意志力量,控诉了命运的不公正。

思考题

1. 如何理解《奥狄浦斯王》的主题?
2. 你怎样认识奥狄浦斯的典型意义?
3. 分析《奥狄浦斯王》的艺术特征。

讨论题

你怎样理解奥狄浦斯的"命运"?

第二编　中世纪欧洲文学概述

教学重点：骑士文学、中世纪欧洲文学的特点。

从公元476年西罗马帝国灭亡至1640年英国资产阶级革命，这是欧洲封建社会的历史时期，史称"中世纪"。这一时期，一般分为三个阶段。初期(5—11世纪)是封建社会形成时期，中期(12—15世纪)是封建社会兴盛时期，后期(16—17世纪中叶)是封建社会解体和资本主义兴起时期。就文学史而言，中世纪文学史包括欧洲封建社会初期和中期的文学。从14世纪开始，文学的主流是近代资产阶级文学，不属于中世纪文学的范畴。

一、中世纪欧洲历史文化背景

欧洲中世纪是封建社会建立和发展的时代。封建社会最显著的特征是政教合一，基督教会成为封建统治的主要精神支柱。封建主依靠宗教巩固自己的权力，教会依附封建王国，扩大自己的势力范围和影响。教会垄断文化教育，竭力树立神的绝对权威。中世纪文化占主导的是基督教文化，一切都染上了浓厚的宗教色彩。尽管教会对古希腊、罗马文化采取敌视、排斥的态度，但古代文化的传统并没有完全消失，民间世俗的文化活动仍然活跃，并逐渐表现出反封建反教会的特点。

二、中世纪欧洲文学概况

中世纪欧洲文学主要包括教会文学、英雄史诗、骑士文学、城市文学四种类型。

(一) 教会文学

教会文学是中世纪欧洲盛行的正统文学，作者大多是教会僧侣，用拉丁文写成，大多取材于《圣经》。基本体裁有圣经故事、圣徒传、祷告文、赞美诗、圣徒言行录、宗教剧等，主要内容是赞美上帝和歌颂圣徒的德行，宣扬宗教教义，鼓吹禁欲主义和来世思想。在艺术上多采用梦幻故事形式和象征、寓意的表现手法。

(二) 英雄史诗

英雄史诗是中世纪文学的突出成就。分早期史诗和后期史诗两大类。早期英雄史诗形成于中世纪初期，反映蛮族各部落处于氏族社会末期的生活，这些民族尚未被封建化，也未受基督教影响，具有较浓的神魔色彩和巫术气氛，代表作包括日耳曼人的《希尔德布兰特之歌》、盎格鲁-萨克逊人的《贝奥武甫》(一译《贝奥武夫》)、爱尔兰人的《夺牛长征记》、冰岛的"埃达"和"萨迦"、芬兰的《卡勒瓦拉》和日耳曼人的《希尔德布兰特之歌》。这类史诗和荷马史诗同是氏族社会末期的产物，都歌颂部落英雄，以神话传说或历史人物事件为依据，神干涉人的命运，人对诸神逐渐失去敬仰。早期英雄史诗具有异教精神,所以受到天主教会的严重摧残,许多史诗都被焚毁。《贝奥武甫》是迄今所知的最古老、最完整的英雄史诗,全诗共分两部分。第一部分写瑞典南部耶阿特族贵族青年贝奥武甫渡海到丹麦,替丹麦人消灭为害的巨妖格伦德尔和巨妖的母亲。诗中特别强调主人公的见义勇为、徒手搏斗的英雄气概。第二部分写五十年后贝奥武甫作为国王为本族杀死焚烧人民房屋的火龙并因而牺牲的事迹,歌颂了主人公忘我无私、具有高度责任感的道德品质。他虽然是部落贵族,但不脱离人民,体现了氏族社会瓦解时期部落人民的理想。诗中常用对比、对话和插语等方法,突出主人公英勇、正直的性格。

后期英雄史诗虽然也以歌颂英雄为主,但表现的却是欧洲各民族高度封建化以后的产物,原始神祇逐渐消失,封建君臣、主仆关系和骑士制度的痕迹则得以体现,在基督教的影响下,英雄们的壮举往往表现为反对异教徒的斗争。这类史诗的代表作包括法国的《罗兰之歌》、西班牙的《熙德之歌》、德国的《尼伯龙根之歌》和古罗斯的《伊戈尔远征记》等。其中《罗兰之歌》是此类史诗中最重要的作品,史诗以十字军东征为背景,记载了一个典型的表现爱国忠君主题的故事。主人公罗兰是法兰克国王查理大帝的十二重臣之一。查理大帝在西班牙对阿拉伯人作战,萨拉哥萨山国国王马尔西勒遣使求降。查理大帝指派加纳隆作使臣,去和马尔西勒议定投降条件。叛徒加纳隆却向马尔西勒献策,在查理大帝班师回国时,袭击他的后卫部队。罗兰是后卫部队的主将,他和他的战友们以及二万精兵在英勇战斗并击毙了无数敌人后,全都壮烈牺牲。最后,查理大帝为法兰克军队报仇,消灭全部敌人,并将加纳隆处死。诗中把罗兰写成一个理想的骑士,他爱国、忠君,对敌勇敢作战,不惜献出自己的生命,阵亡时,他把脸朝向敌人,以表示其仇恨和不屈。艺术上采用重叠法和对比法。

(三)骑士文学

骑士文学是欧洲中世纪世俗封建主文学的主要成就。它是骑士制度的产物。骑士文学反映骑士精神,其主要内容是骑士的征战冒险以及他们与贵妇人之间的爱情,主要体裁有骑士抒情诗和骑士传奇,在法国最兴盛。

骑士抒情诗以法国南部普罗旺斯为中心,主题是讴歌骑士之爱,即所谓骑士的"典雅爱情"。其种类有牧歌、夜歌、破晓歌、怨歌等,其中最著名的"破晓歌"就是描述骑士与贵妇人幽会之后在破晓时分依依惜别的情景。恩格斯指出,在中世纪统治阶级中,婚姻是包办的,是一种政治行为,是封建主扩大自己势力的机会,而骑士之爱则是历史上第一次出现的个人之爱,其作用是破坏了封建主夫妇之间的忠诚,并且说普罗旺斯爱情诗的精华是"破晓歌"。

骑士叙事诗(或称骑士传奇)是骑士文学的主要类型。内容主要描写骑士或为博得贵妇人欢心,或为骑士荣誉,或为保卫基督教而与妖魔、怪兽、魔法师、异教徒进行斗争的故事。骑士之恋和骑士冒险经历相结合形成骑士叙事诗的基本特点。骑士叙事诗情节离奇,格调玄虚,缺乏现实生活基础。这类作品着意表现骑士对英雄气概、个人荣誉、典雅风度和侠义品格的追求,反映了封建贵族的生活理想。

骑士传奇的中心在法国北方,按题材来源分为古代、不列颠和拜占廷三个系统。

古代系统一般是模仿古希腊、罗马文学的作品,像《亚历山大传奇》《特洛伊传奇》

《埃涅阿斯传奇》等。这些传奇写古希腊、罗马故事,但它们的英雄则具有中古骑士的爱情观点和荣誉观点。

不列颠系统是围绕古克尔特王亚瑟的传说发展起来的,其中主要写亚瑟王和他的圆桌骑士的故事。这些故事在西欧各国流传很久。法国诗人克雷缔安·德·特洛亚(12世纪)是这个系统的代表作家。他的主要作品有《朗斯洛或小车骑士》(1165年)、《伊凡或狮骑士》(1175年)、《培斯华勒或圣杯传奇》(1180年)。《朗斯洛或小车骑士》是最典型的骑士传奇,写亚瑟王的骑士朗斯洛和王后耶尼爱佛的恋爱。为了寻找耶尼爱佛,朗斯洛不惜牺牲骑士的荣誉,不骑马而坐上小车,随后又冒生命危险爬过一道像剑一样锋利的桥。在比武场上,不论耶尼爱佛命令他退让或还击,他都唯命是从,绝对忠诚。他集中体现了骑士的爱情观点。

拜占庭系统是依据拜占庭古希腊晚期故事写成的作品。《奥迦生和尼哥雷特》(13世纪)写贵族子弟奥迦生爱上女奴尼哥雷特,遭到父亲的反对。他为了爱情忘了保卫国家、抵抗外敌的骑士责任。作品中咏唱和叙述互相交替,咏唱部分是用韵文写的,叙述部分是散文体。

骑士传奇反映的生活面狭窄,虚构成分较多。它往往以一两个骑士为中心人物,把他们的冒险经历组织成一个长篇故事,在人物外形、内心活动、生活细节等方面都有细致的描写,对话生动活泼。这些艺术特点使骑士传奇初步具备了近代长篇小说的规模。

(四)城市文学

城市文学又称市民文学,它是12世纪以后随着工商业中心城市的兴起而产生的反映市民思想感情的世俗文学。城市文学是在民间创作的基础上发展起来的。它取材于现实生活,充满乐观精神。其主要内容是揭露、抨击封建主和僧侣的残暴、贪婪、愚蠢,赞美市民的勇敢、机智、聪敏,具有鲜明的反封建、反教会的倾向。在艺术上,它的主要手法是讽刺,风格生动活泼,因受教会文学影响也采用隐喻、寓意和象征等手法。城市文学的主要形式有长篇叙事诗、短小的韵文故事、抒情诗和市民戏剧等。在欧洲国家中,法国的城市最为发达,其城市文学的成就也最高。讽刺故事诗《列那狐传奇》是城市文学的突出代表,它通过狐狸列那与伊桑格兰狼的斗争,以及与鸡、猫、麻雀、兔、鸭等各种禽兽的关系,极其巧妙地表现了当时城市中的复杂的社会关系,达到以兽寓人,以动物故事讽喻现实的目的。主人公列那狐机警绝伦,诡计多端,凭着智力和谎言捉弄国王和贵族,同时也欺压山羊、公鸡等弱小的动物,体现了市民阶级的特点。从文学发展的源流上说,城市文学比英雄叙事诗更接近现实生活,它是中世纪封建主义骑士文学的劲敌,也是欧洲近代资产阶级的先驱。法国的长篇故事诗《玫瑰传奇》整部采用象征、梦幻的手法,写"情人"经过种种努力,排除各种阻挠,最终获得玫瑰(恋人)的梦幻故事,上部宣扬典雅的爱情,下部则突破狭隘的爱情主题,成为后来人文主义文学的萌芽,这是西方文学中第一部描写梦境的作品,甚至影响到了20世纪的现代主义文学。韵文故事是城市文学中最先出现的体裁。这种以诗体形式写成的短篇故事,在法国称为"小寓言",在德国叫作"笑话",中心内容是揭露、讽刺封建势力的代表人物和僧侣教士的虚伪无耻,同时也反映了市民的狡猾。著名的有法国的《巴特兰律师》《驴子的遗嘱》等。

三、中世纪欧洲文学的主要特点

第一,基督教思想制约着中世纪文化。虽然作家所受影响深浅不同,但是,在基督教思想逐渐深入到各个文化领域,并成为中世纪精神支柱的过程中,各类文学无不打上了它的印迹。

第二,在各种文化的交融中,特别是在中世纪封建制度和封建国家形成与确立的历史条件的作用下,中世纪文学突出了各民族文学遗产中的一个基本思想——爱国主义和英雄主义。很多作品描写和反映了欧洲封建国家形成和确立时期的社会现实,歌颂了为保卫国家和民族而献身的英雄人物,赞美了在确保王权中起过重大作用的英明帝王。

第三,中世纪作为等级森严的社会结构形态,还出现了特定阶层的文学作品和文学现象。例如骑士阶层、市民阶层的出现,就使得在正统的基督教文学占统治地位的同时,世俗文化的传统也以新的形态发展着,他们的思想感情和生活理想在文学作品中得到了反映。骑士文学将爱情作为描写的主要对象,肯定现世生活,在一定的程度上承继了古代文化精神,背离了禁欲主义。市民文学将笔触指向城市市井生活和世态人情,具有较强的反封建意义。

四、中世纪欧洲文学的历史意义

中世纪欧洲文学的成就较之前的古希腊罗马文学和之后的人文主义文学的成就显得逊色,但无论从思想内容还是艺术形式上都为近代文学的繁荣奠定了基础。教会文学的梦幻、象征、隐喻等艺术手法对当时的文学产生了广泛的影响,也成为文艺复兴时期及以后文学的常用手法;英雄史诗摆脱教会文学的制约,唱出"人"的心声,成为"以人为本"的基础;骑士文学对英雄气概、精神理想、个人荣誉、典雅风度、侠义品格的追求、尊崇女性的浪漫情调以及离奇故事、丰富想象都影响了浪漫主义作家;骑士传奇的结构方式、肖像描写及心理描写,为欧洲长篇小说艺术上的发展打下了基础;城市文学以全新的内容和风格表现了新兴市民阶级的思想和情趣,为资产阶级文学登上历史舞台提供了榜样。因此,中世纪文学是欧洲文学发展史上不可缺少的环节,它与古希腊罗马文学共同构成了西方近代文学的两大渊源。

思考题

解释:教会文学、骑士文学。

第三章 中世纪欧洲文学的杰出代表：
但丁(Dante)及其《神曲》
(*The Divine Comedy*)

教学重点：但丁创作思想艺术的二重性、《神曲》的主题思想。

第一节 但丁生平与主要作品

但丁

但丁是欧洲中世纪最重要的作家，同时也是中世纪文学向近代文学过渡的标志，其思想观念具有二重性。恩格斯在《共产党宣言》意大利文版序言中如是评价但丁："封建的中世纪的终结和现代资本主义纪元的开端，是以一位大人物为标志的。这位人物就是意大利人但丁，他是中世纪的最后一位诗人，同时又是新时代的最初一位诗人。"

但丁生于佛罗伦萨，是古罗马人的后裔。但他出生时家道中落，家庭经济状况恶化，实际上等同于一般市民。他5岁时丧母，18岁丧父，孤苦伶仃，将全部精力倾注于学习。并且得到当时著名大学者拉丁尼的指导，对拉丁语、修辞学、逻辑学、诗学、伦理学、哲学、神学、历史、天文、地理、音乐、绘画等都潜心研究。阅读荷马史诗、维吉尔的作品，还在修道院旁听一些课程；认真研究骑士文学，还广泛涉猎中古神学和哲学；除了中世纪必读的《圣经》外，还攻读了亚里士多德、西塞罗等人的哲学、政治学著作。

但丁不仅有着诗人的才华，还具有政治家的才干。在但丁的故乡佛罗伦萨有两个对立的党派：代表封建贵族利益的基白林党（支持皇帝）和代表资产阶级利益的贵尔夫党（支持教皇）。但丁积极参加佛罗伦萨的政党活动，实践自己的政治主张。他站在资产阶级立场上，支持贵尔夫党，体现了反封建思想。贵尔夫党执政后，又站在基白林党立场上，反对教皇干涉内政，体现了他的反教会思想。最后，在党派之争中，但丁被判终身流放，没收全部家产。如果返回故乡，将被处以火刑。在流放中，他"几乎乞讨着，差不多走遍了说这种语言的地方"。20年的流放生涯中，他游览、观察、讲学、访友、思考、写作、思乡……最终客死他乡，葬于拉文纳，后来迁葬于佛罗伦萨。

但丁的文学创作与他一次神奇的精神之恋息息相关。贝娅特丽丝(Beatrice)是但丁邻家的姑娘，9岁时他们在一次春宴上相遇；18岁时，他们又一次在街桥上邂逅相逢，她向但丁打了一个招呼，但丁仿佛受到上天的赐福。对于这一次相逢，诗人在诗集《新生》(*The New Life*)中作了如下的描述："她穿着一身雪白的衣裳，在两个女伴中间，从一条街上走过。我羞怯地站在那儿，她转眼向我望来，打了一个招呼。当她那样娴静端庄地向我打招呼时,我就好像看到了极乐世界的边缘,因为这是我第一次听到她甜蜜的声音。在分别时就好像喝了醇酒一样,沉沉迷迷了。我冷冷清清地回到家里,苦思着这位淑女,不觉酣然入睡,做了一个奇梦。"但丁梦见一个天使,一手捧着一颗心,臂间抱着一个睡美人。那天使将睡美人唤醒,叫她把那颗心吞下,然后抱着她离开人世,飞向天国。两年之后,贝娅特丽丝与一个银行家结婚,24岁时就真的离开人世飞向天国了。这位贵族女子成了但丁一生苦恋的精神偶像和创作动力。这件事,被后人称为但丁版的"廊桥遗梦"或"但丁之梦"。

但丁的主要作品有抒情诗集《新生》,这是献给贝娅特丽丝的31首恋歌,表现了摆脱禁欲主义、追求纯洁爱情的思想。创作时间长达10余年的长诗《神曲》是但丁的代表作,是诗人探索个人、民族、人类精神出路的心灵史,也是中世纪文学中深广反映时代、社会的伟大诗篇,有"中世纪史诗"之称。在《神曲》中,但丁让贝娅特丽丝成为天国的圣女,引导自己走向天国。此外,还有三部论著。《论俗语》是研究与拉丁文相对立的各区域方言的著作,但丁认为要综合各地区俗语的优点,提炼成一种"光辉的俗语",《论俗语》为意大利民族语言的发展奠定了基础。《飨宴》是第一部用意大利民族语言写成的作品,但丁向读者介绍自己的诗歌和古今科学文化知识,认为它们是人类的精神食粮,故名《飨宴》。《帝制论》提出政教平等、分离的观点,反对教会干涉政治;它对欧洲的宗教改革和资产阶级革命产生了深远影响;雪莱称但丁是"第一个宗教改革家"。

第二节 《神曲》故事梗概

《神曲》分为《地狱》(Hell)、《炼狱》(Purgatory,又译《净界》)、《天堂》(Paradise)三部,每部33歌,加上序曲,共100歌,计14000余行。主要情节是写诗人自己作为一个活人梦游冥府三界的故事。

长诗采用欧洲中古文学特有的幻游形式,叙述但丁在"人生的中途"即35岁那年,迷途于一个幽暗的森林。他竭力寻找走出迷津的道路。黎明的时候,来到一座小山脚下,山顶洒满了阳光。这是普照旅途的明灯。他正一步步地朝着山顶攀登,忽然跳出三只五色斑斓的猛兽——豹、狮、狼,拦住了去路。但丁进退维谷,惊惧地高声呼救。这时,古罗马诗人维吉尔出现了,他对但丁说:你不能战胜这三只野兽,我将指示你走另外一条路径,首先引导你参观罪人接受酷刑的永劫之邦,然后陪同你登上灵魂洗炼的山坡,到了山顶,自有一个比我更高贵的灵魂,来引导你游览幸福之国。但丁追随维吉尔,开始游历地狱。

地狱形似一个上宽下窄的漏斗,共分九层,愈到下面愈狭小,直到地球的中心。罪人的灵魂按生前罪孽的大小,在深浅不同的地狱,接受不同的酷刑。

走进大门,是地狱的走廊,风卷尘沙,遮天蔽日。生前怯懦,为上帝所不爱,而又为仇恨所不容者的灵魂,在这里赤身裸体,任凭黄蜂和牛虻蜇刺,流着血和泪。

穿过走廊,迎面一条清黑色的河,这是地狱界河。但丁、维吉尔乘坐老船夫加龙驾驶的小船,和一群幽灵到达彼岸。一上岸便遇到剧烈的地震,狂风雷电大作,脚下是云雾笼罩的深渊,这就是地狱的第一层。

第一层:候判所——异教罪。地狱的第一层是"候判所",那些出生于基督之前,没有接受基督教洗礼的古代异教徒,如诗人荷马、贺拉斯、哲学家苏格拉底、柏拉图等,在这里等候上帝的裁判。

第二层:飘荡狱——荒淫罪。真正的地狱实际始于第二层。托着尾巴的怪魔冥罗司在此坐镇,审查进来的灵魂。他听完幽灵的招供,便用尾巴绕他的身子,绕的圈数便是犯人应到的地狱层数。在地狱的第二层接受惩戒的幽灵,都是生前屈服于肉欲而忘记了理性。他们永不停息地在狂风中飘荡,有时撞在断崖绝壁上,悲惨地哭泣和呼号。但丁在这里见到了古埃及的风流皇后克蕾奥帕特拉、殉情自杀的迦太基女王狄多、古斯巴达王后海伦……这时,有两名灵魂双双向诗人飘来,他们是弗兰齐斯嘉和保罗,向他泣诉自己的遭遇。弗兰齐斯嘉奉父母之命,许配给了贵族贾乔托为妻。贾乔托的弟弟保罗是一个美男子,常和弗兰齐斯嘉一起读"圆桌故事"。爱很快地煽动了软弱的心,使他们彼此热烈地迷恋。后来,贾乔托发现这一对恋人的隐事,把他们杀死。但丁听了十分感动,一阵心酸,竟晕倒在地。

第三层:臭雨狱——饕餮罪。地狱第三层下着寒冷的大雨,生前纵情享受,犯了饕餮罪的灵魂,躺在臭恶不堪的泥地里,听任风雨的袭击。一个长着三个狗头的凶恶可怕的恶魔猞拜罗,用尖利的魔爪抓着那些灵魂,把他们四分五裂。

第四层:冲撞狱——浪费罪、吝啬罪。但丁和维吉尔下降到地狱第四层,看见两队幽灵,抱着重物,互相辱骂、攻打,永无休止。他们生前贪婪嗜利,挥霍无度,其中一些是特别贪得无厌的教士、主教和教皇。

第五层:泥沼狱——暴戾罪。诗人们顺着一条水黑如墨、沸腾的河流,来到"死的隔"湖畔。生前易怒的灵魂赤身裸体,在黑水污泥中互相咬啮,直到皮破肉烂。这是地狱第五层。

第六层:火棺狱——邪教罪。但丁随着维吉尔坐上魔鬼弗雷加(弗雷吉亚斯)的小舟,渡过"死的隔"湖,到了"狄斯"城。"狄斯"城四周是铁墙,里面耸立着一座高塔,塔顶红光反照,站着三名复仇女神,她们身上满是血迹,头上盘着青蛇,阻止他们进城。幸亏天使降临,喝退复仇女神,开了城门。到了城里,只见坟墓林立,棺材都打开着,燃烧着烈火,各种邪教的首领和他们的门徒在棺材里哀号。邪教徒罪恶的不同,坟墓里火烧的热度也高低不等。这块坟地就是地狱第六层。

第七层:地狱第七层是强暴者接受酷刑的场所。这一层又分为三环。第七层第一环是血沟狱——残暴罪。第一环是沸腾的血河,迫害人民的暴君,如西西里的独裁者狄奥尼西、帕多瓦的统治者阿佐利诺等,以及杀人劫财的暴徒和残害人类者,在血湖里受煮。人马族在血沟上面看守。第七层第二环是人树狱——自杀罪。信仰不坚定而自杀被罚变成多节多瘤的灰色的树,树上生长毒瘤。但丁从一棵树上折断了一根小枝,折断处顿时流出黑血,那树干哀鸣起来:"你为什么损害我呀?"第七层第三环是热砂狱——亵渎罪、鸡奸罪。亵渎上帝者在火雨、热沙之间挣扎,不劳而获的重利盘剥者、暴发户也在这里受刑,因为他们的恶行也是违背上帝意志的。他们眼睛里喷出苦恼的泉水,胸前都挂着一个袋子,上面印着种种图案,都是佛罗伦萨一些大家族的纹章。

第七层的血沟里的赤水向低处下泻,汇成一个深渊。维吉尔唤来一头名叫葛理昂（又译为革律翁）的庞然怪物。它的面孔非常和蔼,像是一个正直的人,蛇身蛇尾,全身都画着各种颜色的圈儿。它是欺诈者的象征。诗人们骑在葛理昂背上,翱翔而下,到了渊底,这是地狱的第八层。

第八层:又名恶沟,沿着石壁分作十条沟,沟上有崎岖不平的小桥相通。形形色色的欺诈者,如诱奸犯、阿谀者、买卖圣职者、星卜者、贪官污吏、伪君子、窃贼、教唆犯、挑拨离间者、伪造者,分别在十条恶沟里接受不同的刑罚。

第一沟是永行狱——淫媒罪。第二沟是粪溺狱——阿谀罪。第三沟是倒载狱——卖官罪。第三条恶沟是买卖圣职的教皇的归宿。他们倒栽在石头缝里,大半截身子活埋着,好比木桩钉在那里,只露出小腿和脚;脚底着火,像涂了油一样,从脚跟烧到脚尖。但丁在这些罪人中发现已经去世的教皇尼古拉三世和当时还活着的教皇朋尼法斯八世,严厉斥责他们贪婪无度。第四沟是扭颈狱——黑巫罪。第五沟是沥青狱——贪污罪。第五沟是煮沸的沥青,生前贪赃枉法,卖官鬻爵,利用金钱的力量为非作歹者,沉在沟里受煎熬。哪个幽灵敢于把头露出沥青外面,那些藏在桥洞下面的魔鬼就用铁耙子打他几百下,把他压到沥青下面,仿佛厨师用筷子把猪肉压到油锅底一样。第六沟是铅衣狱——伪善罪、撒谎罪。第七沟是火蛇狱——嫁祸罪、偷窃罪。第八沟是火裹狱——狡猾罪、导恶罪。第八条恶沟的幽灵浑身被燃烧的烈火包围着,在火团里呻吟。但丁遇到了一个颇为高大的火团,在他面前摇动,像风中的烛火,这是古希腊传说中的英雄奥德修斯。他因为在特洛伊战争中出谋划策,使用木马计,犯了劝人为恶的罪,在这里受刑。奥德修斯在火团里向但丁诉说自己追求知识的热情和航海经历。第九沟是割裂狱——谣言罪、离间罪。第十沟是痕痒狱——伪币罪、诬告罪、假誓罪。

第九层:寒冰狱——背叛罪。地狱最下面的一层,即第九层,是一片冰湖,谋杀暗算和叛国卖主的罪人都冰冻在湖里。他们脸色发青,牙齿战栗作声,眼眶里泪珠一涌出,立即冰冻,把两眼封住。冰湖的中心是巨大无比的恶魔撒旦。撒旦有三个面孔,正面的嘴中咬着出卖耶稣的犹大,他的背上已经撕去了一条条的皮,左右的嘴中各咬着谋杀恺撒的布鲁图和卡西奥。但丁斥责恶贯满盈的奸贼。

冰湖就是地狱的尽处。维吉尔负着但丁,越过地球的中心,最后到了炼狱山下。

炼狱又称净界。炼狱的灵魂虽然和地狱的罪人犯着同样的罪过,但程度较轻,已经开始悔悟;他们得到了上帝的宽恕,在这里修炼,忏悔洗过,一层层上升。炼狱主要部分是净界山,在宁静的苍穹之下,四颗圣星(象征正义、谦逊、毅力、节制)照耀在脸上的圣人,守护着海岸。净界山分成七层,加上净界山脚和山顶的地上乐园,共九层。

在炼狱的第一层即净界山脚,曾被逐出教会和临终才知道忏悔的灵魂在这里洗涤罪过,然后才能登上净界山。

净界山形似金字塔。但丁随同维吉尔走进净界山门的时候,守护的天使用宝剑在人的前额上刻了七个 P 字,表示人生的七大罪过,即骄、妒、怒、惰、贪、食、色。以后每升一层的时候,就有天使替他拭去一个P字。

净界山第一层,生前傲慢的灵魂,一面祈祷,一面背负巨石,艰难地在圆环的山路上行进,来压制生前的骄矜之气。

第二层,嫉妒者背靠着岩石互相偎依地坐着,口中唱着祈祷文,他们的眼睛被铁丝缝起来,以关闭他们嫉妒的目光。

一团团像乌云密布的昏夜似的浓烟,包围着易怒者,对他们生前的愤怒进行惩戒。这是净界山第三层。

怠惰的灵魂在净界山的第四层忏悔过去的疏忽和冷淡,用勤劳者的模范行为互相鼓励,不停地快速奔跑。

第五层,贪婪和浪费者都卧在地面,面孔向下,一面哭泣,一面唱着《圣经》诗篇中的"我的灵魂贴着尘土!"但丁在这里遇见教皇亚德里安诺五世,他向诗人忏悔说,他当教皇时,"爱财若命,没有节制""贪欲熄灭了为善的热忱",因此,现在受着这种痛苦的惩戒。

第六层是贪食者,因为忍受饥渴而瘦得不成样子。他们眼前的树上结满果子,清香扑鼻,澄清的甘泉潺潺流过,但都可望而不可即。

第七层,好色的灵魂唱着赞美诗,列队在熊熊的火焰中前进。炼狱之火洗涤他们的欲念。

从这里更上一层,便是净界山顶的"人间乐园"。维吉尔隐退。这时,东方呈现出一片玫瑰色,祥云缭绕,一列游行队伍护卫着一辆象征教堂的凯旋的车子。拉车子的是一只半鹰半狮的怪物,象征耶稣;象征各种美德的一群贵妇人,在车子左右载歌载舞。在花雨缤纷之中,一位贵妇人蒙着雪白的轻纱,身穿一件猩红色长裙,披着绿坎肩,头戴一顶橄榄叶编的花冠。她就是但丁年轻时候爱慕的贝娅特丽丝,亲自前来引导他游历天堂。

贝娅特丽丝责备但丁迷误在罪恶的森林,希望他忏悔,并在带领他游历天堂之前,让他观看一系列的幻景,这些幻景表示教会的种种腐败。然后,贝娅特丽丝让他喝了忘川水,遗忘过去的过失,获得新生,准备上升天堂。

天堂的境界庄严、光辉,充满欢乐和爱。天堂分作九重天,这里是幸福的灵魂的归宿。他们是为强力所胁迫而未能完成信誓的行善者、虔诚的教士、立功德者、哲学家和神学家、为基督教信仰而殉难者、正直聪明的君主、潜心修道者、基督和众天使。在恒星天,但丁跟第一个教皇圣彼得见面,圣彼得向诗人揭露他的后继者的罪过和教廷的堕落。但丁还为当时在世的神圣罗马帝国的皇帝亨利第七在天堂预留了位置,认为他将能驱逐玷污意大利的邪恶势力,拯救他的祖国。

九重天之上是上帝所在的"天府"。这里比天堂更为美丽、光明,每个灵魂都沉浸在上帝的光和爱之中。到天府以后,贝娅特丽丝回到自己的位置,但丁得见上帝之面,但上帝的形象如电光之一闪,似白雪在阳光下融化,迅即消失,于是幻象和《神曲》也戛然而止。

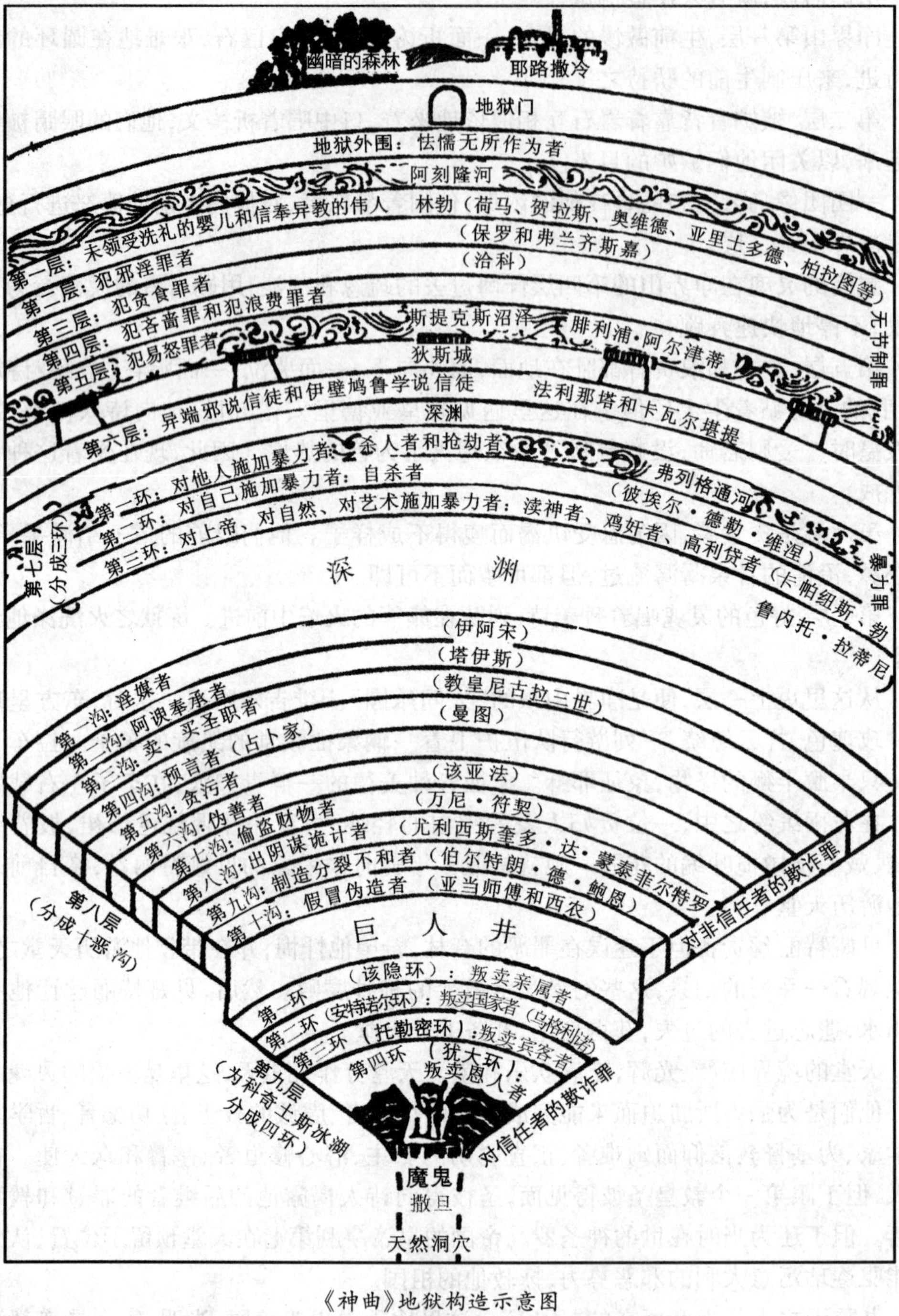

《神曲》地狱构造示意图

第三节 《神曲》的思想主题

《神曲》原名《喜剧》。诗人以此命名有两种含义：一是这部作品开始写阴暗恐怖的地狱，最后写光明快乐的天堂，这种结局符合当时喜剧的概念，而且长诗所用的语言，也是喜剧常用的民间俗语,叫《喜剧》并非有舞台剧的含义;二是作品本身包含有讽喻意义,对其中的人做出的罪恶行为加以讽刺和批判,这也是喜剧的基本功能。后来,意大利作家薄伽丘在《但丁传》中为了表示对但丁的崇敬,又给作品冠以"神圣的"称谓,所以,后来的版本便以《神圣的喜剧》为书名。我国古代一般把"剧"称为"曲",所以中译本就把《神圣的喜剧》缩译成《神曲》。

诗人的创作意图是想通过"地狱"和"炼狱"的苦难磨炼和"天堂"的圣洁生活,来规劝世人经过苦修的途径从迷惘和错误中解脱出来,达到真理和至善的理想境地。在诗人看来,这既是意大利民族在政治上和道德上复兴的正道,也是整个人类从黑暗走向光明的途径。高度概括的话,作品的主题思想可以表述为:通过诗人幻游三界的过程,表现了人类怎样从迷惘和错误中,经过道德净化,达到至善至美的理想境界。这是一个有普遍意义的思想主题。

《神曲》主题"四义":但丁提出诗有字面的、寓言的、哲理的、秘奥的四种意义。[①]受此启示,可从以下四个角度探讨《神曲》的主题。

一、字面意义——描述"亡灵的境遇",即人死后灵魂在另一个世界的旅行和遭遇

《神曲》是一部亡灵的境遇书,借助诗人叙述者的身份,讲述了彼岸世界当中各种亡灵的生活情景遭遇。

二、寓言意义——但丁幻游三界的故事,包含多种寓意

(1)喻示人类怎样从迷惘和罪过中,经过苦难的磨砺,到达至真、至善、至美境界的历程,即"人们由善行将得到善报"。

(2)喻示处在新旧交替时代的意大利民族,如何通过政治改良和道德净化,走出困境,走向光明。"地狱"代表意大利黑暗现实,"净界"代表改良净化之路,"天堂"代表理想社会。

(3)隐喻任何一个精神探索者,走出精神绝境的必由之路。"幽暗森林"隐喻思想困境,"地狱"是痛苦灵魂的真实写照,"炼狱"是对苦难的提纯,"天堂"是智慧圆满的理想境界。

(4)展示人性的两面:魔鬼的一面(地狱)和天使的一面(天堂)。人性本是善恶一元的合金。表现人最终如何在理性和信仰的指引下,去恶存善,净化灵魂,锻造纯金品格,实现人性善的价值和意义。

(5)隐喻一个人在世间的修行:表现人在强大欲望(豹、狮、狼)面前的困惑、恐惧、沉沦、升华和超越。"黑暗森林"象征人性的"无明"状态;诗人"迷路""惊慌呼救",表现困惑、恐惧心理;"地狱"象征人在欲望中的沉沦;"净界"和"天堂",象征人对欲望的升华和超越,终成正果的圆满结局。

---

① 但丁:《致斯加拉大亲王书》,见伍蠡甫等编:《西方文论选》,上海译文出版社1984年版,第160页。

三、哲理意义——但丁又表述为"道德意义"

对人类提出道德警示,说明善有善报,恶有恶报。只有在苦难的磨炼中(地狱),净化人自身的灵魂(炼狱),才有资格、有权利享受真正的幸福(天堂)。

四、秘奥意义

秘奥意义指对未来神圣事物的真理性预言,诸如光明必将战胜黑暗,正义必将战胜邪恶,穿越地狱就是天堂,等等。

第四节 《神曲》的两重性

《神曲》的两重性一方面是中世纪基督教神学世界观的烙印,这是《神曲》思想倾向上的局限性。

构思上幻游三界就是宗教观点的直接体现;内容上包含着不少神学和繁琐哲学知识,以及中世纪文化领域的各种问题,被称为"中世纪知识的百科全书";手法上有很多难解的象征和隐喻,神秘色彩浓厚;尤其是思想倾向上存在有基督教的神学观念和中世纪的思想偏见。例如,把虔诚教徒送上天堂,把异教徒打入地狱,美化君主专制,把改造社会的理想寄托在贤明君主身上,等等,这些都反映了他的宗教偏见、封建意识和唯心主义哲学观。总之,《神曲》中所表现的宇宙观和道德观,从整体上都属于中世纪唯心主义的基督教思想。

《神曲》的两重性另一方面是新时代人文主义思想的曙光,这是《神曲》思想倾向上的进步性,主要表现在以下几方面。

一、表现在对人类前途命运的热切关怀上

《神曲》绝不是一部宣扬死后善恶报应、鼓吹来世主义和赎罪思想的宗教作品。但丁创作这部作品,目的是为了给人类指出一条从黑暗走向光明的途径。对迷路、游地狱、炼狱和天堂的描写,象征着人类经过迷惘和错误,经过苦难和考验走向光明与至善的历程。书中的很多形象都有此寓意:幽暗的森林象征中世纪的黑暗社会,尤其是意大利的现实;三头野兽豹、狮、狼是残暴的封建统治者的象征,是阻碍人们走向光明的邪恶势力的象征,更是人性自身的淫欲、强暴和贪婪的象征;维吉尔象征知识和理性(人智),他引导但丁游历地狱和炼狱,象征人类在理性指引下认识罪恶与错误从而醒悟、获得新生的过程;贝娅特丽丝象征信仰和神学(神智),她引导忠于信仰的人达到思想的至善境界。从表面上看,似乎但丁提出了一个通过净化道德以达到永生的基督教神学问题。但实际上,但丁所探讨的乃是人类的光明未来,首先是意大利光明未来的问题。我们完全可以把地狱看作教会统治下的现实生活的象征,把天堂看作但丁所渴望的理想社会的象征,经过炼狱进入天堂,则象征着人类历经苦难的磨砺最终会从现实走向理想的道路。作为一个伟大的诗人,他既为祖国的命运忧虑,设法为它探索一条政治上和道德上新生和复兴的道路,同时也关心基督教世界以至整个人类的前途。

二、表现在对世俗生活的热切描绘上

《神曲》写的虽然是一个梦游三界的故事,但是作品的主要内容则取材于意大利的现实生活,有着强烈的现实性;实际描写中,也表现出对现实生活斗争的强烈兴趣。特别是《地狱》,通过但丁和各种亡魂的对话,鲜明地反映了意大利的现实生活,接触到了一系列重大的社会政治问题,极其广泛地反映了当时意大利的社会政治和文化各方面的情况。

三、表现在对现实社会各种邪恶势力的批判上

作品反宗教、反封建、反分裂,批贵族、批官吏、批剥削者;对教会的黑暗和暴君的罪恶进行了深刻、有力的批判(教皇干涉世俗政权、制造分裂、买卖圣职,尼古拉三世倒栽于石洞双脚燃烧,给当时还在世的朋尼法斯八世在地狱预留位置),对豪强贵族、贪官污吏的自私荒淫、贪婪伪善和变节给予猛烈的鞭挞,对党派斗争给国家和人民带来的灾难进行了严厉谴责(把参与党派斗争的主教和各党派首领放进地狱受罚),表达了希望祖国和平统一的强烈愿望。还对高利贷等各种剥削者给予揭露批判。

四、表现在对中世纪蒙昧主义的批判上,对文化知识和人的才能智慧的歌颂上

作品对希腊、罗马的诗人学者表示了极大的敬意。如把维吉尔奉为导师,称他是"智慧的海洋",并让他引导自己游历地狱和炼狱。作品中奥德修斯形象是智慧和力量的象征,反映了要求理智解放的思想。他在波涛汹涌的大海上百折不挠,凭借着自己的智慧和力量征服了一个个艰难险阻,他说:"人不能像走兽那样活着,应当追求美德和知识。"但丁认真聆听他的讲述,深有同感。

五、表现在对中世纪禁欲主义的批判上,对自由爱情的赞颂上

但丁被弗兰齐斯嘉和保罗的爱情故事感动得晕倒,不仅说明了诗人对世俗爱情的肯定,而且体现了诗人对恋爱自由的赞许。

总之,《神曲》在思想内容上的矛盾性和两重性是突出的。虽然热切关注民族和人类前途命运,但却把其最高出路定位在信仰和神学,强调节欲苦修和道德净化;虽然歌颂现世生活,但又把它看作来世生活的准备;虽然揭露贪婪腐败的教皇和僧侣,但并不反对宗教本身;虽然尊崇古代文化知识,但又把其伟大代表作为异教徒放在地狱第一圈候判。另外,奥德修斯被当作使用阴谋诡计者,弗兰齐斯嘉和保罗因淫行,全被放进地狱中受苦。与此同时,却把一些"虔诚的"教士、苦行者、殉教者和为基督教信仰而牺牲的十字军战士放在天堂;真诚渴望祖国的统一,但又天真地把希望寄托在神圣罗马皇帝身上,为此他在作品里不仅对他加以美化,而且还在天堂给他预留了位置。凡此种种都体现了但丁作为中世纪最后一位诗人所具有的基督教神学世界观和作为新时代的最初一个诗人的人文主义世界观的矛盾。

第五节 《神曲》的艺术特征

《神曲》具有梦幻故事的形式、象征寓意的手法、象征性的结构,这都带有中世纪文学的特征。但具体描写三界时,都从当时的现实生活中取材,运用了写实主义的手法。

一、宏伟的构思,丰富的想象,多彩的描绘

诗人把宇宙一分为三,三界成了宇宙的缩影,而三界之中层次分明、脉络清晰,有着各不相同的色调——阴森、宁静和灿烂。

二、鲜明、生动的艺术形象

中世纪宗教文学只描写神性而漠视人性,只有共性而没有个性。《神曲》中的人物,虽是亡魂,却塑造得个性鲜明,极有现实感:但丁的执着无畏、维吉尔父亲般的和蔼慈祥、贝娅特丽丝的端庄雅丽、弗兰齐斯嘉的温柔凄美、朋尼法斯八世的贪婪欺诈,另外还有地狱中形形色色的妖魔鬼怪,如吞噬幽灵的三个头的恶犬猞拜罗、长着三副不同颜色面孔的地狱王撒旦等,在但丁笔下,寥寥数笔,便栩栩如生。

三、生动、贴切的比喻

诗人写人绘景常采用日常生活和自然界极其通俗的现象,如地狱里的幽灵遇见陌生的两位诗人,惊奇地盯视着他们,好像老眼昏花的老裁缝凝视针眼一样;形容枯瘦的幽灵两眼深陷无神,好像一对宝石脱落的戒指;在魔鬼卡隆的鞭打下,幽灵从岸边跳进地狱界河的小船,好像秋天的树叶一片一片落下;写贪官污吏浸在滚沸的沥青中,魔鬼用铁耙子把挣扎着浮上来的亡魂压下去,就像炸肉的厨娘用筷子把上浮的猪肉压到锅底一样;冻结在冰湖中的叛徒灵魂"像水晶中的草梗一般";等等。

四、巧妙而严谨的结构布局

《神曲》的结构布局源自于数字3和10在中世纪的象征意义,全诗分为三部,每部33篇,加上序诗共100篇;各部诗行大致相等,看起来匀称工整,世界少见。

五、生动、活泼的意大利俗语

诗人摒弃了中世纪文学作品惯用的拉丁语,首创用意大利民族语言写作,对促进意大利民族语言的统一、文学语言的丰富尤其是民族文学的发展起了很大作用。

思考题

1. 《神曲》主题有几层含义?请结合作品谈谈。
2. 分析《神曲》思想艺术的二重性。

讨论题

但丁"幻游三界"寓意别解。

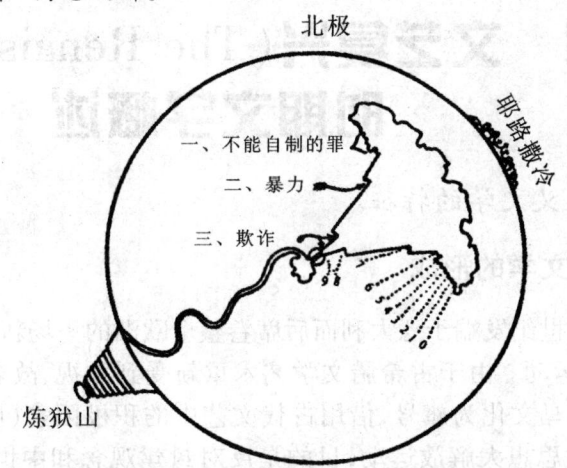

行程图　泰普·克拉斯1954年
这幅图指出了地狱、炼狱以及诗人的旅程路线

第三编 文艺复兴(The Renaissance)时期文学概述

教学重点:人文主义文学的特征。

一、人文主义文学的形成

文艺复兴是16世纪发端于意大利而后席卷整个欧洲的一场新兴资产阶级反封建反教会的思想文化运动。由于古希腊文学艺术重新受到重视,故名"文艺复兴"。它以恢复古代希腊、罗马文化为旗号,借用古代文艺中的积极因素(唯物主义和世俗主义思想)掀起了一次思想大解放运动,目的是反对封建观念和中世纪的宗教束缚,建立起适应资产阶级发展的新思想、新文化。文艺复兴对欧洲乃至人类社会历史的发展产生了深远影响。

这一时期,欧洲封建社会解体,资本主义生产关系萌芽。由于生产力的发展和生产技术的进步,从13世纪末开始,地中海沿岸的一些城市相继出现了资本主义的生产关系。15世纪末,随着新航路的开辟和地理大发现,世界市场形成,进一步推动了资本主义的发展。然而,当时封建的生产关系却成为资本主义发展的束缚;基督教思想体系维护着封建的生产关系,也是资本主义发展的羁绊。所以,资产阶级不仅要在经济上突破封建束缚,更要以一种新的思想文化体系来反对封建和宗教禁锢,为资本主义的发展扫清道路。这就是文艺复兴运动产生的社会历史原因。

同时,这一时期古代希腊、罗马文化被重新发现和重视,成为文艺复兴运动的文化动因。新兴资产阶级在古代文化中发现了可以与封建神学相抗衡的积极因素,掀起了研究古代文化的高潮。一些新兴资产阶级的代表人物打着"回到希腊去"的旗号,声称要把久被淹没的古典文化"复兴"起来,"文艺复兴"因此得名。但"复兴"并不是简单地重复和模仿,而是借助古代文化精神,建立起适应资本主义生产关系的新的意识形态。

此期,资产阶级形成了"人文主义"(Humanism)的世界观。人文主义思想的核心是以人为中心,反对以神为中心和以禁欲主义为基本内容的中世纪基督教世界观。人文主义是文艺复兴运动的中心思想,是资产阶级反封建斗争的思想武器,它反映了新兴资产阶级的思想感情和生活理想。人文主义也是文艺复兴时期欧洲资产阶级新文学——人文主义文学的指导思想。这一时期的人文主义思想,主要包括四个方面的内容:第一,以人性反对神性;第二,以个性解放反对禁欲主义;第三,以理性反对蒙昧主义;第四,以中央集权反对封建割据。其中,以人为本的思想和理性精神来自古希腊罗马文化,平等、博爱的思想来自基督教精神,因此人文主义融合了古代文化和中世纪文化的合理成分,实现了"二希"文化的合流。

二、人文主义文学的特征

第一,在思想内容上反封建、反教会,揭露封建贵族和教士的恶德败行,嘲讽教会禁欲主义和封建道德,抨击封建割据,歌颂国家民族统一,表现人文主义理想。

第二,在创作方法上主要采用现实主义,提倡"模仿自然",摒弃中古梦幻、寓意和象征的手法,表现出生动、活泼的写实精神。

第三,在文学发展上形成民族文学,各民族采用本民族语言写作,强调反映民族生活,使文学富有民族特色。

三、人文主义文学的发展概况

人文主义文学是文艺复兴时期文学的主流。它以人文主义为指导思想,在意大利、法国、西班牙、英国等国家取得了较大成就。

(一)意大利文学

意大利是文艺复兴运动的发源地。人文主义思想在但丁的作品中已经初露端倪,他和其后出现的彼特拉克和薄伽丘一起被称为佛罗伦萨文坛"三杰"。

弗朗西斯科·彼特拉克(1304—1374)被誉为"人文主义之父"。他学识渊博,通晓古希腊罗马文学。代表作《歌集》是献给恋人萝拉的抒情诗集,用意大利语写成,抒发了对萝拉的真挚爱情,表现出对建立在人的自然本性基础上的近代爱情的追求。《歌集》中还有一些政治抒情诗,表达了对祖国的赞美和对统一的渴望。在艺术上,《歌集》继承并发展了"温柔的新体"诗派的传统,并采用十四行诗体形式,使之达到完美境地,为后世欧洲抒情诗歌的发展开辟了道路。

乔万尼·薄伽丘(1313—1375)将意大利人文主义文学发展到一个新的高度。代表作《十日谈》采用框式结构构架作品,表达了反封建、反教会,歌颂爱情、肯定自然人性的主题。

15世纪中叶以后,意大利的人文主义作家有卢多维克·阿里奥斯托(1474—1533)和托夸多·塔索(1544—1595),前者以传奇叙事诗《疯狂的罗兰》闻名,后者以《被解放的耶路撒冷》著称。两位作家的创作反映了文艺复兴晚期的社会生活,表现了其中深刻的矛盾。

(二)法国文学

法国的人文主义运动开始于15世纪末,16世纪取得了很高的成就。法国人文主义作家有贵族和平民两种倾向。

龙沙(1524—1585)作为具有贵族倾向的人文主义集团——七星诗社的代表人物,重视民族语言的统一,追求典雅的艺术风格,其作品肯定生活、歌颂自然和爱情,反对禁欲主义。龙沙被认为是法国近代第一位抒情诗人。

弗朗索瓦·拉伯雷(约1494—1553)是法国人文主义作家中具有平民倾向的代表作家。长篇小说《巨人传》是其代表作,由五部组成,以神话般的人物形象,荒诞不经的故事情节,妙趣横生的独特风格,表现了反封建、反教会的严肃主题,歌颂了新兴资产阶级巨人般的人格和力量,描绘了人文主义的生活理想,具有鲜明的时代特点。

16世纪下半期,法国人文主义文学以蒙田(1533—1592)为代表,他被认为是欧洲近代散文的创始人,其作品《随笔集》对后世法国文学产生了深远影响。

(三)西班牙文学

西班牙人文主义运动发展较晚,人文主义文学在16—17世纪之间进入繁荣时期,以小说和戏剧为主要文学形式。西班牙人文主义文学的杰出代表是塞万提斯(1547—1616)。

16世纪中叶,西班牙城市发达,文坛出现了一种新型小说——流浪汉小说。这类小说大多以流浪汉为主人公,以自传体或回忆录形式写成,在描写他们不幸命运的同时,也描写他们为生活所迫而采用狡诈手段进行的消极反抗。作品以流浪汉的活动踪迹为线索,全面展示社会生活的各个层面。西班牙最著名的流浪汉小说是无名氏的《小癞子》。

这一时期的西班牙涌现出大批优秀的剧本,民族戏剧形成。洛卜·德·维加(1562—1635)是西班牙戏剧的奠基者,被誉为"西班牙戏剧之父"。据说他写过1800多部剧本,现传460多部。他的戏剧通过爱情家庭生活和社会政治生活,揭露了封建贵族的荒淫腐朽,歌颂了西班牙人民反封建的斗争。其代表作《羊泉村》取材于1476年羊泉村人民反抗领主压迫的历史事件,叙写骑士团队长为满足自己的兽欲,在村长女儿劳伦霞新婚之夜将她掳入城堡,激起了人们的义愤。村民们拿起武器,冲进城堡,杀死了骑士团队长。面对国王派来追查此事的法官,全体村民异口同声地说杀死暴虐者的是羊泉村。最后国王赦免了村民。

(四)英国文学

早在14世纪,英国就产生了人文主义文学,16世纪中叶至17世纪初,人文主义文学发展到繁荣时期。

杰佛利·乔叟(约1343—1400)是英国人文主义文学最早的代表,他的《坎特伯雷故事集》开英国人文主义文学的先河。作品以伦敦去往坎特伯雷朝圣的香客在旅途中讲故事解闷的方式,写了24个故事,真实地描绘了14世纪英国的社会生活。作品深受《十日谈》的影响,在结构和风格上多有相似之处。

托马斯·莫尔(1478—1535)是15世纪末、16世纪初英国最重要的作家之一,代表作《乌托邦》被认为是欧洲最初的空想社会主义著作之一。作品揭露了英国资本主义原始积累时期圈地运动的罪恶,记录了"羊吃人"的血腥现实,并描绘了乌托邦的理想社会图景。

16世纪后期,英国人文主义文学在诗歌、小说、戏剧等方面都得到了很大发展。诗歌以埃德蒙·斯宾塞(约1552—1599)为代表,他的长诗《仙后》描写仙后派遣12位骑士去解除灾难的冒险事迹,借此来歌颂伊丽莎白女王。此诗艺术技巧圆熟,形式完美,对后世英国诗歌创作影响极大。

此时英国文学中成就最大的是戏剧。当时剧作家众多,其中一批才华横溢的作家被称为"大学才子派",主要代表人物有约翰·李利(约1554—1606)、罗伯特·格林(1558—1592)、托马斯·基德(1558—1594)和克里斯托弗·马洛(1564—1593)。他们大都出身于中产阶级,受过大学教育,不同程度地接受了人文主义思想。他们的戏剧创作为莎士比亚的戏剧成就奠定了基础。他们中成就最突出的是马洛,著名作品是三部悲剧《帖木儿》《马耳他岛的犹太人》《浮士德博士的悲剧》。莎士比亚是这一时期英国文学的最高成就者。

思考题

　　解释:文艺复兴、人文主义、人文主义文学。

第四章 文艺复兴时期西班牙人文主义文学的代表:塞万提斯(Cervantes)及其《堂·吉诃德》(Don Quixote)

教学重点:堂·吉诃德的思想性格及小说主题。

第一节 塞万提斯的生平及创作概况

塞万提斯是文艺复兴时期西班牙文学的代表作家,被狄更斯、托尔斯泰等作家尊为"现代小说之父"。其长篇小说《堂·吉诃德》是欧洲长篇小说的先声,奠定了近代欧洲长篇小说的基础。

塞万提斯于1547年出生在马德里附近的埃纳雷斯城一个破落的乡村医生家庭。由于家贫,只读完了中学。自幼跟随父亲四处行医,见识了西班牙城乡生活现实,积累了宝贵的创作财富。1569年,他作为红衣主教的侍从来到意大利,有机会接触了许多文人学士,阅读了众多的拉丁文经典著作和意大利优秀作品。1570年,塞万提斯满怀爱国热情,参加了西班牙驻意大利军队。当时土耳其向地中海沿岸天主教国家发动了武装进攻。1571年,塞万提斯作为一名普通士兵参加了著名的雷邦多海战。激战中胸部受伤,左臂残废。1575

塞万提斯

年归国途中,被土耳其海盗劫持,押至阿尔及尔。因其带有联军统帅的推荐信,海盗便向其家属索要高额赎金。处于贫困境地的父亲无力筹措这笔巨款,塞万提斯只得在阿尔及尔服了五年苦役。期间曾数次组织逃跑,但都没有成功。每次逃跑失败后,总是主动承担责任。1580年,终被家人赎回。归国后,贫困潦倒,以卖文为生。由于无法维持生活,不得不于1587年去塞尔维亚做军队征粮员。他生性耿直、秉公办事,得罪了一些乡绅权贵。他曾因向主教征收粮食以弥补由于旱灾人民无法缴纳的份额而被教会驱逐出教,也曾被贵族诬告"非法筹粮"而入狱。获释后任收税员,因储存税款的银行倒闭亏欠公款,再次入狱。个人的坎坷经历使他有机会走遍城乡,广泛地接触了社会现实,进一步认识了西班牙王权统治下社会的黑暗和宗教势力的残暴,体验到了劳动人民生活的悲惨和痛苦。

1583年,塞万提斯于穷困潦倒中开始写第一部小说《伽莱苔亚》,到1605年《堂·吉诃德》获得成功,历时22年。

从1584—1586年,他共为剧场写了二三十个剧本,现存《努曼西亚》和《阿尔及尔风习》。

1605年1月,他在监狱中构思的长篇小说《堂·吉诃德》第一卷完成出版,深受读者欢迎,当年再版六次,被译介到国外。

从1613—1616年,他出版了《惩恶扬善故事集》和《堂·吉诃德》第二卷等五部作品。

1616年4月23日,他患水肿病在马德里去世。同年同月同日,莎士比亚在斯特拉福镇去世。

第二节 《堂·吉诃德》故事梗概

在西班牙拉·曼却地方住着一个50多岁的穷乡绅,名叫吉哈诺。他闲来无事,整天沉浸在骑士小说里,读得满脑子尽是游侠冒险的荒唐念头,终于失去了理性,决定做个骑士,到各处去行侠仗义,救苦济贫,扬名天下。

他找出祖上留下的一套古老盔甲,穿戴起来,又牵出家里一匹瘦得皮包骨头的马,取名"驽骍难得",表明它过去虽是驽马,现在当上骑士的坐骑,却是稀世难得;他又给自己取名堂·吉诃德·台·拉·曼却,意思说,自己是拉·曼却地方鼎鼎有名的堂·吉诃德骑士。他又想起,骑士都有意中人,她必定是个美貌无双的公主,堂·吉诃德便选定了自己偷偷恋慕着的一个农村姑娘作为心上人,又给她起名为杜尔西内娅·台尔·托波索。一切齐备,这位骑士就骑上马,离开了家门。

堂·吉诃德游荡了一天,晚上来到一家客店。他把客店想象成一个城堡,店主人就是城堡的主人。他想起自己没有得到封授,还不能算正式的骑士,就请店主人册封他,店主人看出他是个疯子,怕他胡闹,就随他的意思,封了他做骑士。堂·吉诃德离开客店后,在田野里经历了他的第一次冒险:有个地主正在痛打他雇的放羊的孩子。怒气冲冲的堂·吉诃德命令地主住手,还叫他付清欠放羊孩子的工钱,地主吓得连连答应。等到堂·吉诃德转身走开,地主重新绑起孩子,打得他几个月下不了床。

堂·吉诃德还以为自己已经立下了第一件功劳,又骄傲地向一队过路的商人挑战。商人雇的骡夫一点不买账,抢过了他的长枪,把他打得浑身是伤,无法动弹。一个好心的邻人把他送回家里。

堂·吉诃德的外甥女和女管家只恨骑士小说不好,害得他成这个模样,就找来本村的神父和理发师把堂·吉诃德书房里的骑士小说统统付之一炬。他们骗堂·吉诃德说魔法师摄走了他的骑士小说。

堂·吉诃德刚刚养好伤就又急着想要出门,他找到街坊上一个贫苦农民桑丘·潘沙,许给他许多好处,让他做自己的侍从。桑丘听堂·吉诃德说,骑士在游侠的时候常常能征服王国啦、海岛啦,还要赐给他个把海岛,让他去当岛上的总督,他就高高兴兴地答应了。

一个晚上,骑士和侍从偷偷地离开了家。他们远远看见平原上耸立着几十架巨大的风车。堂·吉诃德一见便说,它们是凶恶的巨人,举起长枪便冲杀上来,桑丘明知它们是风车也拦不住他。风车的翅膀不停地转动,把堂·吉诃德连人带马猛地摔倒在地。堂·吉诃德始终不信这是风车,还说是魔法师和他作对,要剥夺他的光荣,才把巨人变成了风车。

他们继续赶路,对面来了两个僧人,还有一辆马车,里面坐着一位贵妇。堂·吉诃德认为马车里是一位被俘的公主,马上就向僧人杀去,命令他们释放公主,僧人们只恨少长两只脚,吓得拼命落荒而逃。堂·吉诃德打开车门,正要贵妇人下车,贵妇人侍从上前阻拦,和堂·吉诃德交起手来。这个侍从是个孔武有力的比斯盖人,可惜他的坐骑是匹不听使唤的劣骡,刚一交手就被摔倒在地,堂·吉诃德命令他前去听候美丽的杜尔西内娅发落,惊惶失措的贵妇人忙代侍从答应下来,堂·吉诃德得意扬扬地离开了他们。

主仆二人正在大道上行进,前面忽然有两股尘土滚滚而来。堂·吉诃德立刻兴奋地告诉桑丘,这是两支大军正要交战,他准备协助其中正义的一方去攻打邪恶的一方,桑丘仔细一看,这只不过是两队羊群扬起的尘土。可是堂·吉诃德不听他的阻拦,冲进羊群,举枪乱刺。牧羊人拿起石块,雨点似的向他掷来,打破了他的头,打掉了他的牙齿。牧羊人见闯下祸来,忙赶着羊群跑开了。

堂·吉诃德吃了亏,还不悔悟,总是说魔术师和他作对。接着主仆二人遇见一队被押到海船上做苦工的犯人。堂·吉诃德认为人是生来自由的,不应强迫他们做苦工。他打倒了押送的兵士,解放了犯人,命令他们去拜见杜尔西内娅,报告堂·吉诃德立下的功绩。犯人们不但不听从,反而恩将仇报,夺走了主仆二人的衣物,把他们痛打一顿。

大学生加尔拉斯果答应堂·吉诃德的家人把堂·吉诃德骗回家来。他化装成"镜子"骑士,赶上主仆二人,向堂·吉诃德挑战,却被堂·吉诃德一枪扎下马,只得认输而去。堂·吉诃德打了胜仗,喜气洋洋,把过去吃过的苦头统统忘记了。接着,堂·吉诃德和桑丘又遇见一辆大车,是运送献给国王的狮子。堂·吉诃德命令赶车的人打开狮笼,要和狮子决一雌雄。笼门打开后,凶猛的狮子只打了一个呵欠,就转身卧倒,不肯出笼应战。

堂·吉诃德和桑丘来到一座张灯结彩、大摆宴席的村庄,这里的财主卡麻丘夺走了贫苦青年巴西琉的情人季德丽亚,正要和她举行婚礼。巴西琉为了夺回心上人,假装因失恋而自尽,他浑身是血,气息奄奄,请求神父在他死前把他和季德丽亚结合在一起。堂·吉诃德对这对不幸的情人非常同情,也在一旁为他说话,卡麻丘拗不过众人,又以为巴西琉反正不久于人世,便同意了他的要求。但神父刚把巴西琉和季德丽亚结为夫妇,巴西琉立即活了过来,原来他自刎是假,鲜血其实是羊血,是从身上安的一条管子里流出的。卡麻丘正要指挥众人夺回季德丽亚,堂·吉诃德举起长枪出来保护巴西琉,又劝说卡麻丘不要夺人所爱。

一个夕阳西下的傍晚,堂·吉诃德和桑丘在树林边遇见一位外出打猎的公爵夫人。公爵夫妇听说过堂·吉诃德的事迹,他们正想找点新奇玩意来解解闷,就把堂·吉诃德主仆迎到了自己的府邸,奉为上宾,想出种种花样,拿他们寻开心。公爵派桑丘到自己的一个属下小镇"海岛"当总督,他布置了几件疑案来捉弄桑丘,不料都被桑丘一一解决。桑丘在"海岛"上政绩卓著,又制定了许多对百姓都有益的法律。一晚,公爵派手下人装作敌人进攻"海岛",把桑丘打得遍体疼痛。桑丘总觉得当总督的日子并不好过,还不如回去当侍从自在,就辞去总督,回去寻找主人。堂·吉诃德在公爵府遭到戏弄,也不愿意再住下去,主仆二人离开了公爵府后,都觉得好似鱼儿入了大海,不禁赞美自由之可贵。

堂·吉诃德主仆决定不去萨拉果萨,改向巴塞罗那前进。他们在巴塞罗那城遇见了一位"白月"骑士,他要求和堂·吉诃德决斗。堂·吉诃德被他打倒在地,只得服从他的命令,停止骑士游侠活动,回到家里。"白月"骑士原来是大学生加尔拉斯果。

堂·吉诃德回家后一病不起。临终时他的神志清醒过来,承认自己并不是什么游侠骑士堂·吉诃德,只不过是善人吉哈诺罢了。

第三节 《堂·吉诃德》的创作动机及思想意义

《堂·吉诃德》模拟骑士小说的写法,主要描写了堂·吉诃德主仆二人三次游侠并闹出许多荒唐可笑之事的故事。

作者的创作动机:"要世人厌恶荒诞的骑士小说""把骑士小说那一套扫除干净",即通过打击骑士小说来打击封建制度。

《堂·吉诃德》的思想意义之一是打击了骑士文学,这在当时文坛具有进步意义。当时骑士文学已经过时,塞万提斯通过堂·吉诃德的荒唐行为和悲惨遭遇,嘲笑了骑士制度,指出骑士小说对人的毒害,给骑士小说以致命的打击。自《堂·吉诃德》出版后,西班牙的骑士小说便绝迹了。

《堂·吉诃德》的思想意义之二是给人们展示了当时西班牙包罗万象的社会现实。小说广泛涉及了当时各个方面的问题,全面反映了16世纪末17世纪初西班牙的社会现实,揭露了西班牙封建制度的罪恶及统治者的残酷,描写了一幅幅广大人民受苦受难的图画,写出了当时西班牙社会由盛而衰、危机四伏的实质。

《堂·吉诃德》的思想意义之三是曲折、巧妙地宣扬了人文主义思想。小说热情地鼓吹自由,宣扬人与人之间的平等,认为只有建立在爱情基础上的婚姻才是幸福的等思想,表现出强烈的时代精神,是人文主义思想原则的体现。

第四节 《堂·吉诃德》的多重主题

一、社会主题

《堂·吉诃德》讽刺、揭露了骑士制度的荒唐及其危害,暴露了西班牙社会的弊端,讴歌了人文主义理想。

二、人格主题

堂·吉诃德是智、仁、勇三位一体的完美人格的化身,其智表现为深刻的社会洞察力和精辟的思想见解;其仁表现为平等仁爱思想;其勇表现为对理想忠贞不贰的追求。所谓堂·吉诃德精神,即不遗余力地捍卫真理、追求理想的精神。其荒诞,某种程度上,喻示了理想与现实的反悖。

三、人性主题

《堂·吉诃德》揭示了人性善在现实中的遭遇;表现了忠诚、勇敢、慷慨、无私、平等、仁爱、善良、纯洁的美好人性;反映了人的理想、价值与尊严,在现实中是如何被践踏、被损害、被愚弄、被凌辱的。

第五节 堂·吉诃德形象分析

堂·吉诃德是当时西班牙社会新旧交替时期一个以特殊方式宣扬人文主义思想的艺术形象,其性格特征具有明显的双重性。一方面是一个可悲可笑的疯子——耽于幻想、脱离实际、发疯胡闹,行动与思想不谐、动机与效果背离;另一方面又是一个可敬可爱的英雄——目标高尚、境界崇高,"永远前进"、不屈不挠、意志坚定、学识渊博、观点进步。这一形象最显著的特征是耽于幻想、脱离实际、发疯胡闹。他满脑子都是骑士小说中写的东西:魔法、妖怪、巨人、仗义行侠等等。为此,他把胸口长毛的养猪姑娘当贵妇人,把旅店当城堡,把风车当巨人,把羊群当敌人,闹尽笑话,表现了其性格固执与荒唐的一面。但是,他出外游侠,既是为了建立骑士的荣誉,也是为打抱不平,救世济人,主持正义。他认为自己是在消灭妖魔鬼怪,他奉行的原则并不全是骑士制度的那套虚伪的东西。很显然,在堂·吉诃德的骑士精神外衣下,包含着人文主义的思想。加之他懂得几种语言,对许多问题见解深刻,熟悉古希腊罗马文化,说话总是引经据典,具有远见卓识,这一切又使他显示出文艺复兴时期的"巨人"特征。但他盲目冒险的做法,想在当时恢复过时的骑士制度,以单枪匹马打天下的办法解救人民的幻想,决定了他必然失败,必然成为一个受人嘲笑的滑稽人物。所以,这个人物形象是矛盾的、双重的:可笑又可敬;滑稽又严肃;既有喜剧性,又有悲剧因素;既是作者讽刺的对象,又是作者理想的化身。这一形象的矛盾性既无情地嘲讽了骑士文学,又巧妙地赞美了人文主义思想。堂·吉诃德身上的矛盾性,归根结底,是作者人文主义理想与西班牙社会现实矛盾的反映,是当时处于新旧交替时代的西班牙现实社会矛盾的反映。

堂·吉诃德形象还蕴含有深刻的哲理意蕴。

(1)反映了人类行动和思想不契合的可笑。屠格涅夫说:堂·吉诃德和哈姆雷特这两个典型代表着人类天性赖以旋转的两极。人们都或多或少地属于这两个典型中的一个。堂·吉诃德是一个战斗的理想主义者,而哈姆雷特是一个灰色的悲观主义者;堂·吉诃德迫不及待地去行动,而哈姆雷特却总是在思考;堂·吉诃德代表过去,哈姆雷特代表未来。

(2)揭示了人类动机与效果相背离的荒诞。堂·吉诃德出于好心却办坏事,满怀崇高的目的却招致讥笑和打击,无论是历史上还是现实生活中,我们人类都不乏这样动机与效果相悖谬的事情,原因是深刻而复杂的,这也成了我们人类不得不接受的一种荒诞和无奈。堂·吉诃德的故事和形象作为一面镜子给我们集中昭示了这一点。

第六节　堂·吉诃德形象的多角度分析

一、荒唐可笑的疯癫骑士

作者主观上想把堂·吉诃德塑造成一个深受骑士小说毒害，走火入魔、丧失理智的"狂人"，塞万提斯同时代人大多这样认为。从现象看，堂·吉诃德的确有疯癫的一面：他把幻想当作现实，把邻村胸口长毛的养猪姑娘当贵妇人，把旅店当城堡，把风车当巨人，把羊群当敌人，显得荒唐、滑稽、可笑。这种主观意识与客观现实的反差，植根于西班牙社会历史的错位：当欧洲各国文艺复兴思潮风行之际，西班牙仍是一座封建堡垒，骑士小说盛行，封建意识浓厚。畸形的环境造就了畸形的人物。因而，作者借堂·吉诃德的荒诞，讽刺骑士小说的荒唐，进而批判封建制度的反动。

二、坚韧、悲壮的理想主义斗士

鲁迅说："吉诃德的立志去打不平，是不能说他错误的；不自量力，也并非错误。错误是在他的打法。因为胡涂的思想，引出了错误的打法。"①意谓堂·吉诃德的理想本身是崇高的，而他实现理想的手段（骑士道）则是荒谬的。尤为可贵的是，堂·吉诃德追求理想的精神——真诚、严肃、坚韧、悲壮，与任何理想斗士无异。所以，他的失败又使他成为一个带有悲剧因素的人物，即他的严肃、崇高的思想不为时代所容。这就构成了历史的必然要求和这个要求实际上不可能实现之间的悲剧性冲突。所以在不同时代、不同民族的读者中引起了广泛的同情与共鸣：海涅、拜伦、屠格涅夫、别林斯基、钱钟书等作家对堂·吉诃德都有极高赞誉，认为结尾的悔悟削弱了其斗志，是一个败笔。

三、童心未泯、想象诡奇的浪漫诗人

艺术存在是一种虚拟存在，艺术想象是艺术家对客观世界的重新命名和变形。现代社会在艾略特眼里是令人绝望的"荒原"，官僚机构在卡夫卡笔下是遥不可及的"城堡"，在中国诗人海子的想象中，月亮是"一匹马"，白鸽子是"屈原遗落在沙滩上的白鞋子"，桃花是"美丽的女奴隶"。堂·吉诃德眼里的现实物相，正是经过想象加工的意象，带有白日梦的特点：童话里的风车常常被描述成与风作战的巨人；卡夫卡笔下的客店，乃至政府机构往往幻化为城堡；人类对待羊群甚至整个动物界，寝皮食肉，岂止寇仇；胸口长毛的村姑杜尔西内娅与高贵典雅的贵妇人，在生命本质上本无差异……换个角度看，堂·吉诃德是用"第三只眼"看世界，是一个童心未泯、想象诡奇的浪漫诗人。

四、透析现象、直达本质的现代哲人

堂·吉诃德之疯癫，带有理性成分，只要不涉及"骑士道"，他便表现出深刻的社

---

① 鲁迅：《〈解放的堂·吉诃德〉后记》，见福建师范大学中文系编选：《鲁迅论外国文学》，外国文学出版社1982年版，第363页。

会洞察力、精辟的思想见解和高超的艺术鉴赏力,能够透析社会现象,直达事物本质。他敏锐地认识到他所处的时代是一个"多灾多难的时代",一个"可恶的时代"。他追求的社会理想是不分你我的"黄金国土"。他心目中的骑士形象是完美人格的化身,在才能上,必须精通法学、神学、医学、天文、数学……甚至要"会钉马蹄铁和修理鞍辔";在德行上,必须勇敢、文雅、大胆,不惜以生命捍卫真理。他具有先进的妇女观,破除门阀等级观念的平等意识,要求个性解放的思想愿望……凡此种种,无不闪耀着人文主义思想的光芒,具有罕见的哲学深度。

五、与桑丘·潘沙比照

堂·吉诃德代表人的理想性,而桑丘·潘沙则代表人的世俗性。小说开始时,堂·吉诃德与桑丘·潘沙之间冲突激烈,说明理想与现实的反差之大。随着情节的发展,二者思想性格渐趋一致,尤其是桑丘当总督后,两人已十分合拍、默契,表明理想与现实的契合:堂·吉诃德的理想提升了桑丘·潘沙的境界,使之向理想主义升格。

第七节 《堂·吉诃德》的艺术特点

一、现实主义与浪漫主义相结合的表现方法

《堂·吉诃德》首先是浪漫主义的。作者以传奇夸张的骑士文学形式构思堂·吉诃德的思想性格和冒险经历,塑造了一个相貌古怪、性格奇特、思维怪诞的"狂人"形象。《堂·吉诃德》又是现实主义的。小说以堂·吉诃德和桑丘潘沙的所见所闻,广泛反映了西班牙社会现实,如雇主鞭打牧童,财主抢夺人妻,统治者骄奢淫逸、滥杀无辜,等等。

二、寓庄于谐的文体风格

小说将悲、喜剧因素融为一体,讽刺夸张的喜剧因素是显因素,崇高悲壮的悲剧因素是隐因素。小说在情节上是喜剧的,在内涵上是悲剧的,即人物在行为上是荒诞可笑的,在人格上是悲壮可敬的。别林斯基说:"从欧洲文学所有著名的作品中,类似这种例子:庄严的与可笑的、悲剧的与喜剧的、生活的卑微和庸俗同其中所有崇高与美的东西融合为一体,只有塞万提斯的《堂·吉诃德》,甚至连这个例子也并不完全。"①

三、夸张对比的人物塑造手法

首先,堂·吉诃德和桑丘·潘沙两个人物构成对比:外形和装备上的高与矮、瘦与胖、瘦马与笨驴、长矛与褡裢;神态上的严肃、忧伤与开朗、乐观;思想性格上的理想与现实、崇高与卑俗、耽于幻想与注重实际;等等,均构成强烈的对比,使两个人物相映成趣,相得益彰。其次,人物主观愿望与客观事实构成对比,如堂·吉诃德的自视崇高与实际上的荒诞

---

① 别林斯基:《答〈莫斯科人〉》,见满涛、辛未艾译《别林斯基文学论文选》,上海译文出版社2000年版,第625页。

滑稽、桑丘·潘沙做"总督"的严肃认真与总督夫妇的捉弄取笑等形成反差。第三,人物性格前后矛盾构成对比,如堂·吉诃德前期的执迷不悟与临终时的幡然悔悟、桑丘·潘沙起初的庸俗卑琐与后期的崇高磊落等构成对比。

思考题

1. 分析堂·吉诃德的形象内涵。
2. 概述《堂·吉诃德》的主题。
3. 评析《堂·吉诃德》的艺术特征。

讨论题

堂·吉诃德是悲剧人物还是喜剧人物?是英雄还是小丑?

第五章　欧洲人文主义文学最高成就的代表：莎士比亚(Shakespeare)及其《哈姆雷特》(*Hamlet*)

教学重点：《哈姆雷特》的丰富思想蕴含、哈姆雷特的形象及其悲剧原因。

第一节　莎士比亚的生平

马克思赞誉莎士比亚是"人类最伟大的天才"。歌德评价他是"说不尽的莎士比亚"。本·琼生称之为"时代的灵魂"，说他"不属于一个时代，而属于所有的世纪"。

1564 年 4 月 23 日，莎士比亚生于英国沃里克郡斯特拉夫镇。父亲约翰经过商，当过镇长。

13 岁前，莎士比亚在当地文法学校学习拉丁文、希腊文、文学和修辞学。13 岁辍学，帮父亲做生意。18 岁那年与一个农村姑娘结婚，妻子长他 8 岁。

莎士比亚

1586 年，为了戏剧他离开家乡前往伦敦，最初为剧院看守马匹并做一些杂务工作，后来做雇佣演员跑龙套，并尝试为剧院修改和改编戏剧脚本。当时的伦敦，戏剧创作氛围非常浓厚，以马洛为首的"大学才子派"的创作，为莎士比亚的横空出世创造了有利条件。为此也受到了他们的嫉妒和攻击，例如，"大学才子派"的代表人物格林就曾讥讽他是"一只暴发户乌鸦"。

1590 年，莎士比亚开始历史剧《亨利六世》的创作。

1610 年（一说 1613 年），莎士比亚回到故乡。

1616 年 4 月 23 日，莎士比亚病逝于斯特拉夫镇，葬于镇上的"三一"教堂，享年 52 岁。

1623 年，《莎士比亚戏剧集》（第一对开本）出版。本·琼生题词赞誉莎士比亚是"时代的灵魂"，认为他"不属于一个时代，而属于所有的世纪"。

第二节　莎士比亚的创作

莎士比亚 22 年（1590—1612）的创作过程中，共写了 37 部剧本、1 部 14 行诗集、2 部长诗《维纳斯与阿都尼》及《鲁克丽丝受辱记》。根据 1850 年德国学者盖尔维努斯的研究，将莎士比亚的戏剧创作分为三个时期。

一、喜剧时期(The Age of Comedy)

这一时期的创作基调是明朗乐观的。《威尼斯商人》(*The Merchant of Venice*)是其喜剧的代表作。夏洛克是一个犹太高利贷者,作者揭露他的吝啬、贪婪、冷酷和残忍,又同情他受歧视的遭遇。鲍西娅的形象特征是追求爱情自由,有超群的才智并且见义勇为。本剧表现友谊、爱情、智慧、仁慈对贪婪、吝啬、残忍、仇恨的胜利,即人性中的美善对邪恶的胜利。《罗密欧与朱丽叶》(Romeo and Juliet)是一部带有喜剧色彩的爱情悲剧,谴责家族仇杀、歌颂爱情友谊,也探讨了爱情与世仇的关系。

二、悲剧时期(The Age of Tragedy)

这一时期的创作在思想和艺术上都达到了最高水平。作品表现了一种悲愤、阴郁的情调,对人文主义理想的歌颂转为对现实的严厉批判。莎士比亚悲剧的主要内容是写人文主义的美好理想与丑恶现实之间的矛盾,写人文主义理想的破灭。《奥赛罗》(Othello)写奥赛罗由于没有识破伊阿古的阴谋诡计而对苔丝德蒙娜的贞节产生怀疑,导致了爱情理想的破灭,探讨了爱情与嫉妒的关系。《李尔王》(King Lear)写李尔的两个女儿骗到了父亲的权力和财产后把老父一脚踢出家门,使李尔沦为乞丐。探讨了亲情与权力的关系,表现了传统伦理道德的崩溃。《麦克白》(Macbeth)揭示个人野心使一个英雄走向了堕落和毁灭,探讨了野心与良知的关系。《雅典的泰门》探讨了金钱与友谊的关系,揭示金钱万能、金钱使人性异化的社会现实。上述四部作品加上《哈姆雷特》构成莎士比亚的五大悲剧。

三、传奇剧时期(The Age of Romance)

莎士比亚恢复了人文主义理想的信念,重新探索实现这一理想的途径。作品中,主人公往往先遭难后幸福,解决矛盾的办法往往是一些传奇性、偶然性的因素。《暴风雨》(The Tempest)是代表,它被称为莎士比亚"诗的遗嘱"。

第三节 《哈姆雷特》故事梗概

《哈姆雷特》取材于《丹麦史》中的一个古老的故事。

丹麦王子哈姆雷特是一个有着崇高理想的青年,在当时的新文化中心德国威登堡大学读书。他有魄力、好思索、接近人民、对人类抱着美好的希望。可是,接连闯进这个年轻人平静而和谐的生活里的,是许多使他大为震惊的事件:国内传来消息说老哈姆雷特突然惨死,王位被国王的弟弟克劳狄斯篡夺,王子的母亲正准备改嫁给克劳狄斯。

哈姆雷特回国奔丧以后,听值班哨兵说,一连两三个晚上,在夜半更深时,总有一个跟已故老国王一模一样的鬼魂在城堡上游来荡去,若有所寻,欲言又止。在一个寒风刺骨、阴森可怖的黑夜,哈姆雷特亲眼看到了这个鬼魂。起初,王子感到又惊奇又害怕,不知来者是善还是恶,带来的是凶还是吉。后来,他胆子渐渐大了起来,觉得那就是他亲爱的父亲,似乎有话要对他说。他叫了一声:"君王,父亲!……"鬼魂把哈姆雷特引到一个僻静的地方,等他们单独在一起的时候,向他诉说了自己被害的经过:那天,老哈姆雷特按照每天的习惯午后在花园里睡觉,起了歹心的克劳狄斯偷偷把致命的毒草汁滴进了国王的耳腔内,毒液像水银一样很快流入他全身的大小血管,使血液凝结起来,国王遍身光洁的皮肤立刻生出无数疥疮一样的疱疹。就这样,毒蛇克劳狄斯神不知鬼不觉地夺走了慈善的老国王的宝贵生命。鬼魂悲哀地要求哈姆雷特为他报仇。另外,鬼魂又告诉哈姆雷特,在报仇的时候,千万不要伤害到他的母亲。要让上天裁判她,使她受到良心的责备。

  冷酷的现实令人失望。俊秀、快乐的王子像是被寒霜打了的鲜花,一下子憔悴枯萎下来,变得郁郁寡欢、精神恍惚、如疯似痴。他在宫里一直穿着黑色的丧服,甚至在他母亲新婚的那一天也不肯换衣裳。他一直想着复仇的重任。

  首相波洛涅斯的女儿奥菲利亚是王子的心上人。一天,当她正在房里缝纫的时候,王子脸色苍白、衣冠不整地跑到了她跟前。他一手拉着她的手腕紧紧不放,一手遮住自己的额角,目不转睛地盯着她。随后他发出一声惨痛而深长的叹息,怏怏离去。由于庄严的复仇誓言与轻快的求爱心情很不相符,王子故意装出对奥菲利亚十分薄情的样子。可是后来,他又觉得自己对心爱的姑娘过于残酷,就写了一封措词夸张而又充满激情的信给她,信里说:"你可以疑心星星是火把、太阳会转动、真理是谎言,可永远不要怀疑我的爱……"奥菲利亚把哈姆雷特这些怪诞的行为告诉了父亲波洛涅斯。效忠于新王的首相又报告给了国王和王后。他们不知道鬼魂出现这件事,还以为王子"发疯"是因为爱情受到挫折。克劳狄斯心中有鬼,他半信半疑,觉得王子是在装疯,就派了首相波洛涅斯去刺探虚实。"殿下要走到不通风的地方去吗?"波洛涅斯问道。"走进我的坟墓去!"哈姆雷特信口答道。这些答话弄得波洛涅斯惊疑不定。尽管王子逢场作戏、胡言乱语,但复仇的念头却一分钟也没有离开过他。由于奸王左右总有卫兵,况且身边又有和他形影不离的王后——王子那善良而又轻浮的母亲,因而哈姆雷特不易下手。此外,鬼魂的话是否可信? 这个思想也在苦恼着他。

  正当哈姆雷特这样犹豫不决的时候,宫里来了一班戏子。王子决定安排一场"戏中戏",以便进一步证实奸王的罪行。这出戏演的是一件发生在维也纳的谋杀案:公爵的一个近亲因为觊觎他的权位和财产,在花园中把公爵毒死了。不久,凶手又骗取了公爵夫人的爱。这出戏演出时,哈姆雷特在一旁仔细地察言观色。他发现奸王脸色阴沉、坐立不安。不等戏演完就腾地站起来离席而去。"给一响空枪吓怕了吗?"王子说。至此,哈姆雷特心中的疑团已经完全消失。该拿出果敢的行动来了! 可是,王子仍然犹豫不决,心情十分矛盾,"生存还是毁灭"的问题,仍旧在他心中激烈地斗争着。他要重整乾坤,又深感任务的艰巨和自己力量的不足。一天,哈姆雷特发现克劳狄斯独自一人在私室中忏悔,这时哈姆雷特本可以轻而易举地结果了他。然而,忏悔中的人被杀后会升天堂的封建迷信思想阻止了他。

  诡计多端的奸王把王子视作眼中钉,肉中刺。一天,他敦促王后劝说王子,同时又私遣首相躲在帷幕后偷听二人的谈话。哈姆雷特母子二人话不投机、格格不入。哈姆雷特责备母亲朝秦暮楚,这么快就忘了亲爱的老王。他把一面镜子摆在王后面前,要她照一照自己的灵魂。这时,王后不由自主地惊叫了起来。藏在暗处的波洛涅斯以为出了什么差错,也大喊一声:"救命!"王子闻声以为是奸王在那里作怪,朝着帷幕后面就是一剑。顿时血染深宫,波洛涅斯代替奸王丧了性命。

  包藏祸心的克劳狄斯早就想把王子逐出宫去,这下有了借口。他托词首相的儿子

222

会为父报仇,差人将王子送往英国,还带去书信一封,命令将王子处决,企图借刀杀人。王子感到事情不妙,就拆开信件,以李代桃,换了被杀者的姓名,自己半途折回。

他回国的时候,恰逢奥菲利亚的葬礼。满朝文武都到场参加,奥菲利亚的哥哥雷欧提斯也从法国赶了回来。原来王子的情人在她父亲死后就精神失常,她疯疯癫癫地在园中游荡,口中唱着歌儿。当她把自己编的花环往河边树上挂时,不料枝断人落,连人带花掉到了河里。她的衣服四散展开,使她能够暂时像人鱼一样地漂浮在水上。她嘴里还断断续续唱着古老的歌谣,一点也不把她的危险处境放在心上,好像她本来就是生长在水中一般。不多一会儿,她的衣服浸透了水,她就被无情的河水吞噬,悲惨地死去。

克劳狄斯利用雷欧提斯对父亲和妹妹的死所感到的悲愤,居心险恶地挑动他与哈姆雷特比剑,并暗中准备了尖头毒剑和烈性毒酒。在第一回合中,哈姆雷特击中对方一剑,克劳狄斯假惺惺地斟上一杯毒酒,以示祝贺。王子急于进行比赛,就把这杯酒放在一旁。在第二回合中,王子又占了上风。王后十分高兴地替王子饮下了这杯毒酒。在前两个回合中失利的雷欧提斯深知他手中毒剑的厉害,一直不愿轻易把它往王子身上刺去。这时,在一旁坐山观虎斗的克劳狄斯沉不住气了。他用激将法煽动了几句。于是,雷欧提斯大打出手,一剑刺伤了哈姆雷特。在争夺中两人手中的剑各为对方夺去,王子以夺来之剑回刺雷欧提斯,雷欧提斯随即受伤,两人都在流血。就在这当儿,王后大叫着倒在地上,中毒死去。奄奄一息的雷欧提斯,在生命的最后一刻良心发现,当众揭发了克劳狄斯的阴谋。王子怀着千仇万恨猛地举起手中毒剑向克劳狄斯刺去,杀死了这个千古罪人,自己也毒性发作,颓然倒下。

将死的时候,哈姆雷特拜托好友霍拉旭把他的故事讲给世人听,让人们明辨是非、伸张正义。

第四节 《哈姆雷特》的思想意蕴

一、基本思想内容

《哈姆雷特》的剧情虽写的是中世纪的丹麦宫廷,但影射的却是 16 世纪末 17 世纪初英国混乱的社会现实:宫廷内发生了弑君篡位的变故,新任国王克劳狄斯是一个封建暴君,又具有原始积累时期资产阶级冒险家的阴险狡诈,以他为首的一批统治者的总特点是表面上冠冕堂皇,骨子里阴险狡诈,他们利欲熏心,为了私利不择手段,这都表现了没落时期封建王朝的特征。宫墙外,人民对统治者的不满情绪一触即发。封建暴君、新生冒险家克劳狄斯与人文主义者哈姆雷特的矛盾斗争是剧本最主要的戏剧冲突。作品对反动阶级的残暴歹毒和阴险狡诈给予深刻的揭露和批判,对人文主义者的追求和理想给予热情的彰显和褒扬。作品对于中世纪丹麦社会的描写正反映了伊丽莎白女王统治末年英国社会及欧洲现实的特征。

二、深层哲理蕴涵

(一)爱情之忠贞与背叛的形而上思考

首先,哈姆雷特由"爹死娘嫁"的事实产生了对人类忠贞爱情的怀疑。

在哈姆雷特眼里，父王母后不仅是恩爱的夫妻，更是爱情忠贞的象征。然而，父王死去还不到两个月的时间，母亲就匆匆改嫁叔父，用哈姆雷特的话说就是"短短的一个月以前，她哭得像个泪人儿似的，送我那可怜的父亲下葬；她在送葬的时候所穿的那双鞋子还没有破旧"，"她那流着虚伪之泪的眼睛还没有消去红肿，她就嫁人了"。尽管母亲流着泪向他解释说自己是迫不得已，尽管哈姆雷特自己也似乎理解地发出了"懦弱啊，你的名字叫女人"这样的叹惋，但哈姆雷特还是由此产生了对人类爱情忠贞的怀疑和失望，并直接导致了他对自己恋人奥菲利亚的不信任："要是地狱中的孽火可以在一个中年妇人（即王后）的骨髓里煽起了蠢动，那么在青春的烈焰中，让贞操像蜡一样融化吧。当无法阻遏的情欲大举进攻的时候，用不着喊什么羞耻了，因为霜雪都会自动燃烧，理智都会做情欲的奴隶呢。"因此，奥菲利亚尽管看上去"像冰一样贞洁，像雪一样纯洁"，但"美丽可以使贞洁变成淫荡"，在情势所迫时，她也会像王后一样"脆弱"的。加之奥菲利亚后来又稀里糊涂地充当了敌人的工具，所以人们也从剧本中感到了哈姆雷特对她的残忍。

接着，哈姆雷特又由对人类爱情的怀疑递进到了对人性善恶的思考，或者说他意识到了爱情之忠否是以人性之善恶为前提的。

他回答奥菲利亚："你当初就不应该相信我，因为美德不能熏陶我们最恶的本性。"——认为人之初，性本恶。

他还说："世上的事情本来没有善恶，都是各人的思想把它们分别出来的。"——又觉得善与恶是人们虚妄区分的结果，其实质是指人心难测、善恶无常。

"上帝给了你们一张脸，你们又替自己另外找了一张。"——觉得知人知面不知心，直指人类的假面人生。

除过以上零星表述，戏中戏伶王对伶后信誓旦旦的忠爱表白的那段答词应该算是哈姆雷特关于爱情忠否、人性善恶之思的集中展现：

我相信你的话发自心田/可是我们往往自食前言/志愿不过是记忆的奴隶/总是有始无终，虎头蛇尾/像未熟的果子密布树梢/一朝红烂就会离去枝条/我们对自己所负的债务/最好把它丢在脑后不顾/一时的热情中发下誓愿/心冷了，那意志也随云散/人世间的哀乐变换无端/痛苦转瞬早变成了狂欢/世界也会有毁灭的一天/何怪爱情要随境遇变迁/有谁能解答这一哑谜/是境由爱造？是爱逐境移/失财势的伟人举目无亲/走时运的穷酸仇敌逢迎/这炎凉的世态古今一辙/富有的门厅挤满了宾客/要是你在穷途向人求助，即使知交也要情同陌路/把我们的谈话拉回本题/意志命运往往背道而驰/决心到最后会全部推倒，事实的结果总难符预料/你以为你自己不会再嫁/只怕我一死你就要变卦。

这其中指涉誓言的违背、友谊的背叛、人世的冷酷、婚恋的不忠等等，可谓一幅活生生的人世丑恶示意图，透射出一种浓重的人性无常、善恶易变基础上的爱情无忠的形而上式的悲叹和思悟。

中国戏曲《庄周试妻》探讨的也是这个问题。《庄周试妻》说的是，庄周出外散步，偶遇一妇持扇扇坟。问其究竟，原来亡夫留下遗言：须等坟土干枯，方可再嫁。小寡妇急不可待，意欲扇干坟土。庄周由此想探讨一下人类婚恋的忠贞与否，于是，回家后演出了一场装死试娇妻的闹剧。剧中,庄妻第一次拒绝了丈夫年轻、英俊的弟子向自己的求爱,但第二次却答应了。庄周由此看破红尘,进山修道。在人类婚恋史、道德史上,离异再婚、夫死妻嫁、妻死夫娶与非她不娶、非他不嫁、白头偕老、从一而终一直是两种互相矛盾冲突的生活现象和价值观念。前者在现实生活中普遍存在,理论上对后者不仅是一个强大反证,情感上对人类爱情之忠贞性始终都是一个致命打击。由此,就应该否认人类爱情的忠贞或忠贞的爱情吗?答案应该是否定的。首先,西方的哈姆雷特和东方庄子的否定性结论都是由个别到一般进行形而上思维的结果,形而上的哲学思维虽然有助于人类对自身的普遍性本质的认识和观照,但因其过于概括、抽象、理论和绝对,就不能等同于丰富的、相对的、变化的、生动的形而下的现实人生。哲学上认为"人之初性本善",你就不能因此得出现实社会上就没有一个坏人或坏事;哲学上认为"人之初性本恶",你就不能因此推断现实社会中就没有一个好人或好事;"人生下来就意味着死"作为哲学命题绝对正确,但你却不能因此就得出"人还不如当初不生"或者"人人都应该去死"的结论。其次,爱情之"忠贞"的内涵是相对的,而不是绝对的。爱一个人并不意味着爱的就是这唯一的一个人,而是爱的与这个人相像的一类人,最后的结合是偶然的也是充满变数的,也就是说只能是你所爱的一类人中的某一个。所谓"爱情是必然的,结合是偶然的"说的就是这个意思。所以说"贞女不嫁二夫""好男不娶二女"是错误的,"非她不娶、非他不嫁"是可笑的,而因失恋而发疯、自杀更是愚蠢的。

尽管莎士比亚只是通过《哈姆雷特》提出了问题,但能够引发我们读者去思考,也是这个剧本的价值之体现。

(二)"生存还是毁灭"的生命终极意义探寻

剧本第五幕"墓地"一场中哈姆雷特对骷髅的道白:

"那个骷髅里面曾经有一条舌头,它也会唱歌哩;生前是个偷天换日的好手的政客,现在却让掘墓人丢来踢去;

"富有教养的朝臣的脑袋现在却让蛆虫伴寝,给人当木块一般抛着玩;

"能言善辩的律师现在脑壳里塞满了泥土,这个小木头匣子(棺材)原来要装他土地的字据都恐怕装不下,如今地主本人却也只能有这么一点地盘;

"这是一个最会开玩笑、非常富于想象力的家伙。这儿本来有两片嘴唇,我不知吻过它们多少次——现在你还会挖苦人吗?你还会蹦蹦跳跳,逗人发笑吗?你还会唱歌吗?你没有留下一个笑话,讥笑你自己吗?现在你给我到小姐的闺房里去,对她说,凭她脸上的脂粉搽得一寸厚,到后来总要变成这个样子的。"

昔日能说会唱、甚至能偷天换日的政客,现在却让一个掘墓人丢来踢去;富有教养的朝臣现在却让蛆虫伴寝,让人当木块一般抛玩;田产无数、能言善辩的律师现在脑壳里却塞满了泥土,装在一个小木头匣子里……

哈姆雷特这段与骷髅的谈话,具有某种哲学上的本体性意义,即潜含着对生命价值的终极追问:既然死后都要无一例外地变为骷髅、化为泥土,那么,在死亡面前,有能和无能有什么区别?高贵和卑贱有什么区别?

剧本中好几段台词都含有这样的思想意蕴,如:

"我们喂肥了各种牲畜给自己受用,再喂肥了自己去给蛆虫受用。胖胖的国王跟瘦瘦的乞丐是一个桌子上两道不同的菜;不过是这么一回事。

"一个人可以拿一条吃过一个国王的蛆虫去钓鱼,再吃那吃过那条蛆虫的鱼。一个国王可以在一个乞丐的脏腑里做一番巡礼。"

再如:

"要是我们用想象推测下去,谁知道亚历山大的高贵的尸体,不就是塞在酒桶口上的泥土?

"比方说吧:亚历山大死了;亚历山大埋葬了;亚历山大化为尘土;人们把尘土做成烂泥;那么为什么亚历山大所变成的烂泥,不会被人家拿来塞在啤酒桶的口上呢?

"恺撒死了,你尊严的尸体,也许变了泥把破墙填砌;啊!他从前是何等的英雄,现在只好替人挡风遮雨!"

在死亡面前,人和人到底有什么区别?在死亡面前,生命的意义究竟是什么?如果生命仅仅是一个自然的过程,如果死亡成了生命的绝对界限,如果人人都有一死并无一例外地化作泥土,如果每个人都是时间暴君统治下的一名奴隶,那么做一个国王与做一个乞丐有什么区别?做一个富人与做一个穷人、做一个英雄与做一个懦夫、做一个天才与做一个庸人、做一个圣人与做一个盗贼有什么区别?长寿而死与突然夭折又有什么区别?

哈姆雷特对话骷髅

大家都明白,时间对人是有限的,生命对人具有一次性和不可重复性。但人们往往把死亡看作生命的单纯终点,离自己还很远,其实,死亡像阴影一样笼罩人的整个一生。这倒不是说人随时随地都可能因为偶然原因而猝然死亡,而是指从根本上说,在死亡面前,生命究竟有什么意义?如果人像动物一样生和死,那么人生不是毫无意义吗?如果死亡意味着彻底地完全地中断人的生命,那么人不就同动物一样是一个任凭命运摆布的、完全有限的可悲的存在物吗?

由此可见,人人生而必死的事实带给人们的最大恐惧,并不在于死亡本身,而是在于紧随死亡之后的虚无。生命存在在终极意义上的价值莎士比亚和他的哈姆雷特都不得而知。这样看来,人们面对死亡的恐惧是对死亡引起的价值虚无的自我意识,它与面对某种具体的威胁或危险时引起的恐惧不一样,带有某种根本性、形而上学性。

对死亡的恐惧是对生命价值的根本怀疑,但人们不会时时刻刻体验这种感情,只是在面对别人特别是自己亲友的死亡时,或在自己面临生命危险时,才猛然意识到生命的有限与虚无。

哈姆雷特正是因了这样的契机,意识到了人生的这一根本性问题。他为父亲的突然死去而悲伤而痛苦,但其灵魂深处的最大悲痛却不在于此,正如他对母亲所言:

好妈妈,我的墨黑的外套、礼俗上规定的丧服、难以吐出来的叹气、像滚滚江流一样的眼泪、悲苦沮丧的脸色,以及一切仪式、外表和忧伤的流露,都不能表示出我的真实情绪。这些才真是给人瞧的,因为谁也可以做成这种样子。它们不过是悲哀的装饰和衣服,可是我的郁结的心事却是无法表现出来的。

哈姆雷特"郁结的心事"就在于生命的生死问题,就在于死亡把无意义带入了人生,就在于死亡给生命带来了浓重的虚无感。于是便有了他那段振聋发聩、寓含深邃的"生存还是毁灭"(to be or not to be)的仰天长叹:

> 生存还是毁灭,这是一个值得考虑的问题;默然忍受命运的暴虐的毒箭,或是挺身反抗人世的无涯的苦难,通过斗争把它们扫清,这两种行为哪一个更高贵?死了;睡着了;什么都完了;要是在这一种睡眠之中,我们心头的创痛,以及其他无数血肉之躯所不能避免的打击,都可以从此消失,那正是我们求之不得的结局。死了;睡着了;睡着了也许还会做梦;嗯,阻碍就在这儿:因为当我们摆脱了这一具腐朽的皮囊以后,在那死的睡眠里,究竟将要做些什么梦,那不能不使我们踌躇顾虑。人们甘心久困于患难之中,也就是为了这个缘故……谁愿意负着这样的重担,在烦劳的生命的压迫下呻吟流汗,倘不是因为惧怕不可知的死后,惧怕那从来不曾有一个旅人回来过的神秘之国,是它迷惑了我们的意志,使我们宁愿忍受目前的磨折,不敢向我们所不知道的痛苦飞去?这样,重重的顾虑使我们全变成了懦夫,决心的赤热的光彩,被审慎的思维盖上了一层灰色,伟大的事业在这一重顾虑之下,也会逆流而退,失去了行动的意义。

(三)"思想的巨人、行动的侏儒",人类思行不一缺点之揭示

意志坚定的哈姆雷特面对明确的目标却踌躇再三,犹豫拖延,成为"延宕的王子"。那么造成哈姆雷特行动延宕的原因是什么?可以归结为两个方面:从客观上看,当时反动势力过于强大,处于萌芽状态的先进势力还不能战胜强大的恶势力。从主观上讲,人文主义者及其思想本身也存在局限(如哈姆雷特根深蒂固的英雄史观、偶然闪现的宗教迷信思想)。再就是,他在不断与敌人周旋之中又陷入了形而上的人生的意义的玄思冥想,因而迟迟没有去行动复仇,完成这一象征改造社会现实的任务。所以在其身上又呈现出"思想的巨人、行动的侏儒"(thoughtful giant, acted dwarf)这一性格特征。这不仅是哈姆雷特的缺点,某种程度上也是我们整个人类的不足。屠格涅夫在谈及堂·吉诃德与哈姆雷特形象时就说"这两个典型体现着人类天性中的两个根本对立的特性,就是人类天性赖以旋转的轴的两极。我觉得,所有的人都或多或少地属于这两个典型中的一个"①。堂·吉诃德是一个战斗的理想主义者,而哈姆雷特是一个灰色的悲观主义者;堂·吉诃德迫不及待地去行动,而哈姆雷特却总是在思考。可以说两个人的缺点都是思想与行动不统一,堂·吉诃德是行大于思,而哈姆雷特是思大于行。有人问屠格涅夫更喜欢哪一个,屠格涅夫毫不犹豫地回答:堂·吉诃德。屠格涅夫的答案体现了东西方人生价值观念的相异。

第五节 哈姆雷特形象分析

哈姆雷特是一个处于新旧交替时代的人文主义者的典型形象。其思想性格经历了"快乐的王子"—"忧郁的王子"—"延宕的王子"—"行动的王子"—"悲剧的王子"

---

① 屠格涅夫:《哈姆莱特与堂·吉诃德》,见杨周翰编选:《莎士比亚评论汇编》(上册),中国社会科学出版社1979年版,第466页。

的曲折复杂的过程,变化而统一。快乐的王子(happy prince)——他品格高尚,多才多艺,对现世、人生、人与人的关系、爱情、友谊都有着与传统教会观念不同的看法,闪烁着人文主义理想的光芒。忧郁的王子(melancholy prince)——父死母嫁、叔叔篡位使他感到了丑恶的现实与他的人文主义理想相悖;父亲亡魂告知的真相使他看到了整个社会的黑暗和罪恶。延宕的王子(delayed prince)——尽管他决心替父报复,但同时"重整乾坤"的重担使得他顾虑重重;他注意到了敌人的强大但又不想放弃自己的责任,在不断地与敌人周旋之中又陷入了人生的意义的玄思冥想,因而迟迟没有下手杀死克劳狄斯。行动的王子(acted prince)——哈姆雷特最终报了父仇,但他自己也与敌人同归于尽,并没有完成改造世界的任务。悲剧的王子(tragedy prince)——正如恩格斯所言:"历史的必然要求和这个要求的实际上不可能实现之间的悲剧性冲突。"所以说,哈姆雷特的悲剧是一个人文主义者的悲剧,也是时代的悲剧。造成哈姆雷特悲剧的原因主要有两方面:从客观上看,当时反动势力过于强大,处于萌芽状态的先进势力还不能战胜强大的恶势力。从主观上讲,人文主义者及其思想本身也存在局限(如哈姆雷特的英雄史观、宗教迷信思想)。

第六节　比照中的哈姆雷特形象

一、哈姆雷特是美好人性的化身:与堂·吉诃德比较

奥菲利亚赞誉作为"快乐王子"的哈姆雷特:"朝臣的眼睛、学者的辩舌、军人的利剑、国家所瞩望的一朵娇花;时流的明镜、人伦的典范、举世瞩目的中心。"哈姆雷特天性高贵仁慈,正直上进,博学多才,能言善辩,集美德美才于一身,是美好人性的代表,与忠诚、勇敢、慷慨、无私、平等、仁爱、善良的堂·吉诃德不分轩轾,但二者又大相径庭。

哈姆雷特愤世嫉俗,怀疑一切。他所遭受的变故毁灭了他的美好天性、信仰、忠诚和真挚,除了相信霍拉旭对他近乎拜神的崇敬,他什么都不相信。他从怀疑父亲亡魂开始,到怀疑母爱、爱情、友谊,最终怀疑人性善和社会秩序。

哈姆雷特并不缺乏重整乾坤的能力,他缺乏理想和信仰。在这一点上,哈姆雷特仿佛是靡非斯特的诗意版。堂·吉诃德恰恰相反,他一无所有,只剩下信仰和忠诚,好比是浮士德的喜剧形式。

所以,哈姆雷特的美好天性,是养尊处优的"一朵娇花",被风霜摧折之后,剩下的只是颓败和虚无,是"器"的境界。堂·吉诃德的美好天性是生生不息的自然本身,是"道"的化身。两人的死亡结局一样,而蕴涵不同:堂·吉诃德虽败犹荣,哈姆雷特则打了个平手。但都令人遗憾:堂·吉诃德的悔悟削弱了其斗士精神,哈姆雷特的除奸纯属偶然,他根本没有很好地发挥其战斗力,只是徒然地牺牲了自己。

二、哈姆雷特是脆弱人性的代表:与眉间尺比较

哈姆雷特的脆弱表现为其一,面对伟大使命时徒然发出悲叹而非行动:"这是一个颠倒混乱的时代,唉,倒霉的我,却要负起重整乾坤的责任";其二,表现为错失大好

复仇时机的"延宕";其三,表现为最终复仇行为的被动。被动削弱了他的斗志和勇气,面对生死角逐,他惶惑而无奈,甘愿受命运摆布:"随它去。"而哈姆雷特的"延宕",又不仅仅是其个人行为,而是普遍人性在生命个体上的示现。

眉间尺是鲁迅小说《故事新编·铸剑》中干将、莫邪之子。干将为楚王铸剑,剑成被杀。眉间尺秉性与哈姆雷特一样仁慈,一样具有为父复仇的愿望和决心,一样性格脆弱无力承担复仇使命,一样不怕牺牲,一样与对手同归于尽,玉石俱焚,消灭了敌人而未保全自己。眉间尺的"优柔"与哈姆雷特的"延宕",同属人性的弱点在紧要历史关头的表现。眉间尺几乎就是中国版的哈姆雷特。

二者的区别:眉间尺作为中国蒙昧时代尚未成熟的乡村少年,鲁迅通过"灭鼠""遭遇楚王""逃亡"等情节强调其仁慈脆弱;哈姆雷特作为新旧交替时代的王室储君,有深刻的思想和行动的能力,也因此构成其"知"与"行"的矛盾,反而增加了复仇的阻力。他们的悲剧命运体现了"历史必然的要求与这个要求实际上不可能实现之间的矛盾冲突"。

三、哈姆雷特是自我分裂的代表:与拉摩的侄儿比较

恩格斯称狄德罗的《拉摩的侄儿》是"辩证法的杰作",其中塑造了"拉摩的侄儿"这一性格矛盾对立的形象,恩格斯认为是"分裂意识"的典范。[①] 他才华横溢,却玩世不恭;富于理性,却自甘堕落;见解深刻,却鲜廉寡耻,是一个集"高傲与卑鄙、才智与愚蠢"于一身的"怪物"。

在命运的打击下,哈姆雷特的性格猝然裂变,与拉摩的侄儿一样,信仰与怀疑、仁爱与厌世、责任与脆弱、机敏与延宕、理性与疯癫在他性格中并存,使他难以忍受:"碎了吧,我的心,因为我必须禁住我的嘴!"当他得知叔父谋杀父王的真相之后,内心的分裂表面化了,那些妄言妄行与其说是策略,毋宁说是疯狂。哈姆雷特的"佯狂"有真疯迹象,是他不能整合、平衡内心矛盾的失控表现,因为他既"碎了心"(分裂),又不能"禁住嘴"(自控)——矛盾的强度冲决了理性的堤坝。

人物的自我分裂实际上是外在社会矛盾的内在化。当一个人不能应付外部世界时,就不能主宰自己,反之亦然。他必须先建立起自己内心的秩序,"重整"内在"乾坤",才能主宰外部世界,"重整"外在"乾坤"。正如克劳狄斯所言:"大人物的疯狂是不能听其自然的。"为了终止分裂,拉摩的侄儿选择了沉沦,哈姆雷特顺从了毁灭,都是由分裂趋向统一的聊胜于无的努力。

只有大智慧者,才能调谐自身矛盾,化解世间冲突,建构和平稳固的社会秩序,所谓"内圣而外王",那是真正的王者,诸如释迦牟尼、穆罕默德、耶稣、孔夫子,但他们超乎文学殿堂之上,高居圣坛,艺术家只能仰视,不能描摹。文学描写有缺陷的人性,诉说人类的悲哀,与宗教、哲学一样超度凡俗的世人走向圣境。正如列宁评价托尔斯泰:"作为一个发明救世新术的先知,托尔斯泰是可笑的……作为俄国千百万农民在俄国

---

① 陆梅林辑注:《马克思恩格斯论文学与艺术》(上),人民文学出版社 1982 年版,第 448—449 页。

资产阶级革命快要到来的时候的思想和情绪的表现者,托尔斯泰是伟大的。"①莎士比亚的伟大在于他恰如其分地把握准了艺术家的使命而非僭越,他是"自然的诗人"。

四、哈姆雷特是被"他者"异化的代表:与格里高尔比较

"一天早晨,格里高尔·萨姆沙从不安的睡梦中醒来,发现自己躺在床上变成了一只巨大的甲虫。"《变形记》一开头,卡夫卡就以冷漠的口吻,向读者描述了现代人可怕的生存处境:异化。在外界异己力量的奴役下,人不再是人,而是变成了丧失自由意志的甲虫。异己力量可以指任何一种人自身无法把握的外在因素,诸如疾病、失败、失业、贫穷等人生的灾难、厄运。

异化哈姆雷特的因素包括邪恶的社会力量和险恶的人性,比如以克劳狄斯为代表的封建专制力量,以及体现在他身上的贪婪、奸诈、残忍等。异化使哈姆雷特自身分裂出另一些消极自我,它们是哈姆雷特的小我,比如阴郁、孤独、悲伤、脆弱、优柔、怀疑、狭隘等。异化后的哈姆雷特变成了一个"熟悉的陌生人",让所有的人,甚至连哈姆雷特自己都感到难以理喻。

异化使"人"变成"非人",使"我"变成"非我",使人丧失主体性,变成"他者"。格里高尔异化后,丧失工作能力、赚钱养家能力,失去存在的必要,因此默默死去。哈姆雷特异化后,对人类彻底失去了信心,丧失理性判断事物的能力,变成了一个人格分裂的矛盾体,因而,瓦解了斗争意志,削弱了复仇能力,最终玉石俱焚,成为无谓的牺牲者。哈姆雷特与格里高尔,其生不同,其死相异,但被外界力量异化的状态,何其相似。可是莎士比亚以写实笔墨让哈姆雷特的异化仅仅停留在精神方面,而卡夫卡却通过荒诞手法把格里高尔内心的异化外在化,变成触目惊心的形体变异,这便是古典艺术和现代艺术的差异。

五、哈姆雷特是被残酷命运追逐的代表:与奥狄浦斯比较

奥狄浦斯和哈姆雷特,是欧洲文学史上两个被残酷命运追逐的典型。从无辜受难的角度讲,奥狄浦斯的厄运是前定的,体现了命运的神秘、强大与邪恶;其父拉伊俄斯的犯罪在先,奥狄浦斯的受难在后,表明所谓厄运,实际上是人咎由自取,体现了善恶报应的逻辑力量;奥狄浦斯对命运的抗争,显示了人的价值和尊严。

哈姆雷特的命运则撕开了神秘的假面,人的厄运不再假托不可测的神祇的力量,而是直接源于人自身的邪恶与局限:克劳狄斯对权色的贪欲,乔特鲁德对骄奢淫逸生活的贪恋,波洛涅斯的世故圆滑,罗森格兰兹和吉尔登斯吞的阴险势利,雷欧提斯的轻信鲁莽,奥菲利亚的幼稚软弱……霍拉旭是唯一没有缺点的人,可是,"没有缺点"正是他的缺点,他对哈姆雷特除了拜神似的遵从,做一个"卑微的仆人",又能做些什么? 而人类的致命伤永远来自自我,哈姆雷特那隐藏在他光辉背后的阴影,他每一个优点覆盖下的缺陷,是他走向王位的过程中难以逾越的障碍。他尊贵所以脆弱,仁慈所以

---

① 列宁:《列夫·托尔斯泰是俄国革命的镜子》,见《列宁全集》(第17卷),中央编译局译,人民出版社1988年版,第185页。

优柔,长于思想所以倦于行动,正直磊落所以对阴谋缺乏防备……

从奥狄浦斯到哈姆雷特,我们看到:人对自身的思考越是理性、客观,便越是对自己缺乏信心,奥狄浦斯对抗命运的意志和勇气,那种希腊式的悲壮的英雄主义品质,在哈姆雷特身上,令人惋惜地消失了。时代的前行,文明的进步,并不意味着人类精神的优化。现代人那种颓废虚无的思想情绪,实际上从哈姆雷特时代就开始了。

六、哈姆雷特是"思想的巨人、行动的侏儒":与"多余人"比较

哈姆雷特的独白是世界戏剧史上最经典的"演说词",他极善于"出声地思想",却不大善于无声地行动。他说了那么多,做得也不少:装疯,导演"戏中戏",误杀波洛涅斯,盗换密信,决斗……但这些行为都不够得当,都远远地绕开"复仇并重整乾坤"这一实质性问题,在边缘地带踟蹰、延宕,貌似激进,却缺乏深思熟虑,只是不计后果的冒失和冲动,不能理性地完成重整乾坤的历史使命。

俄国19世纪文学和日本近代文学中出现了"多余人"形象,前者是优秀的贵族青年,后者是现代知识分子,其共同特点是:思想先进,行为滞后;不满现实,又找不到出路。在理想和现实之间犹豫徘徊,苦闷彷徨,最终成为"思想的巨人、行动的侏儒"。在这一点上,"多余人"和哈姆雷特如出一辙。

所不同的是,哈姆雷特肩负重大历史使命,"思想"必不可少,"行动"迫在眉睫,他的整个思想和行为受到历史的制约,历史选准他作为时代的替身解决矛盾,重建秩序,即便他担负不起,他也必须承当。"多余人"则没有具体使命的限制,他们作为特定时代的特殊群体,不满时代又无能为力,其悲剧命运是集体慢性自杀,不同于哈姆雷特作为个体生命与敌对势力的强烈对抗。

第七节　哈姆雷特悲剧原因的多重解释

众所周知,哈姆雷特悲剧原因的焦点在于其复仇行为的"延宕",如此,破译哈姆雷特"延宕"之谜,便成为打开哈姆雷特悲剧命运的钥匙。对这个万古常新的问题的探究,可谓汗牛充栋,在此略撮其要,以启发大家的思维。

一、社会原因说

客观上,"丹麦是一座大监狱"。以克劳狄斯为首的封建邪恶势力过于强大,以哈姆雷特为代表的年轻的人文主义者力量过于弱小,在善恶较量过程中,寡不敌众,弱不胜强。主观上,哈姆雷特作为人文主义者存在着种种的局限。因此,哈姆雷特的复仇只能以悲剧告终。

二、个性缺陷说

《哈姆雷特》是欧洲文学史上著名的"性格悲剧",认为哈姆雷特的"延宕"在于他性格的缺陷:孤傲内向使他脱离群众;忧郁悲伤使他缺乏信心勇气;优柔寡断使他坐失良机;敏感多疑使他内心分裂,顾此失彼;耽于冥想使他忘记行动;幼稚脆弱使他难以承担重大使命……哈姆雷特的个性缺陷实际上是阶级局限和时代局限在个体生命中

的反映。歌德和赫士列特是这一观点的代表。

三、理想幻灭说

哈姆雷特遭遇的人生变故,使他心中对人类的美好理想幻灭了,他不再认为人是"宇宙的精华,万物的灵长",人性的邪恶在他面前暴露无遗:贪婪、残忍、奸诈、淫邪、伪善、脆弱、自私、狭隘……他否定了整个人类,包括他自己。因而,"重整乾坤"的意义变成了对整个人性的改造,"复仇"的对象不仅仅是一个克劳狄斯,而是所有人性的恶。而消除人性的恶,意味着否定人的现实存在,同样意味着人生的虚无。这样,一己之私仇变得无足轻重。所以,"哈姆雷特的犹豫不只是找不到复仇方法时产生的矛盾的心理,而且是他感悟到人的渺小、人的不完美、人生的虚无时那迷惘与忧虑心态的外现,同时也是欧洲文艺复兴晚期信仰失落时人们进退两难的矛盾心理的象征性表述"。①

四、心理失衡说

柯勒律治认为哈姆雷特在巨大的精神压力面前,心理失去平衡,病态地陷入"冥想",因而影响了行动:"哈姆莱特是勇敢的,也是不怕死的;但是,他由于敏感而犹豫不定,由于思索而拖延,精力全花费在做决定上,反而失却了行动的力量。"②别林斯基也认为:"哈姆莱脱表现了精神的软弱……它是分裂,是从精神上的幼稚的、不自觉的和谐与自我享乐走向不和谐与斗争去的过渡,而不和谐与斗争又是走向精神上的雄伟的、自觉的和谐与自我享乐的过渡的必要条件。"③

五、"奥狄浦斯情结"说

弗洛伊德的弟子琼斯(Ernest Jones)认为,哈姆雷特潜意识中存在着"杀父娶母"的原始欲望:由于恋母情结,母亲的丈夫——父亲成了自己的最大情敌,克劳狄斯杀死他,其实是做了一件自己一直想做而不敢做的事。现在,叔父替自己完成了夙愿,哈姆雷特心存感激,而且从其行为中看到了自己的身影,所以陷入迟疑不决中。④

六、思想与行动脱节说

有学者认为:哈姆雷特既不缺乏思想,也不缺乏行动,他的失误在于不能很好地将二者结合起来。而哈姆雷特思想与行动的脱节,是由他所处的严酷的客观环境造成的。⑤

---

① 郑克鲁主编:《外国文学史》(上),高等教育出版社1999年版,第85—86页。
② 柯勒律治:《关于莎士比亚的演讲》,见杨周翰编选:《莎士比亚评论汇编》(上册),中国社会科学出版社1979年版,第146—147页。
③ 《别林斯基选集》(第1卷),满涛译,上海译文出版社1979年版,第496页。
④ 琼斯:《哈姆雷特和奥狄浦斯》,维克托·高兰斯有限公司1949年版。
⑤ 赵炎秋:《哈姆莱特悲剧成因再探》,载《湖南师范大学社会科学学报》1998年第3期。徐群晖:《破译哈姆莱特疯癫之谜》,载《戏剧艺术》2003年第5期。

七、人格分裂说

有学者从当代心理学角度切入,认为植根于哈姆雷特深层心理的顺从型、进攻型和超然型三种防卫机制的冲突,导致其人格分裂、混乱,分散了注意力,使主体"丧失了行动的能力",从而陷入"延宕"状态。①

八、"约拿情结"说

约拿是《旧约·约拿书》中的人物。耶和华命约拿去尼尼微城传达使命,令其悔过自新。约拿逃往他施,后来畏惧耶和华的威力去尼尼微传达了使命:"再等四十日,尼尼微必倾覆了!"尼尼微人敬畏神悔过自新,耶和华便赦免他们,没有降罪。约拿抱怨耶和华。耶和华说:"……这尼尼微大城,其中不能分辨左手右手的有十二万多人,并有许多牲畜,我岂能不爱惜呢?"

美国心理学家马斯洛据此总结出"约拿情结"(Jonah Complex),其要义是:"对自身优点的恐惧……对自己命运的逃避……对自己天才的回避。"②

德国心理学家弗罗姆认为,约拿之所以逃避使命,是因为"他害怕尼尼微的居民会改悔、上帝从而饶恕他们。他是一个怀有强烈秩序和法律感的人,但缺乏爱心"。约拿的抱怨说明"他希望行使'正义',而不是仁慈"。③

瑞士心理学家荣格的原型理论认为,原始图像或记忆(原型),往往通过心理遗传机制,以"集体无意识"的形式代代相传,从而在每个现代人身上又以"个体无意识"(情结)的形式再现。哈姆雷特面临复仇伟大使命时的逃避、延宕,体现了"回避自己的命运""惧怕自身的伟大之处"的倾向;对母亲和奥菲利亚的谴责,体现了"缺乏爱心"的特点,这是典型的"约拿情结"。

"约拿情结"说表明,哈姆雷特的脆弱、延宕,不是他个人独有的现象,而是人类普遍弱点在生命个体上的表现,哈姆雷特的悲剧在于在特定的历史环境下,他没有成功地以个人意志克服人性的弱点。

第八节 《哈姆雷特》及莎氏戏剧的艺术成就

《哈姆雷特》基本上是遵循现实主义原则进行创作的,但莎士比亚的现实主义原则又有自己的独特性:①常取材于现成的材料或剧本,而不是直接取材于现实,他在旧故事的骨架中填入现实生活的画面,注入时代的灵魂。②现实主义和浪漫主义紧密相连。③充分遵循艺术规律,让思想倾向通过丰富的情节和生动的形象自然而然地流露出来,马克思、恩格斯称之为"莎士比亚化"。④ 马克思指出不要"席勒式地把个人变成

---

① 徐群晖:《破译哈姆莱特疯癫之谜》,载《戏剧艺术》2003 年第 5 期。
② B·R 赫根汉:《心理学史导论》(下),郭本禹、蔡飞、姜飞月等译,华东师范大学出版社 2004 年版,第 877 页。
③ 弗罗姆:《寻找自我》,陈学明译,工人出版社 1988 年版,第 127 页。
④ 陆梅林辑注:《马克思恩格斯论文学与艺术》(上),人民文学出版社 1982 年版,第 174 页。

时代精神的单纯传声筒",要求"更加莎士比亚化"。恩格斯也说:"我们不应该为了观念的东西而忘掉现实主义的东西,为了席勒而忘掉莎士比亚"。① 马克思和恩格斯显然是在与席勒的"概念化"倾向相对立的意义上提出了"莎士比亚化"的。"莎士比亚化",就是对莎士比亚戏剧艺术特征的总概括,目的在于要求作家们像莎士比亚那样进行创作。马克思认为,文学作品的思想倾向,不应该由人物直截了当地说出来,而应该像莎士比亚的作品那样,通过丰富的故事情节和生动的艺术形象,在五光十色的环境中自然而然地流露出来。"莎士比亚化"是形象思维的艺术方法,是现实主义的艺术原则。

一、情节的生动性和丰富性,戏剧结构具有广阔性

情节的生动性和丰富性体现在多条情节线索上。剧中有多条复仇的线索——哈姆雷特的为父复仇、雷欧提斯的为父复仇和小福丁布拉斯的为父复仇;另外还有哈姆雷特与奥菲利亚的爱情、与霍拉旭的友谊;还有宰相波洛涅斯一家的家庭生活;再加上鬼魂现身的线索、"戏中戏"的安排,可谓多头并进,丰富多样。

情节的生动性和丰富性体现在"福斯塔夫式的背景"上。"福斯塔夫式的背景"是由恩格斯提出的命题。福斯塔夫是莎士比亚在历史剧《亨利四世》和《温莎风流的娘儿们》中塑造的形象。他是封建社会崩溃时期没落骑士的典型形象,既属于贵族阶级又落入贫民之中,既是下层人民又和贵族阶级有联系。作者通过这个人物的活动,真实地描绘了上自宫廷下到妓院的各个阶层各种人物的生活状况,展现了一幅五光十色的平民社会,为中心人物的活动提供了广阔的背景,所以也叫"五光十色的社会背景"。《哈姆雷特》中虽没有出现这个人物,但仍然具有这一背景。这里有戒备森严的卫士,有闯荡江湖的演员,风趣幽默的掘墓人,有开赴前线送死的士兵,有外敌入侵也有内部暴乱,有拍马逢迎的大臣,也有投水身死的小姐,这一切,都为在台前表演的主人公哈姆雷特提供了一个广阔的社会背景。

情节的生动性和丰富性体现在悲喜剧因素相结合上。莎士比亚往往在同一部剧作中杂糅悲喜剧因素,在悲剧中加进幽默、滑稽的喜剧场面,在喜剧中加进悲壮、严肃的悲剧内涵,丰富了戏剧风格,增强了戏剧效果。比如在《哈姆雷特》第五幕第一场,中心事件是奥菲利亚的葬礼,却安排了小丑甲和小丑乙,一边掘墓坑,一边插科打诨,逗人发笑。在《罗密欧与朱丽叶》中,男女主人公的毁灭,赢得了两个世仇家族的和好,体现了人性善的力量,因此被叫作悲喜剧。在喜剧《威尼斯商人》中,包含了种族歧视的严肃问题和割肉还债的凶险情节,具有悲剧特点。

二、戏剧冲突紧张尖锐、富有深度

莎士比亚戏剧冲突既不同于古希腊悲剧"人与命运"的强烈冲突,又不同于19世纪"社会问题剧"的人与社会制度、伦理道德的尖锐对立,而是惯于把人与自然、人与社会的冲突转化为人与人、人与自我的冲突。在《哈姆雷特》中,人与人的冲突表现为

---

① 陆梅林辑注:《马克思恩格斯论文学与艺术》(上),人民文学出版社1982年版,第180页。

哈姆雷特与克劳狄斯之间的矛盾斗争,其本质有二:人文主义理想与封建邪恶势力的冲突;人性善与恶的冲突。而这种外部矛盾最终归结为人与自我的内在矛盾:哈姆雷特无限丰富的精神世界,其本质是人的理性与情感、崇高与卑俗、信仰与怀疑、仁爱与恨世、责任与脆弱、机敏与延宕等的分裂、对立、冲突、斗争。

三、人物形象个性鲜明

通过对比和人物的内心独白来展示人物性格是莎士比亚常用的手段。

所谓典型,指事物个性和共性的高度统一,共性体现人物思想性格的普遍性,反映现实的本质;个性体现人物思想性格的特殊性,反映生活的现象,但文学典型更注重塑造个性,所谓透过现象看本质。贺拉斯说性格就是"把一个人与他人相区别的东西"①。

莎士比亚笔下的人物都是个性与共性的完美结合。在《哈姆雷特》中,有三个为父复仇的贵族青年,但各具特色:哈姆雷特慎重考虑,必须将个人复仇与"重整乾坤"的伟大使命结合起来,是人文主义者的复仇;雷欧提斯轻率鲁莽,动辄揭竿而起,动手决斗,是封建骑士的复仇;小福丁布拉斯则伺机而动,充分考虑复仇的结果,以不变应万变,不动干戈而获全胜,是资本主义式的复仇。克劳狄斯和麦克白同是弑君篡位的野心家,前者惨无人道,人性泯灭,完全是邪恶的化身;后者在女巫和妻子的蛊惑下,由国家功臣沦为弑君魔王,所以,麦克白内心的矛盾冲突比克劳狄斯更剧烈。

莎士比亚笔下的贵族妇女也是个性、共性统一的典范。比如奥菲利亚,与莎士比亚戏剧中其他女性形象迥然不同。她性格天真柔顺,不谙世事,既向往美好爱情,又轻信父兄规劝,表现出一个贵族少女面对重大人生抉择的惶惑。说明她既受人文主义新思潮影响,又不能完全摆脱封建观念的束缚。她既不像《奥赛罗》中的苔丝德梦娜那样痴情,又不像《李尔王》中的考狄莉娅那样忠厚,也不像《威尼斯商人》中的鲍西娅那样有谋略、有胆识,更不像麦克白夫人那样野心勃勃、狠毒残忍,是一个十分耐人寻味的形象。

四、语言丰富生动、语体多样且个性化

莎士比亚的戏剧语言主要是无韵诗,同时又结合散文,堪称中外戏剧史上的奇迹。具体表现为:①语汇丰富,莎士比亚戏剧词汇量达17000多个;②文体、语体、辞格丰富,诗歌、散文、雅言、俗语熔为一炉,排比、比喻、双关手法运用娴熟,形象而生动,意象纷至沓来,美感度极高,显示了戏剧天才莎士比亚高超的语言天赋;③个性化的语言,莎士比亚戏剧人物语言的个性化不是一成不变的,而是随着人物思想性格的发展而变幻多姿。例如,哈姆雷特沉郁悲愤的长篇独白,随着剧情冲突的白热化,逐渐变得果决、通俗、干脆、利落,表明了他性格的成熟,复仇心切。奥菲利亚清醒时语言典雅、优美,疯癫时胡言乱语,不堪入耳。

---

① 贺拉斯:《诗艺》,杨周翰译,人民文学出版社1997年版,第146页。

思考题

1. 阐释哈姆雷特的思想性格及其悲剧原因。
2. 以《哈姆雷特》为例,谈谈莎士比亚戏剧创作的艺术特征。
3. 解释:莎士比亚化、福斯塔夫式的背景。
4. 自选背诵四段哈姆雷特的经典独白。

讨论题

哈姆雷特"延宕"之谜。

第四编 古典主义(Classicism)文学概述

教学重点：古典主义文学的特征。

一、古典主义文学的形成

古典主义是发端于 17 世纪初期的法国而后辐射全欧的一场新兴资产阶级的带有浓厚封建色彩的文学思潮或文学流派，持续到 19 世纪初。英语中的 Classical 一词具有两个含义：古代的和经典的，这里重在前者，也就是说"古典主义"的基本倾向是提倡学习古代作品和发扬古代理论。早在古罗马时期，文艺理论家贺拉斯和朗吉努斯就提出了向古代借鉴的原则，后世文学史家便使用"古典主义"这个名词来表示这种思想。由于时代背景不同，各个时代的古典主义也就在共性之外显示出不同的个性。为了与其他的古典主义相区别，人们也把 17 世纪发端于法国的古典主义称为"新古典主义"。

古典主义文艺思潮是新兴资产阶级与封建贵族在政治上妥协的产物。法国作为欧洲最强大的中央集权君主专制国家，为了制止贵族的分裂活动，增强国家的经济实力，王权采用了拉拢资产阶级的政策。而资产阶级由于力量尚不够强大，也需要在王权的保护下发展并与贵族抗衡，于是出现了资产阶级与贵族两大势均力敌的阶级互相妥协、共同支持王权的局面。王权便成为这两大阶级之间"表面上的调停人"。① 王权为了从思想和文化上钳制一切对其不利的活动，采取了一系列措施。为了加强对文学艺术的控制，建立了发放奖金、津贴和检查的制度。为了在语言文学方面推行国家的政策，在 1634—1635 年建立了法兰西学士院，它的首要任务是指定和控制语言的法规和各种文体的格律。在这样的政治环境和文艺政策下，催生了古典主义文学。

另一方面，路易十四的趣味也推动了古典主义的繁荣。他爱好宫廷喜庆和热闹场面，鼓励戏剧创作。他喜欢崇高壮丽的风格，从凡尔赛宫的建造即可略窥一斑，但是他对文学的创作给予足够的宽容。在路易十四统治期间，莫里哀能够坚持自己的创作方向，《伪君子》得以成功上演，他的宽容也使拉辛、布瓦洛等人能够获得声誉，这位君主的并非有意的对文学的态度，实则对古典主义文学的发展起到了很大的帮助。

笛卡儿（1596—1650）被广泛认为是西方现代哲学的奠基人，是近代唯物论的开拓者且提出了"普遍怀疑"的主张。他的哲学思想深深影响了之后的几代欧洲人，开拓了所谓"欧陆理性主义"哲学。笛卡儿的著作《方法论》（1637）是法国第一部重要的哲学和科学著作。他提出的理性主义（Rationalism）成为古典主义的哲学基础。

---

① 恩格斯：《家庭、私有制和国家的起源》，见中央编译局译《马克思恩格斯全集》（第 4 卷），人民出版社 1971 年版，第 172 页。

笛卡儿认为,人类应该可以使用数学的方法——也就是理性——来进行哲学思考。他相信,理性比感官的感受更可靠。为此他举出了一个例子:在我们做梦时,我们以为自己身在一个真实的世界中,然而这只是一种幻觉而已。他从逻辑学、几何学和代数学中发现了四条规则:第一条规则是绝不承认任何事物为真,对于我完全不怀疑的事物才视为真理;第二条规则是必须将每个问题分成若干个简单的部分来处理;第三条规则是思想必须从简单到复杂,循序渐进地引导思想;最后一个规则是我们应该时时进行彻底的检查,确保没有遗漏任何东西。

由此,笛卡儿认为怀疑就是出发点,感官知觉的知识是可以被怀疑的,我们并不能信任我们的感官,所以他不会说"我看故我在""我听故我在"。从这里他悟出一个道理:我们所不能怀疑的是"我们的怀疑",这就是说我们无法去怀疑的,是我们正在"怀疑"这件事时的"怀疑本身",只有这样才能肯定我们的"怀疑"是有真实性的,并非虚假的产物。人们觉得理所当然或习以为常的事物,他却感到疑惑,由此他推出了著名的哲学命题——"我思故我在",即指通过思考而意识到了(我的)存在,由"思"而知"在"。他得出结论,"我"必定是一个独立于肉体的、在思维的东西。

笛卡儿还试图从该出发点证明出上帝的存在。笛卡儿认为,我们都具有对完美实体的概念,由于我们不可能从不完美的实体上得到完美的概念,因此必定有一个完美实体——即上帝——的存在来让我们得到这个概念。笛卡儿继续推论出既然完美的事物(神)存在,那么我们可以确定之前的恶魔假设是不能成立的,因为一个完美的事物不可能容许这样的恶魔欺骗人们,因此借由不断的怀疑我们可以确信"这个世界真的存在"。

笛卡儿强调思想是不可怀疑的这个出发点,对此后的欧洲哲学产生了重要的影响。"我思故我在"也存在着争议,而他提出的怀疑的主要思想,对研究方面做出了贡献。此外,他认为心灵和人体可以相互影响、相互作用、互为因果,他将人们的思想引导至理性思维的道路上,摆脱了神学的绝对地位。笛卡尔的理性主义成为古典主义的哲学基础,直接指导了古典主义作家的创作。

二、古典主义文学的特征

(一)政治上拥护王权,维护国家统一

古典主义作家把歌颂国王,维护国家利益,宣扬公民义务和责任作为自己的职责。受到王权的干预,它的主要任务是歌颂明智的君主,维护国家的统一。古典主义作品具有强烈的政治倾向性,多数作品将国家荣誉、民族利益放到第一位,歌颂国王智慧超群、明辨是非,批判有损于专制王权的行为。但是,也有优秀的作品表现出抨击专制统治、讽刺国王的专横和愚蠢的主题思想。

(二)思想上崇尚公益理性,压制个人情感

古典主义的理性泛指人类所特有的良知,古典主义把理性看作时代精神的核心和文学创作评论的最高标准,主张用理性约束情欲,宣扬公民义务,建立君主专制下理想的道德规范。布瓦洛指出:"首先必须爱理性:愿你的文章永远只凭理性才获得价值和光芒。"高乃依的《熙德》是一部典型的古典主义悲剧,作品表现责任与感情的冲突,

充满崇高的爱国主义精神,体现了理性原则的光辉。但也有作家并不愿受这样的限制。

(三)艺术创作上模仿古典,重视规则

古典主义文学师法古希腊和古罗马文学,从中汲取艺术形式和题材。古罗马文学艺术上的典雅、严谨更为古典主义者所推崇,由此形成古典主义文学的艺术特征。文学理念:主张模仿古希腊罗马文学,往往断章取义,曲解古人观点,以此制定严格的艺术规范和标准,比如"三一律"(The three Unities);创作题材:以古代文学为典范,悲剧大都取材于古希腊、罗马时代;文学体裁:以高雅和卑俗区分戏剧体裁,悲剧高雅,语言高尚典雅,喜剧卑俗,语言俚俗;艺术语言:追求准确、精练、华丽、典雅的宫廷趣味;人物形象:类型化、概念化,缺乏个性和艺术魅力。在诸多创作原则中,戏剧创作的"三一律"尤其重要。"三一律"是古典主义文学要求戏剧创作必须遵循的三个铁的律条,即情节、时间、地点必须保持"整一",后来被古典主义戏剧理论家布瓦洛发展为:一部戏剧只能有一条情节线索,故事只能发生在一个地点,时间不能超过一昼夜。"三一律"原是古希腊亚里士多德的理论,但亚里士多德在《诗学》中讲"所模仿的就只限于一个完整的行动",同时指出一出戏的演出时间应"以太阳的一周为限"①,旨在强调剧本中的动作和情节要一致,不可枝蔓,并未对剧情的时间、地点做什么具体规定,古希腊、罗马的悲剧与喜剧也不遵守这种金科玉律。

"三一律"实际上是后世的理论家在注释和理解时加入了自己的观点歪曲误读的结果。"三一律"的提出使戏剧剧情紧凑、冲突尖锐,舞台时空高度凝练,但弊端是人物性格单一化,戏剧结构的绝对化、程式化等,影响了戏剧反映社会生活的广度和深度,束缚了作家的创作个性。

尼古拉·布瓦洛(1636—1711)被称为古典主义的立法者和发言人,他的文艺理论专著《诗的艺术》(1674)提出了古典主义的美学原则,被誉为古典主义的法典。他认为"理性"是一切的准绳,也是文艺创作的根本原则;他认为人们要"模仿自然",但是他所说的是人的自然,经理性净化过的自然;创作要以古人为榜样,作品要遵守"三一律"。文学体裁有高雅和卑俗之分,要与描写的生活相称。悲剧高雅,宜表现宫廷生活;喜剧卑俗,应表现下层人民的生活。同时认为人物性格应该类型化,但这也导致人物缺乏个性和艺术魅力。布瓦洛提出的美学原则成为古典主义文学创作的准则。

三、古典主义文学的发展概况

(一)法国文学

皮埃尔·高乃依(1606—1684)是古典主义悲剧的代表作家,被称为古典主义戏剧的奠基人。他早年攻读法律,当过律师。但他志不在此,开始创作他的第一部喜剧《梅里特》,之后又写了几部喜剧,虽然反响不错,但并没有取得大的成功,直到他于1636年写出第一部悲剧《熙德》。

《熙德》根据西班牙作家卡斯特罗的喜剧《熙德的青年时代》写成,大获成功。但

---

① 亚里士多德:《诗学》,罗念生译,人民文学出版社1997年版,第19页。

它的创作背离了经典戏剧的"三一律",为此招致各种批评,引发了关于戏剧创作应该遵循怎样的规律的论战,史称"《熙德》的论战"。对《熙德》的道德指责主要集中在戏剧的作用上,认为戏剧的主要功能是进行道德教育,但《熙德》选择西班牙的传奇作为题材,因为当时法国正与西班牙交战。此外,高乃依过于高傲的态度也引起了其他作家的不满。高乃依在压力之下选择沉默。

《熙德》在最开始的时候是一部悲喜剧,后来经过高乃依的不断修改,最终被称为悲剧。《熙德》主要讲述男女主人公罗狄克和施曼娜相爱,但因为两人父亲之间的仇恨陷入矛盾,他们在个人的爱情和家族的荣誉与责任之间面临两难。最后罗狄克放弃爱情,为国立功,成为民族英雄。施曼娜要求报仇,但经国王调解两人终成连理。《熙德》是高乃依最成功的剧作,获得了"像《熙德》一样美"的赞誉。《熙德》之美主要在于剧中的诗句极为优美,气势遒劲,代表了古典主义所推崇的崇高之美。

后来,因为《熙德》受到的批评,高乃依改变了创作的倾向,创作出三部比较重要的作品:《贺拉斯》(1640)、《西拿》(1643)、《波利耶克特》(1643)。这三部作品和《熙德》并称为高乃依的"经典四部曲"。这三部作品都取材于古罗马传说和故事,未能逃出"三一律"的藩篱,高乃依最后还是选择了向古典主义的清规戒律妥协。1674年,高乃依写出最后一个剧本《苏莱娜》后彻底退出戏剧界。

让·拉辛(1639—1699)是古典主义悲剧的另一代表。拉辛在他最早的剧本《德巴依特》和《亚历山大》中就已显露出个人才华。拉辛的戏剧多挖掘人性的弱点,描写人物受到情欲的支配,丧失理性,走上自我毁灭的道路,带有宿命不可违的意味,明显受到了古希腊命运观念的影响。他擅于描写人物心理,语言细腻、动人,写出了一切人类情感中最温柔的部分,代表了与高乃依不同的古典主义优雅气韵。拉辛同时也是"三一律"的天才运用者,在他那里"三一律"并不妨碍他的创作,他的戏剧剧情紧凑,浑然而成,将古典主义悲剧艺术发展到高峰。

1667年,他的悲剧代表作《安德洛玛克》上演,受到欢迎。安德洛玛克是特洛伊英雄赫克托尔的妻子,城邦被攻陷后成为爱庇尔国王庇吕斯的奴隶。国王爱上了她,要娶她而不与未婚妻成婚,又以她的儿子为要挟,安德洛玛克被迫答应,并准备在儿子安全后自杀。国王的未婚妻因爱生恨,指使自己的追求者奥雷斯去刺杀国王,后又因后悔自杀。奥雷斯成为弑君者,又未能获得佳人芳心,受到刺激导致精神失常。剧中的国王、未婚妻、奥雷斯均受到情欲的支配,只顾一己之私,失去理性。只有安德洛玛克机智而理性,保全了自己的贞洁和子嗣。悲剧揭露并谴责了贵族阶级残酷自私、放纵情欲的本性,他们只顾自己享乐,不顾国家利益与个人义务,严肃地抨击了封建统治的腐化。

他的另一代表作《费德尔》(1667)取材于希腊故事。雅典国王的王后费德尔爱上国王前妻之子希波吕托斯,求爱遭到拒绝后诬陷王子侮辱她。王子被处死后,费德尔因悔恨而自尽。但这部剧受到保守贵族的攻击,使拉辛怒而辍笔12年之久。拉辛后期写出《以斯帖》(1689)和《亚他利雅》(1691)两部悲剧,宣扬反抗暴政的思想,要求民主自由。拉辛才华横溢,他不仅写悲剧,还写了一部喜剧《讼棍》(1668),至今读起来仍很生动。此外,拉辛还善写抒情诗,写有《心灵雅歌》(1694)。

(二)其他国家

英国的古典主义文学主要模仿法国古典主义,缺乏独创性。约翰·德莱顿是英国古典主义的倡导者和实践者,《论戏剧体诗》等阐述了古典主义法则。亚历山大·蒲柏的创作使英国古典主义达到高潮。德国的约翰·克里斯托弗·高特舍特的《批判诗学试论》推崇理性,倡导"三一律",对德国民族语言的规范和剧坛的整顿起过作用。俄国在18世纪才接受了古典主义的文学观念,主要是取其"歌颂贤明的君主"这一思想,为彼得一世的改革服务。米哈伊尔·瓦西里耶维奇·罗蒙诺索夫的突出作用是完成语言的建设工作,《俄文语法》《论俄文宗教书籍的裨益》根据古典主义的原则,把文学体裁分为高、中、低三种,规定每种文体所允许使用的词汇,为语言的规范化奠定了基础。

思考题

解释:古典主义、三一律。

第六章 欧洲古典主义文学的代表：莫里哀（Moliere）及其《伪君子》（The Imposter）

教学重点：达尔杜弗形象及意义。

第一节 莫里哀的生平

莫里哀

莫里哀(1622—1673)是法国17世纪古典主义喜剧的缔造者和伟大代表。

莫里哀出生于巴黎一个宫廷陈设商家庭，原名让·巴蒂斯特·波克兰，莫里哀是他给自己起的艺名。他从童年时代便酷爱戏剧，放弃了"王家侍从"的特权和荣誉，不愿意从事父亲为他选择的经商或当律师的职业，选择了被视为"贱民"的"戏子"行业。1643年，为了实现自己的戏剧梦想，他走出家庭与一些知己组织了"光耀剧团"在巴黎演戏，但因为缺乏经验和剧目，经营不善，负债累累，为此被捕入狱，欺骗父亲说自己从此放弃戏剧，但父亲把他保释出狱后他矢志不渝，仍然热衷戏剧事业。1645年到1658年间，他重振剧团，到外省流浪，几乎走遍了整个法国，因此有机会深入民间，了解人民的疾苦，获得了真正的生活体验。在这期间，生活的锻炼、阅历的丰富、认识的深刻，使他逐渐建立了进步的观念。1652年以后，莫里哀开始创作剧本，很受欢迎，剧团的声誉也蒸蒸日上，以至于名闻巴黎。1658年10月24日，莫里哀剧团应召返回巴黎，在罗浮宫为国王路易十四演出，得到赏识，从此结束了13年的流浪生活，定居巴黎。在此后的14年里，他完成了近30部喜剧，矛头直指教会、贵族和资产阶级。

从做演员到写剧本，从当导演到担任剧团老板，莫里哀把自己的毕生都献给了戏剧事业。1673年2月17日，莫里哀抱病演出《无病呻吟》，卸妆后咯血而死。由于其剧本对宗教僧侣的揭露讽刺，教会不许他的遗体葬在教堂公墓，四天后草草埋葬。

第二节 莫里哀的创作概况

一、早期（1658—1663）

这是莫里哀政治上靠拢王权，艺术上逐渐接受古典主义并取得初步成就的时期，代表作为《太太学堂》（The School for Wives）。这是作者第一部获得成功的大型喜剧。剧本集中打击夫权主义的封建道德，并提出了妇女地位、妇女教育、家庭关系等问题。

它的产生标志着法国古典主义喜剧的形成,同时开欧洲近代社会问题剧之先河。该剧为莫里哀赢得 1000 利佛尔年金,荣获"优秀的喜剧诗人"称号。

二、中期(1664—1668)

这一时期是莫里哀创作的全盛期,主要作品有揭露贵族阶级荒淫无耻的《唐璜》;揭露资产阶级拜金主义的《吝啬鬼》(*The Miser*),其中的富商和高利贷者阿巴贡是世界文学史上著名的四大吝啬鬼形象之一(其他三个分别是莎士比亚喜剧《威尼斯商人》中的犹太商人夏洛克、巴尔扎克小说《欧也妮·葛朗台》中的资产者老葛朗台和果戈理小说《死魂灵》中的地主泼留希金);揭露教会僧侣的《伪君子》是莫里哀的最高成就,被誉为欧洲古典喜剧的杰作。

三、后期(1669 年以后的创作)

后期,莫里哀继续发挥前两期所表现的主题:揭露封建贵族和资产阶级,坚持反封建的方向。代表作为《司卡班的诡计》(*The Cheats of Scapin*),塑造了一个平民智者仆人司卡班的形象,赞美了下层人的智慧。

第三节 《伪君子》剧情梗概

富商奥尔贡和他母亲白奈耳太太都是天主教的忠实信徒。一次,奥尔贡在教堂做祷告时,认识了一个穷困潦倒的教士达尔杜弗。达尔杜弗每天到教堂祷告上天,他外表和善,态度虔诚,为全教堂的人所注目。奥尔贡非常怜悯他,不仅把钱施舍给他,还把他接到家里,待之为上宾,奉之为贤明指导,认为他是不可多得的"圣人"。达尔杜弗受到宠信,处处以宗教道德标准约束奥尔贡一家人的行为,摆出主人的架势,样样事都要干预。没有他的同意,谁也不能有任何消遣。对于他的作威作福,奥尔贡的儿子达密斯和女儿玛丽雅娜非常不满,认为他是"假道学"。白奈尔太太认为他们对圣人不敬,大为恼火,她认为上天派他来是为了拯救他们的灵魂,还责备奥尔贡的妻子艾密尔没给孩子做出好榜样。玛丽雅娜的女仆桃丽娜聪明伶俐,看出他一举一动"全是做给人看的",并警觉到达尔杜弗对美丽的艾密尔太太居心不良。大家都劝奥尔贡要明辨真伪,但是他却置若罔闻。

玛丽雅娜正和法赖尔热恋,并且已经订立婚约;而达密斯正和法赖尔的妹妹谈情说爱。奥尔贡寻找借口,企图毁约,想把女儿嫁给达尔杜弗。玛丽雅娜心情十分痛苦。桃丽娜为她出谋划策,让她去联合达密斯和继母艾密尔,共同对付奥尔贡。

桃丽娜安排艾密尔单独会见达尔杜弗,以试探他对这门亲事的态度。达尔杜弗早就为艾密尔的姿色所迷,以为这次相会是天赐良机。这个平时连女人胸脯也羞于一顾的教士,却一反常态,百般向她调情,甚至动手动脚。然而,艾密尔却严守妇道,劝其行为检点。同时警告他要老老实实,促成法赖尔和玛丽雅娜的亲事,不要从中作梗,否则,她就把他今日的行为告诉丈夫。

隐蔽在套间里的达密斯对达尔杜弗的言行一清二楚,他要继母把这件事张扬出去,借机打击伪装虔诚的恶棍。于是,他把事情经过告诉了父亲。然而,鬼迷心窍的奥尔贡却充耳不闻,反以为达密斯造谣生事,有意攻击"圣人",企图把这位虔诚的人物赶走。他大发雷霆,痛斥达密斯,并以家长的身份,宣布当晚就要为达尔杜弗和玛丽雅娜举行婚礼仪式,并把达密斯逐出家门,取消他的财产继承权。

奥尔贡认为这使达尔杜弗蒙受了不白之冤,他要达尔杜弗常和艾密尔在一起,并且决定把他的全部财产赠给他,并立即办理了手续。

奥尔贡的所作所为遭到妻子和子女的反对。艾密尔对他说,达密斯的话是千真万确的,假如他不相信,她可以用事实作证。于是,她想出一条妙计。天黑了,她让丈夫在桌子底下藏好,然后叫人去请达尔杜弗。达尔杜弗不解其意,开始十分谨慎,后来艾密尔叫他关好门窗,用花言巧语打消了他的顾虑。达尔杜弗以为她对他真的有情意,立刻露出色鬼本相。当他正要搂抱她的时候,奥尔贡突然从桌子底下钻了出来,气愤地说:"品德高尚的人,你骗苦了我!你多经不起诱惑!你要娶我的女儿又要偷我的女人!"达尔杜弗狼狈不堪,企图狡辩,但已无济于事。奥尔贡叫他马上离开这所房子。然而,达尔杜弗却说:"应该离开的是你。房子是我的。"他还扬言,他要揭穿骗局,处罚骗子,"为受害的上天报仇"。

事至如此,白奈耳太太仍旧执迷不悟,不相信一心向往圣教的达尔杜弗会干出这种坏事。奥尔贡坐立不安,他想达尔杜弗决不会和他善罢甘休。因为达尔杜弗抓住了他的把柄:他的一位朋友犯了法,逃亡时把有关自己性命、财产的机密文件托他保管,而他却把它交给了达尔杜弗;另一方面,他已和达尔杜弗签订了财产继承契约,一家人十分焦急。这时,承发吏雷义德登门,宣布奥尔贡的财产归达尔杜弗所有,并限令他翌日早上离开。正当一家人处于懊恼和慌乱之中时,玛丽雅娜的未婚夫法赖尔急匆匆地赶来,对奥尔贡说,达尔杜弗已向国王告发了他庇护罪犯,国王已发出逮捕令,并由达尔杜弗陪同侍卫官前来执行。法赖尔劝他赶快逃走,然而,就在说话间,达尔杜弗带着侍卫官来到门前。仇人相见,分外眼红,奥尔贡一家怒斥他的伪善和忘恩负义。达尔杜弗却得意扬扬,要求侍卫官执行圣旨。这时,侍卫官当众宣布,达尔杜弗已被逮捕,马上押送监狱。他说,国王疾恶如仇,洞见人心,骗子本领再大,也蒙骗不了他。并且说,国王顾念奥尔贡从前拥戴圣上,勤劳王事,决定宽恕他的庇护罪;国王还以最高权力,宣布奥尔贡的财产赠予契约无效。奥尔贡一家喜出望外,对国王圣恩感激不尽。奥尔贡非常赞赏法赖尔的品德,答应成全女儿玛丽雅娜的美满姻缘。

第四节 达尔杜弗形象分析

达尔杜弗是外省的一个没落贵族,后成为职业宗教骗子。这个形象集中体现了封建贵族和教会势力的伪善本质。达尔杜弗形象的主要特征是表里不一、虚伪歹毒。具体可从以下三个方面进行分析把握。

首先,达尔杜弗是一个贪图物质享受的宗教骗子。例如,他对奥尔贡说对任何东西也不要爱恋,而自己却贪吃贪睡,不肯放过任何享受的机会。下面是奥尔贡在教堂看到的他伪善的一面:

> 每天他都到教堂来,和颜悦色地紧挨着我,双膝着地跪在我前面……他一会儿长叹,一会儿闭目沉思,时时刻刻毕恭毕敬地用嘴吻着地,每次当我走进教堂,

他必抢着走在我的前面,为的是到门口把圣水递给我……有时,我送点钱给他用,但是,他每次都客气地退还我一部分。有时,我一定不肯收回,他便当着我的面把钱散布给穷人……有一天他祷告时捉住了一个跳蚤,事后一直埋怨自己不该生那么大的气竟把它捏死。

可是一来到奥尔贡家便真相暴露了:一餐就能吃掉两只鹌鹑外加半条切成碎丁的羊腿,然后躺到暖暖和和的床上,安安逸逸地一觉睡到大天亮,第二天一早又要灌下四大杯葡萄酒。

其次,达尔杜弗还是一个心地龌龊的好色之徒。他一出场就来了段精彩的表演:当他看见女仆桃丽娜时,故意加大声量对他的仆人说:"劳朗,把我的鬃毛紧身衣和鞭子藏起来,求上帝永远赐给你光明。倘使有人来找我,你就说我去给囚犯们分捐款去了。"两句话,一是要向人们说明他是禁欲主义者、苦行僧,绝不会近女色;二是说明他是个慈善家,绝不贪财好利。其实两句话都是假话。话音刚落,又给桃丽娜来了个"耍手帕"的动作:他眼睛盯住穿法国敞胸连衣裙的桃丽娜看,手却放进口袋掏出一块手帕,故作惊讶地要桃丽娜接过去"赶快把你的胸脯遮起来,我不便看见,因为看了这种东西,灵魂就会受伤,能够引起不洁的念头"。"遮起来""不便看见"是故作姿态;"灵魂就受伤,能够引起不洁的念头"是内心真实写照。达尔杜弗见了女人就动邪念,可见禁欲主义的虚假性,所以桃丽娜当面就戳穿了他:"你即使赤身裸体,我也毫不动心。"还有,随后他向奥尔贡女儿求婚,甚至勾引奥尔贡年轻的后妻艾密尔,更是这个伪君子好色本性的大暴露。

第三,达尔杜弗更是一个处心积虑攫人家产的流氓恶棍。例如,他先是巧妙地把奥尔贡的家产契约掌握在自己手中,接下来时机成熟就凶相毕露,不仅要把奥尔贡一家赶出家门,而且恩将仇报要把奥尔贡告官下狱,置于死地而后快。

剧本层层剥下了达尔杜弗伪善的外衣,使其原形毕露,并指出了伪善者的可憎与可怕:作恶的自觉性与预谋性、作恶的隐蔽性与欺骗性。达尔杜弗形象是对当时法国虚伪歹毒的宗教僧侣的高度概括,也是对人类社会所有伪君子的集中写照。在西方,"达尔杜弗"已经成了伪善的同义语。

主题概括:①通过达尔杜弗的形象,批判教会伪善本质;通过奥尔贡的形象,揭示资产阶级丧失理性的危害;通过桃丽娜的形象,表现了下层平民的智慧和胆识。②说明人性中的邪恶和"无明"一旦与伪善宗教结合就会贻害无穷。

第五节 《伪君子》的艺术特点

一、基本遵循古典主义"三一律"原则

《伪君子》基本遵循古典主义"三一律"原则,尤其表现在地点的一致上。剧中的情节都发生在奥尔贡的家里,作者充分利用此点来进行构思,像奥尔贡藏在桌下、达尔杜弗的求欢和艾密尔的巧计,既构成了关键性的戏剧情节,又造成了喜剧效果,若离开了室内这个环境,就成为不可信的了。

二、结构严谨,层次分明

在前两幕达尔杜弗并未出场,但通过奥尔贡一家的争吵,却处处都能感到他的存在,为主要人物的登场做好了准备。达尔杜弗一上场,作者用几句话和一个小动作就撕破了他的伪善面罩。接着,通过他向艾密尔的两次求欢,进一步剥下了他伪善的外衣。最后,通过他蛮横执行契约,陷害奥尔贡的情节,彻底揭露了他的凶恶面目。就这样逐层深入,如同剥笋。

三、在喜剧中含有不少悲剧性因素

玛丽雅娜和法赖尔的婚姻结局已近悲剧;剧情达到高潮时,达尔杜弗几乎要把奥尔贡一家给断送掉,这更是悲剧的因素。悲剧因素的插入使得这部喜剧的冲突更加紧张尖锐,从而更有力地揭示了达尔杜弗这个恶棍的凶恶本质。

四、人物语言符合各自的身份和性格

桃丽娜的语言犀利明晰、朴素生动,处处显示出她爽朗的性格和来自民间的智慧;达尔杜弗的语言则矫饰造作,竭尽堆砌辞藻之能事,他长篇大论地玩弄教义,为自己的卑劣行为进行诡辩。语言的个性化有助于人物性格的刻画,《伪君子》被称为典型的性格喜剧。

《伪君子》的不足之处:"三一律"束缚了作者在剧中不能展示广阔的社会生活风貌;按照理性原则塑造人物,把达尔杜弗写成了一个具有单一性格的伪善者,缺乏丰富多彩的性格特征。

思考题

1. 概括《伪君子》的主题。
2. 分析达尔杜弗的形象。

讨论题

有人说,宁做"真小人"不做"伪君子",你怎么看?

第五编 启蒙主义(The Enlightenment)文学概述

教学重点:启蒙主义文学的特征。

一、启蒙主义文学的形成

18世纪欧洲各国政治经济发展很不平衡,但总体上资本主义生产关系迅速发展,资产阶级力量日益壮大。整个欧洲,在政治、经济、思想文化等领域新旧力量撞击十分剧烈,封建势力同资产阶级及人民群众的矛盾日益激化,推翻封建制度,铲除封建残余,建立和发展资本主义社会的历史任务,先后提上了欧洲各国的历史日程。在这样的时代背景下,作为资产阶级革命的思想准备和思想发动的启蒙运动爆发了。

启蒙运动是继文艺复兴运动之后18世纪发端于英国而后席卷整个欧洲的一场新兴资产阶级反封建反教会的思想文化运动,是文艺复兴反封建反教会斗争的继续和发展,但比文艺复兴带有更强烈的政治革命的性质。因主张用科学知识去启迪人们的蒙昧无知,故名"启蒙运动"。它的产生首先得力于科学和生产力的突破性发展。牛顿(1643—1727)的万有引力理论奠定了许多学科的基础,瓦特(1736—1819)发明的蒸汽机,引发了英国的工业革命。科学的理论应用于生产实践,极大地提高了生产力,资产阶级力量空前壮大。人的视野更加开阔,人的价值被进一步发现,人们从新的视角重新审视世界,反封建的情绪空前高涨。欧洲先进的知识分子在反封建的强大潮流和科学文化新成就的鼓舞下,继承了文艺复兴反封建反教会的战斗传统,在政治、经济、思想文化等整个意识形态领域掀起了除旧布新的启蒙运动。

启蒙运动的思想核心是理性崇拜。启蒙学者认为,社会黑暗腐败是由于源自自然法则的"理性"被封建专制和教会偏见所堵塞,人们的头脑变得混乱和愚昧。因此,要改造社会就要用"理性"和符合"理性"的科学知识去"照亮"人们的头脑,"启迪"人们的蒙昧无知。"启蒙运动"由此得名。启蒙思想家把"理性"作为裁判一切真理的标准,"宗教、自然观、社会、国家制度,一切都受到了最无情的批判;一切都必须在理性的法庭面前为自己的存在作辩护或者放弃存在的权力"[①]。他们以唯物论批判封建蒙昧和宗教神秘主义,以无神论或自然神论否认宗教权威和偶像,宣传以自由、平等、博爱等为核心内容的人道主义,创立了"天赋人权"理论,把生存、财产、自由和平等视为"自然"赋予的不可剥夺的"人权"。根据上述学说,启蒙学者提出了"理性国家""理性社会"的社会政治思想,宣传开明君主制或君主立宪制,甚至民主共和国。启蒙学派的这些思想宣传推动了人类思想文化和科学知识的大发展,直接导致了18世纪末

[①]《马克思恩格斯选集》(第3卷),中央编译局译,人民出版社1995年版,第719页。

的法国大革命,并奠定了资本主义社会制度和国家制度的理论基础。内容归结起来有三:反对宗教迷信和专制制度;崇尚理性和科学;宣传以自由、平等、博爱为核心的人道主义。

启蒙运动的参加者和拥护者中有很多都是文学家,如法国的孟德斯鸠、伏尔泰、狄德罗和卢梭,英国的笛福、斯威夫特和菲尔丁,德国的莱辛、席勒和歌德,意大利的哥尔多尼,俄国的拉季舍夫,等,他们把文学艺术作为宣传启蒙思想的工具和批判封建主义的武器,于是就有了启蒙文学,也叫启蒙主义文学。

二、启蒙主义文学的特征

第一,鲜明的政治倾向性和教诲性。作家们强调文学的社会功能,评论生活,干预生活,抨击封建制度和宗教迷信,揭露社会不平等现象,宣传自由、平等、博爱的思想,描写理想社会,唤起人们对"理性王国"的向往。

第二,民主性。启蒙作家反对古典主义的宫廷倾向,主张文学面向广大平民。在作品中采用普通民众喜闻乐见的艺术形式和表现技巧,以资产阶级和平民作为正面主人公,描写普通民众的日常生活。

第三,创新性。作家们强调情感与想象,寻求适合的表达形式,创造出新的文学体裁,如哲理小说、书信体小说、对话体小说、教育小说等。戏剧方面的创新主要表现在打破悲喜剧的严格界限,不遵守"三一律",运用散文语言,等。

第四,现实性。启蒙文学继承了人文主义文学以来的现实主义传统,又表现出自己的特点。启蒙作家更强调真实性,作品直接取材于现实,不仅具体描绘生活,而且对它进行分析和议论,因此作品也带有哲理性特点。

启蒙文学在英国、法国、德国都取得了相当的成就,在俄国和意大利也出现了有一定影响的作家和作品。

18世纪的欧洲,除启蒙文学作为文学的主流外,古典主义和感伤主义文学也在不同时期占据文坛一隅。古典主义在18世纪初的欧洲文坛仍占统治地位,启蒙文学在各国兴起时,一些启蒙作家还以古典主义的形式进行创作,但随着启蒙运动的发展,古典主义的贵族倾向和清规戒律已不能适应新的社会生活,所以逐渐隐退。感伤主义文学流行于18世纪中后期,可以认为它是启蒙文学的支流。它最先产生于英国,是当时英国软弱的城乡中小资产阶级情绪的反映。他们面对大变动的社会现实,痛感自己生活的失败,既不满地主资产阶级的掠夺,又无力反抗,徒然怀念已逝的"田园生活"。在创作上,感伤主义突出强调感觉和感情,着力描写内心感受,渲染中下层人物的痛苦和不幸,作品充满感伤情调。主要作家是英国的劳伦斯·斯泰恩(1713—1768),感伤主义的名称即由他的代表作《感伤旅行》而来。

三、启蒙主义文学的发展概况

由于欧洲各国资产阶级革命的发展情况和文学传统不同,所以启蒙文学有着各自不同的发展状况和特点。

第五编 启蒙主义（The Enlightenment）

（一）英国

经过了资产阶级革命后，英国资本主义迅速发展。启蒙文学的主要任务是宣传资产阶级价值观，扫清封建残余，鼓舞资产阶级向上和进取的精神。英国的启蒙文学十分繁荣，主要成就是现实主义的长篇小说，代表作家有丹尼尔·笛福、约拿旦·斯威夫特、理查逊、菲尔丁等。

丹尼尔·笛福（1660—1731）是英国现实主义小说的开创者之一。他的代表作《鲁滨孙漂流记》（第一部）以苏格兰水手飘落荒岛的真实经历为原型，塑造了鲁滨孙——一个"真正资产者"的典型形象，通过他的海上冒险、勇敢开拓岛国的故事，体现了资本主义上升时期，资产阶级奋发进取的创业精神。这部小说文字朴实，细节描写逼真，表现了新的人物和新的精神，为英国现实主义小说的发展开辟了道路。

约拿旦·斯威夫特（1667—1745）是英国启蒙文学的讽刺作家。《格列佛游记》是他享誉世界的讽刺名著。小说通过主人公——英国外科医生格列佛自述他多次航海遇险，飘流到小人国、大人国、智马国等几个幻想国家的遭遇和见闻，影射和讽刺英国18世纪初的社会现实。作品把艺术虚构和现实讽刺巧妙地结合在一起，运用多种讽刺手法，表现出作者高度的想象力和洞察力。

18世纪30年代以后，英国小说又有了新的发展。作家们更注意描写下层人物形象，作品题材更接近于社会现实，结构更加完整，语言更为通俗。这一时期的重要作家有塞缪尔·理查逊（1689—1761）、托比亚斯·斯摩莱特（1721—1771）、亨利·菲尔丁（1707—1754）等。

理查逊是英国家庭小说的开创者，他的作品以《帕美勒》《克拉丽莎》最为著名。他关注婚姻、家庭、道德问题，擅长以书信体的形式描写日常生活氛围中人物的心理和情感的细腻变化，其中贯穿着感伤和哀怨的情调。斯摩莱特的主要作品有《蓝登传》和《汉弗莱·克林克》等。

菲尔丁对文学的最大贡献是现实主义小说。他的小说突破了资产阶级家庭生活的狭小范围，反映了英国社会生活中许多重要现象，而且敢于反抗时代风气，对传统的道德、宗教、法律提出尖锐的批评。在艺术形式上，他大多采用流浪汉小说的结构，通过主人公的流浪历险，将五光十色的社会生活图景插入作品，大大地扩充了小说表现社会生活的能量。代表作是四部长篇小说：《大伟人江奈生·魏尔德传》（1743）、《约瑟夫·安德鲁斯》（1742）、《汤姆·琼斯》（1749）和《阿米丽亚》（1751）。《汤姆·琼斯》是18世纪英国现实主义小说的最高成就，小说通过弃儿汤姆·琼斯和乡绅女儿苏菲亚的恋爱故事，描绘了18世纪中叶英国社会生活广阔、真实的图画，批判了贵族社会的伪善，肯定启蒙主义的"自然道德"。在艺术上体现了作家的独特才华，结构曲折而自然，庞大而精致，具有古典匀称美，人物栩栩如生，对话极富个性，讽刺与调侃随处可见，又极有分寸感，可以称得上是一部真正的"散文体滑稽史诗"。

在18世纪英国诗歌领域中，布莱克（1757—1827）和彭斯（1759—1796）占据重要地位。布莱克的作品既有对人生的乐观歌颂，也有对现实矛盾的沉思和揭露。他的诗歌意象奇特，意蕴丰厚，极富暗示性，是欧洲象征主义诗歌的渊源之一。彭斯的诗歌歌颂家乡，歌颂自然、爱情，多用民歌形式，感情真挚淳朴，语言通俗，富于音乐性。

(二)法国

从18世纪20年代起,启蒙文学逐渐成为法国文学的主流,孟德斯鸠、伏尔泰、狄德罗、卢梭等是启蒙文学的代表作家。法国启蒙文学是在资产阶级积极酝酿革命的背景下诞生和发展的,所以批判力度强,更富有民主战斗精神。

沙尔·路易·德·瑟贡达·孟德斯鸠(1689—1755)是法国第一位真正意义上的启蒙作家,其文学代表作《波斯人的信札》(1721)是一部书信体哲理小说,也是法国第一部获得广泛影响的启蒙文学作品。作品通过旅法的波斯贵族与家人通信的形式,大胆地嘲笑和批判了法国宫廷、教会及上流社会中存在的种种丑恶腐败现象,同时也暴露了东方专制制度的黑暗。全书由160封信组成,没有完整的故事情节,只是通过一些零散的形象、画面、见闻、寓言来表达思想。它开启了哲理小说的先河,对法国文学也产生了深远的影响。此外,孟德斯鸠的理论著作《论法的精神》提出了三权分立的理论,对近代资本主义社会的国家学说产生了重要影响。

伏尔泰(1694—1778)原名弗朗梭阿·马丽·阿鲁埃,是法国启蒙运动的领袖人物。他学识渊博,著述宏丰,在哲学、政治、宗教、历史等领域都颇有建树。作为启蒙文学的大家之一,他著有史诗、抒情诗、讽刺诗、哲理诗、悲剧和喜剧等,其中最有价值的是哲理小说。哲理小说是伏尔泰开创的一种新体裁,也是他在文学上最重要的贡献。他的哲理小说继承了拉伯雷的讽刺幽默传统,又吸取了英国斯威夫特的手法,用戏谑的笔调讲述荒诞不经的故事,影射和讽刺现实,阐明深刻的哲理,形成了独特的风格。《老实人》(1759)是伏尔泰哲理小说的代表作。通过"老实人"及其教师邦葛罗斯等人的遭遇,讽刺了"一切皆善"并为现存秩序辩护的盲目乐观主义哲学,也否定了悲观主义。作品让主人公经历了"黄金国"之后,又回到苦难的现实,终于认识到这个世界并不完善,唯有"工作可以使我们免除烦闷、纵欲和饥寒三大害处",因此还是"种咱们的田地要紧"。这句富有哲理的名言,强调实实在在的工作,反映了新兴资产阶级的进取精神。伏尔泰共写有26部哲理小说,著名的还有《如此世界》《查第格》《天真汉》等。

他的小说嬉笑怒骂,旁敲侧击,语言机敏幽默,集深刻的讽喻和轻松的嬉笑于一体,表现了高度的讽刺技巧。

德尼·狄德罗(1713—1784)是法国启蒙思想家中最杰出的唯物主义者和无神论者,在哲学、美学、戏剧理论和小说创作上都有所建树。狄德罗与达朗贝(1717—1783)共同主编的《百科全书》介绍了当时一切学术活动中的各种新思潮,成为批判传统制度和意识形态的檄文。围绕《百科全书》的编辑、出版而形成的"百科全书派",将启蒙运动推向高潮。狄德罗的文学成就主要是他的三部哲理小说《修女》(1760)、《拉摩的侄儿》(1762)和《宿命论者雅克》(1773)。这些小说对修道院的黑暗、封建制度的腐朽和贵族的堕落进行了有力的揭露。《拉摩的侄儿》被恩格斯称为"辩证法的杰作",小说通过对话,塑造了"拉摩的侄儿"这位性格复杂而矛盾的人物。

让-雅克·卢梭(1712—1778)是法国启蒙运动中最富民主倾向的代表。他出身于日内瓦平民家庭,15岁开始当学徒,外出流浪。1732年后,他在华伦夫人家定居下来,有机会系统地学习历史、地理、天文、物理、化学、音乐和拉丁文,特别受到伏尔泰哲学思想的影响。1741年,他结识了狄德罗等百科全书派思想家,启蒙思想逐渐形成。《论科学与艺术是否败坏或增进道德》和《论人类不平等的起源和基础》表现了他惊世骇俗的叛逆思想,奠定了他在欧洲思想史上的崇高地位。他的政治名著《社会契约论》用社会契约学说解决国家的起源和本质问题,对资产阶级革命和制度的建立产生了巨大的影响。在文学方面,他的创作主要有书信体小说《新爱洛绮丝》(1761)、哲理小说《爱弥儿》(1762)和自传体小说《忏悔录》(1766—1770)。《新爱洛绮丝》写一对青年的恋爱悲剧。平民知识分子圣普乐在贵族家庭担任教师,与他的学生、贵族小姐朱丽发生恋情,受到朱丽父亲的阻挠,酿成悲剧。卢梭站在资产阶级人道主义的立场上,批判了以门第等级为基础的封建婚姻,提出了以真实自然的感情为基础的婚姻理想。这部小说把人的感情世界作为主要描写对象,加之以对优美大自然的歌颂,情景交融的感伤情调赢得了无数读者的赞赏,对浪漫主义思潮的兴起产生了很大的影响。

博马舍(1732—1799)是18世纪后期法国喜剧家。他在戏剧创作上的成就,主要是以费加罗为主人公的三部喜剧《塞维勒的理发师》(1772年写作,1775年演出)、《费加罗的婚姻》(1778年写作,1784年演出)和《有罪的母亲》(1792年写作)。《塞维勒的理发师》通过机智、干练的理发师费加罗帮助少女罗丝娜摆脱愚顽的监护人霸尔多洛,成全她与阿勒玛维华伯爵恋爱的故事,宣扬了启蒙思想,表现了打击封建顽固势力的倾向。《费加罗的婚姻》以费加罗和伯爵之间的矛盾斗争展开情节,以费加罗的胜利结束。费加罗的形象集中体现了当时法国社会第三等级的基本特征,具有更深刻的意义。小人物费加罗的胜利反映了法国大革命前夕人民群众的乐观情绪。

(三)德国

德国的启蒙运动是在英国、法国的影响下兴起的。由于德国政治经济落后,资产阶级软弱,运动只限于意识形态领域,先进知识分子只在文化艺术领域寻求发展,产生了大批优秀作家,形成了启蒙文学的繁荣景象。

高特霍德·埃夫拉姆·莱辛(1729—1781)是德国启蒙运动最主要的代表人物,德国民族文学的奠基人。他的理论著作《拉奥孔》(1766)、《汉堡剧评》(1769)对西方现实主义艺术理论和美学思想的发展做出了重大贡献。他反对古典主义教条和盲目崇拜法国戏剧,强调戏剧的教育作用和表现资产阶级的现实生活,提倡写"市民悲剧",为建立民族戏剧指出方向。他的戏剧创作体现了他的理论主张。悲剧《萨拉·萨姆逊小姐》(1755)是德国也是欧洲第一部"市民悲剧"。他的著名剧作还有喜剧《明娜·冯·巴尔赫姆》(1767)、悲剧《爱米丽雅·迦洛蒂》(1772)和诗剧《智者纳旦》(1779)。代表作《爱米丽雅·迦洛蒂》通过少女爱米丽雅的悲剧,既谴责了封建暴政的罪恶,也显示了市民意识的觉醒。

18世纪70年代,德国掀起了一场声势浩大的资产阶级文学运动——狂飙突进运动,它是德国启蒙运动的继续和发展,是德国文学史上第一次全国规模的文学运动,因克林格尔(1752—1831)的剧本《狂飙突进》(1776)而得名。狂飙突进运动的作家们强调文学的民族性,要求发扬民族风格;反对封建束缚,强调"天才",要求个性解放;他们还接受卢梭的"返回自然"思想的影响,歌颂理想化的大自然,赞美淳朴的儿童和劳动人民。这批作家的作品往往带有浓郁的浪漫主义色彩和感伤主义情调,给德国文学带来了崭新的面貌。由于历史的局限,这场运动只限于文学领域,在 80 年代中期就衰退了。赫尔德(1744—1803)是狂飙突进运动的纲领制定者和领袖。运动的参加者大多是青年作家,歌德和席勒是其中的卓越代表。

约翰·克里斯托夫·弗里德里希·席勒(1759—1805)是 18 世纪德国杰出的诗人和戏剧家。他早期最成功的剧本是《强盗》和《阴谋与爱情》。《强盗》(1780—1781)塑造了一个有理想、有作为的进步青年形象卡尔,他因弟弟弗兰茨的离间,不容于家庭而流落为强盗。全剧的反暴政倾向非常鲜明。恩格斯称赞作家是"歌颂一个向全社会公开宣战的豪侠的青年"①。市民悲剧《阴谋与爱情》(1783)被认为是"德国第一部有政治倾向的戏剧"。剧中小公国的宰相瓦尔特之子斐迪南与市民音乐师米勒的女儿路易丝不顾地位相差悬殊而真诚相爱,却被一场政治阴谋破坏,导致两人的死亡。悲剧把 18 世纪德国的社会矛盾搬上了舞台,揭露了封建统治者的暴行,歌颂了市民阶级的反抗精神。席勒后期创作了历史剧三部曲《华伦斯坦》(1791)、《奥尔良的姑娘》(1801)和《威廉·退尔》(1803)等。《威廉·退尔》把 14 世纪瑞士人民反抗异族侵略者的斗争历史同瑞士民间关于退尔的传说结合起来,写成了一部歌颂民族解放斗争的史诗剧,塑造了勇敢、机智的反抗者威廉·退尔的形象,反映了德国人民高涨的民族情绪。剧作结构严谨、语言饱含激情,具有很强的感染力。

思考题

解释:启蒙运动、启蒙主义、启蒙主义文学。

---

① 恩格斯:《德国状况》,见《马克思恩格斯全集》(第 2 卷),中央编译局译,人民出版社 1957 年版,第 634 页。

第七章 欧洲启蒙主义文学的最高峰:歌德(Goethe)及其《浮士德》(Faustus)

教学重点:《浮士德》的深层思想蕴涵、浮士德与靡非斯特思想性格的辩证统一。

第一节 歌德的生平及创作

一、狂飙突进的青年时期(1765—1771)

歌德生于德国法兰克福市一个富裕市民家庭,受到良好教育,在大学学法律但热爱文学,思想激进,成为德国资产阶级文学运动"狂飙突进"的重臣。狂飙突进运动(Storm and Stress Movement)发生在18世纪70年代的德国,因剧作家克林格尔的同名剧本而得名,是德国资产阶级文学青年发起的一场全国性的文学运动。他们反对封建专制思想,崇拜天才,鼓吹个性,讴歌自然,重视民间文学,具有强烈的创造激情和反叛精神。它是德国启蒙运动的继续和发展,但比启蒙运动具有更强烈的反封建精神。青年歌德和青年席勒

歌德

是其最主要的作家。歌德的书信体小说《少年维特之烦恼》(The Sorrows of Young Werther)是歌德的成名作,亦是狂飙突进运动的代表作。维特是一个具有高度典型意义的德国进步青年的形象,他有理想和才能,力图有所作为,但他与周围丑恶的现实格格不入而又无力反抗,最终以自杀表示自己孤独而消极的抗议。维特的形象在当时引起了强烈共鸣。

二、保守妥协的魏玛时期(1775—1785)

歌德于1775年后的十年间在魏玛公国的朝廷做官,后到意大利旅居两年,回到魏玛后虽不再为封建小王朝做官,但思想充满矛盾,如对法国大革命,他始则热情欢呼,继则诋毁憎恶。后受席勒影响,世界观趋于进步。

三、隐居沉思的晚年时期(1786—1832)

歌德晚年是在隐居中度过的。重要作品有长篇小说《威廉·迈斯特》、《亲与力》、自传《诗与真》等,并完成诗剧《浮士德》。《威廉·迈斯特》是歌德仅次于《浮士德》的作品,主人公是德国进步青年的形象,歌德通过威廉·迈斯特形象表现了德国资产阶级对人生价值和社会理想的探索过程。

歌德的思想和内心充满矛盾性。恩格斯指出:"在他心中经常进行着天才诗人和

法兰克福市议员的谨慎的儿子、可敬的魏玛的枢密顾问之间的斗争；前者厌恶周围环境的鄙俗气，而后者却不得不对这种鄙俗气进行妥协，迁就。因此，歌德有时非常伟大，有时极为渺小；有时是叛逆的、爱嘲笑的、鄙视世界的天才，有时则是谨小慎微、事事知足、胸襟狭隘的庸人。"①《歌德传》的作者艾米尔·路德维希曾这样概括歌德的性格："既感情丰富又十分理智，既疯狂又智慧超群，既凶恶阴险又幼稚天真，既过于自信又逆来顺受。在他身上有着多么错综复杂而又不可遏止的情感！"②

第二节 《浮士德》故事梗概

《浮士德》取材于德国中世纪民间传说。主体由两个赌赛和五个人生阶段组成，共分两部。开头部分的《献诗》是诗人述怀，《舞台上的序剧》阐述了诗人的文学观点，《天上序幕》说明了写剧的目的，是剧情的开端，确立了全剧的主题。

开始，天帝和魔鬼靡非斯特展开一场关于人的争论，并以浮士德为赌赛的对象。天帝表示了对世界和人的肯定，认为人在前进道路上不免会走些迷路，但总会意识到正道，所以肯把浮士德交给魔鬼。魔鬼对世界和人持否定态度，自信能把浮士德引入歧途，所以敢同上帝打赌。从这一赌赛又引出了浮士德和魔鬼的赌赛。

靡非斯特诱惑浮士德沉迷爱情

《浮士德》第一部写知识悲剧和爱情悲剧。浮士德博士沉湎于中世纪的书斋，苦闷彷徨，思想矛盾。他读了差不多五十年书，过的是脱离现实的生活，虽然探索了各种学术领域，得到的却是烦琐、僵死的知识，越学越感到知识贫乏，陷入苦闷的深渊，甚至企图自杀，听到复活节的钟声，才断了此念。春天来了，浮士德在郊游时，魔鬼靡非斯特变作狗，看到浮士德的内心矛盾乘机来同他打赌，订立契约。魔鬼甘愿做浮士德的仆人，带他到天地间去追求各种需要，帮他解除苦闷；一旦浮士德感到满足，魔鬼就算赢了，浮士德就要为魔鬼所有。于是靡非斯特带着浮士德环游世界。浮士德先被引进"魔女之厨"，喝了魔汤后便返老还童，恢复青春。接着便是同市民出身的少女玛甘泪恋爱，结果引起一场悲剧：玛甘泪因用药过重毒死了自己的母亲；又因为幽会受阻，哥哥华伦亭死在浮士德的剑下；最后，因为溺死了自己的私生子被囚禁在狱中，成了狂人。在这期间，浮士德经过一段"林窟"的幽居生活，内心感到非常苦闷，魔鬼又带他领略了一次"瓦普几司之夜"的胡闹场面。最后，浮士德经过杀场，偷进监狱，想把玛甘泪从狱中劫出。但是，玛甘泪拒绝同浮士德一同逃走，甘愿接受"上帝的裁判"。浮士德经历了所谓爱情的享受，也感到极大的内心谴责的痛苦。

---

① 恩格斯：《诗歌和散文中的德国社会主义》，见《马克思恩格斯全集》（第4卷），中央编译局译，人民出版社1958年版，第256页。
② 艾米尔·路德维希：《歌德传》，甘木等译，天津人民出版社1982年版，第15页。

第五编 启蒙主义（The Enlightenment）

《浮士德》第二部分五幕，写政治悲剧、艺术悲剧和了悟真理。

第一幕开始，浮士德在"风光明媚的地方"躺着，由于做了坏事，心窝里好像有如焚的毒箭，十分不安，昏迷思眠。一群精灵环绕着他唱歌跳舞，并浴以迷魂川水，使其忘却前事。浮士德一觉起来，非常轻松，一点罪孽感都没有了。他又恢复了精神。"生命的脉搏鲜活的鼓动"，有"一种坚毅的决心，不断地向最高的存在飞跃"。于是他去接触政治生活，来到京城谒见皇帝。这是一个腐朽的封建王朝，"到处都堆积着奇形和怪象，非法的行为戴上合法的伪装，一个邪恶世界居然正正堂堂"。官吏无人不贪，军队无物不抢，政治家结党营私，财政发生严重困难。大臣们互相报怨，但是皇帝仍贪图享乐，准备举行化装舞会。化装舞会里，歌德讽刺了形形色色的人生，表达了自己对命运、复仇等问题的看法。对于财政困难，浮士德倡议大量发行钞票，居然解救了财政危机。后来，皇帝想要和古希腊美女海伦见面，要浮士德和靡非斯特用魔术把她显现。接着在"骑士厅"中出现了海伦和美男子帕里斯恋爱的场面。浮士德对海伦十分迷恋，由于嫉妒帕里斯，把魔术的钥匙触到他的身上，发生爆炸，精灵们化为烟雾，浮士德自己也昏倒在地。

第二幕和第三幕写浮士德和希腊文化的接触。浮士德因病回到书斋。靡非斯特对德国当时的唯心主义颇多讽刺。这时浮士德的弟子瓦格纳正在"中世纪的实验室"里制造"人造人"。魔鬼帮助瓦格纳把"人造人"造成。"人造人"领着浮士德和魔鬼到古希腊的神话世界去寻找海伦。浮士德感动了地狱的女主人，她允许海伦复活。象征古典艺术美的海伦在舞台上出现后，和浮士德结了婚，生了一个儿子叫欧福良。欧福良代表浪漫主义精神，不受约束，放纵不羁，无限制地向上追求，但很快就坠地陨灭。随着儿子的死亡，海伦也消逝了。但她的衣裳散而为云，围绕着浮士德，将他带回到北方。

第四幕和第五幕写浮士德从事改造大自然的伟大事业。浮士德乘着一朵浮云出现在高山上，他同靡非斯特对话，表示要征服海洋。这时国内发生内乱，浮士德借用魔鬼的魔术把内乱平息，在海边获得一块封地。他率领着这块封地的人民改造自然，向海水索取陆地。浮士德填海成功，在这儿建立起一个理想的王国。但是有一对老人守着旧式的东西，不肯搬家。靡非斯特奉命去强迫老人迁移，结果把两个老人吓死了，还杀死了一个旅客，放火烧了房子。浮士德对靡非斯特愈来愈不满意，不免为"忧愁"所袭。"忧愁"向他吹了口气，使他双目失明。这时，浮士德已经一百岁了，魔鬼见他的末日已到，派遣死灵给他们挖掘墓穴。但他仍然雄心勃勃，听到死灵们的锄头的声音，以为是为他服务的群众在筑壕挖沟。他在快要倒下长逝时，认识到"智慧最后的结论"：

  要每天每日去开拓生活和自由，
    然后才能够作自由与生活的享受。

在这一瞬间，浮士德感到了心满意足，情不自禁地喊出了"你真美呀，请停留一下！"按照规定，他就要为魔鬼所有。但天使们却把他抢救了去，并且有玛甘泪出现，迎接着他。

第三节 《浮士德》的基本内容和主题思想

一、基本内容

浮士德原本是德国中世纪民间传说中的一个跑江湖的魔法师，传说他知识渊博，但曾将自己的灵魂出卖给魔鬼。歌德的《浮士德》是用多种诗体的韵文写成的一部诗剧(Poetic Drama)，共计 12111 行，分为两部。歌德根据他所处的时代背景、德国的社会状况和他个人的生命体验，前后历时 60 年才完成这部巨著，它是歌德一生思想和艺术探索的结晶。

作品没有紧密连贯的故事情节，而是以主人公浮士德的精神探索为主线，描写了浮士德不断追求、不断探索、勇于实践的一生。具体包括两场赌赛（天庭赌赛、书斋赌赛）和五个人生阶段（追求知识、体验爱情、投身仕途、向往艺术和了悟真理）或者叫五个悲剧（书斋的悲剧、爱情的悲剧、政治的悲剧、艺术的悲剧和理想的悲剧），"是一部灵魂的发展史"①，内容博大精深，蕴含极为丰厚。

《浮士德》的基本内容在于歌德用象征的手法，通过浮士德几个阶段的追求，对文艺复兴至 19 世纪初 300 年间欧洲新兴资产阶级的精神发展历程作了深刻的回顾与总结。

浮士德的一生是欧洲近代社会发展的缩影和写照：阴暗的书斋是中世纪精神牢笼的象征，作者通过知识悲剧，否定了欧洲中世纪一切脱离实际的死学问，反映了新兴资产阶级追求真正科学文化知识的理性意识的觉醒。浮士德和玛甘泪的爱情悲剧，主要反映了文艺复兴时期资产阶级个性自由的精神要求和封建意识之间的矛盾冲突；浮士德最后放弃与玛甘泪的爱情生活，摆脱了低级的官能享乐和迷离的情欲，也是对早期资产阶级"享乐人生"主张的反思与否定；同时也反映了浮士德自身所处的两难境地——安适宁静的爱情生活使人感到幸福，但平庸的市民生活又违背他追求的本性。浮士德的政治追求融入了包括歌德在内的许多思想家为封建王朝服务的切身经验。通过浮士德的政治悲剧，作者否定了这种寄希望于开明君主的政治理想，同时寓含了新兴资产阶级对 17 世纪古典主义时期在政治上与封建王权妥协的反思和批判。作者还通过美的悲剧（艺术悲剧），说明用艺术美消除社会丑、用艺术陶冶人性改造社会之幻想的破灭。欧福良是浪漫主义精神、生活和艺术的象征，他很快坠落，既反映了这种生活理想的空幻、不切实际，同时又进一步说明了想通过艺术力量改造社会的理想必然遭到破灭。发动群众、改造自然，这种试图通过劳动来建造一个"人民安居乐业"的人间乐园的思想，既是 18 世纪启蒙思想家理性王国蓝图的写照，也是 19 世纪初期欧洲空想社会主义思想的反映。可以说，浮士德人生探索的每一个阶段，都有现实的根据和时代精神的痕迹。总之，这部诗剧以史诗的规模总结了自文艺复兴以来 300 年间资产阶级精神探索的历程。

---

① 郭沫若：《〈浮士德〉简论》，见《浮士德》(第一部)，郭沫若译，人民文学出版社 1978 年版，第 3 页。

二、主题思想

《浮士德》通过浮士德这一象征性的形象,概括了近代欧洲资产阶级进步知识分子思想探索的全过程;肯定了顽强奋斗、不怕失败,以集体劳动创造生活的美好理想,强调了追求真理、勇于实践的积极意义;否定了脱离实际的知识追求、低级庸俗的官能享乐、狭隘自私的爱情生活、空幻的艺术沉醉以及为封建王朝服务的政治企图,是一部资产阶级上升时期精神发展史的艺术总结。

第四节 《浮士德》主题思想的多角度探讨

一、社会层次

浮士德一生五个阶段的精神探索,浓缩了资产阶级300年来的精神发展史。形象地再现了上升中的资产阶级如何走出书斋这一精神牢笼,如何超越个人情欲,如何从古典美的迷梦中醒来,如何从政治改良的幻觉中觉悟,如何去追求更高远更自由的社会理想的过程。

二、哲学层次

(一)对人性善恶的哲学思考

首先,人性的善(天帝、浮士德)与恶(靡非斯特)互相依存,构成辩证统一体。其次,具体的人性,善中有恶(浮士德),恶中有善(靡非斯特),是善恶一元的合金:浮士德是一个矛盾体,充满了灵与肉、进取与沉沦、崇高与卑俗的对立冲突;靡非斯特之"作恶造善"也构成完整人性的两面,是善与恶的辩证统一体。浮士德灵魂得救的结局体现了人性正面力量的胜利。

(二)对人生价值的执着追寻

五个悲剧代表人生的五大愿欲:求知欲、情爱欲、权力欲、审美欲和自我实现欲。追求的幻灭(悲剧意义),其一表明理想的高不可及;其二表明求索者的有限能力与追求目标的不可穷尽之间的矛盾。

三、道德层次

浮士德本身是一个矛盾体,其思想性格是灵与肉、善与恶、高尚与卑俗、进取与沉沦的混合物,印证了"人具有的我都具有"这一名言,是完整人性的代表。而其道德意义在于他为人类提供了一条道德净化的道路,即一个人应该不断克服生命本能情欲,努力超越名利、地位、权势、虚荣、安逸和美的诱惑,追求最高理想,创造美好生活,唯有如此,才能走向更高远更辽阔的境界,最大限度地实现人生价值。

四、人格层次

浮士德精神即永不满足、永远追求和探索的实践精神。浮士德人格的魅力在于其生生不息的创造精神。弗罗姆认为,浮士德在人生追求中,或许犯下了种种罪过,但从未犯过一种罪——不创造的罪。① 在浮士德看来,"泰初有为",即创造是人的天职,人类的实践活动创造了世界。他勇敢地与靡非斯特定约,即为自己规定了命运的航道:不创造毋宁死!浮士德这种大无畏的创造精神,体现了人的价值与尊严。浮士德的人格因创造而高贵,而闪光,而具备无上的价值和意义。

第五节 《浮士德》的深层思想意蕴

"《浮士德》全剧融歌德社会观、历史观、人生观、宗教观、自然观、科学观、美学观……于一体,它是歌德思想的百科全书。"②除了对欧洲近代史的反映和表征,贯穿《浮士德》全书的应是歌德对以下几个人类面临的生存困惑和悖论关系的形而上思考。

一、生命的终极价值和意义

浮士德经历的五个悲剧具有相当的代表性,涵盖了人们相同的人生经历和共通的生命体验。正如宗白华先生所言:"《浮士德》是人生全部的反映与其他问题的解决。"浮士德精神的出发点就在于寻求人类生命的全部奥秘和最高限值:

> 我要在内在的自我中深深领略,
> 领略尽全人类所赋有的精神,
> 至崇高的、至深远的,
> 我都要了解,
> 要把全人类的苦乐堆积在我寸心。
> 我的小我便扩大成全人类的大我,
> 我便和全人类一起最终消磨!

众所周知,歌德本人就是一个性格丰富到了难以捉摸程度的天才,或者叫魔鬼。这种极其复杂而多重的精神与性格,今天看来应该是歌德有意对人之性格的全部复杂性和精神的无限丰富性进行体验和探索的结果和表现。像浮士德一样,歌德的精神发展同样经历了知识追求—爱情、感官享乐追求—政治权利追求—美的文艺追求—事业追求—社会理想追求这几个阶段。他通过浮士德的追求和探索反映了自己一生的经历和一生的思想感受。可以说,歌德正是通过浮士德对一般人贪恋的酒、色、财、权等的追求,艺术地概括了人的所有重大经历和一切主要方面,并最终揭示了生命的最高价值、幸福的最高境界,个中蕴涵着丰富的人生哲理和深刻的生命感悟:少年时期,读书学习,吃喝玩乐,是无聊的,使人不能满足;青年时期谈情说爱,坠入情网,迷于酒色,令人厌恶;人到中年,做官争权,出人头地,是人之所望,而目睹官场丑恶现象,又厌恶至极;幻想古代美,陷入艺术美的境界之中,又感到幻灭,无实际价值,认识到美亦不足恃。在人生的道路上不断探索,最后终于悟出:实实在在的创造和享受才是人间的正道、人生的真谛;追求和探索的实践过程本身就是人生的最高幸福境界!浮士德的至高理想凝铸在以下几行诗中:

---

① 弗罗姆:《寻找自我》,陈学明译,工人出版社 1988 年版,第 120 页。
② 余匡复:《〈浮士德〉——歌德的精神自传》,载《戏剧艺术》1998 年第 5 期。

>要每天每日去开拓生活和自由,
>然后才能够作自由与生活的享受。
>我愿意看见这样熙熙攘攘的人群,
>在自由的土地上住着自由的国民。
>"你真美呀,请停留一下!"

这一最高理想境界的核心归结在"开拓"并"享受""生活和自由"上面,而且是"每天每日"、永无止境。而核心的核心则是自由地创造并享受。也就是说,生命的最高意义在于永无止境地创造自由并享受自由,或永无止境地自由创造并自由享受,而不应该有消极和懈怠,有目标和停止——意义就是寻证意义的经过,幸福就是追求幸福的过程!不然,就会陷入狄更斯所言的生命悲剧之循环——人生有两大悲剧:一是得不到自己想要得到的东西;二是得到了自己想要得到的东西。需要说明的是,浮士德的人生旅程,既透射着歌德对人生具体阶段的评判,更凝结着歌德对整体人生价值的思悟,而且越到后来这一本体指向越发明显——作者让浮士德从"小我"走向"大我",从人的实际生活进入人类整体存在的价值思考,从个人体验上升为普遍哲理。因而浮士德已不只是一个个体形象,更是一个群体形象,是全体人类的生命代表;浮士德最后找到的幸福的最高境界、生命的最高意义,已不限指某一个具体的人类物事,而是对人类生命至高幸福体验和人类存在最高价值的抽象哲学概括,具有普遍的哲理意义。

二、灵与肉(精神与肉体、道德与情欲)的关系

灵与肉的关系问题始终是哲学、文学的一个难题:人生的意义究竟在于肉体的快乐和生活的享受,还是在于超脱凡俗、追求精神境界?如果说文学史上的《神曲》和《十日谈》代表了两种极端的倾向,那么浮士德则做出了与其不同的选择:浮士德一方面对世俗感到厌倦、不满,要寻求高远的精神目标,另一方面又不能完全脱离现实生活:

>在我的心中啊,
>盘踞着两种精神,
>这一个想和那一个离分!
>一个沉溺在强烈的爱欲当中,
>以固执的官能紧贴凡尘;
>一个则强要脱离尘世,
>飞向崇高的先贤的灵境。
>哦,如果空中真有精灵,
>上天入地纵横飞行,
>就请从祥云瑞霭中降临,
>引我向那新鲜而绚烂的生命!

达到精神目标的途径就是靠脚踏实地的生活实践,只有在灵与肉统一的前提下走进生活,才是完整意义上的人。

三、知与行(思与行、认识与实践)的关系

浮士德对人生理想的探求乃是知与行、思与行、认识与实践的统一:

> 投身时间的洪涛中,
> 投身到世事的无常之中!
> 不管安逸和痛苦,
> 不管厌烦和成功,
> 怎样互相循环交替,
> 大丈夫唯有活动不息。

对浮士德来说,生命的意义和人生的价值就在于把主观和客观世界统一起来的追求和创造的行动之中,在于以自由的劳动和创造去每日每时开拓人人幸福的乐园;对于全体人类而言,我们所企求的、甚至是所能达到的最高境界或最高成就,也恰在于一种自强不息的创造性的生活本身,在于一种不断进步的道路或过程本身。

四、社会与个体(他人与自我、大我与小我)的关系

自有人类社会以来,就出现了个体和社会、小我和大我之间的矛盾,这个矛盾时激时缓,从未得到解决:不是美狄亚的小我中心主义反抗社会大我,就是伊尼德式的大我中心主义淹没小我。中世纪个人完全献身于上帝,小我一时沉寂;从文艺复兴开始人道主义(大我)与个人主义同时发展;而古典主义再度主张以大我克服小我,启蒙思想又强调二者统一——歌德把大小我的关系形象地统一于浮士德身上,让其同时扮演了个人和人类的两种角色:浮士德首先意识到自己是一个独特的存在物,是具有肉体和精神需要的健全的个人,他的出发点就是使个人的生存获得最高的价值意义,经过探索和追寻,他终于在人类整体的事业中找到了生存的价值和意义:

> 这儿是民众的真正天堂,
> 不论男女老少都欣然欢腾;
> 在这里我才是一个人,
> 而且我敢是一个!

歌德曾言:"你若喜爱自己的价值,你就要给世界创造价值。"[①]可以说,世界文学只是到了浮士德这一形象的出现,才把个体与社会、利己与利他、有限的生命和无限的历史之间的矛盾对立克服了。这不是一方压倒一方,而是在辩证统一的基础上达到的一种有机融合。

有人认为,歌德写浮士德从独居走向民众、从"小我"走向"大我"是想告诉我们这样的生活辩证法:失去必然同时包含获得;利他必然同时包含利己;一种欲望得到满足以后,必然又唤起新的欲望;一种要求达到后,必然又产生新的要求。其实,自我价值的不断扩大,或者说最大化地实现个体的人生价值,是人的本能渴求,而这一本能渴求的实现,最终在客观上必然是自我与他人、利己与利他、个体与集体的统一。因为,如

---

① 《歌德诗选》(下),钱春绮译,上海译文出版社1982年版,第271页。

果只是着眼于个人狭小的范围,这个价值即使再大,也超不出"小我""小世界"。只要把"小我"扩大为"大我",从"小世界"走向"大世界",每一个人的人生价值自然就会最大化。自我价值最大化之时也必然是对集体贡献最大化之日。所以才会有一个人创造的价值越大,这个价值与这个人的关系就会越小这样的客观定律。美国心理学家马斯洛的"人之需要五层次说"为我们理解歌德和浮士德的感悟提供了很好的注脚。马斯洛从个体心理结构的角度认为,人的需要是随着自身条件和环境的改变不断由低到高逐层递升的,可以划分为五个层次:生理需要(食物温度、空气、性等)→安全需要(职业稳定、生活保障、环境有序等)→社交的需要(爱、情感、归属、友谊、社交等)→尊重的需要(成功、力量、权力、名誉等)→自我实现的需要(真善美的需要,趋向完善和完美)。马斯洛认为,生理及安全需要属于低级需要,社交的需要属过渡需要,尊重及自我实现需要是高级需要。人对低级需要的追求是有限的,一旦得以满足便不再成为人的行为的积极推动力。人对高级需要的追求则是无限的,对高级需要的追求将对人的行为产生持久的激发作用和巨大的推动力。

五、生与死(有限与无限)的关系

生与死是人类存在的两重性,同时它又直指有限与无限、存在与虚无等人类存在的生命难题。歌德除了借助浮士德自身对生与死的思悟和抉择关涉这一哲学难题之外,还通过魔鬼靡非斯特与浮士德的对立对此问题进行了深刻触及。人为什么活着?当浮士德找不到生命的意义(生命存在的依据或目的)时,便转而追求死亡。在他看来,盲目而无意义的"生"还不如毅然决然的"死":

　　快向那条通路毅然前趋,
　　尽管全地狱的火焰在那窄口施威,
　　撒手一笑便踏上征途,
　　哪怕是冒危险坠入虚无!

怀着对"无限的自然""一切生命的源泉""天地之根本"的热切渴求,浮士德用符箓召唤来了地灵。可在硕大无朋、面目可怖的自然的实际存在面前,浮士德却退缩了,战栗了,他觉得自己渺小得如同一条蛆虫。这是生与死的对立、有限与无限的分裂赋予每一个人灵魂的深度痛苦和悲哀。后来,还是地灵一曲对于永远运动、永远生生不息的大自然的颂歌弥合了这一天人分裂,抚平了这一精神悲哀:

　　生命的狂潮,
　　行动的激浪,
　　我上下浮沉,
　　我来而复往!
　　生生又死死
　　永恒的海洋,
　　经纬相交织,
　　火热的生长,
　　傍着时光飞转的纺车,

我织造神性生之云裳。

　　上下浮沉、来而复往、生生又死死、永恒的海洋！无疑，歌德在这里寓涵了自己对人类生命最高本体的思悟和把握：生命是一个生死相随、生死一统的永恒过程！唯其如此，作者后来反而让象征死亡和否定精神的魔鬼点燃了决死的浮士德近似于疯狂的"生"的热情，而且还让浮士德毫不迟疑地决定把自己的"生"最后交在"死"（魔鬼）手里。

　　此外，歌德还把自己对于生与死关系的本体思维进行了延伸——通过浮士德的对立面形象魔鬼靡非斯特表达了"有为与无为""存在与虚无"的对立统一。浮士德一生努力，死后作品中的合唱队说"那是过去了"，可魔鬼靡非斯特却认为与其说过去，倒不如说根本没有，因为：

　　　　凡物有成必有毁，
　　　　倒不如始终无成。
　　　　过去和全无完全一体！
　　　　永恒的创造是毫无意义！
　　　　不过把成品驱向"无"里！
　　　　我所喜欢的是永恒的太虚。

　　无疑，靡非斯特是因为关切人类生命与存在的最终结果和最高限值这样说的，这样看来，靡非斯特形象就不只是死亡、否定和虚无的象征，也同样具有形而上的终极思索和最高本体的意蕴。

六、善与恶（正路与邪道）的关系

　　《浮士德》全部架构的支点和立意的始点就是天帝和魔鬼在人的善恶问题上存在有分歧，并决定把人间的浮士德作为试验对象：天帝认为人是善的，定走正道，对人持肯定态度；魔鬼认为人是恶的，必入歧途，对人持否定态度。很明显，在作品中，魔鬼靡非斯特是作为恶和否定精神的象征形象而出现的，正如它自己所言：

　　　　我是否定的精神，
　　　　你们叫作"犯罪""毁灭"，
　　　　更简单一个字"恶"，
　　　　这便是我的本质。

　　魔鬼形象不仅是外在的社会恶的抽象，而且是内在的人性恶的象征。在浮士德的人生探索和精神发展中，魔鬼始终没有离开过浮士德并伴随他走完了生命的全程，这说明人在道德上善恶并存、二元并立，且贯穿终生。而作品中魔鬼每每引诱浮士德堕落、趋恶，反而屡屡使得他努力向善，则蕴涵了善恶互相转化、辩证统一的哲学意蕴。正因为善恶相克相生，所以才可能互相转化。"恶"甚至是善的前提条件，正如有否定才会有进步一样。哲学家们如是说：人类文明的进步是以人类道德的堕落为代价的，历史的进步是以历史灾难为前提的！

七、最高哲理：矛盾统一、辩证推进

　　《浮士德》最主要的思想价值在于，歌德运用艺术象征的方式，表现了人类社会特别是精神世界的矛盾运动形式及其发展演进过程：对立统一、辩证推进。

不难看出，在《浮士德》的故事情节及上述几对范畴和关系中，蕴涵着作者一种强烈的辩证思维。作品一开始描写了两场赌赛。天帝与魔鬼争论的主要问题是人究竟是善还是恶，人在世界上是进取还是沉沦。天帝代表的至善和魔鬼所代表的至恶构成了矛盾的统一体。书斋赌赛中的浮士德和魔鬼则是具体的善与恶。同时，浮士德自身也是个矛盾体，灵与肉、上升与沉沦构成了他的内在矛盾。

的确，在《浮士德》里，无论人、社会还是自然，全都处于不断的运动、发展和变化中，而所有这些运动、发展和变化的原因，又都在于事物本身所固有的矛盾。浮士德之所以处在不断追求和探索的前进进程中，根本原因在于他始终受到这些矛盾的激发。浮士德胸中存在着"两个心灵"，这就是他的内在矛盾；而其中一个不断向上的"心灵"或者说"精神"，必然受着客观环境的束缚而总是不得满足，这又形成了他与外界社会的矛盾；加之天帝鉴于人的精神易于弛靡怠惰，又造出魔鬼来激发他的努力，于是在浮士德身边就有了一个对立面靡非斯特。魔鬼与浮士德如影随形，浮士德本人身上也有魔鬼的影子。正是在上述错综复杂的内外矛盾推动下，浮士德走完了漫长曲折的人生旅程，一个一个地克服困难、超越旧我，一次一次地战胜毁灭、获得新生，终于达到了"崇高的灵的境界"。至此可以认为：一切事物矛盾统一、宇宙万物辩证发展，应该是歌德通过浮士德形象所揭示给人们的最高哲理！

第六节　浮士德形象分析

主人公浮士德既是人类积极精神的象征性形象，也是当时欧洲先进知识分子的艺术写照，具有各个层面的、丰富的思想性格特征，构成了著名的"浮士德精神"。

第一，他对人类"肯定"的精神。这是他世界观和人生观的根基。与魔鬼的虚无主义和无为主义相反，他肯定人类存在的价值，相信人类努力的意义，所以他追求的是美的事物，不断探索人生的奥秘，向更高的境界飞升。

第二，他永不满足、不断追求的精神。这是他的人生态度。有的人知足常乐，有的人永不满足但却不去追求。作品中，浮士德一旦满足就必须死亡，他说"凡是自强不息者，到头我辈均能救"。

第三，他勇于探索、努力向上的精神。这是他的精神状态。有的人追求但却性情慵懒、精神低迷；浮士德尽管也有忧伤失意的时候，但总是处在一种精神饱满、不断追求、勇于体验的状态，"是一个永远前进的人类的代表"。

第四，他勇于实践、行动第一的精神。这是他的生活方式。有的人精神饱满但却畏首畏尾、缺乏行动；浮士德翻译《新约·约翰福音》时将"太初有道"改为"太初有为"；他说："投身时间的洪涛中，投身到世事的无常之中！不管安逸和痛苦，不管失败和成功，怎样互相循环交替，大丈夫唯有行动不停。"

第五，他所体现的对立统一、辩证前进的精神。浮士德的思想性格充满矛盾，浮士德的一生贯穿着辩证的精神。他解剖自己的内心时说："在我的心中啊，盘踞着两种精神，这一个想和那一个离兮！一个沉溺在强烈的爱欲当中，以固执的官能紧贴凡尘；一个则强要脱离尘世，飞向崇高的先贤的灵境。"这种灵与肉的矛盾、善与恶的冲突，是上升时期资产阶级两重性的表现,也是理智与情欲、进步与停滞、上升与沉沦等人类和人性固有矛盾的写照。浮士德正是出于这样的认识,毅然与魔鬼签订了赌约,从而走出书斋、投身现实。此后也正是在这些矛盾运动中不断探索和进取,最后终于悟到了智慧的最后结论。另外,浮士德与恶的化身靡非斯特相互依存、相互作用,更是这种辩证精神的体现。也就是说,一切事物在矛盾冲突中发展,人类社会在善恶辩证中前进。

永不满足、不断探索和勇于实践是"浮士德精神"的核心和精髓。

第七节 比照中的浮士德形象

一、浮士德与靡非斯特比较

在诗剧中,浮士德与靡非斯特,一善一恶,一正一反,相克相生,相反相成,构成辩证的统一体。

首先,浮士德与靡非斯特的性格是对立的。浮士德精神是进取、追求、探索、创造的大肯定精神,肯定人生有价值,有意义,是人性善的化身;靡非斯特则是虚无、怠惰、怀疑、破坏的大否定精神,否认人的追求和努力,嘲笑人的理想和作为,是人性恶的代表。二者在本质上水火不容,不可调和。

其次,浮士德与靡非斯特又是相互依存、不可或缺的统一体。表现在两个方面:一方面,靡非斯特的"作恶"在客观上有"造善"的功能,他是浮士德探索人生的"恶动力";另一方面,浮士德的"内宇宙"也是一个善恶统一体,他贪恋美色,沉湎于物质、感官享受,爱慕权势、虚荣,自私自利,唯利是图……这些内在的恶劣品质,与外在的靡非斯特遥相呼应,才使得靡非斯特一次次得逞。也就是说在浮士德的深层性格中,就潜伏着一个靡非斯特。

第三,浮士德的善与靡非斯特的恶,共同构成了完整人性的两面(人类的二重性),即天使的一面和魔鬼的一面,从现象上看是两个,从本质上讲是一体。我们每个人身上,浮士德精神与靡非斯特性格同时并存。歌德就十分赞赏法国评论家安培尔对《浮士德》的评价:"主角浮士德的阴郁的、无厌的企图,就连那恶魔的鄙夷的态度和辛辣的讽刺,都代表着我自己性格的组成部分。"①

浮士德与靡非斯特这一对矛盾统一体是歌德运用辩证法的杰作,它以丰富的哲理意味和寓言色彩,给后世读者以无尽的启迪。

二、浮士德与哈姆雷特比较

哈姆雷特是文艺复兴晚期人文主义者的典型,其思想性格中包含着幼稚、脆弱、怀疑、悲观、绝望等负面因素;浮士德是具有启蒙思想的近代资产阶级知识分子形象,其执着的探索精神、永不满足的进取精神和大无畏的创造精神,是年轻的哈姆雷特无法比拟的。但是,从资产阶级思想探索的历程看,没有哈姆雷特,就没有浮士德;没有哈

---

① 《歌德谈话录》,朱光潜译,人民文学出版社1982年版,第139页。

姆雷特的困惑、迷惘、动摇、延宕……就没有浮士德的清醒、理智、坚韧、执着……；没有哈姆雷特"存在还是毁灭"的天真拷问，就没有浮士德"太初有为"的坚定信念。所以，哈姆雷特是浮士德的思想准备和人生序幕，浮士德是哈姆雷特的思想硕果和生命高潮。

三、浮士德与堂·吉诃德比较

浮士德与堂·吉诃德一样，都属于为理想奋斗的勇士。区别在于：①浮士德作为现代哲人，其人生历程是沿着思想探索与现实斗争的双轨行进的；堂·吉诃德作为执迷于骑士小说的疯癫破落贵族，精神纯一，只顾行动，所以较少灵与肉、知与行的矛盾冲突。②浮士德的人格是善恶一元的合金，内在的"靡非斯特"，是他灵魂的硬伤，是其主观方面的悲剧原因；堂·吉诃德的人格是不含杂质的纯金品格，因其纯粹，所以与邪恶人性和世俗生活相左的程度更大，显得更荒诞、滑稽、可悲、可笑。③浮士德追求理想的方式虽然不择手段然而更理性；堂·吉诃德追求理想的方式（骑士道）尽管很崇高但是过时愚昧，正如鲁迅所言，"错误的是他的打法"。④浮士德的悲剧性在于他作为一个凡人的有限能力与追求目标的不可穷尽之间的矛盾；堂·吉诃德的喜剧性在于他主观世界与客观世界"风马牛不相及"的错位。

第八节 靡非斯特形象分析

靡非斯特形象的内涵也是复杂而丰富的。他象征着"恶"并制造恶，但也毫不留情地揭露批判丑恶；他是恶的，但"恶"得有力量，因为其恶是人性自身丑恶的表征；他否定一切，但否定得不无道理，因为人类社会自身有很多缺陷。他冷静诙谐、玩世不恭，但对现实世界的认识相当深刻，往往一针见血。可以说，这是一个"巨人式的恶棍"或者"恶巨人"的形象。具体说有以下几点。

第一，靡非斯特是作为天帝和浮士德的对立面出现的，也就是说他是罪恶和否定精神的象征。天帝肯定人类，他却否定人类；浮士德追求人生真理、肯定实践的意义，他却嘲笑一切、否定人生的价值；他两次打赌都是为了证明人类必然堕落，所以后来他千方百计地想引诱浮士德堕落。他的人生哲学是虚无主义，他的处世哲学是利己主义。①他以恶的面目出现，对世界万物和人类生活持否定的态度。正如他自己所言："我是否定的精神，你们叫作'犯罪''毁灭'，更简单一个字'恶'，这便是我的本质。"②体现了社会历史观上的"虚无"态度。浮士德一生努力，死后作品中的合唱队说"那是过去了"，可魔鬼靡非斯特却认为与其说过去，倒不如说根本没有，因为："凡物有成必有毁，倒不如始终无成。过去和全无，完全一体！永恒的创造是毫无意义！不过把成品驱向'无'里！我所喜欢的是永恒的空虚。"③从人生的意义上说，他代表了消极与停滞。在他看来，人的追求是毫无价值的，到头来一切努力都不过是虚妄之举。④他身上也有现实社会中一些恶棍的影子。他对玛甘泪悲剧的冷漠、对海边土地上两位老人的残忍等都是现实社会中恶人行为的具体反映。

第二，靡非斯特还具有造善的作用，在一定程度上是善的推动者。他引浮士德走出书斋，使他过享乐的生活，一再诱他作恶，实际却使浮士德不断向真理前进，不断向善。每当浮士德沉溺于尘世时，是靡非斯特的"恶"使他奋进，所以他成了浮士德前进道路上不可缺少的动力。可以说,歌德笔下的靡非斯特正如黑格尔哲学观念中的"恶"一样,是历史发展过程中的一种动力,是"作恶造善的力之一体"。恶的作用不全是破坏,"人类正是在同恶的斗争中克服自身的矛盾而取得进步的"。

第三,靡非斯特还具有社会批判的意义,是丑恶的揭露者、哲理的昭示者。他非常机智灵活,观察事物极其敏锐,往往能揭穿丑恶事物的本质。他对宫廷的荒淫、教会的贪婪、金钱的罪恶的批判一针见血,对当时许多社会现象和学科思潮(如法理学、神学、消极浪漫主义、诲淫诲盗小说)的揭露淋漓尽致,而且还经常口出哲理性的格言,如"理论是灰色的,生命之树常青"这句名言就是他在和浮士德的学生瓦格纳的争辩中说的。

第九节 《浮士德》的艺术特征

一、象征的创作方法

作品的总体构成体现着歌德所理解的宇宙间的矛盾运动以及与人类关系的基本看法。而浮士德一生的发展,则象征着人类精神由低向高不断发展的渐进历程。

二、现实主义因素与浪漫主义因素交织融合

作品对德国市民社会和封建朝廷纸醉金迷生活的描写都是真实而富有典型性的,但除了包含大量古代、中古的各种神话传说和幻想故事外,诗作有大量情节又极富浪漫主义特色,如浮士德因喝魔汤而变得年轻、海伦与浮士德的结合等。

三、采用了多种多样的诗歌形式和表现手段

整个作品中,有抒情诗、哲理诗、散文诗、叙事诗,也有淳朴的民歌体,当时出现的诗歌形式无所不包。另外,作者总是根据内容的需要,选择最恰当的诗体与韵律作为其表现手段。如在塑造玛甘泪形象时,为了充分刻画她的纯洁、善良,较多使用了抒情诗形式;而在海伦悲剧的部分,又采用了具有古希腊悲剧风格的诗行。

四、善于运用矛盾对比的方法来安排场面,配置人物

全诗以浮士德为中心,其他的人物如靡非斯特、玛甘泪等都与他形成对比。

人物	性格特征	寓意
天帝	正义之神	代表对人类的两种态度:肯定和否定两种世界观,
靡非斯特	邪恶之魔	积极与消极
天帝	至善	真理、永恒的法则与人性:理性与情感;理想与现实
浮士德	具体的善	
浮士德	人性善	体现资产阶级乃至整个人类的双重人格:进取与沉
靡非斯特	人性恶	沦、崇高与卑俗
浮士德	觉悟者实践者	代表两种世界观和方法论:变革现实和规避现实
瓦格纳	愚昧者保守者	

续表

人物	性格特征	寓意
浮士德 玛甘泪	精神探险者 世俗弱女子	其悲剧体现自由意志与世俗伦理道德的冲突
浮士德 海伦	现代精神化身 古典美的代表	其悲剧象征古典美与现代精神的貌合神离

全诗的构思中，光明与黑暗、崇高与卑劣、和谐与混乱等常常是交替出现的。阴暗的书斋与明丽的城郊，宁静的玛甘泪闺房与狂乱的瓦普几斯之夜，魔怪呈威、浑浑噩噩的神话世界与庄严、清明的古代希腊等都形成矛盾对比、互相映衬的关系。

思考题

1. 谈谈"浮士德精神"对自己的启示。
2. 分析浮士德形象。
3. 试析靡非斯特形象的积极意义。
4. 为什么说浮士德与靡非斯特是"辩证的统一体"？

讨论题

《浮士德》思想蕴含别解。

第六编 浪漫主义(Romanticism)文学概述

教学重点:浪漫主义文学的特征。

一、浪漫主义文学的形成

浪漫主义文学是指19世纪前30年发端于德国而后席卷整个欧美的一次资产阶级的文学运动或文学思潮。由于普遍采用浪漫主义的创作方法,故名"浪漫主义文学"。

欧洲的19世纪,是在法国大革命引起的动荡中开始的。1789年,法国资产阶级革命不仅在国内推翻了封建专制,涤荡了封建残余,建立了资产阶级政权,而且震撼了整个欧洲的封建统治,激励了许多国家的一系列反抗斗争。从此之后,欧洲的封建君主专制势力日渐衰败,各个国家先后完成了由封建社会向资本主义社会的历史性过渡。

这一时期,不仅是欧洲社会历史的一个重要的转变时期,也是文学的一个重要转折时期。古典主义流行了200余年,已处于衰亡阶段。新兴的浪漫主义文艺更能体现时代精神,它在19世纪的前30年,席卷欧洲,在英、法等国形成强大的文艺运动。

浪漫主义运动产生和发展的社会现实基础,是法国大革命后欧洲封建社会向资本主义社会的过渡以及欧洲民主运动和民族解放斗争的发展。法国大革命使"自由、平等、博爱"思想更加深入人心,个性解放和情感抒发的要求愈加强烈。然而革命之后的复辟与反复辟的长期斗争导致的社会动荡和灾难现实引起民众普遍的失望情绪,人生虚幻及对理想世界的向往成为了一种社会情绪。浪漫主义文学的思想理论基础,则有文艺复兴以来的人道主义精神,以康德、费希特(1762—1814)、谢林(1775—1854)、黑格尔为代表的德国古典主义哲学,以法国圣西门(1760—1825)、傅立叶(1772—1837)、英国欧文(1771—1858)为代表的空想社会主义思想以及基督教的超世观念与神秘主义,等等。浪漫主义文学在文学渊源上,吸收了各民族古代神话史诗的浪漫主义精神、中世纪的浪漫传奇所具有的罗曼谛克的情调、法国启蒙文学追求的自由与个性解放及反对古典主义清规戒律的精神,尤其是汲取了卢梭崇尚感情与大自然等思想。浪漫主义是对古典主义遵从理性而克制情感、压抑自我而服从王权和恪守规范的悖逆和反拨,也包含着对启蒙主义所追求的理性王国和法国大革命后建立的资产阶级政权的失望,充分体现了中、小资产阶级知识分子建立在人道主义基础上的自由主义、民主主义和个人主义的精神。

二、浪漫主义文学的特征

第一,强烈的主观性和抒情性。浪漫主义者把作家的感情和想象提到首位,强调真实地表达个人对客观世界的内心反应和感受,抒发强烈的个人情感。由于对现实的不满,浪漫主义作家或幻想未来的美好世界,或渴望回归曾经的田园生活,很少如实描写现实生活。他们对一切非凡的事物有强烈的兴趣,极力塑造同周围现实或统治集团格格不入的天才人物或叛逆性格。

第二,着力描绘自然,抒发作家对大自然的感受。浪漫主义作家对大自然有强烈的爱,雄伟、奇异的大自然或远方异域往往是他们寄托自由理想之所在。他们笔下的那些非凡人物往往出没在大自然中间或奇异的环境里。作家们以大自然的美与现实中的丑作对比,抒发他们对现实的不满。

第三,重视民间创作和民族文化传统。浪漫主义作家对中世纪带有神秘色彩的历史和丰富的民间传说、民歌、民谣等兴趣浓郁,许多浪漫主义的作家就是民间文学的搜集者和整理加工者,他们从中汲取营养,丰富自身的创作。对民间文学的重视反映了浪漫主义作家的民主倾向。浪漫主义Romanticism的词源就是法国中世纪民间文学样式"罗曼司"Romance。

第四,在艺术上极富创造性。浪漫主义者反对古典主义的清规戒律,要求个性解放和绝对的创作自由。在创作中,他们采用多种多样的体裁形式,突破陈规,使文学呈现别样的风貌。他们反对平淡、静穆、典雅、和谐,追求奇特、非凡,把善恶、美丑进行色彩绚烂的夸张、对比。他们反对静态的外部描写,注重深刻剖析人物内心,特别善于表现忧郁感伤的情调,并且将抒情、议论、叙述和景物描写融合起来,形成富有生命力的内在涌动感,对19世纪末的文学产生了一定影响。

三、浪漫主义文学的发展概况

浪漫主义文学最早出现在德国和英国。耶拿派、湖畔派的诗人们首开先锋,继而出现了海涅、拜伦、雪莱、雨果等一系列优秀的浪漫主义作家。在英国、德国、法国的影响下,浪漫主义文学迅速波及整个欧洲和美洲。

(一)德国文学

德国是浪漫主义文学的发源地。政治经济的落后、资产阶级的软弱以及唯心主义哲学的盛行,决定了德国浪漫主义缺少反封建的战斗精神,而具有较浓厚的唯心主义和宗教色彩。

德国早期浪漫主义的奠基人是奥古斯特·施莱格尔(1767—1845)和弗里德里希·施莱格尔(1772—1829)兄弟。1789年,他们在耶拿创办刊物《雅典娜神殿》,宣传浪漫主义文学主张,并以他们为核心形成了一个文学中心,即耶拿派。这一派的代表作家还有诺瓦利斯(1772—1801)和蒂克(1773—1853),他们的作品都缅怀过去,歌颂中世纪,重视童话和传奇。

1805年后,一批青年浪漫派作家在海得尔堡形成了新的中心,即晚期浪漫派或海得尔堡派,重要人物有布伦坦诺(1778—1842)、阿尔尼姆(1781—1831)、雅科布·格林(1785—1863)、威廉·格林(1786—1859)等。布伦坦诺和阿尔尼姆合编的《男童的神奇号角》(1806—1808),是一部内容丰富多彩的德国民歌集。格林兄弟合编了《儿童与家庭童话集》(1812—1815),成为世界文化遗产中的瑰宝。

1814年以后,德国浪漫主义文学的代表作家有沙米索(1781—1838)、霍夫曼(1776—1822)和海涅(1797—1856)。

(二)英国文学

英国浪漫主义文学在18世纪末、19世纪初得到很大的发展,取得极高的成就,对欧洲其他国家产生较大影响。

华兹华斯(1770—1850)、柯勒律治(1772—1834)和骚塞(1774—1843)是英国浪漫主义文学中最早出现的三位诗人,他们都经历过从拥护法国革命到对革命失望的过程,又因反感资本主义城市文明,向往中世纪的宗法制生活方式,而曾隐居英国西北部的湖区,由是得名湖畔派。他们的诗作讴歌田园生活和自然风光,缅怀封建中古,否定丑恶的城市文明,主张采用民间的语言进行创作,强调想象和情感,打破了贵族气息浓厚的古典主义对英国诗坛的统治。

华兹华斯是湖畔派诗人中最重要的一位,曾被封为"桂冠诗人"。他与柯勒律治合写的《抒情歌谣集》(1798)被认为是英国浪漫主义的奠基之作,其中最受称道的是《丁登寺》。他为《抒情歌谣集》再版所写的序言中,提出诗是"强烈感情的自然流露",强调写"微贱的田园生活"等,使之成为英国浪漫主义的宣言。柯勒律治强调想象的力量,认为想象力是诗人最高的品质,他的名作《古舟子咏》最能代表他的风格,玄妙迷离,充满奇诡的想象。骚塞的短诗《书斋咏怀》在故纸堆中觅知音,发思古之幽情。

拜伦、雪莱、济慈等英国第二代浪漫主义诗人共同把英国浪漫主义诗歌推向高峰。

乔治·戈登·拜伦(1788—1824)是英国19世纪初期最伟大的浪漫主义诗人,他创作了包括抒情诗、讽刺诗、驳论诗、故事诗、诗剧、长篇叙事诗等大量作品,以强烈的主观抒情性和鲜明的政治倾向性显示出独特的诗歌魅力。代表作品有叙事长诗《恰尔德·哈洛尔德游记》《唐璜》等。

波西·比希·雪莱(1792—1822)出身于贵族家庭,曾就读于伊顿大学和牛津大学。他受到民主主义与空想社会主义思想的影响,反对一切压迫、奴役,主张通过教育来改造社会。他的第一首著名长诗《麦布女王》(1813)描写英国民间传说中的仙女麦布女王带领少女艾安蒂的灵魂到宇宙中去观察人类的"过去""现代"和"将来",从而表达了诗人对暴政、宗教、战争和资本主义金钱关系的批判与社会改革的思想。诗剧《解放了的普罗米修斯》(1819)塑造了一位反抗专制统治、争取自由解放的斗士,集中体现了诗人自己坚定的立场和刚直的品格,同时也体现了其诗歌想象丰富、气魄宏大的艺术风格。雪莱还写有不少脍炙人口的抒情诗,如《西风颂》《致云雀》《云》等,多以描写自然风光来抒发激情,展望未来,音韵铿锵、感情真挚。《西风颂》中的名句"如果冬天来了,春天还会远吗?"对于美好世界必将来临的预言,发人深省。恩格斯称他为"天才的预言家"。

约翰·济慈(1795—1821)的诗具有逼真的意象、鲜明的感性美,对后世的影响很大。代表作品有《希腊古瓮颂》《夜莺颂》等。

瓦尔特·司各特(1771—1832)早期创作诗歌,后来转向小说。他的小说反映重大的历史事件,揭露尖锐的社会矛盾和民族矛盾,描写广阔的群众场面,并使农民和其他被压迫者成为小说的中心人物,情节丰富,曲折动人,既有浪漫主义情调,又有历史的真实性,被认为是欧洲历史小说的创始人。代表作《艾凡赫》(1819)以12世纪的英国为背景,揭露诺曼贵族对撒克逊人民的压迫和欺凌,塑造了绿林英雄罗宾汉的形象。

(三)法国文学

法国浪漫主义文学在19世纪初形成。革命后复辟与反复辟的斗争异常激烈,决定了法国浪漫主义思潮带有鲜明的政治色彩。

夏多布里昂(1768—1848)是法国浪漫主义文学的先驱。他的中篇小说《阿达拉》(1801)和《勒内》(1802)是法国浪漫主义文学的最早成果。《阿达拉》描写世俗爱情与宗教信仰的矛盾。《勒内》是《阿达拉》的续篇,主人公勒内是欧洲文学史上第一个表现出"世纪病"特征的浪漫主义"英雄"的形象,是大革命后法国贵族青年感到前途茫然无措的艺术写照。

斯塔尔夫人(1766—1817)的理论著作《论文学》(1800)和《论德国》(1810)主张文艺面向未来,扎根于民族土壤,要求用"自己的感情来感动我们自己",为法国浪漫主义理论打下了基础。小说《黛尔菲娜》(1802)和《高丽娜》(1807)均以女性的悲剧来表达作家对社会的不满。前者写一个聪明、感情丰富和极有个性的贵族女子的爱情悲剧,谴责了封建道德和宗教偏见。后者写一个才华出众的新型女子为社会的偏见所不容,最后悲哀死去的故事。

阿尔封斯·德·拉马丁(1790—1869)以咏唱真挚的爱情和宗教为特点,代表作《沉思集》(1820)歌颂爱情、死亡、大自然和上帝,被认为是一部具有划时代意义的作品。

1827年,雨果发表的《克伦威尔·序言》成为法国浪漫主义的理论纲领,促进了浪漫主义在1830年后的新发展。1830年,《爱尔那尼》的上演标志着浪漫主义战胜了古典主义。《巴黎圣母院》是这一时期成就最高的浪漫主义小说。

浪漫主义文学在法国得到了充分的发展,优秀的作家、作品大量涌现,如乔治·桑(1804—1876)的《魔沼》《安吉堡的磨工》、大仲马(1802—1870)的《基督山伯爵》、梅里美(1803—1870)的《嘉尔曼》、阿尔弗雷·德·缪塞(1810—1857)《一个世纪儿的忏悔》等。

(四)俄国文学

俄国浪漫主义文学以诗歌为主,富有强烈的战斗精神。第一位诗人是茹科夫斯基(1783—1852),著名作品有抒情诗《俄罗斯军营的歌手》(1812)、叙事诗《十二个睡着的少女》(1810—1817)等。

十二月党诗人雷列耶夫(1795—1826)以文学宣传革命思想,《致宠臣》(1820)把批判矛头直指沙皇宠臣阿拉克切耶夫。《沉思》(1821—1823)以民间文学为基础,唤起民众的爱国热忱。

普希金是俄国浪漫主义文学的代表,后期则转向现实主义。果戈理初入文坛时也是浪漫派。

米哈伊尔·尤利耶维奇·莱蒙托夫(1814—1841)是俄国浪漫主义的代表作家之一。1837年所写的悼念普希金的抒情诗《诗人之死》使他一举成名。他的诗表现出对专制的愤懑、对自由的追求、对行动的渴望,感情强烈,情调忧郁,《帆》《希望》《乌云》

《又寂寞又悲伤》等都是其著名的抒情诗,《童僧》《恶魔》是其优秀的叙事诗。长篇小说《当代英雄》(1840)是他创作的顶峰。主人公毕巧林是奥涅金之后的第二代"多余人",真实地反映了十二月党人失败后尼古拉政府高压专制下俄国进步青年的幻灭感和忧郁症。

(五)美国文学

进入19世纪,美国文学开始摆脱对英国文学的模仿和殖民地时期旧形式的束缚,反映本乡本土的生活,表现资产阶级上升时期的理想和热情,显现出新鲜的气息和活跃的生命力。独立后的激情和建立民主新家园的理想,加之欧洲浪漫主义文学运动的影响,都使美国的民族文学汇入了西方文学的浪漫主义潮流之中。

爱默生(1803—1882)和梭罗(1817—1862)提出了浪漫主义的主张。华盛顿·欧文(1783—1859)创造性地运用本国题材进行写作,为促进民族文学的发展做出贡献,有"美国文学之父"的称誉。他的主要作品《见闻札记》(1819—1820)描写风土人情、民间习俗和传说,充满浓郁的民族生活情趣和浪漫色彩。

詹姆斯·费尼莫·库珀(1789—1851)是美国第一位用民族题材创作的小说家。他的代表作是由《拓荒者》(1823)、《最后的莫希干人》(1826)、《大草原》(1827)、《探路人》(1840)和《杀鹿者》(1841)组成的五部曲,作品以开拓西部边疆为背景,通过主人公纳蒂·班波的经历,揭露了殖民者的残暴和贪婪,鞭挞了美国资本原始积累时期的种种罪行和现代资产阶级的血腥发家史;赞扬了印第安人的勇敢、纯朴和他们对班波的友谊。作家以司各特式的生动和曲折来结构故事,既注意情节的变化,又注意浪漫气氛的渲染,使作品颇富吸引力。

爱伦·坡(1809—1849)是美国早期浪漫主义文学最重要的一位作家,他把文艺创作看成独立自在的美的创造,提倡"纯艺术",强调艺术的快感作用。其主要文学成就是诗歌和短篇小说。他的诗歌大都形象奇特,气氛凄凉、优美、神秘,词采华丽而富有音乐感,《乌鸦》(1845)是其最著名的诗作,描写对已故情人的哀悼,表现出一种无所不包的悲凉情绪。他的小说像诗歌一样,着意渲染怪诞、恐怖、神秘的气氛,《厄舍古屋的倒塌》《红色死亡假面舞会》《莉盖娅》《一桶酒的故事》《深渊与吊摆》《黑猫》等是他短篇小说中的力作,开启了美国南方怪诞小说的传统。爱伦·坡还被认为是侦探小说的鼻祖,《莫格街谋杀案》《失窃的信》《金甲虫》是他这方面的代表作。这些作品都以细微的心理分析和严密的逻辑推理见长,对西方侦探小说技巧方面的发展有一定影响。

美国后期浪漫主义文学以纳撒尼尔·霍桑(1804—1864)、惠特曼(1819—1892)和麦尔维尔为代表。霍桑的《红字》以象征手法,反映清教徒殖民统治的黑暗、残酷以及教会的虚伪和不公。华尔特·惠特曼是美国的民族诗人,《草叶集》是他一生创作的结晶。赫尔曼·麦尔维尔(1819—1891)的代表作品《白鲸》具有丰富的内涵和复杂的象征意义,被认为是时代的镜子。

思考题

1. 解释:浪漫主义文学。
2. 浪漫主义文学有什么特征?

第八章 19世纪西方浪漫主义文学的杰出代表：雨果(Hugo)和他的《悲惨世界》(*The Miserable*)

教学重点：《悲惨世界》的主人公形象和主题思想、《巴黎圣母院》的主要人物形象及浪漫主义特征。

第一节 雨果生平简介

维克多·雨果(1802—1885)是浪漫主义文学运动的领袖、浪漫主义文学理论的伟大旗手、浪漫主义文学创作圣手。

雨果于1802年2月26日生于法国贝尚松一个平民家庭，父亲是共和国军队的炮兵司令，雨果小时候曾随父亲转战南北。母亲在政治上是王政的拥护者，顽固反对拿破仑，二人因政见不和离异，雨果跟随母亲长大。雨果少年早慧，15岁获法兰西学士院征文奖，18岁获图卢兹学士院"文艺竞赛硕士"荣誉称号，20岁时因发表诗集，国王赐给他年金，作家夏多布里昂称之为"卓绝的神童"，作家莫洛亚说这是"一个在人生的

雨果

所有方面都要当第一的人"——少年时代曾创办文学杂志，脱颖而出；为了爱情步行千里，决不放弃，感动岳父，气疯亲哥；成家立业，抚儿养女，被颂为人父典范；公开宣布偿还红颜知己巨额债务，感动得德鲁埃终生未嫁，给他写下了18000封情书，人称他伟大的情人；毅然奔赴国难，不能亲手杀敌，便捐钱购炮，为国人传颂；竞选议员，为民请愿，参政议政，差一点成为国家总统；著作丰富，思想高远，成为一代文豪，全民公决入选世界十大作家之列。

雨果是当之无愧的浪漫主义文学领袖。在理论上，《克伦威尔·序言》成为浪漫主义文学的宣言书；在创作实践上，雨果的剧本《爱尔那尼》的上演，彻底击败了古典主义戏剧，占领了欧洲古典主义的堡垒——法国文学阵地，具有划时代的意义。

雨果少年时代狂热崇拜拿破仑，王政复辟时期倾向保皇党，1830年支持共和党，1845年成为贵族议员，1848年又成为共和主义者，1851年参加共和党人组织的反对路易·波拿巴政变(拿破仑三世取消共和恢复帝制)的反政变起义，失败后被迫流亡国外19年，1870年回国参加普法战争，1871年又反对巴黎公社，但同情被镇压的工人。雨果的政治态度表面上反复动摇于共和党与保皇党之间，但是"万变不离其宗"，这个"宗"就是他的人道主义立场，所以，人民爱戴他。无论他身处流亡逆境，还是鲜

花包围的顺境,无论他的诗歌、小说还是戏剧,雨果的作品都突出一个主题:对专制暴虐无比痛恨,对人间的苦难悲悯同情。对人的关怀使他的作品充满了浓厚的人道主义情感,成就了他一个圣者的情怀。

1881年2月26日,雨果80岁寿辰时,在他的寓所外,5万儿童载歌载舞为"雨果爷爷"祝寿,50万工人高歌雨果最喜爱的《马赛曲》游行庆祝。

1885年5月26日,雨果患肺病去世,法兰西政府为他举行了国葬,200万人参加了葬礼。遗体安葬于法国伟人长眠的"先贤祠"。

第二节 雨果的创作概况

雨果早年政治上是保皇主义者,文学上属于古典主义,后来思想不断进步。作品的基本主题是揭露专制暴政,同情贫苦人民的不幸,宣扬人道主义思想。

一、流亡以前的作品(1851年前)

1827年,雨果发表诗剧《克伦威尔》及其序言,标志着其创作进入浪漫主义时期。该剧本由于人物太多不宜演出,而《克伦威尔·序言》却具有划时代的意义,是法国浪漫主义文学的宣言书、里程碑。《克伦威尔·序言》强烈反对古典主义及其"三一律",主张反映时代精神,贴近现实,并且阐明了著名的美丑对照原则:"丑就在美的旁边,畸形靠近着优美,粗俗藏在崇高的背后,恶与善并存,黑暗与光明相共。"通过夸张对比,突出"丑"在美学上的价值,对后世文学产生了深远的影响。他还主张描写非凡的、不寻常的事物,倡导描写地方色彩以及吸收通俗的词语等。《克伦威尔·序言》贯穿一个基本思想,即反对古典主义僵死的艺术教条,追求艺术内容和形式的丰富性。

剧本《爱尔那尼》(Hernani,1830)的上演引起古典主义和浪漫主义的论战,并以浪漫主义的胜利而告终。《爱尔那尼》描写的是16世纪西班牙贵族出身的绿林好汉欧那尼与国王、公爵抗争的故事。这是一出典型的浪漫主义戏剧,有意破坏古典主义的清规戒律。欧那尼的侠义、崇高同国王的卑劣、公爵的狠毒形成强烈对照,突出了卑者贵、尊者鄙的民主思想;剧情曲折跌宕,悲喜因素交织,地点任意转换,对话奔放热情;还运用了奇情剧的乔装、密室、毒药等手法加强舞台效果。剧本充分表达了革命前夕广大人民反封建的思想情绪,获得了巨大成功,宣告了古典主义最终退出剧坛。

长篇小说《巴黎圣母院》(The Hunchback of Notre Dame,1831)是雨果仅次于《悲惨世界》的著名作品,富有浓烈浪漫主义色彩。作品描写了中世纪巴黎圣母院主教克洛德对美丽的吉卜赛女郎爱斯梅拉尔达畸形的爱以及丑陋的敲钟人卡西莫多对爱斯梅拉尔达纯洁的爱。小说成功运用了美丑对照原则,通过美的化身爱斯梅拉尔达的被毁灭谴责了黑暗势力。

二、流亡期间的作品(1851—1870)

政治讽刺诗集《惩罚集》主要内容是揭露拿破仑三世的残暴统治。长篇小说《悲惨世界》(1862)是雨果的代表作。长篇小说《海上劳工》(Toilers of the Sea,1866)和《笑面人》(The Man Who Laughs,1869)是浪漫主义作品。前者描写一个具有英雄气概的劳动者同大自然进行的惊心动魄的斗争;后者写英王詹姆士二世的儿子的不幸遭遇，表现17世纪末18世纪初英国宫廷内部的斗争和尖锐的社会矛盾。

三、回国后的作品（1870年后）

1870年，普法战争爆发，拿破仑三世垮台，雨果结束流亡回到法国。晚年发表了长篇小说《九三年》（Ninety-Three，1874），作品描写的是1793年共和国军队镇压保皇党反革命叛乱的故事。司令官郭文把双手沾满革命党人鲜血的反革命头子朗特纳克侯爵从监狱中放走了，因为后者是在已经逃走的情况下又重新返回，从大火中救出三个孩子时被捕的。一位军官按着革命的法律把司令官郭文送上了断头台，但自己后来开枪自杀了。作品表现的是暴力革命与善良人性的冲突，基本主题正如雨果在小说中所言："在绝对正确的革命之上，还有一个绝对正确的人道主义。"标志其人道主义思想已经上升为一种世界观。

雨果认为自然力、宗教、不合理的社会制度是压迫人类的三座大山。所以，一般认为表现人与宗教的冲突、写神权对人性奴役的《巴黎圣母院》，表现人与社会的冲突、写社会制度（不公正的法律）对人摧残的《悲惨世界》和表现人与自然的冲突、写人类与强大自然力的搏斗的《海上劳工》是雨果的三大代表作。

第三节 《悲惨世界》故事梗概

1915年10月初的一个黄昏，有个衣衫褴褛的人来到了狄涅，他就是冉阿让。19年前，他因为失了业，又眼见姐姐家的七个孩子没吃没喝，便在面包铺里偷了一片面包，竟被判了五年苦役。他因不服曾四次越狱，均遭失败，反加重了刑罚。这个被释放的苦役犯没有人肯收留他过夜，尽管他付得起住宿费；他想躲进狗窝，被恶狗赶了出来。经人指点，他来到了米里哀主教的家。主教热情地款待他。当晚，他却偷了主教的一套银器，被警察扭送回来。主教说是送给他的，还外加一对银烛台："我赎的是您的灵魂。"

冉阿让受到主教的感化，脱胎换骨了。他来到海滨蒙特漪城，改名马德兰，开设工厂，靠技术改革成了大富翁，他又乐善好施，最后当了市长。

在他的厂里，有个女工，名叫芳汀。她出身贫寒，15岁来到巴黎，受骗怀孕，生了一个女孩子，寄养在客栈老板德纳第家。她的失足被嫉妒她的美貌的一个长舌女得知，宣扬出去，芳汀被工厂开除了。德纳第又不断对她敲诈勒索。她卖掉了自己美丽的长发和一对洁白的门牙，仍然走投无路，被迫沦为妓女。她由于殴打了一个侮辱她的花花公子，被侦察员沙威逮捕。冉阿让从中干预，芳汀被释放了。

沙威曾做过冉阿让那个苦役监的看守。有一次冉阿让以惊人的臂力搭救了压在车轮下的割风老头，被沙威看到，沙威便疑心这个市长是力大无穷的冉阿让。他暗地里进行侦缉。这时在阿拉斯有个叫作商马第的流浪汉被诬偷窃苹果，逮捕在押，商马第长得像冉阿让，被当作冉阿让来受审。沙威以为自己错看了市长，忏悔地向冉阿让透露这件事。冉阿让经过激烈的思想斗争，星夜兼程，赶到了阿拉斯，在法庭上供认了自己的真名实姓，法庭一时不敢逮捕他。

冉阿让回到家里，可他的头发全变白了。芳汀重病缠身，奄奄一息，她思念着自己的女儿珂赛特。冉阿让想去把珂赛特领来，但沙威兀然而至，把冉阿让逮捕了，芳汀受不了刺激，当场死去。

1823 年 11 月,再次服苦役的冉阿让利用搭救一个海员的机会,故意跌入海中,人们以为他淹死了。

在圣诞节之夜,8 岁的珂赛特正在树林里打水,她累得一步也走不动了,突然出现了一个高大的汉子,帮她提起了水桶。他就是冉阿让,他此来是要把珂赛特接走。他找到了收养珂赛特的德纳第。

提起德纳第,这个刁钻刻毒的家伙有过一段见不得人的历史:他曾在滑铁卢战场上盗尸。有个受了伤的军官,名叫彭眉胥,被他翻动身体,苏醒过来,以为是德纳第救了他的命,殊不知自己的钱包和表已被德纳第偷了去。

冉阿让花了 1500 法郎从德纳第手里把珂赛特领走了,两人在巴黎郊区的一所老屋子住下。冉阿让穿着破旧,却有钱施舍穷人,房东发现他很有钱,张扬出去。沙威这时已调到巴黎,他闻风而至。冉阿让非常警惕,发现了沙威的面影后,赶紧同珂赛特逃离此地。沙威紧紧追踪,眼看就要追上了,冉阿让施展身手,带着珂赛特翻墙逃入一座修道院,不期而然地遇上割风老头。割风正是由冉阿让推荐在这儿当园丁的。割风把冉阿让认作兄弟,介绍进修道院,充当了自己的助手。

珂赛特在修道院里渐渐长大了,冉阿让觉得让珂赛特一直待在修道院里并不好,要让她接触生活。等到割风一死,他便迁出修道院,沿用割风的名字住在普吕梅街。他同珂赛特常到卢森堡公园散步,有一个小伙子老是站在远处,盯着看珂赛特。冉阿让出于谨慎,从此不再去卢森堡公园。

这个小伙子名叫马吕斯,他就是滑铁卢战场上那个军官彭眉胥的儿子。马吕斯原来跟着外祖父吉尔诺芒。吉尔诺芒是个顽固的保皇党人,始终不认自己的女婿共和党人彭眉胥。彭眉胥在复辟王朝时期生活潦倒,不能同儿子相处,只能偷偷躲在一旁,等马吕斯去望弥撒时瞥见一面,唯有马伯夫神父瞅见彭眉胥满眼含泪的情景。1827 年,马吕斯 17 岁,一天晚上,他回家时,见外祖父手里拿着一封信,原来他的父亲死了,他赶到维尔侬,已见不到父亲的面。彭眉胥一无所有,变卖了家具才能给他下葬。彭眉胥只给儿子留下一张字条,正面写着,由于他作战英勇,拿破仑在滑铁卢战场上封他为男爵;在反面又告诉马吕斯,有个叫德纳第的人救过他的命,要他报答德纳第。马吕斯本来对父亲没有什么感情,因为他觉得父亲把他交给别人,撒手不管,对自己没有什么爱。有一天在教堂里,他遇见马伯夫。马伯夫知道他的名字后,便告诉他,他的父亲深深爱着他,只是由于政治信仰不同,受到外祖父的歧视,他们父子才如此隔膜,彭眉胥为了让儿子继承外祖父的遗产,宁愿做出自我牺牲。马吕斯恍然大悟,他于是到图书馆查阅报刊书籍,了解到他父亲的英雄业绩,从此改变了信仰,觉得拿破仑犹如太阳一般。他自称马吕斯·彭眉胥男爵,并去寻找德纳第,但发现后者已破产,不知去向。

彭眉胥的字条偶然被家里发现了,于是掀起一场轩然大波。马吕斯和外祖父展开一场争论,被外祖父赶出家门。他在外面同一个共和党团体"A·B·C 之友社"来往密切。他靠广告说明、翻译文章、编纂传记等艰难度日。但人穷志不短,他拒绝了外祖父寄给他的生活费,这样一直挨到"七月革命"以后。马吕斯是在这时遇上冉阿让和珂赛特的。他不知道冉阿让的名字,只见冉阿让满头白发,便暗暗称其为勒勃朗先生(意即白发老人)。

马吕斯的邻居名叫容德莱特,彼此还没有照过面。一天,他透过墙缝看到邻居家的一场活剧。容德莱特是一伙诈骗犯的头目,他了解到冉阿让乐于行善,便布置好室内,邀冉阿让前来,一见面,容德莱特便认出冉阿让是谁,他设法让冉阿让晚上再来。马吕斯想阻止冉阿让上当,但冉阿让已坐车远去。他于是去报警,接待他的是沙威,沙威给了他一支手枪,要他在危急时刻开枪报信。晚上,冉阿让如约前来,容德莱特说出自己就是德纳第,马吕斯想起父亲的遗嘱,没有开枪。德纳第要勒索冉阿让20万法郎,冉阿让巧妙地同德纳第周旋。在紧急关头,沙威出现了,制服了这伙强徒。冉阿让趁混乱之际,悄悄溜走了。

马吕斯终于找到了珂赛特的住处。珂赛特也爱着马吕斯,两人偷偷相会,倾诉着爱情。马吕斯多年来第一次回家,想说服外祖父同意他和珂赛特结婚。吉尔诺芒原以为他是回来认错的,结果大失所望。问到珂赛特的经济情况时,马吕斯回答他,珂赛特没什么财产,吉尔诺芒便表示不同意这门婚事,说是算作情妇倒还可以。马吕斯感到受了侮辱,愤然离去。

冉阿让发现自己四面受敌,决计离开巴黎,前往英国。一天,他发现了珂赛特写给马吕斯的一张字条;在路上他又正好遇上替马吕斯送信的流浪儿加夫罗希,信到了冉阿让手里,他终于什么都明白了。

这一天恰是1832年6月5日,巴黎人民因政府镇压为共和党将军拉马克的出殡而爆发了起义。马吕斯也参加了街垒战斗。这场酝酿已久的起义席卷了巴黎三分之一的地区。马吕斯所在的街垒是"A·B·C之友社"的活动据点——圣德尼街的柯兰特小酒店。马吕斯觉得自己参加的是一场正义的战争。

沙威居然深入到这里进行侦察,被起义者抓了起来。冉阿让担心马吕斯的安全,也赶到圣德尼街。后来,他提出亲自枪决沙威,结果却私下把沙威放走了。

圣德尼街的战斗打得非常激烈,政府军攻不进来。但到6月6日,起义军的弹药越来越少。虽经一再呼吁有家室的人赶快离开,却没有人愿意放弃战斗岗位。"A·B·C之友社"的领袖昂若拉激昂慷慨地说:"我们进行的是一场革命⋯⋯眼前我向你们讲话的这一时刻是暗淡的,但是,这正是为了未来而要付出的可怕代价。"流浪儿加夫罗希也参加了战斗。为了搜集子弹,他走出街垒,冒着密集的子弹,唱起了充满乐观情调的战斗歌曲,最后饮弹牺牲。起义者弹尽后,政府军攻了进来。昂若拉还用枪柄击倒了几个敌人,最后英勇就义。

马吕斯受了重伤,昏迷过去。冉阿让把他扛在肩上,离开街垒,进入下水道。冉阿让冒着生命危险,摸索前进,最后来到了通往塞纳河的出口。但出口的门关闭了,而德纳第却正好在那儿徘徊,他手里有钥匙。德纳第以为冉阿让谋财害命,要把"死尸"扔到塞纳河里,想敲冉阿让一笔竹杠。出得栅栏门,冉阿让又遇上在那儿跟踪德纳第的沙威。冉阿让请求沙威允许他把马吕斯送回家,又提出让他回家一次。沙威答应了。冉阿让回家以后,沙威却决心放走他,因为他的信念动摇,仁慈、宽恕、怜悯,好像"整个新世界出现在他的脑际",他因为不能尽职,最终投塞纳河自杀。

马吕斯回家后,吉尔诺芒欣喜万分,又是高喊共和国万岁,又称马吕斯为男爵先生,完全改变了政治信仰。马吕斯一心想寻找搭救自己的那个人,却一直没有结果。他病愈后准备同珂赛特结婚。冉阿让把他早先存在拉斐银行里的58万多法郎的存款给了珂赛特,自己只留了500法郎。

1833年2月,马吕斯和珂赛特举行了婚礼。冉阿让借故离席而去,因为他始终念念不忘自己苦役犯的身份，心里矛盾重重。第二天，他对马吕斯和盘托出，说他并不叫割风，而是叫冉阿让。他讲自己是出于良心才说出自己的身份，"从前为了活下去，我偷了一片面包；今天为了活下去，我不愿盗窃一个名字"。马吕斯叫他还是天天来看珂赛特。但马吕斯作为律师，怕他给珂赛特的钱来路不正，这点心事被冉阿让知道后，冉阿让便不来看望珂赛特了。他的身体很快垮了下去。

一天，德纳第化名来见马吕斯，想把自己在塞纳河的遭遇当作秘密换取一笔报酬，马吕斯终于明白了自己的恩人就是冉阿让。他在冉阿让身上看到了"闻所未闻的德行"，把冉阿让认作圣人和基督。马吕斯和珂赛特决心要把冉阿让接来同住，可是，冉阿让已到了弥留时刻。这时他心中只供奉着基督。他把那对保存已久的银烛台给了珂赛特，对她说："我不知道，那给我烛台的人在天国是不是对我满意。"马吕斯和珂赛特跪在他的床前，握着他的手。冉阿让安详地离开了人世。

第四节 《悲惨世界》的基本内容和主题思想

雨果在本书《作者序》中的话暗含了本书的基本思想："只要本世纪的三个问题——贫穷使男子潦倒，饥饿使妇女堕落，黑暗使儿童羸弱——还得不到解决……那么，和本书同一性质的书都不会是无用的。"

《悲惨世界》主要包括三方面的内容。

第一，描写贫苦人民的悲惨生活，说明社会是造成他们不幸的根源，这是小说描写的主要内容。芳汀本是一个天真纯洁的少女，被一个公子哥儿所骗失身并生下私生女珂赛特。工厂认为她品行不端而开除了她，为了养活女儿，芳汀卖掉了头发和门牙，最后沦落为妓女，并在贫病交加中死去。珂赛特是个私生女，被寄养在客栈老板德纳第家里，受尽了折磨。冉阿让本是一个诚实能干的工人，但因失业饥饿偷了一块面包被捕入狱，又因几次越狱未遂刑期被加至19年，出狱后到处受到歧视，在他改过自新并为社会做出了贡献之后，仍然遭到警察的追踪。作品通过上述形象说明：在资本主义社会，富人们为所欲为，劳动人民则注定要过贫苦的生活，而那些处境最悲惨的人都是一些诚实善良的人。资本主义的现行法律是保护资产阶级利益而同劳动人民为敌的。

第二，肯定人民反抗这个不合理的社会及其制度的正义性。主要是通过共和党人1832年夏在巴黎举行的武装起义来表现的。雨果用大量的篇幅从共和党人最初的小组活动、斗争的开展和起义的爆发一直写到英雄们的壮烈牺牲，热情歌颂了起义者的英勇无畏，坚强不屈，肯定了他们事业的正义性。小说还塑造了几个感人的形象如马吕斯、马贝夫老人和小英雄加夫罗希。

第三，阐明仁慈、博爱才能拯救社会的思想，这是贯穿全书的根本思想。主要是通过冉阿让和沙威的转变及行为来表现的。冉阿让坐牢多年，但是法律的制裁并没有使他改过，反而使他产生了"凶狠残暴的为害欲"，而米里哀主教的仁慈却使他弃旧图新，冉阿让的仁慈又感化了沙威。沙威是个死心塌地为统治阶级卖命的鹰犬，是旧制度的卫道士和打手，就是这样一个铁石心肠的人物最终也被仁慈感化了。通过冉阿让和沙威的转变，作者表明，以惩罚作为基本手段的法律不过是低级的法律，而慈悲和仁爱则能把人改造成为新人，是高级的法律。但雨果对沙威良心发现，最后自杀的描写带有很大的幻想性。

第五节 冉阿让形象评析

冉阿让的思想性格变化而统一。他既是一个源于现实的穷苦人民的代表，又是一个理想化的人道主义的圣者。

他的思想性格明显呈现出三个阶段。

一、不满社会、图谋报复

他原本是个诚实、善良、勤劳的工人，拼命干活却食不果腹。为了挨饿的外甥，偷了一块面包，被判了5年苦役。由于不堪忍受非人的监狱生活，屡次逃跑，刑期加至19年。出狱后仍然受到警察的追逐，遭到社会的冷遇。残酷的现实和不公的社会使他产生了对人、对社会的强烈憎恨，蓄意报复。于是，出狱后他抢夺了流浪儿的金币，以怨报德偷窃了主教的银器。

二、良心发现、重新做人

米里哀主教宽厚待人，使他免于再次入狱。为此他良心发现，决心弃恶从善。通过办厂，他发财致富，又当上了市长，但他始终乐善好施，满怀仁爱，关怀妓女芳汀，收养孤儿珂赛特，他所在的城市成了没有失业、没有贫困和苦难的"乐园"。

三、完全利他，成为人道主义化身

在仍然遭到通缉的情况下，不怕身份暴露勇救马车夫割风老人；不愿别人替己受过主动到法庭自首；隐姓埋名把珂赛特养大成人；为了珂赛特幸福冒死救活马吕斯并陪嫁自己全部财产；手枪在握，却放跑迫害了自己一生的警察沙威；在孤独和寂寞中度过晚年，对于亲人迟来的理解死前没有任何埋怨。

转变前的冉阿让是一个受压迫的孤苦无告的下层人民的代表性形象——他的经历体现了当时广大法国下层人民的悲苦，是难以忍受的贫穷逼他堕落，这是那个时代法国历史的真实写照，有着深刻的典型意义；转变后的冉阿让是一个过分理想化的人道主义者——他的精神复苏和道德升华，一定程度上体现了劳动者善良、纯朴的本质，符合当时的阶级真实，但表达的主要是作者自己的主观意图，是雨果对人类的善意和关于改造社会的主张。

作家通过冉阿让的形象，一方面（主要是主人公前半生的悲惨不幸）反映了贫苦人民的深重灾难，揭露和控诉了资本主义社会的罪恶，表现了作者对劳动人民的深切同情；另一方面（主要是主人公后半生的博爱忘我）宣传了用道德感化社会、拯救人类灵魂的主张，极大地张扬了自己的人道主义思想和追求。

雨果是西方19世纪以来人道主义思想最强烈的一位作家，从早期的《巴黎圣母院》到晚期的《九三年》，在40余年间的作品中，人道主义始终贯穿其中。雨果的人道主义思想从总体上说是进步、积极的。作者正是以人道主义为出发点，在许多作品中深刻、有力地揭露和批判了黑暗的社会现实，强烈地震撼着读者的心灵，唤醒人们的良知。人道主义既是一种理想也可以用为一种手段。但雨果把人道主义奉为最高思想体系，把它看得高于一切，则有点失之偏颇：一是在揭示社会真理寻找社会出路时，理论上最终会陷入抽象人性论的泥潭;二是在阶级斗争和社会革命中,实践上难免会产生消极作用。但我们又不能完全否定人道主义,因为从根本上说"天下皆为上帝民""亚当子孙皆兄弟",也就是说人属于同一个种群,应当相互珍爱;而且"让世界充满爱""让人类成为一家"不仅是一种理想,更是一种现实需要。针对上述理论上的矛盾和困惑,有人提出:不把人道主义作为根本性的世界观,而是当作日常生活的道德规范。这一理论彰显了人道主义的进步性,规避了人道主义的局限性,显得灵活有效并富有操作性。

第六节 《悲惨世界》的艺术特征

《悲惨世界》最突出的艺术特点是浪漫主义和现实主义的紧密结合。

一、情节富有浪漫主义色彩,充满巧合与离奇

作家力图使情节戏剧化,因此写了不少"非凡的"事件。如冉阿让攀上战舰的极高的横杆去救一个水手,而自己落入海中;冉阿让抱着珂赛特被警察追捕得走投无路的情况下爬高墙进入修道院,而碰到的人恰恰是他救过的割风老头;冉阿让躺在棺材里被抬出修道院,他从街垒上救出马吕斯,在巴黎水道中碰到的人恰恰是德纳第,等等,这些都是离奇的,体现了浪漫主义的特色。

二、人物形象的配置和描写富有浪漫主义色彩

作者坚持对照原则,善(米里哀主教)和恶(沙威、德纳第夫妇)形成鲜明对比。作者还运用夸张的手法描写不平凡的人物,渲染他们不同寻常的品质、力量和经历。如冉阿让的超人体力和惊人的自我牺牲精神,以及德纳第的许多罪行,都是浪漫主义夸张手法的体现。

在具体描写人物遭遇和环境时,又带有现实主义成分,如冉阿让、芳汀的命运,珂赛特的童年,资产阶级的日常生活,巴黎街垒战等。

其次是情节的丰富性与生动性。以冉阿让悲惨的生活史为主线,同时又描写了共和党人的革命起义,还穿插了芳汀母女的不幸遭遇、德纳第一家的故事、珂赛特与马吕斯的爱情等,可谓丰富多彩。

第三是风格上的政论性。雨果力图把自己的作品变成社会讲坛,因此不断亲自出来表达对一些问题的看法,力图在思想上影响读者,使之接受自己的观点。

第四是语言富于激情。作品的语言高昂、激动和热情,经常运用多义词,富有隐喻性,有的句子类似成语格言,使这部小说的叙述具有一种崇高的史诗般的风格。例如扉页题诗:"世界上最浩瀚的是海洋/比海洋更浩瀚的是天空/比天空更浩瀚的是人的心灵!"可以说,这是作者人道主义高远境界和情怀激荡的自然流露。

思考题

1. 分析主人公冉阿让形象。
2. 评析《悲惨世界》的艺术风格。

讨论题

人道主义思想之功与过。

附：《巴黎圣母院》评析

一、故事梗概

1482年1月6日，巴黎城沉浸在"愚人节"的欢乐气氛中。在格雷弗广场上，靠街头卖艺为生的吉卜赛少女爱斯梅拉尔达的精彩表演吸引着成群的观众。她以动人的美貌和婀娜的舞姿博得了人们的赞赏和阵阵热烈的掌声。在密集的人群中，只有一个中年人阴沉着脸发出几句不祥的诅咒，使少女不寒而栗。

这是巴黎圣母院的副主教克洛德·富洛娄。他自幼深受教会教育的熏陶，怀着虔诚的宗教信仰和如饥似渴的求知欲，在年轻时就已成为教会的头面人物和博闻多识的学者。他蛰居斗室，研究炼金术，过着清苦的禁欲生活，回避一切世俗的欢乐与享受，永远以一副令人望而生畏的冷漠神情出现在公众面前。16年前，他出于怜悯收养了一个被人遗弃在圣母院门前的畸形儿，为之取名卡西莫多。这个奇丑无比的孩子自从来到世间，便饱尝屈辱和蔑视。他把副主教视为唯一的亲人，对他感恩戴德，唯命是从。卡西莫多长大后，做了圣母院的敲钟人。

一天，克洛德发现了在广场上翩翩起舞的爱斯梅拉尔达，立刻为她那无双的姿色所倾倒。他身上潜伏的淫欲像一头沉睡多年的野兽突然苏醒，使他完全失去了自制力。他明确地意识到，这种无法抗拒的欲念必将把他带向可怕的深渊。他千方百计使自己忘掉她，却全然无济于事。他感到自己只有两条路可以选择，要么不惜一切地占有她，要么就置她于死地，以求自己灵魂的安宁。

"愚人节"那天夜晚，克洛德指使卡西莫多拦路抢劫爱斯梅拉尔达，少女拼力抵抗，高声呼救。弓箭队队长菲比思和他的士兵闻声而至，捉住敲钟人，解救了爱斯梅拉尔达。随后，她来到巴黎流浪人和乞丐们的聚集地——"奇迹王朝"，恰巧遇到了乞丐王克罗班正要把不懂规矩而误入"奇迹王朝"的穷诗人甘果瓦送上绞架，善良的少女为了保全甘果瓦的性命，同意与他结为夫妻，把他带到家里，供以食宿，却从不让他近身。

第二天，经过聋子法官和聋子被告卡西莫多之间的一场答非所问的"审讯"以后，敲钟人被带到广场上当众受鞭笞。克洛德路过广场，目睹此景，却听之任之。一个多小时过去了，卡西莫多口渴难熬，他向围观者高喊要水，回答他的却是一片戏弄与咒骂声。这时，只见手提水罐的爱斯梅拉尔达拨开人群，走上刑台，把水送到卡西莫多嘴边。可怜的敲钟人平生第一次流下了眼泪。

冬去春来，克洛德一直没有放弃对爱斯梅拉尔达的迫害。他向法庭控告少女是会施魔术的女巫。而爱斯梅拉尔达却念念不忘那个年轻、英武的军官菲比思。一天，克洛德无意中得知了这对青年男女当晚要在一家小旅店里幽会，便乔装打扮，尾随菲比思而来，隐藏在隔壁的暗室中。轻佻放荡的菲比思逢场作戏，爱斯梅拉尔达却是一片真情。克洛德妒火中烧，兽性大发，用随身携带的匕首刺伤菲比思，跳窗潜逃。

宗教法庭掀起了轩然大波，一口咬定是女巫爱斯梅拉尔达驱使黑衣魔鬼伤害了军官。爱斯梅拉尔达屈打成招，被法庭判处绞刑，次日执行。是夜，克洛德来到监狱，跪在少女面前坦白了自己所做的一切,向她表露内心的巨大痛苦,建议带她一起逃走,不料却遭到爱斯梅拉尔达的切齿痛骂,被推出门外。

第二天,在圣母院教堂前行刑的时刻,克洛德来到郊外,像发了疯一样乱跑乱闯。然而,他却不知道,此时此刻卡西莫多独自劫持了法场。刽子手们惊魂未定,卡西莫多已把爱斯梅拉尔达抱进了圣母院——不受法律管辖的"避难地"。

从此,卡西莫多成了爱斯梅拉尔达忠实的朋友、恭顺的奴仆。他对她怀有无限的感激之情和纯真的爱慕,甘愿为她赴汤蹈火,防备着一切想加害于她的人,甚至对企图强占少女的主教也表示了顽强的反抗。他为爱斯梅拉尔达找到伤愈的菲比思,求他去见见少女。那负心的军官不屑一听,策马扬长而去。

不久,宗教法庭扬言教堂圣地不容女巫亵渎,要不顾避难权予以捉拿。巴黎的流浪人和乞丐闻讯后,在克罗班的率领下,于当天夜里前来攻打巴黎圣母院,营救他们的姐妹。不明真相的卡西莫多孤身奋战,全力阻挡乞丐们进入教堂。混战之际,用黑衣遮住面容的克洛德让甘果瓦出面劝说,悄悄地带领爱斯梅拉尔达从后门渡河逃走。

躲在巴士底城堡中的国王路易十一原以为平民暴乱的攻击矛头是巴黎的法院执事,不仅泰然处之,而且暗自幸灾乐祸。探子各方再次前来报告,国王这才得知了暴乱的真正目标。他立即下令前往镇压。流浪人和乞丐们腹背受敌,圣母院门前尸横遍地,血流成河。

克洛德把爱斯梅拉尔达带到格雷弗广场上的绞架前,胁迫她在他与绞架之间选择其一。少女宁死不肯屈服于他的兽欲之下。克洛德气急败坏,把她暂时交付给隐居在广场旁的一个女隐士,自己去叫官兵。这个女隐士因自己美丽的小女儿在16年前被吉卜赛人用一个畸形儿偷换,对所有的吉卜赛流浪人都怀有切齿之恨,为此她经常咒骂前来卖艺的爱斯梅拉尔达。这时,她突然发现这个被她抓在手中、即将被处死的少女正是自己朝思暮想的孩子,相逢的激动变成了诀别的哀号。克洛德带领官兵赶来,母亲竭力抢救女儿,被刽子手一脚踢开,头部触石身亡。

克洛德回到教堂顶楼上。当他亲眼看到绞索套上爱斯梅拉尔达的脖子时,发出一阵狰狞的狂笑,绝望的卡西莫多一怒之下,把他从高高的顶楼上推了下去。第二天,敲钟人便失踪了。

两年以后,人们在蒙孚贡坟窟里发现了两具奇怪地连在一起的尸骨。一具显然是个畸形的男子,他紧紧地搂抱着那另一具女尸。当人们想把他们分开时,尸骨便化为尘土。

二、基本思想

(一)表现错综复杂的社会矛盾,体现人道主义思想

通过克洛德这一形象,批判了教会的邪恶和伪善,禁欲主义对人性的摧残和扭曲;通过爱斯梅拉尔达的悲剧,表现了作者对善良无辜者的赞美和同情;通过卡西莫多和乞丐王国的故事,歌颂下层人民反抗黑暗势力的斗争。

(二)表现灵与肉、神性与人性的冲突,善与恶的较量,美与丑的辩证统一

《巴黎圣母院》的结局是世俗欲望战胜了宗教信仰,美善被邪恶毁灭。所以,它是一曲同时唱给信仰和人性的挽歌。

三、人物形象分析

克洛德是复杂人性的代表,既有善的因素——抚养弟弟,收养教育弃儿卡西莫多,又是万恶之源——爱斯梅拉尔达和卡西莫多悲剧的制造者。

性格特点:①表现神权与人性的冲突,灵与肉的搏斗,描写人性被扭曲之后可怕的反弹,正常生理欲望被压抑之后爆发出来的巨大能量,足以摧毁信仰、人性、自我。正如克洛德所言:"我是个学者,却辱没了科学;我是个绅士,却败坏了自己的名声;我是个神父,却把弥撒书当作淫欲的枕头,向上帝的脸上吐唾沫!"②异化和沉沦。克洛德的性格经历了两次异化(扭曲):神权和情欲。两次沉沦:信仰的沉沦和人性的沉沦。

克洛德的命运不同于其他神父恋爱的悲剧命运,如《荆棘鸟》中的男主人公拉尔夫、《红字》中的男主人公丁梅斯代尔等。表现为:①冲突的过程不同。这些神父在人性与信仰冲突的过程中,经历了两个阶段:第一次屈服于情欲,是沉沦;第二次在忏悔、痛苦的自惩中得到净化和救赎,是升华。②冲突的性质不同。这类神父内心的冲突,是爱情与信仰的冲突,即善与善的冲突,对与对的抗争,因而,赢得人们普遍的同情,最终,获得上帝的宽恕。

克洛德的悲剧原因:①教会的伪善和扭曲人性的本质。②命运。命运在不同的人身上有不同的表现。在克洛德身上表现为人自身无法规避的、又不可调和的矛盾性,不可把握性,一种神秘的异己力量。克洛德说:"我觉得命运的手已经把我抓住了","我觉得有一种至高无上的力量统治着我们,使我说不明白"。

爱斯梅拉尔达是真善美的化身。其真表现为:①率真的性格。②真情流露。其善表现为对弱者的同情。其美表现为外在美与内在美(善良、坚贞、刚烈、疾恶如仇)的统一。其性格带有原始的野性美。

卡西莫多是一个美丑善恶辩证的组合体。外表奇丑,内心奇美。其天性也是善恶并存的,善表现为对爱斯梅拉尔达的卫护,恶表现为对克洛德的愚忠,这种"恶"又包含着"善"——对克洛德的感恩。这个形象典型地印证了雨果的"美丑对照原则":"丑就在美的旁边"。

甘果瓦和菲比思:一文一武,两个庸人。甘果瓦:"百无一用是书生"——怯懦,糊涂。菲比思:"纨绔子弟少伟男"——无情,无义。

四、艺术特征

《巴黎圣母院》最突出的艺术特征是浪漫主义特色。

(一)体现为"奇":奇人、奇事、奇情、奇境

(1)奇人:指奇特的不同寻常的人物形象。奇美如爱斯梅拉尔达,奇丑如卡西莫多,奇恶如克洛德。雨果以漫画式的夸张手法,将人类某一种性格特征浓缩在特定人物身上,并且极端化,显示出入木三分的性格力量,体现一种"片面的深刻"。弊端是人物容易流于类型化、概念化,成为性格符号。但雨果作为文学大师,通过种种手段力避这些缺陷。

(2)奇事:指曲折、离奇、跌宕起伏的情节。具体表现为:其一,悬念设置。比如第二卷就设置了如下悬念:面目阴沉的秃顶男子是谁?菲比思与爱斯梅拉尔达的爱情结局如何？卡西莫多的命运怎样？其二，巧合因素。这是一种戏剧手法，即"无巧不成书"。雨果认为："小说就是超出了舞台比例的戏剧。"比如"英雄救美"的巧合，善恶同归于尽的巧合，"化尘"的巧合，等等。

（3）奇情：其一指极端情感。如克洛德的情欲，爱斯梅拉尔达对菲比思的爱情，卡西莫多对爱斯梅拉尔达的卫护，等等。其二，指奇特的人物关系造就的奇特情感。如克洛德（禁欲者）与爱斯梅拉尔达（流浪女）；卡西莫多（奇丑）与爱斯梅拉尔达（奇美）；爱斯梅拉尔达（流浪者）与菲比思（王室近卫弓箭手队长）。

（4）奇境：指不同凡响的场面描写。场面一，巴黎司法宫广场的愚人节狂欢场面；场面二，格雷弗广场上爱斯梅拉尔达与小山羊的杂耍场面；场面三，圣迹区奇特的死刑和婚礼场面；场面四，卡西莫多示众场面；场面五，圣迹区流浪汉半夜攻打巴黎圣母院的场面等，共同构成15世纪巴黎独有的社会环境。

（二）对照原则的运用

（1）人物对照。外部对照：克洛德（恶）——爱斯梅拉尔达、卡西莫多（善）；爱斯梅拉尔达（美）——卡西莫多（丑）；爱斯梅拉尔达（真）——菲比思（伪）；卡西莫多（外丑内美）——菲比思（外美内丑）。内部对照有横向对照：克洛德灵与肉、善与恶，爱斯梅拉尔达的爱与憎，卡西莫多的善与恶、爱与憎等形成的对照；纵向对照：克洛德由虔诚的宗教学者变成罪孽深重的恶魔，卡西莫多对克洛德由唯命是从到杀死他，爱斯梅拉尔达对卡西莫多由惧怕到友善等形成的对照。内外对照：克洛德外表严肃冷峻，内心欲火中烧、丧失理性，卡西莫多外丑内美，菲比思外美内丑，等等。

（2）情节对照。克洛德追踪迫害爱斯梅拉尔达与卡西莫多时刻保护爱斯梅拉尔达构成对比，克洛德收养卡西莫多与卡西莫多"恩将仇报"构成对比，居第尔先前对爱斯梅拉尔达的仇恨与后来对爱斯梅拉尔达的疼爱构成对比，等等。

（3）环境对照。爱斯梅拉尔达与小山羊加里表演杂耍的热烈场面与克洛德阴沉、枯燥、乏味的书斋构成对比，上层社会骄奢淫逸的生活环境与乞丐王国构成对比，等等。

《巴黎圣母院》的另一大特色是独特的圆心结构。作品紧紧围绕着女主人公爱斯梅拉尔达来叙述故事、安排人物、结构作品。从克洛德主教到卫队长菲比思，从敲钟人卡西莫多到流浪诗人甘果瓦，还有乞丐、修女，人人都爱爱斯梅拉尔达，爱斯梅拉尔达仿佛是这些人生活中的一个圆心。即使是运用对照原则塑造形象、表达思想，也是以爱斯梅拉尔达为比照的基准与核心。主要人物形象形成两两对照的关系，而由于爱斯梅拉尔达是作者精心塑造的外在美与内在美相统一的美的化身形象，因而与所有人都形成了对照，仿佛形成了一个以她为圆心的对比之圆，所以被称为独特的圆心结构。

思考题

1. 概括《巴黎圣母院》的主题。
2. 分析《巴黎圣母院》的主要人物形象。

讨论题

你认为谁是《巴黎圣母院》中真正的主人公？

第七编　批判现实主义(Critical Realism)文学概述

教学重点：批判现实主义文学的特征。

一、批判现实主义文学的形成

批判现实主义是19世纪30年代发端于法国而后席卷整个欧美的一场资产阶级近代史上持续时间最长、规模最大、成就最高的文学思潮或文学流派。因倡导如实反映生活，故名现实主义；因对社会具有强烈的批判性，被高尔基称为"批判现实主义"。

19世纪中后期，资本主义制度在欧洲得到全面确立和发展。在各资本主义国家内部，资产阶级和无产阶级之间的阶级斗争日趋激烈。同时，人的道德观念和文化价值观念也发生了深刻的变化，人与人之间的关系恶化，金钱成为社会生活的主宰。这种特定的社会政治形势使人们不得不用冷静的眼光来审视社会和思考人的命运，从更现实的角度去寻求改善人的生存处境的方法，剖析社会弊病，寻求某种出路。此外，19世纪哲学社会科学和自然科学获得新发展，费尔巴哈的唯物主义和孔德的实证主义对客观、实证的强调，空想社会主义对资本主义的批判，自然科学尊重客观事实的科学态度和科学方法，讲究务实、追求客观冷静地分析与解剖现实的社会心理的形成，等，正是在这种大环境下，一种冷静分析、务实求索、写实性与批判性很强的现实主义文学思潮应运而生。

二、批判现实主义文学的特征

第一，真实性。批判现实主义作家关注社会现实，注重对现实的真实描绘，力图反映社会生活的本来面目。巴尔扎克认为："法国社会将要作历史学家，我只能当它的书记。"批判现实主义作家冷静地观察生活，客观地描绘现实，揭露现实生活的黑暗与罪恶，深刻剖析人与人、人与社会之间的关系。透过作品，我们看到了一部19世纪欧美各国广阔的社会生活的形象化了的历史。

同时，在艺术上，批判现实主义作家注重细节的描写，大大增强了作品的真实感。巴尔扎克曾强调"只有细节才形成小说的优点"。恩格斯在《致玛·哈克奈斯》中说，在《人间喜剧》"这幅中心图画的四周，他汇集了法国社会的全部历史，我从这里，甚至在经济细节方面所学到的东西，也要比从当时所有职业的历史学家、经济学家和统计学家那里学到的全部东西还要多"。可以看出，现实主义文学对社会生活反映的广阔性和真实性。

第二，典型性。恩格斯说，现实主义"除了细节的真实外，还要真实地再现典型环境中的典型人物"。现实主义文学重视人与社会环境的关系的描写，重视塑造典型环境中的典型性格。受19世纪的哲学思想和自然科学的影响,现实主义作家们认识到人是社会的产物,因而在创作中注重揭示人与社会环境的关系,展示人物性格在环境中的形成过程。这样,人物的行动、心理不仅符合他们的社会地位和他们在作品中的具体环境,而且是人物冲突的必然结果;同时,通过对典型环境中的典型性格形成过程的描写,全面、真实地展示现实生活及其本质特征,反映整个时代的风貌。所以,现实主义文学中的人物形象往往具有很强的概括性和鲜明的个性。

第三,批判性。19世纪的现实主义着力揭露当时社会的黑暗和罪恶,具有强烈的批判精神。在批判现实主义文学作品中,资产阶级卑鄙无耻的发家手段、资本家贪婪自私的丑恶行为、统治整个社会的金钱原则、利己主义的生活原则、冷酷的人际关系等丑恶现象都再现于作家笔下,并受到辛辣的批判和无情的鞭挞。在创作中,作家们揭露了资本主义社会日趋尖锐的矛盾,批判了资本主义社会从经济基础到上层建筑的各个领域,客观上表达了人民群众对资本主义社会的抗议,在一定程度上使人们产生了对资本主义万世长存的怀疑。

第四,鲜明的人道主义特色。批判现实主义作家以人道主义为武器,同情下层人民的苦难,对社会历史现象做了广阔的再现和深刻的批判;同时还深刻地展示了资本主义条件下人与物、人与社会的矛盾关系,表现人的异化现象,寻求人的心灵自由,表现出深度意义上的人道主义精神。但人道主义作为一种剖析社会现实、揭露社会罪恶的武器,往往导致政治上的改良主义;而在当时的社会条件下,其结局往往都是悲剧性的。

三、批判现实主义文学的发展

批判现实主义文学的发展,大致可以分为前后两个时期。前期从19世纪30年代到60年代,其中心在法、英等国,以法国批判现实主义文学成就为最高。后期从60年代末到19世纪末,其中心在俄国、北欧和美国等地,以俄国批判现实主义文学成就为最高。

(一)法国文学

法国是欧洲现实主义文学的发源地。19世纪30年代和40年代的法国现实主义文学以描写封建贵族与新兴资产阶级的矛盾以及资产阶级内部矛盾为主;从50年代起,形成了客观、冷静、精确的现实主义创作风格,早期现实主义的社会批判精神有所削弱。

司汤达是法国批判现实主义的奠基者,在其文学评论集《拉辛与莎士比亚》中提出了文学反映现实,为现代人服务的创作原则,成为现实主义的宣言书。代表作《红与黑》(1830)真实地反映了1830年前后王政复辟后期法国各个阶层广阔的社会生活,塑造了于连这一资产阶级个人奋斗者的典型形象。

巴尔扎克是19世纪批判现实主义最主要的代表作家之一。他的《人间喜剧》使现实主义从理论到创作都臻于完善,代表了批判现实主义的最高成就。从内容上来看,巴尔扎克"在《人间喜剧》里给我们提供了一部法国'社会'特别是巴黎'上流社会'的卓越的现实主义历史",既反映了封建贵族社会的没落衰亡史和资产阶级的罪恶发迹史,也揭露和表现了金钱的罪恶、人与人之间冷酷的金钱关系以及对共和主义者的赞美。在艺术上,作品实践了现实主义的创作原则,确立了它在文学史上不朽的地位。

另外,福楼拜(1821—1880)、梅里美、都德、莫泊桑也是19世纪法国批判现实主义文学的重要作家。

(二)英国文学

19世纪英国批判现实主义文学成就斐然。早期著名的批判现实主义作家有狄更斯(1812—1870)、萨克雷(1811—1863)、盖斯格尔夫人(1810—1863)、勃朗特姐妹等,他们被马克思誉为"现代的一批杰出的小说家"。

查理·狄更斯(1812—1870)是英国19世纪批判现实主义文学的奠基人和最伟大的代表。狄更斯的作品生动反映了19世纪英国维多利亚时代的精神风貌。其重要作品有《董贝父子》(1848)、《大卫·科波菲尔》(1850)、《荒凉山庄》(1853)、《艰难时世》(1854)、《小杜丽》(1857)等。《董贝父子》成功塑造了董贝先生这一经营海外贸易的英国商业资本家的典型形象。《艰难时世》主要揭露资产阶级功利主义教育思想的罪恶,描写了劳资之间激烈紧张的阶级对抗。《双城记》(1859)是反映法国资产阶级大革命的长篇历史小说,作者借助法国的苦难现实来影射英国的黑暗,反映出对现实的忧虑和对历史的思考,表现出明显的人道主义倾向。《双城记》是狄更斯创作成熟时期的作品,艺术上取得了相当高的成就。

勃朗特姐妹的创作也取得了较高的成就。夏洛蒂·勃朗特的《简·爱》成功地塑造了一个身世不幸、性格倔强、内心丰富,敢于反抗命运和等级偏见,大胆追求独立、平等、幸福的女性形象,通过简·爱的经历表现了当时社会妇女地位低下的现实,揭露了社会的虚伪和黑暗。埃米莉·勃朗特的《呼啸山庄》主要写希斯克利夫奇特的爱情与复仇的故事,在艺术上创造了一种凶暴恐怖又神奇迷人的艺术风格。

19世纪70年代开始,英国逐步进入垄断资本主义阶段。英国后期现实主义文学的代表作家是哈代。哈代的作品反映了资本主义侵入英国农村后社会经济、政治、道德、风俗等方面的变化和破产农民的悲惨命运,宿命论和悲观色彩较浓。他的力作是名为《威塞克斯小说》的一系列作品。《德伯家的苔丝》通过对苔丝悲惨遭遇的描写,批判了传统道德观念和宗教的虚伪冷酷,展现了19世纪后期英国农村日益破败的历史图景。作品在肯定苔丝的品性和反抗行为的同时,又宣扬了悲观主义宿命论。

(三)俄国文学

俄国现实主义文学与解放运动关系密切,表现出了反专制和反农奴制的倾向,同时,还表现出浓厚的宗教色彩与精神探索性,在19世纪中后期取得了空前的成就。正如高尔基所说:"比较一下西方文学史和俄国文学史,就可以得出这个不可动摇的结论:没有一个国家像俄国那样在不到百年的时间出现过灿若星群的伟大名字。"

普希金是俄国现实主义文学的先驱。其代表作《叶甫盖尼·奥涅金》(1830)在俄国文学中最先塑造了贵族社会"多余人"的典型形象。作品通过主人公奥涅金的生活道路,批判了形成这种性格的腐朽不堪的贵族社会,讽刺了形形色色的城市贵族和乡村地主。莱蒙托夫(1814—1841)为俄国现实主义文学的发展做出了重要贡献,长篇小说《当代英雄》(1840)塑造了第二个"多余人"——毕巧林的形象。

果戈理(1809—1852)是俄国批判现实主义文学的奠基人,在其成名作《狄康卡近乡夜话》中描绘了乌克兰美丽的大自然和纯朴、豪放的民风,塑造了勇敢机智的农民、工匠和哥萨克群众形象。《钦差大臣》通过花花公子赫列斯达可夫假冒钦差大臣欺骗了外省官员们的喜剧情节,揭露了腐败的俄罗斯外省统治集团的愚蠢、肮脏、卑劣和社会生活的黑暗。长篇小说《死魂灵》(第一部)通过乞乞科夫到乡间购买死农奴的故事,真实、生动地展现了俄国城乡生活的广阔画面,辛辣地嘲讽了官僚统治集团,揭示了农奴制的必然崩溃。《死魂灵》充分体现了作家的讽刺艺术,标志着俄国现实主义的进一步成熟。

屠格涅夫(1818—1883)是俄国优秀的现实主义作家。屠格涅夫在50—70年代创作的《罗亭》(1856)、《贵族之家》(1859)、《前夜》(1860)、《父与子》(1862)、《烟》(1867)和《处女地》(1877)等,被称为俄国生活的"艺术编年史"。《父与子》通过父子两代人的冲突,表现了民主主义对贵族自由主义的胜利。主人公巴扎洛夫是一个勇于否定旧制度的平民知识分子形象,具有"新人"的特点。小说的语言简洁、朴实、清新而富有抒情性。

陀思妥耶夫斯基是俄罗斯作家中最为复杂的一个。陀思妥耶夫斯基的主要成就是长篇小说《罪与罚》(1866)、《白痴》(1868)、《群魔》(1871—1872)、《卡拉玛佐夫兄弟》(1879—1880)等。《卡拉玛佐夫兄弟》描写了旧俄时代外省地主卡拉玛佐夫一家父子、兄弟间因金钱和情欲而引起的冲突,揭示了俄国农奴制改革后资本主义的发展对旧秩序的冲击以及人与人之间的畸形关系。《罪与罚》以大学生拉斯柯尔尼科夫杀人和受罚的故事为中心线索,反映出19世纪60年代俄国道德伦理方面的深刻矛盾和城市平民的悲惨生活,批判了"超人"哲学。

列夫·托尔斯泰(1828—1910)是19世纪俄国批判现实主义文学最光辉的代表。三部曲《童年》(1852)、《少年》(1854)和《青年》(1857)主要描写贵族少年尼古林卡从童年到青年的成长过程,带有自传的性质。《战争与和平》是托尔斯泰的三大代表作之一,作品以1812年卫国战争为中心,反映了1805年至1820年间的重大历史事件和俄国的社会生活,从战争与和平两个主要方面来表现俄罗斯民族同拿破仑侵略者、俄国社会制度同人民意愿之间的矛盾,肯定了俄国人民在战争中的伟大历史作用。《安娜·卡列尼娜》成功地塑造了安娜这一具有个性解放色彩的女性形象,表现了资本主义的发展在经济、社会风气、家庭等方面所引起的重大变化,并提出了婚姻、家庭、道德、经济、政治、美学、哲学、宗教等方面的重大问题。《复活》是托尔斯泰思想和创作发展的总结,是俄国批判现实主义发展的最高峰。

契诃夫(1860—1904)是俄国19世纪批判现实主义的最后一位代表作家。他著名的作品包括小说《变色龙》《套子里的人》以及剧本《樱桃园》等。

(四)其他国家

北欧的现实主义文学是在西欧的影响下发展起来的。丹麦的安徒生是世界著名的童话作家。挪威的易卜生是北欧现实主义文学最重要的作家,是欧洲近代戏剧的创始人。易卜生围绕尖锐的社会问题,创作了一大批"社会问题剧",比较著名的如《社会支柱》(1877)、《玩偶之家》(1879)、《群鬼》(1881)、《人民公敌》(1882)等。《玩偶之家》是易卜生最优秀的剧作。在剧作中,易卜生揭露了资产阶级家庭关系的虚伪,鲜明地提出了妇女地位和妇女解放的问题,表达了易卜生对妇女地位和出路问题的思索。

美国的现实主义文学产生较晚,在19世纪80年代才真正形成。作家们致力于揭露社会黑暗,批判资本主义的罪恶,描写下层人民悲惨生活,具有较强的民主性和人民性。马克·吐温(1835—1910)是19世纪后期美国现实主义文学最杰出的代表,为美国民族文学的繁荣做出了重大贡献。《镀金时代》(1874)、《汤姆·索耶历险记》(1876)、《王子与贫儿》(1881)、《亚瑟王朝廷上的康涅狄格州美国人》(1889)、《败坏了哈德莱堡的人》等为作家赢得了巨大的声誉。《哈克贝利·费恩历险记》(1884)通过描写哈克和吉姆这两个逃亡者的经历,谴责了美国社会的种族歧视。斯托夫人(1811—1896)的《汤姆叔叔的小屋》,杰克·伦敦(1876—1916)的《荒野的呼唤》、《马丁·伊登》(1909)等也是这一时期现实主义文学的重要成就。

思考题

1. 解释:批判现实主义文学。
2. 批判现实主义文学有哪些特征?

第九章 19世纪西方批判现实主义文学的开山之作:司汤达(Stendhal)的《红与黑》(*The Red and the Black*)

教学重点: 探析于连·索黑尔形象及其悲剧原因。

第一节 司汤达的生平与创作

司汤达本名亨利·贝尔,"司汤达"是笔名。1783年1月23日生于法国格勒诺布勒城一个律师家庭,7岁丧母,父亲娶了小姨,把他交给牧师抚养,他从小与父亲不和,生活压抑,形成内向、善感的性格。

1799年,他从中心学校毕业到了巴黎,准备考大学,不料却进入军界,在拿破仑军部谋得职务。从此他跟随拿破仑大军,逐鹿欧洲大陆。1814年拿破仑垮台,波旁王朝复辟,他的政治梦想幻灭,他形象地说:"1814年,我和拿破仑一起下台了。"司汤达不得不离开巴黎,侨居意大利的米兰。

司汤达墓

在米兰侨居7年,他潜心读书、思考、写作,研究意大利的音乐和美术,游历了许多名城,同时与意大利烧炭党人保持来往。1821年,意大利烧炭党人的起义被镇压,司汤达被警察视为危险分子驱逐出境,回到巴黎。

1821年至1830年,他住在巴黎,没有固定职业,匿名为英国报刊撰写巴黎通讯报道。这期间写了现实主义的宣言《拉辛与莎士比亚》,小说《阿尔芒斯》《红与黑》等作品。

1831年,出任教皇管辖下的意大利一个海滨小城的领事,开始辉煌的十年创作生涯,发表《巴马修道院》《吕西安·娄凡》《意大利遗事》等名作。

1841年11月,司汤达回巴黎度假。1842年3月22日,他从巴黎外交部出来,走到距离玛德兰大教堂不远的街上突然中风倒地,第二天去世,享年60岁。

司汤达去世后被葬入蒙玛特公墓。参加葬礼的只有表弟、梅里美和屠格涅夫等。墓碑上刻着他生前写好的铭文:"亨利·贝尔,米兰人,活过,写过,爱过。"

第二节 《红与黑》故事梗概

在法国法郎士-孔德省的维立叶尔小城,有个名叫于连的青年,因精通拉丁文,当上了市长的家庭教师。于连年约十八九岁,是木匠索黑尔的儿子,他同家庭不和,并以自己的出身微贱为耻。于连对拿破仑疯狂地崇拜,年幼时热望将来能进入军界,但当他满14岁的时候,维立叶尔开始建筑礼拜堂,从此他再也不提拿破仑的名字了,他宣布要当神父,并求教于他的第一个保护人西朗神父。他仗着惊人的记忆力把一本拉丁文的《圣经》读得能够背诵了。

长期以来,维立叶尔的保王党德·瑞那市长和接近自由党人的贫民寄养所所长哇列诺钩心斗角,再加上马士农教士,形成了三头政治,在城里称霸。哇列诺以剥削贫民的口粮发家致富,他不仅觊觎市长的职位,有一个时期还追求德·瑞那夫人,不过没有成功。现在出于虚荣心,又跟市长争夺家庭教师于连。市长为了维护社会地位,不得不对于连百般迁就,给他增加月薪。

德·瑞那夫人30岁左右,可是仍旧非常漂亮。她在圣心修道院受教养长大,心灵深处蔑视像她丈夫那样庸俗、粗鲁的男人,她的心思完全集中在三个孩子的身上。可是于连来到她家以后,她对于连产生了热烈的爱情。她崇拜他的才能,羡慕他的美貌。她因婢女爱利沙追求于连而感到不安。在凡尼镇美丽的花园别墅里,晚上乘凉的时候,她把自己的手给于连偷偷地紧握着,满足了他的自尊心。她冒着被丈夫发现的危险,为于连取回他珍藏着的拿破仑的肖像,挽救了于连的性命。终于有一天夜晚,她接受了于连幽会的要求,同他发生了关系。就于连这方面来说,他在市长家所感受到的,起初仅仅是对于他自己已经插身进来的上流社会的仇恨和恐惧。他觉得德·瑞那夫人是他生命中的第一道暗礁,很可能使他倾覆沉没,因此努力节制自己。好友福格建议合伙做木柴生意,每年可得4000法郎,这种平凡的舒服生活的远景一度把他心里的和平扰乱。后来他之所以疯狂坠入爱情,完全是出于野心,一种占有的欲望。他那般贫穷,能够得到如此高贵而美好的妇人,这已经是他奢望以外的满足了。

有一次,皇帝来到维立叶尔,在德·瑞那夫人的安排下,于连被聘为仪仗队队员,他脱下了黑色的教袍,穿上一套崭新的天蓝色制服,在众人面前大出风头。接着,他又充当陪祭教士参加圣骸瞻拜典礼,对陪伴皇帝的大臣德·拉·木尔侯爵的侄儿、年轻的安迪主教的气派十分向往。

后来,德·瑞那夫人的小儿子病危,她投入可怕的忏悔里,认为这是上帝对自己不正当的爱情的惩罚。小孩病愈,她也再不能保持安宁。从此,在恋爱、懊悔、欢乐的交叠当中,她和于连的日子过得飞快。有一天,哇列诺从爱利沙处打听到这件事,给市长写了一封匿名的告密信。但德·瑞那担心,如果把妻子赶出家门,他很可能将得不到她极富有的姑母留下的一大笔遗产,于是决定把她看成完全是天真无邪的人,只让于连暂时出外度假。在西朗神父的坚持下,于连决心去省会贝尚松的神学院静修,但告别后的第三天夜里,他又冒险赶回,发现德·瑞那夫人由于别离的痛苦,已憔悴得像一具死尸了。

于连踏进人间地狱神学院,因恐怖过度而晕倒在地。由于西朗神父的推荐,院长彼拉先生对于连另眼相看,给了他一份难得的津贴。在321个修道者当中,绝大部分是庸俗的人,所以于连到神学院的初期,自信可以迅速地成功。他悄悄说道:"在拿破仑统治之下,我会是一个军曹,在未来的神父当中,我将是一个主教。"但是在神学院伪善的环境中,他很快就坠入深深的忧郁里。考试的日子来临,因于连成了让色里教派的彼拉神父的宠儿,受到想夺取院长职位的耶稣教派的福力列代理主教的排挤,名次落后到第198名。有一天,于连收到一封500法郎的信据,他以为是德·瑞那夫人的恩赐,实际上却是本省大地主木尔侯爵在跟福力列打官司,为了答谢彼拉神父的帮助而送给他心爱的学生的。接着,侯爵又替彼拉弄到一个在巴黎近郊最富裕的教区,彼拉便辞掉院长的职务去赴任。为了避免于连受到耶稣教派的迫害,彼拉向侯爵介绍于连做他的私人秘书,侯爵欣然接受。于连出了神学院,随即回到维立叶尔,半夜用买来的一架梯子翻过德·瑞那家的层层围墙,在离别14个月以后重见德·瑞那夫人。他躺在她的寝室里整整一天,直到被家人发现才仓皇逃走。

于连到达巴黎。木尔侯爵一开始就给他100路易的薪金,不久还可以提升到8000法郎。由于他坚持工作,沉静,聪明,侯爵觉得他很有用,慢慢地就把他视为心腹。他让于连到伦敦去搞外交,送他一枚十字勋章,使于连的骄矜得到满足。于连决心要遵照给这勋章的政府的旨意而行动。有一天,侯爵带着于连去列席保王党人的一个秘密会议,会上有首相德·列哇尔在座。密谋分子们就如何恢复绝对君权制度展开热烈的讨论。会后于连将秘密记录牢记心头,冒着生命危险将其带出国外,途中险遭谋害,终于完成了使命。

于连在贵族社会的熏陶下,很快就学会巴黎那种生活的"艺术"。他成了一个花花公子,甚至在侯爵的女儿玛特儿小姐眼里也已经脱去了外省人的乡气。玛特儿小姐19岁,财产、身世、智慧、美丽,她都具备,但她却异常烦闷。她是一个十分浪漫的少女,早在12岁的时候就为三个世纪前的一段家史感到激动:玛特儿的祖先波里法斯·德·拉·木尔是皇后玛嘉锐特崇拜的情人,波里法斯被处死刑后,皇后要来了他的头,深夜抱着它坐上马车,把它埋葬在蒙马特山脚下。从此,每逢这祖宗死难的祭日,玛特儿便穿黑戴孝,以示纪念。玛特儿生性高傲,许多贵族青年向她求婚,包括有可能做公爵的且有10万英镑年金的柯西乐侯爵,她都看不上眼,还不断地挖苦他们。但玛特儿为于连的骄傲感到惊异,羡慕他的能干。于连对她采取的对抗态度反而更攫住了她的心。为了表示自己的伟大和勇敢,不遵循习俗,她偏要去爱一个和她社会地位悬殊的人。因此她在花园里主动挽着于连的胳膊,还给他写信宣布爱情。为了考验于连的胆量,她要求于连在明亮的月光下用梯子从窗口爬进她的卧室。当于连决心这么办了之后,她就做了他的情妇。

但玛特儿很快就表现出她反复无常的性格。她先是悔恨自己的失足,诅咒于连,同于连绝交。当于连拔剑想杀死她时,她又感到欢乐,觉得他究竟与众不同。在感情冲动的时候,她把于连称作"主人",将自己贬为奴隶,表示要永久服从。然而只要于连稍许表露出爱慕的意思,她又转为愤怒,毫不掩饰地侮辱他。这使于连深深陷入痛苦之中。后来他听从别人的意见,假装追求她的一个女友,这才降伏了玛特儿。不久,玛特儿发现怀孕。她写信通知父亲要同于连公开结婚。侯爵在爱女的坚持下不得不一再让步。他先给于连每年一万英镑进款的存折,接着又把每年收入两万多法郎的土地分赠给女儿和于连。为了使女儿无论如何得到一个贵族的称号,他再把一张骠骑兵中尉的委任状给了于连。侯爵还准备进一步改变于连的出身,将他说成是被拿破仑放逐在山里的某贵人的私生子,并以他这个父亲的名义赠送两万法郎,让他在一年之内花掉。

正当于连在骠骑兵的驻扎地穿着军官的制服,陶醉在最无羁束的野心里的时候,他接到玛特儿的一封信,信中说:"一切都完了。"于连飞快地赶回。玛特儿交给他一封德·瑞那夫人亲笔写给侯爵的揭发信。于连读完后匆匆搭上一辆邮车,就出发去维立叶尔。他在当地武器店里买了一对手枪,随即走进教堂,看见正在祷告的德·瑞那夫人,向她连放两枪。

于连被捕了,野心的希望已破灭,但死对他来说并不可怕。德·瑞那夫人没有受到致命的枪伤。她买通狱吏,免得于连受虐待。于连知道后痛哭流涕,开始懊悔所犯的罪。他被递解到贝尚松监狱。玛特儿来看他。于连对玛特儿为营救他而表现的种种英雄主义行为并不感动,只觉得愤怒。公审的时候,于连当众预言自己将受到更严厉的惩罚:"因为事实上,我绝不是被我同阶级的人审判。"果然,以这时已升省长的哇列诺男爵为首的陪审官,宣布于连犯蓄意杀人的大罪,判处死刑。德·瑞那夫人不顾一切前去探监。于连这才知道,她给侯爵的那封信,是由她忏悔的教士起草并强逼她誊写的。于连和德·瑞那夫人彼此饶恕了。他从未这般疯狂地爱过,尝到了一种崭新的幸福。他不愿对死刑上诉。临刑前的早晨,于连要福格把玛特儿和德·瑞那夫人用马车送走。可是当天夜里,玛特儿赶了回来,按照她所向往的玛嘉锐特皇后的方式,亲手埋葬她的情人的头颅。至于德·瑞那夫人,她在于连死后三天也离开了人间。

第三节 题解:"红"与"黑"的象征意义

一、基本象征意义

1. 从小说所展示的历史背景看

"红"象征拿破仑时代,象征法国资产阶级大革命时期的热血与革命,象征进步力量;"黑"象征波旁王朝复辟时期的黑暗统治,象征邪恶的封建势力。

2. 从于连选择的生活道路看

"红"喻指拿破仑军队的红色军服,象征于连30岁当将军的美梦;"黑"喻指基督教教士的黑色法衣,象征于连40岁做年薪10万的主教的理想。

二、深层象征意义

1. 从两个"预言性"场景看

"红"指冒险、谋杀、鲜血,于连人生的第一步。于连去德·瑞那市长家之前,到礼拜堂做祈祷,看到洒在地上的圣水在红色窗帘的映照下变成血样的"红"色。于连在他坐的椅子下看到一张纸,上有与他姓氏相同的路易·索黑尔被处死刑的字样,背面写着"第一步"几个字。几年后,在同一个地方,于连开枪打伤了德·瑞那夫人,惊愕地看到地上真实的血迹,与上次看到的一模一样。

"黑"指孝服、葬礼、死亡,于连人生的结局。于连担任木尔侯爵秘书期间,4月23日这一天,玛特儿小姐身着一袭黑袍,为她的祖先——16世纪皇后的情人戴孝,他因参加政变被砍头,皇后捧着情人的头颅亲手埋葬。玛特儿十分倾慕这种爱情,于连被处死后,她如法炮制,也亲手埋葬了于连的头颅。

2. 从人物性格看

"红"象征青春、热血、激情和理想,象征积极向上的、敢于追求敢于反抗的于连性格的光明面;"黑"象征阴郁、孤独、虚伪、怯懦、妥协、虚荣、野心等于连性格中的阴暗面(或曰:虚伪的黑暗势力在于连心灵上投下巨大阴影,以及他为了自己的利益不惜侵犯他人利益的野性力量）。

3. 从人物命运看

"红"象征人的充满活力热情的主观意志和努力，象征成功和幸运；"黑"象征神秘叵测的、邪恶异己的强大社会力量，象征厄运。

第四节 《红与黑》的思想内容

小说虽然写的是复辟时期平民青年于连个人的奋斗史，但却具有深刻的政治内容。小说突出地表现了王政复辟时期法国社会的黑暗，揭示了当时尖锐的阶级关系与紧张的政治空气：复辟贵族阶级的飞扬跋扈和故态复萌（流亡国外的贵族首领木尔侯爵成为"法兰西大臣"、残留国内的外省贵族德·瑞那因反革命有功出任市长），人民群众正在酝酿着一场反复辟的斗争（他们普遍追念大革命时代，怀念拿破仑、敌视复辟王朝），从而表现了反封建的政治主题。在政治内容的基础上，又肯定了一代青年矢志不渝地追寻自我生命价值的努力奋斗。作者肯定人对幸福的追求，称颂人在追求理想的过程中表现出来的崇高"意志力"，认为在险恶社会里，人不得不用善恶两种手段去实现理想。作品中于连·索黑尔被自身性格逻辑所支配，投入复辟分子的阵营，这一抉择注定了于连不配有更好的命运。表现了司汤达对复辟王朝反动本质的清醒认识，对于连这个优秀平民青年的无限惋伤。

第五节 于连形象分析

于连是封建王朝复辟时期受压迫的小资产阶级知识青年的典型形象，也是一个性格复杂的个人奋斗者的典型形象。于连的性格是多元多层次的，强烈的自我意识则是他性格中核心的和深层次的内容，这种自我意识在环境外力的作用下，又生出自由平等观念、反抗意识和强烈的个人野心。横向来看，于连的性格既具有反抗性又具有妥协性；纵向来说，于连的性格历经了反抗、妥协、堕落、再反抗四个阶段。于连虽出身于木匠家庭，但天资聪颖，一心想如拿破仑那样出人头地。他踏进人生竞技场的第一步是给市长的孩子们当家庭教师。于连有很强的自尊心和平民意识，对庸俗、无能、高傲的市长抱鄙视态度，他对德·瑞那夫人最初的动机是要征服这个贵族妇女以示反抗。于连与德·瑞那夫人的情人关系暴露后，于连进了贝尚松神学院。在神学院尔虞我诈的险恶环境中，于连施展伪善的本领，博得了彼拉院长的赏识。院长离开修道院时把他介绍给巴黎的大臣木尔侯爵当秘书。在那里，也是为了成功，为了确立自我，寻找个人幸福，于连顺应环境，平民反抗意识逐渐消失，他同侯爵小姐发生爱情关系，甚至不惜为反动势力效力，眼看就要飞黄腾达。这时，贵族阶级和教会迫使德·瑞那夫人写了一封揭发信，木尔侯爵因此取消了他和自己女儿的婚约，他的幻想一下子化为泡影，他向昔日的情人开了两枪，并因此被捕入狱。在狱中时，于连的平民反抗意识又恢复了，他拒绝上诉、忏悔以示抗议，最后被处死。于连的一生奋斗，激荡着追求自由平等的政治激情，也充满着追求个人幸福成功的利己主义欲望。作为一个小资产阶级青年的典型形象，于连对封建贵族等级制度的反抗属于个人主义的反抗，因而一旦发迹就很容易妥协，他的形象鲜明地表现出小资产阶级的反抗性、妥协性。作为一个雄心勃勃的个人奋斗者的形象，于连身上表现出的坚定地追寻自我生命价值的精神，体现了人的一种普遍的生存需求。司汤达通过于连的形象表现了强烈的反复辟反封建等级制度的思想,也表现了受压抑的一代年轻人对人生与社会的理想。

第六节 《红与黑》的艺术特点

一、塑造了典型环境中的典型性格

"除了细节的真实外,还要再现典型环境中的典型人物",这是恩格斯对巴尔扎克的经典评价,也是所有作家无法规避的创作原则。它表明一个人的性格不是在真空中形成的,环境是人物性格生成的沃土。缺少温暖、唯利是图的家庭环境,德·瑞那市长的骄横无礼,培养、助长了于连反抗、爱慕虚荣、想出人头地的性格;贝尚松神学院和木尔侯爵府进一步促成了于连虚伪、阴险、投机钻营的性格;监狱这个生与死的门槛,惊醒了于连"向上爬"的迷梦,激活了他的反抗意志,使他做出了理性选择。

二、准确细致的心理描写

小说中最动人的心理描写集中在于连、德·瑞那夫人和玛特儿小姐身上。作者把一个木匠儿子走进豪门大宅的心理压力以及得到贵族妇女垂爱的狂喜心情刻画得惟妙惟肖。把两个性格迥然不同的贵族妇女的情感变化,描写得细致入微,生动逼真。有直接叙述,有内心独白,有通过言行举止神态表现的间接反映。例如,德·瑞那夫人既爱于连又害怕私情暴露,既思恋情人又难于割舍孩子,经常是一种恋爱、懊悔、欢乐的交叠心态。再如,玛特儿在一时头脑发热约会并委身于连之后,内心就经常处于女性的温顺与身份的高贵的矛盾之中;在感情冲动的时候,她把于连称作"主人",将自己贬为奴隶,表示要永久服从;然而只要于连稍许表露出爱慕的意思,玛特儿身份的高傲立即就会压倒她情人的温柔,使得她转为愤怒,毫不掩饰地侮辱他;后来还是于连听从了别人的建议,假装去追求玛特儿的一个女友,这才降伏了玛特儿。

三、时空交错的结构

传统小说纯粹以时间的延续布置情节,因而叙述事无巨细,流水账似的拖沓冗长。司汤达突破了这种写法,一方面以于连的个人奋斗和两次情感经历为线索,另一方面又跳跃式地设置了四个板块(维立叶尔市、贝尚松神学院、木尔侯爵府和监狱)作为于连主要活动场所,线面结合,时空交错,具有现代小说"心理结构"的特征。

思考题

1. "红"与"黑"有什么寓意?
2. 概括《红与黑》的主题。
3. 分析于连的形象及其悲剧原因。

讨论题

你认为于连是怎样一个人?

第十章　法国批判现实主义文学的杰出代表：巴尔扎克(Balzac)及其《高老头》(*Pere Goriot*)

教学重点：《高老头》的主题及人物形象。

第一节　巴尔扎克生平和创作概况

巴尔扎克

巴尔扎克于1799年5月22日生于巴黎以南的古城图尔，这天是圣·奥诺雷节，所以取名奥诺雷·巴尔扎克。

巴尔扎克的父亲原姓巴尔沙，出身农村，粗通文墨。中年发达，曾任拿破仑驻军的军需处长、税务官和外省副区长等职务，是一个靠个人奋斗发迹的资产者。可在与上流社会打交道时，他深为自己的平民姓氏感到苦恼，于是自认为他的家族和法国中世纪的骑士巴尔扎克家族沾亲带故，就将姓氏改为巴尔扎克。

巴尔扎克出生后不久就被寄养到附近村子里，8岁时被父母送到远离家乡的寄宿学校读书，很少享受家庭的温暖。孤独的童年生活使他养成独立不羁的个性。幼年时期，巴尔扎克生活散漫，喜爱幻想，所以在老师的眼中他是个又懒又笨的学生。正是这些受到家庭遗忘、老师斥责的磨难，铸成了巴尔扎克吃苦耐劳的精神，为他日后呕心沥血打造《人间喜剧》这座艺术大厦奠定了基础。

1816年，在结束中学生活后，巴尔扎克按照父亲的意愿进入大学攻读法律，可是他却利用一切空闲时间旁听文学课。他母亲则要求他一边读书，一边到一家律师事务所当见习生，以填充他全部的空余时间。这时正值法国社会的大转折时期——王政复辟时期，社会充满了腐败与黑暗，人性披露着欲望与贪婪，这家事务所每天都要受理各色各样的案件，这使得巴尔扎克通过事务所这个窗口看到了千奇百怪的巴黎社会，透视到了人性的深处。这种生活一直延续到1819年，这三年是巴尔扎克开始认识生活的三年，也是为他日后创作积累丰富素材的三年。

1819年，巴尔扎克顺利通过了法学院的各种考试，律师事务所也决定正式录用他，父母也开始为这个平庸的儿子能获得体面的社会地位而暗暗庆幸，此时的巴尔扎克却宣布他要去当一名作家。这种选择遭到了父母的强烈反对,但是倔强的巴尔扎克至死不从,于是全家在反复商议后做出一个双方让步的决定:给他两年的"作家"试验期,如果两年内没有表现出足够的作家才能,则无条件回到事务所去和那些卷宗文件打交道。两年的期限到了,巴尔扎克交上了一份不合格的答卷,他写的诗剧《克伦威尔》没有一个人满意,法兰西学院的一位院士在看过他的剧本后说:"这位作家随便干什么都行,就是不要从事文学工作。"但巴尔扎克立志当作家,因此和父母闹翻。

从1819年到1828年是巴尔扎克历经磨难和创作探索的10年。初次创作的失败使他意识到生活来源的丧失对一个人是多么痛苦。于是,他不得不将作家的声誉暂放一边,迎合当时的社会风气,化名写了10多部应景小说,这些作品使他日后羞愧难当,不愿承认。应景小说的发表并未改变他的经济窘况,于是他想去经商道路上试试运气,他出版过古典作家精致的文集,办过印刷厂和铅字厂。每次他都以为会财源滚滚,结果大失所望。到1829年,巴尔扎克的债务已高达6万多法郎。债主整天向他讨债,他不得不经常变换住所躲避债务。正是这笔债务的压力,迫使巴尔扎克一辈子勤奋写作。这10年经商、借债、挣扎、奋斗的历史使巴尔扎克更加看清了法国社会人与人之间的金钱关系,成为他文学创作的又一丰厚宝藏。

有两位女性对巴尔扎克一生影响重大:德·贝尔尼夫人和韩斯卡夫人。前者是巴尔扎克年轻时的老情妇,后者是巴尔扎克成名后的粉丝和妻子。她们不仅在财力上一直帮助巴尔扎克,而且也是巴尔扎克文学创作灵感的源泉。所以在巴尔扎克笔下很少有纯情少女形象,而多是风韵犹存的半老徐娘形象。

1829年,《朱安党人》的出版,标志着巴尔扎克创作的成熟,这部小说成为《人间喜剧》的奠基石。此后20年间,巴尔扎克以每年四五部的速度创作,为人类贡献了一座蔚为壮观的文学大厦——《人间喜剧》。

巴尔扎克立志要做"文坛的国王",他曾说:"拿破仑用剑所未能完成的事业,我要用笔来完成。"

巴尔扎克也希望用自己的笔真实地记录自己的时代,所以他说:"法国社会将要作历史家,我只能当他的书记员。"

第二节 作品总集《人间喜剧》

《人间喜剧》(*The Human Comedy*)是巴尔扎克签署真名的所有作品的总称,这是作者采用分类编排和人物再现手法所构建的一部文学大厦,长篇小说《高老头》是其中的代表。这部百科全书式的巨著,包括96部作品,2000多个人物,涉及面之广,人物之丰富,数字细节之精确,环境和形象之典型令人叹为观止。

一、《人间喜剧》的命名

1. 但丁的启示

众所周知,巴尔扎克对《人间喜剧》的命名,是受了但丁的启示。但丁的《神曲》原名《神的喜剧》(*La Comédie divine*)。巴尔扎克在1840年决定把自己的作品总集命名为《人的喜剧》(*La Comédie humaine*),中译本译作《人间喜剧》。

2. 专家的争执

关于《人间喜剧》书名的中文译法,中法学者均有异议。La Comédie humaine 中的关键词 Comédie,在权威法文辞典中有两义:一是泛指"戏",一是专指"喜剧"。巴尔扎克的小说描写了人在"兽性"和"热情"驱使下上演的一幕幕人间悲剧,应当翻译为《人间戏剧》。有资料证明,最近新版的中文译本"巴尔扎克小说总集",已将总标题改为《人间戏剧》。

3. 别解及辩护

赫斯列特认为笑和泪在本质上很难分别:"因为人生在某种程度上,原是这两种的混合!"福楼拜说:"喜剧是最深刻的悲哀。"

由此,另一种看法认为,《人间戏剧》的译名过于直白、平淡,译为《人间喜剧》更能突出其批判精神和反讽意味,巴尔扎克所描写的,也的确是名利场上的一幕幕闹剧。

二、《人间喜剧》的分类

(一)风俗研究(Customs Studies)

这是《人间喜剧》的主体,包括66部作品。全方位探讨社会现象和心灵奥秘,是19世纪法国的"社会史"和"心灵史"。

(1)私人生活场景,著名的有《夏倍上校》(Colonel Chabert)、《高利贷者》、《高老头》。

(2)外省生活场景,著名的有《欧也妮·葛朗台》、《幽谷百合》、《幻灭》(Lost Illusions)等。

(3)巴黎生活场景,著名的有《纽沁根银行》《贝姨》《邦斯舅舅》。

(4)政治生活场景,有《一桩无头公案》等。

(5)军旅生活场景,主要作品有《朱安党人》。

(6)乡村生活场景,主要有《乡村医生》(The Country Doctor)、《农民》。

(二)哲理研究(Philosophical Studies)

探讨隐藏在现象背后的根本原因。有《驴皮记》(The Wild Ass's Skin)、《绝对之探求》等22部作品。

(三)分析研究(Analytical Studies)

探讨主宰人类生活和命运的"原则",包括两部作品:《婚姻生理学》和《夫妇纠纷》。

三、《人间喜剧》的思想内容

(一)描写了资产阶级罪恶的发家史

在《高利贷者》中,我们看到了一个嗜金成癖、铁石心肠的高利贷者高布塞克,这个自诩为"无人知晓的国王",除了金钱之外,不相信任何原则。尽管他住在一所寒酸的房子里,外表也很寒碜,可是由于他拥有大量的金钱,因此那些衣着华丽的贵族却在他面前卑躬屈膝。在《欧也妮·葛朗台》中,这位拥有1700万法郎的葛朗台在贪婪方面与高布塞克毫无差别,但在发财手段和方式上却比高布塞克高明得多。在《纽沁根银行》中,银行家纽沁根是比葛朗台更进一步发展的资本家,他对资本周转的作用理解得很深。由于他贪得无厌,正常的银行业务已经不能使他得到满足,于是他就采用倒闭的方式使无数储户上当,他前后三次倒闭,使无数人倾家荡产,而他却成了人人公认的"欧洲最伟大的金融家"。从上述三个资产者的发迹史上,我们可以清楚地看到资产阶级血迹斑斑的发家史。

(二)描写了封建贵族阶级的没落史,是"上流社会必然崩溃的一曲无尽的挽歌"

《在古旧陈列室》中,贵族阶级与资产阶级正式摆开了对抗阵势,结果以埃斯格里荣侯爵为首的旧贵族集团,在以工商界领袖古瓦西埃为代表的资产阶级集团的攻击下落得个赔了夫人又折兵的悲惨下场。在《苏镇舞会》中,我们看到波旁复辟王朝的模范忠臣封丹纳伯爵迫于潮流的发展,让他的三个儿子和两个女儿与资产者联姻,而他的小女儿爱米莉小姐尽管姿色出众,聪慧过人,可是却顽固信奉贵族观念,结果无法找到她想象中的意中人,最后只得嫁给72岁的老舅公,遂了当伯爵夫人的愿望。巴尔扎克十分准确地揭示出封建贵族在资产阶级的金钱逼攻下节节败退的现实问题。

(三)描写了金钱对社会各方面的腐蚀以及人与人之间赤裸裸的金钱关系

马克思在《共产党宣言》中写道:"资产阶级在它已经取得了统治的地方把一切封建的、宗法的和田园诗般的关系都破坏了……它使人和人之间除了赤裸裸的利害关系,除了冷酷无情的'现金交易',就再也没有任何联系了。"巴尔扎克用他那生花妙笔生动地诠释了其中的深刻含义。《夏倍上校》中夏倍被误传为阵亡,其妻就兴高采烈地改嫁他人,"死"而复活的夏倍要求恢复他的真实身份,遭到妻子的强烈反对,最后只得屈从,变成疯痴呆傻的乞丐。《欧也妮·葛朗台》中欧也妮小姐因母亲死后有权分享遗产,葛朗台老头气急败坏,连哄带骗要求女儿放弃遗产登记,目的一旦达到,葛朗台一改先前暴躁的面孔,抱着女儿高叫"咱们两清了"。《幻灭》中吕西安为了摆脱困境,竟假冒好朋友大卫并以他的名义,开了3000法郎的期票,结果使大卫苦心经营的事业付之东流。夫妻、父女与朋友尚且如此,其余遑论。

(四)揭示了人性的多元异化

独立自由的情感意志是人之为人的本质性规定,当一个人把任何一个"他者"(人或物)崇拜得达到丧失了自我的程度,那么他就已经失去了这一规定性,而变成了一个"异己化"和"非人化"的人。在《高利贷者》中,我们看到高布塞克已经嗜金成癖,除了金钱他不相信任何原则。他认为:"只有一种有形的东西具有实在的价值,值得我们操心。这种东西……就是金钱。金钱代表了人间一切的力量。"高布塞克已经完全被金钱所异化。而《高老头》中的高里奥老头则是一个被金钱和父爱双重异己化的典型。妻子死后,高老头拒绝续弦,把自己所有的情感都诉求于两个女儿身上。高老头溺爱女儿的过程,实际上是他"造神"的过程。他把女儿造成了上帝,自己甘愿做奴仆,丧失了自我和人的尊严,所以女儿也不再把他当人看。

四、《人间喜剧》的艺术成就

(一)塑造了典型环境中的典型人物

1. 典型人物

《人间喜剧》中的每一个人物都是一个不朽的典型:痴心父亲高老头、野心家拉斯蒂涅、"鬼上当"伏脱冷、落魄贵族鲍赛昂夫人、吝啬鬼葛朗台、贞女欧也妮、饕餮邦斯舅舅、妒妇贝姨……

典型即个性与共性的高度统一。《人间喜剧》中所有人物的共性特征是狂热拜金。个性特征都表现为偏执的性格，即每一种性格都是某一种极端情欲的活标本，成为代表这类性格的符号。如高老头的极端父爱、拉斯蒂涅的极端野心、鲍赛昂夫人的极端虚荣、伏脱冷的极端冷酷、葛朗台的极端吝啬、欧也妮的极端忠贞、邦斯舅舅的极端贪食、贝姨的极端嫉妒……

巴氏典型与莎氏典型比较，巴尔扎克与莎士比亚都把解剖人性的刀锋指向自然人性，都热衷于对极端情欲的描写。但巴氏与莎氏的关注点不同。

莎士比亚描写人物注重自然情欲与社会伦理的冲突，或者自然情欲本身的冲突。他的人物是"永恒的双面像"。性格特点是矛盾对照，突出人性的丰富。约翰·德莱登认为："莎士比亚有一颗通天之心，能够了解一切人物和激情。"所以歌德称他是"说不尽的莎士比亚"。

巴尔扎克描写人物注重自然情欲的极端偏执，他的人物是扁平人物，是偏执狂，突出表现的是人性"片面的深刻"。巴尔扎克由此达到他批判社会的深度。正如他在《〈人间喜剧〉前言》中所说："法国社会将成为历史家，我不过是这位历史家的书记员而已。开列恶癖与德行的清单，搜集激情的主要事实，描绘各种性格，选择社会上主要的事件，结合若干相同的性格上的特点而组成典型。"

2. 典型环境

这些典型性格的形成不是偶然的，有其独特的社会背景(典型环境)：金钱主宰一切的社会和资产阶级取代贵族的时代，是这些人物性格形成的土壤。恩格斯在《致玛格丽特·哈克奈斯》中高度评价了巴尔扎克的这一贡献："据我看来，现实主义的意思是，除细节的真实外，还要真实地再现典型环境中的典型人物。"①

(二)注重细节描写的真实

巴尔扎克非常重视小说的细节描写，常常通过肖像细节、言行细节、心理细节、环境细节等具体逼真的描写，突出人物性格，深化主题，增强艺术感染力。恩格斯如是评价《人间喜剧》的细节描写："我从这里，甚至在经济细节方面所学到的东西，也要比从当时所有职业的历史学家、经济学家和统计学家那里学到的全部东西还要多。"②

(三)分类编排和人物再现的结构特点

《人间喜剧》把96部长、中、短篇小说连缀成一个有机整体，同时又各自独立成篇，有独立完整的人物、情节、环境和主题。

连缀方法：其一是人物再现法，《人间喜剧》中反复再现的人物有400多个，贯穿70多部作品，比如《高老头》中的拉斯蒂涅、鲍赛昂夫人、纽沁根、伏脱冷等。其二是分

---

① 恩格斯：《致玛格丽特·哈克奈斯》，见《马克思恩格斯全集》(第37卷)，中央编译局译，人民出版社1971年版，第41页。

② 恩格斯：《致玛格丽特·哈克奈斯》，见《马克思恩格斯全集》(第37卷)，中央编译局译，人民出版社1971年版，第42页。

类编排法,《人间喜剧》把所有作品看作一个整体,分为三大"研究","风俗研究"又分为六大"场景"。

第三节 《高老头》故事梗概

1819年的巴黎。坐落在偏僻地区的伏盖公寓里,住着各色各样的房客:法科大学生拉斯蒂涅,苦役监逃犯伏脱冷,老态龙钟的高老头,老姑娘米旭诺,她的影子波阿莱先生,被赶出家门的泰伊番小姐,医科大学生皮安训,还有房东伏盖太太……这些人物凑成了社会一角的剪影。每逢吃饭时节,这个里里外外一副寒碜景象、散发着霉气的公寓就济济一堂,十分热闹,大家取笑的对象是高老头。近来,公寓里的房客和仆人发现似乎有些贵妇人常来找他,以为他颇有艳福,殊不知这是他的两个女儿。

高老头和他的两个女儿

高老头的大女儿是雷斯多伯爵夫人。拉斯蒂涅刚在表姐鲍赛昂子爵夫人家的舞会上见过这个贵妇,对她的风度十分欣赏。拉斯蒂涅一心渴望着能结识她,把她当作晋身之阶。

那天拉斯蒂涅凌晨两点才从舞会上回来,他偶然发现高老头在自己房间里把精工镂刻的金银器皿扭成条块,又发现几个人进入了伏脱冷的房间,从里面发出洋钱的响声。原来高老头是要替女儿还债,伏脱冷正在策划秘密勾当。

这一天,伏脱冷心情特别好,在饭桌上言辞滔滔,纵横捭阖。他非常了解高老头的底细,当众把他的家丑宣扬出来。他进而愤愤地指出,社会是一个垃圾坑,小偷小摸的人受到惩罚,而偷上一百万的人却被说成大贤大德。

第二天,拉斯蒂涅走访雷斯多伯爵夫人,却碰了一鼻子灰。先是他的寒酸相引起了仆人的讪笑,继而他行动鲁莽,撞在浴缸上,出尽了洋相,最后不慎提到高老头三个字,触犯了雷斯多伯爵的脸面,被当作不受欢迎的人赶了出来。一气之下,他去寻找鲍赛昂子爵夫人求教。子爵夫人正处于情场失意之际:她的情人阿瞿达侯爵看中了暴发户洛斐特的女儿,婚事都即将公布了,而她却一直蒙在鼓里,直到女友告诉她时,才明白过来。悲愤之余,她向拉斯蒂涅解剖了当时的社会。高老头的遭遇很有代表性。他是个退休的面粉商人,把自己的偌大家财都给两个女儿作了嫁妆,可是波旁王朝复辟后,两个女婿借口高老头早年在大革命中跟公安委员会有过交往,对他闭门不纳。"这个父亲把什么都给了。十年间他给了他的心血,他的慈爱,又在一天之间给了他的财产。柠檬榨干了,那些女儿把剩下的皮扔在街上。"她教导拉斯蒂涅,对待这个卑鄙的社会就是要没有心肝,毫不留情地去打击人家,把别人当作自己的工具,尤其要找一个贵妇做情人,拿到权势的宝钥匙。拉斯蒂涅按照鲍赛昂太太的指点,决心去接近高老头的二女儿纽沁根夫人。他了解到高老头的经历后,对高老头给予深切的同情。拉斯蒂涅急于要爬上去,他想到伏脱冷"有财便是德"的话,深感财就是金科玉律。为了凑钱打扮自己,他写信给母亲、姑母和妹妹们,索取她们的私蓄。

拉斯蒂涅的心思全被伏脱冷看透了，伏脱冷向他洋洋洒洒地发了一通议论，认为在这个互相吞噬的社会里，清白老实一无用处，如果不能像炮弹一样地轰进去，就得像瘟疫一般地钻进去。伏脱冷指点拉斯蒂涅去追求泰伊番小姐，并说他的同党可以把她的哥哥杀死，让她当上继承人。拉斯蒂涅虽被他赤裸裸的言词打动了，但又不敢答应下来。

在鲍赛昂夫人的提携下，拉斯蒂涅结识了纽沁根夫人，可是发现这个银行家的妻子经济上非常窘迫：她甚至要他拿自己仅有的一百法郎去押轮盘赌。拉斯蒂涅转而又向泰伊番小姐去调情，伏脱冷乘机拉他上钩。

然而伏脱冷的行踪已被警察发现，暗探买通了米旭诺和波阿莱，要他们验明伏脱冷的身份，报酬是三千法郎。伏脱冷这时已经开始按计划行事：让同党寻衅跟泰伊番小姐的哥哥决斗，并说好要拉斯蒂涅在事成之后给他百分之二十的抽头。拉斯蒂涅不想牵涉进去，准备当夜通知泰伊番父子。伏脱冷早料到他这一手，预先在酒里下了药，把他和高老头醉倒。

但第二天中午，却轮到伏脱冷被米旭诺在饮料里下了药，伏脱冷直僵僵地倒在地下。米旭诺把闲人都支了出去，脱下了伏脱冷的内衣，在他的肩头打了一巴掌，鲜红的皮肤上立刻泛出了苦役犯的字样。

此时，传来泰伊番小姐的哥哥决斗而死的消息。伏脱冷服了呕吐剂，刚刚复原，来逮捕他的警察已经包围了伏盖公寓。特务长走上前来，一下打落了他的假发。伏脱冷全身的血立刻涌上他的脸，眼睛像野猫一般发亮，他使出一股蛮力，大吼一声，暗探一齐掏出手枪。伏脱冷一见亮晶晶的火枪，知道处境危险，便突然一变，镇静下来，并自动伸出手去上铐，使得警察本来打算当场击毙他的计划破产了。他当众承认自己名叫约各·高冷，诨名"鬼上当"，他认为在场的人不比他更高尚，临走时还不忘对拉斯蒂涅说上一句，他有办法收账的，然后喊着"一、二！"走了出去。房客们从惊愕中恢复过来，对米旭诺的奸细行为深表反感，一致要求她搬走。与此同时，泰伊番小姐也要搬回家去住。加之高老头已给他的二女儿和拉斯蒂涅找了一幢小楼，不日便要搬走，伏盖太太遭受着一场又一场的打击。

一天中午，拉斯蒂涅无意中听到高老头同他两个女儿的一席谈话。纽沁根夫人诉说她丈夫如何把她的财产拿去做生意，剥夺了她的实际所有权利；雷斯多太太则讲述她的丈夫利用她卖掉项链为情人还债的事由，把她的财产全部夺走。高老头听后受到很大打击，他为自己不能帮女儿而痛苦不堪。两个女儿为了金钱互相指责，他急得晕了过去，得了初期的脑溢血。第二天早上，雷斯多太太又来找高老头，要他筹出一千法郎，好去支付舞装。高老头被逼付出了最后一文钱，致使中风症猛烈发作。他的两个女儿不来看他，却去参加鲍赛昂夫人的盛大舞会。拉斯蒂涅想去把纽沁根夫人叫回来，他来到鲍赛昂夫人家。在这次晚会上，子爵夫人准备告别上流社会，隐居外省，人人都赶来幸灾乐祸地看她情场失意的表现。街上停放着五百多辆车，灯烛照得周围通明雪亮。舞会上鲍赛昂子爵夫人穿着白色衣服，装束素雅，安闲静穆，脸上没有表情，犹如一尊象征母性痛苦的石像，直到回进内室，她才流着眼泪，把情书统统烧毁。纽沁根夫人在舞会上大出风头，满足了进入贵族上流社会的奢望。雷斯多太太也戴着钻石项链,挽回了面子。

这时高老头已奄奄一息了。拉斯蒂涅回来后陪着他,按皮安训的吩咐给予照料。想起鲍赛昂夫人和高老头的下场,拉斯蒂涅不禁觉得"美好的灵魂不能在这个世界上持久的。真是,伟大的感情怎么能跟一个猥琐、狭小、浅薄的社会沆瀣一气呢?"高老头至死一直盼望着两个女儿能来见他一面,他悲愤地呼喊:"钱可以买到一切,买到女儿……儿女不孝父亲,不要天翻地覆了吗?"这场情感的爆发使他的病情又加重了,最后他呼唤着女儿死去。

只有拉斯蒂涅和皮安训张罗高老头的葬礼,他的两个女婿派出两辆刻着爵徽的空车跟在后面,女儿、女婿一人也没有到场。拉斯蒂涅埋葬了青年人的最后一滴眼泪和最后一点神圣的感情,欲火炎炎地投向了污浊的大地。

第四节 《高老头》的思想主题

小说以纯良的青年大学生拉斯蒂涅的堕落和商界巨子高老头的惨死两个基本平行而又交叉的人物故事为主线,同时穿插着逃犯伏脱冷和鲍赛昂子爵夫人的故事,通过巴黎贵族资产阶级社会日常平凡的,但同时又是阴险狡诈的生活描写,揭示了当时法国社会最本质的特征是金钱日益成为社会的主宰,封建贵族阶级因经济上的衰败被资产阶级暴发户击败而逐渐衰亡。

《高老头》浓缩了《人间喜剧》的主题:作品描写了封建贵族阶级的衰颓,深刻揭露了拜金利己的社会风气尤其是金钱对人们的腐蚀作用,表现了人性的多元异化(高老头被金钱和父爱异化;拉斯蒂涅、伏脱冷、阿瞿达被野心和金钱异化;鲍赛昂夫人被虚荣异化)。

第五节 拉斯蒂涅形象分析

一、拉斯蒂涅形象分析

拉斯蒂涅是一个被资产阶级金钱至上原则所腐蚀的贵族子弟的典型形象,也是一个迅速成长的资产阶级野心家的典型形象。他的形象从一个方面反映了那个时代封建贵族阶级没落、资产阶级崛起的历史趋势——贵族子弟抛弃贵族阶级的生活原则而资产阶级化。拉斯蒂涅是外省破落贵族子弟,为重振家业来巴黎寻找出路。这个本想通过勤奋读书取得功名的青年,很快就被巴黎的花花世界所腐蚀,产生了迅速爬上去的欲望。他去拜访远房表姐、上流社会的重要人物鲍赛昂子爵夫人。此时的鲍赛昂子爵夫人刚刚被看中资产阶级小姐巨额陪嫁的情人抛弃,不得不挥泪告别巴黎到乡下隐居,夫人告诉他在巴黎成功的三件法宝:"做假""心狠"和"女人"——想要成功,首先不能流露真情,越没心肝,升得越快,并让他去当银行家纽沁根的太太丹斐纳的情夫,以此作为向上爬的跳板,给他上了利己主义的一课:

你越没有心肝,越高升得快。你得不留情地打击人家,叫人家怕你。只能把男男女女当作驿马骑,把它们骑得筋疲力尽,到了站上丢下来,这样你就能达到欲望的最高峰。

作为末代贵妇人,鲍赛昂子爵夫人的精神世界已不如古典贵夫人那么纯粹,除了显赫的门第,高贵典雅的仪态,骨子里已经资产阶级化了。她对表弟拉斯蒂涅的那一番教诲,深刻、精辟而又庸俗、恶毒,市井气十足。巴尔扎克的深刻在于赋予鲍赛昂子爵夫人的情场失意以独特的历史意义:鲍赛昂夫人退出巴黎社交界隐居乡间,象征整个贵族阶级退出历史舞台,让位于更有实力的资产阶级。

同住在伏盖公寓的苦役逃脱犯伏脱冷又告诉他另一条发财致富的秘诀——谋财害命,给他上了缺德主义的一课:

凡是浑身污泥而坐在车上的都是正人君子,浑身污泥而搬着两条腿走路的都是小人流氓。扒窃随便一件什么东西,你就给牵到法院广场上去示众,大家拿你当把戏看。偷上一百万,交际场中就说你大贤大德。你们花三千万养着宪兵队和司法人员来维持这种道德。妙极了!

……

社会就是傻子和骗子组成的集团,你不想当傻子就要当骗子。有人偷了几块钱就会遭鞭打,有人偷几百万却成了银行家。

……

人生就是这么回事。跟厨房一样腥臭。要捞油水不能怕弄脏手,只消事后洗干净;有财便是德,今日所谓道德,不过是这一点。我这样议论社会是有权利的,因为我认识社会。你以为我责备社会吗?绝对不是。世界一向是这样的。道德家永远改变不了它。

此外,还策划谋杀泰伊番公子,教唆拉斯蒂涅追求泰伊番小姐,成功后给自己20万法郎的抽头。

伏脱冷是世俗社会中的靡非斯特,是一个杀人不眨眼的冷血动物,是社会罪恶、邪恶人性与否定精神的化身。他是社会罪恶的制造者,社会掠夺者,同时又是社会罪恶的揭发者、反抗者。作为前者,他嘲笑人性的善、道德、法律,对社会深怀仇恨;作为后者,他能指出正人君子们视而不见的社会丑恶,深刻地洞察到当时社会的罪恶本质。与靡非斯特一样,也属于"巨人式的恶棍"形象。

鲍赛昂夫人和伏脱冷是拉斯蒂涅人生道路上的两个导师,他们的语言虽不相同,但阐述的原则是相同的:要想向上爬就要不择手段。拉斯蒂涅怀着恐惧拒绝了伏脱冷合伙谋财害命的计划,按照鲍赛昂夫人的指点,征服了银行家纽沁根的太太,过了一段挥霍放荡的生活。当他看到纽沁根太太不能控制丈夫,眼看自己囊空如洗的时候,便准备实施伏脱冷的计划了。就在此刻,曾经是富翁的高老头被两个挥霍无度的女儿盘剥得一贫如洗,像狗一样惨死在伏盖公寓,从反面又给他上了无情主义的一课。这三件事给拉斯蒂涅上了刻骨铭心的"人生三课",他完成了自己的社会教育。埋葬了高老头,也同时埋葬了这个年轻人最后一滴善良的眼泪,他站在公墓的高处远眺着巴黎灯火通明的上流社会,下定了决心准备大干一场。

拉斯蒂涅形象真实地再现了一个单纯的青年人如何堕落成为一个资产阶级野心家的过程,深刻地揭露了金钱对人的腐蚀作用,鲜明地表达了利己拜金的社会就是制造野心家的温床的题旨。

二、和于连比较

拉斯蒂涅和于连一样,同是法国波旁王朝复辟时期的青年野心家形象。

二者的区别:首先,出身不同。于连是木匠之子,卑微的出身使他在王政复辟时期的所有作为必然化为泡影;拉斯蒂涅是破落贵族子弟,依仗鲍赛昂夫人的势力青云直上,飞黄腾达。其次,性格和命运不同。于连内在的矛盾性和道义感胜于拉斯蒂涅,最终统一于善,所以他在现实中毁灭了,却在人格上获得胜利;拉斯蒂涅内心的冲突最终统一于恶,所以在现实中胜利了,而在道义上彻底覆灭。

第六节 高老头形象分析

一、高老头形象分析

小说法文原名意为"父亲高里奥",这说明高老头是作者精心刻画的主人公形象。在小说中,高老头是一个带有浓厚封建亲族色彩的资产阶级暴发户的形象。他原来是个面条商人,在大革命时期成为暴发户。在本行业务上他精明强干,但一离开本行却十分愚蠢。妻子死后,他为了家族血统的纯正,没有再娶,而把两个女儿看得高于一切,把溺爱当作父爱,满足两个女儿最奢侈的要求,并以每人80万法郎的陪嫁使她们一个成了雷斯托伯爵夫人,一个成了银行家纽沁根的太太,进入了上流社会。为了顾及女儿女婿的脸面盘掉了铺子,还节衣缩食供女儿挥霍。殊不知正是他培养了女儿的拜金主义和利己主义世界观,所以当他临终前呼天喊地想再见女儿一面时,她们却没有一个来看望被榨干最后一滴血的老父亲,他自己最终反倒成了拜金主义、利己主义的牺牲品。

高老头的悲剧是资产阶级和市民内部一切传统的价值观念被新时代的现金交易法则所取代的真实写照。高老头对女儿无尽的"父爱"虽反衬出了现实社会的无情无义,但这个形象的主要意义在于对金钱罪恶的揭露,尤其揭露了金钱对家庭亲情关系的破坏。

高老头的故事令人想起莎士比亚的《李尔王》,巴尔扎克无疑借鉴了李尔王对两个女儿的深情和她们对父亲无情无义的情节:两个都年老体弱,后来都呼天抢地咒骂女儿。所不同的是,李尔王的形象是悲惨的帝王,而高老头是愚蠢的资产者,巴尔扎克更为强调金钱的罪恶。

二、悲剧根源

(一)主观原因

1. 拜金观念的危害

高老头与女儿的关系是以金钱为纽带的:他以金钱表达父爱,从小满足她们无厌的物质欲望,以此培养了女儿的拜金性格。同时,他又企图继续用金钱赎买女儿的爱,希望两个女儿的餐桌上永远有自己的一副刀叉。为了供女儿挥霍,他卖掉了铺子,搬进伏盖公寓,卖掉了金表、镀金银餐具,拿出自己的养老金为女儿准备幽会场所……这种以金钱为媒介的父爱,无论多么虔诚、真纯,当没有了金钱的时候,就什么都不存在了。

2. 丧失自我的危害

高老头是一个被金钱和父爱双重异化的典型。妻子死后,高老头拒绝续弦,专心抚育女儿。高老头养护女儿的过程,实际上是他"造神"的过程。他把女儿造成了上帝,自己甘愿做奴仆,丧失了自我、理性和人的尊严,所以,女儿也不再把他当人看。

3. 受虐心理的危害

高老头的父爱纯洁无瑕,至真至纯,但同时又是一种病态情欲的宣泄,如同宗教狂、拜金狂、虐待狂等一样,都是被异己力量所异化所控制的变态表现。当一个人强烈关注、膜拜某一对象而忘记自我存在时,就甘愿成为对象的附庸而乐于受虐,弗罗姆称之为接受心向。高老头在女儿面前表现出来的心理即是典型的接受心向,即受虐心理。

(二)客观原因

金钱社会造就了高老头父女的拜金性格。小说中描写的人物全是拜金狂。《高老头》描写了一幅狂热拜金的群丑图。

第七节 《高老头》的艺术特征

一、注重典型环境的描写

典型环境是指环绕并促使人物行动的、反映时代真实的生活环境和社会环境。《高老头》描写了不少这样的典型环境,如破败的伏盖公寓、精雅的鲍赛昂子爵沙龙和奢华的纽沁根内室。作家不仅以此概括了当时社会的不同层次,构成了巴黎生活的缩影,而且非常善于揭示这些环境对人的精神的影响和侵蚀作用,为人物性格的发展提供了客观依据。拉斯蒂涅就是在这种特定的环境中逐渐形成野心家性格的。

二、人物鲜明的个性特征

为了突出人物形象的个性特征,巴尔扎克有时使用紧紧抓住人物的一种强烈欲望进行反复描写的手法,使人物的一言一行都受这种欲望所驱使,如拉斯蒂涅始终受着金钱欲望的吞噬,高老头日夜渴望着父女之间爱的情感,鲍赛昂子爵夫人企求的是贵族荣誉与地位。他们各自为某一欲望所驱使,也就显示了各自的个性。有时采用对比的手法,如高老头的两个女儿——同是上流社会的不肖子孙、荡妇淫女,但同中有异:老大出道较早、工于心计,每次向父亲要钱高老头都会自动拿出;老二则涉世不深、愚笨简单,每次都得哭哭啼啼、百般哀求。

三、故事情节的丰富性和生动性

小说以青年大学生拉斯蒂涅的堕落和商界巨子高老头的惨死两条故事情节为主线,还穿插了强盗伏脱冷再度被捕和鲍赛昂夫人退出巴黎的次要情节,同时又加上泰伊番小姐的遭遇、米诺旭和波阿莱良心的出卖、大学生皮安训的义举以及伏盖太太的活动等总共八个故事，主次分明，环环相扣，互为补充。

四、纵横交叉的艺术结构

地点不变、人物轮流出场的交叉的网状结构与人物不变、地点不断变化的不交叉的线状结构相结合。伏盖公寓及其居民的活动属于前者，拉斯蒂涅穿梭于巴黎各种场合属于后者。这种结构模式，既有助于反映日益复杂的社会生活，也有助于描写多元复杂的人物性格。

五、准确传神的细节描写

巴尔扎克有一种理论：小说都是虚构的，但细节描写使其变得逼真。所以巴尔扎克十分善于运用肖像细节、行为细节、数字细节、语言细节等来塑造形象，刻画性格。如对刚来伏盖公寓的高老头的肖像细节描写：他全身穿着质地柔软的绸缎衣裤，脖子上挂着粗重闪光的金项链，走起路来一摇一晃，使那项链在自己的大肚皮上一蹦一跳。那时的高老头刚把女儿送入上流社会，自己还留有不少积蓄，在物质上和心理上自感远高于伏盖公寓其他房客。这段肖像细节传神地表现了高老头当时作为暴发户的得意和庸俗。再如对伏盖太太的语言细节描写：随着女儿的不断盘剥，高老头在伏盖公寓的生活费是逐步缩减的，住的楼层是越来越高，生活标准却越来越低。那么，在伏盖太太心目中，他的身价和人格也随之下降，她对他的称呼由"尊敬的高里奥先生""高里奥先生"到"高里奥""高老头"，直至变为"老雄猫""老混蛋"。这里的经济细节和语言细节刻画出了伏盖太太充满铜臭的灵魂和极端势利的性格。

思考题

1. 《人间喜剧》是怎样一部作品？
2. 概括《高老头》的主题。
3. 分析《高老头》中的拉斯蒂涅形象。
4. 《高老头》在艺术上有何成就？

讨论题

造成高老头悲剧的根源。

第十一章 西方戏剧史上的里程碑:易卜生(Ibsen)和他的社会问题剧《玩偶之家》(A Doll's House)

教学重点:《玩偶之家》的人物形象及戏剧特征。

第一节 易卜生生平简介

易卜生

1828年3月20日,易卜生出生在挪威南部斯基恩小镇一个木材商人家庭。他16岁到药店当学徒,工作闲暇阅读文学名著并开始文学创作。1850年,易卜生前往首都奥斯陆参加医科大学入学考试,因成绩不佳,未被录取。1851年,他为剧院创作的一首序曲得到剧院的赏识,被聘为寄宿剧作家,约定每年创作一部新剧本。1858年,他和苏姗娜结婚。1862年,剧院破产,他不得不借债度日,但仍孜孜不倦地进行创作。

1863年,普鲁士和奥地利联军占领了丹麦,引起他对整个半岛前途的忧虑。在主张挪威、瑞典共同出兵支援丹麦无果后,他决定出国远行。1864年以后的27年间,他一直侨居在罗马、慕尼黑等地,期间创作了一系列享誉世界的"社会问题剧"(Problem Play)。

1891年,易卜生以名作家的身份回到祖国。后期创作自传性较强。1900年中风,长期卧病后于1906年5月23日去世。挪威议会和各界人士为他举行了国葬。

第二节 易卜生的创作道路

一、早期(移居国外前)

易卜生早期的作品多为浪漫主义历史剧和哲理诗剧,通过历史故事和民间传说表现爱国主题。《凯蒂莱恩》是处女作,主题是反专制暴政;《觊觎王位的人》是其早期浪漫主义历史剧代表作。

《布朗德》和《培尔·金特》是两部比较独特的哲理诗剧。取材于现实,用利他主义的布朗德和利己主义的培尔·金特这样两个对立的形象提出了两种不同的人生哲学。布朗德为了追求真理,舍弃了个人的一切,带领人民勇敢地前进,但最后却孤独地死去。与布朗德相反,培尔·金特是个利己主义者,没有理想、无所事事、贪图享受、损人利己,最后遭人唾弃。这两部剧本探讨了人应如何生活、人生的目的究竟是什么的哲学问题。

二、中期(1864年移居国外后)

易卜生中期创作了一系列现实主义社会问题剧,涉及社会和家庭等多方面的问题,尤以妇女问题最为突出。有四大社会问题剧:《社会支柱》(*Pillars of Society*),通过有权有势的博尼克领事的形象揭露了资产阶级的社会支柱是一些道德败坏、狠毒伪善的人。《玩偶之家》是代表作。《群鬼》(*Ghosts*)是作者为反击评论界对《玩偶之家》的非难而作。作品通过阿尔文太太忍辱负重的一生,揭露了丑恶虚伪的婚姻家庭关系对妇女和下一代人身心的严重摧残。《人民公敌》(*An Enemy of the People*),揭露了资产阶级为谋取暴利不惜残害人民的罪恶,塑造了为人正直、坚持真理、忠于科学、勇敢无畏的斯多克芒医生的形象。

三、后期(1891年回国后)

易卜生后期的创作以象征主义的心理剧为主,现代性因素增强。对社会问题的讨论转变为对人的精神心理的描写,批判力量减弱,悲观色彩加重。代表作《建筑师》写主人公一生所盖的三种建筑(教堂、公寓和空中楼阁)象征着作家本人的三类剧本(历史剧、社会问题剧和心理剧)和三种时间(过去、现在和未来)。

第三节 《玩偶之家》剧情概要

圣诞节前夕,娜拉一路哼着歌儿从外面回到舒适、安静的家里,丈夫海尔茂在书房听见她的歌声,高兴地问道:我的小鸟儿又唱起来了?他见妻子买了不少东西,便责怪她乱花钱,不懂事。话虽这么说,海尔茂还是十分疼爱娜拉的,一见娜拉有点不高兴,便立刻拿出钱来,让她一定要把自己打扮一番。海尔茂深感一个有牢固地位和可观收入的人真是快活。娜拉想到丈夫当上合资股份银行经理的职务,全家将要过上好日子,也不禁心花怒放。当她数年不见的老同学林丹太太来看望她时,她一个劲地对林丹太太诉说自己时来运转的快乐心情。

林丹太太为了老母和两个弟弟的生活,不得已曾与一个她不爱的男人结了婚。现在,母亲已经去世,两个弟弟也能够自立了,丈夫也死了。她听说海尔茂当了经理,便要求娜拉在海尔茂那里给她找个事做。娜拉一口答应。娜拉兴高采烈地谈着三年来的情况。她见林丹太太在她面前摆出一副饱经风霜的神态时,不禁愤愤不平起来,她夸口:"娜拉并不像你们想象的那样不懂事,她甚至救过自己丈夫的命,到现在他还蒙在鼓里呢。"林丹太太只知道海尔茂曾经生过一场大病,娜拉亲自陪他去意大利医治,钱是娜拉的父亲给她的。可是娜拉现在告诉她,那笔钱原是她自己一手筹来的。而且到明年一月便可全部还清。想到这里,娜拉简直陶醉在用自我牺牲换来的快乐之中了,她瞒着丈夫还清这一大笔钱谈何容易呀!全靠自己平时节衣缩食,接受些抄写的工作,攒钱还债,虽然很累,但看到自己像男子汉那样能做事挣钱,心里痛快极了。林丹太太认为娜拉不该把借钱之事瞒着丈夫,可是娜拉说:海尔茂最讨厌跟人家借钱。再说,像他那样好胜心强,爱面子的人,一旦知道受了妻子的恩惠,那他会感到惭愧、难受的!这样会影响夫妻的感情……正在这时,佣人通报说,有客人要见海尔茂先生,林丹太太一听来人的声音,大吃一惊,急忙回避。

娜拉见进来的是律师柯洛克斯泰,急忙低声问道:"找我丈夫有什么事?"柯洛克斯泰说自己是合资股份银行的小职员,有公事找经理。娜拉冷冷地让他去海尔茂的书房,自己则坐到炉边,对着火苗出神。林丹太太闪身出来,询问来人姓名,原来柯洛克斯泰是林丹太太昔日的情人。于是她当即告辞。一会儿,海尔茂从书房出来,说客人已经从后门走了,现在他有事出去一趟。

娜拉和孩子们正高高兴兴地玩着,柯洛克斯泰突然来找她。他要求娜拉劝海尔茂别解雇他。他说由于自己过去摔过跤,名声不好,找到目前这个职位很不容易,他本想从此重新做人,不料老同学海尔茂却想把他解雇。柯洛克斯泰威胁说,如果他被解雇,他不仅要把她背着丈夫借钱之事告诉海尔茂,还要揭发她当时伪造字据的犯罪行为。原来当年娜拉经柯洛克斯泰之手借钱时,字据上的保人是娜拉的父亲,保人签字的日期是10月2日,可是据柯洛克斯泰后来调查,保人9月29日便去世了,因此可以断定,这个签字是娜拉伪造的。柯洛克斯泰逼问娜拉为何要伪造字据。娜拉解释说,当时她父亲不在身边,而且正在生病,她不愿打搅他,因此就代签了父亲的名字,后来她才知道她签名的时候父亲已经去世,她说自己无意欺骗律师。但柯洛克斯泰说,他自己当年就是犯了这样的罪,结果摔了大跤,弄得身败名裂。他进一步威胁说,要是谁想第二次把他往沟里推,他就要拉她做伴儿,必要时他会写信给海尔茂的。

柯洛克斯泰的话弄得娜拉不知所措。她竭力劝丈夫不要解雇柯洛克斯泰,但是海尔茂主意已定:柯洛克斯泰的职位由林丹太太来顶替。他对这个品行不端的人竟在银行同事面前跟他套近乎、叫他小名,早已忍无可忍了。娜拉说海尔茂的心胸太狭窄,谁知这话反而激怒了丈夫,他一气之下发出了解雇信。

柯洛克斯泰决定报复,他给海尔茂来了信。信已在信箱内,而信箱的钥匙又在海尔茂手中。来访的林丹太太看出了娜拉的慌乱神情,追问之下,娜拉说出了实情。林丹太太主张首先要设法阻止海尔茂去开信箱,她答应为了帮助娜拉,找柯洛克斯泰谈一谈。

林丹太太趁海尔茂带着娜拉去参加舞会的机会,约柯洛克斯泰在海尔茂家相见。他们相见诉说旧情,终于言归于好。但他们来不及取出箱内信件,海尔茂已经带着娜拉回来了。他们决定另外设法补救。娜拉以为事情已经无法挽回,做好了最后的准备。海尔茂终于取出了那封信。他看后大骂娜拉是个"坏东西""伪君子""罪犯",连声说:我一生的幸福全都完了,前途也让你断送了,人家会怀疑我和你串通,跟你父亲一样坏……孩子也不能交给你这个撒谎的下贱的女人了,等等。这时佣人又送来一封信。海尔茂惊慌不安地拆开一看,忽然快活地叫了起来:娜拉,我没事了,柯洛克斯泰把该死的借据寄来了!快,快烧了它。看着借据烧掉后,海尔茂见娜拉还木然地坐在那儿,便说:我已经饶恕你了,我知道你干那件事都是因为爱我。然而娜拉却说:咱们必须把总账算一算,结婚八年我们没有谈过一次正经事。我不过是家里的一件摆设,一个逗人乐的小玩意,从父亲手里转到你手里。我像个叫花子,要一口,吃一口。是的,我不配教育我的孩子。可是你没有资格帮我的忙。我一定要自己干,所以现在我要离开你。海尔茂惊恐地问她是否疯了,竟扔掉对丈夫、对儿女的责任。娜拉提醒他,她还有对自己的责任。海尔茂想用宗教、道德来唤醒她的良心。可是娜拉说:她要仔细想一想牧师说的话究竟对不对,她决心要弄清楚是社会正确还是自己正确。海尔茂不禁问娜拉是否不再爱他了。娜拉冷静地告诉他说:不错,我不爱你了。娜拉本以为会出现奇迹,丈夫会出面承担一切责任,可是海尔茂的胆怯自私却令人发指。虽然娜拉真挚地爱了他八年,可是现在她感到在这个男人身边多留一分钟也难以忍受。她已经不相信世界上会有奇迹出现,她果断地打开门,出去了。

第四节 《玩偶之家》的人物形象和主题思想

一、人物形象

娜拉是一个觉醒中的小资产阶级妇女形象。在识破丈夫虚伪、自私的面目之前,一直生活在脉脉温情之中,从未考虑过妇女在家庭中的地位和价值问题。但她并不是一个养尊处优的小资产阶级妇女,她具有真诚、善良、勇敢等美好品质,如她热爱她的父亲、丈夫和儿子,她同情林丹太太、阮克大夫,她忠于爱情,独自借钱还债,还想以自杀保全丈夫名誉,等等。在识破丈夫虚伪、自私的面目之后,娜拉认识到了自己在家庭中的玩偶价值和地位,对以男权为中心的社会及维护这种社会的法律、宗教、道德提出疑问和控诉,毅然离家出走。娜拉的质疑和控诉显现了她的觉醒;娜拉的离家出走体现了她对资产阶级社会的叛逆。

海尔茂是主宰家庭的男权主义者。正面性格(表):正派守法,敬业爱家。反面性格(里):庸俗小气,因为同学柯洛克斯泰叫他小名,便怀恨报复;专制、虚伪、自私,把持家庭财权,信箱钥匙,控制妻子的趣味、爱好,唯我独尊,是法律、道德的卫道士,是狂热追逐金钱、地位的物质主义者。

二、主题思想

通过娜拉的逐渐觉醒和最后出走,探讨了男权社会妇女在家庭中的价值、地位和出路问题;揭露了资产阶级自私、伪善的本质;批判了资产阶级社会不合理的法律、道德。

第五节 《玩偶之家》的深层思想意蕴

《玩偶之家》丰富、深刻的思想蕴含是通过对剧中问题的思考和回答来实现的。比如:娜拉该不该离家出走?娜拉出走后怎么办?回来?堕落?自杀?还有:情感上的甜蜜就是爱情的幸福吗?什么是夫妻之间的真爱?夫妻之间的本质关系是什么?什么是婚姻的本质?难道真是"夫妻本是同林鸟,大难来时各自飞"吗?婚姻真是一种互相利用的临时组合吗?男权社会婚姻中女性的最终价值是什么?真可以高度概括为玩偶吗?那么,为什么会成为玩偶?娜拉沦为玩偶的原因何在?怎么才能避免陷于玩偶地位?怎么才能摆脱无权地位获得解放?再深一层:孩子是不是父母的玩偶?父母与孩子的本质关系是什么?……对这些问题的思考和回答,自然就丰富和深化了作品的思想意蕴。

通过对造成娜拉在家庭中玩偶地位原因的分析和思考,就可以发现作品深层次的思想蕴含——探讨了婚姻、家庭、男权、妇女以及人性的某些根本性东西。因为,对造成娜拉在家庭中玩偶地位原因的思考,也就是对所有处在男权婚姻关系中女性地位的思考。

作品中,娜拉是作为贤妻良母形象出现的,她也为此感到非常幸福和骄傲。可是后来她发现,作为妻子,她对丈夫只有义务而没有权利,丈夫对她的爱与否取决于其自身的安与危,于是她悟出了自己只不过是丈夫的一个高级玩偶,并毅然决然地离开了"玩偶之家"。无疑,娜拉这个结论的得出,是从丈夫对自己的最根本态度和妻子在家庭中的最终地位出发的,也就是说,是对自己作为妻子在婚姻关系中的价值意义的一个高度抽象概括。

那么,是什么原因致使娜拉成了婚姻关系中的"玩偶"?造成娜拉"玩偶"地位的根源何在?就作品所提供的故事情节和舞台对白来看,可归纳为客观外在原因和主观内在原因两个方面。

一、客观外在原因

无疑,娜拉丈夫海尔茂的男权思想是首要原因。我们看到:海尔茂几乎不允许娜拉有自己的意志和权利甚至独立的人格。他不允许娜拉在家庭生活中有任何发言权,一切由他摆布和决定。娜拉对海尔茂只能听从,不能发表不同的意见。海尔茂拒绝柯洛克斯泰保留银行中的职位,娜拉只说了他一句,他就大发雷霆。他不允许娜拉有自己独立的思想和行为,只准妻子想丈夫所允许想的,做丈夫所允许做的,就连娜拉想多花点钱时,还得向他一点一点地讨要。可以看出,在家庭结构和夫妻关系上,海尔茂把妻子娜拉置于了一个极不平等的附庸地位,他完全是一副大男子主义的态度。其次当属海尔茂感情上的自私了。我们看到:海尔茂经常甜蜜地称呼娜拉"小宝贝""好宝贝""我的小鸽子""我的小松鼠儿""我的小百灵鸟""我迷人的小东西""我迷人的小妖精"等等,甚至还说:"娜拉,你知道不知道,我常常盼望有桩危险事情威胁你,好让我拼着命,牺牲一切去救你。"看似亲热无间、恩爱无比,且富有牺牲精神。可是,当他发觉娜拉冒名签字,会影响他的名声和前途时,他就暴跳如雷,大肆辱骂。当情势转危为安、他觉得自己的前途没有被断送时,他则喜出望外,态度来了个180度大转弯。如果说,海尔茂的男权思想某种程度上代表的是整个男权社会的话,那么,此时此刻的所作所为,则纯粹体现了他个人的自私。这不仅说明了他对妻子的感情是以自己根本利益的得与失为转移的,而且还透露了他在思想深处把男女婚姻家庭关系看作了以追求和维护个人利益为目的的利害关系。唯其如此,他对娜拉的所谓爱情,在本质上也就成了以保障他个人利益为潜在前提的感情上的玩赏取乐和消遣。而一旦危及个人的根本利益,他就本能反应地辱骂打击甚至抛弃。这样,娜拉当然就成了这个婚姻关系中一个被丈夫呼来喝去的很好玩的"玩意儿"。

由于上述原因是造成娜拉玩偶地位最外在最直接的原因,所以许多评论文章往往仅着眼于此,并据此分析出文本揭露资本主义社会男女不平等、批判资产阶级家庭生

第七编 批判现实主义(Critical Realism)文学概述

活虚伪等社会批判意义。其实,《玩偶之家》一剧的思想意蕴远远超出了对某个阶级社会下某个家庭的剖析,它所揭示的问题和矛盾是在男权背景下的婚姻关系和家庭生活中普遍存在的,甚至是和人性密切相关的。

二、主观内在原因

只要分析一下造成娜拉玩偶地位的主观内在原因,就可以把问题引向深处。谈到造成娜拉玩偶地位的主观自身原因,人们提及最多的就是说她没有什么崇高的理想和生活目的,把自己的生活乐趣全建立在丈夫和儿女身上,满足于所谓美满的小家庭生活。但这只触及了问题的部分和表面。其实,作品中还有许多娜拉自甘玩偶的表现,它们由表及里,由浅入深,最后直达问题的根源。这其中,有些是娜拉浑然不觉,有些是懵懵懂懂,有些则是有意为之。

第一,娜拉具有孩子脾性,玩闹成为其家庭生活的重要内容。她爱偷吃零嘴,还时不时地向丈夫撒娇,每天跟孩子们玩玩闹闹。她不仅在行为上像孩子,而且在思想上也像孩子:她曾说出"孩子们真好玩"这样的话,与一个生儿育女的母亲形象很不相称;她不谙世事,"没什么经验",在法律社会贸然在借据上代父签字。而且,我们发现,在作品中,不仅她的丈夫海尔茂把她当作孩子,她的好朋友林丹太太说她是孩子,就连她自己也觉得自己像个孩子。她曾对阮克大夫说:跟海尔茂在一块儿有点像跟爸爸在一块儿。这说明娜拉对自己的孩子脾性和丈夫把自己当作孩子,早就意识到了。她没有意识到的是丈夫把她当小孩子呵护甚至玩赏,并不是对一个妻子真正意义上的爱情。所以她在丈夫面前大多时候都有意无意表现得像个孩子,并以此作为自己换取丈夫"喜爱"的某种资本。比如,在作品中,当海尔茂说她是小孩子或肉麻地称呼她时,她不是默认就是同样肉麻地予以应答。而从"孩子"到"泥娃娃"再到"玩偶",可以说是潜藏在文本中的一重暗示结构。所以说孩子性是造成娜拉"玩偶"地位的自身性格根源。

第二,娜拉自恃貌美,且喜爱化妆打扮,流露出以色侍夫、优乐悦夫的倾向。娜拉曾说过"衣服穿得好是件痛快事",说明她爱打扮;她还说过"要是一个女人长得像我这么漂亮""幸亏我穿戴什么都好看"之类的话,流露出因貌美而得意和貌美是女人资本的腔调。下面这段台词,不仅对她的这些话是个印证,而且还有新的含义——当好友林丹太太问她是否打算把她背着丈夫借钱为丈夫看病的事永远不告诉丈夫时,娜拉若有所思地说道:"也许有一天会告诉他,到好多好多年之后,到我不像现在这么——这么漂亮的时候。你别笑!我的意思是说等托伐(娜拉对丈夫的爱称)不像现在这么爱我,不像现在这么喜欢看我跳舞、化妆演戏的时候。到那时候我手里留着点东西也许稳当些。"这段台词至少显露了娜拉思想意识深处三种想法:一是丈夫现在爱我是因为我漂亮;二是丈夫看我唱歌跳舞、化妆演戏就是爱我;三是在夫妻感情上要"留一手",以防有朝一日丈夫对自己感情有变。这既进一步说明了在娜拉内心,深藏着自恃貌美有本、以色相优乐取悦丈夫的思想倾向,又表露了娜拉把夫妻关系看作某种程度上的交换关系的深层心理。这可以说是造成娜拉"玩偶"地位的自身思想根源。

第三,娜拉思想深处有男尊女卑意识和高低贵贱观念。作品中有这么一段,写的是娜拉的债权人、银行职员柯洛克斯泰将要被新上任的银行经理、娜拉的丈夫海尔茂炒鱿鱼,而取代其职位的是由娜拉向丈夫推荐的好友林丹太太。这个时候柯洛克斯泰来找娜拉,他们之间有一段对白:

  柯洛克斯泰 我早就猜着了。现在老实告诉我,是不是林丹太太在银行里有事了?

  娜拉 柯洛克斯泰先生,你是我丈夫手下的人,怎么敢这么盘问我?不过,你既然要打听,我索性告诉你。一点儿都不假,林丹太太就要进银行。举荐她的人就是我,柯洛克斯泰先生。现在你都明白了?

  柯洛克斯泰 这么说,我都猜对了。

  娜拉 你看,一个人有时候多少也有点儿力量。并不是做了女人就——柯洛克斯泰先生,一个人在别人手下做事总得格外小心点儿,别得罪那——那——

  柯洛克斯泰 别得罪那有力量的人?

  娜拉 一点都不错。

  "那有力量的人"指的就是她丈夫。娜拉这样说既是对柯洛克斯泰作为她丈夫的手下而言,也是对她作为丈夫的妻子而言。因为,接着当柯洛克斯泰要求她在丈夫面前为自己说情,说道"我想他不见得比别人的丈夫难支配"时,娜拉竟然大为光火,认为这是对丈夫的极为不尊敬,要把柯洛克斯泰赶出家门。从娜拉话中的意思和说话的口气,我们不仅看出娜拉有高低贵贱思想——柯洛克斯泰作为丈夫的"手下",不允许他以下犯上;有男尊女卑意识——男人永远是厉害的,女人只是"有时候"有力量;甚至还有点夫荣妻贵的得意和骄横——最好小心点儿,别得罪他,我说的一点都不错。由此我们看到,娜拉在自觉不自觉地表露她对夫权男权维护的同时,也就自觉不自觉地把自己置于男权夫权的附庸地位。尊卑贵贱思想,可以说是造成娜拉"玩偶"地位其自身的又一思想根源。

  第四,娜拉在家庭生活中几乎没什么主见。除了借钱给丈夫看病是自己背着丈夫独自做出的决定,其他事情仿佛都要经过丈夫的许可。对此,娜拉不仅已习以为常,而且还主动配合。从下面这些她给海尔茂说的话,我们就会有此感觉——什么"你不赞成的事情我决不做",什么"你做的事都不错",什么"事情都归你安排",等等。下面这段台词不仅显示出她凡事都按丈夫的意思办,而且还浑然无觉地以此为"乐",甚至以此为"福":"想起来心里真痛快!我完全不用操心!真自由!每天跟孩子们玩玩闹闹,把家里一切事情完全按照托伐的意思安排得妥妥当当……那该多美呀!"殊不知,长此以往,不知不觉中她就会成为丈夫用来实现自己意志的单纯工具,那就离"玩偶"不远了。这一点,可以说是男尊女卑思想在娜拉身上带来的必然结果。

  第五,娜拉骨子里对男性有依附思想。关于这一点,作品中虽然没有直接点明,但并不意味着在事实上不是这样。娜拉没有职业,作品中,也未见她流露过什么在社会上从业的念头,而是满足于做一个职业妻子和家庭妇女,过生儿育女、夫唱妇随的小家庭幸福生活。下面这段台词就表露了她的这种深层心态:

  你想想!我丈夫当了合资股份银行经理了……一过新年他就要接事了,以后他就可以拿大薪水,分红利。往后我们的日子就大不相同了——老实说,爱怎么过就可以怎么过了。喔,我心里真高兴,真快活!手里有钱,不用为什么事操心,你说痛快不痛快?不单是不缺少日用必需品,还有大堆的钱——整堆整堆的钱!

娜拉的这段话不仅说明了她把挣钱养家的希望都寄托在丈夫身上,而且还流露出一种天经地义、理所当然的腔调。她就没问问自己:丈夫"事业"有成了,自己该做些什么?难道仅仅就是自己喜不自胜和向别人夸耀?她就没想过:靠得住丈夫的金钱就能靠得住丈夫的感情?她就没琢磨琢磨:一味依赖丈夫,丈夫还会对自己有多少平等的爱?不,娜拉压根儿就没想。为什么?至此,我们应该推断出娜拉有种深层心理——我嫁给你,当然要依赖你;你娶了我,就得养我、爱我。所以,无须多虑。娜拉曾对林丹太太讲:渴望有个阔人爱上自己,死后把全部财产交给自己——这给她的这种深层心理又增添了一个注脚。

正因为娜拉骨子里对丈夫和男性有依附心理,所以她没有自己的美好理想和远大追求,当然也就谈不上有多大的自身价值,她甚至连自己的生活乐趣也全部寄托在丈夫和儿女身上。这样一来,她不仅在经济上、生活上对丈夫有依赖性,而且慢慢在思想上、感情上也会如此。

通过以上分析,可以看出,娜拉在家庭中之所以会处在附庸地位、甚至成为"玩偶",除了丈夫的男权思想和利己主义外,还是有其多方面的主观自身原因的。而这其中最内在最根本的就是她对丈夫有依附心理。我们不能只谈海尔茂在家庭中的统治性,而不提娜拉在婚姻中的依附性。这应是同一问题的两个密不可分的方面。甚至我们觉得对后一个方面的分析更为重要,因为外因只是变化的条件,内因才是变化的根据。娜拉在"醒悟"后,也承认自己"没出息""得受教育"。当然,妇女问题归根结底是一个涉及男女两方面的复杂的社会问题。海尔茂的男权思想是以整个男权社会、男权文化为背景的,而男权社会和男权文化体系的产生和形成是有其深远的社会历史根源的。如果说娜拉对丈夫的男权思想还多少能接受的话,那么最让她不能容忍的就是丈夫灵魂深处的极端自私。正是这一点,使娜拉感悟到了自己在本质上只不过是丈夫的"玩偶"。那么,娜拉自己应该怎样做才不至于沦为丈夫的"玩偶"呢?作品中没有交代,只是让她离开了丈夫,一走了事。对此鲁迅1923年在《娜拉走后怎样》的演讲中指出:"从事理上推想起来,娜拉或者也实在只有两条路:不是堕落,就是回来。……还有一条,就是饿死了。"①鲁迅先生的意思一是指妇女问题是一个社会问题,娜拉可以走出海尔茂的男权家庭,却无法走出以男子为中心的社会结构;二是指娜拉缺乏应备的生存技能和正当的谋生手段,以后要想在社会上生存,只有走以卖笑为生的堕落之路;三是说娜拉如果前两条路都不走,既不愿意忍受男权也不想过堕落生活,又不愿意掌握一技之长来谋求经济来源,那只有死这一条路了。恩格斯的论述则更进一步:妇女解放的第一个先决条件就是一切女性重新回到公共的劳动中去,因为男子在婚姻上的统治是他的经济统治的简单的后果,它将自然地随着后者的消失而消失。②

---

① 鲁迅:《娜拉走后怎样》,见《鲁迅杂文全编》(一),人民文学出版社2006年版,第159页。
② 恩格斯:《家庭、私有制和国家的起源》,见《马克思恩格斯文集》(第4卷),中央编译局译,人民出版社1971年版,第72页。

恩格斯无疑道出了问题的关键。

若从娜拉看妇女独立（不沦为玩偶）的条件至少有三点：①独立的经济收入。娜拉没有经济来源，在家庭中靠丈夫养活，没有财权，在经济上是丈夫的附庸。②独立的社会地位。娜拉没有工作，在社会上毫无地位，她的人生舞台局限于家庭，出走之后很难把握自己的命运。③独立的人格。事发之前，作为幸福宝贝的娜拉，在情感、人格上完全依附于海尔茂。海尔茂是神，娜拉只是拜神者。这种倾斜的人格是不健全、不牢靠的。现代女性应当握紧自己的右手，应当做自己命运的女王，像简·爱那样，像舒婷《致橡树》中的木棉那样。

其实，在人类的婚姻关系中，无论是男人的统治性还是女人的依附性，在本质上都应是人的自私性的表现。而且，随着社会的不断进步、男女差别的日渐缩小，它们越来越表现为人性的一种自私——在男性和女性工作机会均等的今天，女性还为了生存去依附男子，这当然是女子的一种不劳而获、坐享其成的自私；在男女的价值和地位同等重要的今天，男子还想在婚姻上统治女子，这当然是男子的一种个人至上、为所欲为的自私。这样讲，是不是就意味着易卜生通过对海尔茂夫妇婚姻关系的剖析给我们揭示了人性的自私？恐怕有这个意思。因为，在这部作品中，作者不仅用一块"试金石"透视了海尔茂和娜拉婚姻家庭关系中的"玩偶性"和自私性，而且还写到了另外两个家庭关系中存在的自私自利：一个是林丹太太出于经济和生存目的结婚和离婚，给别人平添了许多痛苦；二是阮克大夫无辜被父亲遗传上了性病，挣扎在死亡线上。另外，作品中还有不少富有同样蕴含的暗示性很强的台词："一般人结交新朋友就会忘了老朋友""这是世界上最平常的事——一个没良心的女人有了更好的机会就把原来的情人扔掉了""在这世界上没有白拿的东西，什么全都得还账"等等，字里行间透射着"毫无真情、自利为上、等价交换、互相利用"的意味。联想到作者还有不少作品都表达了对人性的关注和探讨（如《布朗德》和《培尔·金特》），所以，有理由认为《玩偶之家》的深层意蕴是对根本人性的拷问，而拷问的结果并不乐观。无怪乎有人说"易卜生的作品具有深刻的忧患意识"！①

第六节 《玩偶之家》的艺术成就

易卜生被称为"现代戏剧之父"、现代"社会问题剧"的创造者（首创者是古希腊的欧里庇得斯），是继莎士比亚、莫里哀之后西方戏剧史上的第三座里程碑。

一、社会问题剧（也叫"讨论剧"）的构思

关注现实社会的各种问题，把舞台用作"讨论"社会问题的讲坛，是所有社会问题剧的共同特征。易卜生在此基础上，还以社会问题作为戏剧构思的基点和支点，并能通过人们对剧中问题的思考和回答来延展戏剧的思想蕴含，所以，易卜生的戏剧被称为现代社会问题剧。当时，西方舞台充斥虚假、空洞、造作的戏剧，易卜生的社会问题剧带来了西方戏剧新的繁荣局面，所以他被称为西方戏剧史上第三个里程碑。

---

① 蒋承勇：《外国文学》，华东师范大学出版社1997年版，第222页。

二、典型的回顾式结构(追溯法)

"回顾式"结构由古希腊悲剧诗人索福克勒斯在《奥狄浦斯王》中首创。《玩偶之家》成功地运用了这一模式,以娜拉伪造签字事发引起的夫妻矛盾这一情节高潮开头,引出其他次要矛盾的交错展开;同时在短短的三天之中,通过娜拉的回顾把结婚八年的生活一一展示,使结构更紧凑,冲突更集中,取得了极为强烈的戏剧效果。

三、微妙、紧张的心理描写

舞台上的心理刻画,不像阅读文本小说那样可以自由展开,而要受到时空的限制,但《玩偶之家》把娜拉惴惴不安、惧怕、胆怯、觉醒的心理变化过程,渗透到剧情发展的所有细节之中,从而充分地展示了她的内心世界及其精神升华。尤其是娜拉在冒名借债之事即将暴露前的那段,通过娜拉的疯狂舞蹈,把娜拉既企盼丈夫夸赞又担心丈夫责骂的矛盾心理揭示得淋漓尽致。

四、富于说理性的对话

剧中的对话既符合人物性格和剧情发展的要求,又富于说理性,有助于揭示主题,促使人们对作者提出的社会问题产生强烈的印象。

思考题

1. 概括《玩偶之家》的主题。
2. 分析娜拉的形象。
3. 解释:社会问题剧。

讨论题

你认为娜拉出走之后会怎样?

第十二章 俄国批判现实主义文学的奠基之作:普希金(Pushkin)的《叶甫盖尼·奥涅金》(Eugen Onegin)

教学重点:奥涅金形象及其典型意义。

第一节 普希金生平与创作简介

普希金

一、普希金在文学史上的地位

普希金被尊为"俄罗斯文学的太阳""俄国文学之父",俄罗斯文学语言的创建者,俄国浪漫主义文学代表,俄国批判现实主义文学的奠基者。

二、生活和创作简史

1. 家学渊源

亚历山大·谢尔盖耶维奇·普希金于 1799 年 5 月 26 日诞生在莫斯科一个贵族家庭。伯父瓦西里·普希金是诗人,与茹科夫斯基等当时的文学大师交往频繁。生活在浓厚文学氛围中的普希金,8 岁时开始用法文写诗,同时又从保姆阿林娜·罗季昂诺芙娜那里学到丰富的俄罗斯民间语言,生发了对民间文学的兴趣。

2. 少年才俊

1811 年,普希金进彼得堡皇村学校读书,接受启蒙思想熏陶,开始写诗。1814 年,他朗诵诗歌《皇村回忆》,受到著名诗人杰尔查文的极大赞赏。

毕业后在外交部供职,在十二月党人影响下,写了许多广为传诵的政治抒情诗,如《自由颂》(1817)、《致恰达耶夫》(1817)、《乡村》(1819)等,为诗人赢得了不朽的声名,也随即召来了祸患。

3. 流放南俄

1820 年 5 月,普希金因写政治抒情诗被沙皇政府流放到南俄,南方美丽的自然风光和十二月党人的思想激发了普希金浪漫主义诗情,创作了四部著名的浪漫主义叙事诗。同时,开始创作诗体小说《叶甫盖尼·奥涅金》。这时期的创作成果有《高加索的俘虏》(1821)、《强盗兄弟》(1822)、《巴赫奇萨拉伊的喷泉》(1823)、《茨冈》(1824)等。

4. 领地圈禁

1824 年,沙皇当局截获一封普希金的私人信件,以"冒犯"上帝为由,将普希金圈禁到他父母的领地米哈伊洛夫斯克村。后被新沙皇召回莫斯科。两年幽禁期间，普希金与外界隔绝，于是接近农民，收集民间传说，创作上也收获不菲。这时期的创作成果有抒情诗《囚徒》《致大海》《致凯恩》《假如生活欺骗了你》；叙事诗《努林伯爵》；历史剧《鲍里斯·戈都诺夫》；诗体小说《叶甫盖尼·奥涅金》前六章；等。

5. 波洛金诺

1830年9月，普希金到父亲的领地波洛金诺办理财产过户手续，因霍乱流行交通断绝，在此滞留了三个月，这三个月是普希金创作的丰收期，文学史称之为"波洛金诺之秋"。创作上结出了丰硕的成果：在波洛金诺普希金完成了《叶甫盖尼·奥涅金》的写作；创作了《别尔金小说集》（包括《射击》《暴风雪》《棺材匠》《村姑小姐》和《驿站长》）；四部小型悲剧；几十首抒情诗和一些评论。其中《驿站长》塑造了俄国文学史上第一个"小人物"形象；情节是写"我"三次到小驿站的见闻；题材是小人物的生活烦恼——十四等文官驿站长维林的悲辛；主题是表现小人物的悲惨命运，寄予了作者的同情，表现人生幸福的短暂、脆弱。

此后，俄国文学中出现了好几个"小人物"形象，形成了"小人物"形象系列，他们是普希金《驿站长》中的维林，果戈理《外套》中的阿卡基·阿卡基耶维奇·巴什马奇金，陀思妥耶夫斯基《穷人》中的杰符什金；契诃夫《小公务员之死》中的切尔维亚科夫、《苦恼》中的姚纳……

6. 短暂的婚姻

1828年，普希金在舞会上遇见贵族少女娜塔莉娅·冈察罗娃，求婚未允。1830年，再次求婚成功。1831年他与冈察罗娃结婚。婚姻生活并不美满，夫妻性格和志趣迥异，常有冲突。普希金在政治上也很压抑，是沙皇的监视对象，但仍有杰作问世。这期间创作的小说有《上尉的女儿》《黑桃皇后》《杜勃罗夫斯基》，另有叙事诗《波尔塔瓦》和《青铜骑士》，抒情诗《致诗人》《秋天》和《纪念碑》，等。

7. 永久的遗憾

普希金人生的最后几年，生活很不如意。思想上与专制统治格格不入，感情生活也受到干扰——法国流亡贵族丹特士公开追求冈察罗娃。普希金于1837年2月8日和丹特士决斗负重伤，两天后去世。38岁的诗人成了政治阴谋和卑劣人性的牺牲品。

第二节 《叶甫盖尼·奥涅金》故事梗概

奥涅金在法国籍家庭教师教育下长大，没等完成学业，就在社交场上崭露头角。他那风雅的举止、考究的衣着、流畅的法语、机智的谈吐得到人们异口同声的赞美，在爱情上他更有一套征服女性的本领，舞会、宴席、剧院……然而社交并没有给他带来真正的快乐，他厌倦这世俗的烦嚣，对生活越来越感到淡漠。可是一离开社交场，他又感到心灵十分空虚。

奥涅金的伯父病故，产业由他继承，于是他回到乡村，成为他伯父庄园的主人。起初他对乡间生活还感到新鲜，但是没过几天也厌腻了。这期间，有个叫连斯基的地主从国外回来，他是个年轻诗人，热爱自由，对未来充满理想。尽管奥涅金和他气质不同，但共同的兴趣却使他们接近了，并且成为朋友。连斯基几乎每晚都在邻庄拉林家消磨时光：他爱上了拉林的女儿奥丽嘉。一次，奥涅金为了见见连斯基的女友便随他到了拉林家里，在那儿他初次与奥丽嘉的姐姐达吉雅娜见了面。达吉雅娜是个沉默而忧郁的姑娘,很小就喜欢阅读小说,爱好冥想。奥涅金的到来搅乱了她平静的生活。无论是白天,还是梦中,奥涅金的身影时时浮现在她的眼前,热恋的痛苦折磨着她。达吉雅娜向奶娘道出自己心底的话。她给奥涅金写了一封信,字字句句都流露着纯洁少女的一颗恋心。可是两天过去了,没有回复,达吉雅娜十分难过。这天黄昏,在花园的小径上她与奥涅金相遇,奥涅金对她说:信已拜读,它是一篇诚恳的心灵的自白和纯洁的爱情的倾诉……如果我愿意把生活局限在家庭的圈子里,那么除了您以外,再没有人更适合于做我的妻室。但是我不愿意那样。我不值得您爱,我的爱情日久就会生厌,就会变冷,那时我们的婚姻便将痛苦地终结……。花园的会见使达吉雅娜增添了爱的痛苦,她不能入睡,没有言笑,日渐憔悴。

一天,连斯基捎来拉林家邀请奥涅金出席达吉雅娜命名日的口信。奥涅金对宴会上将有众多的宾客和无聊的谈话表示厌烦,连斯基劝慰奥涅金,说他相信拉林家不会再邀请别的客人。于是奥涅金答应前往。命名日那天,拉林家里挤满了客人,在酒宴过程中,连斯基伴奥涅金驾到,坐在正中的达吉雅娜顿时全身颤抖,她不敢抬起眼睛,热泪直想往下流。奥涅金对这意外的盛大宴会颇为不快,心里埋怨连斯基不该骗他,于是他暗自下决心一定要给连斯基一顿不快,以泄心头的闷气。舞会开始后,他故意向奥丽嘉大献殷勤,接二连三同她跳舞、谈笑风生、卖弄风情。连斯基已与奥丽嘉定好了婚日,相处快活乐观。此时他十分气恼,感到受了侮辱,最后忍着嫉妒的愤怒退席,要与奥涅金决斗。奥涅金一时冲动,接受了他的挑战,但随后又受到良心的谴责:不该捉弄连斯基,即使他有错处,也应原谅他,毕竟他只不过是个18岁的青年。但他又认为时机已晚,无法挽回,否则就会招致上流社会的嗤笑。

连斯基在决斗中中弹身亡,奥涅金凝视着尸体,内心无比悔恨。从此他就离开了庄园。奥丽嘉后来嫁给一个骑兵,随丈夫到军队去了,达吉雅娜更感到形单影只。她像个幽灵到处游荡,对奥涅金的思念热情燃烧得更旺。不少求婚者都遭拒绝。拉林太太为女儿的婚事操心,在邻居的劝说下,她决定带女儿到莫斯科去。在莫斯科,达吉雅娜被带领着挨家走访亲戚,继而又去剧院,参加舞会和各种宴会……然而,达吉雅娜讨厌上流社会这些无聊的谈话和使人窒息的社交场所,她的心时时飞向那一片田园、村庄,飞向那曾经在花园小径上突然站在她面前的奥涅金……

奥涅金自从打死连斯基以后,便去各地游览闲荡。然而这一切同样使奥涅金感到乏味和厌倦,最后他又回到了莫斯科。在一次舞会上,他突然看到达吉雅娜,并打听到她已成为公爵夫人。他忽然像孩子似的爱上了她。日夜忍受着相思的忧愁,追随着她,像个影子一样。他每天都到她家里去,但达吉雅娜却从来不注意他,有时当着客人的面与他寒暄几句,有时简直睬也不睬。奥涅金开始憔悴、苍白,像得了病一样。内心的痛苦已经使他再也不能忍受,他终于给公爵夫人写了一封情书,说他过去虽然结识了她,但他不肯放弃独身生活,要做一个特殊人物,现在他认识到自己错了,渴望向她诉说一切。奥涅金没有收到回信,在晚会上遇到她时,她也理都不理,冷若冰霜。从此,奥涅金断绝了与社会的来往,把自己关在书房里,整日沉迷于回忆和幻想之中。严冬转眼过去,一个春日的清晨,奥涅金坐着雪橇直奔公爵夫人住处。当他闯进达吉雅娜房间时,看到她正独自坐在那里读信,她脸色苍白,眼泪直流。此时此刻,在她身上奥涅金又认出以前那个可怜的达吉雅娜了。他满怀着悔恨跪倒在她面前,这时达吉雅娜全身颤抖,默然注视着奥涅金,既不惊诧,也没有怨怒。沉默良久,达吉雅娜的痛苦终于迸发出来:那时我比现在年轻、纯真,我爱过您,可得到的只有冷酷和教训。那时候在那偏僻的村野里,您不爱我,现在为什么又追逐我? 难道不是因为如今我成了上流社会的人物,因为我现在富有、显赫,因为我丈夫有战功,受过伤,得到宫廷特别的宠幸,而我的荒唐、失足将会被所有的人们传为笑柄,这样,也许就可以使您在社会上自炫为"情圣"? 以前您对我的青春的幻梦至少还有一丝怜悯,可是现在是什么使您跪在我脚下? 对于我,奥涅金,这种富贵算得了什么? 我宁愿抛弃这一切荣华、喧嚣和烟尘,回到乡间那个地方。可是现在幸福已经消失,命运已经注定,我虽然爱您,但我已经属于别人,我将要一世对他忠实,我请求您立刻离开我。达吉雅娜说到这里走开了。突然传来马铃的声音,达吉雅娜的丈夫随着走进门来……

第三节 《叶甫盖尼·奥涅金》的主题思想和人物形象

《叶甫盖尼·奥涅金》的主题思想是通过奥涅金形象,表现贵族阶级苦闷、彷徨的精神现实;通过达吉雅娜的形象,表达作者的生活理想——真诚、坚贞、富于理性。

19世纪20年代有三类俄国贵族青年:激进的十二月党人;沉湎于骄奢淫逸生活的保守者;中间人物"多余人"。

《叶甫盖尼·奥涅金》塑造了第一个"多余人"形象。此后,俄国文学中出现了好几个"多余人"形象,形成了"多余人"形象系列,他们是普希金《叶甫盖尼·奥涅金》中的叶甫盖尼·奥涅金;莱蒙托夫《当代英雄》中的彼巧林,屠格涅夫《罗亭》中的罗亭,冈察洛夫《奥勃洛摩夫》中的奥勃洛摩夫。

"多余人"是俄国贵族革命时期的产物,从主流看,是优秀贵族青年的代表,具有一定的叛逆性。在平民革命时期,被平民知识分子的优秀代表"新人"所代替。

第四节 奥涅金形象分析

奥涅金体现了"多余人"性格的一般特征。

(1)叛逆的不彻底性。作为"多余人"的奥涅金是优秀的贵族青年,不愿与腐朽堕落的贵族阶级同流合污,但又不能割断与本阶级的联系站在平民立场上,所以,是游移于中间地带的边缘人物。

(2)追求的盲目性。盲目即丧失目的。奥涅金一生只为追逐而追逐。对达吉雅娜的前倨后恭,对奥丽嘉的游戏态度,最多只是虚荣。

(3)"思想的巨人,行动的矮子。"与俄国19世纪文学一样,日本近代文学中也出现了"多余人"形象,前者是优秀的贵族青年,后者是现代知识分子,其共同特点:不满现实,又找不到出路;思想先进,行为滞后。在理想和现实之间犹豫徘徊,苦闷彷徨,最终成为"思想的巨人,行动的矮子"。在这一点上,"多余人"和哈姆雷特如出一辙。

典型意义:揭示了当时俄国贵族阶级没落腐朽的悲剧命运;是人类社会转型期那些不满现状又找不到新目标的知识分子彷徨犹豫心境的真实写照;实际上,表现了整个人类的世纪末情绪。

孤独感。社会之于个人,犹森林之于独木,大海之于滴水,是一种归属。马斯洛认为人有"归属和爱的需要"。奥涅金自愿脱离了他所属的阶级,丧失了社会感,成为一个孤苦伶仃的"个人"。

漂泊感。"多余人"都丧失了精神家园,没有人生归宿,都是心灵漂泊者,精神流浪汉。奥涅金背离了精神故乡——彼得堡上流社会,四处漂泊,最后又回来了,但已不再是其主人。他是一个外乡人,一个游子,浪子,一个匆匆过客。

虚无感。捷克作家米兰·昆德拉《生命不能承受之轻》,经典地描述了人类另一种精神负荷:虚无感。"轻"之痛苦,表现为对生活没有责任感,没有使命感,没有挚爱和眷恋。

"奥涅金……在决斗里打死了朋友,活着没有目的,没有工作,一直到二十六岁,在闲暇无事里苦恼着,没有职务,没有妻子,没有事情,无论什么都不会做。"

局外感。既不满现状、游离于现实,又没有目标、缺乏理想,最后只能是上不着天下不着地、既非乌鸦又非凤凰、在中间和边缘地带游来荡去、无所事事、无所归属的局外人、边缘人、飘零人。

"多余人"、飘零人、边缘人和局外人本质都是一样的,他们是社会转型时期或一个重要时代的末期(世纪末)那些善于思考、感觉敏锐的社会精英必然会表现出的性格特征;反过来说,一个时代及其文学作品只要出现了这样的人物形象,也就说明这个时代正值重要而复杂的转型期或世纪末时期。唯其如此,19世纪的俄国文学出现了"多余人"形象,近代的日本文学也出现了"多余人"形象(二叶亭四迷《浮云》中的内海文三、夏目漱石《我是猫》中的苦沙弥、《从此以后》中的长井代助等),20世纪的欧洲文学同样也出现了"多余人"形象(加缪《局外人》中的莫尔索)。所以说,这些人物形象是具有普遍价值意义的文学典型。

第五节 《叶甫盖尼·奥涅金》的艺术特色

一、诗歌性与叙事性结合

诗歌性指抒情性,是"作者的声音",作品中有27段"抒情插笔",用来评议时事、人物,或者抒发作者情感;叙事性指小说特色,用来塑造人物、叙述情节、描写环境。

二、塑造人物的特色

首先,《叶甫盖尼·奥涅金》开"多余人"形象系列先河,为俄罗斯文学贡献了第一个"多余人"形象,丰富了俄国文学人物画廊。其次,以对比手法塑造人物性格,如热爱生活的连斯基与厌倦人生的奥涅金构成对比;直率、单纯的奥丽嘉与深沉多思的达吉雅娜形成对比;作为现实写照的奥涅金与作为理想化身的达吉雅娜形成反差;等。

思考题

1. 列举"小人物"和"多余人"系列形象。
2. 奥涅金是怎样一个人?
3.《叶甫盖尼·奥涅金》艺术上有何特征?

讨论题

谈谈你对"多余人"的看法。

第十三章 俄国批判现实主义文学的第二峰：陀思妥耶夫斯基(Dostoyevsky)及其《罪与罚》(Crime and Punishment)

教学重点:《罪与罚》的主题、人物及艺术特色。

第一节 陀思妥耶夫斯基生平与创作简况

一、文学地位与评价

费多尔·米哈伊罗维奇·陀思妥耶夫斯基(1821—1881)是俄国最富有创作天才，描写人性最深刻、最独特、最有争议的作家。被西方现代派作家追认为鼻祖。法国作家纪德认为陀思妥耶夫斯基是"被托尔斯泰高峰挡住的更高峰"。鲁迅称陀思妥耶夫斯基是"人类灵魂的伟大审问者""恶毒的天才"。作家的自我评价:"最高意义上的现实主义作家。"

陀思妥耶夫斯基

二、作家生活简史

1. 早年生活

陀思妥耶夫斯基于1821年11月11日生于莫斯科一个医生家庭。1834—1837年在莫斯科一所寄宿学校读书。1838年遵从父愿进入彼得堡军事工程学校学习，同时博览文学经典，迷恋巴尔扎克、歌德、普希金、果戈理、莱蒙托夫等人的作品。1843年毕业不久便弃工从文。

2. 步入文坛

1846年，陀思妥耶夫斯基发表《穷人》，一举成名。其后的两年内创作了《二重人格》《女邻居》《白夜》《脆弱的心》等作品。陀思妥耶夫斯基站在人道主义立场上，以写实手法，描写底层"小人物"的苦难命运，引起了俄国文坛的普遍关注。涅克拉索夫和别林斯基一致认为:"新的果戈理出现了！"

3. 政治雁难

1849年，陀思妥耶夫斯基因参加进步的彼得拉舍夫斯基小组活动被捕判处死刑，当他和同伴们被押赴刑场，正经受着等待死亡的恐怖时刻，当局突然宣布撤销死刑判决书，改判服苦役，这给他造成了终身难以平复的心灵创伤。近10年的流放生活，严重摧残了他的身心健康，使他本来就患有的癫痫病明显地加剧，又动摇了他的革命信念，悲观虚无情绪和宗教思想影响了他后期创作，这种转变在小说《死屋手记》

(1855—1861)里已初露端倪。

4. 重返文坛

1859年,陀思妥耶夫斯基获准回彼得堡,重新焕发写作热情,出现了继40年代后第二个创作高峰期。代表作品有《被侮辱与被损害的》《地下室手记》《罪与罚》《白痴》《群魔》和《卡拉马佐夫兄弟》等。

三、创作特征

1. 题材

描写小人物、受难者、被侮辱与被损害者、人格分裂者、疯狂者、犯罪者……梦魇、呓语、幻觉、直觉、变态心理、歇斯底里、孤独、黑夜、死亡、鬼魂……总之,描写世间最痛苦、最绝望的人,揭示人心最黑暗最隐秘的潜意识,展示复杂混乱的非理性世界。

2. 主题

(1)表现俄国专制制度下底层人民的悲惨生活和"小人物"命运,表现专制制度对人性的扭曲。(2)揭示人性的善底下隐藏的恶,恶底下隐藏的善,表现美善黯然忍受邪恶的凌辱、摧残直至毁灭,或者无助地走向宗教。作家说:"人是一个谜。"他用自己的一生去破解这个"谜",探索人类心灵的奥秘。

3. 创作思想

(1)"土壤派"理论("根基论")——认为人民是知识分子赖以生存的土壤(根基),作家应该从这里吸取养分,关心"小人物"命运。(2)宗教博爱思想——认为人的犯罪,人间的一切邪恶与不幸,是因为忘记了上帝。所以,必须从心灵深处唤醒人的宗教意识。这一观点与"土壤论"一脉相承,或者说是"土壤论"的本质体现。

第二节 主要作品介绍

一、《穷人》

这是陀思妥耶夫斯基的处女作、成名作。主人公杰符什金是"小人物"系列中一个较独特的形象。他是彼得堡的一个小书记,深爱一个身世不幸的姑娘瓦莲卡。但只有牺牲、付出,而不接近。结尾是瓦莲卡不愿让杰符什金一生受累,嫁给毁灭她青春的恶棍地主贝科夫。杰符什金失去了唯一的希望,只能对天哀叹。"瓦莲卡"之于杰符什金,如同"冬妮娅"之于维林,"外套"之于阿卡基·阿卡基耶维奇,是"小人物"生活中唯一的温暖、希望。"瓦莲卡"也是一个小人物,她的选择(嫁给地主贝科夫)是陀思妥耶夫斯基式的选择,意义如下:(1)美善自虐式的自我毁灭,体现了作家对人生的绝望,是一种"恶毒"的安排。(2)"小人物"的善良使其不幸更加不幸。

二、《二重人格》(《同貌人》《孪生兄弟》)

《二重人格》是一部荒诞小说。陀思妥耶夫斯基在第二部中篇里,就迫不及待地走进矛盾冲突的人物内心世界,探讨人格分裂、异化的主题。小说写彼得堡一个小公务员高略德金的内心世界。他曾经因为失业而潦倒,所以生怕再度沦入绝境。高略德金是一个懦弱怕事的平庸之辈,十分渴望自己能学会一种攀附阿谀的手段飞黄腾达而不遂,因为他缺乏厚颜无耻的品质,因而精神分裂。幻觉中出现一位与他同貌的怪客:卑鄙、狡猾、无耻、充满野心、巧取豪夺、为达目的不择手段。主人公对这个小高略德金既害怕又向往,因为他具有自己所缺乏的品格,但又觉得不道德,于是内心充满矛盾,导致疯狂。

小说表现了现代人人格的分裂、残缺。两个高略德金分别代表人性的善与恶,二者如影随形,又不可调和。善是实相,恶是幻影,反之亦然,如同庄生梦蝶,庄生与蝶,都是大道不同面目的化身。大道时而化为庄生,时而化为蝴蝶;人性时而表现为善,时而表现为恶。主人公的困惑在于,既不能恪守善,又不能趋同恶,因而失去内在的和谐、统一,导致分裂、疯狂。

三、《卡拉马佐夫兄弟》

《卡拉马佐夫兄弟》通过弑父故事揭示了一个罪恶家族的精神史。老卡拉马佐夫是罪恶之源。年轻时他是寄食于富户的丑角,后来靠不正当的手段发家,晚年成了富豪。他贪婪阴险,性情暴戾,极端好色,娶过两次妻,一个逃亡,另一个被他折磨而死。所生的三个儿子都被他弃置不顾,幸亏有一位老仆人加以抚养,孩子们才得以长大。他们回到家里后都憎恨这个父亲,并且为争夺财产和女人而明争暗斗。长子德米特里是一个处于灵与肉矛盾冲突的夹缝、曾有弑父意念而最终忏悔复活的人物,是弑父的虚拟凶手;次子伊凡是一个悲观绝望的无神论者,在尼采宣判以前,在他心里,上帝已经死了,是弑父的思想凶手;最小的阿辽沙,是理想化了的正面形象,但过于理想化的事物,常常失之贫乏、苍白;私生子斯麦尔佳柯夫是邪恶的化身,为了3000卢布,杀死了老卡拉马佐夫,是弑父的真实凶手。文学史将这一类人物性格命名为"卡拉马佐夫性格":邪恶自私、野蛮残忍、卑鄙堕落,是人类罪恶的集中营。小说充满了善与恶的冲突,恶与恶的较量,但在这场人心的战争里,没有赢家,因为恶者因其邪恶而疯狂毁灭,善者因其渺小而无能为力,体现了陀思妥耶夫斯基式的绝望。

《卡拉马佐夫兄弟》是陀思妥耶夫斯基一生创作的总结。弗洛伊德认为它典型地印证了"奥狄浦斯情结",认为它与《奥狄浦斯王》《哈姆雷特》是人类文学史上的三部杰作。其他如《白痴》《被侮辱与被损害的》《白夜》《罪与罚》等都从不同角度探讨人性的善恶。

《罪与罚》是一部探讨社会犯罪根源的小说,为陀思妥耶夫斯基赢得了世界性声誉,发表后引起极大的社会反响。作者不像一般作家,把犯罪简单地归根于社会,比如贫困,而是笔墨触及主人公灵魂,揭示其犯罪的内驱力——具有"超人"色彩的人生哲学。

第三节 《罪与罚》故事梗概

小说有两条情节线索:一是拉斯柯尔尼科夫的生活;一是索尼亚的命运。两条线索在结尾汇合:皈依上帝。

七月初,彼得堡一个特别炎热的夜晚,一位衣衫褴褛的青年走出了他在S街所租的阁楼,神思恍惚地向K桥走去,准备预演他的"计划"。他神不知鬼不觉地溜进了一座楼房,胆战心惊地拉响了门铃。一个矮小干瘪、其貌不扬的老太婆小心翼翼地打开了门。她是一个贪婪富有的女当主,手段极其厉害,附近的大学生称她为可怕贪心的老女妖。那青年递给老太婆一个挂表想押四个卢布,但老太婆只给他一个卢布。青年人强压住心头的愤怒,在老太婆取钱的时候将她放钱和钥匙的地方一一记在心里,然后便十分慌乱地走了出来。

早在来时他便对自己所要做的事产生了一种极其憎恶的感情,现在这种感情越来越强烈。他觉得头晕、口渴,便走进一家酒馆,要了一杯啤酒。一个醉醺醺的小官吏走过来与他攀谈。他叫马尔美拉陀夫,因失业、贫困、无路可走而爱上了杯中之物,最初仅仅是为了借酒浇愁,久而久之便上了瘾。五天前他偷偷地拿走了家里仅有的一点钱,大大地过了一番瘾。想到身染肺病的妻子,嗷嗷待哺的孩子和沦为妓女的长女,他便心如刀割。那青年非常同情马尔美拉陀夫,将他护送回家并将身边的大部分钱偷偷地放在了他家的窗台上。

第二天,那青年收到母亲的来信,内心非常不安。他信步来到街上,陷入了沉思。原来那青年名叫拉斯柯尔尼科夫,在某大学攻读法律。由于贫困与绝望,已经休学。他母亲得知这一消息后,非常伤心,但是她早年守寡,靠极少的养老金生活,不可能拿出更多的钱来供儿子上学。拉斯柯尔尼科夫的妹妹杜尼雅在一个地主家当家庭教师。主人斯维德里加依洛夫觊觎杜尼雅的美貌竟置自己的发妻于不顾而不知耻地要求杜尼雅与他私奔。杜尼雅离开了主人与一个殷实的律师卢仁订了婚。拉斯柯尔尼科夫从母亲的来信中感觉到卢仁是一个自私、吝啬的人,杜尼雅不可能爱上这样的小人,她之所以答应嫁给卢仁显然是想凭借卢仁的财力和地位来保证自己的学业与职业。拉斯柯尔尼科夫决不愿意接受这样重大的牺牲。但他又无力改善家里的经济状况,要知道母亲已是举债无门,甚至将养老金也抵押给别人了。这时他头脑里又想到了那个"计划"。早在初次去女当主家典当物品时拉斯柯尔尼科夫便对她产生了无法克服的憎恨,他觉得与其让这个愚蠢、恶毒、有害无利的废物生活在世上,还不如杀了她,用她的钱来帮助贫困无助的青年和家庭,以一死换百生。几个月来他在头脑里反复酝酿着这一计划,但现在却对此感到非常震惊和厌恶。他走进一个酒店,喝了一杯酒,昏昏沉沉地在路旁的草地上睡着了。他梦见了童年时亲见的一幕悲剧:一群喝醉了的乡下人用鞭子、铁棍将一匹小马虐待至死。梦中的情景是那样剧烈地震撼着拉斯柯尔尼科夫的心灵,他决定放弃那个可恶的念头。但似乎是宿命的恶意的玩笑,在回家的路上,他无意中听到一个小贩邀女当主的妹妹丽扎韦塔明晚七时到他家去。这就说明晚七时女当主竟是一人在家了?这偶然的机遇使他重又改变了决定。

七时半,拉斯柯尔尼科夫强压住内心的紧张走进了那幢房子,在按铃前有一瞬间他心里起了这个念头:"我回去好吗?"但他没有回答自己。女当主开门后他慌慌张张地说明了来意并把用绳子扎得严严实实的典物交给女当主。乘女当主转身解绳子的时候他偷偷地拿出了斧头。他的手软得可怕并越来越麻木,他感到一阵晕眩。他怕失去最后一分钟,便举起了斧头,几乎是机械地打了下去,女当主倒下了。他用发抖的手取下了女当主脖子上的钱袋并拿走了一些典物。不料在此时丽扎韦塔闯了进来,他再次挥起了斧子也杀死了她。他感到越来越恐惧,一种厌恶的感情在他心里激烈地翻腾着,他的脑子糊涂了,不知做什么好,他觉得似乎陷入了梦境……

第二天,他收到了警察局的传票。抱着一种豁出去了的心情他走进了警察局。原来是女房东因他负债不还而告了他。当他如释重负地打算离开警察局时却意外听到两位局长正在谈论他犯的那桩案子,他紧张万分,突然昏倒。警方因此对他产生了怀疑。

拉斯柯尔尼科夫回到家后便把赃物藏在一个隐蔽的石坑里。最初他为消灭了罪证而感到喜悦,但随即又想到,既然自己是抱着某种明确的目的去干这件事的,为什么要把这些钱物埋起来,连看也不看呢?他对自己行为的正义性产生了怀疑。与此同时还对周围的一切都产生了极大的反感。由于身心的软弱,他陷入了神志不清的状态,朦胧中似乎听到警察局长在拷打女房东。在患病期间他的老同学拉祖米兴不辞辛劳地照顾着他。清醒后,卢仁前来拜访,并公开宣扬资产阶级功利主义,拉斯柯尔尼科夫对他进行了驳斥,两人不欢而散。

抱着结束这种痛苦生活的目的,拉斯柯尔尼科夫漫步街头。在一个酒店里偶遇警察局的书记扎苗托夫,他以极其明显的语言暗示自己杀死了女当主。出酒店后他想自杀却又亲眼看到一个女人跳河后被人救了起来。他决定去自首,路过女当主居住的那幢房子便走了进去,拉着门铃玩味着当时那种可怕而痛苦的感触。就在这时附近发生了一起车祸。拉斯柯尔尼科夫认出伤者正是马尔美拉陀夫。他承担了救护伤者的一切事宜,热心得仿佛马尔美拉陀夫是他父亲似的。马尔美拉陀夫死了,拉斯柯尔尼科夫却因做了这件好事而暂时获得了内心的平衡。他不再自暴自弃,决心与警察局斗一斗。

从好友拉祖米兴那里拉斯柯尔尼科夫得知负责侦查此案的侦查科长波尔菲里正在打听去女当主处典当过东西的人,他便主动去波尔菲里处要求拿回典物。波尔菲里对拉斯柯尔尼科夫显然抱有很大的怀疑,说了不少模棱两可的话,做出一些富有意味的动作,以试探拉斯柯尔尼科夫。他还巧妙地把话题引到拉斯柯尔尼科夫的犯罪理论上来。拉斯柯尔尼科夫将人分成两种:一种是保守而守法的普通人,另一种是富有革新精神、蔑视陈法的特殊人,最典型的如拿破仑。他认为为了达到一定的目的,这后一类人可以听凭自己犯罪而不会受到良心的谴责。利用拉斯柯尔尼科夫这种独特理论,波尔菲里对拉斯柯尔尼科夫进行了更加露骨的试探,致使后者既紧张又恼怒,露出了不少马脚。

从波尔菲里处回来后拉斯柯尔尼科夫在路上碰到一个小市民,那人当面称他为凶手,拉斯柯尔尼科夫十分惊慌,以为破案的日子即将来临,便去找马尔美拉陀夫的女儿索尼亚话别。早在马尔美拉陀夫初次对他讲起索尼亚时他便爱上了这个为了弟妹、继母而牺牲了自己的名声与青春的少女,但他不明白索尼亚怎么能忍受如此大的耻辱。索尼亚给他读了《新约》中拉撒路复活的一章,他明白了,索尼亚的精神支柱来自对上帝的信仰。对此他并不以为然。

第二天上午,拉斯柯尔尼科夫又去波尔菲里处。波尔菲里几乎是直言不讳地告诉拉斯柯尔尼科夫,他们已确证他就是凶手。在这场惊心动魄的心理战中,拉斯柯尔尼科夫的内心世界瞬息万变,他经受了各种激情的折磨。但是就在波尔菲里即将击败拉斯柯尔尼科夫的时候,嫌疑犯尼古拉突然承认是自己杀死了女当主。

拉斯柯尔尼科夫去马尔美拉陀夫家吃回丧饭。在这之前,杜尼雅已在哥哥的启发下认识了卢仁的卑鄙而与他决裂了。为了离间拉斯柯尔尼科夫兄妹间的关系,挽回这桩婚事,卢仁在席间诬陷索尼亚偷了他的钱,拉斯柯尔尼科夫揭露了卢仁的险恶用心,索尼亚的继母因此精神病发作死在路旁。

出于一种强烈的内心要求,拉斯柯尔尼科夫在回丧饭后去索尼亚处坦白了自己的罪行。为了追求杜尼雅而毒死了妻子的斯维德里加依洛夫恰好租了索尼亚隔壁的房间。他偷听了拉斯柯尔尼科夫的谈话,便以此要挟杜尼雅就范。杜尼雅想打死斯维德里加依洛夫,但终因心慈手软而扔掉了枪。斯维德里加依洛夫因此而感动,不再纠缠杜尼雅,开枪自杀了。

波尔菲里最后向拉斯柯尔尼科夫摊牌,劝他自首。在索尼亚的鼓励下拉斯柯尔尼科夫听从了波尔菲里的劝告。在西伯利亚服苦役期间,他像索尼亚一样皈依了宗教,走上了忍受苦难以赎清罪孽的道路。

第四节 《罪与罚》的主题思想

拉斯柯尔尼科夫铤而走险,杀死典当婆阿廖娜·伊凡诺夫娜和闯进现场的阿廖娜的妹妹,这是"罪"。"罚"是指犯罪后拉斯柯尔尼科夫的良心折磨,在索尼亚的劝告下从自我惩罚到自首,接受法律的惩"罚"。

一、社会主题

《罪与罚》通过拉斯柯尔尼科夫和索尼亚两家的遭遇,表现俄国底层社会的苦难,说明贫穷使人犯罪。正如雨果所言:"贫穷使男子潦倒,饥饿使妇女堕落,黑暗使儿童羸弱。"①

二、哲学主题

《罪与罚》通过拉斯柯尔尼科夫的哲学思考,探讨了以下命题:①善与恶的辩证关系——极善似恶。主人公认为消灭放高利贷的阿廖娜,是为民除害,为社会造福,但却触犯了法律,是犯罪。②庸人与超人的问题。庸人循规蹈矩,任人宰割,如尼采所谓"羊群",默默无闻,朝生暮死;超人破坏规矩,不受法律道德的约束,却主宰世界,是"牧者",像拿破仑,侵略俄国,使生灵涂炭,但千古留名,成了伟人,是谓极恶似善。这一套荒谬的理论表现了作者对不合理社会现象的抗议。

三、宗教主题

陀思妥耶夫斯基有着浓厚的宗教意识,他认为宗教是一切人的最后归宿。拉斯柯尔尼科夫代表社会道德和法律的叛逆者,索尼亚代表悲惨命运的受难者,最终均在上

---

① 雨果:《悲惨世界》自序,李丹译,人民文学出版社1958年版,第1页。

帝的怀抱中得到慰藉。

第五节 拉斯柯尔尼科夫形象分析

一、犯罪心理的活标本

拉斯柯尔尼科夫的犯罪心理十分独特、复杂,不是一时冲动、见财起意,而是经过充分的预谋、策划和理性思考;不是简单的谋财害命,而是有为民除害的心理作支撑,有一整套哲学理论作指导。劫富济贫是典型的知识分子的犯罪心理。

二、"道德奴隶的揭竿而起"者

"道德奴隶的揭竿而起"者即对世俗道德、法律的叛逆者。拉斯柯尔尼科夫蔑视庸人,推崇超人,立志做一个"不平凡的人"。类似于此的杀富济贫,占山为王者,人称绿林好汉,因其以道义为先;拉斯柯尔尼科夫却是不折不扣的罪犯,因其以私欲为目的。所以,拉斯柯尔尼科夫的叛逆是堕落犯罪。他事后的内心冲突,良心折磨直至自首伏法,说明内心深处的道德律仍然根深蒂固,他依然是道德的奴隶。说到底,拉斯柯尔尼科夫仍然是一个凡人而非超人,以此证明他的"超人哲学"的必然破产。

第六节 《罪与罚》的艺术特色

《罪与罚》体现了陀思妥耶夫斯基创作的一般特征。

一、"复调现象"

巴赫金认为陀思妥耶夫斯基"创造了一种全新的艺术思维类型——复调型的艺术思维"。①以往的小说家都要借作品中某一个人物,表明自己的观点、态度,陀思妥耶夫斯基不然,他让作品中所有的人发表各自的看法,各抒己见,各执其理。在《罪与罚》中,他似乎认同索尼亚的宗教态度,但也没有否认拉斯柯尔尼科夫的"超人哲学",卢仁的极端个人主义,代表法律的波尔菲里的"生活求实和法律观念"。这使作品具有多元的解读方式。

二、心理分析

作者将拉斯柯尔尼科夫犯罪前后的心理写得惊心动魄,并且以梦境、幻觉、下意识的失态言行来衬托他这种惊恐心理。比如:①房主告他,在警察局听到谈论案子时昏倒。②当听到别人谈到凶手把一个首饰盒(赃物)掉在木工房(现场附近)里时,他脱口而出:"是在门后边吗?"这些表现出拉斯柯尔尼科夫在罪恶感压迫下的失常心理。陀思妥耶夫斯基的潜意识分析和心理描写,对20世纪以来的现代派文学产生了深远的影响。

---

① 巴赫金:《陀思妥耶夫斯基诗学问题》,白春仁、顾亚铃译,生活·读书·新知三联书店1988年版,第24页。

三、离奇怪诞的情节

陀思妥耶夫斯基取材诡异,人物性格怪诞,造成了情节曲折离奇、虚幻荒诞的特点。陀思妥耶夫斯基声言:"我对现实有一个与众不同的看法,而且大多数人认为几乎是荒诞和特别的事物,对于我来说,有时却构成了现实的本质。"《罪与罚》就是这一特点的典范:小说取材凶杀案(选择凶杀案来展现主人公的性格),作案者是一个高智商的大学生,犯罪是在错误哲学观指导下的理性行为,其间又夹杂着不寻常的亲情、爱情与主人公的心理矛盾……这一切将小说情节演绎得跌宕曲折,扑朔迷离。

四、"虚幻现实主义"的创作方法

陀思妥耶夫斯基不同于别林斯基的看法。后者主张"毫不掩饰地"描写真实,即"按生活本来的样子";他则要用夸张、怪诞、幻想等手法来反映生活中离奇的现象,他重在本质的真实,而不是现象的真实,说"虚幻的现实主义"更能反映现实的本质。这种创作方法对于反映畸形社会的畸形生活无疑是很有效的,这也是陀思妥耶夫斯基的独创。

思考题

1. 分析拉斯柯尔尼科夫的形象。
2. 阐释《罪与罚》的主题。
3. 谈谈《罪与罚》的艺术特色。
4. 解释:复调现象与卡拉马佐夫性格。

讨论题

你怎么看待拉斯柯尔尼科夫的犯罪?

第十四章 批判现实主义文学的最高成就者：托尔斯泰(Tolstoi)和他的《复活》(*Resurrection*)

教学重点：《复活》中男女主人公的形象分析、安娜·卡列尼娜的形象及其典型意义、心灵辩证法。

第一节 托尔斯泰生平简介

列夫·尼古拉耶维奇·托尔斯泰于1828年9月9日生于图拉省克拉皮县亚斯纳雅·波良纳一个贵族世家。2岁母亲去世，9岁父亲去世，由姑母监护长大。

1844年进喀山大学东方语文系学习，次年转入法律系，其间不专心学习而迷恋社交、舞会，同时博览文学和道德哲学方面的书籍，接受了卢梭等人的启蒙思想，开始对农奴制和学校教育产生不满。1847年还未毕业就辍学回到庄园进行农事改革，试图改善地主和农民的关系，但改革因农民不理解而以失败告终。

1851年以志愿兵的身份到高加索服兵役并开始写作，1854—1855年参加克里米亚战争。因战斗中的非凡表现获得

托尔斯泰

了四级安娜勋章并晋升为中尉。6年的军旅生活也为他创作《战争与和平》提供了珍贵的素材。1856年退伍后，继续回到庄园改革，又一次失败。

1857—1861年，托尔斯泰两度出国，寻找救世良药未遂，决心以自己的方式救治社会。他回到庄园创办学校，亲自编写教材、授课，亲自做地主和农民的调解员，因常常站在农民一边而遭地主们的仇视。他把教育看作改革社会的重要途径，想从宗教、哲学和伦理道德中探索俄国的出路。

1862年9月，他和莫斯科名医别尔斯的女儿索菲娅结婚。

19世纪70年代末，托尔斯泰的世界观发生巨变，形成其思想道德体系——"托尔斯泰主义"。他认为宗法制农民代表道德的最高境界，贵族只有向他们的道德生活看齐，走"平民化"的道路，社会矛盾才会解决。

19世纪80年代初，举家迁往莫斯科，居住了20年（1882—1901），他的家成了当时的艺术家们聚集的地方。

托尔斯泰晚年企图亲证其人生主张：他穿农民的简朴衣服，不再吃肉，做木工活，

当皮匠,劈柴,为寡妇犁地;他否定莎士比亚和贝多芬等伟大的艺术家的创作,甚至否定自己的《战争与和平》和《安娜·卡列尼娜》等作品,认为这些作品是给贵族写的。1891年宣布放弃1881年以后全部著作的版权。

他"平民化"的生活方式与家人格格不入。为了自己的信念,言行一致,他收拾了简单的行装,于1910年10月27日夜间3时离家出走,三天后由于旅途劳累,病倒在一个名叫阿斯塔波沃的火车小站,11月7日清晨5时3刻,这位伟大的艺术天才心脏停止了跳动,与世长辞,时年82岁。

托尔斯泰一生矛盾重重,但与陀思妥耶夫斯基略有不同,陀氏强烈关注人的内在冲突,托尔斯泰更关注阶级矛盾和社会冲突。列宁这样评价:"作为一个发明救世新术的先知,托尔斯泰是可笑的……作为俄国千百万农民在俄国资产阶级革命到来前夕思想和情绪的表现者,托尔斯泰是伟大的。"又说他是"俄国革命的一面镜子"。

地主与农民的关系问题是托尔斯泰一生关心的焦点,他幻想通过改良协调贵族与平民的关系,解决社会矛盾。

他用一生的思考,形成贵族平民化和托尔斯泰主义(其核心是"勿以暴力抗恶""道德自我完善"和"博爱"思想)。这种观点在政治上是十分幼稚的,所以,列宁说他是"可笑的"。但作为一个艺术家,他敏锐地感觉到资本主义思想观念侵入俄国,现存一切制度土崩瓦解。他描写安娜悲剧的不可避免,描写人性的胜利(《复活》),探讨贵族阶级的出路(《战争与和平》)。他忧愤(把绳子藏起,不敢带枪,怕自己自杀),他矛盾,痛苦,放弃贵族特权,和农民一起劳动……都不是为了一己之悲欢,而是为整个俄罗斯民族找出路。他的情怀是圣者情怀,他的痛苦是伟大的痛苦,所以列宁说他是"伟大的"。

第二节 托尔斯泰的创作道路

一、早期

小说自传体三部曲《童年》(*Childhood*)、《少年》(*Boyhood*)、《青年》(*Youth*),是托尔斯泰的成名作,基本内容是写贵族少年尼古林卡性格和观点的形成过程,表现出渴望道德纯洁和自我完善的倾向("道德自我完善"),且已显现出托尔斯泰擅长心理分析的艺术特点。

特写集《塞瓦斯托波尔的故事》包括三篇特写,主要内容是记录了在塞瓦斯托波尔保卫战中普通士兵的勇敢和爱国主义精神,开俄国战争文学现实主义描写之先河。

中篇小说《一个地主的早晨》(*A Landowner's Morning*)带有自传性,作品的情节以托尔斯泰回故乡从事以改善农民生活为目的的失败改革为基础。小说真实反映了农民的贫困生活,并说明农民和地主间的鸿沟是不能填平的。主人公聂赫留朵夫是贵族平民化的体现者。

此外,这一时期的重要作品还有表现贵族平民化的努力失败的中篇小说《哥萨克》(*The Cossacks*),这是托尔斯泰早期创作的总结性作品。

二、中期

19世纪六七十年代,托尔斯泰创作了两部伟大作品:长篇小说《战争与和平》(*War and Peace*,1863—1869)和《安娜·卡列尼娜》(*Anna Kalienina*,1873—1877)。表现了作家对矛盾重重的俄国现实的思考,对处在转型期的俄国贵族命运的担忧。

《战争与和平》是一部历史题材的长篇小说,主要内容是写1805和1812年俄国同拿破仑执政法国进行的几次战争以及和平时期的生活。在战争年代与和平时期的交替描写中,展现了广阔的社会生活画面。全书的重点是描写俄国人民反抗侵略的战斗情景,歌颂俄国人民保家卫国的爱国精神和英雄气概。在阐述历史问题时,作家肯定了人民群众是历史发展的动力,个人对历史事件不可能起决定性的作用。托尔斯泰此时还是站在贵族立场,但仍揭露本阶级的弊病。他笔下的贵族分成两类:一类是当朝宫廷显贵,热衷于功名利禄的官僚和腐败贵族,在国家危难时期他们照样寻欢作乐;另一类多是外省庄园贵族,他们在战争中接近人民,保持了民族的优秀品质,书中的主要男主人公都是后者。主人公安德烈和彼埃尔都是精神探索型人物,他们是当时俄国先进贵族的典型。但两人性格不同:安德烈才智过人,孤傲坚强,刚直不阿,他过着一种紧张的精神生活,不断探索生命的意义,对自己永不满足,最后为国捐躯;彼埃尔是个纯朴善良的好人,但容易感情冲动,缺乏意志力,经常显得漫不经心,彼埃尔探讨一种道德的理想,寻求一种在精神上得到满足的生活,在小说的最后部分,他走上了同专制政权作斗争的道路。娜达莎是俄罗斯文学中最有艺术魅力的妇女形象之一,但由于托尔斯泰保守的妇女观,她最后成为一位典型的贤妻良母。《战争与和平》有很高的艺术成就,最突出的特点是宏大的结构和严整的布局,被称为"史诗体小说"。

《安娜·卡列尼娜》在托尔斯泰的创作中地位仅次于《复活》。作品主要写安娜的爱情追求和悲惨结局。安娜在未成年之时由家人做主嫁给了官僚卡列宁,卡列宁是个枯燥乏味的人,妻子对他不过是一件装饰品。渥伦斯基唤醒了安娜沉睡的爱情,为了爱情,安娜离家出走。安娜的行为遭到了上流社会的迫害,卡列宁用各种办法来折磨安娜(拒绝离婚,拒绝把儿子给安娜)。后来渥伦斯基对安娜开始冷淡,安娜走投无路,最终自杀。安娜的悲剧主要是社会造成的。列文的精神探索是小说的第二条情节线索,他是托尔斯泰笔下"忏悔的贵族"系列形象之一。《安娜·卡列尼娜》在人物心理描写和小说的结构上具有很高的艺术成就。

三、后期

19世纪70年代末80年代初,托尔斯泰的世界观发生激变,他和贵族阶级的观点彻底决裂,坚决站到了俄国广大农民的立场上。在他的一系列论文中表达了自己的观点,对沙皇俄国的上层建筑进行了猛烈的揭露和抨击,而救世药方则是"托尔斯泰主义"。"托尔斯泰主义"是托尔斯泰世界观转变后在解决精神矛盾和社会问题上形成的一整套理论,主要由"不以暴力抗恶""道德自我完善""宽恕仁爱"等宗教精神构成,表现了托尔斯泰反对一切暴力,从宗教伦理中寻求出路的人道主义思想。这一时期的主要作品有中篇小说《克莱采奏鸣曲》和长篇小说《复活》。前者宣扬贵族只有通过禁欲方能获得解脱;后者是托尔斯泰的代表作。这些作品虽无情地揭批了俄国当时的黑暗现实,但同时又进行了道德说教。晚年的托尔斯泰不屈服于官方的迫害,继续坚持自己"平民化"的理想,并为此与家庭决裂,高龄出走,病逝途中。

第三节 《复活》故事梗概

聂赫留道夫是莫斯科的科克拉斯诺贝尔斯克地方议会的议员,也是地方法院的陪审员。四月的一天,他去参加几个刑事案件的审理。第一起案子是毒害人命案。犯人中有一位年轻美貌的妓女——流宝芙。她一走进来,法庭里所有人的眼光都一齐朝她望去,紧盯住她那白皙的面孔、亮晶晶的黑眼睛和她囚衣下那隆起的胸脯。聂赫留道夫也戴上夹鼻眼镜仔细端详着她,心里反复想着那个名字"流宝芙"。早年的往事在心头奔涌,流宝芙难道是她吗?不,绝不可能。但确实是她,玛斯洛娃,大家叫她卡丘莎,是姑姑家那个一半算养女一半是奴婢的黑眼睛的姑娘。聂赫留道夫19岁那年曾经爱过她,三年后他玷污了她并把她抛弃了,听说后来她堕落了。聂赫留道夫每想到她总感到内心有一种难言的羞愧,因此竭力想忘却这桩心灵上的罪恶。

然而冤家路窄。这次法庭上的巧遇,又重新勾起他往昔的记忆,迫使他正视自己的负心、卑鄙和懦弱。这时他只是怕卡丘莎会把同他有关的事情和盘托出,弄得他当众出丑。他已无心听取法庭上冗长的发言,全部注意力都集中在玛斯洛娃身上。他的内心有所触动,产生了一种忏悔感,但同时又极力想把这件事看作一个偶然的巧合,时过境迁,一切都会很快过去的,而不致影响他的生活方式。这时法庭进行宣判:玛斯洛娃被判去西伯利亚做四年苦工。聂赫留道夫刚听到判决时甚至有如释重负的感觉,因为在这之前,他原本料想她会无罪释放,那么如何对待她,则是他将面临的一个现实的难题。现在好了,西伯利亚和苦工,斩断了他跟玛斯洛娃保持任何关系的可能。然而,玛斯洛娃听到判决后忽然高声哭喊着:"我没罪,没罪啊!"她的哭喊声震荡着聂赫留道夫的心灵。恐惧和悔恨同时向他袭来。他自言自语道:"不行,这个案子不能这样了结。"这时他完全忘却了适才宣判时那一刹那的歹毒情绪。聂赫留道夫悔恨自己在讨论案情时心不在焉,没有认真推敲,以致造成了重判,这是个不可原谅的疏忽。他决定去找律师法纳林商谈上诉事宜,尽量减轻她的厄运。

聂赫留道夫离开了法纳林律师家,去柯尔查庚将军家赴宴。他对那里感到厌恶。老柯尔查庚那自得其乐的庸俗神态,不禁使他想起此人在当省长期间常常无端鞭挞甚至绞死许多人的狰狞面目;米西小姐公然把他视为称心配偶的眼神也令人生厌。往日他在这里感到的文雅、豪华、和睦、舒适的感觉消失了。于是他便告辞回家了。

回到家后,他怎么也抹不掉玛斯洛娃那一对微微斜睨的黑眼睛泪珠滚滚的画面。他非常难过。因为从前的他和现在的他,这中间的差别,比起卡丘莎和判刑的妓女中间的差别是同样的大。从前他襟怀坦荡,诚恳正直,可现在他却深陷在虚伪和自私之中,而这种虚伪和自私在他四周人看来,竟成为真实和无私的美德。他无法不作假地和米西一刀两断;无法解决既认为地主占有土地是不公平的,可又继承母亲所传下的土地这个矛盾;最后,怎样才能赎回他对卡丘莎所犯的罪孽呢?金钱能够赎罪吗?他清清楚楚地记得离开姑姑家的前夕,他怎样将一百卢布塞给了卡丘莎后跑掉。当时他感到的那种恐怖和厌恶现在又回到了他的胸中。他既是自己的原告,又是自己的法官。尽管他内在有个声音在为自己辩解说:你不是曾试图改过自新,结果都是一场空吗?可是,这时聂赫留道夫的心已觉醒,他下定决心:不管付出什么代价,也要打破这个束缚我的虚伪;我要对人人说老实话,做老实事;我是卡丘莎落到今天这悲惨境地的直接原因,我请求她宽恕;如果必要的话,我情愿跟她结婚。刹那间,他被自己精神上的完善、道德上的复活所感动,止不住流下了自怜自爱的眼泪。

聂赫留道夫为上诉事宜四处奔走。他亲自到监狱探望玛斯洛娃,讷讷地去询问她过去的情况。玛斯洛娃则简单、愤愤地说:"主人一瞧出我有身孕,就把我撵出来了,孩子生下来就死了,谢谢上帝,事情早已过去。"聂赫留道夫立刻表示:"不,还没完,我要赎我的罪。"这时玛斯洛娃不禁想起那可怕的夜晚:当她得知聂赫留道夫给姑姑的电报说他不能下车去看望姑姑时,她决定亲自到车站去。她拖着有孕的身子,一节一节车厢地找。突然,隔着玻璃窗,她看见他在柔和的灯光下喝着酒,眉开眼笑。待她举手敲打玻璃时,列车开动了,她在风雨的黑夜中紧紧追赶……荒野里回响着她悲痛的哭声。从那时起,她不再信仰上帝和善良,认为那全是骗人的,人人都把她看作赚钱或取乐的对象。她不懂这是为什么,也不想往深处想,心里烦闷时就借酒浇愁,男人们需要她,她也得利用男人,占他们的便宜才行。想到这里,玛斯洛娃便带着媚笑对聂赫留道夫说"没什么可赎的",心里却盘算着怎样利用他。她对聂赫留道夫为她上诉一事并不太关切,而当她向他要十个卢布时,倒是聚精会神地瞧着他那只捏着钞票的手。

这初次见面后,聂赫留道夫决计用跟玛斯洛娃结婚的办法来挽救她的灵魂。他不再去看望米西小姐,改变了生活方式:辞退佣人,租出大房子,处理掉生活上多余的东西。但是更困难的还是上诉。他四处奔走,磨破了嘴皮,花足了钱。为了让玛斯洛娃在上诉书上签字,他又来到监狱。聂赫留道夫再次请求玛斯洛娃宽恕,说他觉得在上帝面前有责任同她结婚。这时玛斯洛娃突然变色道:"上帝,什么上帝,当初你要想起上帝就对了,现在你打算用我来拯救你自己,好让你能上天堂,我情愿上吊也不跟你结婚,我是犯人,你是公爵,这儿没有你什么事,走开!"说着便哀怨地哭了起来。聂赫留道夫也凄然泪下。玛斯洛娃瞧着他,暗自惊奇。

本来,聂赫留道夫一直在玩味和欣赏自己的悔悟和纯正的居心,现在他才为自己罪孽的严重而深感后怕。他痛苦地感到绝对不能抛下她不管。

玛斯洛娃等一批犯人六月初就要动身去西伯利亚,聂赫留道夫打算,上诉一旦被驳回便上书皇帝,请求减刑,同时决定跟玛斯洛娃一块上路。为此他必须去田庄料理一些事务。走前他再次探望玛斯洛娃,玛斯洛娃告诉他自己已经戒酒了。

聂赫留道夫大学期间曾信奉和宣传亨利·乔治的学说,把父亲的田产分发给农民。但是他从军后养成的挥金如土的习惯,使他把早先的见解丢到了脑后。他从不问母亲给他的钱是打哪儿来。母亲死后,财产由他继承,于是土地私有的问题直接摆在他的面前。如果在一个月前,聂赫留道夫便会说他无力改变现存制度。可是现在,他无论如何都不能再这样拖延下去了。他决定把田地以低微的租金租给农民。田庄上农民赤贫的状况使他大为吃惊。他目睹造成老百姓全部灾难的直接原因是土地不在他们手中,因此他一方面把土地租给农民,同时把所收的租金又作为造福农民的一份基金。可是农民们怕上当,迟迟不敢相信。聂赫留道夫向衣衫褴褛的农民们散发了银钱后当即离开了田庄。

聂赫留道夫为上诉的事来到彼得堡。他求亲告友,四处奔走,但人们大都认为他的行为古怪,思想危险;聂赫留道夫对他们也看不顺眼,话不投机。不久,大理院驳回上诉,维持原判。聂赫留道夫向皇帝写了请愿书后便离开了京都。

聂赫留道夫一回到莫斯科,便着手动身的准备。炎热的七月天,他跟随玛斯洛娃一行苦役犯上路了。犯人们被关进了囚车,聂赫留道夫坐随后的客车。为了减少男刑犯对玛斯洛娃的纠缠,聂赫留道夫设法将她调到政治犯队伍中。玛斯洛娃在这里感到犹如到了一个平等的世界。这使她的性格起了很大的变化。有个叫西蒙松的政治犯非常尊重和体贴她。这种高尚的感情涤荡了玛斯洛娃心灵上的污垢,复活了她纯洁、明朗的天性。一天,聂赫留道夫来到政治犯休息室,西蒙松突然坦率地告诉他:"我要跟卡丘莎·玛斯洛娃结婚。卡丘莎不愿意接受您的牺牲。可是她不问过你是绝不会作出什么决定来的……既然她不肯接受您的帮助,就让她接受我的也好。这样也许可以减轻她的恶运……"聂赫留道夫说他不愿意束缚她,一切由她自己决定,他表示很高兴看到她遇见这样好的一个保护人。但是他又感到有点失望,因为这样的结局多少损害了他的牺牲的崇高性质。

这时传下了皇帝恩准的通知,玛斯洛娃的苦役改为流放,就近执行。他急忙去告诉玛斯洛娃,她说看守已经告诉了她。她表示西蒙松上哪去,她便跟到哪儿,并请他原谅没有照他所希望的去做。

聂赫留道夫因为玛斯洛娃不再需要他而感到一阵难过,但使他更为苦恼的是:三个月来耳闻目睹的种种可怕的罪恶和不平、监狱里的苦难和恐怖,他想不出有什么办法可以克服。可是后来他在《圣经》中读到:人不但不可恨仇敌,而要爱仇敌。这时,他认为自己找到克服的办法了。

第四节 《复活》的基本内容和主题思想

一、基本内容

《复活》通过玛斯洛娃的悲惨遭遇和聂赫留道夫为她上诉请愿的过程,对沙皇专制制度的反人民本质进行了全面而有力的揭露。主要包括以下几方面。

(一)对沙皇专制制度的国家机器(国家制度)的揭露

通过对法庭审判过程的描写,真实地反映出沙皇俄国司法制度和暴力镇压机构的罪恶本质,这包括对法庭上一群法官的揭露,对中高级官吏的揭露,对监狱的可怕和丑恶的揭露。

法庭是神圣的,是国家权力的象征。可是托尔斯泰笔下的法庭,表面上庄严肃穆,但坐在审判席和陪审席上的尽是一些自私自利、玩忽职守、根本不关心老百姓死活的剥削阶级寄生虫。

诸如在妓院里狂欢了一夜,开庭前连案情都不清楚,却大言不惭地谈"犯罪遗传学"的副检察长;为了会情人,明知有错而不纠正的庭长;因和妻子吵架担心回家吃不着饭和专心于胃病新治疗法的法官;等。这样一些人审案,其结果是可想而知的。

监狱里像玛斯洛娃这样的蒙冤者比比皆是。如衣食无靠的流浪汉、护照过期的石匠、妻子被霸占反被诬为纵火犯的农民等。下级法院任意迫害无辜,最高法院也"不管案情是非曲直,只查查法律条文引用是否恰当"。

作者指出,许多人遭到逮捕和判刑的原因是他们妨碍了官吏和富人们享有特权,而法律是为了维护统治阶级利益而制定的。

(二)对沙皇专制制度的精神支柱(教会制度)的揭露

作品对作为沙皇专制制度的精神支柱和帮凶——官办教会的虚伪性和欺骗性进行了无情的讽刺和揭露。神父们不断地劝犯人忍辱、吃苦,嘴里高喊仁慈、博爱,但对犯人的非人处境却无动于衷;任职46年的老神父劝别人不要贪财,而自己却非法搞了大量钱钞和房子。他们自己不信教,却用酒浸过的面包骗人。尤其监狱教堂做礼拜的场面更令人触目惊心,充满爱的祈祷声和犯人的脚镣手铐声以及金碧辉煌的教堂和恶臭破烂的牢房等形成了鲜明的对比。这一切无不暴露了官办教会的虚伪和欺骗。这种揭露是1901年托尔斯泰被宗教院开除教籍的重要原因。

(三)对沙皇专制制度的阶级基础(社会制度)的揭露

《复活》中的贵族地主已经没有优秀人物,他们都是一些空虚、腐朽、伪善的寄生虫,托尔斯泰的同情完全在农民一边。那些身居要职的政府官员们也没有一个是好人。副省长马斯尼柯夫打了犯人还要犯人谢恩;国务大臣的最大愿望是"从国库多取钱财和勋章";大法官渥尔夫"高尚、勇敢、爱国主义的伟业"是残杀和迫害波兰爱国者;要塞司令任意屠杀老百姓、虐待犯人。整个国家机器掌握在这些刽子手手里,人民哪有活路!

(四)对沙皇专制制度的经济基础(经济制度)的揭露

在《复活》中,作家真实地描写了广大农民的悲惨处境,指出其根源在于土地私有制。农奴制改革后,农民仍赤贫如洗,受贵族地主的残酷剥削和压迫。砍一棵小树就得坐牢;农民的牛吃了地主草场的草就要赔钱或罚苦工。人们普遍营养不良,儿童大量夭折,讨饭的到处都是。农民贫苦的原因"和白昼一样明显,也就是唯一能养活他们的土地,却给地主从他们手里夺走了"。

(五)对资本主义制度的批判

《复活》也写出了资本主义对农村的冲击和农民与资产阶级之间的矛盾。资本主义的入侵迫使大量农民流入城市,充当资本家的廉价劳动力。他们中有的虽被雇佣,却无工作保证;有的只能当鞋匠、洗衣工、搬运工,他们大都苍白消瘦。而多数"褴褛的、浮肿的、身边带着孩子"的"成年男女"只能"站在街头要饭"。

《复活》通过对男女主人公"复活"的描写,强调了"道德自我完善"在改造人与社会中的重要作用。在小说中,托尔斯泰把人的精神复活看作社会根本转变的起点,这种思想集中地通过对男女主人公的精神复活的描写表现出来。

二、主题思想

《复活》的主题思想是揭批沙皇专制制度、宣扬"托尔斯泰主义"。两者的深度和力度超过了作者以往任何一部作品。尽管作家主观上要宣扬他宗教道德的救世良方,但客观上却阐明了这样一个道理：人们的精神的升华必然导致对丑恶和产生丑恶的社会的否定。正是在这个意义上，作家"撕下了"沙皇俄国的"一切假面具"，否定了整个专制制度。

第五节 《复活》主人公形象分析

聂赫留道夫是托尔斯泰笔下系列"忏悔贵族"的集大成者，是一个忏悔贵族的典型形象。其思想性格经历了"纯洁—堕落—复活"三个阶段。起初，他是个纯洁高尚的青年，富于自我牺牲精神，曾把继承来的土地送给农民，但后来受到贵族社会腐朽放荡生活的熏染，成为一个利己主义者，他把女人看成"享乐的工具"，与同事争夺情妇，与有夫之妇私通，最终诱骗了玛斯洛娃。在法庭上，他被玛斯洛娃的不幸遭遇强烈地震动，沉睡在内心深处的人性苏醒了，开始意识到自己有罪。在为玛斯洛娃的案件奔走上诉的过程中，他看到了社会的种种不合理现象，逐渐树立了否定现存制度和土地私有制的信念，但他最终没有找到铲除社会罪恶的途径，而是在宗教道德中找到了精神归宿，走向了灵魂的"复活"。聂赫留道夫由忏悔走向复活的过程，就是人性由失落到复归的过程，也就是道德自我完善的过程。不过他的转变是不断地接触现实、认识生活的恶，并经过内心的冲突、反抗，最终放弃贵族的观点与准则的过程。这既是他的品质复活的过程，也是他走向人民的过程。可以说这一形象前段重在揭露社会，后段重在忏悔自我。前后有内在联系。所以说他的忏悔和转变具有现实的根据，也富有教育意义。但是聂赫留道夫最后信奉"不以暴力抗恶"的不抵抗主义，使他俨然成了"托尔斯泰主义"的化身，这反而有损这一形象的价值。总之，作为一个"忏悔贵族"的典型形象，聂赫留道夫的"复活"以良心发现为出发点，以忏悔罪恶为主要内容，以精神解脱为最终目标。这个形象反映了俄国社会大动荡时期进步贵族知识分子的精神状态和统治阶级内部的分化，也反映了托尔斯泰世界观的矛盾和解决社会问题时的软弱无力。

玛斯洛娃是一个被侮辱被损害的下层妇女形象。她的思想性格也经历了"纯洁—堕落—复活"三个阶段。她本是一个美丽、善良、勤劳的姑娘，在被玩弄和欺骗后清醒地认识到富人和穷人的对立，看到了宗教欺骗人的本质，但她找不到光明的出路，只能借酒浇愁、麻痹自己、卖弄风情、破罐破摔。后来在聂赫留道夫真诚忏悔的感化下，在政治犯的积极影响下，也从堕落走向复活。她的"复活"不是像聂赫留道夫那样通过抛弃贵族阶级固有的利己主义劣根性来完成的，而是通过纠正她在病态社会里所染上的恶习来完成的。她的"复活"主要是作为人的尊严与信心的"复活"，因而一定程度上体现了下层人民的优良品质和他们的觉醒。但这一形象的主要意义在于通过其不幸遭遇，对下层人民悲惨处境的反映以及对沙皇专制制度的揭露批判。

第六节 《复活》的艺术特征

一、简洁清晰的单线索结构

《复活》以单线的情节线索却实现了题材的广泛性、内容的深刻性和丰富性。通过聂赫留道夫为玛斯洛娃上诉、奔走求情，最终去西伯利亚，从城市到乡村，从首都到外省，从政府的衙门到省长的官邸，从贵族的厅堂到农民的茅舍，从剧院的包厢到三等客车的车厢,从警察局到停尸房等,广泛而深入地描写了俄国社会,展现了一幅幅生动的社会生活画面,是一部成功的社会全景小说。

二、尖锐对比的手法

小说中一边是少数贵族地主的豪华奢侈生活,一边是广大人民群众衣食无着、到处流浪的悲惨处境;一边是监狱里囚犯沉重的镣铐和痛苦的号叫,一边是统治阶级派来的神父满嘴仁爱怜悯的讲经布道,对比尖锐。

三、细致入微的心理描写

由于心理描写细致入微,《复活》被称为心理小说。车尔尼雪夫斯基把托尔斯泰作品中独特而卓越的心理描写艺术称为"心灵辩证法",是指托尔斯泰不仅描写人物心理活动的原因和结果,而重在展示人物复杂的、隐秘的、瞬间的心理活动过程本身。他善于通过描写心理变化的过程展示人物的思想性格的演变;他最感兴趣的是心理过程本身,是这种过程的形态和规律;他能描述出一些感情和心理怎样演变为另一种感情和心理,展示心理流动形态的多样性与内在联系;他除了对人物一生的心理运动过程的描述之外,还特别注重对人物瞬间心理变化过程的描述;他重在表现人物思想感情的矛盾和斗争,展现其辩证的发展过程。这就是车尔尼雪夫斯基评价托尔斯泰心理描写技巧时所说的"心灵辩证法"的基本内容。

《战争与和平》中安德烈与年轻美丽的娜塔莎跳舞并瞬间决定向她求婚。从原本不相识到完美舞蹈成为众人焦点,再到担心娜塔莎被别的男人邀请而决定向她求婚,表面上看来是一个男人对一个女人的一见钟情,深入内里则是安德烈作为一个男人此刻所体验到的荣耀感、征服欲、占有欲等一连串最隐秘的心理活动。《安娜·卡列尼娜》中卡列宁发现安娜有失检点的行为后与安娜谈话一节,安娜开始装疯卖傻、封闭心灵,接着微露一条缝后又完全封闭,直至心里又出现另一个男人——温柔英俊的渥伦斯基,于是脱口说出:"我就是他的情妇!"整个心理活动的过程写得细腻入微、真实可信;列文第一次向吉提求婚,吉提从平静到惊喜,从惊喜到内疚痛苦,从内疚痛苦到恢复平静的过程,表现得十分准确;还有安娜最后的自杀;等。《复活》中最为典型的例子就是聂赫留道夫对玛斯洛娃的抛弃。聂赫留道夫与玛斯洛娃有了性爱关系后,即使回到花花公子云集的部队大染缸,开始也没有变心,而是与污浊的环境进行了顽强的抵抗,只是后来作为一个男人实在受不了同伴嘲笑他是胆小鬼才尝试了寻花问柳,由此一发不可收拾,心灵也逐渐麻木不仁,最后终于不想对玛斯洛娃负责,造成了玛斯洛娃的被遗弃。这中间是有一个复杂微妙、辩证发展的过程的,而不像很多小说对此情况往往简单描写成男主人公的思想道德败坏。

四、讽刺的笔调

小说强烈的批判性和揭露性,常常是在对一定的生活方式、人的行为和社会制度的讽刺性描写中表现出来的,是一部讽刺性的社会小说。作品还利用细节描写适时地对统治阶级及其人物进行讽刺,在描写这些人物的外貌、内心、言行时,经常带着讽刺的笔调。

如统治阶级的人物大多是"肥胖的""大腹便便的""牛一样壮的身躯""纤细的双脚"等。玛斯洛娃的出场也是一个绝妙的讽刺。玛斯洛娃未上场时,整个法庭因为法官、陪审团在急切交流着上流社会的风流韵事而一片嘈杂,而美丽性感的玛斯洛娃一出现,小说写到整个法庭顿时鸦雀无声,维持这个社会的"杰出"人士们全都在目不转睛地紧盯着玛斯洛娃高耸的胸脯。

五、充满了批判的激情

小说用鲜明的哲理和道德说教来提出重大的社会问题,表明作者的观点;采用大声疾呼直接诉诸读者的形式,使得作品具有强烈的主观激情和宣言式的风格。

思考题

1. 分析聂赫留道夫形象。
2. 解释:心灵辩证法。

讨论题

如何理解男女主人公的"复活"?

附:《安娜·卡列尼娜》评析

一、故事梗概

安娜·卡列尼娜是19世纪俄国上流社会的贵妇人。她年轻、美丽,渴望生活。丈夫卡列宁,比她年长20岁,是彼得堡的一个重要的官员。他"不匆忙,也不休息",成天忙于公务,贪求功名,酷似一架"官僚机器"。生机勃勃的安娜渴望幸福,热爱生命,但是在死气沉沉的卡列宁的家里,除了痛苦的感情压抑外,她感觉不到丝毫的愉快和乐趣。婚后九年来,只有儿子谢辽沙是她生活里唯一的慰藉。

安娜的哥哥司捷潘住在莫斯科。嫂嫂杜丽发觉丈夫和过去的家庭女教师有暧昧关系,夫妻之间发生了纠纷。杜丽气得三天没出房门,声言再也不同丈夫一起生活下去,吵着要回娘家。父母吵架,孩子没人管教,到处乱跑,家里弄得乱七八糟。安娜为调解兄嫂的家庭关系从彼得堡来到莫斯科。安娜来到哥哥家后,劝慰嫂嫂,促使他们家庭重新和好起来。

安娜这次来莫斯科,在车站遇见了"彼得堡的花花公子"渥伦斯基,初次见面渥伦斯基就被安娜的美丽、温雅,特别是她脸上"那股被压抑着的生气"所吸引。在这之前,渥伦斯基正在向杜丽的妹妹吉提大献殷勤,吉提也爱恋渥伦斯基,吉提的母亲认为,渥伦斯基出身名门贵族,如果他向女儿求婚,这将是一门理想的婚事。可是自渥伦斯基见到安娜后,对吉提的态度冷漠了。一次舞会上,吉提满心期望渥伦斯基像以往一样邀请她跳舞,但是事与愿违,渥伦斯基却陪着安娜跳舞、谈笑。安娜身着黑色丝绒长袍,系着珍珠项链,吉提一方面赞赏安娜"单纯,自然,优美,又快活又有生气",一方面她又为自己的不幸而痛苦。舞会后吉提没有去姐姐杜丽家,安娜明白吉提在生她的气。她决定第二天即回彼得堡,避开渥伦斯基。

去彼得堡的火车开动了,安娜心想明天就可以看到儿子和丈夫,一切又恢复原样。谁知当火车停站,安娜去月台上透气时,渥伦斯基突然出现在她面前,他说他也要去彼得堡。渥伦斯基的出现和谈话使安娜感到心神不定,同时也感到幸福。

在彼得堡火车站,卡列宁来接妻子。安娜以前已经习惯了丈夫那种隐约的虚伪感觉,这次从莫斯科回来后显得更强烈了。她厌恶丈夫的官僚架势和令人生厌的外貌,以及他那装腔作势的语调。渥伦斯基一眼就看出安娜并不爱卡列宁。安娜回到彼得堡后,生活有了变化,她经常出入可以见到渥伦斯基的社交场合。而渥伦斯基更是紧紧地追求安娜,凡是安娜涉足的场所都有渥伦斯基的踪影。于是社交界议论纷纷,说安娜从莫斯科回来后和以前大不相同了。

安娜得知吉提得了重病,要渥伦斯基回莫斯科请求吉提宽恕。可是渥伦斯基却乘机向安娜倾诉了自己的爱情。人们见安娜和渥伦斯基过分亲热,认为有失体统。卡列宁为此向妻子指出,他们的生活是上帝结合的,"这种结合只有犯罪才能破坏,而那种性质的犯罪是会受到惩罚的"。安娜没有理他,因为她认为卡列宁根本不懂什么是爱情。

安娜与渥伦斯基交往频繁,两人的关系日益加深。有一次去看赛马,渥伦斯基是骑手之一,赛马中渥伦斯基不慎摔下马来,当时在观众看台上的安娜心急如焚,神态失常,公然流露出对渥伦斯基的特殊感情。这一切卡列宁看在眼里,认为妻子的举止神态有失检点,他要求安娜立即跟他一起回家。安娜无奈,勉强离开赛场,在回家的路上,安娜把她与渥伦斯基的关系告诉了丈夫,说她爱渥伦斯基,她是他的情人。卡列宁听后冷冷地要求安娜保全他的名誉,"严格遵守外表的体面"。他在给安娜的信中还说,他们的生活将照旧继续下去,卡列宁为了不使仆从们揣测议论他们的家庭生活,他每天仍照常和妻子见面,可是中午已不在家吃饭了。卡列宁不允许妻子在家里会见情人,安娜和渥伦斯基便在别处幽会。卡列宁也一度曾想跟渥伦斯基决斗,但最后他又放弃了这个念头。

安娜跟渥伦斯基有了孩子,她在生产中得了大病,几乎死去。安娜病危时曾要求卡列宁回来,饶恕她的过失。卡列宁答应了。他甚至对守在安娜床边的渥伦斯基也表示和好,不念旧恶。可是当安娜病情好转,健康恢复后,她又感到无法忍受家庭生活中的虚伪和欺骗,于是未经丈夫同意离婚,便和渥伦斯基一起到国外去了。

列文是吉提哥哥的同学。哥哥虽已去世,但列文仍经常是他们家的座上客。吉提进入社交界后,列文爱上了她并向她求婚。但当时吉提正恋着渥伦斯基,因此他的求婚被拒绝了。后来,当吉提的姐夫司捷潘到乡下来办理出卖森林的事宜时,列文才知道吉提并没有结婚,她病过一场,到国外疗养了一个时期后,才恢复了健康。于是他再次向她求婚。吉提答应了。不久,他们在莫斯科举行了婚礼,然后到乡下,开始了他们幸福的家庭生活。列文是一个贵族地主,有自己的庄园,他喜欢自己管理农事,并且常常和农民们在一起劳动。农民称他是"一位朴实的地主老爷"。但在农事经营中,列文仍觉得农民同他是一种对抗的、不愉快的关系。他认为农奴制改革使"一切都翻了个身,一切都刚刚开始安排"。他热心探索农业的经营方法,提出他和农民以同样的股东资格参加农业经营的想法,主张"以利害的调和和一致来代替互相仇视"。但是列文的新方法、新措施并没有改变农民对他的态度。农民不信任老爷的新的农业经营方法。

列文原是希望家庭生活美满,可是他感到婚后生活并不像他所想象的那样幸福。有一年春天,列文自觉精神上茫茫然若有所失。他百思不得其解:人为什么活着?这个问题苦恼着他。他努力探索他的答案。最后从一个农民那儿得到了启示,即"人活着不是为了个人的欲望,而是为了上帝"。列文终于找到了信仰。他认为既然人为上帝活着,那么生活就有了善的意义。

安娜和渥伦斯基在欧洲旅行了三个月后回到俄国。安娜思念儿子心切,想回去看看谢辽沙。于是在儿子生日那天,她一大早回到自己住过九年的那幢房子,欢乐和痛苦的回忆顿时涌上了她的心头,她百感交集,眼泪夺眶而出。她走进育儿室时,谢辽沙正好醒来。安娜呼唤着儿子,母子俩紧紧地拥抱在一起,安娜激动得哭了起来。早上九点钟,照例是卡列宁看儿子的时候。九点到了,但安娜和谢辽沙难舍难分。这时卡列宁走了进来。安娜为了避免同他见面,随即拉下面纱匆匆跑出屋子,她连为儿子精心挑选的玩具都没有来得及打开又原封不动地带了回来。

安娜和渥伦斯基回国后,虽然在莫斯科住了下来,但是安娜的处境却很痛苦。社会议论纷纷,社交界不欢迎她,中伤她,甚至在戏院看戏也像带着枷示众似的受到社交界人们的轻蔑和非议。她又向丈夫提出离婚。她哥哥司捷潘也为此事在奔忙。但是卡列宁最后给司捷潘的答复是不同意离婚。在莫斯科安娜除了嫂嫂杜丽外谁也不见。渥伦斯基不在家时,安娜一个人更是苦闷难当。她愈爱渥伦斯基就愈怀疑他对自己的爱情。有一天他们终于为此发生了口角,渥伦斯基自认为没有对不起安娜的地方,没理会安娜就出门而去。这时,他听见安娜说了句"你会后悔的",愣了一下,但还是离开了。晚上回来听说安娜头痛就没有去看她。第二天他又出去了。渥伦斯基的行动使安娜感到害怕,她怕他爱上别人。她又写信,又拍电报,要渥伦斯基马上回来,向他承认这次口角是她的错误。她还亲自去车站找渥伦斯基,可是渥伦斯基不了解安娜的心情,没有及时回来。安娜绝望之余,觉得爱情破灭了,一切都完了。她心中升起一股无名怒火,她恨渥伦斯基,要向他报复。突然,安娜回想起她和渥伦斯基初次相遇时莫斯科车站上压死人的那幅景象,她领悟到自己该怎样行动了。于是她迅速地走下月台,向正在驶来的火车扑倒下去,一瞬间,安娜找到了摆脱一切苦难的结局,她的生命的火焰永远熄灭了。

二、人物形象分析

(一)安娜的形象

安娜是一个具有个性解放特点的贵族妇女形象。安娜在未成年之时由家人做主嫁给了比她大20岁的官僚卡列宁,卡列宁伪善自私,枯燥乏味,过于理性化而生命意识匮乏。他的主要兴趣在官场,是一架"官僚机器",妻子对他不过是一件装饰品。相反,安娜真诚、善良、富有激情、生命力旺盛。她与这样的丈夫生活在一起,不知爱情为何物,这种生活窒息了她的生命活力。在和渥伦斯基邂逅之后,她那沉睡的爱的激情和生命意识被唤醒了。她不愿像当时许多上流社会的妇女那样过虚伪的二重生活,她勇敢地向丈夫公开了他和渥伦斯基的关系,并不顾丈夫的规定,公开在自己家里会见情人,甚至离家出走,和情人同居。安娜的行为激怒了虚伪的上流社会,上流社会不仅对她关起了大门,甚至在公共场所表示对她的蔑视。丈夫卡列宁也用各种办法来折磨安娜:拒绝离婚,拒绝把儿子给安娜。后来渥伦斯基对安娜开始冷淡,安娜走投无路,最终自杀。安娜的悲剧是时代的悲剧。她的压抑、追求、幸福、痛苦是时代生活的一部分。尽管当时在资本主义冲击下"一切都翻了个身,一切都刚刚开始安排"的环境为安娜追求爱情自由提供了土壤,但沙俄时代故步自封的社会关系和虚伪冷酷的上流社会严重遏制了安娜个性的发展,安娜的悲剧是她和有损人的尊严的环境发生激烈冲突的结果。她的形象既反映了俄国社会转型时期新兴资产阶级要求个性解放的进步性,也反映了这个阶级由于和旧势力有千丝万缕的联系而具有的妥协性。

造成安娜悲剧的原因是多方面的,主要有以下三点:

首先是沙皇的专制制度及虚伪的上流社会。腐朽的俄国专制制度根本不尊重妇女的权利和人格,而是把妇女看作家庭的附属品;为这个制度服务的教会的清规戒律扼杀妇女的感情,它宣称结婚和离婚不以爱和不爱来衡量,而是上帝决定的,不可更改。这就决定了充满勃勃生气的安娜无论如何压抑和痛苦也不能走出婚姻、家庭的牢笼,一旦违背,必然遭到惩罚。而虚伪的上流社会,丈夫和妻子互相欺骗是普遍现象,只要维持表面的"正常"关系,就无可非议。安娜是一个真诚的人,她不愿像那些贵妇一样过虚伪的二重生活,毅然离开卡列宁,和渥伦斯基生活在一起。这是对上流社会虚伪道德的公开挑战,引起了整个上流社会的愤怒。上流社会不仅对她关起了大门,而且敌视她,在公共场合羞辱她;丈夫卡列宁又以合法的手段夺走了她心爱的儿子,使她背上了不忠和抛夫弃子的罪名,成了众矢之的。

其次是渥伦斯基的情变。渥伦斯基的爱是安娜失去一切后唯一的精神支柱。渥伦斯基有着当时一般贵族青年身上所没有的一些优秀品质,如坦率、真诚和不虚伪等。正因为如此,他唤醒了安娜沉睡的爱情。但他毕竟不能脱离上流社会花花公子的俗气,如注重虚荣名利、前途地位等。他不可能像安娜一样为爱情牺牲一切。正如他自己所说的,"我什么都可以为她牺牲,就是不能牺牲我男子汉的独立性"。他也不可能设身处地地为安娜着想,他以欣赏的态度看待安娜与自己同居后对自己的"曲意奉承",甚至不把安娜放在眼里,到哪儿也不和她说个明白。渥伦斯基的冷淡使安娜失去了最后的精神寄托,上流社会最终借渥伦斯基之手置安娜于死地。

最后是安娜自身的矛盾和弱点,这是导致她悲剧的主观原因。安娜作为一个社会转型时期的人物,她身上不可避免地存在着新旧时代的双重印记。她一方面勇敢地追求爱情和幸福,表现了巨大的精神力量;另一方面又感到自己违背了道德、法律、宗教和上帝,有一种犯罪感,时时产生恐惧,不断自责,而且随着时间的推移,犯罪感、危机感愈益强烈。这种内心矛盾与痛苦说明了她对爱的追求的脆弱性,也是导致她精神分裂、走向毁灭的内在原因。对渥伦斯基的了解过于肤浅是安娜的一大缺点。她只发现渥伦斯基风度非凡,没有看到他"彼得堡花花公子"的另一面。尤其是没有认识到渥伦斯基只是迷恋于自己的美色,并不理解她的感情。把爱情和生活等同则是安娜的又一缺点。她把爱情看成生活的全部内容,而且希望初恋般激情永驻,这就把丰富多彩的社会生活局限于个人感情的狭小天地,一旦激情减退就认为爱情不再;而失去了爱情,生活就没有了内容和意义。因此,当她发现渥伦斯基的冷淡后,便陷入了绝望的境地,吹灭了自己的生命之灯。应当说,爱情对于男人与女人有着不甚相同的感受和意义。拜伦就曾说过:爱情对于女人意味着一切,而对于男人只意味着生命中的一部分。由于男女在包括爱情在内的许多方面存在明显差别,有人甚至发出"男女两性的对立是人性最尖锐的对立"的喟叹。所以,有人把这一点称为造成安娜悲剧的 female(女性)不同于 male(男性)的性别原因,认为:女人天生比男人敏感,尤其是在情绪和感觉方面,她们对于喜乐、幸福、伤害和痛苦的灵敏程度都远远超过男人。所以,女人似乎也注定了在感情路上比男人要经历更多的坎坷和伤害。男性的精神是外向的,征服世界胜于情感享受;女性的精神是内向的,情感满足胜于一切。特别在安娜那个时代,贵族妇女不参与社会工作,家庭、情感就是她的事业。正如巴尔扎克在《欧也妮·葛朗台》中所写:"男人有他的精力发挥,他活动,奔走、忙乱、打主意,用双眼注视着未来,觉得安慰。但女人是静止的,面对着悲伤无法分心,悲伤替她开了一个窟窿的深度,让她往下钻,一直钻到底,测量窟窿的深度,用她的愿望与眼泪来填。"所以《诗经·氓》

写道:"士之耽兮,犹可说也;女之耽兮,不可说也。"所以,安娜的爱情愈演愈烈,终于变成一种类似于暴力的可怕的力量,让渥伦斯基难以承受,不胜其烦。所以,安娜毁灭了,而渥伦斯基却活着,到战场上去消耗精力。

托尔斯泰对安娜的态度是矛盾的:他一方面认为安娜的追求合乎自然人性,是合理的;另一方面,从宗教伦理道德观来看,安娜又是缺乏理性的,她不顾家庭对爱情生活的追求有放纵情欲的成分。所以,在小说中作者对安娜既同情又谴责。他没有让安娜去屈从卡列宁和那个伪善的上流社会,而是同情安娜的遭遇,不无肯定地描写她自我意识和生命意识的觉醒以及对自由爱情的追求,但另一方面又让安娜带着犯罪的痛苦走向死亡。小说扉页援引《新约全书·罗马书》"申冤在我,我必报应"这句话正是说明了这个意思。"我"就是作者一贯探索的那个永恒的道德原则,是维护人类生存与发展的善与人道。安娜的追求尽管有合乎善与人道的一面,但离善与人道的最高境界——爱他人,为他人而活着——还有相当的距离。这就是作者对安娜态度矛盾的根本原因。

(二)列文的形象

列文是一个带有自传性的精神探索者的形象,是托尔斯泰笔下"忏悔的贵族"系列形象之一。他认识到自己的富足和农民的贫困是不公平的,因此幻想通过自己的改革,找到普遍富裕的道路。他主张贵族地主应该与人民接近,调和矛盾。他的改革与计划最终失败了,在焦虑不安、悲观失望之余,他怀疑人生的意义,甚至要以自杀来求得解脱。最后,他接受了皈依上帝、"爱人如己"的思想,并与吉提结合,得到幸福的家庭生活。这和安娜的结局形成了鲜明的对比。列文的形象体现了作者当时"托尔斯泰主义"的进一步发展。

三、艺术成就

《安娜·卡列尼娜》艺术成就很高,具体表现在以下两方面:

1. 出色的心理描写

(1)注重描述人物心理运动、变化的过程本身。对人物一生的心理运动过程的描述,如列文的心理运动是伴随着精神探索的历程有层次地展开,对于安娜则侧重于展示其情感与心理矛盾的多重性和复杂性;对人物瞬间心理变化过程的描述,如列文第一次向吉提求婚时关于吉提内心变化的那段描写:吉提既渴望亲耳听到列文向自己示爱,同时又决定拒绝列文。

(2)善于通过人物的外部特征来揭示其内心世界。如安娜与渥伦斯基在车厢门口打了一个照面,两人都不约而同地回过头来看对方。接着,作者从渥伦斯基的视角重点描写了安娜的面部表情和眼神,发掘出安娜潜在的心灵世界"被压抑的生气"。

(3)通过意识流动和内心独白直接展示人物的内心世界。如安娜自杀前的那段意识流动式的内心独白先写安娜"死"的念头,接着是回忆她和渥伦斯基的争执,然后拉回到眼前的面包店,随之又联想到水和薄烤饼,再接着是回忆她17岁时和姑妈一起去修道院的情景,随后又想象渥伦斯基在看到她的信时的情景,突然,那难闻的油漆味又使她回到眼前正在油漆招牌的百货店。这段内心话语把处于生与死的恐惧中的安娜复杂而混乱的情感与心理内容真实地展现了出来。

2. 独特的拱形结构

表面上看,安娜的爱情悲剧和列文的精神探索两条主线平行独立发展,缺乏内在联系,但通过吉提的故事构成了两条主线的拱顶结合处,再加上安娜和列文的对照贯穿了小说始终,所以,小说有形无形地使两条主线联结成自然而严整的拱形结构,这是托尔斯泰在小说结构艺术上的独创。

思考题

1. 概括《安娜·卡列尼娜》的主题。
2. 多角度探析安娜形象。
3. 谈谈安娜的悲剧原因。

讨论题

安娜·卡列尼娜的结局是否可以改写?

第十五章 世界文学史上四大寓言式作品之一：海明威(Hemingway)的《老人与海》(*The Old Man and the Sea*)

教学重点：《老人与海》赏析。

第一节 海明威生平简介

厄内斯特·海明威是美国最有传奇色彩，最有个性，最有影响力的作家，"迷惘的一代"(The Lost Generation)的开山之祖，代表作家。1954年获诺贝尔文学奖。

一、家庭生活

海明威1899年7月21日出生在美国伊利诺伊州芝加哥近郊的橡树园镇。其父克拉伦斯·埃德蒙·海明威是外科医生。海明威从小跟随父亲四处行医，性格爱好深受父亲影响，刚强豪爽，喜欢渔猎、游泳、打球、拳击、斗牛、旅行等冒险竞技活动。其母格雷丝·霍尔虔诚信教，爱好音乐、绘画，经常带孩子到芝加哥看画展，让海明威从小学大提琴，培养了他敏锐的艺术感受力。

海明威

二、军旅生涯

海明威曾言："我想，亲身经历战争对一个作家来说，真是受惠无穷。"他本人有三次参战经历。

1917年，海明威报名参军，因眼疾未遂。一战期间，他在法国和意大利做战地救护工作。一次执行任务时，遭到炮击，身中200多块弹片，获意大利政府颁发的军功奖章、银质奖章和勇敢奖章。战后任加拿大《多伦多明星报》记者，常驻巴黎。战争使海明威身心两方面受到重创，他从此意识到战争的残酷、不人道，借小说《永别了，武器》(1929)中的男主人公亨利之口说："光荣的东西也没有什么光荣，至于牺牲，那就像芝加哥的屠宰场，不同的是把肉拿来埋掉罢了。"

他在1936—1939年以记者身份参加西班牙反法西斯战争。创作剧本《第五纵队》(1938)、小说《丧钟为谁而鸣》(1939)。

他1941年作为随军记者来到中国，报道了中国的抗日战争。1942年12月8日，美国对日宣战，海明威就参加了海军。他把自己的游艇改装成战艇，配备了电台、机枪和几百磅炸药，准备在古巴海面撞击德国潜艇。该计划得到了美国驻古巴的大使布拉顿和美国情报参谋部的批准。海明威在海上追踪德国潜艇近两年而未能如愿。战后定居古巴。

三、记者生涯

1. 形成"电文体"风格

海明威1917年任堪萨斯州《星报》见习记者时,受到严格训练,形成"电文体"风格。1921年,任《多伦多明星报》驻巴黎记者。结识美国女作家斯泰恩、美国诗人庞德、爱尔兰作家乔伊斯等。

2. 积淀素材

海明威多次任随军记者奔赴前线,为其创作积累了可贵的素材。1936年,西班牙爆发内战,海明威以记者身份报道战况。这段经历使他转变了战争观念,从一概反战转向支持正义战争,由此写出《丧钟为谁而鸣》。

四、情感生活

海明威一生经历了四次婚姻,感情生活动荡而痛苦。这导致了他对女性的两极态度:要么天使型,如凯瑟琳(《永别了,武器》中的女主人公);要么妖女型,如布雷特(《太阳照样升起》中的女主人公)。所以,他作品中的女性人物往往缺乏现实感。

五、晚年生活

海明威晚年身患高血压、糖尿病、皮肤癌、精神抑郁症等疾病。1961年7月2日清晨,在爱达荷州的居所,用双筒猎枪自杀。临终语:"我是海明威医生;我们都欠上帝一死,今年死的明年就不必等死了。"

第二节 海明威的创作概况

一、短篇小说

海明威创作了50多篇短篇小说(20世纪20年代),纳入四个小说集:《三篇故事和十首诗》(1923)、《在我们的时代里》(1925)、《没有女人的男人》(1927)、《胜者无所得》(1933)。

(1)《印第安营地》:表现对生命和死亡的思考。印第安产妇是生命的创造者;印第安男子是仁慈心和硬汉精神的结合;父亲是伟大的"接生者";尼克是生命和死亡的见证者。

(2)《打不败的人》:斗牛士曼努埃尔是力量和尊严的象征,硬汉精神的化身。体现了斗牛士的传统美德:荣誉至上,尊严至上。

(3)《乞力马扎罗的雪》:写哈利生命最后一天的生活,通过意识流手法,展示了他的一生。表现人的精神对肉体死亡的超越。"死豹"是哈利的精神兄弟,"死豹"之谜,揭示了超尘拔俗的生命之圣境景观。

二、长篇小说

(一)《太阳照样升起》:"迷惘的一代"开山之作、宣言书,写第一次世界大战后美国青年知识分子迷惘苦闷的精神状态

1. 情节

杰克·巴恩斯是驻巴黎的美国记者,因负伤无法和所爱的英国姑娘布雷特结婚。和朋友到西班牙比利牛斯山区打猎、钓鱼、观看斗牛,但不能安抚其精神创伤,继而酗酒、打架、胡闹。最后,在斗牛士身上,看到人的力量、意志和尊严,感到振奋。但激情冷却后却更苦闷、更绝望。回到巴黎,看到"太阳照样升起"。

2. 主题

之一:描写战争给人类精神带来的创伤。表现第一次世界大战后西方人的幻灭感和迷惘情绪。

之二:杰克·巴恩斯的遭遇表明,战争使幸存者丧失彼此相爱、获得幸福的能力:生理功能和精神力量的双重丧失。巴恩斯的生理残缺其实是精神残缺的外在化。

之三:作品中的西班牙斗牛士是原始生命力的象征。杰克·巴恩斯是被摧残的现代人类的象征:战争阉割了人类的生命活力,包括理想、意志、希望、热情和爱。

(二)《永别了,武器》:"迷惘的一代"的最高典范,以第一次世界大战为背景

1. 情节

美国青年亨利志愿到意大利服役,负伤爱上了英国护士凯瑟琳。亨利伤愈返回前线。在一次溃败中,被意大利军警误认为奸细而逮捕。逃回米兰,找到凯瑟琳,一同逃到瑞士,度过一个幸福的冬天。春天来了,可是凯瑟琳因难产死去。亨利一个人孤零零地回到旅馆。

2. 主题

之一:描述战争的残酷和普遍的厌战心态,反映了"迷惘的一代"对现实、对未来的绝望情绪。凯瑟琳逃脱了战争,但未能逃脱死亡,表明在战争之上仍有一种力量主宰人,表现了彻底的崩溃。"世界杀死最善良的人,最和气的人,最勇敢的人。"

之二:亨利是一个"反英雄"。传统英雄身上的勇敢品质和爱国情感,在亨利这一代军人身上荡然无存,他做了逃兵而心安理得,所以是反英雄主义的。同时,正因为他成功地从人类大屠杀的战争中逃脱了,免于无谓的牺牲,体现了对战争的理性态度,所以,又是"英雄"。但反英雄的"英雄",是以丧失传统美德为代价的。亨利告别了武器,告别了战争,也就同时告别了人的责任、尊严、廉耻、生活的希望和热情。所以,结尾仍是悲剧。

(三)《丧钟为谁而鸣》:标志着海明威战争观的转变——从一概厌战反战转向支持正义战争

《丧钟为谁而鸣》表现反法西斯主题。罗伯特·乔丹是一个美国青年,在战斗中负重伤,命令其他游击队员撤退,自己留在山上狙击敌人。乔丹与杰克、亨利这样的"反英雄"不同,是一个支持正义战争,富于责任、勇于自我牺牲的真正英雄。

第三节 "硬汉子"形象系列

这是海明威对世界文学的独特贡献。海明威明显地喜欢选择斗牛士、拳击家、猎人、渔夫、士兵这些面临孤独、生死极限考验的人物作为表现对象,表现他们在困境中、在死亡面前无所畏惧的人的尊严和优雅风度。"痛苦在男子汉看来,算不了一回事。"

"硬汉子"形象可分为以下三类:

(1)早期"硬汉子"多为斗牛士和拳击家,如《打不败的人》中塑造了一个视荣誉为生命的斗牛士形象。

(2)中期"硬汉子"以《丧钟为谁而鸣》中的乔丹为代表,这个形象已经不是计较一己之荣辱的个人英雄主义者,而是一个注入新的时代精神和崇高信念的反法西斯斗士。

(3)晚期"硬汉子"以《老人与海》中的桑提亚哥为代表,代表了"硬汉子"精神的最高境界,具有丰富的哲学意义,象征整个人类在厄运面前永不言败的"硬汉"精神。

海明威作品中的"硬汉子"形象,在苦难、命运、死亡面前努力保持人类的尊严和优雅风度,表现出极为尊贵的意志力量、道德力量,具有极高的审美价值。

第四节 代表作《老人与海》

《老人与海》是一部中篇小说,作于1952年,1954年海明威因此获诺贝尔文学奖。授奖原因:"他精通叙事艺术,突出地表现在他的近著《老人与海》之中,同时也因为他在当代风格中所发挥的影响。"菲力普·扬说:"在现代世界,凡有知识分子的地方,都知道海明威。"而凡知道海明威的人都知道《老人与海》。一部中篇小说何以有如此魔力?

一、写作心态

小说《午后之死》之后,他每部新作都遭到评论家的挖苦。海明威非常恼火,扬言要把那些指责他作品的评论家揍成一摊烂泥,并且发誓要写一部"让那些狗娘养的闭上臭嘴的作品",即他死后出版的《海流中的岛屿》。海明威认为这本书写得无聊和平庸,只有结尾还能自成一格。后来他把这一结尾拿出来修改成一部短篇小说,并命名为《老人与海》。这篇重新给了海明威国际声望的小说于1952年9月1日发表在《生活》杂志上,这期杂志在48小时里卖出了530万份。

二、情节:越简单的艺术越神秘

这是世上最简单的故事。只有一件事,捕鱼;只有"一个半"人物,老人桑提亚哥和小孩曼诺林。情节简单得不能再简单:叙述一个古巴老渔民桑提亚哥连续84天捕不到鱼,第85天捕到一条特大罗林鱼,在归途中却被鲨鱼吃掉。

第五节 《老人与海》故事梗概

古巴老渔夫桑提亚哥已有84天没有打到鱼了。头40天有一个孩子跟他一起出海。可是孩子的爹妈说这老头儿倒了运,叫孩子跟别的渔船去打鱼。孩子搭了别的船,头一个星期就捉到三条好鱼。

孩子是跟着老头儿学打鱼的,很佩服老头儿的本事。这回虽然不搭他的船,却很惦记这老头儿。他看见老头儿天天划着空船回来,心里很难过,总要走下岸去,帮助收拾钓丝、鱼钩、鱼叉什么的。

那一天,老头儿又划着空船回来。孩子帮他拾掇船上的东西,请他喝了一瓶啤酒,还给他端了饭来。老头儿吃罢饭,摸黑上了床。他不久睡去,梦见了他儿童时代看到的非洲、海滩、海岬和大山。他现在做梦,不再梦见风涛、搏斗那些东西了,只梦见一些地方和海滩上的狮子。

第二天早晨,孩子拿了沙丁鱼和两个鱼食,送他出海,并祝他好运。

这是老头儿没打到鱼以来第85天出海了。天气晴朗,海面一平如镜。他不慌不忙地划着船。天还没大亮,他就撒下鱼食。鱼食是头朝下的小鱼,肚子里塞着鱼钩的把子,缝得牢牢的,钩子的突出部分,像钩儿尖儿,都用新鲜的沙丁鱼遮住。凡是大鱼能碰到的地方,都是香喷喷的。

他抬头望着海岸。陆地上的云彩使巍峨的山峦升在空中,海岸只剩下长长的一条绿线,背后是淡青色的小山。水是深蓝色的,深得几乎变成了紫色,他低头朝水里望去,只见蓝蓝的海水里游动着红色的小生物,和太阳幻成奇异的光辉。他喜欢那些海龟,喜欢它们优雅的风度,可是很多人对海龟很残忍,而海龟被切开、杀死以后,它的心还要跳好几个钟头。老头儿想:我也有这样一颗心,我的手和脚也跟海龟一样啊!现在他看不见绿色的海岸了,只见青青的山,山峰上面雪山似的白云。老头儿把钓丝笔直插入一英里深的海水里。

他目不转睛地望着钓丝,看见伸在水面上一根竿子急遽地浸到水里去。接着钓丝动了一下。他知道:下面一百英寻的深处,一条马林鱼正吃着钩尖和钩把子上的沙丁鱼。他想:"吃吧,鱼啊。吃吧,请你吃吧。"他敞开嗓门说:"那些小鱼儿不是很美吗?趁着新鲜的时候马上把它们吃下去。"他感觉到下面轻轻地扯动,心里很高兴,接着他又觉得有一件硬邦邦的东西,重得叫人不能相信这是鱼的分量,他想:"多大的鱼啊!"

大鱼不慌不忙地游着,鱼、船和人都跟着缓缓地漂流。四个钟头以后,那条大鱼照旧拖着小船向无边浩渺的海面款款游去。老头儿拉住背在脊梁上的钩丝。他想:"我拿它没办法,它拿我也没办法。"然后他可怜这条大鱼:它真了不起,真稀奇。"我和它谁也没有个帮手。""鱼啊,我到死也要跟着你在一起。"

他竭力把钩丝拉紧,但钩丝已经绷得很紧,快要折断了,要是猛拉一下,就会把鱼钩在嘴里挂的口子加宽,再加鱼一跳,就会把钩子甩掉。这时,大鱼突然晃荡一下,把老头儿拖到船头那边去,他好容易撑住一股劲儿,放出一段钓丝,才没给拖到海里去。他知道鱼一定弄伤了,他拉住钓丝不动,身子往后仰,抵挡钓丝的张力。他说:"鱼,你现在也觉得痛了吧,可是,老实说,我也觉得痛啦。"

钓丝慢慢地上升,鱼露出来了。水从它的身边往四下直涌。它浑身明光耀眼,头、背都是深紫色的,镰刀片似的大尾巴出没在水里。老头儿说:"它比船还长两英尺呢。"现在他已经漂到看不见陆地的海面上,跟大鱼搏斗。他觉得非常累乏,希望大鱼睡去,他自己也能睡去,去梦见狮子。他高声地说:"鱼啊,要是你没累乏,那你可真奇怪透顶了。"

　　第二天,大鱼还是拖着船游动,它一次又一次跳,虽然钓丝不断松下去,但船走得非常快。老头儿把钓丝绷紧,身子一动也不动。第三天,鱼开始打转儿了,老头儿拼命拉紧钓丝,看见它尾巴从水里露出来,游到前面来,举止从容不迫,非常优美,老头儿用力去曳,想把它曳近些。他忍住一切疼痛,拿出当年的威风,拼出力气来,对付大鱼最后的挣扎。鱼游过来了,他高高地举起鱼叉,使出全身力气,把鱼叉扎进鱼腰里,鱼往上一跳,仰身朝天,银花花的肚皮翻到水面上来。他动手去拖鱼,绑紧它,用一个套索拴住尾巴,另一个套索拴住它的腰,把它捆在船旁边。他估计鱼足有1500多磅,如果净得三分之二,卖三角钱一磅,该赚多少钱啊!

　　死鱼的血招来了鲨鱼。它们嗅出踪迹,顺着船和鱼所走的航线游来,大口大口地咬掉大鱼的肉。他都不忍心朝鱼多看一眼,它已经给咬得残缺不全了。他说:"一个人并不是生来要给打败的,你尽可把他消灭掉,可就是打不败他。"他用鱼叉扎鲨鱼,把刀子绑在桨把上去打鲨鱼,但鲨鱼来了一批又一批,来不及打退。他不忍心去想被撕得残缺不全的鱼肚子。他想:这一回它们可把我打败了,可是我只要

桑提亚哥大战鲨鱼

有桨,有短棍,有舵把,就一定要揍死它们。鲨鱼一次又一次冲来,老头儿用棍子揍。晚上,鲨鱼成群窜来,老头儿只见它们身上的鳞光,他不顾一切用棍棒劈去。他觉得有什么东西抓住了他的棍,随着棍就丢掉了。他曳掉舵把,两手抱住,一次又一次劈下去,但它们还是把鱼肉一块一块地撕咬了去。最后,一条鲨鱼朝死鱼的头上扑来,他知道一切都完了,他终于失败了,一点办法也没有。他只知道船走得很顺溜。

　　他驶进小港的时候,已经是半夜了。他上了岸,回到茅棚,躺下睡觉。第二天,好多打鱼的站在船周围,望着死鱼的骨骼,一个人用绳子量了以后说:"从鼻子到尾巴足有十八英尺长。"

　　孩子先是哭,然后给他送来了热咖啡。他表示要跟着老头儿一起出去打鱼。

　　一根又粗又长的雪白的脊骨扔在垃圾堆里,只等着潮水来冲走。在茅棚里,老头儿又睡着了,孩子坐在一旁守着他。老头儿正在梦见狮子。

第六节　人物形象分析

　　桑提亚哥是"硬汉子"形象的最高代表,具有一种超越命运的力量,是一种永恒的、超时空的存在,具有浓厚的哲理性与象征意义。

　　桑提亚哥是一个"失败的英雄"。在对待失败的风度上,桑提亚哥赢得了胜利,"一个人并不是生来要给打败的,你尽可把他消灭掉,可就是打不败他"。连续84天打不到一条鱼,第85天捕获的马林鱼被鲨鱼吃掉,象征了人类的生存困境,忍受失败、挫折的精神极限,但在小说结尾,桑提亚哥仍然梦见了狮子。

　　桑提亚哥是一个"孤独的英雄"。他无儿无女,妻子早亡。海上三天,是他一生的

浓缩。他一个人与象征异己力量的大海、马林鱼、鲨鱼搏斗,象征了个体生命面对命运孤立无援的处境。生活中的哪一个人不是孤独地面对自己的"大海"(环境)、马林鱼(理想)和鲨鱼(邪恶命运)呢?

桑提亚哥是一个"慈爱的英雄"。桑提亚哥不同于早期剑拔弩张、气势汹汹的"硬汉子"形象,他是一个饱经人世风霜的老渔夫。他对曼诺林慈父般的爱,体现了他对人类,甚至对大海、对马林鱼、对鲨鱼都流露出一种欣赏、宽容、谅解和慈爱的情怀。对世界的温情、柔情常常是英雄身上最动人的部分。

第七节 《老人与海》的象征意义

《老人与海》以其简单的情节结构,蕴含着极其丰富的寓意。越简单的故事越复杂,越神秘。《老人与海》是一个象征的大海,是一个猜不完的谜。

一、桑提亚哥的象征

1. 象征英雄气概

象征人类在神秘莫测的大自然或厄运面前不低头、不屈服的英雄气概。桑提亚哥伤痕累累的手,饱经风霜的形象,是人类苦难的见证和精神标记。87天一无所获的遭遇,象征人类所经受的苦难、失败及其悲壮命运。

结尾的寓意:人生是悲壮的徒劳,即便是徒劳,仍然要悲壮地搏斗。

2. 象征完美人格

桑提亚哥具有丰富的性格,体现了以下特征:人的理性与情感的统一;粗犷与细腻的融合;阳刚之气与阴柔之美的谐调;人与自然(大海、马林鱼)既对立又和谐的关系;智、仁、勇三位一体的完美人格。

3. 象征耶稣基督

数字象征:数字"87"与耶稣经历一致——耶稣曾被魔鬼引诱到不毛之地经受了87天的考验。细节象征:(1)当桑提亚哥看到第二条鲨鱼时,"呀"地嚷了一声。这个声音是无法表达出来的,或许就像一个人觉得一根钉子穿过他的手钉进木头里的时候不自主发出的喊声吧。(2)桑提亚哥回到小茅棚躺下的姿势——脸朝下躺在报纸上,手心朝上,两只胳膊伸得挺直。结论:桑提亚哥的捕鱼生涯象征一个人在世间的修行,桑提亚哥的苦难,象征神秘命运——不可知的异己力量对人类的试炼,就像约伯,就像唐僧取经经历的81难,象征一切有信仰有理想的人们都将经受多灾多难的命运,而最终在精神上获得永生。从宗教观念看,任何人的一生都是自觉或不自觉的修行,佛说有八万四千法门,当教师、当作家、当将军、当乞丐、种地、做生意、打鱼……都是在"证道",体证生命的滋味、真谛。

4. 象征神秘命运

桑提亚哥的经历象征神秘命运——不可知的异己力量。它神秘、强大、邪恶,一如迫害奥狄浦斯王的那种力量。

5. 象征海明威本人

桑提亚哥是步入晚年的作者的自画像。作者曾在战争中中过200多块弹片,经历了十几次手术,对桑提亚哥伤痕累累的脸、手的描写中,有作者的切肤之痛。晚年的海明威,生命力衰退,创作力衰退,桑提亚哥便是面临生命退潮期的作者自身的写照。"梦见狮子"是作者自勉。作者的自杀,有两种诠释:其一,可看作敢于和死神握手的另一种"硬汉性格",不是不敢生,而是敢于死;其二,脆弱,不敢直面生存的困境。

二、马林鱼的象征

马林鱼象征人的理想、愿欲,人生最高价值。

"它在阳光里亮光光的,脑袋和背部呈深紫色,两侧的条纹在阳光里显得宽阔,带着淡紫色。"马林鱼很美,但得而复失,喻示理想的高不可即,象征理想和现实的反差,理想在现实中的毁灭,象征人在追求理想的过程中遭受种种艰难险阻(鲨鱼)最终落空的失落感。

"马林鱼"的同义词:

"淑女",《诗经·关雎》之"淑女",是人类美好理想的化身。背景是春天,这种追求苦闷而甜美。

"伊人",《诗经·蒹葭》之"伊人",也是美好理想的化身。但背景是秋天,表现了追求之无望和苍凉。

"项链",莫泊桑之"项链",也是人生愿欲的体现。人生即"赔项链"的过程。

"北极星",玛莎·贝克《寻找你的北极星》之"北极星",也是人生理想、生存状态的代名词。"你自己的北极星就是你自己。"

"戈多",贝克特《等待戈多》之"戈多",是人类希望的化身。已经异化为一种不可知的神秘力量。

"伊甸园",《圣经·创世记》之"伊甸园"有二义:①与神性合一的本真人性;②永恒的故乡和家园。

开创文学的"回归"母题。桑提亚哥之回家,即"回归"母题的具体化。

三、桑提亚哥和马林鱼的关系之象征

学者一般认为,桑提亚哥和马林鱼象征艺术家和杰作之间的关系。"鱼闭着嘴,尾巴直上直下地竖着,我们像亲兄弟一样航行着。"实际上,它们象征人和理想的关系。马林鱼的得而复失,象征人和理想之间永恒的距离。

四、小曼诺林的象征

小曼诺林象征人类美好的天性,人类的未来,人类的希望,人类的良知。曼诺林是桑提亚哥的同类,精神之子,骨肉手足,人生知己,另一个自我。曼诺林是年幼的桑提亚哥,桑提亚哥是老年的曼诺林。一个象征人类的童年,另一个象征人类的成年、老年。

五、大海的象征

①大海象征神秘莫测的命运,既施恩于人又捉弄人。桑提亚哥把大海比作一个女

人:"一个施宠或不施宠的女人""如果她做出了鲁莽顽皮的事儿,那是因为她情不自禁"。表现老人既热爱命运又对它无可奈何,无法把握的心情。②大海象征人生战场、人生存的社会环境。③大海象征人与自然既对立又和谐的关系。

六、鲨鱼的象征

鲨鱼象征与人对立的邪恶势力:不可知的自然力,异己的社会力量,即厄运、劫难。

七、老人与鲨鱼搏斗之象征

老人与鲨鱼的搏斗象征人类与自然力、与命运,与一切外在异己力量的抗争。

《老人与海》的主题思想可以概括为:通过老人与海的关系,表现人与自然的对立统一关系,表现人与厄运强烈对抗永不屈服的意志。

第八节 《老人与海》的艺术成就

一、塑造了"硬汉子"形象的最高典范

"硬汉子"形象的塑造是海明威对世界文学独特而杰出的贡献。海明威在他的作品中塑造了一系列"硬汉子"形象,而《老人与海》中的主人公桑提亚哥是"硬汉子"形象的最高典范。他给我们昭示了:在强大的自然力面前人类意志的坚强不屈,同时又蕴含着关于人类命运的终极思考,具有丰富而深刻的思想意蕴,是世界文学史上独一无二的经典形象。

二、象征寓意的手法

由于思想意蕴丰富深刻,文本充满象征,寓意无处不在,《老人与海》被称为"现代人类的寓言""世界文学史上四大寓言式作品之一"。

三、简约、含蓄的"冰山"风格(Iceberg Theory)

海明威在《午后之死》中说"冰山运动之雄伟壮观,是因为它只有八分之一露出水面",由此形成了他著名的"冰山理论"或"冰山风格"。具体包括以下四个方面:

(1)"圣经笔法"。《旧约·创世记》中这样描写上帝造光:"上帝说,要有光,就有了光。"黑格尔称之为"上帝一语造光",极度的简约,体现了上帝的威严,创世的神秘,被称为"电报文体"。英国评论家贝茨认为,海明威的文体引起了一场文学革命。他说"海明威是个拿着一把板斧的人","斩伐了整座森林的冗言赘词,他还原了基本枝干的清爽面目","通过疏疏落落、经受了锤炼的文学,眼前才豁然开朗,能有所见"。①意谓海明威摒弃浮夸、空洞的大词、形容词,用最本色、具有质感的文字,简单的句式,最普通的字眼,使作者、表现对象和读者之间建立起最直接的关系。好比中国画的

---

① 贝茨:《海明威的文体风格》,见董衡巽编选:《海明威研究》,中国社会科学出版社1980年版,第132—133页。

"留白",空白处有禅宗"不立文字"的效果。

(2)表现手段。简约的对话,内心独白,意识流,象征寓意等手法。

(3)"零度叙述"。通过动作描写、景物描写、细节描写,客观、冷静、节制、不动声色地表现人物情感。

(4)结构。浓缩的时间、空间,较少的人物,单纯的情节,把作品内容压缩到极限,反而会造成一种张力(反弹力),即作者表现的越少,读者领会的越多。

思考题

1. 概述海明威主要作品的主题。
2. 分析桑提亚哥的形象。
3. 谈谈《老人与海》的象征意义。
4. 评析《老人与海》的艺术特色。
5. 解释:迷惘的一代、硬汉性格、冰山原则。

讨论题

《老人与海》寓意别解。

有路,走的人多了,也便成了路。"①王小波有言:"我经常崩溃,又经常缓过来。"卡夫卡式的绝望是万劫不复的沉沦,甚至是对"道"(自然法则、社会法则)的破坏,自然界的日落日升,月缺月圆,草木枯荣,四季轮回,都有"复活"的希望;人类社会的兴衰荣辱,也都具有否极泰来的可能,但在卡夫卡的世界里,人类正不可救药地走向毁灭,没有得救的可能和希望。在卡夫卡笔下,没有一个强者,成功者,幸运者。

(二)寓言色彩或象征手法、隐喻手法

寓言指用一个故事寄托某种道理;象征和隐喻指通过一个具体的形象或故事,寄托某种道理,该道理往往具有抽象性、概括性、普遍性,即哲理。任何作品都可当寓言解读,任何事物都可以用来象征。庄子曰:"天地一指也,万物一马也。"②佛典有言:"一花一世界,一树一菩提。"

卡夫卡惯用象征和寓言手段,或者说,现代派作家都喜欢用象征和寓言手段。往往把故事简约成一个梗概,把人物、地点、场景、时间、背景模糊成一个超越现实的符号,以激发读者思考。"人变甲虫"的故事,"平常的困惑",没有背景,不枝不蔓,所有的故事既平常又令人困惑。"城堡""黑衣人""秘密法庭""甲虫""K"都是某种哲理或"道"的化身,是超现实的代码。

(三)悖谬与荒诞手法

悖即反动、悖逆,谬即错误,悖谬指阴差阳错,事与愿违,常指人物命运。荒诞指荒谬怪诞、虚妄离奇、不合逻辑、不合情理、不合常规、不真实,常指故事情节。比如《城堡》中的K,千方百计想办户口而不得,却在临终得到允许。城堡通知他报到,他却至死无法进入城堡。《平常的困惑》中的甲和乙因为过于渴望与对方见面,反而因此擦肩而过,这是愿望与事实的悖谬。《饥饿艺术家》中的主人公饥饿程度越强,艺术水平的发挥越高,艺术登峰造极之时,便是亡命之际,这是灵与肉的悖谬。再如格里高尔变作甲虫,"秘密法庭"对约瑟夫·K的审判,K在村子里被监控的种种遭遇,看似荒诞不经,而又与现实有种种内在联系,所谓"神似"。荒诞比真实更真实。

悖谬源于荒诞,同时加剧了荒诞,它们都是上帝的恶作剧,神与人类开的玩笑。是开在命运藤蔓上的恶之花。是命运之神的狞笑,是黑色幽默。

(四)神秘、恐怖、悲惨的氛围

卡夫卡的每部小说都是一场噩梦,远远胜于陀思妥耶夫斯基的噩梦,陀氏人物在痛苦中接受洗礼,因而得到救赎。卡夫卡的人物拒绝救赎,因为绝无可能得到救赎,是无辜而悲惨的受难者,但是不知道"谁是凶手""谁是上帝"。卡夫卡的作品是人类伴随着自己创造的文明整体走向毁灭的寓言。在这个寓言里,人是奴隶、囚徒,是受难者、牺牲品,是理性、尊严、价值被愚弄,被彻底解构的可怜虫。正如波德莱尔《恶之花》所描述的:"我是伤口又是刀!我是耳光又是面颊!我是四肢又是车轮!我是牺牲者,又是刽子手!"卡夫卡渲染的就是这样的一种末日氛围。

---

① 鲁迅:《呐喊》,人民文学出版社1979年版,第66页。
② 《庄子·齐物论》,见方勇著:《庄子讲读》,华东师范大学出版社2005年版,第41页。

(五)"圣经笔法"

一种冷峻、素朴、类似神明的简约风格,有似于"春秋笔法"之"以一字寓褒贬,别善恶"的"微言大义"。

《旧约·创世记》中写道:"上帝说,要有光,就有了光。"简单的叙述,具有一种创世的庄严与神秘。越简单的越神秘,越美。汪曾祺在《徒》中写:"很多歌消失了。"孙犁《荷花淀》中有:"月亮升起来了。院子里凉爽得很,干净得很。"卡夫卡《变形记》开头:"一天早晨,格里高尔·萨姆沙从不安的睡梦中醒来,发现自己躺在床上变成了一只巨大的甲虫。"举重若轻,以寻常口吻讲述惊心动魄的重大变故,读之令人心惊!只有海明威的"电报文体"文风堪与之媲美。

第三节 《变形记》故事梗概

故事情节的发展由两条线索交互展开。一是格里高尔:变成甲虫——成为累赘——绝望而死;二是家里亲人:惊慌、同情——逐渐憎恨——"把他弄走"。

格里高尔·萨姆沙是一家公司的流动推销员,经年累月旅行奔波。他忠于职守,循规蹈矩,被公司看作一个"安分守己、稳妥可靠"的职工。一天早晨醒来,格里高尔突然发现自己变成了一只大甲虫,全身长出了许多只脚,翻不了身,起不了床。可他还要乘五点钟的火车出差呢!眼看时间已过,他既焦急又恐慌,生怕公司来人,这副形象如何见人!他竭力挣扎,好不容易终于倒在床前的地毯上。这时他母亲关切地来敲门询问,父亲不耐烦地敲门催起,妹妹忧虑地来敲门探听,他既不开门,也不敢承认变形。一会儿,公司来了人,格里高尔听出是秘书主任,尤为惊慌。他只说有一点头晕,很快就会过去,还会照常去上班的。但主任仍不肯离去,他隔着房门向格里高尔透露:经理因为他没有按时上班,怀疑他贪污了现款。并且威胁说:如果不开门出来交代不上班的理由,就要受开除处分。这时,父亲怒气冲冲,叫人去请锁匠来撬锁。格里高尔在极端难堪、内心十分痛苦的情况下,艰难地挪动身子,靠牙齿扭动了钥匙。门一开,看见格里高尔的样子,秘书主任发出一声惊叫,母亲当即晕倒在地,父亲则恶狠狠地恨不得一拳把他打回房间里去。这时格里高尔唯一担心的是公司里的职务。他竭力恳求秘书主任在经理面前为他说几句好话,保住他的职位。可是秘书主任慌忙逃走了,而父亲则厌恶地发出嘘声,把他赶回房间,最后挥起一拳把格里高尔打了进去,使他昏倒在地。

对格里高尔的不幸遭遇最表同情的是他的妹妹葛雷特,她每天给变了形的哥哥送去吃的东西。但格里高尔随着体形的蜕变,逐渐失去了人的习惯,而产生了"虫性":失去了说话的能力和人的声音,不肯吃新鲜的食物而要吃腐烂的东西,习惯于在墙壁和天花板上爬来爬去。然而他仍然保持着人的心理特点和思维能力。他一直自惭形秽,躲在沙发底下不敢见人;他每天耳朵贴着墙壁,偷听隔壁房间里家里人对他的议论,为亲人的烦恼而感到愧恨。他妹妹发现他喜欢爬行,就尽量把房间里的家具搬出去,以便给他腾出些地方。格里高尔唯恐墙上那块嵌有一个穿皮大衣的仕女像的镜框被拿走,就爬上墙去用肚子贴着镜面,好让它不被人发现。一天他母亲想来看看不幸的儿子,由葛雷特领着走进房间来,她一瞥见墙上的大虫就昏了过去。他父亲气恼不过,不断向他扔苹果,其中一只击中他的后背,陷进肉里,始终没有挖出来。

格里高尔从此昏昏沉沉,无法养家。一家三口虽然勤奋工作,但家境每况愈下。侍女请不起了,雇了个早晚帮忙的老妈子,房子也不得不腾出些来租给三个房客,连母亲和妹妹的首饰也拿出去变卖了。格里高尔眼看家里越来越不景气,很是难过,像他这样的家庭成员,本来是应该由他来挑起家庭的担子的。但谁能体察他的心情呢?

久而久之,妹妹由同情、怜悯产生了厌烦,她没法开口叫这个"怪物"为"哥哥"了,她向父母提出"一定得把他弄走",老妈子每天用鄙夷的目光看着这个"屎壳螂"爬来爬去。房客终于发现他们竟和这样的东西为邻,便愤然离去。父亲把家里的这种尴尬处境归咎于不幸的儿子,妹妹最后干脆把格里高尔的房门一锁了事。在所有的亲人都彻底厌弃了他以后,格里高尔在极端的孤独之中悄然死去。他的父母妹妹卸掉了包袱,都因此而感到轻松。

第四节 《变形记》的主题意蕴

卡夫卡的所有作品既是自传,又是寓言;既是作家本人的生命体验,又昭示了人类所面临的共同处境。

一、人的异化,即人的异己化、非人化、物化

(1)异己化指失去自我,变成"非我",成为一个陌生人。格里高尔没有自己的爱好、乐趣和属于自己的事业,整天为赚钱养家奔忙,身不由己。变形,说明格里高尔终于异化成一个连自己也吃惊的异己形象。

(2)非人化,指人的尊严的丧失。变形不仅指人变甲虫,更指格里高尔精神的异化:变形之前,他早已过着非人的生活——在老板眼里,他等于一只会工作的甲虫;在家人眼里,他等于一只会赚钱的甲虫。变形不过是这种精神异化由量变引起的质变,由内在变成外在,由会赚钱的甲虫变成不会赚钱的甲虫。

(3)物化,指格里高尔完全是一架赚钱的机器,变形之后,他成了一个没有存在价值的废物。

实际上,格里高尔的父母、妹妹、老板……整个现代社会的人都是异化者,只是他们不自觉而已。

《变形记》的意义在于,在文学史上,卡夫卡第一个把人的内在精神的异化形象化、外在化,从而达到令人震惊的效果。

二、人的灾难感、渺小感

格里高尔在变形以前是一个恪守职责、安分守己、勤快稳妥的公司小职员,但过分紧张的流动推销员工作,四处奔波,辛苦劳累,还要担心老板的训斥,内心十分压抑,没有欢乐,没有知心朋友。变形以后,时时关心家人对他的态度,自惭形秽,羞于见人。格里高尔是社会中芸芸众生的写照。他的内心时时刻刻充满着一种灾难感和恐惧感。随时可能因一点小差错被解雇,但欠老板的钱要五六年才能还清,他不得不谨慎行事,时时都有发生天灾人祸的莫名其妙的灾难感、恐惧感压抑心头。但最终灾难还是降临

了。格里高尔变成甲虫后,灾难与恐惧依然缠绕着他。当秘书主任看见他变成了甲虫拔腿要回公司时,格里高尔恐惧极了,预感到新的更大的灾难将要来临,他苦苦哀求秘书主任,能体谅他长期旅行推销的苦衷,替他说好话,以免被解雇,一副诚惶诚恐、胆战心惊的样子。"匍匐在地板上的这间高大空旷的房间使他充满了一种不可言喻的恐惧",于是,他宁愿躲到头也抬不起的狭小的沙发底下去。当家人搬走了家具,格里高尔想保留图片镜框而贴在上面使母亲吓晕过去时,父亲为此"把脚举得老高"要踏死他,"格里高尔一看到他那大得惊人的鞋后跟简直吓呆了",急急地奔跑起来。最终还是被父亲掷来的苹果击中,昏死过去。为聆听妹妹优美的小提琴声,格里高尔爬出了房间,在房客及家人的愤怒情绪中,他恐惧地感觉到"极度紧张的局势随时都会导致对他发起总攻击",他害怕极了,衰弱地躺在地上一动不动,等待着灾难的降临。人的渺小感、恐惧感、灾难感,人生充满了危机,这是卡夫卡借格里高尔所展示的世界大战期间人们的一种普遍心态。灾难随时都会降临,无穷无尽,整日惶惑不安,反映了现代社会对人的窒息与摧残。

　　人变甲虫,这一荒诞情节的原型事件,可以是失业、疾病、破产、失败种种生活的重大变故,总之是失去赚钱能力后的一场灭顶之灾。它猝不及防,一觉醒来,灾难已降临了,说明现代人无法把握自己的命运,往往是某种灾难的牺牲品。

　　变异后的格里高尔丧失了人的最基本的能力:起床、开门、与人交流、工作、赚钱,丧失了生活能力和工作能力,完全成了一个低等生命。为什么作者不让他变成老虎、狮子这样的凶猛动物,而恰恰变成最无用、最低能的甲虫?这充分体现了现代社会里人的渺小、脆弱。说明随着文明的进化,人这一种族日益退化。又为什么不是毛毛虫,而是甲壳虫?因为即便变形,也不忘自我保护,体现了异化者对外界的恐惧。这实际上是卡夫卡这个"被一切粉碎了的人"现实体验的艺术写照。

三、人的孤独感

　　格里高尔在社会生活中是一个与社会家庭隔绝的孤寂者。格里高尔一生都生活在孤独之中。由于职业关系,他与那些萍水相逢的人只有泛泛之交,不可能有深厚的交情,永远不可能变成知心朋友。变为甲虫后,他被关在房间里完全地与世隔绝了。父亲诅咒追打他,母亲回避他,老妈子戏弄他,房客耻于与他为邻。当他想到自己再也不能挣钱养家时,他"扑在门旁冰凉的皮沙发上,羞愧与焦虑地心中如焚"。他有人的思维感情,深爱着家人,却无法与亲人交流。生活在杂乱的家具堆中,无人清扫房间,无人料理生活,他处于寂寞孤独之中。只能隔着墙板缝看看亲人,偷听他们的议论,品味内心的苦涩。"躺在自己房间最黑暗的地方,家里人谁也不注意他",最后连与他最亲近的妹妹也抛弃了他,高喊着"我们一定要把他弄走",亲手把格里高尔锁进房里。格里高尔在完全的绝望中,在抑郁与孤独中凄惨地死去。格里高尔的内心孤独展示,正是卡夫卡对现代社会人生的强烈体验,是他的"在自己的家里,我比陌生人还要陌生"心理感受的表现。

　　变形后的格里高尔虫形人心,深爱着家人,渴望亲情,但是一旦变形、异化,失去赚钱能力,他与家人的情感纽带就被割断了。异化的人是最孤独的人,被抛到了正常生活秩序之外。人物的孤独感,成了卡夫卡式的人物的一个主要特征。

四、人际关系的金钱化

作品通过格里高尔与家人关系的变化过程揭示了人际关系的金钱化。格里高尔作为家里的长子,每月按时拿回亮晃晃圆滚滚的硬币,使他的父母和妹妹"住在一套挺好的房屋里,过着蛮不错的生活"。这时,他是受人尊敬的,是家里的中流砥柱,中心人物。而一旦他变成了甲虫,不能再去上班,家庭经济每况愈下,父亲的债务无法偿还,供妹妹上音乐学院成为泡影,父亲去银行做杂役,母亲替人缝衣,妹妹不得不去当营业员。他无法再为家人提供经济来源,无法再与家人保持以往那种经济联系的时候,温馨甜美的家庭亲情、伦理之爱一下子消失了。父亲的第一个表情就是"紧握拳头,一副恶狠狠的样子,仿佛要把格里高尔打回房间去"。当格里高尔想逃回房间去而卡在门框上时,父亲狠命一推,使他"一直跌进房间中央,汩汩地流着血"。父亲甚至用苹果砸他,其中一个苹果陷进了格里高尔背脊中。重创使他一个多月不能行动,溃烂发炎,全身疼痛,至死"那只苹果还一直留在他身上"。母亲一看见虫形的儿子就会吓昏过去,当得知格里高尔死时,不由得露出了笑容,如释重负。一直关心和照顾着格里高尔的妹妹,最后也厌弃了他,并断言,这不是他哥哥,"如果这是格里高尔,他早就会明白人是不能跟这样的动物一起生活的,他就会自动地走开"。把格里高尔看成"我们一切不幸的根源"。总之,当家人发现格里高尔再不可能恢复原状、为家里赚钱时,对他的态度就变得冷漠和无情。比如:由于少了格里高尔的工资收入,家人只得出租房屋,以增加收益。一天,格里高尔被妹妹的小提琴声吸引出来,暴露在房客面前,全家大乱,房客吵着要退租。如果亲情重于金钱,就应该让房客走人,但是家人的选择却是相反。就连自己一直疼爱的妹妹都坚决要求把他弄走。就是在这种肉体与精神的双重打击下,格里高尔当晚就悄然死去,而全家人仿佛卸掉了一个沉重的负担,把他的尸体扫进簸箕倒进垃圾堆,高高兴兴出门旅游去了。格里高尔的悲惨命运,再次证明在现代西方社会中,"维护家庭纽带的并不是家庭的爱,而是隐藏在财产共有关系之后的私人利益"(恩格斯)。物质与金钱的作用,可以使亲人变为路人,使家庭分崩离析。深刻地揭示和嘲讽了现代商品社会里人与人之间的赤裸裸的金钱利害关系。

第五节 《变形记》的艺术特色

一、寓言色彩和荒诞手法

作品寓严肃于荒诞,借虚妄写真实,将人的精神的异化用触目惊心的外形的异化来表现,撕破一切伪饰,将现代人的真实处境暴露给人们看,达到惊世骇俗的效果。从而引发人们对现实进行严肃的哲学思考,人变甲虫是荒诞的,人的精神异化却是真实的。

二、简约、客观、冷静的"圣经笔法"

变成甲虫,这在格里高尔的人生中,是一件惊心动魄的悲剧事件,但作者却不事铺陈,以简约、平静、冷漠的语气来叙述,说明人变甲虫,人的异化十分寻常、普遍,不足为奇。

三、对比手法的运用

主人公"虫形"与"人心"的对比;异化后外表的丑恶与内心的美善构成对比;爱与憎的对比:越是对家人显示亲情,越引起亲人憎恨。从这一点上讲,美好人性遭到异化的倒是其父母、妹妹,格里高尔倒是保持了纯真、善良的人性。

思考题

1. 概述卡夫卡主要作品的寓言意义。
2. 什么是"卡夫卡式"小说?
3. 分析《变形记》主题思想及艺术特色。

讨论题

联系社会人生,谈谈卡夫卡小说的现实意义。

第十七章 存在主义文学的代表:萨特(Sartre)及其《禁闭》(*No Exit*)

教学重点：《禁闭》评析。

第一节 萨特生平及创作简述

一、"20世纪人类的良心"——萨特

萨特

萨特是法国存在主义(Existentialism)哲学大师,存在主义文学的伟大旗手,杰出的社会活动家。

萨特出生于巴黎资产阶级家庭,2岁(一说一岁)时父亲去世,3岁左眼瞎,母亲带他寄居在外祖父家。

19岁进入巴黎高等师范学院哲学系学习,毕业后在中学教哲学,同时开始文学创作。1933—1944年(28—39岁)期间,赴德国法兰西学院深造,师从胡塞尔。二战中,应征入伍,做过德军俘虏。1955年,偕夫人波伏瓦到中国访问。波伏瓦回国后,出版了《万里长征》一书,赞扬中国革命的胜利。1964年,萨特获诺贝尔文学奖,但他拒绝接受,表示"谢绝一切来自官方的荣誉"。1980年4月15日去世,巴黎为他举行了自雨果以来的第二次盛大的葬礼。

对萨特一生产生过最大影响的两个人:外祖父和波伏瓦。外祖父是教师,也是萨特的启蒙教师。萨特与西蒙娜·德·波伏瓦在中学哲学教师资格会考中相识相爱,萨特第一,波伏瓦第二,二人蔑视世俗礼法,终生没有举行婚礼。

萨特一生有著作50多部,被译成28种文字。长篇小说有《恶心》《自由之路》等;短篇小说集《墙》等;剧作有《苍蝇》《禁闭》《死无葬身之地》等;论著有《什么是文学》《想象力》《存在与虚无》《存在主义是一种人道主义》《马克思主义与存在主义》等。

二、波伏瓦简介

波伏瓦在法国地位仅次于萨特。凭借处女作《女客人》一举成名,与《恶心》齐名。主要作品有小说《他人的血》《名士风流》《人无不死》等。《人无不死》写一个长生不老的人几个世纪的经历,戳穿人类追求"长生不老"的迷梦。作者认为,人生有限,生命有结,这恰恰是生命宝贵、人生幸福之所在。

学术论著《第二性》(1949年)被誉为西方女性的《圣经》,第二卷首句成为广为传诵的经典名言:"女人不是天生的,而是变成的。"

三、萨特哲学思想：存在主义是一种人道主义

萨特的存在主义哲学是一种关于自由的哲学。强调自由意志，鼓吹"绝对自由"。可用三句话表述："人注定是要自由的"；人一旦认识到自由的意义，就必须做出自由的选择；一旦做出选择，就必须为自己负责。

（一）核心有三："存在荒诞论""存在先于本质论"和"自由选择论"

1."存在荒诞论"

萨特认为世界是荒诞的，因而人的存在是荒诞的，现实世界是令人恶心的。比如在荒诞的现实面前，人的理性、自由选择受到局限，事与愿违，荒谬可笑。

其处女作《恶心》，写青年历史学家洛根丁对荒诞世界的厌恶。《墙》包括五个短篇：《墙》《房间》《密友》《一个工厂主的童年》以及《艾罗斯特拉特》。其中的《墙》写西班牙战争期间，共和党人伊皮叶达和两个年轻人汤姆、若望被法西斯逮捕，判处死刑。年幼的若望，面对死亡深感恐怖，汤姆强作镇静，喋喋不休。伊皮叶达万念俱灰，极度空虚。结局是渴望生的汤姆、若望被枪决。伊皮叶达被审讯，要他说出革命军领导拉蒙·格里的藏身之处，伊皮叶达知道拉蒙·格里藏在亲戚家，为了嘲弄敌人，信口说藏在墓地。而事实果真如此。原来拉蒙·格里怕连累亲戚逃到了墓地。伊皮叶达因此免除死刑，但无意间做了叛徒。伊皮叶达面对这种荒诞结局，泪流满面，纵声大笑。

《墙》的主题：荒诞现实对人的理性、自由选择，并且是善的选择的残酷嘲弄。《墙》的寓意：代表矗立在生与死、善与恶、忠贞与背叛、愿望与事实之间的不可逾越的屏障。被荒诞现实愚弄的人们，永远猜不透对面的风光。

2."存在先于本质论"：最核心的观点

"存在"≠"在"，被外界力量异化的人，失去自我的人，算不上真正的存在。只有不断进行自由选择的人才真正"存在"。

人的存在等于本质。即自由选择决定人的存在，人的存在决定人的本质。所以，人的存在不确定，本质因之不确定。与物的存在不同，"物"不会自由选择，所以其存在是被动的。在自由选择自己的道路之前，人的善恶本质不确定。如同告子所言："性犹湍水也，决之东方则东流，决之西方则西流。"剧本《可尊敬的妓女》描写的就是女主人公丽瑟依照自己的自由意志，出于存在的需要，不断选择自己的善恶本质。

3."自由选择论"

存在主义者认为，现实是丑恶的，人的存在是荒诞的，人的使命、人的自由本质决定人有选择的权利，"懦夫使自己成为懦夫，英雄把自己变成英雄"，"种瓜得瓜，种豆得豆"。"性格即命运"：性格不是天生的，而是自我塑造、自由选择的结果。人必须承担选择的后果，即命运。

（二）须澄清以下两点

（1）"存在即荒诞"，是针对第二次世界大战前后的西方社会而言。它反映了主观世界（自我）与客观世界（现实、环境）之间永恒的矛盾、对立、冲突。

（2）"自由选择"强调"自由"，但萨特并不鼓励、倡导恶的懦夫的选择，他肯定、提

倡的是"英雄的"自我选择和"善"的自我选择。通过剧作《苍蝇》（写阿伽门农的儿子俄瑞斯忒斯为父复仇的故事），肯定了英雄的选择，俄瑞斯忒斯面临为父复仇与弑母犯罪，神的意志与人的愿望的冲突时，进行了英雄的选择，并勇敢地承受了选择的后果——命运的惩处，杀了母亲，引走了象征罪恶的苍蝇，拯救了王国，但自己被复仇女神追逐、迫害。《禁闭》代表"恶"的选择，恶人因此沦落地狱，也承担着选择的后果。

人的悲剧命运都是不合理选择的结果。而善的选择会同样导致恶果，所谓"历史必然的要求与这个要求实际上不可能实现之间的矛盾冲突"（恩格斯）导致悲剧，此处的"善"的选择的"不合理"指历史或个人的局限，比如哈姆雷特，他正义的选择遇到了当时恶势力的过于强大与自身思想性格局限的阻碍；比如于连和浮士德，他们善的选择总受到恶的干扰，受到荒诞现实的愚弄。

萨特的存在主义哲学是一种行为哲学，即强调行动，强调"介入"生活、"干预"生活，换言之，改变荒诞现实，有所作为。

萨特存在主义哲学的价值在于：既看到了现实的荒诞，又为人们指出了一条出路，即"自由选择"，既是深刻的，又是仁爱的。

所以，萨特自谓"我是从道德方面获得诺贝尔奖奖金的"，并宣称"存在主义是一种人道主义"。因此，萨特被称为"人类20世纪的良心"。

四、萨特文学创作特色

（一）思想内容：宣扬存在主义哲学观点

1. 揭示世界的荒诞性

揭示主观世界与客观世界间的矛盾、冲突。对人来说，现实世界是异化的，非理性的，令人恶心、与人为敌的，人的理性和价值处处受到嘲弄。

2. 强调自由选择

即强调人的主观意志，人的作为。无论环境多么险恶，世界多么荒诞，人都应该挺身而出，直面人生，做出自己的选择，维护自己作为人的尊严和价值。并且认为人要获得幸福，必须做善的、英雄的选择。

3. 强调干预生活

萨特的文学观具有强烈的倾向性。诸如反对不义战争，反法西斯，反种族歧视，反伪善道德等。

（二）艺术特征

1. 哲理性、象征性

萨特的文学作品是对其存在主义哲学思想的形象化诠释。每部作品都集中探讨一种哲学观点。《恶心》《墙》揭示世界的荒诞；《苍蝇》《禁闭》探讨自由选择等。因而作品的人物、情节、环境都超越了具体现实，具有象征意义，但文学色彩较弱。

2. 极限境遇

萨特自称其剧作是"境遇剧"，即其人物总处于某种特殊境遇中，总是在生死考验、两难抉择等剧烈冲突的严酷环境中思考、抉择，从而突出现实的荒诞，人的选择的巨大意义。

3. 自由选择的人物

萨特笔下的人物，无论善恶，其命运都是自由选择的结果，善的选择未必走向天堂，但恶的选择必然沦落地狱。从而为深陷精神囹圄的人们指出一条光明大道，表现了萨特温暖的人道主义立场。

第二节 《禁闭》剧情概要

独幕剧《禁闭》也译作《间隔》，写地狱里的三个亡魂彼此倾轧万劫不复的悲惨处境。

地狱里一间第二帝国时代的客厅，放着三个样式、颜色各异的躺椅。壁炉上有一尊青铜像，旁边摆着一把裁纸刀。约瑟夫·加尔森由听差带着第一个走进这房间。他是政论文作家、文人，曾被十二颗子弹穿进了皮肉，他的死是不体面的。他发现这里没有牙刷、镜子，没有窗户、床，没有刑具、书，没有任何容易打碎的东西。灯始终亮着，不分昼夜，仅有的一只电铃已不听使唤。第二个进来的是伊奈斯·塞拉诺，她当过邮局职员，是煤气中毒死的。最后出现的是埃丝泰乐·里戈尔，她是因肺炎而死的。言谈举止中，三个人发现彼此没有共同的爱好，生前互不相识，也没有共同认识的朋友，不知为什么把他们凑在一起。加尔森说是机缘，伊奈斯断言这是精心安排好的，埃丝泰乐则怀疑是别人弄错了。

伊奈斯建议每个人说出自己干过什么事，为什么被送到这儿来。埃丝泰乐说她从前是个孤儿，家境贫寒，还要抚养弟弟。她和她父亲的一位老朋友结了婚，和和睦睦地生活了六年。两年前，她和另一个人相爱，但她没和这人私奔，后来便得了肺炎。加尔森说他办了一家和平主义的报纸，战争爆发后他袖手旁观，他们就把他枪毙了。他认为自己按照自己的原则处世没有错，而且他还把他的妻子从堕落的泥坑里救了出来。伊奈斯点破他们两个人是在做戏，他们绝不会无缘无故地被打入地狱，她说实际上，我们都是地狱里的罪人。她还说，每个人都是另外两个人的刽子手。加尔森表示他不会做刽子手，要求大家都别说话，保持安静。

埃丝泰乐想搽脂抹粉，需要一面镜子，伊奈斯殷勤地说她可以当埃丝泰乐的镜子，并要埃斯泰乐用"你"称呼她，而埃斯泰乐说用"你"称呼女人不习惯，她希望自己能引起加尔森的注意。而这时加尔森正竭力想听清人间报社里的人在谈论他什么，他请求她们两个闭嘴，忘掉他人的存在，但伊奈斯说这是不可能的。加尔森要埃斯泰乐说出被惩罚下地狱的原因，埃丝泰乐说自己也弄不清楚，于是加尔森只得自己首先坦白，他说他到地狱来是因为他折磨了妻子五年，犯下了不可饶恕的罪。他的妻子崇拜他，逆来顺受，从没怨言。他曾经把一个混血女人带回家过夜，而她还给他们送早点。伊奈斯接着坦白道，说自己是个该入地狱的女人。她以前住在表兄家里，弗洛朗丝是她表兄的妻子。伊奈斯看表兄这也不顺眼，那也看不惯，渐渐地，这种看法影响到弗洛朗丝，她也用异样的眼光看自己的丈夫。结果，弗洛朗丝投入了伊奈斯的怀抱，她们在城市的另一角租了个房间。她表兄则在一次事故中被有轨电车压死。一天夜里，弗洛朗丝趁伊奈斯不注意时打开了煤气管，接着又躺到她身边，这样两个人都丧了生。伊奈斯看见那间空房子被人上了封条，后来又租出去了。埃丝泰乐在加尔森和伊奈斯的逼问下,也只得供出自己的隐秘:婚后她又爱上了一个叫罗歇的青年,他跳起探戈舞来像个职业舞蹈家,但是他很穷。他想和埃丝泰乐生个孩子,但埃丝泰乐不愿意。结果孩子还是生下来了,为了不让人知道,埃丝泰乐去瑞士住了五个月。罗歇很高兴有了个女儿,然而埃丝泰乐不高兴。他们居住的房子阳台下面是一个湖,一天,埃斯丝乐拿了块大石头走上阳台,尽管罗歇一再恳求,她还是把石头和小孩一同扔下湖去。回到巴黎后,罗歇就开枪自尽了。埃丝泰乐还有一个称她为"活水"的情人皮埃尔,此刻埃丝泰乐看到他正和她的女朋友奥尔加一起去舞厅,不由妒火中烧,因为她认为皮埃尔是她的。伊奈斯说人世间已没有任何东西属于埃丝泰乐,而她伊奈斯却是永远属于她的。但埃丝泰乐要加尔森把她搂在怀里,与她亲热。伊奈斯横加阻拦,说当着她的面,他们办不到。此时加尔森又看到了戈梅等报社同志,他要埃丝泰乐信任他,理解他当初的行为。原来战争爆发后,加尔森不愿去打仗,而想去墨西哥办一份和平主义报纸,结果当了逃兵,在边境上被抓枪毙了。他的妻子为他蒙受了极大的耻辱,也伤心而死。他希望能证明自己是死得清清白白的,而不是胆小鬼。伊奈斯劝埃丝泰乐别爱这个胆小鬼,但埃丝泰乐说:"是胆小鬼也好,不是胆小鬼也好,只要他拥抱得甜甜蜜蜜就行。"加尔森一再要求埃丝泰乐信任他,证实他是勇敢的。埃丝泰乐回答即使他是胆小鬼,她也仍然爱他。伊奈斯一针见血地指出埃丝泰乐根本不把加尔森的话放在心上,只是需要男人罢了。加尔森对两个女人说:"你们叫我心烦。"他想逃离这房间,埃丝泰乐竭力挽留,伊奈斯则希望这里只留下她们两个女人。这时门突然打开,但加尔森决定不走了。埃丝泰乐要加尔森帮她一起把伊奈斯关到门外,而加尔森说他正是为伊奈斯留下的,因为她知道什么叫"胆小鬼",他如果能让伊奈斯信任他,就可以丢掉沉重的思想包袱。但伊奈斯说加尔森的一生已成定局,她就是要叫他"胆小鬼"。埃丝泰乐渴望加尔森拥抱她,也可以此来报复伊奈斯,然而加尔森明白,只要伊奈斯在场,在她的目光的监视下,他就不能与埃丝泰乐拥抱。埃丝泰乐气势汹汹地从桌子上拿起裁纸刀,奔向伊奈斯连砍几下,伊奈斯哈哈大笑,说她是死人,刀子、毒药、绳子都不中用了。"我们这几个人永远在一起",埃丝泰乐、加尔森也知道这是无法改变的,永远只能这样继续下去。

第三节 《禁闭》的主题意蕴

一、基本思想

《禁闭》是一部寓意深邃的哲理剧,表现了存在主义"自由选择"理论"恶"的选择,恶人因此沦落地狱,也承担着选择的后果。它通过生前犯有罪孽(选择了"恶")的三个鬼魂进地狱后相互追逐、倾轧、残酷折磨的故事,形象地展示了西方社会敌对的人际关系,借以揭示出存在主义的哲理:每个人都在追求自己的"自由",就必然会受到别人所追求之"自由"的阻碍而难达目的。因此,人与人之间永远是对立的、间隔的、互不相容的,所以"他人,就是地狱"(一译"地狱,就是别人")。具体说来有以下三点:

首先,它展示了人与人之间关系的阴森可怖。在这里,人人都以邻为壑,相互戒备。

"我活着就得让别人受痛苦。"既要隐瞒自己的丑行,又要刺探别人的隐私,人际间只有仇视和彼此折磨。"处处都有陷阱",人人都是陷阱。每一个人都在制造别人的痛苦,同时也备受别人的折磨;而这种地狱般的折磨又是循环不断的,躲也躲不开,逃也逃不脱,就像剧中的三个人物一样。通过这些描写,《禁闭》充分表现出作者对西方社会人际关系的深刻理解,从而强烈地反映出西方社会知识分子对现实的厌恶和不满情绪,以及苦闷、彷徨和无能为力的心情。

其次,剧本形象地宣传了存在主义关于"自由选择"的哲理:人都是凭借着自己的自由意志做出选择并采取行动的,所以就必须对"选择"的后果负责;人也正是在"自由选择"的过程中才确定了自己的本质。萨特通过剧中人物的处境有意告诫人们:"自由选择"是有明确善恶、是非标准的,因此,人们就应十分慎重地对待选择。人一旦选择了卑劣和丑恶,如加尔森,他就只能得到"恶"的本质和毫无价值的存在。为此,人必须进行高尚的、积极的"自由选择",唯其如此,才能摆脱孤独、苦恼和空虚。在这里,《禁闭》显示了它积极的哲理性启迪和道德训诫作用。

最后,剧本还真实地反映了现代社会中人的孤独感。社会是由人组成的,而人必定都是单独的个体;加之欲望各异,"人心隔肚皮",因而有时真是难以沟通、难以相容。在这个意义上,可以说人是孤独的,人生也只是悲剧性的。在这里,《禁闭》流露出了悲观主义的思想倾向。所以有人说,存在主义是一种悲观主义。

二、深层意蕴

《禁闭》的主题是"他人就是地狱。"其中渗透着"自由选择"和"存在荒诞"的哲学观点。

关于"他人就是地狱"这句台词,曾引起种种误解,指责萨特"仇视他人",是"病态的个人主义""悲观主义者"。萨特为此进行辩解,"……我的意思是说:要是一个人和他人的关系恶化了,弄糟了,那么,他人就是地狱……世界上的确有相当多的一部分人生活在地狱里,因为他们太信赖别人的判断了","不管我们所生活的地狱是如何禁锢着我们,我想我们有权利砸碎它"。

如何理解"他人就是地狱"?"地狱"指荒诞现实,指身处精神困境的人们对现实的感受,其真实意义指以下三点:

1. 对恶的选择者而言,"他人就是地狱"

意谓如果一个人做出恶的选择,自私、邪恶、冷酷、残忍,其存在使他人痛苦,那么,他和别人健康、友好的关系将遭到异化,自我和他人将互为陷阱,互为地狱。比如剧中三个人物——加尔森、伊奈斯、埃斯泰乐,生前作恶多端,死后仍不悔改,继续自私、邪恶、冷酷、残忍,又制造了新的地狱。

2. 对异化者而言,"他人就是地狱"

意谓如果一个人丧失自我,丧失自己的立场、价值判断,屈从于他人的评价判断,那么,他人的判断就是你的地狱。《禁闭》中的三个亡魂都企图从他人那里获得证明和支持而不遂,因而痛苦,强烈感到他人是自己的地狱,备受煎熬。比如,加尔森不思改过,却害怕自己懦夫的本质暴露,从伊奈斯和埃丝泰乐那里寻找安慰,但埃丝泰乐不以为然,伊奈斯恶毒地说他就是个胆小鬼,加尔森因此痛苦绝望。

3. 对异化者而言,"他者就是地狱"

有人认为,应该翻译成"他者就是地狱"。"他者"即丧失自我的人,异化者。意谓一个人如果被邪恶欲望或外界评判所异化,那么,自己就变成了异化者,即他者,自己就是自己的地狱。《禁闭》中的三个人物,即三个"他者",三个异化者,既被邪恶欲望所异化,又被他人评判(道德舆论)所异化,所以,自己的存在就是自己的地狱,即使没有另外两人的存在,每个人物也会备受自己折磨。因为"地狱"就在自己心里,类似佛家所谓"心魔"。

出路:萨特认为应该"争取自由""砸碎地狱"。具体讲即弃恶从善、客观对待他人判断以及客观对待自我。

第四节 《禁闭》的艺术特征

一、荒诞构思

作品意欲揭示世界的荒诞性,因而也采取了荒诞构思。最初构思,写二战期间,为避战火关在地窖里的一群人尔虞我诈的情景。后改为荒诞构思,地窖改为地狱,活人变成亡魂。强化了人们对精神地狱的感受,加剧了荒诞性。

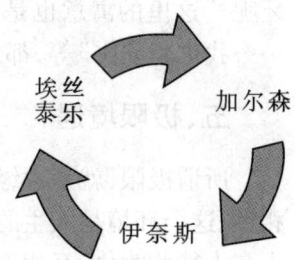

二、强烈的戏剧性

剧本虽构思荒诞,却有着强烈的戏剧性。首先表现在人物关系上。三个人物构成了一个角逐争夺、彼此作践、永无了结的三角关系,他们相互戒备、彼此隐瞒,最终谁也不能遂愿。产生这种关系的关键点是伊奈斯的同性恋,她在人物关系的戏剧化中起了举足轻重的作用。其次是人物动作的戏剧性。《禁闭》中的人物动作饱含幽默意味,剧中人物的一个神态、一个眼色,甚至一举手、一投足,都充满戏剧性的幽默与讽刺。

三、哲理色彩和象征手法

萨特一贯以文学为工具,宣扬存在主义哲学。《禁闭》通过象征手段,表达作者对荒诞人生的思考,呼吁善的选择。具体表现为以下几方面:

(1)剧名:"间隔"或"禁闭"——象征相互隐瞒、相互防范、难以沟通的人际关系和精神状态,每个人都是孤独的城堡。

(2)场景:"地狱"——象征与美好人性隔绝的精神困境;象征整个世界和人类生存的状况;象征丑恶现实;象征人性恶。

(3)环状追逐的人物关系:象征人生存目的的虚无、荒诞,人的绝望;说明所有自私的"唯我论者",永远不能到达愿望的彼岸。

(4)台词的象征。

伊奈斯:"门是关死的",象征人生活在令人窒息的禁闭环境中。

加尔森:"他人即地狱",象征恶劣的人际关系和痛苦的自我精神世界。

伊奈斯："一切都早已定了"（重复三次），隐喻作恶者必自食其果。

加尔森："我就要过这种没有眼皮的日子了吗？"隐喻作恶者失去了天堂：内心的安宁——精神故乡，"此心安处是吾乡"，如同麦克白弑君之后，说："我杀死了睡眠。"

加尔森："我是自愿选择了走这条道路的。一个人自己愿意做什么人，就是什么人。"这是"自由选择"哲学观的绝好注释。

伊奈斯："刀子没用了，毒药没用了，绳索也没用了。"说明恶的选择者若不改过迁善，则死有余辜，万劫不复。

四、隐喻性

建立在虚构和荒诞基础上的《禁闭》充满寓意。如加尔森一出场就问尖头桩、铁条架、皮漏斗在哪里？它暗示了人们生活在一个备受压迫、充满争斗的环境里。接下来他又抱怨："为什么连我的牙刷都要拿走？"招待员则反诘道："请问，您为什么要刷牙呢？"这里的寓意也是十分明显的。剧中有很多格言式的台词，如"处处都有陷阱……我也是陷阱"等，都是充满哲理的隐喻性描写。

五、极限境遇

所谓极限，就是边缘、界限。三个亡魂在特殊的极限境遇（最坏极限）——地狱里相遇，这个环境是人生的最坏处境，没有上帝、真理，没有希望、仁爱，没有出路、归宿，人与人彼此为仇，互相迫害。这种极限境遇的设置是一种道德警示，表明如果人人作恶，世界将多么可怕，说明争取自由的选择多么迫切和重要。

思考题

1. 谈谈萨特文学的创作特色。
2. 如何理解《禁闭》的主题"他人就是地狱"？
3. 《禁闭》在艺术上有何特征？

讨论题

悲乎？乐乎？——我看存在主义。

参考资料

1. 郑克鲁,离家申,黄宝生,等编. 外国文学作品提要:全四册. 上海:上海文艺出版社,1981.
2. 曹汾著. 东方文学通论. 西安:陕西人民教育出版社,1995.
3. 傅希春主编. 外国文学辅导. 2版. 北京:高等教育出版社,1996.
4. 何乃英编著. 新编简明东方文学. 北京:中国人民大学出版社,2007.
5. 黎跃进著. 外国文学新论. 上海:学林出版社,1997.
6. 陈惇,刘建军主编. 外国文学作品选. 上海:华东师范大学出版社,1999.
7. 徐葆耕著. 西方文学十五讲. 北京:北京大学出版社,2003.
8. 朱维之,赵澧,崔宝衡主编. 外国文学史:欧美卷. 3版. 天津:南开大学出版社,2004.
9. 朱维之主编. 外国文学史:亚非卷. 天津:南开大学出版社,1988.
10. 何素平主讲. 何素平教学录像. http://61.134.67.49.8050/Article/ShowInfo.asp?ID=148

后　记

　　素质教育口号不知喊了多少年,基础教育由于高考指挥棒的存在,岿然不动也就罢了,但素质教育绝不能失去高等教育这块阵地。由于现代社会的多元化发展态势,"学非所用"和"用非所学"已不再为人诟病,反而凸显出人才的人文综合素质培育的愈加重要。单纯就读书学习而言,也应该如培根所言:有些书粗泛读读即可。加之,高校现时双模式学分制教改背景下教学课时大幅度压缩——基于以上种种缘由,就有了本教材的编撰理念和架构体系:

　　一、淡化了以前教材过重过细的历史叙说,在单章对整个文学史做粗线条勾勒的同时,又对文学史各个阶段进行较为详细的介绍,这种粗细结合的架构,可以使学生达到对外国文学知识体系的认知上的宏微相兼。

　　二、按照从古到今的时间顺序,有针对性地选取了各个时期蕴含丰厚、思想深邃的代表性作家作品进行讲授和学习。

　　三、对于教学实践中较难取舍但启迪性较强的几部作品,在教材编写中首次采用了"附录"的形式后缀于正讲内容之后,以供教师和学生根据兴趣选择性地讲习。

　　四、由于多种原因,现今的学生大都很少看作品,教学效果因此大受影响。为了弥补这一不足,编入了所讲作品的较为详细的故事梗概。

　　五、出于培养思维、提高素质的目的,在解读和评析文学现象时,提供了多样的思路和答案,而且每章后都设计了讨论题,学生发言时能自圆其说即可。

　　六、为了知识传承的准确与学科建设的规范,本教材所涉及的作家作品和文学形象的汉语译名,均采用了《中国大百科全书·外国文学》(1982 年)和《中国大百科全书·简明版》(1996 年)中的译法。

　　七、考虑到本学科的涉外性质、双语教学的愿景和学生专业外语的缺乏,重要名称、概念和术语都有相应的英语表述。

　　本教材参考了郑克鲁主编的《外国文学作品提要》、陈惇等主编的《外国文学作品选》、何乃英编著的《新编简明东方文学》和定西师专何素平教授主讲的《欧美文学教案》,并借鉴了黎跃进教授的《外国文学新论》和徐葆耕教授的《西方文学十五讲》中的部分内容,在此一并深表谢忱!

吴舜立
2014 年元月